Miles de emociones
con nuestro nombre

Erótica

Biografía

Ana Forner nació el 31 de diciembre de 1979 en Valencia. Casada y madre de dos hijos, compagina su trabajo como contable con la escritura, una afición que llegó inesperadamente con su primera obra, *Elijo elegir*, publicada en 2015 y ganadora del premio Mejor Novela Erótica en el evento Murcia Romántica de 2017. En sus horas libres le gusta leer, disfrutar de su familia y rodearse de buenos amigos.

Encontrarás más información de la autora y su obra en:
@ana.anaforner
@Ana Forner

Ana Forner

Miles de emociones con nuestro nombre

Miles de emociones, 2

Esencia/Planeta

PEFC Certificado

Este libro procede de bosques gestionados de forma sostenible

PEFC

PEFC/14-38-00305 www.pefc.es

eBook
DISPONIBLE

Los personajes, eventos y sucesos presentados en esta obra son ficticios. Cualquier semejanza con personas vivas o desaparecidas es pura coincidencia

Avda. Diagonal, 662-664, 08034 Barcelona (España)
www.esenciaeditorial.com
www.planetadelibros.com

Adaptación de la cubierta: Booket / Área Editorial Grupo Planeta a partir de la idea original de Tiaré Pearl
Imagen de la cubierta: Shutterstock
Primera edición en Colección Booket: julio de 2024

Depósito legal: B. 11.529-2024
ISBN: 978-84-08-29026-1
Composición: Realización Planeta
Impresión y encuadernación: CPI Black Print
Printed in Spain - Impreso en España

Raíces para crecer y alas para volar...
Dedicado a mi familia, mi raíz más profunda,
y a mis lectoras, las que dan alas a mis sueños

Aviso de contenido

Esta novela contiene escenas sexuales detalladas no apropiadas para todas las edades. Dichas escenas son fundamentales para el desarrollo de la historia y de los personajes.

Capítulo 1

Valentina. La Rioja

—¿Nos vamos, papá? —le pregunto, observando mis maletas frente a la puerta de la entrada de casa y recordando, durante unos fugaces instantes, el día de mi llegada, hace apenas un par de semanas.

La voz de mi padre, cargada de un sinfín de matices; su abrazo; el té pijo que me preparó Casi; Trueno... y él, él... que me llamó mientras yo volaba a través de los viñedos; él... que me propuso retomar nuestra amistad; él... que hizo que miles de emociones se instalaran en mi pecho, revoloteando llenas de vida en mi interior; él... que se rindió y que me llevó al cielo con su rendición; él... que me bajó de ese cielo, como la rama que suelta la hoja y la deja caer al suelo...; él, él, él... de quien ni siquiera puedo mencionar su nombre en mis recuerdos... él, el culpable de que me duela hasta respirar.

—Vámonos —me dice mi padre, devolviéndome al presente con su voz, mientras siento mi garganta cerrada por la añoranza.

—Ay, hija, cuánto te voy a extrañar. Hace nada que llegaste y ya estás marchándote —me dedica Casi, abrazándome—. Ten cabeza, no hagas tonterías, ¡¡¡come!!!, y pisa el mundo bien pisado —añade, consiguiendo que este nudo que tengo formado en la garganta me apriete un poco más.

—Te lo prometo, Casi —musito, echándolo ya todo de menos, empezando a llorar—. Odio las despedidas —les digo, secando mis lágrimas.

—Yo también. ¡Mira, vete ya!, ¡que a este paso terminaremos llorando las dos como plañideras! —exclama con brío y los ojos llorosos.

—Venga, hija, vamos —susurra mi padre, cogiendo mis maletas para cargarlas en su coche.

Con la emoción copando cada célula de mi ser, contemplo mi casa por última vez, las vigas de madera del techo, el suelo de barro cocido, el mueble de la entrada, repleto de fotografías nuestras, y la suave luz del amanecer..., la que se filtra entre las cortinas y la que aquel día me dio la bienvenida mientras que hoy parece despedirse de mí, aquí, en mi casa, en mi hogar y en mi pequeño trocito de mundo, donde me siento a salvo y donde he sido más feliz y, a la vez, he sufrido más que en ningún otro sitio; aquí... donde mi madre y mi abuelo iniciaron ese viaje sin regreso llamado *eternidad* y donde lo encontré a él, donde me enamoré y donde viví lo que posiblemente no vuelva a vivir...

—Vamos, cariño —me apremia mi padre desde fuera, cerrando el capó del maletero.

—Hasta luego, Casi, y recuerda lo que te dije —le recalco, dándole un último abrazo.

—Recuérdalo tú también —me pide, correspondiendo a mi abrazo.

—Me has dicho muchas cosas, Casi —le indico, intentando bromear, zafándome de sus brazos.

—Como te dé una colleja, verás qué pronto lo recuerdas —me rebate, sonriéndome con cariño—. ¡Hala, vete ya!, y no tardes en regresar.

—No lo haré. Hasta luego —musito saliendo finalmente de mi casa, sintiendo que dejo una parte de mí en ella.

Durante el camino hacia el aeropuerto de Logroño, me despido en silencio de la cordillera Cantábrica, esa que forma parte de mis recuerdos, de estos mares interminables de viñedos, que son como una extensión de mi alma, y de este silencio que echaré tanto en falta en Nueva York..., pero también me despido de él, de ÉL en mayúscula, de él y de todo lo que sentí a su lado y que echo de menos sin necesidad de estar al otro lado del Atlántico.

«Siempre voy a quererte», le digo en silencio, viéndolo a través de mis recuerdos. «Siempre voy a preguntarme cómo hubiera sido nuestra vida si no me hubieras dejado», prosigo sintiendo el latido de la tristeza incrementarse en mi garganta. «Y siempre serás mi todo, aunque ahora sea incapaz de pronunciar tu nombre y no tenga muy claro si te odio o solo me has decepcionado», le confieso sintiendo mis ojos llenarse de lágrimas, percatándome de que me fui la primera vez odiándolo y vuelvo a marcharme con un sentimiento bastante similar sentado a mi lado, reconozco con dolor, viendo sus ojos mirándome con seriedad a través de este mar de recuerdos que, como las vides, se extienden frente a mí y, sumida en mi mutismo, le doy permiso a mi mente para nadar en ellos, para sumergirse y salir a la superficie, para escuchar nuestras risas y vernos de nuevo en ese pasado que ahora solo son recuerdos.

—Hemos llegado, ¿lista? —me pregunta mi padre, y me vuelvo hacia la ventana, viendo, sorprendida, que, en efecto, ya estamos aquí...

«Vaya, pues sí que me había evadido», pienso con tristeza.

—Lista —musito, bajándome del vehículo—. Papá,

detesto las despedidas y ya está siendo suficientemente difícil, no hace falta que me acompañes dentro —le comento, secándome las lágrimas—. Mierda, parezco nueva en todo esto —mascullo, molesta conmigo misma.

—Una vez te dije que las lágrimas son solo el recordatorio de que algo no funciona como debería, pero también son algo más: son la forma que tiene el corazón de expresar lo que siente. Piénsalo, hija... Tú nunca habías llorado por tener que marcharte; al contrario, estabas deseando hacerlo, y que llores ahora, cuando, como bien dices, no es algo nuevo para ti, me tiene preocupado.

—Supongo que Nueva York me impone —susurro, maldiciéndome por dentro.

«Ya está bien, joder, ¡ya está bien!», me advierto con firmeza.

—¿Quieres que vaya contigo?

—¿Cómo? ¿A dónde? —inquiero, sin entenderlo.

—A Madrid, a Nueva York, a donde vayas —me responde con seguridad.

—No, papá, ¡a santo de qué! Tú tienes tu vida aquí, ¿qué harías en Norteamérica? —le pregunto, descartándolo en el acto.

—Cuidar de mi hija. Dímelo, Valentina... Si me dices que quieres que vaya contigo, voy —afirma con seriedad, mirándome a los ojos, y, durante unos escasos segundos, estoy tentada de pedirle que me lleve a casa; no que venga conmigo, sino que me lleve a mí con él.

—Quiero que te vayas a casa y que no te preocupes por nada. Llevo dos días malos, pero, cuando regrese a mi rutina, se me pasará, ya lo verás.

—Como prefieras, pero deberías pensar por qué llevas dos días malos —me rebate, yendo hacia el maletero para sacar mi equipaje.

—Tonterías mías, no me hagas caso —replico, intentando sonreír y ayudándolo con las maletas—. Me voy; venga, dame un superabrazo de padre.

—Ven aquí —murmura, rodeando mi cuerpo con sus brazos—. Llámame cuando llegues, ¿vale? —me pide, y, durante unos segundos, absorbo sus miles de matices, esos que van ligados a esta tierra y a todo lo que late en ella... y también en mí.

—Vale. Te quiero, papá —le digo cerrando los ojos, con el sentimiento de añoranza rasgándome por dentro con su punta afilada.

—Yo también, hija —me responde con gravedad.

Alejándome de sus brazos y aferrando las maletas con fuerza, empiezo a andar hacia ese nuevo futuro que me espera, con la sensación de querer escapar de él.

—¡Nos vemos pronto, papá! ¡Te llamaré! —le digo, haciendo a un lado esa inquietud que ha llegado de repente, volviéndome para mirarlo por última vez.

En cuanto subo al avión que me llevará a Madrid, me obligo a cambiar el chip de una vez. Soy Valentina Domínguez, soy modelo y voy a triunfar en Nueva York, no hay más.

* * *

Con ese mantra bien aprendido llego a la Gran Manzana tras una corta estancia en Madrid en la que he aprovechado para zanjar unos trabajos que tenía pendientes, para despedirme de mis amigos y de la poca familia que tengo allí, para callejear y para decirme miles de cosas que, en el fondo, no han terminado de convencerme.

—Pues nada, aquí estoy... Ahora sí que no hay vuelta atrás —musito en la terminal de llegadas, aferrando con fuerza el carrito con mis maletas, sintiendo el nerviosismo acelerar esta cosa mecánica que late dentro de mí... y es que, aunque no lo reconozca en voz alta, estoy muerta de miedo ante lo que me espera. «Todo irá bien, ya verás», me animo mientras busco un cartelito con mi nombre y, cuando al final lo localizo, respiro con alivio dirigiéndome hacia él—. Buenos días, soy Valentina Domínguez —me presento al portador de este, mirándolo con atención.

Tendrá unos veinticinco o treinta años a lo sumo, va vestido todo de negro, lleva el pelo revuelto como si terminara de pasar sus dedos por él y su chispeante mirada me recuerda la de un niño que acaba de hacer una travesura.

—Bienvenida a Nueva York. Me llamo Tom, trabajo en la agencia y soy el encargado de mostrártelo todo. Permíteme que te ayude —me dice con amabilidad, haciéndose con mi equipaje.

—Muchas gracias —murmuro, agradecida.

—¿Has estado alguna vez aquí? —me pregunta con simpatía, dirigiéndose hacia la salida.

—No, hasta ahora me había centrado más en el mercado europeo —le respondo, observándolo todo con atención.

—Pues mucha suerte en el norteamericano —me desea, sonriéndome con afabilidad una vez alcanzamos el exterior, y le devuelvo la sonrisa mientras él va cargando las maletas en la pequeña furgoneta.

—Gracias —musito, sintiendo mi corazón empezar a latir frenético, en consonancia con el latir de la ciudad.

—Vivirás en un piso de modelos; creo que en total sois seis —me cuenta una vez en el vehículo, incorporándose a la circulación—. Lo tienen hecho un caos, te lo advierto para que no te asustes; ayer fui a llevar a otra chica y aluciné —me confiesa medio sonriendo.

—Genial —mascullo, pues sé de sobra lo que es vivir en un piso de modelos.

—De todas formas, por allí paráis poco —añade, intentando darme ánimos, mientras procuro mentalizarme de que voy a vivir en una pocilga.

—Sí, ya lo sé —le respondo, soltando luego todo el aire de golpe, contemplando el paisaje que pasa fugaz por la ventana y enamorándome al instante—. Vaya... —susurro mientras él conduce con fluidez, adentrándose en Manhattan—, vaya... —susurro de nuevo, sin poder despegar la mirada de los altos rascacielos que se alzan interminables frente a mí, tan distintos a las casas de piedra de sillería de La Rioja, a los edificios de la romántica París o a los de Roma y Milán, cargados de historia... Sí, definitivamente esto es otro mundo completamente distinto al que yo he conocido hasta ahora.

—Este es el edificio Puck —me explica Tom, señalándome un inmueble rojizo—. ¿Ves ese angelito de ahí? —me plantea, y detengo la mirada en el ángel dorado ubicado en una esquina de la fachada—. Lo pusieron en honor a Puck, de *Sueño de una noche de verano*.

—Me encantó esa película —le confirmo, admirándolo.

—Pues el libro es aún mejor; léelo, te lo recomiendo —me aconseja, guiñándome un ojo—. Aunque tengan el piso hecho un desastre, estoy seguro de que te gustará vivir en Nolita. Es un barrio con mucha personalidad y cuenta con una gran variedad de restaurantes y tiendas; si te gusta la comida mexicana, no puedes perderte La esquina, o The Corner; solo por ver el establecimiento, ya merece la pena... Fue un local clandestino durante la ley seca —me aclara mientras a mí me faltan ojos para verlo todo— y ahora es un sitio peculiar, donde se comen los mejores tacos y enchiladas de toda la ciudad, pero lo mejor de vivir aquí es perderse por sus calles sin saber si terminarás en el SoHo o en Chinatown —añade, estacionando el coche.

—¿Hemos llegado? —inquiero al ver que nos detenemos, sintiendo la emoción empezando a despertar en mi interior.

—Así es —me responde, saliendo y yendo hacia el maletero para empezar a sacar mi equipaje.

—Vaya, pues creo que, al final, vas a tener razón y me gustará vivir aquí, aunque el piso esté hecho un desastre —comento, deteniendo mi mirada en un enorme grafiti que cubre toda una pared.

—El *street art* está muy presente en este barrio —me cuenta mientras observo todo lo que me rodea; los edificios de ladrillo visto, los escaparates de las tiendas y las múltiples cafeterías y restaurantes que parecen estar presentes por todas partes—. Sígueme —me indica mientras acelero mis pasos para ayudarlo con las maletas—. Es aquí —me informa, subiendo los escalones de un edificio de ladrillo visto, como todos los de esta calle—. ¿Qué hay, Harry? —le pregunta con afabilidad a un hombre de color que está sentado en uno de ellos, fumándose un cigarrillo o, más bien, dejando que se consuma entre sus dedos.

—Como siempre, viendo la vida pasar —le contesta con voz ronca mientras contemplo las escaleras de incendio de la fachada, tan típicas de esta metrópoli.

—Buenos días, Harry —lo saludo finalmente, siguiendo a Tom al interior del edificio.

—Harry es neoyorquino de pura cepa y hace años fue miembro de un grupo de jazz; tocaba el saxo —me detalla Tom, dirigiéndose hacia el ascensor.

—¿Y acostumbra a estar ahí sentado? —indago, con curiosidad, a la vez que el ascensor va marcando los pisos por los que va pasando.

—Con la llegada del buen tiempo, Harry toma su asiento en los escalones, con su eterno cigarro entre los dedos, para, como él dice, ver la vida pasar. Es como un confesor... Sinceramente, creo que todos los inquilinos de este inmueble, en algún momento, han terminado sentados a su lado, compartiendo un cigarrillo con él y contándole su historia.

—¿Tú lo conoces?

—Hemos compartido algún pitillo, con alguna confidencia de por medio, cuando he venido a recoger a alguna modelo y no ha estado lista. Vamos, hemos llegado —me confirma cuando las puertas del ascensor se abren en el cuarto piso—. Adelante —me señala, abriendo la puerta de un apartamento y haciéndose a un lado para que entre.

—Lo que imaginaba —susurro deteniendo la mirada en la pequeña cocina integrada en el salón, repleta de todo... «¡Joder, no hay un puñetero espacio libre en la encimera!», pienso mientras aparece una chica asiática del interior de una habitación—. Hola, soy Valentina —la saludo sonriendo mientras ella me presta unos escasos segundos de su tiempo.

—Hana —me responde a la vez que dirige de nuevo su mirada al móvil para, casi al instante, marcharse con prisas.

—Pues encantada —suelto, flipada—. Qué chica más maja, ¿no? —le comento con ironía a Tom, que me mira encogiéndose de hombros.

—Como acabas de comprobar, aquí cada una va a la suya, ya te darás cuenta —me aclara, llevando mis maletas a una habitación con tres camas y que es otra pocilga.

—Madre mía... —musito observando la ropa tirada por las camas deshechas, los zapatos mezclados por el suelo y tanto desorden junto que me es imposible reconocer ciertas cosas que asoman por debajo de otras.

—No te agobies... Venga, vamos a la agencia y luego ya desharás el equipaje —me indica mientras me asomo a uno de los baños.

«Oh, Dios mío...»

—Sí, mejor vámonos —farfullo, sintiendo cómo la emoción que había sentido antes se evapora ante lo que voy viendo, pues es peor de lo que imaginaba.

—Tienes un gimnasio a la vuelta de la esquina, al que puedes ir siempre que quieras, porque tienen un acuerdo firmado con la agencia; está abierto las veinticuatro horas del día —me comenta mientras salimos a la calle de nuevo—. Hasta luego, Harry —se despide, bajando los escalones con celeridad.

—Hasta luego, Harry —le digo yo también mientras él mueve la cabeza y hace un chasquido con la lengua a modo de despedida.

—Mira, este es el gimnasio que te comentaba —prosigue Tom, caminando con rapidez, mezclándose entre la gente—. Puedes hacer boxeo, pilates, yoga, máquinas e incluso tener entrenador personal si lo necesitas. ¿Eres muy de machacarte? —me plantea, volviéndose para mirarme durante unos segundos para, seguidamente, posar de nuevo la vista al frente.

—¿La verdad? —le pregunto, colocándome a su lado. Maldita sea, ¡qué rápido camina!

—Claro.

—No suelo ir, odio hacer deporte —le confieso, y él me observa como si me hubieran salido dos cabezas—. ¿Por qué me miras así?

—Por nada... ya te enterarás tú solita —me dice, dirigiéndose hacia la furgoneta—. Vamos.

Conduce con la misma velocidad con la que camina y, antes de que me dé cuenta, estamos entrando en un parking en la Quinta Avenida.

—Hemos llegado —me confirma tras aparcar.

—¿La agencia está en la Quinta Avenida? —inquiero, dándome mentalmente una colleja de las de Casi por no haberme fijado antes en la dirección.

—Por supuesto —me contesta, como si fuera lo más normal del mundo.

—Es verdad, no lo recordaba —le miento, colocándome a su lado—. Oye, ¿siempre caminas tan rápido? —le pregunto mientras nos dirigimos a toda prisa hacia el ascensor.

—¿Lo hago? —me plantea, sorprendido.

—Lo haces —sentencio con una sonrisa una vez que estamos en el elevador.

—Supongo que aquí todos andamos así y tú también terminarás haciéndolo —responde antes de que se abran las puertas y todo enmudezca para mí.

«Top on Top Management Inc.» aparece grabado en letras plateadas en la pared que hay detrás del mostrador... Los sofás blancos, la recepción minimalista, el enorme jarrón de flores, el ventanal, del suelo al techo, desde el que se divisa una panorámica increíble de Nueva York y una inmensa televisión de plasma que muestra imágenes de las modelos que representan me deja sin habla durante los escasos segundos en los que me percato de que voy a formar parte de todo esto.

—Valentina... ¡vamos! —me apremia Tom antes de ponerse a hablar con la chica que hay tras la recepción—. Te estaré esperando aquí cuando acabes —me informa cuando llego hasta él.

—¿Para qué?

—Porque mi curro consiste en acompañarte y mostrarte la ciudad durante tu primer día; no en plan turista, pero sí para que sepas cómo moverte por aquí. Mañana ya estarás tú sola, pero, para cualquier problema que te surja, siempre tendrás a tu *booker*. Mira, por ahí viene —me comunica, consiguiendo que me dé media vuelta, en dirección al repiqueteo de unos tacones.

—¿Valentina Domínguez? —me formula la mujer que está acercándose con decisión hasta donde estamos nosotros—. Encantada; soy Catherine, pero puedes llamarme Cat —me dice ofreciéndome su mano, que acepto con una sonrisa, mientras la estudio con atención; tendrá unos cincuenta años, lleva la melena oscura y ondulante suelta, va vestida toda de negro, como Tom y como la chica de la recepción, y la fuerza con la que sostiene mi mano y la determinación con la que me mira me lleva a pensar que es una persona decidida e implacable que no se rinde fácilmente.

—Acompáñame —me pide, y la sigo hasta un despacho—. ¿Qué tal está siendo tu primer día en Nueva York? ¿Ya has ido al apartamento?

—Sí, hemos estado allí un momento antes de venir aquí, para que dejara las maletas —le digo, sentándome en la silla que me señala, evitando hacer comentario alguno sobre el estado asqueroso del mismo, mientras ella se sienta tras su mesa, delante del enorme ventanal que hay a sus espaldas y que me muestra otra perspectiva increíble de esta metrópoli.

Disimuladamente, lo observo todo: el cuadro en blanco y negro de una mujer desnuda que hay en una de las paredes, los muebles blancos y minimalistas, como los que hay en la recepción, y el pequeño *bouquet* de rosas rojas situado sobre su mesa.

—Tengo tus polaroids y tus datos, pero, aun así, me gustaría confirmar tus medidas, ¿te parece? —me plantea, y asiento—. Te enviaré por correo electrónico un listado de los fotógrafos que deberás visitar para el *go and see*; ya sabes que se trata justo de eso, de ir para que te vean, te presentes y les entregues tu *composite*. Sobra decir que intentes ser simpática y caerles bien.

—Por supuesto.

—Mañana empiezas con los *castings*. Le he pedido a Margot, mi secretaria, que te los envié por *e-mail*. Ahí encontrarás indicadas las direcciones y el horario, así que sé puntual —me ordena, mirándome fijamente—. Esta agencia es muy respetada en el mundo de la moda y no acepto escándalos de ningún tipo por parte de mis chicas. Quiero que seas profesional, y serlo implica sonreír, aunque los tacones te estén matando; decir que todo está bien, aunque estés cansadísima y lleves horas esperando muerta de frío en ropa interior; mostrar tu mejor cara cuando te llamen a las doce de la noche para hacer un *fitting*, y dar lo mejor de ti continuamente, ¿lo entiendes? Si quieres trabajar aquí, vas a tener que estar *available* las veinticuatro horas del día.

»Cuando te llamen para hacer un *casting*, no me importará que te hayas tomado unos días libres o que tengas un compromiso familiar o que estés en la otra punta de la ciudad... Si tienes que volar, vuelas, pero vas y lo haces, porque, como rechaces ir dos veces a un *casting*, rescindiré tu contrato en el acto y, te advierto, una modelo que no factura no tiene cabida en Nueva York —me indica, consiguiendo que enmudezca todavía más—. Y, por supuesto, aprende a reconocer los límites cuando llegues a un *shooting*: no es lo habitual, pero, de vez en cuando, hay fotógrafos que tienden a propasarse y, cuando eso suceda, quiero que me llames, ¿está claro? No quiero llegar al punto de tener problemas con las firmas que representes.

—Sí, por supuesto —musito, incapaz de decir nada más.

—Continuamente llegan *new faces* a la Gran Manzana; chicas como tú, con ganas de comerse el mundo, pero no todas son capaces de aguantar este ritmo frenético y, al final, muchas terminan desistiendo y regresando a sus países, donde erróneamente las llaman *top* por el mero hecho de haber estado trabajando aquí. Déjame decirte lo que es una *top*: una *top* no es solamente una modelo, es una superviviente, es la mejor y la que es capaz de hacer un *shooting* con cuarenta de fiebre sin que se le note; una *top* es aquella que es capaz de quitarle el taxi a otra persona porque llega tarde a un desfile, y la que dice que todo está genial aunque no pueda más... y, si tú quieres ser una de ellas y quieres que los diseñadores más importantes se te rifen, vas a tener que estar dispuesta a trabajar duro y tragarte muchas lágrimas, vas a tener que saber saltar cuando tus propias compañeras te hagan la zancadilla, y hacerlo con estilo y sonriendo, porque, como se te note, estás jodida, ¿lo tienes claro? —me pregunta mientras la escucho, como antes, en completo silencio, asimilando el torrente de palabras que está soltándome—. Solemos promocionar a nuestras nuevas chicas, sobre todo al principio, así que mañana por la noche asistirás a una fiesta con Bella Maschell. No hace falta que te diga que espero que seas educada y sonrías todo el tiempo, ¿está claro? —me plantea, y asiento de nuevo, sintiéndome como una niña pequeña que está recibiendo una buena reprimenda—. Un taxi pasará a recogeros a las dos; por *e-mail* te enviaremos toda la información —prosigue mientras por dentro, y a pesar de todo el sermón, estoy dando saltos de alegría, ¡con Bella Maschell! ¡Oh, Dios míoooo!

»¿Alguna duda? —indaga, clavando su implacable mirada sobre la mía.

—Muchas, pero ya iré preguntándotelas poco a poco —le respondo sonriendo, me temo que de forma forzada. ¡Maldita sea, esta mujer me impone mucho!

—Este es mi número personal; no tengo horarios, así que puedes llamarme sea la hora que sea, ¿está claro?

—Sí —le contesto, viendo cómo se levanta y la imito.

—Sígueme, vamos a tomarte las medidas —me ordena, saliendo de su despacho para dirigirse a una pequeña habitación.

—Hola —saludo a las dos mujeres que se encuentran en ella.

—Ella es Margot —me la presenta Cat, guardando sus manos en los bolsillos de sus pantalones—, y ella, Poppy. Desnúdate y quédate en ropa interior —me pide, y veo cómo Margot, cinta métrica en mano, se acerca a mí mientras la tal Poppy coge una tablet y la imita.

Y, aunque sé que es lo habitual, me incomoda un poco este proceso, sobre todo cuando llevo horas con la misma ropa. «Si llego a saberlo, me hubiera duchado antes», me fustigo, desprendiéndome de las prendas.

—¿Cuál es tu objetivo? —me pregunta Cat, mientras observa cómo Margot va midiendo mi contorno de pecho, cintura y caderas, y Poppy lo va anotando en la tablet, en la que deduzco será mi ficha.

Puesto que es mi *booker* y la persona que tiene que luchar por mis intereses, decido sincerarme con ella.

—Quiero ser un ángel —le digo, refiriéndome a las modelos que representan a la firma Victoria's Secret y que no deben pasar los *castings* previos al desfile.

—Sube a la báscula —me pide Cat con seriedad, y obedezco para que ella compruebe mi peso.

—Sonríeme —me pide Margot una vez me bajo de ella—, bueno —le indica a Poppy, que procede a marcarlo en mi ficha—. Muéstrame tus manos... menos bueno, tiene ese dedo torcido —le dice como si yo no estuviera delante—. Brazos, bueno... Piernas, bueno... —prosigue tras mirarlas desde todos los ángulos—. Tobillos, bueno... Pies, regular, ¿eso es un callo? —inquiere, mirándome como si acabara de ver una aberración.

—No, es la forma de mi dedo —le respondo, sonrojándome.

—Regular —sentencia mientras soy testigo de cómo van valorando cada parte de mi cuerpo.

—Hemos terminado —le informa Margot a Cat cuando todas las partes de mi anatomía han sido valoradas en la escala de bueno, menos bueno y regular.

—Vístete y regresa a mi despacho —me ordena, antes de dar media vuelta y salir de la habitación.

Me visto con celeridad haciendo a un lado esa sensación que me asalta a veces de sentirme un trozo de carne a la venta. «Déjate de tonterías. Eres modelo, si no te evalúan el físico, a ver qué van a evaluarte», me riño, intentando tranquilizarme, pues los buenos han superado por goleada a los menos buenos o a los regulares.

—Hasta luego —me despido de Margot y Poppy antes de abandonar la estancia, acelerando mis pasos para llegar cuanto antes al despacho de Cat.

Llamo a la puerta y, cuando me autoriza a entrar, lo hago. «¡Qué miedito me da esta mujer, Señor!», me digo, sentándome de nuevo en la silla que había ocupado antes.

—Voy a ser sincera contigo como espero que tú lo seas conmigo —empieza a hablar, con esa seriedad que parece no abandonarla nunca, mientras yo veo, expectante, cómo apoya sus antebrazos sobre la mesa, a la vez que siento mi boca completamente seca—. Como no pierdas al menos cinco kilos y tonifiques ese cuerpo, no esperes ser un ángel ni trabajar para ciertas firmas —me suelta, ante mi mirada sorprendida—. Métete esto en la cabeza: nunca se está lo suficientemente delgada; de hecho, estoy segura de que nunca has desfilado para Yves Saint Laurent, ¿estoy en lo cierto? —me pregunta, y asiento en silencio, sintiendo que mi carrera, al menos hasta ahora, ha sido un juego de niños al que todo el mundo podría jugar y que en la actualidad estoy en otra liga, una muy muy chunga—. Y, si quieres que te representemos, no puedes limitarte solo a ciertas firmas, tienes que llegar a todas, y todos los diseñadores tienen que desear tenerte entre sus filas.

»Mira, Valentina, ser modelo en Nueva York es completamente distinto a serlo en otra ciudad y, como no estés dispuesta a luchar como una leona, no vas a despuntar y menos todavía a ser un ángel; ese privilegio está reservado a muy pocas y a esos *castings* llegan chicas de todas partes del planeta —me informa, mirándome fijamente—. Al desfile de este año ya no llegas, porque los *castings* empezaron en agosto, pero puedes intentarlo para el próximo... si sigues aquí —matiza, enarcando una ceja—. Tienes todo un año para perder peso y para fortalecer ese cuerpo. No quiero desanimarte, pero tampoco quiero mentirte, y tú misma te darás cuenta cuando vayas a los *castings* y veas a niñas de dieciséis años con una treinta y cuatro llevárselo calentito, mientras que a ti no dejarán de rechazarte.

—Una treinta y cuatro —musito con un hilo de voz.

—Exacto. Muchas de ellas están en esa talla porque son delgadas por naturaleza, pero me temo que no es tu caso, así que vas a tener que trabajar muy duro para ponerte a su altura... y no lo hagas haciendo tonterías: tienes que comer sano y cuidarte, de lo contrario tampoco lo conseguirás —me advierte, hundiéndome en la miseria más absoluta—. Otra cosa: a partir del momento en el que firmes el contrato, tu físico es nuestro; no puedes tatuarte, ponerte *piercings*, cortarte el pelo, tintarlo o modificarlo si no es con nuestro previo consentimiento... Es más, si en un determinado momento creemos que lo más acertado para ti es cortarte el pelo, raparlo o tintarlo de dos tonos distintos, tú no tendrás nada que objetar, ¿está claro? Seremos nosotros los que decidiremos por ti, por supuesto siempre velando por tus intereses —declara mientras voy asimilando sus palabras, rezando para que no les dé por hacer nada de eso.

—Está bien —susurro finalmente.

—Este es tu contrato, pero solo te permito que lo firmes si te comprometes a perder esos cinco kilos y a poner tu cuerpo en forma —me remarca, sosteniéndome la mirada.

—Por supuesto que me comprometo a hacerlo —le indico con decisión, cogiendo el contrato y viendo tanta letra pequeña junta que necesitaría todo un día entero para poder leerla y entenderla, y, sinceramente, después de un vuelo interminable en el que apenas he dormido y el día que llevo a mis espaldas, lo que menos me apetece es hacerlo... «Total, voy a firmarlo de todas maneras ¿qué más da lo que ponga?», me digo, estampando mi rúbrica en él—. Firmado. Y, ahora, ¿qué?

—Ahora Tom va a mostrarte cómo moverte por la ciudad y mañana ya empezarás en serio. Tienes muchos *castings* programados, y debes alternarlos con los *go and see*, con las fiestas y con las cenas, cuya información iremos enviándote, para promocionarte, sin olvidar tus sesiones de gimnasio, que han de ser diarias; nada de un día o dos a la semana.

—Perfecto —farfullo, tragando con dificultad. ¿Todos los días?

«Si mi Casi llega a oír a Cat, le da un buen par de sopapos fijo», me digo casi visualizando la escena y frenándome para no sonreír.

—Todo dicho, entonces. Bienvenida a Top on Top Management.

—Gracias —contesto, levantándome y sonriendo finalmente.

El resto del día lo paso con Tom, aprendiendo todo lo que debo saber sobre esta ciudad que parece tener su propio latido. Con él me entero de cosas tan básicas como dónde puedo comer en plan muy muy económico, dónde hay lavanderías, dónde hay supermercados y todos los puntos de interés a los que tendré que recurrir en algún momento; en definitiva, cómo moverme y sobrevivir en esta jungla de asfalto que parece absorberte, sin que te des cuenta, con cada una de sus palpitaciones.

Llego a mi nueva casa más muerta que viva, con la horrible sensación de que, posiblemente, esto me quede demasiado grande, y, cuando pongo los pies en ella, termino de hundirme en la miseria, pues mis compañeras apenas me prestan atención, demasiado ocupadas como están en arreglarse para salir o en ojear su móvil tiradas en la cama o en el sofá y, al final, cansada de sonreír e intentar ser simpática, opto por pasar de ellas de la misma forma en que ellas están haciendo conmigo.

Me ducho obligándome a no mirar la ropa que hay esparcida por el suelo, obligándome a no hacer caso de los pelos que hay por la ducha y obligándome a no reconocer el nudo que tengo formado en la garganta.

—¿Quién se ha comido mi yogur? —oigo que alguien suelta a voz en grito mientras, ya en pijama y sentada en mi cama, estoy abriendo mi correo—. Pregunto que ¡¡¡¿quién se ha comido mi yogur?!!! —«La Virgen, ni que se hubieran comido la nevera entera», pienso para mí, pasando de ella mientras casi enloquece—. ¡Quien lo haya hecho es una perra! —«Suerte que me he comprado agua», me digo, echándole un vistazo a la botella que tengo a mi lado. ¡Como para ir pidiendo un sorbito! Me muerden, vaya.

Pasando del jaleo que se está originando en el salón, me centro en lo mío, pues paso de líos ya el primer día, y, tras comprobar los *castings* a los que tendré que asistir mañana, llamo a mi padre y a mi hermana para contarles cómo me ha ido mi primer día aquí, edulcorando un poco, o más bien mucho, la situación.

Estoy triste... Echo de menos mi casa, echo de menos a mi familia, mi vida en Madrid y a él y lo que hemos vivido juntos, pienso, consciente de que no debería hacer lo que estoy haciendo y pasando de mí porque me da igual y porque necesito recordar todo lo bonito que vivimos para olvidar lo que estoy viviendo ahora... «Mi sueño, ¡qué chorrada!», mascullo mentalmente con desprecio. Mi sueño era él y lo que tuvimos; mi sueño era el cielo donde él me llevaba con una sonrisa o con una mirada, era esa llama que él prendía con un solo roce y era caminar por donde él caminara con nuestros meñiques enlazados.

Mi sueño era lo que tuve y lo que perdí, como esa hoja

que se arrastra por el suelo y mira con añoranza esa rama que la sostenía... Yo soy esa hoja que nunca volverá a ver nada desde lo alto de esa rama, porque mi lugar ahora es esto, es la moda y es Nueva York.

Tras ponerme los auriculares y cubrirme la cabeza con la colcha para ocultar las lágrimas y evitar que la luz, que mis queridas y adorables compañeras todavía mantienen encendida, me moleste, busco en Spotify Hard Rain, concretamente *Diamonds*, y más tarde *Terra Titanic* y todas esas canciones que traen, con sus letras y su música, imágenes y recuerdos nuestros a los que aferrarme, esas canciones que me recuerdan la que nosotros escribimos y que no puedo buscar en Spotify ni en YouTube, porque solo suena cuando estamos juntos..., medito, liberando mis lágrimas de la triple cerradura que las mantenía presas. Con ellas, con mis recuerdos y con sus ojos mirándome fijamente a través de estos, me duermo finalmente en esta ciudad que late con un ritmo propio, que va en discordancia con mi latido.

Capítulo 2

Despierto antes de que suene la alarma de mi móvil cuando oigo gritos provenientes del baño y, con la cabeza todavía cubierta por la colcha, me prometo a mí misma que voy a ser una maldita máquina de facturar miles y miles de dólares, aunque solo sea para poder salir de aquí cuanto antes.

Me visto con celeridad, sin molestarme en dar los buenos días a nadie, con la lección bien aprendida de que, al menos en este piso, no voy a encontrar a ninguna amiga. Es más, estoy segura de que, si les doy la oportunidad, más de una estará dispuesta a hacerme la zancadilla, y, con ese pensamiento, llegan las palabras que ayer Cat pronunció sin que le temblara la voz, y decido serlo, decido ser una superviviente en este mar de hienas y tiburones; decido aprender a saltar con estilo, a perder los putos cinco kilos que me sobran, y ser yo la que se le quede grande a la ciudad.

Desayuno un té negro en una de las cafeterías situadas en mi calle, limitándome a ser una mera espectadora de este cuadro en movimiento llamado Nueva York, y, tras comprar en un supermercado unos cuantos frutos secos, abro mi correo para dirigirme al primer *casting*.

Por suerte me manejo bien en el metro y llego puntual al mismo. Esta prueba es para hacer el anuncio de un champú de una reconocida marca de cosmética, así que espero que mis cinco kilos de más no sean un impedimento para conseguirlo y, recordando mi promesa, cruzo los dedos mientras accedo al edificio donde está convocado.

Llego a la segunda planta cardíaca perdida y, tras anunciarle mi llegada a la chica que está tomando nota de las mismas y entregarle mi *composite*, me pongo en la cola, pidiéndoles amparo a todos los dioses para que vaya rapidito, pues en dos horas tengo otro *casting* y, sinceramente, todavía no he aprendido el arte de desdoblarme o de volar, como me dijo Cat.

Sin entablar conversación con nadie, observo a las chicas ojear sus móviles; de hecho, resulta hasta gracioso, porque todas, absolutamente todas, están mirando sus teléfonos menos yo, que las estudio a ellas, su pelo, su rostro, incluso su ropa... «Debería estar ojeando mis apuntes», me reprendo. Se supone que voy a estudiar enología; estoy matriculada, pero ni siquiera me he molestado en abrir los contenidos... y, dándole la mano a ese pensamiento, llega el recuerdo de su voz y cuando me aconsejó que nunca dejara de formarme.

—Pues es justo lo que estoy haciendo... —le digo como si pudiera oírme, clavando mi mirada en el suelo, recordando ese día, la llamada de *Gonsado*, sus explicaciones del Íbex 35 y todo lo que vino después... sintiendo cómo todas estas emociones, que dormitan congeladas en mi pecho, brillan un poco, apenas durante unos segundos, pero los suficientes como para que las sienta revivir de nuevo antes de que ese frío que albergo en mi interior vuelva a congelarlas, apagando su luz.

—Tía, muévete, ¿qué haces? —me apremia la chica que tengo justo detrás de mí, y alzo la mirada, para descubrir que la cola ha avanzado considerablemente mientras yo permanecía sumida en esa parte de mi pasado.

—Lo siento —me disculpo, sintiendo la añoranza rasgar más profundamente esa herida que parece no querer cerrarse.

Me sorprendo al comprobar lo rápido que vamos avanzando y, antes de lo que imaginaba, estoy entrando en la pequeña sala donde van a hacerme la prueba.

Por suerte no difiere mucho de los *castings* a los que suelo ir; hay varios fotógrafos, un cámara y, al final, una mesa donde... A ver..., hay siete personas, cuento con rapidez mientras me acerco a ellas con decisión, viendo mi *composite* sobre la mesa.

—Buenos días. Soy Valentina Domínguez, encantada —los saludo, presentándome.

—Buenos días, Valentina —me responde la mujer que preside la mesa mientras veo que un hombre se acerca a mí y hunde sus dedos en mi pelo, deslizándolos de abajo hacia arriba y a la inversa, y hasta casi diría que analizándolo.

»Ponte de espaldas y mueve la cabeza —me indica la misma mujer mientras soy consciente de que van tomando nota—, de lado —prosigue mientras voy haciendo lo que me ordena—, del otro lado —me manda, y obedezco—. Agacha la cabeza todo lo que puedas y, rápido, mira al techo —me pide con autoridad—; otra vez —me dice mientras van fotografiando y grabando cada uno de mis movimientos—. Hazlo de nuevo —insiste mientras yo voy acatando sus órdenes—, otra vez... Ponte de espaldas y vuélvete para mirarnos, otra vez..., otra vez... Bien, vete al final de la habitación, gírate y camina hacia nosotros —me indica y, por fin, desde que he puesto un pie en esta ciudad, me siento cómoda a pesar del dolor de cuello que estoy empezando a tener—. Muy bien, mueve el cuello de lado a lado, rápido... Otra vez, otra vez, otra vez —me señala con voz neutra—. Hemos terminado —me informa, sonriendo.

—Muchas gracias por la oportunidad —les digo a modo de despedida.

A pesar de que voy sobrada de tiempo, acelero mis pasos en busca de una boca de metro para dirigirme al siguiente *casting*, en pleno Midtown de Manhattan, en la sede de mi admiradísima Carolina Herrera. «Malditos cinco kilos de más», mascullo para mí, sintiendo el latir de la ciudad en mis pies, en el vapor que sale de las alcantarillas y en la gente que, al ritmo de ese latido, camina con rapidez por la acera sin mirar a nadie, completamente centrada en su objetivo; ejecutivas con deportivas, turistas fotografiándolo todo, músicos callejeros, los típicos puestos de venta de *hot dogs* que ni me molesto en mirar y la increíble mezcla cultural que convive en esta metrópoli que es un mundo aparte de todos los que he conocido y donde los rascacielos, como los viñedos en La Rioja, son los principales protagonistas.

Contemplo el altísimo edificio, desde la acera de enfrente, donde la marca tiene su sede con taller incluido, su *headquarters*, como dicen aquí, y, acelerando mis pasos, llego hasta él sintiendo mis nervios hacerse con el control de mi cuerpo... Unos nervios que se diluyen de forma mágica en cuanto pongo un pie dentro y siento cómo el latido de la ciudad se ralentiza, dejando a un lado esa velocidad para empezar a latir de manera distinta, tranquila y al unísono con la elegancia que desprende esta marca, y me obligo a detenerme yo también para inspirar el olor a jazmín y nardos, esencia de la firma, como el «menos es más» y que aquí está tan presente.

—Buenos días, ¿desea algo? —me pregunta con educación una mujer, elegantemente vestida, acercándose a mí.

—Vengo a hacer un *casting* —le comunico, adoptando, sin darme cuenta, la forma de hablar tranquila y sosegada de esta señora.

—¿Tiene cita? —me plantea, sonriéndome—. ¿Cómo se llama?

—Sí, claro, a las diez y media. Soy Valentina Domínguez —le respondo, viendo cómo consulta una tablet.

—Por supuesto, ¿puede facilitarme su *composite*? —me pide mientras yo hurgo en mi bolso del modo menos elegante posible.

—Aquí tiene —le anuncio, tendiéndoselo y dándome una colleja mentalmente, obligándome a ser más *fina*.

—Sígame, por favor —me solicita, dirigiéndose al fondo de la estancia, y obedezco.

«Ay, Señor, yo quiero ser esta mujer; quiero caminar como ella, hablar como ella, sonreír como ella...», me fustigo, sintiéndome un caballo desbocado a su lado.

—Espere aquí, no tardarán en avisarla —me informa mientras contemplo la fila de niñas que hay esperando, porque son justo eso, niñas.

«¿En serio? Ayyyyy, mierda, que estas son todas de la treinta y cuatro», me flagelo, mirándolas y sintiéndome de repente mayor y gorda. «Pero ¿tú estás tonta?», me riño a mí misma, obligándome a buscar esa confianza que se supone que hay dentro de mí mientras mis ojos van a la suya, analizando los rostros aniñados que me rodean... Maldita sea... Voy a matar a Casi y su manía de cebarme.

«Tranquila, son unas crías... Estas están empezando seguro y no tienen la experiencia que tienes tú... —me digo, alzando el mentón—, o son las típicas niñas que han sido modelos desde que abrieron los ojos», me rebato, observando mis pechos y los suyos, ¡pero si la mayoría no están ni formadas todavía! ¡Ay, Dios!

Una por una, van pasando a la sala contigua y, cuando me toca a mí, me siento completamente fuera de lugar, como si en vez de tener diecinueve años tuviera cincuenta y fuera una rosa medio marchita rodeada de capullos sin abrir.

—Valentina Domínguez, puede pasar —me indica elegantemente otra mujer con un pinganillo en la oreja. Vamos, que aquí tienen clase hasta las motas de polvo.

—Gracias —musito, obligándome a recordar quién soy y a no dejarme amilanar por tonterías que solo están en mi cabeza—. Buenos días, soy Valentina Domínguez —saludo con suavidad pero con firmeza a las personas que se encuentran, como en casi todos los *castings*, sentadas al final de la sala, tras una larga mesa.

Me acerco a ellas caminando lo más elegantemente posible, observando de reojo a los fotógrafos, que ya han empezado a tomarme fotos, y a los cámaras que están cubriendo el *casting*.

—Buenos días, Valentina. Por favor, regresa al principio de la sala, date la vuelta y camina de nuevo hacia nosotros —me pide con voz pausada la mujer que está sentada en el centro.

Sonriendo pero sin excederme, hago lo que me ha indicado, repitiéndolo cuando me lo solicitan, mostrando todos mis perfiles y agradeciendo la oportunidad cuando lo dan por finalizado.

Respiro profundamente al salir a la calle, cuando la suave fragancia del jazmín y de los nardos abandona mis fosas nasales para ser sustituida por el olor a contaminación, cuando las voces pausadas son silenciadas por los cláxones de los taxis y los vehículos que circulan a toda prisa y cuando el ritmo vertiginoso de la ciudad se carga de un plumazo la elegancia, la femineidad y la tranquilidad que latía, a un ritmo distinto, en este edificio, y dirijo la mirada, cargada de anhelo, hacia esa puerta que encierra el concepto de la clase, lo ultrafemenino y lo sofisticado hasta en las prendas más básicas.

—Por favor, haced que me elijan —musito alzando

los ojos hacia el cielo, donde se supone que están mi madre y mi abuelo, mis guías y esos a los que siento a mi lado de una manera difícil de explicar.

Al *casting* de Carolina Herrera le siguen muchos más y, cuando finalizo con todos los que tenía programados, me obligo a regresar a mi casa para ir de inmediato a machacarme en el gimnasio, frenando mis ganas locas de ir a pasear a Central Park o las de perderme por el caótico Times Square que he tenido tan cerca cuando he hecho el *casting* de CH.

No cojo el metro para volver, a pesar de lo cansada que estoy, pues necesito caminar, sin prisas esta vez, para familiarizarme con este latido que resuena por todas partes, como si fuera el eco de cientos de otros, un eco que hasta puedo oír... y es, durante este paseo, cuando me percato de que Nueva York no es solamente la ciudad de los rascacielos y de las grandes avenidas o el escenario de miles de películas, sino que también es la ciudad de los contrastes, de la fusión y de la energía que sientes fluir por todas partes, como si brotara de los alcantarillados entremezclada con el vapor; es la ciudad de los sueños, que todos esperamos cumplir algún día, incluso yo misma, aunque a veces lo olvide cuando otro sueño, mucho más poderoso, llega para ensombrecer este.

Si se cumplirán o no esos sueños, es algo que desconozco; si me quedaré hasta convertirme en una de esas supervivientes de las que hablaba Cat es algo que tampoco sé, pero de lo que estoy completamente segura, al menos de momento, es de que este tiempo, el que dure en esta ciudad, me cambiará por completo y, aunque me pierda miles de veces, terminaré encontrándome miles de veces más.

Y, mientras me pierdo y me encuentro e intento adivinar cuál es el sueño que domina mis pasos, intentaré morder bien fuerte esta manzana hasta dejar mis dientes marcados en ella.

—Hola, Harry —lo saludo cuando llego al portal de mi casa, viendo su cigarrillo consumirse entre sus dedos mientras subo los escalones.

—Buenas tardes —me contesta, alzando su mirada del suelo para posarla sobre la mía, y le sonrío.

—Hasta luego —musito, dirigiéndome con celeridad a «mi casa», donde me cambio de ropa, sustituyéndola por otra deportiva.

En el gimnasio me machaco durante casi una hora y, con todo mi cuerpo temblando por el esfuerzo, inicio el regreso a *la pocilga*, como acabo de bautizarla.

Me ducho mientras mis compañeras entran y salen del baño sin importarles lo más mínimo que yo esté en él y, bufando suavemente, salgo de debajo del agua sin decir ni mu.

Sin mediar palabra con ninguna de ellas, me enfundo en un vestido corto de lentejuelas granate, dejando mi larga melena oscura suelta y maquillándome, dándoles protagonismo a mis ojos. «Si voy a estar al lado de Bella Maschell, ya puedo esmerarme si quiero que alguien se fije en mí», me digo dándome los últimos retoques, recordando de nuevo las palabras de Cat, pues estoy cansadísima y, tras estar un día entero pateándome Nueva York y una hora en el gimnasio, lo que de verdad me apetece es tirarme en la cama para morirme.

Siento la mirada de mis compañeras puesta sobre mí cuando llego al salón y, de nuevo sin abrir la boca, me dirijo a la calle cuando pasan a recogerme. «Que os den, idiotas», les dedico mentalmente con desdén.

—Buenas noches —saludo al chófer, omitiendo preguntar por Bella.

—Buenas noches, señorita —me responde, incorporándose a la circulación, y doy por hecho que todavía tenemos que pasar a recogerla.

Con los nervios machacándome por dentro voy devorándolo todo con la mirada mientras llegamos al Upper East Side, uno de los barrios de mayor prestigio de Manhattan, y, cuando veo a Bella salir de un elegante edificio, me prometo a mí misma que yo también viviré algún día aquí... y lo que más me sorprende es que no he imaginado ese futuro en La Rioja con él, sino aquí, sola y en este barrio, reconozco quedándome paralizada ante esa promesa que ha llegado de manera repentina.

—Hola —la saludo con tristeza cuando se sienta a mi lado, porque no quiero el futuro que he visualizado; es más, ni siquiera sé por qué lo he pensado...

—Hola —me responde, sorprendiéndome porque pensaba que no iba a hacerlo—. ¿Eres nueva? No te conozco —añade, sorprendiéndome otra vez.

—Valentina Domínguez —me presento, tendiéndole la mano, que acepta—. Llegué ayer —prosigo, admirando sus perfectas facciones.

—¿Y qué tal está siendo? ¿Tal y como lo imaginabas? —se interesa, y la miro alucinada por el simple hecho de que esté prestándome atención mientras el chófer se incorpora al tráfico, menos intenso a estas horas de la noche.

—No... la verdad —musito.

—¿Mejor o peor? —insiste, sonriéndome con simpatía.

Y puede que sea porque llevo todo el día en silencio o porque necesito descargar todo lo que llevo acumulado dentro de mí, pero en apenas unos minutos le vomito todo lo que lleva hirviendo a fuego lento en mi interior desde ayer.

—Anda que no te queda —me dice con una sonrisa cargada de añoranza—. A mí me sucedió igual cuando llegué hace ya unos cuantos años, y te aseguro que no mejora con el tiempo, sobre todo cuando empiezas a despuntar. Entonces las envidias son más palpables y el vacío que te hacen algunas compañeras es más grande. Si te sirve de consuelo, yo solo tengo dos amigas de verdad en este mundillo, el resto son conocidas que te sonríen con la misma falsedad con la que les sonríes tú. Te aseguro que, al final, no te importa y acabas haciendo lo mismo y, si no, fíjate en esta noche —me indica mirando por la ventana, y la imito, percatándome de que ya hemos llegado.

—Pues qué bien, ¿no? —ironizo mientras estamos en la cola, a la espera de llegar al lugar donde se celebrará la fiesta.

—No es tan malo cuando te acostumbras y, sobre el piso en el que vives, lárgate cuanto antes.

—Te lo aseguro; en cuanto pueda pagarme cualquier cosa, desaparezco de allí.

—Mira, ya estamos. No te despegues de mí, ¿vale? —me pide mientras yo le sonrío con una mezcla de tristeza y agradecimiento, como ese perro que, tras vagabundear durante días, se encuentra con una mano amiga que le acaricia la cabeza y, joder, eso es muy triste.

En cuanto salimos del vehículo, los *flashes* de las cámaras me ciegan y, mientras me mantengo cerca de ella, tal como me ha pedido, soy testigo de cómo todos la llaman, cámaras, prensa y canales de televisión, mientras que a mí pocos me ven, pero, aun así, sonrío y saludo a quien quiera verme o enfocarme.

En el *photocall* se repite la misma situación o peor, porque Bella permanece en él casi diez minutos, mientras que yo estoy apenas diez segundos escasos.

—Tranquila, a mí me sucedía igual —intenta animarme cuando accedemos al interior del recinto.

—Gracias —musito, deseando darle un enorme abrazo y frenándome.

—¿Por qué? —me pregunta extrañada, deteniéndose.

—Por esto —le indico, encogiéndome de hombros—, por hablar conmigo y por entender cómo me siento. Sé, o al menos eso espero, que algún día esto será diferente, pero ahora... ahora solo tengo ganas de...

—Salir corriendo, ¿verdad? —inquiere, y asiento con la cabeza—. Pero no lo haces porque, a pesar de todo, quieres conseguirlo —prosigue como si estuviera leyéndome la mente y, de nuevo, asiento—, y lo lograrás, ya verás —me asegura—. Olvídate de tus compañeras y de todo lo que te impide avanzar y sonríe y pásalo bien; esto es un sueño si sabes vivirlo... Fíjate en todo lo que te rodea, te garantizo que en tu casa esto no vas a vivirlo. Mira, ahí están Victoria y David Beckham, Carolina Herrera, Marc Jacobs, Kate Moss, Nick Klain... Por cierto, tienes que posar para él, ¿ya has ido a visitarlo? —me pregunta mientras intento abarcarlo todo con la mirada.

—No, hoy me ha resultado imposible.

—Nick es uno de mejores fotógrafos del momento. Tiene una forma de fotografiar distinta al resto, como si fuera capaz de captar tu alma o tu esencia en cada imagen, como si pudiera ver dentro de ti y, eso que ha visto, quedara reflejado en la fotografía. Consigue que te veas de verdad —me explica mientras apenas puedo localizarlo entre toda esta gente que nos rodea—. Para él han posado las mejores modelos del mundo y las *celebrities* más importantes, y recientemente una de sus fotografías salió a subasta con un precio de salida de seis mil dólares.

—Venga ya —suelto, sorprendida—, ¿en serio?

—Y tan en serio. No eres nadie en este sector hasta que Nick te fotografía. Vamos, voy a presentártelo —me propone cogiendo mi mano y empezando a avanzar con decisión, sorteando las mesas repletas de centros florales, velas y comida—. ¡Hola, Nick! —lo saluda feliz, dándole un abrazo y recordándome a Ciro y a mí.

—¡Bella! ¡Al fin te encuentro! ¿Dónde te habías escondido?

—Por ahí, a ti te tengo muy visto —bromea, sonriendo y separándose de él—. Nick, te presento a Valentina Domínguez.

—Encantada, Nick —le digo con timidez, tendiéndole mi mano, que acepta.

—Lo mismo digo, Valentina; ¿también eres modelo? —me plantea con voz ronca mientras lo observo disimuladamente, obligándome a no demostrar lo impactada que estoy.

Si digo que es guapo, me quedo corta; si digo que es guapísimo, continúo quedándome corta, así que creo que lo mejor será que lo defina como un portento en toda regla. Un portento con los ojos oscuros y ligeramente rasgados, el pelo negro, los labios carnosos y un cuerpo de infarto. Vamos, que es de esos hombres que no necesitan esforzarse mucho para conseguir que caigas rendida a sus pies.

—En eso estoy —musito, sonriendo y sonrojándome como si tuviera quince años.

—¿Y cuándo tienes pensado venir a verme? Porque... no lo has hecho todavía, ¿verdad? —me pregunta a la vez que coge dos copas y nos entrega una a Bella y otra a mí mientras diviso los canapés y siento cómo mi estómago grita por uno de ellos.

—No, pero espero no tardar en hacerlo —le respondo, frenándome para no alargar la mano y coger uno que tiene una pinta increíble, mientras varias chicas se acercan a nosotros.

—¡Nick, qué alegría verte! —exclama una de ellas mientras el resto se lo come con la mirada, y veo que Bella me mira enarcando una ceja.

—Nos vemos, Nick —se despide, cogiéndome del brazo y alejándonos de él.

—Sandrine Holmes, Helena Silvana y Jules Michael, tres de las modelos más en auge en estos momentos; no hay desfile al que no asistan —me cuenta cogiendo mi copa y dejándola junto a la suya en una de las mesas para, seguidamente, acercarse a... ¡Oh, Dios mío!—. Señora Herrera, encantada de verla —la saluda con suavidad, dándole dos besos que apenas rozan sus mejillas.

—¡Bella! Qué grata sorpresa —le responde con afabilidad.

«Oh, Dios mío... ¡Oh, Dios mío!... ¡¡¡Ohhhhhhh, Dios míooooooooo!!!»

—Lo mismo le digo. Hoy he estado en la casa y esta colección es divina. Enhorabuena, señora —la felicita, y doy por hecho que «la casa» es la sede de la diseñadora, donde yo misma he estado esta mañana.

—Gracias, ya me ha comentado Rose que formarás parte del desfile —le comenta mientras yo solo puedo mirarla con adoración.

—Permítame que le presente a mi compañera Valentina Domínguez, llegó ayer desde España.

—Me encanta España —me dice rezumando clase, elegancia y saber estar por todos los poros de su piel—. Bienvenida, querida —añade con suavidad mientras yo solo puedo sonreír y mirarla con adoración sin atreverme a rozarla siquiera.

—Muchas gracias, señora Herrera, es un verdadero honor conocerla.

—Nos vemos, señora —se despide Bella cuando una persona se acerca a saludarla.

—Hasta luego. Encantada de nuevo —le indico, antes de seguir a Bella—. Hoy he ido a un *casting* para participar en su desfile, espero que me elijan —le cuento buscando un vaso de agua por algún sitio—. ¿Aquí solo hay alcohol? —le pregunto, frunciendo el ceño.

—Me temo que sí, carísimo, pero sí —me contesta, guiñándome un ojo—. Ven, aquí hay mucha gente que debes conocer.

Durante el resto de la velada, vivo lo que esperaba vivir cuando llegué ayer a esta ciudad y, junto a ella —y mientras me presenta a diseñadores más o menos conocidos y charlamos con fotógrafos, directoras de revistas de moda, agentes y, ocasionalmente, con alguna modelo—, me adentro en este mundo del que solo conocía una pequeña parte, aunque erróneamente creía que era toda una experta, porque Nueva York es otro nivel y aquí el *glamour*, el dinero y el poder flotan en el ambiente, como lo hace la humedad durante las primeras horas de la mañana o la suave fragancia de la tierra cuando te adentras en ella.

Llego a mi casa completamente rendida, pero también feliz, y, con una enorme sonrisa en los labios, cierro los ojos, durmiéndome en el acto con ella puesta.

Capítulo 3

El día siguiente es una copia del anterior, pues tengo la agenda repleta de *castings* y, mientras corro de un lugar a otro, siento cómo esta cosa que late dentro de mí adopta el latido propio de la ciudad, yendo al unísono con él, y sonrío al reconocer una calle por la que ya pasé ayer y lo hago un poquito más cuando alzo la mirada hacia el cielo y algo me dice que lo conseguiré.

—Dime, Cat —la saludo al descolgar el teléfono a la vez que accedo al edificio donde tengo otra prueba.

—Me ha llamado Rose, la directora de *casting* de Carolina Herrera, porque quieren volverte a ver. Enhorabuena, te han seleccionado para la siguiente fase —me indica mientras freno mis pasos en el acto, todavía asimilando sus palabras—. Tienes que estar en la casa a las diecinueve horas —añade, y miro la hora con horror.

—¿Cómo? ¿A las siete de la tarde? ¡Pero si estoy en la otra punta y todavía no he empezado con el *casting* de Pamella Roland! ¡No me da tiempo!

—Pues va a tener que dártelo, porque ambos son importantes —me rebate con seriedad.

—Vale..., ya hablamos —musito, inspirando y soltando todo el aire de golpe, recordando las palabras que me dijo el primer día. «Mierda, me temo que ha llegado el momento de volar, aunque no sepa ni dónde tengo las alas», pienso, acelerando mis pasos de nuevo.

Con el corazón latiéndome a mil por hora, veo cómo el ascensor sube en apenas unos segundos los veinte pisos que me llevarán al lugar donde se realizará el *casting* y, cuando llego, casi me da un infarto. «Maldita sea, aquí tengo una hora como mínimo», farfullo mentalmente al descubrir la larga cola de chicas que esperan hasta sentadas en el suelo... Mierda, va a ser imposible que llegue a tiempo.

Disimuladamente, observo que no hay nadie tomando nuestros datos ni pidiendo el *composite* y, sin dudarlo un instante, me dirijo con decisión al principio de la cola... «Vamos, que volar no podré volar, pero colarme, hombre, sí puedo», pienso para mí, rezándoles a todos los dioses para que nadie se percate. Aprovechando que todas están absortas mirando su móvil, me coloco frente a una de ellas, muerta de vergüenza, todo sea dicho.

«Por favor, que no se dé cuenta, que no se dé cuenta, que no se dé cuenta...», imploro para mis adentros a quien esté ahí arriba y quiera escucharme. Por suerte mis ruegos son atendidos y pronto me veo avanzando en la cola como si llevara horas en ella.

Salgo del *casting* corriendo como si me fuera la vida en ello hacia la primera boca de metro que se cruce en mi camino y, cuando la localizo, solo me falta desplegar las alas que no tengo. A las siete menos diez estoy frente a la puerta de este universo de elegancia y voces pausadas, mientras que yo me siento como si terminara de hacer una maratón, sudada a pesar del frío que hace y con el pelo hecho un cristo. «Maldita sea», me fustigo, accediendo a él.

Una vez en el interior, espero a que la misma señora que me recibió ayer lo haga hoy también y, cuando la veo, sonrío esperando a que sea ella la que hable primero.

—Buenas tardes. Valentina Domínguez, ¿verdad? —me pregunta llegando hasta mí, reconociéndome, mientras la suave fragancia del jazmín y de los nardos llega para envolverme como lo haría un abrazo.

—Así es, buenas tardes —la saludo con la misma voz pausada que emplea ella.

—Por favor, sígame —me pide, dirigiéndose a la misma habitación en la que hice el primer *casting*.

—Gracias —musito antes de acceder a ella.

«Hoy hay menos chicas de las que había ayer», pienso para mí, colocándome al final de la cola, sintiendo cómo mi corazón late acelerado y, de nuevo, las observo casi analizándolas mientras ellas leen un libro, ojean su móvil o pierden su mirada al frente. «Debería ponerme a estudiar —me reprendo al descubrir a una chica que está enfrascada en sus apuntes—. Pero ¿cómo es capaz de concentrarse, cuando yo solo puedo pensar en la prueba? —me pregunto mientras la cola avanza y ella lo hace sin despegar la vista de los apuntes...—. Porque quiere conseguirlo —me respondo—. Si yo quisiera, también podría, pero no lo hago porque abrir esos apuntes sería como abrir una compuerta que de momento prefiero mantener cerrada», reconozco, sintiendo cómo esa herida late encallada en mi interior y, aunque sé que no debería hacerlo, al final sucumbo y cojo mi móvil para ver sus fotografías.

«Por muchos portentos que conozca y por muchos hombres interesantes que se crucen en mi camino, ninguno será como él», concluyo mentalmente, observando sus ojos y esa media sonrisa que parecía estar siempre lista para mí, deslizando el dedo por la pantalla para cambiar de fotografía, demorándome en una en la que aparece con el ceño fruncido, ese ceño que tantas veces alisé, su...

—Valentina Domínguez, puedes pasar —me indica la misma chica del pinganillo que estaba ayer aquí, devolviéndome al presente de esta elegante habitación.

—Muchas gracias —contesto, guardando mi móvil y sonriéndole, a pesar del dolor que siento latiendo dentro de mí, tan en discordancia con el latido de esta ciudad, «porque, cuando dos cosas son contrapuestas, no pueden latir al unísono, al igual que dos sueños tan dispares no pueden cumplirse, al menos, no al mismo tiempo», pienso con tristeza.

Una tristeza que se evapora en el acto cuando accedo a la estancia y mi mirada se posa en la señora Herrera.

«¡Oh, Dios mío, ¡Ohhhhhh, Diosssss mío!»

—Buenos días —musito con voz temblorosa, sonriéndole tímidamente sin saber si me ha reconocido y sin saber si debo saludarla y recordarle nuestro encuentro de anoche.

Ay, señor, y yo que me creía lo más de lo más en España y estoy a punto de caerme de espaldas por tener a mi adorada Carolina Herrera frente a mí.

En apenas unos segundos reacondiciono mi mente y comienzo a andar hacia ellos con la elegancia y la decisión que supongo que debo mostrar y, cuando llego hasta donde están, dirijo mi mirada hacia la clase y el saber estar hecho mujer.

—Encantada, señora Herrera —la saludo con esa voz pausada que parece salirme de manera innata cuando pongo un pie en la casa.

—Lo mismo digo, Valentina —me responde, sonriéndome discretamente, y juro, por lo más sagrado, que me han temblado hasta las pestañas.

—Por favor, Valentina, regresa al principio, date la vuelta y regresa aquí —me solicita la misma señora que ayer me daba las indicaciones.

Hago lo que me piden a pesar de estar tan nerviosa que siento mis piernas como de plastilina mientras me fotografían y me graban y, cuando llego de nuevo frente a su mesa, observo mi fotografía en el panel que hay en un extremo, junto a otras.

—Repítelo de nuevo, por favor —me señala mientras la señora Herrera guarda silencio, y camino hacia el otro extremo de la habitación, sintiéndome como esa hoja que, arrastrada por el viento, alza el vuelo ligeramente.

—¿Para qué firmas has desfilado? —me pregunta el hombre que se encuentra sentado en un extremo de la mesa, una vez que llego de nuevo hasta donde están ellos.

—Para Amaya Arzuaga, Alejandro de Miguel, Ángel Schlesser, Kenzo, Hannibal Laguna... y, en Italia, fui el rostro de la cadena hotelera Briani... —contesto, sintiendo que me quedo en blanco—, además de ser la imagen de D'Elkann de este año para la temporada otoño-invierno —añado finalmente.

—Muy bien, Valentina; muchas gracias por venir —me indica amablemente la señora que está sentada a la altura del centro de la mesa y que es la que, a excepción del hombre que acaba de formularme la pregunta, se ha dirigido a mí durante todo el tiempo mientras el resto se ha limitado a tomar notas y mirarme en silencio.

—Muchas gracias por esta oportunidad, ha sido todo un placer —les digo esbozando una tímida sonrisa, deseando con todas mis fuerzas formar parte de este desfile—. Señora Herrera, encantada de verla de nuevo —me despido al fin, sintiendo cómo unas emociones distintas a las que él proyectaba en mi pecho afloran en mi interior, como si me encontrara en otro jardín en el que otras flores se abren al sol y en el que revolotean otro tipo de mariposas..., unas menos brillantes y con colores más discretos, unas que no me producen cosquillas cuando baten sus alas y a las que incluso les cuesta alzar el vuelo, pero que, al menos, son capaces de eliminar ese frío que anidaba en mí, haciéndome sentir cómoda. Y, de momento, me conformo con eso, con sentirme cómoda, a pesar de que eche de menos estar en el otro jardín y a esas mariposas que dormitan congeladas en él.

Con esta agradable sensación de comodidad que se ha asentado en mi interior, echo a andar en busca de una boca de metro, dirigiendo mis pasos, sin pretenderlo, hacia Central Park, el pulmón de Nueva York y ese lugar al que todavía no he podido ir... «Mañana», me prometo a mí misma cuando diviso las copas de los árboles, mirándolas con anhelo, necesitando pisar la tierra, que estoy segura de que no tendrá nada que ver con la de La Rioja, necesitando sentarme bajo un árbol y apoyar mi espalda en su tronco, necesitando encontrar un lugar en esta ciudad en el que pueda sentirme «como en casa»... «Mañana vendré —me repito—, y encontraré un hueco para empezar con los *go and see*», me animo inspirando profundamente, sintiendo la añoranza partirme en dos. «Mañana será otro día», me digo bajando la mirada hacia el suelo para encaminarme, esta vez sí, hacia el metro y hacia la pocilga, ese lugar que se ha convertido en un sitio donde dormir y en el que estoy segura de que nunca me sentiré «como en casa».

—¿Todavía aquí, Harry? —le pregunto una vez llego al portal, tomando asiento a su lado sin cuestionármelo.

«No me extraña que Harry sea como un confidente», pienso sintiendo la acuciante necesidad de hablar con alguien tras estar todo el día en silencio, un silencio que he roto únicamente por cuestiones de trabajo y que en la pocilga me he autoimpuesto.

—Cuando llegas al final de tu vida, solo puedes sentarte para verla pasar —me responde con voz profunda, con la mirada fija al frente—. ¿Y la tuya? —inquiere, volviéndose hacia mí y ofreciéndome un cigarrillo que rechazo con la cabeza.

—Ahí va... Hoy mejor que ayer, así que supongo que ya es un avance —le indico a la vez que noto mi móvil vibrar en mi bolso mientras Harry posa su mirada de nuevo al frente, donde la tenía antes, y yo compruebo que tengo un mensaje de Bella.

He quedado con Nick para tomar algo en The Great Temple, ¿te apuntas?

Iba a ir un rato al gimnasio, pero no me apetece mucho. ¿Qué es The Great Temple?

Un pub. Te pilla cerca, está en el SoHo. Venga, vente, luego ya irás al gimnasio; si no recuerdo mal, no cierra en todo el día 😉

Sonrío al leer su mensaje, y contesto veloz.

¿Ya estás allí?

De camino, ¿te envío la ubicación?

Sííí 😀

—Me marcho, Harry, gracias por este ratito —me despido sonriéndole, levantándome y bajando los escalones con rapidez mientras él chasquea la lengua a modo de respuesta.

Abro el mensaje que me envía Bella y compruebo que apenas tengo diez minutos a pie y, de nuevo, elijo esa opción.

Cruzo la acera moviéndome presurosa, casi como una neoyorquina más. «Supongo que, al final, todo se pega», pienso mientras recuerdo mi primer día y cómo le recriminé a Tom lo deprisa que andaba, y es que esta ciudad es así, rápida y vertiginosa. Aquí todos parecen tener prisa y caminan como si el mundo fuera a terminar en cualquier instante. De hecho, creo que no eres un neoyorquino de verdad hasta que no adquieres ese ritmo y consigues que nada te impresione... No importa que la tía que tengas al lado vaya desnuda o que un predicador vaticine el fin de la humanidad, si eres capaz de caminar con cierta rapidez sin dejar que nada detenga tus pasos ni atraiga tu atención, lo has conseguido. «Me temo que yo todavía estoy en el proceso», pienso sin dejar de sonreír, localizando en la acera de enfrente el pub.

—Vaya... —musito, incrementando el ritmo de mis zancadas mientras contemplo la fachada de ladrillo visto, la doble puerta de hierro negro, las lámparas en forma de antorcha que hay situadas a ambos lados y el cartel que hay colocado sobre ella, «The Great Temple».

Abro la puerta sintiendo que me adentro en otro mundo, «algo realmente complicado cuando ya siento que vivo en uno completamente distinto al que conocía», pienso empezando a sortear a la gente, observando las paredes del interior, también de ladrillo visto, la larga barra de madera y la pintura de una mujer desnuda acostada de espaldas que decora el techo, y, mentalmente, cuento el dinero que llevo encima. «Maldita sea, aquí me cobrarán hasta por respirar», maldigo para mis adentros mientras mi mirada se posa unos segundos en el sofá *chester* rojo que hay en un rincón antes de localizar a Bella y a Nick en un extremo de la barra, charlando animadamente con el barman.

—¡Hola, chicos! —los saludo llegando hasta ellos, para darles a continuación un par de besos, incluso a Nick, a pesar de lo mucho que me impone.

—Hola, cielo —me saluda él—. Sigo esperando que vengas a verme —me recrimina con una sonrisa.

—Estos fotógrafos endiosados creen que no tenemos otra cosa que hacer que ir a visitarlos —bromea Bella, guiñándole un ojo.

—¿Endiosados? Ya te lo recordaré cuando te tenga frente a mi objetivo —le rebate sin borrar la sonrisa de su rostro en ningún instante mientras admiro la perfección de su dentadura—, y a ti quiero tenerte frente a él. Voy a publicar un libro con mis mejores fotografías y quiero incluir varias tuyas. ¿Qué me dices? —me pregunta centrando toda su atención en mí y descolocándome, pues, sinceramente, en esta ciudad no me conoce ni Dios mientras que para él han posado las mejores modelos y actrices del planeta.

—¿Mías? ¿Quieres incluir en tu libro fotografías mías? —le planteo, a pesar de que lo he entendido a la perfección.

—Así es, cielo. Quiero fotografiarte en tus inicios para que, cuando llegues a lo más alto, pueda decir que yo fui el primero en hacerlo —me contesta, completamente seguro de sus palabras, ante mi incrédula mirada. «¿Mis inicios?»

—Bueno, en realidad esto no son mis inicios, llevo unos cuantos años en el sector y me han fotografiado cientos de veces —le replico, esbozando una sonrisa condescendiente. «Este debe de creer que acabo de abrir los ojos al mundo», pienso, divertida.

—Te equivocas, nena: lo de antes no cuenta, digamos que es como anecdótico, pero esto sí. Esto sí que es de verdad y aquí eres una recién llegada.

—Es así, Valentina —corrobora Bella ante mi mirada asombrada—. Puede que en tu país seas muy conocida, pero aquí no lo eres. El día que Nueva York se rinda a tus pies será cuando se rendirá el mundo entero, créeme. Ese día no importará que estés en tu país, en Francia, en el Reino Unido o donde sea que te encuentres, porque todos sabrán quién eres, pero para conseguirlo debes triunfar aquí —afirma, convencida, antes de darle un sorbo a su bebida.

—Perdona, ¿te pongo algo? —interviene el barman, agitando su coctelera y sacándome de mi estupor.

Y, aunque estoy tentada de pedirle un vaso de agua del grifo, más que nada porque no sé cuándo empezaré a facturar y no estoy para ir malgastando el dinero, finalmente opto por lo que creo que está bebiendo Bella.

—Un zumo de lo que sea, pero sin alcohol —le pido, deseando que ese zumo no tengo el precio del oro líquido.

—Te espero mañana en mi estudio —me indica Nick, retomando el tema, consiguiendo que vuelva mi mirada hacia él.

Está sentado en el taburete que hay frente a mí, lleva unos simples vaqueros y una camisa blanca con los primeros botones desabrochados y rezuma la misma clase que parece emanar de forma innata de todas las personas que ostentan cierto grado de poder en esta ciudad.

—Hasta las ocho de la noche no voy a poder ir, y solo podré hacerlo en el caso de que no me llamen de la agencia para enviarme a algún *casting* de última hora o a una prueba imprevista. Por cierto, Bella, ¿sabes que hoy me han llamado de la casa para volver a verme? —le cuento, adoptando esa terminología para referirme a Carolina Herrera, tal y como hizo ella ayer.

—¿De verdad? ¡Eso es buenísimo! Ojalá te escojan, ¡me encantaría hacer ese desfile contigo! —exclama entusiasmada mientras Nick me mira con una sonrisa sobrada en el rostro y empieza a sonar *Never enough*.

—Van a elegirte, cielo —sentencia, cruzándose de brazos y recordándome a... él.

Y es, durante unos breves instantes, con la letra de esa canción resonando entre las paredes de este local, cuando vuelo a través de mis recuerdos a la cocina de mi casa para verlo sentado a mi lado, con su camisa remangada, los brazos cruzados a la altura del pecho y su increíble mirada anclando la mía, sosteniéndola como esa rama que sostiene la hoja antes de dejarla caer.

«Nunca será suficiente...», retengo esa frase de la canción en mi mente, bajando la mirada al suelo... «porque, cariño, esto, sin ti... nunca será suficiente», escucho, sintiendo cómo el dolor de mi pecho se expande y se contrae hasta ahogarme ante tal certeza, y es que, sin él, nada de lo que viva lo será, aunque el mundo se rinda a mis pies; aunque consiga colocarme las alas de un ángel, nunca será suficiente, porque esas alas, aunque las extienda, nunca me llevarán al cielo que podía tocar con mis manos cuando estaba con él... «No, nunca será suficiente», me digo con ese dolor lacerante que late dentro de mí incrementándose, porque nunca nada podrá igualarse a lo que una de sus miradas podía hacerme sentir o a los miles de emociones que vibraban brillantes en mi interior cuando me tocaba. No..., nunca será suficiente.

—Opino como Nick —secunda Bella, devolviéndome a la realidad.

—¿Dónde estabas? —me pregunta mientras siento que todavía estoy allí y su recuerdo se mantiene sujeto, aunque ya difuso, a esa parte de mi alma que se niega a dejarlo ir—. Joder, quiero esa cara... Estabas recordando algo, ¿verdad? —añade, mirándome con toda su atención puesta en mí—. Algo que te pone triste —insiste analizándome, como husmeando en mi interior, y haciéndome sentir demasiado expuesta, como si de repente todas mis emociones estuvieran a la vista.

—Me temo que sí —le digo finalmente, sonriendo con tristeza.

—Quiero fotografiarte ahora, vamos a mi estudio —me propone, con la impaciencia dominando sus palabras, sorprendiéndome.

—¡De eso nada! Hemos quedado para hacer mi despedida, ¡no vais a largaros ahora! —replica Bella, claramente molesta.

—¿Tu despedida? ¿A dónde te vas? —le pregunto extrañada, volviéndome hacia ella.

—Nos pasamos la vida haciendo despedidas —le rebate Nick, divertido, mientras ella bufa suave y elegantemente y medio sonrío, pues yo me hubiera asemejado más a un caballo si lo hubiera hecho.

—Me voy a Londres durante unos días; tengo que rodar un anuncio y aprovecharé para ver a mi pareja, que vive allí —me cuenta, dulcificando el rostro, mientras asimilo toda la información.

—No sabía que tenías pareja.

—Está, nada más y nada menos, con un miembro de la realeza —me explica Nick, guasón, dándome la sensación de que está burlándose de ella.

—Es uno de los sobrinos de la reina y un importante hombre de negocios, pero, para mí, solo es Patrick. De hecho, cuando lo conocí, no sabía nada de eso, pero Nick siempre se cachondea —me explica, volviéndose hacia él para hacerle una graciosa mueca, recordándome a mí y cuando le arrugaba la nariz y, de nuevo, siento cómo mi pecho se contrae y se expande y cómo esa herida que late dentro de mí lo hace un poquito más...

«¿Qué estará haciendo ahora? ¿Habrá regresado? ¿Me echará de menos tanto como yo a él o me habrá olvidado y estará de nuevo con la señorita López Zapatos de tacón de muchos centímetros?», me pregunto, evadiéndome otra vez sin percatarme de que lo estoy haciendo.

—Algún día me contarás qué es eso que mañana espero fotografiar —me pide Nick con seriedad, sacándome de mis recuerdos con sus palabras.

—¿Y cómo se lleva una relación a distancia? —le planteo a Bella, ignorando lo que me ha dicho, imaginando, muy a mi pesar, cómo sería la nuestra.

—Con constancia y mucho amor —contesta mientras Nick la mira con la burla en la cara—. ¡Deja de mirarme así, ¿quieres?! Que tú seas un insensible y nunca te hayas enamorado no significa que los demás no podamos hacerlo —lo riñe, dándole una palmada en el brazo.

—Te equivocas, nena, yo estoy enamorado de mi cámara; ella es mi cielo entero —le replica, guiñándole un ojo—, y solo le soy fiel a mi objetivo —prosigue, bravucón.

—¿Y cuándo te vas? —indago.

—Mañana —me responde feliz.

—Pero en nada estará aquí de nuevo y en unos días estaremos aquí o en otro pub despidiéndonos otra vez, como si no fuéramos a vernos nunca más —añade, burlón.

—Aunque a veces sea un insensible, Nick es mi única familia aquí, y por eso tenemos que despedirnos como Dios manda cada vez que me marcho.

—¿Sois familia? No lo sabía —suelto sorprendida, pues ayer no me comentó nada.

—Somos la familia que se elige —interviene Nick, rodeándola con los brazos con fuerza y dándole un beso en la mejilla antes de soltarla.

—Es difícil estar sola en una ciudad nueva, tú misma lo estás viviendo ahora. Ya te dije que yo era como tú y me costó muchísimo adaptarme a todo esto, acostumbrada como estaba a vivir con mis padres y mis hermanas. De repente, no tenía a nadie con quien tomar café o a quien contarle mis penas —me comenta, encogiéndose de hombros, haciendo un retrato exacto de mi situación.

—Y me engatusó a mí —apostilla Nick, guiñándole un ojo.

—Me hizo como está haciendo contigo... Me vio en el *go and see* y ese mismo día ya me fotografió y terminamos cenando mientras yo le contaba todos mis dramas —me explica, colgándose de su brazo y apoyando la cabeza sobre su hombro—. Nick es mi hombro aquí —prosigue, sonriendo, mientras siento el nudo en la garganta empezando a formarse.

—Y tú tienes un hombro en cada uno de nosotros —añade Nick, sorprendiéndome—. Ya me ha contado Bella que no estás precisamente feliz con tus compañeras de piso —continúa mientras yo solo puedo asentir con la cabeza.

—Ayer me recordaste tanto a mí que no quiero que te sientas como me sentí yo, así que, solo si quieres, aquí nos tienes —me propone Bella, provocando que ese nudo que tengo formado me duela un poquito más.

Y es que la grandeza de las personas no reside en sus logros, sino en lo que albergan en su interior, pienso sonriéndoles emocionada, pues ellos, que lo han conseguido todo, están ofreciéndome su hombro y formar parte de su familia elegida mientras que mis compañeras de piso, que están en la misma situación que yo, han sido incapaces de dirigirme la palabra.

—Oye, pero no llores, ¿vale? —me pide Nick, y solo entonces me percato de esa lágrima que ha escapado fugaz de la prisión de mis ojos.

—Vale —musito, secándola.

Capítulo 4

Despierto a la mañana siguiente feliz, todavía con el recuerdo de anoche aleteando en mi interior y, en mi imaginación, veo esas mariposas de discretos colores que se instalaron ayer en mi pecho batiendo sus alas en ese jardín en el que siento que estoy ahora.

—¿Dónde está mi agenda? —pregunta una de mis compañeras alzando la voz, accediendo a mi habitación como un vendaval y sacándome de mi ensoñación—. Repito, ¿dónde mierdas está mi agenda? ¡La dejé en la barra de la cocina y ahora ha desaparecido! —brama, encolerizada.

—Ni idea —le digo, levantándome de la cama mientras el resto pasa de ella.

—¡Qué perras sois! —grita mientras me dirijo al baño.

—¡Perra serás tú, que no sabes dónde te guardas las cosas! —oigo que alguna le rebate mientras me peso y sonrío al comprobar que he perdido casi un kilo—. ¡Que vas por ahí dejándotelo todo tirado, cerda! —me llega, y pongo los ojos en blanco.

«Perra, cerda...; nos falta la vaca, el gato y las gallinas y ya podemos montar una minigranja», pienso, empezando a lavarme los dientes.

—¿Podríais callaros? Anoche me acosté tardísimo y necesito dormir, aunque sean unas pocas horas, sin tener que oír vuestros berridos —suelta otra mientras comienzo a vestirme.

Salgo disparada de la pocilga en cuanto puedo para dirigirme a la misma cafetería en la que llevo desayunando desde que llegué a la ciudad; pequeñita, con las mesas pintadas de colores, llena de plantas y con un mostrador que intento no mirar demasiado, la verdad. Yo diría que es una cafetería vitamina, ese tipo de lugar en el que entras y te sientes bien al instante, quizá porque está llena de color, porque tiene un montón de luz natural o porque el té negro se parece muchísimo al que suelo tomar cuando estoy en mi casa; «entrar aquí es respirar», reconozco mientras voy dándole pequeños sorbos a mi té al tiempo que echo una ojeada a los *castings* que tengo programados para hoy, le envío un mensaje a Bella, en el que le deseo un feliz viaje, además de varios *selfies* a mi hermana para que compruebe que sigo vivita y coleando.

Y, de nuevo, me veo absorbida por el ritmo vertiginoso de esta metrópoli..., este ritmo que nunca remite, sea la hora que sea, reflexiono mientras salgo del metro, ya abarrotado a pesar de lo pronto que es.

Mi primer *casting* es para rodar un anuncio de una colonia y, tras dar mis datos, entregar mi *composite* y hacer la pertinente cola, accedo a la sala con forma rectangular donde, al fondo y como siempre, hay cámaras, fotógrafos y... a ver... ocho personas, cuento con rapidez.

—Buenos días, soy Valentina Domínguez —me presento, avanzando hacia ellos, mientras observo el piloto rojo de la cámara, situada a mitad de mi recorrido, lo que significa que ya está grabando.

—Buenos días, Valentina —me saluda el hombre que se encuentra de pie cuando llego hasta ellos—. Mira, queremos que vayas al principio de la habitación, que regreses corriendo y que luego des un salto, alargando la mano, como si hubiera un cristal enorme frente a esta mesa y quisieras romperlo con ella —me explica—, pero primero ve a esa pared para que graben tus perfiles y aprovechas para presentarte, por favor —me indica, y hago lo que me pide, colocándome frente al fondo blanco ya listo para grabar mi presentación y la del resto de mis compañeras.

—Hola, soy Valentina Domínguez, tengo diecinueve años y vengo de España —declaro, fijando mi atención en la cámara que tengo frente a mí, antes de mostrarle mi sonrisa y sujetarme el pelo con una de mis manos para mostrar tanto mi perfil izquierdo como el derecho. Suelto mi melena cuando, de nuevo, miro de frente a la cámara, para pasar a sonreír y hacer un par de posturitas.

—Perfecto, vamos con el *casting* —me comunica quien creo que es el director de este, y voy hacia la pared desde la cual debo empezar a correr—. Cuando quieras.

Y con esa última frase terminando de salir de sus labios, echo a correr, espero que con estilo, para, cuando llego a la altura de la última cámara, saltar alargando la mano, viendo en mi imaginación ese cristal enorme que se supone que tengo frente a mí y debo romper.

—Vamos a repetirlo —me señala el mismo hombre, y regreso al principio de la estancia—. Cuando quieras —me indica, y durante un instante fugaz veo de reojo las cuatro cámaras que parecen rodearme grabando cada uno de mis movimientos, para seguidamente echar a correr de nuevo—. Perfecto, muchas gracias —me dice, despidiéndose de mí cuando da por finalizado el *casting*.

—Igualmente, ha sido un placer —respondo, sonriendo, antes de darme la vuelta para abandonar la habitación.

Paso el resto de la mañana yendo de *casting* en *casting* y, a primera hora de la tarde, y aprovechando la hora libre que tengo hasta el siguiente, me dirijo a visitar al segundo fotógrafo de la lista, pues el primero es Nick, y con él ya he quedado a las ocho de la noche, sin olvidar la promesa que me hice ayer de ir a Central Park.

«Peter Fontaine, un prestigioso fotógrafo francés afincado desde hace años en Nueva York y famoso por sus controvertidos reportajes», leo en Internet, torciendo el gesto, frente al edificio donde tiene su estudio, devorando toda la información que aparece sobre él. Según dice aquí, fue el encargado de relanzar la carrera musical de Vivien Miller, chica Disney, y convertirla en un icono sexual, además de la comentada y, en algunos países, censurada campaña publicitaria del perfume Iconic, de Tom Ford, en el que el perfume en cuestión aparecía cubriendo el sexo rasurado de una mujer.

Guardo mi móvil en el bolso, para luego encaminar mis pasos hacia su estudio, situado en el último piso de este edificio industrial, sonriendo de manera automática cuando, tras llamar a la puerta, una mujer pelirroja la abre.

—Hola, soy Valentina Domínguez y vengo a visitar a Peter para entregarle mi *composite* —me presento, observando, de reojo, los maniquís de mujeres desnudas con los labios pintados de rojo que decoran la entrada del estudio.

—Sígueme —me pide antes de dirigirse al fondo del pasillo, el cual se encuentra flanqueado por más maniquís, algunos incluso haciendo el pino, también desprovistos de ropa—. Espera aquí, Peter está terminando con un *shooting* —me indica antes de marcharse.

Una vez a solas, analizo la habitación pintada en tonos negros y grises, como si hubieran cogido una brocha y hubieran ido dando pinceladas de ambos tonos sobre un fondo blanco sin seguir ningún tipo de orden ni concierto, entremezclándolos entre sí de forma caótica y contrastando con el suelo de parquet y los dos sofás de un blanco inmaculado que se encuentran frente a un enorme ventanal.

—Buenas tardes —se presenta tras unos diez minutos de espera, y me vuelvo hacia el sonido de esa voz para encontrarme con un hombre de unos sesenta años, descalzo y vestido con unos vaqueros blancos y una camisa negra, medio abierta, casi a juego con esta habitación y con el color blanco de su pelo.

—Buenas tardes, soy Valentina Domínguez y acabo de llegar a la ciudad —le digo, acercándome a él para tenderle la mano, que acepta.

—Bienvenida —me responde con voz grave, recorriendo mi cuerpo con su mirada.

—Aquí tiene mi *composite* —le anuncio, tendiéndoselo, viendo cómo le presta unos segundos de su atención para luego centrarla de nuevo en mí.

—Háblame de ti —me pide, dejándolo sobre la mesa que hay frente a los sofás y sentándose en uno de ellos—. ¿Cuántos años tienes? —me pregunta, haciendo un gesto con su cabeza para que tome asiento yo también.

—Diecinueve, aunque llevo desde los dieciséis en el mundo de la moda; de hecho, en España he desfilado para los principales diseñadores y en París, durante la *Fashion Week* del año pasado, abrí el desfile de Kenzo, además de participar en varias campañas publicitarias y ser el rostro de D'Elkann para la temporada otoño-invierno —le explico mientras él me escucha con atención—, y en Italia fui el rostro de la cadena hotelera Briani —añado, necesitando impresionarlo, pues, a pesar de lo controvertido que pueda llegar a ser, sé que trabajar para él me abriría cientos de puertas.

—Los conozco —contesta sonriendo y relajándome—. Visto, entonces. Espero que te vaya bien y que trabajemos juntos en un futuro —declara, levantándose y dando por finalizada la reunión.

—Cuando quiera —le digo imitándolo, sin saber si ha ido bien o mal—. Encantada de haberlo conocido —concluyo, tendiéndole de nuevo la mano.

—Lo mismo digo —me responde, acompañándome él mismo a la puerta—. Nos vemos, Valentina.

En cuanto pongo un pie en la calle, inspiro profundamente, percatándome de la tensión en la que he mantenido mi cuerpo durante mi breve reunión con Peter, para luego soltarlo de golpe y echar a andar hacia la primera boca de metro que encuentre para dirigirme al siguiente *casting*.

—Dime, Cat —la saludo, tras descolgar el teléfono, sin aminorar el ritmo de mis pasos mientras me mezclo entre la gente, que camina tan o más deprisa que yo.

—¿Cómo vas? —me pregunta, y la imagino sentada en su despacho, volviendo su silla hacia el ancho ventanal que tiene a su espalda.

—Genial. Vengo de visitar a Peter Fontaine y he quedado con Nick Klain más tarde.

—Estupendo. Intenta agradarles, porque trabajar con ellos podría beneficiarte muchísimo, pero realmente no te llamo por eso —me dice, guardando luego silencio.

—¿Y por qué me llamas? —indago, frunciendo el ceño y desfrunciéndolo cuando los recuerdos comienzan a reptar, suaves, por mis piernas.

—Me ha llamado Rose, de Carolina Herrera, para confirmarme que cuentan contigo para su próximo desfile. Tienes tu primer *fitting* mañana a primera hora. Enhorabuena —me felicita, consiguiendo que detenga mi avance en seco.

—¿En serio? —le formulo con un hilo de voz, sin poder creerlo.

—Y tan en serio. A las nueve de la mañana quieren verte; sobra decir que seas puntual.

—Por supuesto —musito, sintiendo cómo la garganta se me cierra y los ojos comienzan a humedecérseme.

—¿Estás yendo al gimnasio? —me plantea mientras todavía estoy asimilando que voy a formar parte de ese desfile.

—Sí, claro —afirmo lo más convencida que puedo, a pesar de que solo he ido un día—, y he perdido un kilo —añado, redondeando la cifra... Total, tampoco es que me falte mucho para lograrlo.

—Sigue así, llegarás lejos —me anima antes de colgar, dejándome pasmada en la acera.

«Voy a formar parte del desfile de Carolina Herrera... —alucino, sin poder creerlo—. Voy a formar parte del desfile de Carolina Herrera...», me repito, obligándome a echar a andar mientras una sonrisa resplandeciente empieza a dibujarse en mi rostro y una lágrima traicionera escapa de uno de mis ojos.

—Madre mía... esto va en serio —musito, secándola sin poder dejar de sonreír, buscando el contacto de Bella en el WhatsApp—. Nena, no te lo vas a creer —le digo, empezando a grabar un audio y sintiendo cómo la emoción crece lentamente en mi interior hasta llenar todo mi pecho—. ¡¡¡Voy a formar parte del desfile de Carolina Herrera! ¿Te lo puedes creer? Tía, que todavía estoy flipando. ¡¡¡¡Qué fuerteeeeeeee!!!! No me lo creo... Bueno, solo quería que lo supieras. Pásalo muy bien y nos vemos cuando vengas, un beso —me despido, llorando y riendo—. Voy a formar parte del desfile de Carolina Herrera —insisto, secando las dichosas lágrimas mientras accedo al metro.

Y con la emoción dándoles alas a mis pies, aprendo a volar de *casting* en *casting*, sintiendo que empiezo a formar parte de todo esto y que el latido de mi corazón comienza a ir en consonancia con el de la ciudad.

Tras una tarde frenética, llego al barrio de Chelsea, donde Nick tiene su estudio, y, tras localizar el edificio donde se ubica, accedo a él.

—¡Hola! —lo saludo, dándole un beso cuando él mismo me abre la puerta.

—Hola, cielo. Pasa —me pide, haciéndose a un lado para facilitarme la entrada—. ¿Qué tal el día?

—No te lo vas a creer —suelto sonriendo abiertamente, quitándome la chaqueta y dándosela ante su orden muda.

—¿El qué? —me plantea, colgándola en el armario de la entrada mientras observo los muebles clásicos que contrastan a la perfección con otros supermodernos.

—Voy a formar parte del desfile de Carolina Herrera —le anuncio, centrando mi atención en él y sonriendo todavía más, sintiendo la sensación de estar «en casa» llegar de puntillas para asentarse en mi interior.

Y es esa sensación familiar la que esperaba encontrar en Central Park, y que, por el contrario, he encontrado aquí, la que hace que mi latido se intensifique y que esa parte de mí que le pertenece llore ante este nuevo sentimiento que se une al de la comodidad.

—Esa mirada... —me dice, devolviéndome a la realidad—. Estabas feliz y, de repente, te has ido. ¿Qué pasa por ahí dentro? —me pregunta, mirándome fijamente y acercándose a mí.

—Joder, Nick, soy como un libro abierto para ti y eso que apenas me conoces.

—Pues imagínate cuando lo haga. Oye, ¿estás bien? Y ya sé que estás contenta por lo del desfile, me refiero a lo otro.

—No lo sé —le confieso, encogiéndome de hombros—. ¿Empezamos? —inquiero, inspirando profundamente.

—Vamos —me propone, y lo sigo hasta una puerta de doble hoja que lleva a una enorme sala donde hay un lugar destinado a maquillaje y peluquería, uno para cambiarse y otro para los *shootings*.

—Vaya, esto es enorme, Nick —exclamo, admirándolo, sintiéndome realmente cómoda con él.

—Y durante el día rebosa actividad, pero hoy los he mandado a todos a su casa —me explica, guardando las manos en sus bolsillos.

—¿Y eso?

—Porque te quiero solo para mí, sin artificios, sin maquillaje y sin nada. Quiero captar lo que tienes dentro sin que nadie te intimide y te impida mostrarme lo que quiero ver.

—No sé si te gustará lo que quieres ver —susurro.

—¿Recuerdas que ayer te conté que quería publicar un libro con mis mejores fotografías? —me formula, y asiento en silencio—. Lo que no te dije es que esas fotografías todavía no están publicadas y que antes de hacerlo formarán parte de una exposición basada en los sentimientos que mueven el mundo. Habrá una parte oscura, la sombra, en la que reflejaré el miedo, la ira, los celos, la culpa y la tristeza, y otra, la de enfrente, llena de luz, que mostrará los contrapuestos.

—Y yo soy la tristeza, ¿verdad? —me aventuro a plantear, sintiendo ese dolor lacerante que no me abandona palpitar dentro de mí, como recordándome su presencia... como si pudiera olvidarla.

—Y la alegría, no te olvides del contrapuesto —replica con seriedad—. Se colocará una fotografía frente a otra, y la modelo que represente un sentimiento negativo representará también el positivo; blanco y negro, luz y oscuridad, alegría y tristeza, amor y miedo, serenidad e ira, perdón y culpa... Tengo a todas las modelos elegidas, pero me faltaba la tristeza... y la encontré ayer contigo —comenta, sosteniéndome la mirada—. Van a ser fotografías muy íntimas, pero no porque se muestre el cuerpo desnudo, sino porque se mostrará el interior de las modelos, y eso es mucho más íntimo que unos pechos al descubierto, y necesito estar seguro de que quieres exponerte de esa manera.

—También mostraré la alegría, una cosa por la otra —le indico, encogiéndome de hombros.

—Genial, vamos entonces —me propone, empezando

a encender las luces—. Desmaquíllate y deja tu rostro completamente limpio. Tienes el vestido que quiero que te pongas tras ese biombo y necesito que lleves el pelo suelto.

Me desmaquillo y peino mi larga melena siguiendo sus órdenes, sustituyendo mis vaqueros y mi suéter por un fino vestido negro de tirantes y, una vez lista, voy en su busca.

—Ya estoy —le digo, dirigiéndome hacia él, reconociendo la canción que está empezando a sonar—. Muy listo —añado mientras suena *Never enough*, el tema que pusieron ayer en el pub—. Por si no lo sabes, no necesito esta canción para ponerme triste —le aclaro, yendo hacia donde me señala.

Una pared de ladrillo visto con cientos de hojas secas, amarillas, marrones y rojas, esparcidas por el suelo... como esa hoja que, en mi imaginación, he visto tantas veces arrastrándose y como los colores de La Rioja en otoño.

—Nunca viene mal una ayudita, pero luego prometo recompensártelo con una buena cena —replica, guiñándome un ojo.

—Yo no ceno —le indico, arrugándole la nariz y frenándome en el acto... Creo que no había vuelto a hacerlo desde que me fui, pienso paralizándome frente a esa pared, con las hojas rozando mis pies desnudos mientras él me saca la primera foto.

—Siéntate en el suelo —me pide en un susurro, acercándose a mí para arreglarme el pelo—. Olvídate de mí y del sonido de mi cámara y vete donde tengas que irte, a ese lugar que hace que tu rostro se ensombrezca; mírame si quieres o no lo hagas, no importa, yo iré siguiéndote —añade con voz suave mientras siento el dolor de garganta incrementarse.

«Quiere que me vaya a ese lugar, a La Rioja... a los viñedos, a las tierras de mi familia y a la bodega...», reflexiono, apoyando la cabeza en la pared, yéndome con la letra de esta canción al segundo exacto en el que lo vi de nuevo tras tres años sin vernos, regodeándome en ese momento y viajando con mis recuerdos a nuestros besos, a esos cinco minutos en los que me ponía una tirita y a cada uno de esos instantes en los que todo desaparecía para mí, incluso este mundo... «Qué putada —maldigo con dolor—, porque él nunca desaparece de mis recuerdos por muchos mundos que descubra», pienso, sintiendo cómo una lágrima se desliza solitaria por mi rostro. Él siempre está presente y es una mierda vivir así, con este dolor encallado que nunca remite, a pesar de que unas alas imaginarias dirijan mis pasos como esta tarde o a pesar de que empiece a sentirme en sintonía con todo lo que me rodea... Él siempre está ahí, como las estrellas del firmamento que, aunque no las veas, siempre dominan nuestro cielo, como sus ojos que dominan el mío... «Maldita sea, lo echo de menos, echo de menos esa burbuja elástica que aparecía de la nada para envolvernos; echo de menos la canción que escribíamos con nuestros roces, nuestros silencios y nuestras miradas, y echo de menos ese sueño que sentía flotando en la palma de mi mano haciéndome cosquillas... Lo echo todo de menos», me digo, liberando mis lágrimas mientras apoyo la mejilla en mis rodillas, que rodeo a modo de abrazo, uno que no consuela cuando la añoranza abarca demasiado.

—Lo siento —me dice Nick, sentándose a mi lado para abrazarme mientras siento mi cuerpo temblar—. Lo siento, Valentina —insiste mientras solo puedo llorar.

—¿Alguna vez has tenido la sensación de estar haciendo lo que otros desean que hagas, aunque sepas que no es del todo cierto porque una parte de ti también lo desea...? —le planteo, cogiendo el pañuelo que me tiende—. No sé si mi lugar está aquí, en realidad no sé dónde está... Qué tontería... por supuesto que lo sé, solo que no soy bien recibida en él y me siento perdida —musito, sintiendo el dolor rasgar mi interior.

—¿Qué echas de menos?

—A quién echo de menos, más bien —le corrijo, sin poder dejar de llorar—. A él... No puedo ni decir su nombre.

—Y él... ¿no quiere estar contigo? —me pregunta, prudente.

—Cree que mi futuro está aquí y no quiere que renuncie a él ni que me sienta atada... Ni siquiera se planteó una relación a distancia, y eso es una putada, ¡mira a Bella! Ella la tiene y le va bien.

—Una relación a distancia es una mierda, Valentina.

—Más mierda es no poder estar juntos.

—¿Y por eso has venido aquí? ¿Porque él piensa que es lo mejor para ti?

—Yo ya iba a venir, pero, cuando empezó lo nuestro, decidí renunciar y quedarme con él en La Rioja —le explico, ante su mirada de estupor.

—¿Ibas a renunciar a esto por un tío?

—Pues sí —afirmo, rotunda, viendo cómo se levanta y me tiende su mano.

—Nena, necesitas centrarte... No se renuncia a Nueva York y a todo lo que esta ciudad puede ofrecerte por un tío —sentencia, tirando de mi mano con fuerza para levantarme—, y menos se llora así como has llorado. Joder, que pensaba que se te había muerto alguien.

—Bella tiene razón, eres un insensible —replico haciéndole una mueca.

—Y gracias a Dios. Vamos, cámbiate, tengo hambre —me dice, cogiendo la cámara del suelo para ir luego hacia el ordenador, donde se han ido grabando todas las fotografías que ha ido haciéndome—. Hostia, estas fotos son jodidamente buenas. Ven y compruébalo por ti misma —me pide, y me coloco a su lado, estudiándolas una a una y sintiéndome más desnuda de lo que me sentiría si estuviera sin ropa.

—No pensé que hablaras tan en serio —musito observándolas y palpando la pena que emana de cada una de ellas.

—Nunca bromeo con mi trabajo, y este va a ser uno de los mejores. Valentina, tengo la intención de recorrer las principales galerías de arte de todo el planeta con esta exposición. ¿Sabes lo que eso significa para ti? —inquiere, mirándome fijamente.

«Joder, sí lo sé», pienso, recordando las palabras de Bella.

—Y eso es el primer paso para que el mundo se rinda a tus pies y dejes de llorar de una vez y, aunque no se paga por este tipo de fotografías y suele hacerse un intercambio, yo voy a hacerlo porque también espero sacarle muchos, muchísimos ceros a esta exposición. ¿Qué me dices, quieres formar parte de este proyecto? Te lo pregunto por última vez, porque lo que tú estás viendo ahora van a verlo miles de personas.

—Menuda pregunta, Nick. Aunque no me pagaras, querría formar parte de él —le aclaro, deteniendo mi mirada en la mujer que mira al frente sin ver realmente... «porque es difícil ver cuando las lágrimas emborronan tu visión y tu corazón grita de anhelo», pienso, sintiéndolas de nuevo asomar en mis ojos, maldita sea...

—Cojonudo. Mañana llamaré a tu agencia, ¿Quién es tu *booker*?

—Lo hemos hecho un poco al revés esto, ¿no? Primero tendrías que haber llamado a Cat, yo tendría que haber firmado el contrato y todo ese rollo y luego ya el *shooting*.

—El orden de los factores no altera el producto, sobre todo cuando eres el hombro de la modelo —me recuerda, guiñándome un ojo y haciéndome sonreír—. Venga, ve a cambiarte, que estoy muerto de hambre —me pide, y me dirijo de nuevo hacia el biombo para ponerme mi ropa mientras él trastea con el ordenador y su cámara.

—Lista —le indico llegando hasta él, sujetándome el pelo con una goma elástica.

—He pedido pizza, ¿te gusta? —inquiere mientras nos dirigimos hacia un ascensor que antes me había pasado desapercibido.

—¿No había ensaladas en el menú? ¡Nick, que me sobran cuatro kilos! Para cenar pizza estoy —farfullo, negando con la cabeza.

—Estás perfecta, déjate de coñas.

—No si quiero ser un ángel. Por cierto, ¿a dónde vamos? —le pregunto mientras el elevador sube un piso.

—A mi casa, vivo justo encima de mi estudio —me contesta en cuanto se abren las puertas—. Adelante, cielo —añade, encendiendo las luces.

—Vaya... —musito, admirando el espacio abierto que se presenta frente a mí y que sigue el mismo estilo ecléctico de su estudio, con una pared que es un enorme ventanal y en el que ahora, que es de noche, nos vemos reflejados—. Qué pasada de apartamento —susurro accediendo a él.

—No está mal —suelta socarrón, y lo miro enarcando una ceja.

—*Serpientes de agua*... no será el original, ¿verdad? —inquiero, dirigiéndome con pasos apresurados hacia el lienzo que se encuentra colgado de una pared, completamente lisa, dándole protagonismo al cuadro que, ya de por sí, atraería la atención de cualquiera.

—No suelen gustarme las copias —me dice, metiendo sus manos en los bolsillos, adoptando una pose despreocupada.

—Tienes un original de Gustav Klimt... ¿En serio? —indago, alucinada.

—Y tú quieres ser un ángel... ¿En serio? —me rebate, sonriendo de camino a la cocina.

—Puestos a soñar, hagámoslo a lo grande, ¿no te parece? —replico sin despegar la mirada del lienzo—. Dios mío, qué maravilla. Creo que podría pasarme horas y horas admirando la sensualidad que desprende... Mira cómo se aparta el pelo, como invitándote a mirar... —susurro, abstrayéndome.

—De la misma forma en que tú invitarás a cientos de hombres y mujeres a mirar cuando te coloques esas alas; tú eres un poco como ese lienzo, solo que no lo sabes todavía —me indica, captando mi atención, y, con reticencia, me dirijo hacia la cocina, donde él está descorchando una botella de vino, para luego sentarme en un taburete, tras la barra, que me lleva de cabeza a otra barra... a otra casa...

—Mi familia tiene una bodega en La Rioja —empiezo a hablar mientras él vierte un poco de vino en mi copa y yo la llevo hasta mi nariz, cerrando los ojos—. Barrica de roble americano; este vino es muy floral, me recuerda a las violetas y a los frutos rojos —musito, agitándolo suavemente, liberándolo de su perfume y permitiendo que surja otro, observando los miles de lágrimas que van formándose en el cristal para, seguidamente, llevar la copa a mis labios y permitir que el caldo inunde mis encías, dejando sus taninos impregnados en ella—. Es muy fresco, muy vivo, y en boca es muy fino, muy suave..., entra muy bien —comento, sintiendo la añoranza más latente que nunca mientras los recuerdos llegan para llevarme con ellos...—. Tendrías que haber sacado una Coca-Cola o una cerveza —murmuro, secando las puñeteras lágrimas, que de nuevo se han liberado de la férrea prisión en la que las mantengo presas.

—¿Siempre es así? —me pregunta, apoyándose en la barra mientras suelto todo el aire de golpe, obligándome a serenarme.

—Casi siempre —confieso, dejando la copa sobre la

barra—. Supongo que, cuando una herida no se cierra bien, tiende a abrirse continuamente... y es una mierda sentirse así, porque yo quería esto, Nick. Nueva York era mi sueño, hasta que él me mostró que había otros sueños aún mayores.

—Tener la ilusión de llegar a ser un ángel es un buen sueño, dudo que haya uno mayor que ese. Que el equipo de Carolina Herrera se fije en ti es otro bastante importante, sobre todo cuando no llevas ni una semana en esta ciudad, y estar en esta cocina es un sueño inalcanzable para muchas de tus compañeras —destaca, guiñándome un ojo—, y esos dos últimos sueños sí que son una realidad para ti. ¿De verdad no los estás disfrutando? —me pregunta, esta vez con seriedad.

—No como debería, y me siento culpable por sentirme así, porque tendría que estar dando saltos de alegría en lugar de estar llorando frente a una copa de vino.

—Date un plazo de tiempo, un año, por ejemplo. Si en ese plazo no has conseguido disfrutar como deberías de todo esto será porque tu sueño es otro y, nena, créeme, la vida es demasiado corta como para malgastarla en sueños que no lo son tanto.

—Buen consejo —musito, agitando de nuevo mi copa para ver el líquido rojizo moverse en ella.

—Y, ahora, cuéntame tu día. ¿Qué has hecho hoy?

—Aparte de ir como a unos diez *castings*, he ido a visitar a Peter Fontaine.

—Muy buen fotógrafo, pero controvertido en sus trabajos. Con él nunca hagas lo que has hecho conmigo; que Cat revise bien el contrato y no firmes nada que ella no haya leído previamente. Ese tipo estuvo implicado en un tema turbio con una modelo y no quiero que te veas envuelta en ese tipo de historias.

—¿Qué sucedió? —inquiero con curiosidad.

—En principio era una sesión de fotos como otra

cualquiera, pero, cuando llegó al estudio, la engatusó para que le firmara una autorización sin explicarle que esas fotos iban a formar parte de un libro que iba a publicar... Unas fotos que, por cierto, resultaron ser demasiado explícitas, por decirlo de una manera suave. Hubo bastante follón y esa chica perdió muchos clientes por culpa de esas fotografías.

—Ya, pero muchas veces desconoces lo que va a pedirte el fotógrafo. Llegas con un contrato firmado y una idea global de lo que será el *shooting*, pero nunca sabes por dónde van a salirte, y eso lo sabes tú muy bien, muchas veces os salís del guion —le medio recrimino.

—Y justo ahí, cuando un fotógrafo se sale de guion, es cuando entra vuestro sentido común, saber ver los límites cuando empiezan a emborronarse. No seas tonta, Valentina, y nunca temas quedar como una niñata frente a un fotógrafo e interrumpe la sesión cuando creas que está excediéndose en sus peticiones. Cuando eso suceda, llama a tu *booker* y que ella te dé el visto bueno o no —me rebate con seriedad—. Te aseguro que, aunque no lo creas, nunca quedarás como una cría, sino como una tía que vigila su carrera. Tu imagen lo es todo y hay firmas, como Carolina Herrera, que no quieren modelos controvertidas entre sus filas.

—Ya lo sé, pero, cuando llegas a ese punto, siempre tienes el temor de que ese fotógrafo no vuelva a llamarte o a contar contigo para futuras campañas, sobre todo cuando es un tío poderoso como Peter.

—O sí, si la modelo te interesa, lo haces, créeme, y te andas con pies de plomo, también —me rebate de nuevo mientras suena el timbre de la puerta—. Ha llegado nuestra cena, nena —me dice, sonriéndome ampliamente.

Capítulo 5

Por primera vez desde que he llegado a esta ciudad ceno, y no una ensalada, o una fruta o un puñado de frutos secos, sino una pizza, ni más ni menos, una pizza con todo, porque Nick la ha pedido hasta con ingredientes adicionales y, entre bocado y bocado, le confieso lo que me impuso cuando Bella me lo presentó ante su sonrisa socarrona, le hablo de mi vida y él lo hace de la suya y, mientras los minutos pasan de forma silenciosa y las botellas de vino se vacían, pasa de ser «mi hombro» a ser también mi amigo, un amigo que, todo sea dicho, no esperaba encontrar en su persona, pero al que recibo con los brazos abiertos.

—Voy a tener que irme a casa; es tardísimo ya y mañana tengo el *fitting* a las nueve de la mañana —musito mientras estamos repantigados en el sofá, con la segunda botella de vino en el cuerpo—. Eres muy mala influencia, Nick, me has hecho cenar una pizza grasienta y casi me he bebido entera una botella de vino. ¿A Bella le hiciste lo mismo? —le pregunto mientras él me mira divertido.

—Bella fue y continúa siendo más difícil de convencer, tú has sido una presa fácil.

—Genial, no sabes cómo me gusta oír eso. Por tu culpa, mañana voy a tener que ir al gimnasio dos horas como mínimo —me quejo, echando la cabeza hacia atrás mientras todo me da vueltas—. Joder, creo que estoy borracha.

—Quédate a dormir aquí, anda —me propone, mirándome con una mezcla de diversión y ternura.

—No irás a aprovecharte de mí, ¿verdad? —le digo, levantando la cabeza de golpe y viéndolo doble—. Mierda, estás repetido —mascullo, provocando sus carcajadas.

—Tranquila, no eres mi tipo —suelta, sorprendiéndome.

—Es cierto, tu tipo es tu objetivo, lo había olvidado —replico viendo algo en su mirada que me indica que hay algo más—. A ti te gusta alguien... ¿a que sí? —inquiero, obligándome a centrar mi mirada en un solo Nick y a no arrastrar las sílabas.

—Has bebido demasiado —me recrimina con seriedad.

—Cierto, pero, por muy borracha que esté, el instinto femenino no me falla y a ti te gusta alguien. Venga, suéltalo... ¿es alguna modelo? ¿Una actriz? ¿La conozco? —le pregunto sin irme con rodeos, y es que, cuando por tus venas circula tanto vino como sangre, la discreción parece evaporarse.

—No, no la conoces, y déjalo ya —me pide, cruzándose de brazos y rindiéndose ante mi interrogatorio.

—O sea, que a don insensible le gusta alguien —concluyo con puñetería, sintiendo mi lengua de trapo.

—Muy a mi pesar, y me está tocando mucho los cojones, no te creas —declara con fastidio.

—¿Y cómo se llama? —insisto, arrastrando las palabras y sin poder dejar de hacerlo.

—Ada, y esto te lo cuento porque estás borracha y espero que mañana no lo recuerdes —me dice, socarrón—. Venga, vamos a acostarnos, es tarde —me propone, levantándose—. ¿Puedes caminar o necesitas ayuda? —añade, divertido, mientras me sujeto la cabeza con ambas manos.

—Creo o eso creo... uy, he dicho dos veces creo, ¿verdad? —respondo, sintiendo cómo mi lengua se enreda, maldita sea...

—Eso me ha parecido oír —me indica, carcajeándose y guiándome hasta una habitación—. Tienes un baño ahí; ahora te traigo uno de mis pijamas —me comenta mientras me tiro en plancha sobre la cama y me hundo en ella.

—Ayyyyyy, que gustirrinín... y qué cómoda essssss —musito, sintiendo como si estuviera en una cuna que alguien balanceara de forma suave, quedándome frita en el acto.

* * *

—¡Mierda! ¡Despierta! ¡Vamos, Valentina, despierta, joder! —oigo de fondo a Nick gritando.

—Nick, para, no grites tanto —le ruego, sintiendo la cabeza martillearme de dolor.

—Valentina, en serio, levántate. Vamos, joder, tienes el *fitting* —oigo a través de los martilleos.

«*¿Fittting?* ¿Ha dicho *fitting*? ¡¡¡Ohhhhhhh, mierda!!!»

—¡Mierda! —mascullo, incorporándome de golpe y dejándome caer de nuevo al sentir mi cabeza llena de pedruscos gigantes.

—¿Qué haces? ¡Levántate! ¡Que vas a llegar tarde, hostia! —me advierte, cogiéndome de la mano y sacándome a rastras de la cama mientras sufro la peor resaca de toda mi vida.

—Mierda, mierda, mierda —lloriqueo mientras él me arrastra al baño y yo siento que todavía sigo borracha—. Voy a llegar tarde, no me da tiempo a ir a mi casa a cambiarme —me quejo, sintiendo la cabeza nublada y pesada.

—¡Pues dúchate aquí! Hay una tienda china al final de la calle, si quieres, voy y te compro unas bragas; tienen que ser de color carne, ¿verdad?, para el *fitting* —me aclara mientras noto que lo proceso todo de manera frustrantemente lenta.

—Sí, color carne, y un sujetador también del mismo color —musito, empezando a desnudarme mientras él sale disparado.

«Bendita agua», pienso, sintiéndola deslizarse por mi cuerpo, despejándome y dejando un rastro de nerviosismo a su paso. «Maldita sea, voy a llegar tarde», me fustigo, enjabonándome y aclarándome con rapidez.

Envuelvo mi cuerpo con una toalla y, con celeridad, salgo al salón en busca de Nick.

—Dime que había —le pido en el mismo instante en que llega—. ¿Has ido a comprarme ropa interior con pijama y pantuflas? —le pregunto, descojonándome ahora que, gracias al cielo, la borrachera parece haberse esfumado con la ducha.

—Igual marco hasta tendencia —suelta, socarrón, tirándome la bolsa de cartón que cojo al vuelo—. Espero haber acertado con las tallas. Voy a buscarte una de mis camisas —me dice, accediendo a una habitación, mientras yo me dirijo a toda prisa hacia la mía.

—Nick, ¡te debo una enorme! —exclamo alzando la voz y comenzando a vestirme.

«Vaya... las de Carolina Herrera van a flipar conmigo cuando me vean con estas bragas —pienso, mirándolas detenidamente durante unos escasos segundos—. Joder, qué cosa más fea», me digo, enfundándome los vaqueros y saliendo disparada en busca de Nick.

—Hostia, ese sujetador podría llevarlo hasta mi abuela —me comenta, dándome una camisa blanca que me pongo con celeridad.

—Pues si vieras las bragas... —replico, poniendo los ojos en blanco—. Nick, en serio, no voy a volver a enviarte a comprarme ropa interior —añado bromeando, ahora que mi cabeza comienza a funcionar con normalidad, a pesar de que todavía tengo los enormes pedruscos en ella.

—Ya hablaremos tú y yo. Corre, lárgate, que todavía llegas a tiempo.

—Graciasssssss —me despido, dándole un beso y saliendo disparada de su casa.

«Y eso que me imponía cuando lo conocí», pienso divertida, alzando el cuello de mi chaqueta una vez estoy en la calle. «Madre mía, qué frío», suelto mentalmente, corriendo hacia el metro.

Llego a la casa con cinco minutos de antelación, con el pelo todavía mojado, sin una pizca de maquillaje, con una camisa de hombre de la que me sobran tres tallas como mínimo y con ropa interior de abuela... «Desde luego que me he lucido», me regaño, inspirando profundamente antes de adentrarme en el universo del *glamour*, la elegancia, las voces pausadas y el saber estar.

—Buenos días —saludo a la misma mujer de siempre, que, con una elegancia innata, está acercándose para recibirme.

—Buenos días, Valentina —me responde, recordando de nuevo mi nombre, mientras la suave fragancia del jazmín y de los nardos se cuela a través de mis fosas nasales—. Por favor, sígame.

—Puede tutearme —le indico sonriendo y acercándome a ella, empleando el mismo tono pausado y tratando de no pensar demasiado en mi aspecto... «Total, ahora se lleva todo, incluso comprar ropa interior en pijama», recuerdo divertida; además, una camisa masculina es tan válida como una femenina, «sin olvidar que soy modelo y que he defendido *looks* indefendibles saliendo incluso airosa», me digo, intentando infundirme confianza—. Por cierto, ¿cómo se llama? —le pregunto, admirando su moño bajo, su falda negra recta a la altura de los tobillos y la camisa blanca de seda que lleva.

—Mary —me responde, volviéndose y sonriéndome.

—Encantada, Mary —le indico, maravillándome de su innata elegancia.

—Igualmente, Valentina. En el tercer piso está el *atelier*. Allí te estará esperando Susan, la responsable del departamento de sastrería —me explica con voz pausada, acompañándome hasta el ascensor.

—Muchas gracias —le agradezco mientras accedo a él.

En cuanto llego al tercer piso, la premisa del menos es más que la señora Herrera sigue en cada uno de sus diseños queda de manifiesto en este espacio, reflexiono deteniendo mi mirada en cada detalle... El color crema de las paredes, que se mantiene incluso en las puertas que llegan hasta casi el techo; las fotografías de la señora, en marcos finos de distintos tamaños y todos de color negro, que hay colgadas en una de las paredes, sin seguir ningún tipo de orden pero visualmente ordenados; la repisa de la ventana, donde descansa un pequeño jarrón con flores frescas y, como siempre, esa fragancia a jazmín y nardos que parece flotar en el ambiente de la misma forma en que lo hace la elegancia y la clase y que consigue que mi piel se erice por la emoción.

—Buenos días, ¿tú eres? —me plantea una mujer, acercándose a mí.

—Hola, soy Valentina Domínguez. Tenía el *fitting* a las nueve.

—Yo soy Nina, acompáñame —me pide, llevándome hasta una enorme habitación también pintada en tono crema, ese tono que, al igual que la fragancia del jazmín y de los nardos, parece mantenerse en cada estancia.

Observo el enorme espejo que flanquean los dos grandes ventanales que llenan de luz natural el espacio y en el que me veo reflejada en cuanto pongo un pie en ella; los percheros, donde se encuentra la ropa elegida para el desfile, protegida con bolsas de plástico transparente; las butacas y los taburetes, tapizados en un estampado rayado en tonos grises y que parecen bordear la pared, y donde la señora Herrera, vestida con unos pantalones de pinzas negros, una camisa de seda de ese mismo color con el cuello ligeramente alzado y un largo collar de perlas, está sentada, junto a un panel donde aparece dibujada la colección con los complementos.

—Susan, ha llegado la otra chica —le indica Nina a una mujer con gafas de montura metálica, el pelo muy corto y una cinta métrica colgada al cuello, mientras la señora Herrera se vuelve, dedicándome una sonrisa discreta que le devuelvo mientras observo de reojo cómo un hombre, con una bata blanca sobre su ropa, le prueba un vestido de ensueño a una modelo y varias personas entran y salen de la estancia.

«Entonces, la mujer de la cinta métrica es la jefa de sastrería», asocio con rapidez mientras el martilleo de mi cabeza se niega en desaparecer y los nervios y el temor a no gustar hacen acto de presencia al tener tan cerca de mí a la señora Herrera.

—Ven aquí —me pide Susan, con ese tono que podría emplear una madre, que es tan de ir por casa y que nada tiene que ver con el tono pausado de Mary o el de la señora—. Quédate solo en ropa interior —añade mientras observo cómo el hombre que estaba probándole el vestido a la otra chica se arrodilla para empezar a cogerle los bajos del vestido con alfileres y la señora se levanta para verlo más de cerca.

—Hay que hacer demasiados arreglos aquí —le comenta a Susan y a otra mujer que se ha acercado mientras él continúa con su labor—. Este vestido es demasiado largo para ella y le sobra de cuerpo y de brazos, fíjate cómo le baila —añade la señora, cogiéndole con suavidad la tela sobrante del cuerpo—. Dos dedos por cada lado es demasiado —sentencia finalmente con voz suave.

—Vamos a probárselo a ella —le propone Susan, refiriéndose a mí—. Es más alta y grande, y habrá que hacer menos arreglos —prosigue, y en mi imaginación le hago la ola a mis casi cuatro kilos de más al tiempo que intento obviar la ropa interior de abuela que llevo puesta frente a toda esta gente y la elegancia innata de la señora Herrera—. No llevas maquillaje, ¿verdad? —me pregunta mientras observo cómo el hombre le quita el vestido a la otra chica y me afano en negar con la cabeza viendo cómo se acerca a mí cargado con la prenda que lleva con todo el cuidado del mundo. Entre los dos comienzan a ponérmelo con cuidado mientras yo solo puedo admirar la falda negra de tul salpicada de miles de cristales de cientos de colores que se mantienen incluso en el cuerpo y en las mangas transparentes—. Le viene perfecto, como si se lo hubiéramos cosido al cuerpo; solo hay que ajustar un poco el largo de las mangas y listo —les dice Susan, ante la mirada complacida de la señora Herrera, que se acerca a mí para comprobar cómo se ajusta la tela a mi cintura y, sin saber por qué, contengo la respiración cuando siento el tacto decidido de su mano en ella mientras la otra chica espera paciente en ropa interior a que le prueben otra prenda—. Colócate frente al espejo y camina hacia nosotros —me indica Susan mientras todos se dirigen al final de la sala.

Hago lo que me solicitan, sintiendo cómo la suavidad del tul acaricia mis piernas y el vello de mis brazos se eriza de nuevo por la emoción mientras me doy la vuelta frente a ellos y regreso a mi posición inicial frente al espejo.

—Me gusta el movimiento de la falda cuando camina —comenta la señora—. Repítelo, por favor —me pide, y me dirijo de nuevo hacia ellos, doy la vuelta y regreso a mi posición inicial.

—Yo lo tengo claro, este vestido lo dejaría para ella —interviene el hombre mientras la señora me mira analizando cada detalle.

—Opino como tú, William. Cógele el bajo de la manga para ver cómo le quedaría —le comenta la señora, cruzándose de brazos mientras él procede a cogerme las orillas con alfileres hasta dejar la manga a la altura de mi muñeca.

—Perfecto, ¡ya te tenemos lista! —me dice Susan con afabilidad.

—Ropa interior color *nude* como la que lleva y los salones azul Klein, ¿sabes a cuáles me refiero, Susan? —le pregunta la señora.

—Por supuesto. ¿Qué número utilizas? —me formula.

—El treinta y ocho.

—Nina, un treinta y ocho, por favor.

—Señora, si le parece, voy a ir probándole a la otra modelo este último *look*, a ver qué le parece —declara William, cogiendo una chaqueta blanca bordada y una falda de tul negra.

—Sí, por favor —le responde, centrando su atención en la otra modelo, a la que William está empezando a ponerle la falda.

—Le sobra un poco de cintura, pero le sienta mucho mejor que el vestido anterior —comenta Susan, y observo a la modelo que permanece en silencio. «¡Qué jovencita y qué delgadita está!», pienso para mí mientras ella mantiene la vista al frente.

—Está perfecta —sentencia la señora mientras Nina llega con mis zapatos.

—Pruébatelos —me pide, y siento cómo la piel se ajusta a mis pies, envolviéndolos como si de un guante se tratara.

—Me van bien —anuncio, sonriendo.

—Camina de nuevo hacia nosotros —me piden mientras la señora Herrera se mantiene en su sitio, sin perder detalle de nada.

—Señora, yo lo veo perfecto —sentencia Susan—. La caída del vestido con estos zapatos es ideal.

—Sí, así es —le responde, acercándose a mí—, pero me falta algo —musita, concentrada, mirando el vestido—. Creo que quedaría mucho mejor si le pusiera un tul azul en el borde del escote. Nina, tráeme un trozo, por favor, y que sea de este tono —le indica señalando con el dedo uno de los cristales de mi falda, y la otra acata su orden con celeridad—. Vamos a ver... —murmura cuando Nina le entrega el trozo de tejido—, podría ponerlo así —susurra mientras Susan va dándole agujas y ella modifica el cuello en un minuto—. Mucho mejor; subidlo al taller y que lo modifiquen, que corten por aquí y que el tul nazca desde aquí, tal y como está, hasta terminar aquí —les ordena, satisfecha con el resultado.

—Muy bien, vamos con otro —interviene Susan, quitándomelo y tendiéndoselo a Nina mientras observo cómo la otra modelo empieza a vestirse, concluido ya su *fitting*.

Me prueban un vestido amarillo *glitter* de manga larga, otro estampado en rojo y blanco con una gran abertura central y otro negro con escote corazón, descartan unos y los sustituyen por otros, ajustan largos y tela sobrante y los combinan con zapatos y complementos mientras yo me mantengo en silencio, hablando solo cuando me preguntan y disfrutando de este jardín en el que me encuentro ahora mientras las mariposas de discretos colores revolotean en mi interior con cada vestido que van asignándome.

—Perfecto, ya hemos acabado —me anuncia Susan

mientras Nina llega a la habitación con otra modelo—. Cuando tengamos listos los vestidos que llevarás, llamaremos a tu *booker* para que vengas de nuevo.

—No hay problema —le digo empezando a vestirme, observando de reojo cómo la señora Herrera se centra en el *look* que van a probarle a la chica recién llegada, y me pregunto cuándo se probará Bella sus modelos.

Salgo de la casa y, puesto que dispongo de una hora libre y todavía no he cumplido mi promesa, me hago con un Frappuccino de té de un Starbucks para dirigirme a ese lugar en el que esperaba encontrarme «como en casa» antes de llegar a la de Nick, Central Park.

Camino en silencio con las ramas de los árboles dándome cobijo, esos árboles que se encuentran ya pintados con los colores del otoño, y, absorta en mis pensamientos, contemplo las hojas secas que hay esparcidas por el suelo, arrastradas por el viento y pisadas por cientos de pies, esas hojas que me recuerdan un poco a mí y las muchas veces que me sentí como una de ellas, rememoro alzando la mirada al cielo y hacia esas ramas que sujetan cientos de hojas más... «Pero yo no necesito que nadie me sujete —concluyo de repente—, no necesito a nadie para poder volar», me digo, sintiendo cómo algo cambia en mi interior. «Este era mi sueño —me recuerdo a mí misma— y, aunque llegué a olvidarlo y deseé vivir otro muy distinto, es este el que tengo ahora al alcance de mi mano, flotando sobre mi palma y haciéndome cosquillas... como hizo otro que se desvaneció», pienso con rapidez, anulando ese pensamiento con la misma celeridad con la que ha llegado.

«Este es un buen sueño —afirmo mentalmente, observando a la gente que se encuentra sentada en los bancos, caminando o haciendo *footing*—, así que se terminó el llorar y el compadecerme de mí misma, se terminó el pensar en él y se terminó el añorar lo que no está a mi alcance», me ordeno con firmeza, empezando a andar de nuevo. «Voy a vivir este sueño, voy a desfilar para Carolina Herrera y, en un futuro, espero hacerlo para los más grandes diseñadores y, cuando eso suceda, el mundo se rendirá a mis pies», sentencio posando mi mirada al frente, cerrando la puerta a ese jardín prohibido para mí y a esas mariposas de colores brillantes que duermen congeladas en él.

Y con esa promesa grabada en mi corazón, me siento en uno de los bancos para, como Harry, ver la vida pasar al menos durante unos minutos mientras me termino mi bebida.

Aprovechando este descanso improvisado, busco el teléfono de Nick para llamarlo.

—Estudio de Nick Klain —me contesta una mujer.

—Buenos días, soy Valentina. ¿Está Nick?

—Está ocupado con un *shooting*, ¿quiere que le deje algún mensaje?

—Sí, por favor. Dígale que me llame cuando acabe; anote mi número de teléfono, por favor —le pido para, seguidamente, indicárselo.

—Perfecto. Le pasaré la nota.

—Muchas gracias —me despido antes de colgar, para de inmediato llamar a mi hermana, necesitando oír su voz.

—¿Qué pasa, hermanita? —me contesta con voz cantarina.

—Pues nada, aquí estoy, sentada en un banco de Central Park, tomándome un Frappuccino de té para reponerme de la dura sesión de *fitting* a la que acabo de asistir en la sede central de Carolina Herrera... Ya sabes, lo normal en mí día a día —suelto guasona.

—¿Has dicho Carolina Herrera?

—Así es, querida. ¡Nena, que voy a participar en su desfile! —exclamo, entusiasmada, dibujando una resplandeciente sonrisa en mi rostro—. Flipadita estoy todavía —añado, carcajeándome finalmente.

—¿En serio? Dime que no es coña.

—Y tan en serio, Alana. Esa mujer me tiene loca perdida, te juro que hasta he contenido la respiración cuando se ha acercado a mí para comprobar cómo me sentaba el vestido; qué elegancia, qué clase, qué saber estar... Te juro que me siento como una recién llegada.

—Eres una recién llegada —me rebate, divertida.

—No me refiero a la ciudad, pava, me refiero al mundo de la moda —replico poniendo los ojos en blanco, sin poder borrar la sonrisa de mi rostro—. Solo me ha faltado besarle los pies —prosigo, arrancándole una risotada—. ¿Y tú qué tal, futura esposa? ¿Has empezado ya a diseñarte el vestido? ¡Recuerda que quiero verlo en cuanto lo tengas!

—Algo tengo ya, y te aseguro que va a ser divino.

—No tengo ninguna duda... Oye, aunque esté lejos, quiero formar parte de todo lo concerniente a tu boda, no quiero que te sientas sola, ¿vale? Aunque sea por Skype o WhatsApp, voy a estar a tu lado, lo sabes, ¿verdad?

—Ya lo sé, tonta —me dice con dulzura.

—¿Y papá? ¿Cómo anda?

—Como siempre. Ya han terminado con la vendimia, y menos mal, porque marcaba lluvias y estaban todos de los nervios.

—Pero ¿les ha llovido? —le pregunto, tensando mi cuerpo sin percatarme de ello.

—No. Al final el tiempo se comportó, pero ha hecho un frío de narices. Te aseguro que parecía que estábamos en invierno.

—El último día que estuve allí ya lo hizo —le digo, recordándome en lo alto del castillo, con el frío enredándose entre mis piernas, helándome por dentro, y, con ese recuerdo, siento que mi garganta se cierra.

—Él todavía no ha regresado —me comenta mi hermana, prudente.

—No quiero saberlo —le respondo, sintiendo cómo la garganta me duele un poquito más con esa frase que lleva mucha mentira encerrada en esas pocas palabras, reconozco ensombreciendo el gesto porque no quiero mentirle a Alana, «ni a mí tampoco, ya puestos», asumo intentando poner orden en este batiburrillo de sentimientos que noto dominando mi pecho—. He decidido apostar por esto; en realidad, acabo de decidirlo ahora, y prefiero no saber nada de él para poder disfrutarlo de verdad; pero, por otra parte, tampoco quiero vivir como lo hacía antes, no quiero que su presencia condicione más mis viajes y quiero ir a casa cuando me apetezca y no solo cuando él esté fuera —le confieso procurando ser lo más sincera posible.

—Ya... pero... ¿estás preparada para verlo?

—Lo sabré cuando lo tenga delante... Al final no importa que esté o no preparada, ese encuentro terminará sucediendo tarde o temprano y, cuando se produzca, intentaré que sea lo más normal posible. Somos personas adultas y se supone que civilizadas, así que, cuando lo vea, espero poder sonreír y hablar con él sin sentir que me falta un brazo o una pierna —musito, sintiendo esa sensación de amputación todavía demasiado latente dentro de mí.

—Todavía no me has contado lo que sucedió ese día —matiza, sabiendo que se está adentrando en terreno pantanoso.

—Ya te lo contaré cuando no me duela tanto —murmuro tragando con dificultad—, pero al final se resume en que él quería que apostara por todo esto y es lo que estoy haciendo y ya no hay vuelta atrás; por eso no quiero saber si está o no está, porque no quiero seguir dudando y necesito disfrutar de lo que estoy viviendo sin desear otras cosas —susurro, soltando luego todo el aire de golpe—. Cambiemos de tema, por favor.

—¿Vendrás a casa en Navidad? —me plantea atropelladamente.

—¡Y yo qué sé! ¡Si todavía queda un montón!

—¿Qué quieres? ¡Es que es lo primero que se me ha ocurrido! —replica mientras oigo de fondo la voz de una mujer—. Tengo que dejarte, acaba de llegar un proveedor de tejido.

—Qué divertido —me burlo.

—Oyeeeee, pues a mí me gusta... No es un *fitting* en la sede de Carolina Herrera, pero no está mal.

—Claro, cada una se consuela como puede —prosigo, machacona—. Venga, ya hablamos —me despido, riendo, colgando antes de que pueda rebatirme nada.

En cuanto doy por finalizado mi descanso, siento cómo este ritmo frenético en el que se ha convertido mi vida me absorbe de nuevo, como el viento de un tornado que te atrapa entre sus fauces, impidiéndote liberarte y llevándote directa a su centro.

Capítulo 6

—Dime, Nick —lo saludo en cuanto descuelgo el teléfono mientras me dirijo a mi casa o más bien me arrastro hacia ella.

—¿Me habías llamado, cielo?

—Hace tanto que te he llamado que ya lo había hasta olvidado —contesto divertida—. Nada, solo quería contarte que he llegado a tiempo y que todo ha ido bien.

—Gracias a mí, por supuesto.

—Por supuesto. Si no llega a ser por ti, todavía seguiría durmiendo —le digo entre risas.

—¿Vienes a cenar a casa?

—¿Pizza y vino de nuevo? No, gracias, prefiero mi puñado de frutos secos —respondo, sonriendo, sin dejar de caminar.

—¿Y si prometo comportarme esta vez y pedirte una ensalada?

—Nick, eres una muy mala influencia... Me iba al gimnasio y estás liándome.

—Te encanta que te líe, reconócelo —replica mientras yo dibujo una sonrisa en el rostro y cambio de dirección para dirigirme hacia su casa.

—¿Ya has terminado de currar?

—Ahora mismo... Acabo de fotografiar el miedo y ha sido brutal. Si vienes, te lo cuento —me suelta mientras accedo al metro.

—Ahora nos vemos —me despido, sin poder dejar de sonreír.

Llego a su casa feliz, sintiendo que llego a la de un amigo, y, cuando salgo del ascensor, veo a una chica morena, muy guapa, abandonando su estudio.

—¡No cierres! —le pido, acelerando mis pasos.

—¿Has quedado con Nick? —me pregunta con la desconfianza instalada en su mirada, impidiéndome el paso con su cuerpo.

—Sí, claro —afirmo, percatándome de que no termina de creerme—. Nick, ¡he llegado! —exclamo alzando la voz, para que dé crédito a mis palabras.

—Pasa, cielo —me responde desde dentro, y la miro enarcando una ceja para que me deje pasar.

—Graciasssss —le digo cuando se aparta, y me giro un poco para mirarla cuando paso por su lado.

No es muy alta, medirá un metro sesenta a lo sumo, pero tiene una de esas caras que consiguen que te des la vuelta para mirarla de nuevo.

—¡Aquí! —oigo su voz, y me olvido de la chica para ir en su busca.

—¿Era el miedo? —le pregunto, señalando hacia la puerta.

—¿Quién? —formula, trasteando con su cámara.

—La chica que ha salido, ¿era la modelo que representa al miedo?

—No, esa era Ada —me aclara, yendo hacia el ordenador para centrarse en las fotografías que ha tomado mientras yo intento recordar algo... Ese nombre... ¿de qué me suena?

—¿Ada? Ada... ¡¿Ada?! —exclamo, sonriendo finalmente, descubriendo de qué me suena.

—Sí, Ada. ¿Qué te pasa?

—O sea, que esa es la mujer que te gusta —concluyo, acercándome a él sin poder borrar la sonrisa de mi rostro.

—Joder, y yo pensando que estabas borracha —masculla entre dientes.

—Y lo estaba, pero, por muy borracha que estés, hay confesiones que nunca olvidas —le rebato, dándole un beso y mirándolo con ternura—. ¿Quién es?

—La que os maquilla y peina... y mi tortura particular —me responde, comenzando a cerrar las luces—. Vamos arriba, estoy muerto de hambre.

—Pero ¿tienes algo con ella? —indago, ya en el ascensor.

—Ni me lo planteo siquiera. Me gusta cómo trabaja, es rápida, eficiente y capta a la primera lo que le pido yo o lo que desea el cliente, y te aseguro que no fue fácil de encontrar, así que ni muerto voy a liarme con ella y que me deje tirado cuando la deje yo —me dice mientras accedemos a su salón, y detengo mis pasos en el acto con sus últimas palabras resonando en mi cabeza y en mi corazón, unas palabras que me llevan directas a La Rioja y a su casa—. ¿Qué haces? ¿Por qué te paras ahí?

—Y ya has dado por sentado que vas a dejarla tú, ¿verdad? —le recrimino, empezando a andar de nuevo—. ¿Por qué no puede dejarte ella? —añado, poniéndome a la defensiva—. ¿Por qué no puede haber un mañana? ¿Y por qué tenéis que ver un final cuando ni siquiera ha habido un principio? Sois unos imbéciles, en serio.

—¿Y por qué hablas en plural?

—Porque hablo de los tíos en general y porque él me dijo exactamente lo mismo —mascullo, sintiendo el dolor latiendo con rapidez en mi interior—. Nick, si te gusta, ve a por ella sin querer ver el final del camino, porque no tiene por qué haberlo.

—Las tías sois unas románticas sin remedio. Créeme,

aunque no lo veas al principio, ese final está ahí, te lo aseguro... Te llevo unos cuantos años de ventaja.

—Como continúes hablando así, voy a pensar que estoy hablando con él en lugar de hacerlo contigo —farfullo molesta, deseando abofetearlo.

—Oye, no sé cómo es ese tío, pero sé cómo soy yo y que la fidelidad no va conmigo, así que mejor si lo dejo tal y como está y continúo tirándome a otras tías que no esperen nada de mí.

—Eres idiota —sentencio, sentándome en el mismo taburete en el que me senté anoche.

—Pero soy el idiota que hoy te ha salvado el culo —replica, haciéndome sonreír.

—Y que me ha comprado ropa interior en pijama, eso también —matizo, sonriendo un poquito más.

—Y ha ido bien, ¿verdad? Lo sabía —declara, brabucón, sentándose a mi lado.

Y frente a la barra, primero con su botellín de cerveza y mi agua y más tarde con su comida china y mi triste ensalada, le cuento mi día y él me cuenta el suyo, le hablo de la decisión que he tomado de apostar por esto mientras él me cuenta que ya se ha puesto en contacto con Cat por el tema de las fotos, para terminar, de nuevo y tal y como hicimos ayer, tirados en el sofá viendo una película.

—Dime que puedo quedarme a dormir, Nick; fuera hace frío y no me apetece moverme de aquí —le pido medio dormida, arrebujándome en el sofá.

—Eres peor que una okupa, lo sabes, ¿verdad? —me pregunta, y sonrío cerrando los ojos, aferrándome a uno de los cojines.

—Lo sééééé, pero la culpa es tuya por liarme. Si me hubiera ido al gimnasio, que era mi plan inicial, ahora estaría acurrucada en mi cama, con mi pijama puesto y oyendo discutir a mis queridas compañeras de piso.

—Te he salvado de una buena, reconócelo.

—Sí, pero ahora tengo que irme y no tengo ganas.

—Vente a vivir aquí —me propone de repente, despertándome en el acto.

—¿Ehhhhh? ¿Quéééé? ¿Qué has dicho? —farfullo casi tartamudeando, incorporándome.

—Que te vengas a vivir aquí; eso sí, si algún día me traigo a una chica, te quiero en tu habitación —me advierte, haciéndome sonreír.

—¿Y traes a menudo a muchas chicas aquí? —le pregunto como si su respuesta fuera vital para aceptar su propuesta, cuando, en el fondo, estoy deseando hacerlo.

—Puedes estar tranquila por eso, no traigo a muchas chicas a mi santuario.

—Pues a mí me has traído —le rebato, arrugándole la nariz.

—Tú no cuentas, a ti no quiero follarte —replica con insolencia.

—Hombre, ¡muchas gracias! —contesto, sin saber si sentirme molesta o no con su comentario.

—Bella y tú sois algo así como unas hermanas pequeñas para mí, no pienso en vosotras de esa forma.

—Mira qué bien —suelto riendo—. Ahora en serio; este piso es enorme, tiene un Klimt colgado en una de las paredes, está en un buen barrio y yo no estoy facturando todavía... No puedo pagarte la mitad del alquiler, Nick.

—¿Cuándo te he dicho que me pagues, que no lo recuerdo? —me pregunta, burlón—. Además, este piso es mío, así que olvídate del alquiler, y, por si no lo sabes, Bella también vivió aquí durante un tiempo.

—¿Y conmigo estás haciendo lo mismo? ¿Qué pasa?, ¿que eres una especie de loco? —le planteo, provocando sus carcajadas.

—Viéndolo así podría parecerlo, pero te aseguro que no soy ningún loco; al menos, que yo sepa —me dice, guardando luego silencio durante unos segundos—. Hay personas que llegan a tu vida para quedarse y lo sabes en cuanto las conoces. Esta ciudad es muy anónima, aquí todo el mundo va a la suya y es bastante complicado encontrar gente con la que sentirse bien de verdad, como en familia, ¿sabes lo que quiero decirte? En mi casa somos seis hermanos y estoy acostumbrado al ruido y a convivir con otros, así que mi ofrecimiento es algo egoísta, porque, a pesar de los años que llevo viviendo aquí, continúa molestándome llegar a casa y tener que encender la tele para no oír el silencio, y paso de adoptar un gato —me explica con seriedad, haciéndome sonreír.

—Como para decirte que no ahora —contesto, sonriendo yo también—. Acepto con una condición: que los gastos de la casa sean compartidos.

—No estás facturando —me recuerda... ¡como si no lo supiera!

—Pero tengo ahorros.

—Deja tus ahorros donde están. Mira, hagamos una cosa: cuando empieces a facturar, hablamos de nuevo. ¿Qué te parece?

—Que eres mi mariposa de colores bonitos.

—Eso ha sonado muy gay —suelta torciendo el gesto.

—Yo ya me entiendo —replico, guiñándole un ojo—. Me parece que voy a necesitar tu pijama de nuevo —le digo con dulzura mientras él se cruza de brazos.

—Vamos a tener que establecer una serie de normas. Empiezo yo: me niego a volver a ir a comprarte ropa interior en pijama. Te aseguro que la china de abajo no va a volver a mirarme igual por tu culpa y eso que estaba a punto de tirármela —me indica, brabucón.

—¡De la que se ha librado! —le digo, carcajeándome y esquivando el cojín que acaba de lanzarme—. Además, espero no tener que volver a pedírtelo, porque tienes un gusto horrible para la ropa interior —matizo entre risas—. Siguiente norma —musito, obligándome a ponerme seria, pensando en qué norma podría poner yo—. ¡Uy!, ¡pues no sé qué decir! Esto va a ser el cielo comparado con la pocilga en la que vivo. Por mi parte, no hay normas... con que seamos limpitos y nos respetemos, me vale.

—Perfecto, me gusta eso de ser limpitos —declara con guasa—. Bienvenida a casa —me dice, tendiéndome su mano, que acepto.

Durante los siguientes días siento cómo ese tornado en el que me hallo dando vueltas sin control me absorbe un poco más mientras me mudo, para sorpresa de Cat, que lo tiene completamente idolatrado, al apartamento de Nick. Asisto a otro *fitting* en la casa; me presento a todos los *castings* que me programan desde la agencia, más los que me salen de improviso, y realizo varios *go and see*, que voy intercalando entre unos y otros... y, para tortura mía, empiezo a hacer deporte, ¡sí, deporte!, y es que ahora ya no tengo excusas para no fortalecer mi cuerpo, pues mi querido compañero de piso, aparte de tener un Klimt en su casa, también tiene una pequeña sala de martirio que incluye pesas, cinta de correr, máquina de remo y no sé cuántas más, a la que me arrastra todas las mañanas antes de empezar nuestro día.

* * *

Llego a la casa a las ocho de la mañana, justo dos días antes del desfile, y, aunque el mismo día del evento tendremos la revisión final y un último ensayo, hoy nos han citado, de nuevo, a todas para otro *fitting*.

—¡Hola! —me saluda Bella, dándome un abrazo, en cuanto llega a la sala donde estamos esperando.

—Estoy nerviosa —le confieso en voz baja, para no hacer partícipes al resto.

—Es normal y, a medida que se acerque el momento, te pondrás más nerviosa todavía, ya verás, pero creo que eso nos pasa a todas. El truco está en no pensarlo demasiado —me recomienda, sentándose en una de las sillas y sacando un libro de su bolso.

—¿Qué lees? —me intereso, acomodándome a su lado.

—Qué estudio, más bien —matiza, sonriéndome.

—¿Estás estudiando? —inquiero sorprendida, dándole la espalda a cualquier recuerdo que pueda llegar de manera inesperada.

—Historia del arte. Me encanta y espero poder trabajar en un futuro en algún museo.

—En Londres, ¿verdad? —planteo, sonriendo.

—Bueno, esa sería una muy buena opción —me responde, dibujando una sonrisa en su rostro.

—Valentina Domínguez —me llama Nina, y me vuelvo hacia ella con demasiados recuerdos y promesas hechas en el pasado gritando dentro de mí, recordándome lo que, a base de fuerza de voluntad, me estoy obligando a olvidar.

—Me toca —le digo, levantándome y negándome a escuchar esa voz que resuena en mi interior y que lleva entre sus miles de matices el sabor del vino entremezclado con el de los remordimientos, esos que siento como dos largos tentáculos capaces de llegar a cada rincón de mi alma para dejar su huella marcada en ella.

Accedo a una habitación donde veo los vestidos que nos pondremos, cada una de las modelos, colgados en burros individuales con nuestra fotografía y nuestros datos impresos en ella, y me mantengo en silencio mientras William y Susan me ponen el primer vestido que luciré, el estampado en rojo y blanco.

—La señora Herrera, junto a su equipo y Anna Wintour, editora jefa de la revista *Vogue*, te están esperando dentro. Cuando llegues, ve directa hacia ellos para que Anna pueda ver de forma privada un anticipo de la colección, ¿de acuerdo? —me indica Susan con seriedad, y me limito a asentir con la cabeza, sintiendo que casi puedo palpar los nervios que flotan en el ambiente, ocupando incluso espacio.

Contagiada por esos nervios que se suman a los míos, accedo a la estancia en la que hemos hecho los *fittings* y en la que, como me ha comentado Susan, está la todopoderosa Anna, pues una palabra suya es sentencia en el mundo de la moda, sentada junto a la señora, que sonríe ante algo que le ha dicho, y, con el corazón martilleando con fuerza dentro de mí, me dirijo hacia ellas, deteniéndome cuando llego a su altura mientras ambas continúan charlando.

—Yo no trabajo en moda, sino en la industria de la belleza. Las mujeres que visten de Carolina Herrera tienen que verse bellas, no disfrazadas porque esté de moda —le indica la señora mientras la observo discretamente. Lleva su icónica camisa blanca con el cuello alzado, una falda negra y un cinturón remarcando su cintura, el pelo rubio cepillado hacia atrás y unos pendientes de rubíes a juego con el broche del cuello y, como siempre, pienso que es la clase y la elegancia hecha mujer—. Hace treinta y cinco años, la moda era completamente diferente a lo que es ahora; entonces era opulenta y glamurosa, y nosotros no pretendemos hacer una revolución, sino una evolución de la moda de aquellos años —prosigue, con voz pausada, volviéndose hacia mí, y siento el corazón latir furioso dentro de mí—. La mujer de hoy en día no tiene nada que ver con la mujer de entonces y hay que ir con ella, con lo que reclama, para poder seguir caminando juntas sin que la belleza y la elegancia desaparezcan, y un claro ejemplo es este vestido. Fíjate en su tejido, en su diseño, elegante, femenino, clásico y a la vez actual; en cómo se ajusta a la cintura, remarcándola, y en esta abertura central que solo percibes cuando la modelo camina —le explica la señora mientras ella presta atención a cada una de sus palabras—. Date la vuelta, por favor —me pide, y obedezco al tiempo que ella le muestra un detalle que solo se percibe desde detrás—. Perfecto, puedes irte, Valentina —me indica mientras veo a otra modelo ya lista para acceder a la habitación en cuanto salga yo de ella.

Una a una, vamos desfilando para Anna con cada uno de los diseños que luciremos el día del desfile, ante las explicaciones de Carolina Herrera, que yo absorbo cada vez que desfilo para ellas y que hacen que la admire un poco más.

—¿Qué vas a hacer ahora? —me pregunta Bella, una vez concluido «el desfile», mientras salimos de la casa y el viento gélido de finales de octubre nos da de lleno en el rostro.

—He quedado con Nick para hacer el *shooting* de la alegría. Quiere hacerlo en el río Hudson, pero, sinceramente, con este frío, más que parecer la alegría voy a asemejarme a un bloque de hielo —bromeo—. ¿Y tú?

—Tengo una portada de *Elle*.

—*Vogue*, *Elle, Fashion*... Tía, aunque no cobremos por esos trabajos, es un puntazo hacerlos.

—Y que lo digas. Ufff, qué frío, vais a congelaros —se queja, poniéndose un gorro de lana—. Me voy, que llego tarde; os llamo cuando termine, por si nos tomamos algo juntos luego.

—Vale, ya hablamos —le digo, dándole un beso y despidiéndome de ella.

Cómo nos sorprende la vida, pienso subiéndome el cuello de mi chaqueta y empezando a caminar. No hace ni un mes que llegué a esta ciudad y voy a desfilar para Carolina Herrera y tengo dos amigos que se han convertido en mi familia aquí... De nuevo, todo tan fácil y sencillo que parece como si mi vida estuviera ya escrita y solo faltaran mis pasos, los que decidí dar en mi peor momento —medito, dejándome arrastrar por la corriente de mis pensamientos y mis recuerdos—, unos pasos que hubieran sido otros si él no se hubiese ido... pero se fue y yo he apostado por esto, me recuerdo clavando la mirada al frente, cerrando otra vez esa compuerta que es mejor no abrir.

Veo a Nick y a Ada en cuanto llego al lugar elegido para hacer el *shooting*, y, aprovechando que ellos aún no me han visto me dedico a observarlos, durante unos segundos, sin hacer notar mi presencia; Nick, trasteando con su cámara, y ella, ojeando su móvil... Cada uno sumido en sus cosas y, a pesar de ello, sin quitarse la mirada de encima.

—¡Hola! —los saludo finalmente, acercándome a ellos—. Nick, hace un frío de cojones, ¿era necesario hacer el *shooting* aquí? —le pregunto, sonriéndole a Ada, deseando caerle bien después del pequeño encontronazo que tuvimos el primer día, cuando nos conocimos.

—Estas vistas no las tenemos en mi estudio —me responde con seriedad. «Madre mía, pero si está nervioso», me percato, sorprendida. Vaya tela—. Quiero que le des protagonismo a sus ojos, recuerda que representa la alegría y las ganas de vivir, pero no te excedas, necesito la máxima naturalidad posible —le explica mientras ella evita su mirada, dirigiendo la suya hacia su maletín... y juraría que, si el deseo fuera algo palpable, yo estaría tocándolo ahora mismo.

—Por favor, siéntate aquí —me pide, mostrándome una silla.

Me siento donde me señala y, durante unos escasos quince minutos, trabaja con celeridad con mi rostro y mi pelo mientras todos guardamos silencio, permitiendo que los sonidos de la ciudad llenen esos huecos que, como me sucedió con él, deberían ocupar las palabras... «Qué puta es la vida, mostrándome en ellos lo que nosotros vivimos y haciéndome recordar nuestra historia cuando la suya todavía no ha empezado», pienso con dolor; este dolor que siempre está ahí, latiendo dentro de mí, y que nunca desaparece.

—Ya estás lista —me informa Ada en un susurro—. Nick, ¿necesitas que me quede o puedo marcharme? —inquiere, y, sin necesidad de oír su respuesta, sé que va a pedirle que se quede.

—Quédate por si necesito que la retoques en algún momento —le dice sin molestarse en mirarla, de nuevo trasteando con su cámara—. Ponte ahí y sonríeme; quiero sentir la felicidad, tocarla y verla reflejada en tus ojos... Vamos, nena, dámelo, muéstrame lo que quiero ver.

Me coloco donde me pide, sonriéndole y empezando a posar para él y, aunque es mi trabajo y estoy cansada de posar y fingir frente a una cámara, lo que me pide Nick es mucho más íntimo, es abrirle mi alma a su objetivo y, cuando haces eso, no puedes fingir, porque la realidad es mucho más poderosa y la mía, de momento, dista mucho de la alegría... Comodidad, determinación, sí... pero ¿alegría? Dios, hace tanto que no la siento que hasta creo que mi sonrisa se ha convertido en una mueca.

—¿Es eso lo máximo que puedes darme? —me plantea, frustrado, tras casi veinte minutos en los que no he dejado de sonreír.

—Creo que deberías buscar a otra modelo para representar la alegría —le recomiendo, borrando la sonrisa forzada de mi rostro.

—¡Y una mierda! Tú eres la tristeza y necesito que seas también el contrapunto; no quiero a otra modelo, te quiero a ti, pero sin hacerme esas muecas que simulan sonrisas y que nadie se creería. ¡Joder!, si hasta estás triste sonriendo... ¿por qué no piensas en algo que te haga feliz? —me pregunta, exasperado.

«¿Algo que me haga feliz? Todos los recuerdos que me han hecho feliz de verdad van de su mano», pienso, ensombreciendo el rostro.

—¡Y ahí está de nuevo, joder! —masculla, enfadado—. ¿Puedes quitar esa cara de entierro, por favor? ¡Se supone que ibas a apostar por esto! ¿Por qué no lo haces de verdad? —me increpa, olvidándose de Ada, que no está perdiéndose detalle.

—¡Porque no puedo!, ¿vale? ¡No puedo sonreír como quieres porque no me sale! Tú quieres la verdad, quieres ver dentro de mí, y dentro de mí no está ese sentimiento ahora; lo estará, lo sé, pero no tan pronto —le grito, frustrada, mientras él bufa exasperado.

—Dejémoslo por hoy; tenemos tiempo y no se pueden forzar los sentimientos.

—Lo lamento, Nick —musito con tristeza.

—Puedes irte, Ada; hemos terminado por hoy —le indica con sequedad.

—Nick... —insisto, temiendo haberlo defraudado.

—Déjalo, en serio, no le des más vueltas —masculla, empezando a guardar su cámara—. Soy un puto egoísta, lo siento —añade de repente, volviéndose para mirarme—. Me aproveché de tu tristeza para obtener ese sentimiento que no conseguía encontrar en ninguna modelo y ahora quiero que te olvides de ella como si fuera tan sencillo como cambiarse de camisa —me explica, clavando su oscura mirada sobre la mía—. Algún día reirás feliz, y ese día mi cámara y yo estaremos listos para captar esa sonrisa y ese brillo de tu mirada, por muy fugaz que sea —me dice mientras me mantengo en silencio—. Hace frío, vamos a tomarnos algo —me propone mientras capto cómo Ada se ha retrasado a propósito.

—¿Te apuntas, Ada? Vamos a tomarnos algo —la invito, ante la mirada estupefacta de Nick y la suya—. Venga, anímate —insisto.

—Gracias, pero he quedado —rechaza finalmente, y me jugaría el cuello a que está mintiendo.

—Qué pena; otro día, entonces —acepto sonriendo,

percibiendo la incomodidad de Nick mientras ella sale disparada como si temiera que insistiera de nuevo.

—Menudo par de cobardes estáis hechos —mascullo cuando ya no puede oírnos.

—No vuelvas a invitarla —me advierte Nick con seriedad.

—¿Por qué? —le formulo, frunciendo el ceño.

—Porque es mi empleada, porque no deseo ese tipo de colegueo con ella y porque no me siento cómodo.

—Eso es lo que pasa cuando te gusta mucho alguien y te empeñas en pasar de esa persona, que estás incómodo, como lo estás tú.

—No volvamos al tema, ¿de acuerdo? Ada está fuera y punto.

—Claro, lo que tú digas.

—Joder, Valentina, cómo estás hoy —comenta exasperado.

—Es que no entiendo a los tíos, de verdad —farfullo bufando, recordando con qué suavidad lo hace Bella, mientras que yo me asemejo más a Trueno—. Vamos, estoy helada —siseo, deseando encontrar una cafetería donde mi cuerpo, precongelado, entre en calor de una vez.

Capítulo 7

Estamos a 31 de octubre y hoy, por fin, será el gran día.

Llego a la casa a las ocho menos cuarto de la mañana para un último *fitting* y para el ensayo general y, en cuanto pongo un pie en el tercer piso, noto cómo los nervios que flotan en el ambiente se adentran en mi cuerpo hasta formar parte de él, como si de una gota de sangre o del oxígeno que llena mis pulmones se tratara, y, mientras me prueban el primer vestido, mi mente viaja a esos lugares prohibidos en los que encuentro el alivio en medio del dolor y que, de alguna manera, me consuelan..., a esos lugares donde sus ojos son un mar en calma, y su sonrisa, el único bálsamo capaz de tranquilizarme.

Desfilo de nuevo para la señora y su equipo y, cuando llego hasta donde está sentada junto a un hombre, me detengo para que puedan comprobar que todo esté tal y como debería y, mientras ellos lo hacen, me marcho de nuevo... Me marcho lejos, lejos de esta habitación, de la suave fragancia del jazmín y de los nardos, de los rascacielos que amenazan con tocar el cielo y de todo lo que me rodea ahora hasta llegar al silencio de los viñedos, a la tierra húmeda por el rocío de la mañana, donde voy dejando mis huellas mientras me dirijo hacia su casa...

—Poner el tul ha sido una gran idea —la halaga el hombre que se encuentra al lado de la señora.

Con su voz, mi mente regresa lentamente a este lugar en el que me encuentro ahora y a este momento que es tan distinto a los que busco entre mis recuerdos.

—Sí que lo ha sido —le responde ella, trayéndome finalmente de vuelta—, y tengo la sensación de que a Anna le ha encantado, a pesar de que, cuando vino, faltaban algunos retoques en alguno de los vestidos.

—Esos retoques eran insignificantes —le rebate el otro con confianza—. Siguiente modelo —dice con autoridad y, con su orden, me doy la vuelta mientras una de mis compañeras accede a la sala.

Una a una vamos desfilando con todos los vestidos que luciremos esta tarde y, una vez que lo dan por concluido, nos dirigimos, ya vestidas con nuestra ropa, a la sala donde se realizará el desfile.

Lo primero que me viene a la mente en cuanto pongo un pie en ella es que parece brillar, como si el color crema de las paredes de repente resplandeciera con la luz de las lámparas y de los focos, pienso a la vez que observo a los trabajadores colocar, en el centro de la sala y bordeando las paredes, las sillas donde se sentarán los asistentes que han tenido el privilegio de ser invitados, y siento cómo esos nervios que no han desaparecido desde que he abierto los ojos esta mañana se incrementan hasta estrangularme la boca del estómago.

—Empecemos —nos indica una de las organizadoras—. A ver, vendréis por este pasillo, llegaréis hasta aquí, donde yo estoy ahora, y, sin deteneros y sonriendo, pero sin mostrar los dientes, realizaréis el recorrido. Recordad, tenéis que mirar continuamente al frente, nada de guiñar el ojo o enviar besos a los asistentes o a los fotógrafos que estén cubriendo el evento —nos comenta con seriedad mientras las sillas, colocadas a ambos lados, van delimitando el camino que recorreremos—. ¿Listas? —nos pregunta mientras nosotras esperamos, puestas en fila.

Ya en mi sitio, miro a Bella, que será la que abrirá y cerrará el desfile, dándole la mano a la señora, y, aunque me encantaría ser yo quien lo hiciera, de momento me siento feliz siendo una más, reconozco mientras mi corazón comienza a martillear con fuerza en el mismo instante en el que me percato de que la fila, en la que me encuentro, está comenzando a avanzar.

—Vamos —me indica la misma chica que nos ha dado las instrucciones, posando suavemente su mano en mi espalda para instarme a caminar mientras suena *The Mission for Carolina*, una canción que ha sido adaptada y grabada en Abbey Road Studios exclusivamente para este desfile.

Realizo el recorrido junto a mis compañeras ante la atenta mirada de la señora y de todo su equipo que van comprobando que todo se ajusta al milímetro, incluso nuestros pasos con el ritmo de la música.

Tras ensayar varias veces el recorrido, nos dan un pequeño descanso en el que muchas de mis compañeras, como Bella, aprovechan para estudiar, otras para leer y otras, simplemente, para entretenerse con su móvil, mientras que yo, sencillamente, me limito a observarlas, sintiendo esa necesidad tirando de mí para llevarme de nuevo a mi lugar prohibido, ese en el que unos ojos verdes me están esperando.

Una vez en el *backstage*, me siento donde me indican y, mientras la maquilladora empieza a trabajar con mi rostro, miro la fotografía que tengo frente a mí y que muestra las pautas, marcadas por la señora y su equipo, que deberán seguir todos los maquilladores y peluqueros; pelo recogido, ojos y pómulos marcados y labios en tonos suaves.

Cierro los ojos intentando relajarme a pesar de lo nerviosa que estoy y, mientras ella aplica potingue tras potingue sobre mi piel, me obligo a vaciar la mente y a alejar los ruidos de ella; unos ruidos que son más estridentes que los que provienen de mi alrededor y que llegan en forma de recuerdos y deseos que mi mente traicionera trae de vuelta continuamente, y, aunque debería silenciarlos y alejarlos de ella, finalmente me rindo, marchándome con ellos.

—Ya estás lista —oigo que me dicen y, solo entonces, me doy cuenta de la facilidad que tengo para evadirme, pues me han hecho incluso el recogido y apenas he sido consciente de ello.

Me dirijo hacia el perchero donde está colgada mi ropa junto con mi fotografía, mi nombre y una cartulina plastificada donde aparecen, de forma detallada, los modelos y complementos que luciré, y mientras me visten y el *backstage* se convierte en un caos controlado siento el entusiasmo comenzar a colarse en mi interior, dándoles vida a esas mariposas de colores discretos que llenan mi pecho y, de nuevo, me imagino en ese jardín en el que me encuentro ahora y que nada tiene que ver con el otro.

—Dirígete a tu sitio en la fila —me indica una de las organizadoras, una vez estoy lista, mientras los nervios y la emoción se entretejen entre sí.

Oigo la música procedente de la sala colarse en mi interior, enredándose con esa emoción, esos nervios y con miles de emociones más mientras un hombre nos revisa una a una, comprobando que esté todo perfecto, otro nos pasa un cepillo para eliminar cualquier pelo o mota de polvo que pueda haber en nuestra ropa y otro nos da las indicaciones pertinentes mientras la señora, frente a dos enormes monitores y elegantemente vestida, observa el desfile con atención. Cuando se da la vuelta para dirigirse hacia donde estamos nosotras, noto cómo los nervios se intensifican dentro de mí y hasta contengo la respiración mientras paso su escrutinio.

—Estás muy seria. Quiero que, cuando salgas, sonrías un poco —le pide a la chica que está detrás de mí.

—Si sonrío, no puedo caminar —le responde con un hilo de voz, creo que más nerviosa de lo que estoy yo, y mira que eso es complicado.

—¡Pues camina! ¡Aunque lo hagas furiosa, camina! —le dice, haciéndome sonreír.

—Ahora —me ordena una de las organizadoras, posando su mano en mi espalda y, con su contacto, echo a andar hacia el que se ha convertido en mi sueño.

Y, con una sonrisa que no muestra los dientes y sintiendo cómo la suave gasa acaricia mis piernas, accedo a la sala, que resplandece más de lo que ya lo hacía antes, mientras me graban y me fotografían desde varios ángulos y yo, con la mirada puesta al frente y con miles de emociones brotando y aleteando en mi pecho, realizo el recorrido marcado. Lo hago tranquila, disfrutando, como no pensé que haría, pues, cuando imaginaba este momento, me veía con las piernas temblando y de los nervios, unos que, sorprendentemente, han desaparecido en el mismo instante en el que he puesto un pie en esta sala.

«Esto es lo mío —pienso mientras termino el recorrido con la piel erizada por la emoción—, y él tenía razón. Tengo diecinueve años y es el momento de cumplir este sueño, de vivir esto, de sentir esto... porque tengo toda la vida por delante para cumplir otros sueños y los cumpliré —me prometo a mí misma, llegando de nuevo al *backstage*—, y, cuando lo haga, volveré a estar en ese jardín donde las mariposas brillaban intensamente y donde unos ojos verdes están esperándome porque, a pesar de sus palabras y a pesar de todo, estoy segura de que están haciéndolo», me digo, deteniéndome en seco con esa revelación que ha llegado de manera imprevista.

—Venga, ¡vamos!, no te quedes ahí parada, ¡ven a cambiarte! —me apremia una de las estilistas y veo cómo algunas de mis compañeras, ya cambiadas, corren hacia la fila para salir de nuevo, y otras se dirigen a toda prisa hacia sus percheros para hacer lo propio al tiempo que los nervios y la tensión parecen crecer por segundos, mientras que yo, sorprendentemente, me mantengo tranquila, aferrándome a esa revelación que alivia la presión de mi pecho.

Uno a uno voy desfilando con cada uno de los vestidos que me asignaron en su día y, cuando cerramos el desfile, por fin puedo decir que sonrío de verdad, mostrando mis dientes a pesar de las indicaciones, mientras aplaudo y mi pecho se llena de unas emociones completamente nuevas para mí y que, agolpadas en mi interior, liberan una lágrima solitaria de mis ojos, una que acaricia la piel de mi rostro y que, de forma suave, se desliza por mi cuello, intensificando la caricia, y no es una lágrima fruto de la tristeza o la desazón, sino fruto de la felicidad y de la emoción, esa que estrangula tu garganta, llena tu pecho y eriza tu piel, pues estoy segura de que algún día Nueva York y el mundo se rendirán a mis pies y, cuando eso suceda, regresaré a mi casa para intentar recuperar mi alma, esa que corrió en su busca cuando él se fue y, cuando lo logre, también lo recuperaré a él. Porque lo haré, estoy segura de que lo haré.

Mientras aplaudo, nos fotografían y la música resuena en mi interior, pronuncio su nombre por primera vez desde que me fui de La Rioja, y lo hago para mí, para mis oídos y para mi corazón... Víctor, ese nombre que se negaba a salir de mis labios porque me dolía demasiado y que hoy me reconforta, llenando de una luz tenue y suave esa parte oscura y fría que late cerca de mi corazón, ese que late de manera mecánica, sin ritmo alguno, pero que latirá de nuevo al unísono del suyo cuando llegue el momento, me digo sin dejar de sonreír y aplaudir en ningún instante, disfrutando del momento y de lo que estoy viviendo mientras otra lágrima solitaria se libera de mis ojos para intensificar la caricia de la anterior y, cuando dirijo mi mirada hacia la nube de fotógrafos, encuentro a Nick entre todos ellos, y sonrío feliz, sabiendo que acaba de encontrar lo que buscaba, la alegría, esa que aquella tarde en el río Hudson no conseguí hallar y que hoy ha llegado para quedarse.

Sin dejar de aplaudir, realizamos el mismo recorrido del desfile hasta llegar de nuevo al *backstage*, donde los nervios que flotaban en el ambiente han desaparecido para dar lugar al júbilo, a la emoción y a la satisfacción del trabajo bien hecho, y me uno al aplauso general mientras la señora Herrera nos agradece el trabajo que hemos realizado.

Ceno con Bella y Nick en un tailandés y, entre plato y plato, hablamos del desfile y de la fotografía que por fin Nick ha encontrado.

—No sabía que eras uno de los fotógrafos acreditados; además, no me habías dicho nada y no será porque no hemos hablado sobre el desfile —le recrimino, frunciendo el ceño.

—En realidad, Nick no necesita acreditación —me aclara Bella, sonriéndome—. Si él le dice a cualquier diseñador que quiere asistir a un desfile, como mínimo van a besarle los pies —me comenta, y Nick suelta una carcajada—. Ni que fuera un buen fotógrafo... —prosigue, guiñándole un ojo.

—No soy buen fotógrafo —interviene sin dejar de sonreír, recostándose en su silla—, soy el mejor —puntualiza, con toda la fanfarronería del mundo impregnando sus palabras—, y hoy he sacado una de las fotografías más bestias de mi carrera —me indica, esta vez con seriedad, clavando su mirada sobre la mía—. He captado el momento justo en el que has apostado de verdad por esto, y no con la boca pequeña y sin creértelo, como habías hecho hasta ahora, sino con todas las consecuencias, y eso sucede en una milésima de segundo —me explica, chasqueando sus dedos—, y mi cámara y yo estábamos listos para captar ese instante, ese momento exacto en el que la tristeza que estaba en tu mirada desaparecía y en su lugar llegaba la alegría y la emoción por estar viviendo esto y, joder, ha sido brutal. Tengo la fotografía que refleja la tristeza más desgarradora y el contrapuesto perfecto, el de las lágrimas que proceden de la felicidad más absoluta, porque, mientras aplaudías, has sentido eso y lo he captado, he captado una milésima de segundo con mi cámara y eso no es ser bueno, es ser el puto amo —concluye, consiguiendo que sonría, de nuevo de verdad, como espero hacer a partir de ahora.

Sin que me dé cuenta, empiezan a pasar los días y noviembre comienza a coger carrerilla trayendo consigo el frío, ese que te azota el rostro y te congela las orejas, ese que hiela y te insta a correr para resguardarte y, mientras corro, enfundada en capas y capas de ropa, asisto a cientos de *castings*, consigo trabajos y me rechazan en otros, encuentro mi hogar en casa de Nick... pues un hogar no es un lugar, sino el amor que encuentras en él, y yo he encontrado en Nick y en Bella mi hogar neoyorquino, uno en el que no hace frío y en el que las risas y la complicidad resuenan entre sus paredes, unas paredes en las que hay colgado un Klimt, eso es algo que no se me olvida y que no deja de impactarme, todo sea dicho. Con ellos celebro el Día de Acción de Gracias, el cuarto jueves de noviembre, asistiendo al desfile de Macy's, y lo hacemos enfundados en gorros, bufandas y chaquetas antes de ir a cenar, y con ellos vivo lo que siempre deseé vivir cuando él no formaba parte de mi vida, y mi sueño, sin discusión alguna, era este.

Capítulo 8

«Ya estamos en diciembre, ¡madre mía, cómo pasa el tiempo!», pienso ajustándome los auriculares por debajo de las orejeras, cuando llego a Central Park, alzando la mirada para ver el cielo plomizo sobre mi cabeza y deseando, con todas mis fuerzas, que no se ponga a llover mientras un escalofrío me recorre de la cabeza a los pies.

—Maldita sea, qué frío hace —me quejo empezando a correr, deseando entrar en calor antes de morir congelada.

«Debería haberme quedado en casa. Manda narices, con el gimnasio que Nick tiene montado y tenía que venir a correr aquí, pero es que hacerlo en cinta me aburre soberanamente», reconozco mientras siento cómo el gélido viento del último mes del año rasga la piel de mi rostro, que es lo único que me falta por cubrir, mientras escucho *Losing my religion*... «Y también debería escuchar música actual en lugar de música *remember*», me reprendo, incrementando el ritmo, y, aunque lo sé, no lo hago, porque es, durante estos momentos, cuando me permito estar de nuevo con él, cuando las letras de estas canciones me transportan a La Rioja, a su casa y a sus ojos, a esas vivencias que quedaron grabadas en mi interior como las notas musicales de esa canción que empezamos a escribir cuando estábamos juntos, cuando nuestros meñiques se enlazaban y yo llenaba de recuerdos las páginas de ese álbum de fotografías que empecé a crear estando con él. «Un álbum que cerré cuando llegue aquí y que espero abrir de nuevo algún día...», me digo viendo a la gente que, como yo, no teme al tiempo y ha salido a estirar las piernas, mientras mi mente, caprichosa, enlaza un pensamiento con otro y yo me fuerzo al máximo, pues ese deseo de ser un ángel no ha desaparecido y estoy más que dispuesta a conseguirlo.

Una mano aferrando mi brazo hace que me detenga y, asustada, me suelto de un tirón antes de encontrarme con una mirada tan oscura como la noche coronada por unas largas pestañas... Dios, no me lo puedo creer.

—¿Marco? —le pregunto cuando mi corazón, detenido por el susto, empieza a latir de nuevo.

—Sabía que eras tú, *amore*, incluso de espaldas —suelta con esa sonrisa tan canalla suya.

—¡Madre mía, qué alegría verte otra vez! ¡Había olvidado que ibas a estar aquí! —exclamo, echándome en sus brazos.

—¿De verdad lo habías olvidado? —inquiere, reprendiéndome.

—He estado un poco liada desde que llegué —me justifico con una sonrisa, liberándome de su abrazo, con el sentimiento de estar en casa llegando para quedarse, pues Marco, por muchos años que pasen, siempre será, de alguna forma, mi casa.

—¿Has venido con él? —me pregunta sin andarse con rodeos, y niego con la cabeza, dibujando una triste sonrisa en mi rostro.

—No, lo he hecho sola.

—Lo imaginaba —comenta mientras mi pecho comienza a contraerse por los recuerdos.

—Ya... Me acuerdo de lo que me dijiste —musito,

viajando con ellos hasta ese momento que ahora me parece tan lejano—. ¿Cómo lo supiste, Marco? —indago, buscando las respuestas también en su mirada.

—Porque yo también te dejé ir, *amore*, y él ha hecho lo mismo. Te ha permitido volar y por eso ahora estás aquí, como lo estoy yo —me aclara, guiñándome un ojo, mientras decido ir tan al grano como está yendo él.

—Marco, no quiero engañarte ni hacerte daño; sé que estoy sola, pero sigo enamorada de él —susurro, sintiendo cómo mi interior se quiebra, pues sé que siempre voy a estarlo.

—Caminemos o nos congelaremos —me pide, echando a andar, y lo sigo—. Eso no es algo nuevo, ese hombre siempre ha estado presente entre los dos, ¿te das cuenta? —destaca con seriedad mientras camino mirando nuestros pies, esos que caminaron juntos durante un tiempo—. Sé que estás enamorada de él como lo estabas cuando nos conocimos, pero, aun así, terminaste en mi cama.

—Ahora es distinto —musito, alzando la mirada para encontrarme con la suya.

—Ya lo era cuando nos encontramos en tu bodega —me recuerda, sonriéndome con una mezcla de tristeza y añoranza en los ojos—. No espero nada, *amore*, al menos no de momento, excepto que seamos amigos, que vayamos a comer juntos, al teatro o a tomar algo, ¿qué me dices?

—Por supuesto que sí —acepto, sonriéndole, necesitando tenerlo en mi vida de nuevo, aunque sea de una manera distinta.

—Y, si algún día quieres sexo, solo tendrás que pedirlo —añade, sonriendo con bravuconería, haciéndome reír.

—¡Marco!

—Sé lo que hay, *amore*. Además, yo ahora tampoco busco nada que no sea darle placer al cuerpo del modo que sea.

—¿Estás intentando pervertirme? —le planteo, divertida.

—Si algún día te apetece, ¿por qué no? Mira, ahí hay una cafetería; vamos a tomar algo.

—Porque no creo que pudiera estar contigo pensando en él —le digo con seriedad, sintiendo cómo mi cuerpo rechaza cualquier contacto físico con otra persona.

—En el pasado lo estuviste —me rebate mientras nos dirigimos a ella.

—Lo sé, pero ya te he dicho que entonces era distinto, yo también lo era, y, además, estaba muy enfadada con él.

—¿Y ahora no?

—No, ahora no, pero me encantaría ir a cenar contigo, al teatro o a correr por aquí, ¿qué me dices? —le pregunto mientras abre la puerta y la sostiene para mí.

—Que me parece perfecto —me responde, sonriéndome con cariño—. Vamos, pasa, *amore*, o te quedarás congelada y ya no podremos hacer nada de todo eso.

Y es en esta cafetería acristalada y resguardados del frío donde nos ponemos al día entre té y café mientras los segundos pasan lentamente y a mi camino neoyorquino se suma otra persona, Marco.

* * *

—Dime que vas a venir a casa por Navidad —me pide mi hermana mientras, sentada en el sofá, observo a través del enorme ventanal los copos de nieve cayendo incesantes desde el cielo—. ¿Estás ahí? —insiste, con exasperación.

«Si voy, lo veré», pienso levantándome para dirigirme a la ventana, sintiendo cómo mi corazón empieza a latir desbocado dentro de mí. «Si voy, esto que estoy consiguiendo caerá con la misma facilidad con la que cae un castillo de naipes», prosigo mentalmente, observando cómo la nieve, silenciosa, va cubriendo los vehículos.

—Estoy —musito finalmente, sintiendo que mi interior bulle con miles de sentimientos encontrados.

—¿Y qué me dices? Papá quiere que vengas, yo quiero que vengas, ¡José quiere que vengas! Además, me prometiste que estarías presente durante los preparativos de la boda y quiero enseñarte muchas cosas.

—Estoy presente, que yo sepa hablamos casi todos los días —le rebato, inspirando profundamente para intentar calmar mi corazón, que siento latiéndome en la garganta.

«¿Cómo voy a poder verlo? ¿Cómo voy a poder comer teniéndolo al lado y añorando el tacto de su mano sobre mi piel? ¿Cómo voy a poder comportarme con normalidad cuando eso será justo lo que no desee?», me planteo, sintiendo que mi pecho se contrae por el dolor.

—No es lo mismo, a través de Skype no puedes tocar la tela del vestido y necesito tomarte medidas para hacer el tuyo... Nenaaaaaa, que es Navidad y quiero tenerte a mi lado, ¿es mucho pedir?

—Yo puedo darte mis medidas, continuamente me las toman —contesto con voz neutra mientras observo cómo la ciudad parece dormida ahora que la nieve lo cubre todo, capa a capa, como las emociones que dormitan congeladas en mi pecho.

—Es por Víctor, ¿verdad? —indaga, con ese tonito que es más un reproche que otra cosa—. ¿Puedes decirme dónde ha quedado eso que me dijiste?

—¿El qué? —le pregunto, frunciendo el ceño.

—«Ese encuentro terminará sucediendo tarde o temprano y, cuando se produzca, intentaré que sea lo más normal posible. Somos personas adultas y se supone que civilizadas, así que, cuando lo vea, espero poder sonreír y hablar con él» —me recuerda, imitando mi voz.

—Sin sentir que me falta un brazo o una pierna —añado, rememorando mis palabras, con la tristeza arrasando con todo dentro de mí.

—Llevas varios años sin venir a casa por Navidad, siempre poniendo excusas, y siempre es por él... Eres adulta, ¿no?, al menos eso es lo que me dijiste... pues demuéstralo, entonces. Ven a casa, dale de una vez una Navidad a papá de esas que tanto añora y lo que tenga que ser, pues que sea.

—No puedo ir, lo siento, tengo un *shooting* con un fotógrafo muy importante y no me da tiempo —musito, volviéndome cuando oigo el sonido de la puerta al abrirse.

—¿Cuándo es ese *shooting*? —me pregunta mi hermana mientras le sonrío a Nick sin hacerlo realmente.

—El 26 de diciembre. Lo siento, Alana, no me da tiempo.

—Pues entonces ven para Fin de Año o para Reyes. Te estás poniendo excusas y lo sabes. Puede que tengas ese *shooting*, pero estoy segura de que podrás encontrar un hueco si realmente deseas hacerlo. Maldita sea, Valentina, salen aviones a diario y a diario regresan, ¿de verdad quieres hacerme creer que no tienes unos cuantos días libres durante estas fiestas? —me suelta mientras endurezco el gesto.

—No, no los tengo.

—Genial, tú verás —masculla enfadada, colgándome, y suspiro suavemente, sintiendo mi garganta cerrada.

—¿Todo bien? —se interesa Nick, llegando hasta mí.

—No... no está bien —susurro con la tristeza tiñendo mis palabras.

—Oye, este tema está ya muy trillado entre nosotros y sabes que puedes pasar las Navidades en mi casa, pero creo que deberías ir a la tuya. No puedes estar huyendo toda tu vida. Cielo, mírame..., en algún momento vas a tener que verlo —me dice, acunando mi rostro entre sus manos.

—Ya lo sé... pero no estoy preparada, Nick —le digo, sintiendo cómo, de nuevo, todo me supera, como siempre cuando se trata de Víctor.

—¿Y crees que lo estarás en algún momento? ¿Crees que llegará el día en que todo te dé igual? —me formula, retirando sus manos de mi cara mientras guardo silencio—. Déjame que te responda: no, nunca vas a estar preparada, incluso aunque creas que lo estás, y, cuando lo veas, puede que el suelo se abra bajo tus pies y en tu mano estará el caer o mantenerte en pie —añade, sosteniéndome la mirada—. Oye, tú has apostado por esto, quizá no voluntariamente al principio, pero sí después, y no puedes rebatírmelo porque capté ese instante con mi cámara —me recuerda, guiñándome un ojo—. Cielo, estás consiguiendo grandes logros y esto es solo el principio; ahora ya sabes lo que tienes aquí y lo que puedes alcanzar. Ve a casa y permítete saber qué sentirás cuando lo tengas delante; solo entonces podrás apostar al ciento por ciento por lo que realmente deseas.

—Temo no querer regresar, Nick; temo olvidar lo que estoy consiguiendo aquí cuando esté allí. Ya me sucedió una vez y tengo miedo de que vuelva a pasarme y, sobre todo, temo lo que pueda ver en su mirada cuando se encuentre con la mía... Me da verdadero pavor descubrir que no hay nada y que esas palabras que me dijo sí que eran ciertas.

—Cuando nadas entre dos aguas es difícil mantenerse siempre en la misma, porque la corriente te lleva a su antojo; permite que te lleve a ti y, si no quieres regresar, no lo hagas —me aconseja mientras abrazo mi cuerpo—. Puede que para ti sea una liberación ver que no hay nada en su mirada y si, por el contrario sí que lo hay, deja tu cuerpo flotar y que la corriente decida por ti.

—Aquí, lejos de él, es fácil mantenerme en la misma corriente; es fácil olvidar cuando kilómetros y kilómetros te separan de tus deseos; es fácil dejarse arrastrar por esta ciudad —musito para mí mientras Nick guarda silencio—, pero, cuando te das de frente contra tus anhelos, no puedes hacerlo.

—¿Sabes a lo que le tengo yo miedo? —me plantea—. A darme de frente, como tú dices, con el Nick que hubiera podido ser siendo el que no quise ser.

—Pues puede que un día te des de frente con ese Nick. Estás colado por Ada y haces como si no lo estuvieras, incluso eres frío con ella. Cuidado, Nick, puede que tu miedo algún día se materialice y sea demasiado tarde para ti.

—No me refería a Ada, me refería a mi vida, y mi vida es mi carrera, pero la tuya es mucho más y lo sabes. Tú eres más corazón que mente, por eso estás entre dos aguas; yo, por el contrario, soy solo mente —afirma, sonriéndome con cariño—. Enfréntate a tus miedos, cielo; ve a casa y míralos de frente, solo entonces podrás tomar la decisión correcta.

—Tu vida es mucho más que tu carrera, tú eres mucho más de lo que piensas, y te estás negando algo que en el fondo deseas.

—Si lo hago es porque no quiero estar hecho un lío como tú —me rebate, sonriendo, mientras le arrugo la nariz—. No me van esas historias y lo de Ada es algo pasajero que no tiene nada que ver con lo que tú sientes por ese tío. A ti no va a pasársete, aunque Marco insista en invitarte a todos los estrenos del momento o aunque te lleve a cenar o a las mejores fiestas de Nueva York.

—Marco sabe lo que hay y sabe que solo podemos ser amigos —le aclaro.

—¿No te das cuenta? Continúas siéndole fiel, pese a no estar con él. Solo por eso deberías ir; puede que descubras que no quieres seguir siéndole fiel o que, por el contrario, no deseas serle fiel a esto... y, cuanto antes lo sepas, mejor para ti, para no darte de frente con lo que pudiste tener y no tuviste por culpa de tus miedos.

—Voy a acostarme —susurro, sabiendo que tiene razón.

Los siguientes días los vivo sintiendo que me muevo entre dos aguas, tal y como me dijo Nick, pues me gusta esto: me gusta el latido de esta ciudad, que, ahora, va tan en consonancia con el mío; me gusta su ritmo, acelerado en ocasiones, emocionante en otras; me gustan los momentos que comparto con Marco, nuestras carreras por Central Park, que siempre acaban en esa cafetería acristalada, o nuestras cenas en cualquier restaurante que nos venga de paso; me gusta vivir con Nick y nuestras despedidas cuando Bella o yo tenemos que salir de la ciudad; me gustan nuestras cenas en casa y lo que mi trabajo como modelo me hace sentir... y, por otra parte, sé que también me gustan mucho otras cosas que nada tienen que ver con estas y que son tan fuertes y poderosas que serían capaces de cargarse las anteriores con una mirada o un roce lento... o que podrían llevarme directa al abismo si esa mirada o ese roce no se produjeran.

La noche del 24 de diciembre, al igual que el día de Navidad, los paso en casa de los padres de Nick, junto a su familia, mientras mi mente y mi corazón están junto a la mía, pues, aunque sonría, juegue con sus sobrinos o converse con unos y con otros, hay una parte de mí que está en La Rioja, en mi casa, esa que Casi ha engalanado seguro y en la que resuenan las voces de los que más quiero, y, mientras sus sobrinas me peinan, veo en mi imaginación el árbol de Navidad junto a la chimenea, donde el fuego va consumiendo poco a poco los troncos de madera mientras oigo de fondo decir a Casi que no puede con el vino y a mi padre maldecir en arameo al verla mezclarlo con gaseosa, y, junto a la voz de mi padre, me llega la de José, las risas de mi hermana... y también su voz, esa que sobresale del resto y que resuena en mi interior mientras voy abriendo regalos y sonriendo a unos y a otros a la vez que mi mente traicionera imagina qué le regalaría si pudiera o lo que me regalaría él a mí si quisiera... y de nuevo siento que nado entre dos aguas, unas que me mantienen a flote, porque es fácil flotar cuando se está lejos de lo que duele, mientras que otras tiran de mí, valiéndose de la añoranza, el anhelo y la necesidad, como si de pesados grilletes se tratara, y que, con su peso, me llevan irremediablemente al fondo.

* * *

—Oye, ya sé que te lo he dicho miles de veces, pero no te fíes de ese tío. Como se propase, quiero que llames inmediatamente a Cat —me advierte Nick, preocupado, entrando en mi habitación mientras estoy terminando de coger mis cosas.

—¿Quieres no preocuparte tanto? Sé cuidar de mí misma, ¿vale?

—No, no vale. No quiero que se te vaya de madre el asunto. No te dejes marear y llama a Cat si te pide algo distinto.

—Parece mentira que seas fotógrafo y no sepas que, a veces, se os va de madre —le recrimino con cariño, cerrándole la puerta a lo que la palabra *marear* está trayendo consigo.

—No me compares con Fontaine —sisea entre dientes mientras siento la añoranza tirar de mí más que nunca.

—No lo hago, pero tienes que reconocer que es muy buen fotógrafo. De todas formas, este *shooting* es para la revista *Fashion* y seguro que hay alguien de allí controlándolo todo.

—Más les vale.

—Nick, voy a estar en la portada, ¿sabes lo que significa eso?

—Que estás cumpliendo uno de tus sueños y, si le gustas a Stefano, su editor jefe, tienes muchas posibilidades de que Nueva York se rinda a tus pies.

—Todavía falta mucho para eso —lo hago aterrizar, poniéndome la chaqueta y acercándome a él para darle un beso—. Te llamo cuando termine, ¿vale?

—Vale —masculla entre dientes.

—Y relájate, en serio. Yo estoy emocionada, así que no te preocupes tanto —le digo, saliendo de la habitación.

Haciendo a un lado esa añoranza que parece seguirme allá donde voy, llego al estudio de Peter Fontaine, donde, para mi sorpresa, me encuentro a Cat charlando con... Madre mía, pero si es Jackie Green, la mano derecha de Stefano.

—¿Tú por aquí, Cat? —inquiero, acercándome a ella, preguntándome por qué habrá venido.

—Pasaba por aquí —me suelta como si nada—. Valentina, te presento a Jackie Green, de la revista *Fashion* —me dice mientras la miro casi reverenciándola.

—Encantada, Jackie. Para mí es un honor que me hayáis elegido para ser la imagen de la portada de vuestra publicación —le digo mientras capto de reojo cómo Peter se acerca a nosotras.

—Me niego a teneros aquí a las dos de policías, idos a dar una vuelta —les pide Peter sonriendo, dándoles un par de besos a ambas.

—Peter, querido, tu fama te precede —interviene Jackie, sonriendo con benevolencia y cruzándose elegantemente de brazos.

—Favorablemente, espero —le rebate, dirigiéndole una lasciva mirada.

—Si no fuera así, no te hubiéramos elegido, pero ya sabes que, desde *Fashion*, nos gusta estar presentes en todo el proceso.

—¿Y tú, Cat? ¿También tienes que estar presente? —le pregunta entre molesto y divertido.

—Vas a fotografiar a mi diamante en bruto, por supuesto que he de estar presente.

—Esto va a ser una tortura, nena —me suelta, dándome un beso mientras proceso lo de diamante en bruto—. Ve a quitarte la ropa y ponte uno de los albornoces para que vayan eliminándose las marcas de la piel —me pide despreocupadamente mientras ellas toman asiento.

Sintiéndome de repente muy cuidada, me dirijo hacia donde está una chica esperándome y, tras quitarme la ropa y ponerme el albornoz, me voy hacia la zona destinada a maquillaje y peluquería, donde un chico está esperándome.

—Divina, estás divina, y tienes un pelo que es un escándalo —me halaga, una vez da por concluido su trabajo, hundiendo sus dedos en mi cabellera a la vez que admiro el resultado—. Ya estás lista —anuncia, dedicándome una sonrisa.

Me visten únicamente con una chaqueta de la firma Chanel, uno de los emblemas de la *maison* francesa, ribeteada en el cuello, en la solapa y en las mangas con un tejido negro que contrasta con el tono claro de la misma, sin nada debajo, solo un collar de perlas de varias vueltas que cubre la piel, más o menos, que no cubre la chaqueta y un cinturón negro, a conjunto con los ribetes, que cierra la misma, evitando que se vean mis pechos.

—¿No llevo pantalones? —le pregunto a la chica que está vistiéndome.

—No, solo el *culotte* negro —me responde como si nada, facilitándome unos *stilettos* negros.

—Ah —acierto a decirle antes de dirigirme a la zona del estudio donde está Peter esperándome—. Ya estoy lista, ¿aquí va bien? —le pregunto, colocándome enfrente, observando la cantidad de gente que trabaja para él.

—Sí, perfecto —me dice, mirándome de arriba abajo—. Quiero que coloques tus brazos frente a ti, sujetando tu muñeca izquierda con tu otra mano, y quiero que me mires como si esto te importara una mierda —me indica mientras hago lo que me pide, olvidándome de todos los que nos rodean, pues, a pesar de lo controvertido que pueda llegar a ser y de que, por lo que veo, Nick no es el único en desconfiar de él, esto es una oportunidad de oro para mí—. Quiero más indiferencia, más frialdad, como si esto fuera una obligación para ti, como si no disfrutaras con lo que estás haciendo y me despreciaras... Imagina que tus manos están apresadas por unas esposas, imagina que te llevo a la horca y eres inocente, ¿cómo me mirarías? —me pregunta, y en realidad no tengo que esforzarme mucho para mirarlo como me pide, pues, a pesar de que esto es lo que quiero, hay veces, sobre todo durante estos últimos días, en los que siento que una corriente tira más de mí que otra. Permitiendo que esa corriente me arrastre, lo miro alzando el mentón con altivez, incluso con desprecio, permitiéndole a ese frío que anida de forma discreta en mi interior tomar el poder y manifestarse en cada célula de mi ser—. Así, así, así... Mírame como lo estás haciendo... Sigue, sigue, no bajes el mentón, perfecta, muy bien, divina, espectacular, así, despréciame, una más, una más... —me dice mientras el clic de su cámara resuena entre estas cuatro paredes y todos guardan silencio—. Perfecto, ha sido perfecto —me alaba, mirándome como si no creyera que soy real, cuando, en realidad, ahora es cuando lo soy más que nunca—. Ve a que te pongan el siguiente *look* —me indica, emocionado, yendo hacia el ordenador, donde pueden visualizarse todas las fotografías que ha ido tomándome, mientras Cat y Jackie hacen lo propio y a mí me visten con unos pantalones de Jacquard marrones, una camisa de seda blanca, sin sujetador, y una chaqueta de piel.

—Desabróchate la camisa y acuéstate en el suelo —me pide Peter cuando llego de nuevo hasta donde está él—. Acercad el ventilador, quiero que se mueva un poco su pelo —le ordena a su equipo mientras obedezco y Cat y Jackie no pierden detalle—. Apoya la cabeza en tu mano y, esta otra, álzala, como si quisieras tocarte el cabello —me indica, cogiendo mi mano para que la coloque donde quiere, abriendo más mi camisa y rozando mi piel con la suya—. Espectacular, eres espectacular —me indica con voz ronca antes de alejarse de mi lado, y le doy las gracias a Cat mentalmente por haber venido—. Ahora quiero todo lo contrario, quiero palpar el deseo... Mírame como si me desearas, como si estuvieras anhelando que te quitara la ropa, como si desearas quitarme la mía; quiero ver el fuego en tu mirada, quiero oler el sexo... Dámelo, dame esa mirada, quiero que todos te deseen, hombres y mujeres, dámelo —continúa, sin dejar de fotografiarme, mientras lo miro como me pide, dejándome arrastrar de nuevo por esa corriente que me lleva a su casa, al roce de su mano sobre mi piel, al húmedo reguero de su lengua desde mis pechos a mi sexo, a la sensación de tenerlo copando todo mi interior y al sonido de sus gemidos entremezclados con los míos—. Así, perfecto, no dejes de mirarme así, mírame como estás haciendo, así, así..., más, otra vez, muy bien... ¡brutal! —exclama y, de repente, regreso a este estudio sin saber cuánto tiempo he estado allí, en esas aguas movedizas que me transportan a esos lugares prohibidos en los que posiblemente no vuelva a estar... o sí...

—Enhorabuena, hacía mucho tiempo que no disfrutaba tanto con un *shooting*, teniendo en cuenta a los dos bulldogs que tengo aquí —me comenta Peter cuando terminamos la sesión, haciéndome sonreír—. Jackie, vais a tener verdaderos problemas para elegir la imagen para la portada —suelta, sonriéndome con complicidad.

—Yo también he disfrutado mucho, gracias por todo —le digo mientras Cat se acerca a mí.

—Acaban de llamar los de Carolina Herrera; tienes un *casting* en media hora en la casa, date prisa —me apremia en un susurro—, es importante, Valentina: están buscando un rostro nuevo para ser la imagen de su nuevo perfume.

—¿Han llamado ellos? —le pregunto, sintiendo cómo, de pronto, la otra corriente me arrastra, una que lleva la moda entre sus aguas.

—Exacto; así que, venga, cámbiate y lárgate.

Con la emoción tirando de mí, hago lo que me pide y, tan rápido como puedo, llego a la casa, ese lugar que ahora conozco tan bien, pero que continúa imponiéndome tanto como el primer día.

—Hola, Mary, vengo al *casting*. ¿Al fondo como de costumbre? —le pregunto con voz suave, y ella asiente con la cabeza, tan elegante como siempre.

Con el corazón atronándome furioso, llego a esa habitación que tantos recuerdos me trae y donde me encuentro con Helena Silvana y Jules Michael, y les sonrío preguntándome si Cat no se habrá equivocado y, en realidad, no es a mí a quien han citado.

Tras veinte minutos de agónica espera, accedo a la sala, donde, como en las otras ocasiones, está el equipo en torno a una mesa alargada y, aunque reconozco a algunos, el resto son caras nuevas para mí.

—Adelante, Valentina —me dice la chica joven que preside la mesa mientras me acerco a ellos—. Este anuncio será como una pequeña película de apenas unos minutos, en los que queremos recrear una historia de amor; él te dirá que te quiere y tú, entre lágrimas, le dirás que lo demuestre, y, mientras sales corriendo, se mostrarán esos momentos dulces, previos a la ruptura, para terminar con la reconciliación. Van a ser muchas escenas juntas intercalándose con rapidez —me cuenta mientras voy procesándolo todo—. De momento solo queremos que digas: «¡Pues demuéstralo!», y que salgas corriendo. ¿Lo tienes claro?

—Creo que sí —musito.

—Perfecto. Colócate ahí, tómate tu tiempo y, cuando estés lista, solo tienes que decir «¡Pues demuéstralo!», darte la vuelta y salir corriendo —me repite mientras me dirijo hacia el lugar que me señala, donde hay un cámara esperando.

Y, como llevo haciendo durante todo el día, solo tengo que dejarme arrastrar por la otra corriente, la corriente de los viñedos, la corriente de su mirada y la que lleva su nombre, meciéndome entre sus aguas, y, cuando siento mi garganta completamente cerrada, alzo la mirada hacia la cámara para gritar, con todo el dolor que erróneamente creía que había sanado: «¡Pues demuéstralo! ¡Demuéstralo!», repito, sintiendo las lágrimas amenazantes empezando a emborronarlo todo y, dándome la vuelta como me han pedido, echo a correr como estoy haciendo continuamente, corriendo a contracorriente, corriendo en dirección contraria por miedo a verlo, por miedo a sentir su rechazo, por miedo a que se derrumbe todo lo que estoy construyendo, «pero se terminó el huir, se terminó el temer, se terminó el dudar...», me digo, deteniéndome cuando llego al extremo de la habitación. Ha llegado el momento de enfrentar lo que la vida me tenga reservado, y, para hacerlo, voy a tener que verlo de nuevo.

Capítulo 9

—Cat, me voy unos días a España —le anuncio sin ni siquiera preguntárselo, una vez estoy en casa, con mi billete ya comprado—. Estaré fuera del 5 al 7 de enero.

—¿Cómo? No puedes irte, tienes la agenda llena.

—Cat, necesito ir a visitar a mi familia; por favor, entiéndelo.

—¿Y me lo dices ahora? ¿Así, de repente? —me recrimina con seriedad—. Oye, esto no es ningún juego, te lo advertí el primer día.

—Ya lo sé y, en realidad, no estoy rechazando ningún trabajo. Cat, lo he decidido cuando he terminado el *casting*. Por favor, dame estos días —le pido, percatándome de cuánto deseo ir a casa.

—¿Y cómo ha ido? —indaga, refiriéndose al *casting* y obviando el otro tema.

—¿Si te digo que lo he conseguido suena demasiado presuntuoso?

—¿Lo has conseguido? —me pregunta, alzando la voz.

—No lo sé, supongo que te enterarás tú antes que yo, pero tengo esa intuición, y justo por eso necesito ir a casa, porque, si me eligen, se me juntará el rodaje con el circuito y ya no voy a poder viajar —le explico, refiriéndome a la *Fashion Week* que dará el pistoletazo de salida en París el 25 de enero.

—¡Bah! Eso es muy relativo, porque depende de las fechas del rodaje y, de todas formas, siempre puedes ir cuando termines con el circuito —replica mientras me doy cuenta de que mi subconsciente, a pesar de las ganas que tengo de regresar, está apostando por esto.

—Cat, no voy a esperar a abril para ir a verlos —le indico.

—Está bien, anularé los *castings* que tienes programados —me comunica con fastidio—, pero que sea la última vez que planeas un viaje tan de repente y sin consultármelo previamente.

—Está bien —respondo, empezando a contener la respiración—. Oye..., mi vuelo sale el día 4 a las veinte horas, así que no me pongas tampoco *castings* para ese día por la tarde —añado, rezándoles a todos los dioses para que no desate su furia sobre mí—. Luego te prometo que me tendrás disponible las veinticuatro horas —farfullo, soltando todo el aire de golpe.

—Eso no es ningún mérito, este trabajo es así y a mí también me tienes disponible las veinticuatro horas y no por eso creo que esté haciendo algo especial —me censura con dureza.

—Ya lo sé, Cat, y te estoy muy agradecida por darme estos días libres —contesto con suavidad, más que dispuesta a arrastrarme todo lo que sea necesario si con ello consigo los dichosos tres días.

—¿Darme? Te los has cogido directamente —me reprocha, alzando la voz. Vamos, que quien la oiga creerá que me he cogido tres meses—. Tienes esos días, pero, si sale algo importante, vas a ir... y me importa bien poco lo que estés haciendo o donde estés, ¿queda claro?

—Queda claro —claudico, cruzando los dedos para

que no salga nada, sintiendo cómo mi corazón comienza a latir de una forma distinta, como si siguiera otro ritmo de repente, con la sensación de que un dedo presiona el centro de mi pecho, traspasando el hueso y llegando hasta ese punto indefinido donde estaba mi alma y donde ahora no hay nada, pero que, aun así, duele de igual manera.

* * *

Con los nervios copando cada célula de mi cuerpo, cojo el avión con destino a Madrid el 4 de enero a las veinte cero cinco del aeropuerto JFK, un vuelo en el que las turbulencias del exterior se entrelazan con las de mi interior, provocando que me cueste hasta respirar mientras imagino una y otra vez qué haré, qué le diré o qué sentiré cuando lo tenga frente a mí de nuevo y el castillo de naipes que estoy construyendo a base de mucho esfuerzo sea más frágil, o fuerte, que nunca.

Llego a Madrid el día 5 a las nueve veinticinco de la mañana, cargada con mis maletas y mis nervios desatados y, tras enlazar con otro vuelo, llego por fin a Logroño a las once y media, ya más cansada que nerviosa.

Acaricio el cristal de la ventana del taxi mientras observo los mares y mares de viñedos que aparecen frente a mí, esos viñedos cuyas hojas entremezclaban el verde con el amarillo y, ocasionalmente, con el rojo cuando me fui y que ahora, meses más tarde, están totalmente desprovistos de ellas y tan helados como lo están los miles de emociones que dormitan en mi pecho. Suspiro bajito, deteniendo mi mirada en la fina capa de nieve que cubre la tierra, esa tierra donde dejamos nosotros nuestras huellas...

«¿Y si, como las hojas o nuestras huellas, ya no queda ni rastro de lo que vivimos?», reflexiono, sintiendo ese dedo de nuevo presionando el centro de mi pecho.

«Tranquila», me animo, apoyando la cabeza en el respaldo mientras los recuerdos llegan para llevarme con ellos con la misma rapidez con la que pasan los viñedos frente a mí.

Alzo la cabeza en el mismo instante en el que el taxi coge el desvío que me llevará a casa y, mientras recorre el largo camino, siento cómo esas emociones que dormitaban congeladas en mi interior comienzan a despertar; cómo esas flores, que enterradas bajo capas y capas de nieve, comienzan a revivir de nuevo... y me dejo mecer por esa corriente que es tan distinta a la otra mientras contemplo cómo los rayos del sol se filtran entre las nubes para acariciar la cordillera Cantábrica, esa que es la vigía de nuestras vidas o, al menos, de la mía.

—Muchas gracias —le digo con voz trémula al taxista, abonándole la carrera, sintiendo cómo mi corazón comienza a latirme a toda prisa en la garganta a la vez que todo mi interior empieza a revolucionarse con estas emociones que, de repente, han despertado para anular, con el aleteo de sus alas, las otras, las de los colores más discretos.

—¡Papá!, ¡Casi! —los llamo alzando la voz, abriendo la puerta y sintiendo que me tiembla todo el cuerpo. «Tranquila», me digo, aferrando el pomo con firmeza.

—¡Virgen santa! ¡Pero qué sorpresa! —exclama Casi saliendo de la cocina a toda prisa con su vestido de flores y su delantal.

Y, dejándome llevar por todo lo que siento, corro hacia ella para fundirme en los brazos de esta mujer que es lo más parecido a una madre para mí.

—¡Pero si es mi Casilda Martínez de la Nuez! —digo riendo y llorando, sin soltarme de sus brazos.

—Sinvergüenza, que estás más flaca que antes, y mira que eso era complicado. ¿Qué pasa?, ¿que te estás alimentando de aire? —me pregunta, liberándome mientras no puedo dejar de llorar y reír a la vez.

—Casiiiiii, ¿en serio vas a empezar a darme ya la tabarra? —le pregunto feliz, pues no hay nada que desee más en estos momentos que haga justo eso.

—Pero vamos a ver, ¿cómo quedamos tú y yo? Se suponía que ibas a comer, ¿sí o no?

—¿Hija? —oigo la voz de mi padre, y me vuelvo lentamente, absorbiendo cada uno de sus matices, esos que me llevan a la bodega, al viñedo y a todo lo que conozco y quiero; esos matices que traen consigo el olor a madera y a vino tinto, ese que saboreas mientras los taninos quedan impregnados en tus encías intensificándolo todo, tal y como lo siento yo ahora, intensificado y desbordado—. ¿De verdad estás aquí? —inquiere, acercándose a mí, y, con su voz, siento cómo la emoción arrasa con todo, dejando una certeza a su paso, la de que he hecho lo correcto.

—Sí, papá, estoy aquí; no quería pasar más Navidades fuera de casa y, aunque no he estado el día de Navidad, al menos estaré el de Reyes —le explico, dejándome envolver por sus brazos, los brazos del hombre que más quiero en el mundo.

—No sabes lo feliz que me has hecho, hija —musita, apretándome a su cuerpo.

—Os he echado mucho de menos, papá —susurro, sintiendo la garganta cerrada por la emoción.

—¿Tu hermana lo sabía? —indaga mientras me seco las lágrimas que han empezado a fluir.

—Era una sorpresa, quería estar con vosotros este fin de semana y ver en persona todo eso que quiere enseñarme de la boda.

—¡Locos nos va a volver tu hermana! —interviene Casi mientras nos dirigimos a la cocina—. ¿Qué tejido te gusta más, Casi, este o este? —dice, imitando la voz de Alana—. ¿Y cómo le digo yo a esa niña que a mí todos me parecen iguales? —me cuenta exageradamente, haciéndome reír—. Hija, que esas finuras no van conmigo; a mí me sacas de mi vestido de flores y ya no me aclaro.

—En buenas manos ha quedado, la pobre —replico sin dejar de reír, sentándome en el taburete..., ese en el que solía sentarme yo, observando el otro vacío..., ese en el que solía sentarse él.

—Has hecho bien viniendo a casa, hija. Tu hermana te necesita a su lado y yo no puedo estar más feliz de tenerte aquí conmigo otra vez —declara mi padre, consiguiendo con su voz que mis pensamientos no se dispersen; al menos, no tan pronto—. Llámala, Casi, para que ella y José vengan a cenar esta noche, pero no les digas que Valentina está aquí, que sea una sorpresa también para ellos —le pide mi padre mientras yo espero expectante, pues no sé si va a llamar también a Víctor, y esa posibilidad es suficiente como para que mi corazón comience a latir a mil por hora.

—Qué lástima que Víctor se marche hoy de viaje —oigo la voz de Casi, y me vuelvo hacia ese sonido mientras ella me dirige una más que significativa mirada.

—¿Se marcha? —le pregunto, sintiendo cómo mi corazón se detiene en medio de un latido.

—Igual ya se ha ido. Por cierto, que no se me pase comentártelo: al poco de irte, llegó un sobre para ti y otro para Víctor; olvidé decírtelo, lo tienes en tu habitación —me informa mi padre como si nada mientras oigo de fondo como un eco en mi cabeza... «Se va... Se va, si es que no lo ha hecho ya.»

—¿Por qué no vas a ver si todavía está aquí? Creo que se alegrará de verte y puede que tú también lo hagas, ¿no? —me propone Casi, mirándome de una forma que no entiendo mientras yo, tal y como me dijo Nick, siento cómo la tierra se abre bajo mis pies sin necesidad de tenerlo delante.

—Yo estoy seguro de que se alegrará de verte —asevera mi padre, totalmente convencido—. Siempre me pregunta por ti y por tu vida en Nueva York —prosigue, abriéndole la puerta a Curro.

—¡Ni se te ocurra, Pedro! ¡El perro no entra en casa! —chilla Casi mientras sigo procesando lo que acabo de oír... Les pregunta por mí...

—No le hagas ni caso, amigo. Vamos, ven conmigo —le dice mi padre al animal mientras siento cómo esas emociones que llenan mi pecho lo llenan un poco más.

—Creo que voy a ir —musito sin planteármelo siquiera mientras ellos empiezan a discutir y la urgencia comienza a despertar cada una de las células de mi cuerpo—. Ahora vengo —les informo, antes de salir de la cocina y, para sorpresa mía, echar a correr, dejando mis miedos y mis temores dentro de la casa, pues ahora no tengo tiempo para pensar en ellos y lo único que me importa de verdad es verlo antes de que se marche.

Corriendo y sin saber qué le diré cuando lo tenga enfrente, recorro ese camino que recorrí miles de veces mientras, a modo de *flashes* rápidos, me veo de pequeña sobre sus hombros, nos veo en la piscina, nos veo besándonos al amparo de la noche y me veo a mí llorando el último día.

Aminoro el paso en cuanto diviso su casa al fondo, sintiendo que, a pesar de que salgo a correr a menudo, el corazón me late de una forma preocupantemente rápida y, aunque lo más seguro es que todo sea fruto de esos nervios que han terminado por darme alcance, me detengo inspirando profundamente al observar su vehículo todavía estacionado en el parking. «Aún no se ha ido —pienso, sintiendo que las piernas empiezan a fallarme—, todavía está aquí», me digo, permitiendo que los temores me alcancen finalmente y, en cuanto lo veo salir de su casa, me oculto tras uno de los muchos árboles que bordean el camino, esos cuyas ramas nos dieron cobijo y que en este momento me lo dan a mí mientras lo observo cargar la maleta en su vehículo, y todo, absolutamente todo, deja de tener importancia para mí... porque él siempre será el eje de mi vida, el que la mantendrá en equilibrio y el único hombre capaz de hacer que mis piernas se doblen por la mitad, reflexiono oculta tras el árbol mientras lo contemplo: su pelo negro ligeramente rizado, su ceño fruncido, que incluso puedo ver desde la distancia, los músculos que se adivinan a través de la tela de la chaqueta, esa tela que toca lo que yo siempre querré tocar, pienso con dolor, sabiendo que es ahora o nunca.

A pesar de saberlo, no me muevo, manteniéndome oculta mientras veo cómo sube a su coche, arranca y pasa por mi lado sin verme, sin ver mis lágrimas y el temblor de mi labio inferior, sin saber que acabo de tomar una decisión que ya no tiene vuelta atrás y que jamás voy a volver a cuestionar.

Solo cuando su todoterreno se aleja lo suficiente, retiro la mano de mi boca, que he cubierto sin darme cuenta, para dirigirme, esta vez sí, a su casa, con los recuerdos caminando a mi lado. «¿Por qué me he escondido? —me planteo mentalmente, sentándome en uno de los escalones de su porche—, ¿por qué lo he hecho?», insisto, abrazando mis piernas. «Porque te vas y es mejor así», me respondo a mí misma sin pensarlo ni dudarlo un instante, dándole más peso a esa decisión que tomé en Nueva York sin ni siquiera saber que estaba haciéndolo... «Siempre lo voy a querer y siempre voy a querer regresar», me digo, apoyando la barbilla sobre mis rodillas, inspirando profundamente el frío que parece suspendido en el aire y absorbiendo estas vistas que parecen tener el don de calmarme, pero ahora mi lugar no está aquí, está en Nueva York..., lejos de él y de todo esto.

El sonido de su coche regresando me saca de mis pensamientos y, sin pensarlo, me levanto con rapidez más que dispuesta a ocultarme de nuevo, pero él es más rápido que yo y, antes de que pueda llegar a hacerlo, lo tengo frente a mí.

—¡Val! —exclama, con la sorpresa reflejada en su rostro.

—Víctor —musito, sintiendo que no solo es la tierra la que se abre bajo mis pies, sino que lo hace el universo entero.

—No sabía que ibas a venir —susurra con voz ronca, sosteniéndome la mirada, mientras busco las palabras adecuadas que, resbaladizas, parecen huir de mí, impulsadas por los latidos descontrolados de mi corazón y, finalmente, acabo encogiéndome de hombros sin saber qué decir ni qué hacer mientras él me mira con todas las emociones que en estos momentos llenan mi pecho reflejadas en su mirada, como tantas veces vi en el pasado—. Val, tenemos que hablar —me dice finalmente.

—No, Víctor, esta vez no —murmuro bajando los escalones, deseando huir de él y de todo lo que estoy sintiendo y que está estrangulando mi garganta.

—Espera, por favor —me ruega, cogiendo mi brazo suavemente y deteniéndome—. Oye, lo que te dije ese... —empieza a decir, pero antes de que lo diga me vuelvo y, sin pensarlo dos veces, poso mi mano sobre sus labios, acallando esa frase que puede demoler mi castillo de naipes.

«Maldita sea», pienso en cuanto siento el suave tacto de sus labios sobre mi piel, un tacto que enciende un fuego que, como la sangre que corre por mis venas, corre con virulencia por todo mi cuerpo, asolándolo todo a su paso y asustándome, pues así es como me siento, asustada por todo lo que un simple roce me ha hecho sentir.

—No sigas —le pido, retirándola con rapidez, como si me quemara, sintiendo todavía el fuego que sus labios han prendido en mi piel, ardiendo en ella, quemándola, mientras su otra mano continúa aferrando mi brazo y enviando descargas eléctricas por todo mi cuerpo sin necesidad de tocar mi piel—. No quiero saberlo —musito con un hilo de voz, perdiéndome en su mirada, que es un mar embravecido ahora.

—Val, por favor —insiste, creo que tan sobrepasado como lo estoy yo, sin soltarme y sin que yo haga nada por hacerlo, mientras siento ese dedo presionar con fuerza mi pecho, llegando a ese punto indefinido donde se asientan todos mis temores y mis deseos más íntimos, ese punto indefinido donde todo duele en exceso, porque está demasiado expuesto.

—Déjalo, Víctor, de verdad, no hace falta que digas nada —murmuro, sintiendo la necesidad por tocarlo rasgarme por dentro.

—Y, en cambio, yo necesito decírtelo todo —sisea, sosteniéndome la mirada, presionando un poco más mi piel, como si temiera que fuera a soltarme o a escaparme.

—¿Como cuando nos vimos la última vez? —murmuro, negando con la cabeza con tristeza—. Si entonces no hubiéramos hablado, si no hubiésemos coincidido, en este momento todo sería distinto.

—¿Quieres que sea distinto? —me pregunta con seriedad.

—No lo sé. A veces siento que no sé lo que quiero cuando antes lo tenía tan claro —le confieso, soltándome finalmente de su agarre, sintiendo el dolor posarse en mi garganta para empezar a bajar por ella hasta llegar a mi pecho, donde esas emociones que llevaban su nombre se mantienen expectantes, a la espera de alzar el vuelo o de volver a congelarse—. Oye... No te guardo rencor si es eso lo que te preocupa —añado finalmente, sosteniéndole la mirada, sintiendo cómo nuestros cuerpos se atraen a pesar de nuestras palabras y que nuestros meñiques se rozan, a pesar también de ellas—. Es más, si me apuras, creo que te estoy hasta agradecida —musito, encogiéndome de nuevo de hombros—, así que tranquilo, ¿vale? Voy a continuar sonriéndote cuando te vea.

—Esa frase yo la asocio a otra cosa —me recuerda con una triste sonrisa que consigue que otra, más discreta, se dibuje en mi rostro, llevándome, durante unos instantes, a ese momento en el que se la dije.

—Es verdad... —musito, convirtiendo mi sonrisa en una mueca, alejando mi mano de la suya, y no porque no desee sentir el roce de su piel o su meñique enlazado con el mío, sino por pura supervivencia, porque mi interior está gritándome todo lo que añora y todo lo que necesita para poder respirar de nuevo con normalidad sin que ese dedo esté presionando continuamente ese lugar indefinido que late en consonancia con el dolor—. Me alegra haberte visto —añado, empezando a despedirme, oyendo esos gritos silenciosos intensificarse.

«Somos mente y somos alma», pienso mientras me pierdo en su mirada, que está pidiéndome en silencio lo mismo que oigo en mi interior. La mente nos protege y el alma pone frente a nosotros nuestros deseos más íntimos, los que son más de verdad y que no escuchamos o que preferimos hacer a un lado por miedo a sufrir... y, aunque perdí mi alma, todavía soy capaz de oírla... esté donde esté.

—Joder, ven aquí —masculla, cogiéndome nuevamente del brazo, tirando de él y estrellándome contra su pecho para abrazarme con fuerza y pegarme a su cuerpo. Y es entre sus brazos donde ese dedo deja de presionar para permitir que mi alma ocupe de nuevo su sitio—. Val... —susurra, apretando sus labios contra mi frente, callando todo lo que me diría tal y como estoy haciendo yo mientras siento cómo nuestros cuerpos se atraen, cómo la burbuja elástica que nos envolvía regresa para hacerlo otra vez y cómo ese sueño que sentía flotando en la palma de mi mano vuelve a posarse sobre ella para hacerme cosquillas—. Por favor, hablemos..., no te vayas —me pide con voz rasgada mientras no puedo articular palabra, y tengo que hacer acopio de toda mi fuerza de voluntad para no alzar la cabeza y buscar esos labios que son el oxígeno que, como siempre, mis pulmones reclaman.

—Tengo que hacerlo —musito, zafándome de sus brazos—, tengo que irme —repito, más para mí que para él—. En realidad, no sé por qué he venido —farfullo evitando su mirada, dándome la vuelta y empezando a alejarme, necesitando poner distancia entre ambos de una vez para poder mantenerme firme en mis palabras.

—Por supuesto que lo sabes —sisea tras de mí, cogiéndome por el brazo y obligándome a girarme, estrellando sus labios contra los míos y volcando en ese beso las palabras que no le he permitido decirme.

Me besa con desesperación, con urgencia, pegando su cuerpo al mío para hacerme recordar lo que no he conseguido olvidar, reclamando con avaricia ese oxígeno que lo mantendrá con vida y que solo puede encontrar en mis labios, como yo lo encontraré en los suyos, en su piel y en su cuerpo, porque él es mi oxígeno, ese que me permitirá respirar de nuevo con normalidad.

—Vic... —gimo, hundiendo mis dedos en su pelo, rindiéndome a mis deseos, esos que no tienen miedo y que saben exactamente lo que quieren.

—Nena —masculla, desesperado, sin dejar de besarme, buscando mi piel por debajo de la ropa mientras mis manos ya están tocando la suya.

—Esto no es una buena idea —gimo contra sus labios, con mi sexo empapado reclamando el suyo y mis manos, exigentes, reclamando su piel.

—A la mierda las buenas ideas —replica contra los míos, cogiendo mi mano y tirando de ella para llevarme dentro de su casa, donde la locura, el deseo silenciado y la necesidad más extrema toman el poder de nuestros cuerpos, acallando nuestras voces.

Sin dejar de besarlo, me dejo arrastrar por ese fuego que arde en mi interior y que solo él es capaz de prender, desabrochando sus pantalones sin permitir que mi mente interceda.

—¿Qué es hacer el amor, Val? —me plantea con el deseo dominando su mirada mientras mi respiración se convierte en un caos absoluto y sus manos me liberan de mi ropa al tiempo que las mías lo liberan de la suya, borrando con su pregunta estos últimos meses.

—Es ser nosotros —musito, envolviendo su sexo con mi mano, cerrando los ojos y sintiendo la suavidad de su piel en la mía—. Es estar mojada todo el tiempo —gimo, abriéndolos cuando me alza por la cintura, llevándome hasta la pared y haciendo que rodee la suya con mis piernas antes de introducir su sexo lentamente en mi interior, erizando mi piel y mi alma.

—Es que tu piel y tu cuerpo reaccionen a una mirada mía —prosigue, consiguiendo que me pierda en la suya y que todo mi interior vibre con la intensidad que desprende.

—Es sentirte y querer más todo el tiempo —susurro antes de que un gemido escape de mi garganta, cuando de una estocada se inserta por completo dentro de mí.

—Es verte y reconocerme —masculla, frenándose para no moverse mientras yo lo siento en todo mi interior y en todo mi ser.

—Y es ponerles tu nombre a todas estas emociones que llenan mi pecho —le indico finalmente, con la voz quebrada y la garganta cerrada por ellas.

—Joder, cómo te he echado de menos —sisea cerca de mi oreja mientras muevo las caderas, buscando ese placer que mi cuerpo me está exigiendo.

—Muévete, Víctor —le ruego entre gemidos.

Y lo hace, tal como le he pedido, llevándome directa a ese cielo en el que pensé que nunca más volvería a estar mientras nos besamos y nos tocamos como si la supervivencia de uno dependiera del otro... intentando alargar el momento, llevándonos al límite con nuestros besos y nuestros cuerpos para frenarnos, temiendo que esto que estamos viviendo acabe demasiado pronto, y, entre besos y penetraciones, recordamos todo lo que tuvimos, aceptando todo lo que posiblemente vayamos a perder cuando nuestros labios se separen y nuestros cuerpos dejen de tocarse, cuando nuestros gemidos nos lleven a la cúspide de nuestro placer para enmudecer cuando lleguemos a ella.

—No te corras, Víctor —le pido sintiendo cómo su sexo se desliza con facilidad dentro del mío, que lo acoge con avaricia—, haz que dure —le ruego entre gemidos antes de que sus labios se adueñen de los míos y nuestras lenguas se encuentren.

Completamente encajado en mi interior, me lleva hasta el sofá, ese sofá donde, de nuevo, he conseguido que rompa una de sus reglas y donde, sentada a horcajadas sobre él, soy yo la que marca esta vez el ritmo de las penetraciones, haciéndolas más lentas, más desgarradoras y profundas, pues, si pudiera y esa opción existiera para mí, me fundiría en su cuerpo, en su piel y también en su alma para no tener que separarme nunca más de él.

—No puedo más, Val —gime sujetando mi trasero con ambas manos, empezando a marcar él esta vez el ritmo, uno que ya no logramos frenar y que nos lleva directos al orgasmo, sin control y entre gemidos.

—No digas nada —musito, sintiendo mi cuerpo completamente relajado sobre el suyo mientras su corazón golpea su pecho como si quisiera salir en busca del mío.

—Nunca debí decidir por ti —me confiesa con seriedad, haciendo caso omiso a mi petición—, fue una gilipollez.

—Hiciste lo que creíste que era mejor para mí —susurro con la cabeza apoyada en su hombro, en ese lugar maravilloso que parece hecho a mi medida.

—Haciéndote daño —me recuerda con dureza.

—¿Sabes una cosa? —le planteo, alzando la cabeza para buscar su mirada—. Durante estos meses me he dado cuenta de que las cosas siempre suceden por un motivo, aunque en ese momento no sepamos cuál es —musito, sintiendo sus manos rodear mi cintura, pegándome más a su cuerpo.

—¿Y qué motivo tenía yo para hablarte así? —me pregunta con sequedad—. Podría habértelo dicho de mil formas distintas y elegí la peor de todas.

—Que me fuera... Con tus palabras me empujaste a irme y a vivir lo que estoy viviendo ahora —le digo, sosteniéndole la mirada, acunando su rostro entre mis manos—. Si tú no me hubieras hablado así, si no te hubieses ido, yo tampoco lo habría hecho, y me habría perdido todo lo que estoy viviendo ahora.

—¿Y te gusta? ¿Te gusta lo que estás viviendo? —inquiere frunciendo el ceño, que aliso con una triste sonrisa.

—Sí, mucho, y quiero seguir haciéndolo —admito, sintiendo que por primera vez no nado entre dos aguas—. Cuando te fuiste, sentí que me quedaba coja y que todo, hasta respirar, me costaba el doble, pero aprendí a caminar con una pierna ortopédica y a respirar de nuevo, a pesar de cuestionarme continuamente qué hacía allí.

—¿Y ya no te lo cuestionas? —indaga con seriedad.

—No; creo que dejé de hacerlo en el mismo instante en el que decidí regresar aquí, aunque no sé si en ese momento era muy consciente de ello. Nueva York es mi casa ahora y el lugar donde espero que se cumplan todos mis sueños —le indico mientras él, con suavidad, me alza para salir de mi interior.

Sin contestarme, se levanta para dirigirse al baño y lo sigo en silencio mientras él se mete en la ducha, sintiendo de nuevo cómo el silencio llena esos huecos que deberían llenar nuestras palabras, como en el pasado.

—¿Qué sucede? —inquiero, entrando también en la ducha, decidida a que no haya más silencios entre nosotros, yendo con cuidado para que no se moje mi pelo y tener que ir dando explicaciones innecesarias.

—Que te diría cientos de cosas, Val, y que te contaría cientos de cosas más, pero no tiene sentido que lo haga ahora —afirma mientras el agua rompe en su cabeza, salpicándome el rostro.

—¿Por qué?, Víctor, puedes decirme lo que quieras —replico, pasando finalmente de mi pelo y dejando que se moje.

—¿De verdad lo crees? —suelta con seriedad.

—¡Sí!, ¡por supuesto que lo creo! —le contesto, alzando la voz.

—Pues te equivocas —me rebate, convencido—. Oye, tú has apostado por eso y es lo correcto, lo que debes hacer —añade, sujetándome por los hombros—, y algún día, cuando regreses, cuando apuestes por esto, si es que lo haces, te prometo que hablaremos y te contaré todo lo que no puedo o no quiero contarte ahora.

—Víctor, eso no es para siempre, algún día voy a querer volver —sentencio, sintiendo la necesidad de que quede claro.

—¿Sabes lo que he aprendido de todo esto? Que nunca sabemos realmente lo que vamos a hacer hasta que estamos haciéndolo; yo he hecho cosas que nunca creí que haría y he tomado decisiones que no me correspondían, y, créeme, de esto último estoy muy arrepentido.

—¿Te arrepientes de haber decidido por mí? —le planteo a la vez que sale de la ducha mientras me enjabono con rapidez para poder seguirlo.

—Sí, me arrepiento —admite, volviéndose mientras el agua se desliza por mi cuerpo—, pero tienes razón en una cosa: todo sucede por un motivo y esa decisión que tomé por ti me llevó a vivir... una experiencia que no hubiera vivido de otro modo.

—¿De qué experiencia hablas? —me intereso, cogiendo la toalla que me tiende y envolviendo mi cuerpo con ella, para acercarme luego a él.

—Déjalo, Val —musita, pegándome a su cuerpo, provocando que el mío tiemble.

—Cuéntamelo —le pido hundiendo mis dedos en su pelo, disfrutando de este momento que no sé cuánto durará y haciéndolo más preciado posiblemente por eso.

—Cuando regreses —me responde medio sonriendo, haciéndome sonreír a mí.

—¿Vas a esperarme? —le pregunto, demorándome en su ceño fruncido; en sus ojos, que son tan verdes como los mares de viñedos en verano; en las arruguitas que se forman cuando sonríe o en sus labios, que son el oxígeno que siempre reclamarán los míos.

«Él es mi eje —pienso mientras mis manos se anclan a su cuello—, es mi equilibrio y mi vida entera, y es también el único hombre por el que me he ahogado en mares y mares de lágrimas amargas, quedándome coja y ciega ante un mundo que era mi mundo.»

—Puede —me indica, fanfarrón, guiñándome un ojo y sacándome de mis pensamientos.

—¿Por qué no podemos tener una relación a distancia? —inquiero, sosteniéndole la mirada.

—Porque tienes diecinueve años y quiero que vivas todo lo que desees vivir.

—Tú eres lo que deseo vivir.

—No es eso lo que has dicho antes, Val —replica con seriedad.

—¿Por qué tengo que elegir? ¿Por qué no puedo tener ambas cosas? Además, ¿te das cuenta? Estás volviendo a decidir por mí; creía que no ibas a volver a hacerlo.

—Maldita costumbre —masculla, posando su mano en mi trasero, pegándome a su sexo.

—Pues deja de hacerlo de una vez —le exijo, molesta.

—¿El qué?, ¿tocarte? —me pregunta con voz ronca, quitándome la toalla de un tirón para buscar mi sexo con su dedo.

—No, eso nunca —gimo mientras él se adentra con su dedo en mi interior—. Vic... —gimo de nuevo, llevando mis manos a su cuello, pues temo que mis piernas me fallen cuando él mete un segundo dedo dentro de mí.

—Nunca tengo suficiente de ti, Val, y eso no ha cambiado —declara con voz ronca cerca de mi oreja mientras sus dedos se mueven con maestría en mi interior, tocando ese punto que me lleva otra vez directa al cielo—. Contigo continúo sintiéndome como un niño el día de Reyes, como si nunca fuera a tener suficiente, como si el tiempo corriera en mi contra y no pudiera jugar todo lo que quiero... y hoy me siento más que nunca así —prosigue, arrodillándose entre mis piernas, pegando sus labios a mi sexo, lamiéndome, chupándome y consiguiendo que mis gemidos se entremezclen sin control.

—Eso es porque es la noche de Reyes... Vicccccccc... Diosssssss... —gimo, moviendo mi sexo sobre su boca—. Ohhhhhhhhhhhh —grito enloquecida cuando el orgasmo llega sin previo aviso, provocando que mi cuerpo comience a temblar.

—Y continúo perdiendo la cabeza contigo, Val, eso tampoco ha cambiado —masculla, cogiéndome por las caderas y sentándome sobre la encimera del baño, abriendo mis piernas e insertándose de una estocada en mi interior sin utilizar ningún tipo de protección.

—Yo también pierdo la cabeza contigo —le confieso, rodeando su cintura con mis piernas, acercándolo más a mí, mientras él comienza a penetrarme con fuerza, entrando y saliendo de mí a un ritmo delirante.

Y con él entrando y saliendo de mi interior, siento cómo ambos perdemos la cabeza; cómo esta vez, a diferencia de antes, no nos controlamos y nos llevamos al límite con nuestro cuerpo para mantenernos en él mientras gemimos y nos besamos con rudeza, como si quisiéramos marcarnos, que posiblemente es lo que estemos haciendo...; marcándonos con nuestros besos, con nuestras manos y con nuestra alma; marcando el territorio que es nuestro cuerpo para que nadie, a excepción de nosotros, se atreva nunca a adentrarse en él.

—Nada ha cambiado —musito ya en la cama, con nuestras piernas enlazadas.

—Lo sé —me responde con seriedad, guardando luego silencio, como si estuviera pensando algo que no quiere compartir conmigo, y, antes de que ese silencio se vuelva pesado e incómodo, lo rompo.

—Mi padre estará preguntándose dónde estoy —susurro escuchando el suave ritmo de su corazón, ese que en el pasado fue mi canción de cuna.

—Sabe que estás conmigo —me dice, acariciando mi espalda.

—¿Cómo? —le pregunto, incorporándome, sonrojada de repente.

—¿Te da vergüenza que sepa que estamos juntos? —me suelta divertido, enarcando una ceja.

—Sí, no... ¡Sí!, pero no de la forma que estás pensando —contesto, haciéndome un lío yo sola.

—¿Y qué estoy pensando?

—A ver, que no me avergüenzo de ti —le aclaro atropelladamente.

—Eso ya lo sé —me corta, sonriendo—. Tranquila, Val, no sabe que estamos lo juntos que estamos... o al menos eso creo —me confiesa, y suspiro con alivio—. Cuando he ido a tu casa para darle unos papeles que estaba esperando, me ha contado que estabas aquí, por eso he regresado... Joder, no podía creerlo —me indica con la voz cargada de intensidad, mientras bajo la mirada hasta posarla sobre su pecho, amparándome en ese silencio del que normalmente huyo y que ahora es mi mejor opción.

—¿Y a dónde te ibas? —inquiero finalmente, haciendo círculos con mi dedo sobre su piel, sintiendo cómo el dolor de garganta regresa, pues, si se iba, se irá de la misma forma en que me iré yo...

—A mi casa. Los Reyes Magos tienen que dejar unos regalitos bajo el árbol y, si no estoy, no lo harán —me responde con el cariño desprendiéndose de su voz.

—Creía que tu casa era esta —musito, enlazando mi mirada con la suya.

—Estás olvidando que tengo varias cosas que contarte —me señala, cogiendo mi mano para envolverla con la suya.

—Ya... y no vas a decirme tampoco para quién son esos regalos, ¿verdad? —le pregunto con seriedad, observando nuestras manos unidas, con miles de preguntas martilleando en mi cabeza, pues, hasta donde yo sé, Víctor no tiene familia.

—Ya te lo contaré cuando regreses —insiste, divertido.

—¿En serio vas a dejarme así? —farfullo, enarcando una ceja.

—Necesito tener algo que haga que desees volver —me responde, sonriéndome.

—Tú eres suficiente motivo como para querer hacerlo —afirmo con seriedad, omitiendo decirle cuánto lo quiero.

—Nunca está de más añadir alicientes —me rebate, sosteniéndome la mirada.

—Tengamos una relación a distancia. —Y, por el tono firme de mi voz, casi suena a imposición.

—No —me contesta con rotundidad, levantándose y empezando a vestirse.

—Pero ¿por qué? —replico, molesta.

—Porque no. Oye, sabes dónde estoy —me indica, abrochándose los vaqueros— y lo que siento por ti y...

—No, te equivocas: no sé lo que sientes por mí, porque no me lo dices —lo corto con acritud—, y ahora te vas y no sé ni dónde ni con quién.

—Te aseguro que no voy a acostarme con nadie —me contesta, anclando sus pulgares en los bolsillos de sus pantalones, y observo los abdominales, que asoman a través de su camisa abierta.

—Pero ¿lo harás? —necesito saber, revelándome ante tal hecho, pues por nada del mundo quiero que sus labios besen otros labios que no sean los míos o que sus manos toquen otra piel que no sea la de mi cuerpo.

—Val, estos meses han sucedido cosas que me han hecho cambiar en todos los aspectos y ese Víctor jodido que sentía que estaba dentro de mí ha desaparecido; quédate con eso y con que eres mi todo.

—No me has contestado.

—Sí que lo he hecho, solo que tú no sabes leer entre líneas —me rebate con una media sonrisa, empezando a abrocharse la camisa.

—Seguro que es eso —mascullo, enfadada—. Ni siquiera me has preguntado por mi vida en Nueva York. ¿No sientes, al menos, un poco de curiosidad? Porque yo quiero saberlo todo sobre ti.

—Vives con Nick, un prestigioso fotógrafo, pero solo sois amigos —me aclara, sentándose en el borde de la cama mientras lo miro como si le hubieran salido dos cabezas de repente—, has desfilado para Carolina Herrera y tu nombre ya no es tan anónimo como lo era cuando llegaste. Cariño, no necesito preguntarte nada para saberlo todo sobre ti.

—¿Te lo ha contado mi padre? —indago, sin poder creer lo que acabo de oír.

—Tu padre me explica algunas cosas, pero no todas —puntualiza, divertido—. Por cierto, ¿sabe que vives con Nick?

—Las otras te las cuenta Casi, ¿verdad? —adivino sonriendo, omitiendo la respuesta a su pregunta.

—Casi me riñó mucho cuando llegué y creo que ahora se siente un poco culpable por todo lo que me dijo ese día, así que se ha convertido en mi aliada.

—¿Casi te riñó? —planteo, sin poder creerlo.

—Tenías que haberla visto... Me hizo sentarme en el taburete de la cocina y me leyó la cartilla bien leída —me explica, sonriéndome—. Tu hermana también me cuenta cosas —prosigue, esta vez con seriedad—, y así es como voy enterándome de tu vida sin tener que preguntarte.

—Podrías habérmelo preguntado a mí directamente, tienes mi teléfono.

—Lo sé, pero preferí no hacerlo.

—Y, ahora, ¿lo harás? ¿Me llamarás?

—No —sentencia, rotundo.

—Eres idiota —mascullo, levantándome y yendo a por mi ropa, que encuentro tirada en el suelo del salón, sintiendo que ya he vivido esto antes.

—Aunque no lo creas, es lo mejor —me dice, siguiéndome.

—Permíteme que no esté de acuerdo contigo y, por cierto, no sé si te has dado cuenta, pero estás volviendo a decidir por mí; creía que no querías hacerlo de nuevo.

—No estoy decidiendo por ti, estoy decidiendo por mí —me rebate, y suelto un bufido.

—Seguro —mascullo entre dientes, empezando a vestirme a la vez que contemplo una fotografía enmarcada sobre la repisa de la chimenea que antes me había pasado desapercibida—. ¿Y esta foto? —le planteo, cogiéndola. En ella, él me está mirando, sonriendo, mientras yo miro hacia la cámara—. Recuerdo cuando nos la hizo Ciro... Íbamos hacia la casita de aperos para hacer la cata —rememoro, mirando nuestros meñiques rozándose mientras, unos pasos por detrás, aparecen Dante, Pilar y María Eugenia hablando entre ellos.

—Dante las envió a la bodega; tú tienes las mismas en tu casa —me cuenta, y recuerdo cuando antes mi padre me ha nombrado algo de un sobre. «Seguro que son las fotografías», pienso con la mirada fija en el retrato—. Val, mírame —me pide con seriedad—. Si habláramos, si nos llamáramos a menudo, nos echaríamos demasiado de menos y, al final, uno de los dos tomaría la decisión equivocada —argumenta, guardando silencio durante unos segundos, como si estuviera recordando algo, mientras miro la fotografía por última vez antes de dejarla de nuevo donde estaba—. Una vez alguien me dijo que, si quieres estar, estás, y que lo otro son solo excusas, y, aunque a esa persona le fue bien, yo no estoy del todo de acuerdo con esa teoría. Quiero estar contigo —me confiesa, sosteniéndome la mirada y acercándose más a mí—, quiero lo que tuvimos antes de que te fueras... por eso te pedía que no te marcharas, y no me refería de mi casa, sino de mi lado, aunque no te lo aclarara cuando tú lo interpretabas erróneamente, porque sabía que lo mejor para ti era irte —añade, ante mi mirada sorprendida—, y por eso, a veces, no me entendías, porque ni yo mismo era capaz de hacerlo. Una parte de mí quería ser egoísta y pedirte que te quedaras y la otra sabía que, a larga, si lo hacías, terminarías arrepintiéndote... no en un año, ni en dos, ni en tres, pero sí cuando ya no pudieras dar marcha atrás.

—Eso es dar por hecho las cosas y recuerdo que me pediste que no lo hiciera —le rebato, frunciendo el ceño.

—Cierto, pero ya sabes que esa es una de mis malditas costumbres —me confirma, alisándolo y sonriendo con tristeza—. Val, tienes solo diecinueve años y te mereces vivir todo lo que la vida te tenga reservado —me dice con cariño—; te mereces equivocarte para aprender, te mereces hacer locuras y exprimir tu vida como he hecho yo con la mía. Hazlas, disfruta, exprime cada segundo, ve a fiestas, corre de aquí para allá, coge vuelos, conoce otras culturas y visita todas las partes del mundo que puedas y, solo cuando sientas que ya lo has hecho todo, que ya no te queda nada por experimentar, regresa a mi lado, y solo si lo deseas. Te prometo que, si lo haces, tú y yo haremos cientos de cosas más; te prometo que te contaré todo lo que quieras saber, que te presentaré a esas personas con las que voy a estar estos días y que te llevaré a un lugar muy especial para mí, donde viví algo que nunca creí vivir. Ese día, si es que llega, te diré cuánto te quiero, pero no antes —concluye, secando la lágrima traicionera que ha escapado de mis ojos.

—Yo también te diré cuánto te quiero, pero tampoco lo haré antes —contesto, liberándolas finalmente y permitiendo que mojen mis mejillas mientras sus brazos me apresan contra su pecho, y mi corazón, ese que latía de manera mecánica y, en ocasiones, sin ritmo alguno, empieza a latir al mismo ritmo que el suyo para no dejar nunca de hacerlo, a pesar de los kilómetros que nos separen.

—Ven a cenar a casa —le pido, mojando su camisa con mis lágrimas, sabiendo que estamos a punto de separarnos de nuevo.

—No soy tan fuerte, Val. Además, ya tendría que estar de camino —musita, apretándome más a su cuerpo.

—Odio las despedidas —farfullo, deseando fundirme en él para no tener que hacerlo.

—Una vez alguien me dijo que, aunque sea duro, un último abrazo o una última sonrisa que puedas recordar siempre será mejor que nada —comenta, sumiéndose en sus recuerdos de nuevo—. Recuerda este momento, Val, y recuérdame a mí, ¿vale? —me pide, y alzo la mirada, anegada por las lágrimas, para enlazarla con la suya.

—Me alegra haber venido —musito, buscando sus labios.

—Joder, y yo me alegro de que lo hayas hecho —masculla encontrando los míos, como estoy segura de que siempre hará, pues mis labios siempre estarán esperando los suyos, como la noche que espera al día o como la primavera que espera al verano, y como haré yo mientras vivo todo lo que la vida me tiene reservado.

Capítulo 10

Con una sensación de paz que hacía mucho tiempo que no sentía, regreso a mi casa con la certeza de que algún día viviremos todo eso que me ha prometido vivir y, con esa certeza y esa paz siendo mis nuevas compañeras de viaje, ceno con mi familia y vuelvo a oír, esta vez de verdad, a mi padre riñendo a Casi por mezclar el vino con gaseosa mientras hablamos de la boda de mi hermana, que finalmente se celebrará en otoño, en la época más bonita del año para mí, concretamente en el mes de octubre, ese mes mágico en el que empezó todo para nosotros.

—Dime que en ese mes no hay nada hiperurgente que te impida asistir; te estoy avisando con mucho tiempo de antelación —me dice, señalándome con el dedo y casi riñéndome.

—Has elegido muy bien la fecha, hermanita. Tranquila, que estaré aquí.

—Como para no hacerlo, hasta he tenido que consultar las fechas de la *Fashion Week*.

—Esas fechas son flexibles, pero te aseguro que estaré a tu lado el día de tu boda —afirmo sin borrar la sonrisa de mi rostro, ahora que la presión de ese dedo ha desaparecido y, al fin, puedo inspirar profundamente sin que me duela.

—Eso espero, porque, como no lo hagas, soy capaz de hacerte vudú —bromea, haciéndome reír—. Oye, y tú, ¿por qué estás tan contenta? ¿Me he perdido algo? —me pregunta mientras observo la sonrisita puñetera de Casi, y hablo antes de que lo haga ella.

—Porque estoy feliz de estar aquí con todos vosotros —le contesto, y, aunque es cierto, la realidad es que mi sonrisa la ha dibujado otra persona.

—Pues, entonces, ven más a menudo, chata, que menuda ayuda tengo con Casi... Suerte que tengo a mi suegra para echarme una mano, porque para Casi todo está bien. ¿Cómo me dices? —le plantea, cruzándose de brazos—. ¡Ah, sí! ¡Es bonitoooo! —añade, imitando su voz.

—¡Hija, pero si es que todo lo que me muestras es bonito! —se defiende, haciéndome reír de nuevo.

—Lo que yo te diga, no tengo ninguna ayuda con ella —masculla Alana, sonriendo al fin.

—Bueno, pues ahora me tienes a mí y mañana quiero verlo todo, todito, todo —le indico, llevándome la copa de vino a los labios, esos labios que han besado los suyos, al tiempo que el calor del fuego caldea mi espalda mientras las brasas de otro fuego, el que él ha prendido en mi cuerpo, todavía arden en mi interior, anulando ese frío que se instaló cuando se alejó de mí.

Una vez a solas en mi habitación, me siento en la cama para ver esas fotografías que tanto Ciro como Dante nos tomaron ese fin de semana, esas que me prometí no ver mientras me doliera tanto, y, con la añoranza sentándose a mi lado, me demoro en cada una de ellas, recordando y reviviendo cada instante vivido mientras la tristeza llega de forma silenciosa para sentarse a mi lado, junto con la añoranza, y, cuando cojo la fotografía que él ha enmarcado, libero finalmente mis lágrimas, pues en ella se muestra claramente nuestro futuro... yo, mirando a la cámara, y él, mirándome a mí, mientras mis amigos, esos que forman parte del que he hecho mi mundo, aparecen en ella y los viñedos, mi otro mundo, son el escenario que pisan mis pies, ese del que me alejaré de nuevo para pisar otros...

—Hasta que los vea todos, hasta que lo viva todo... —musito, recordando sus palabras, viéndolo en mi recuerdo, sintiéndolo todavía en mi piel.

Paso el día de Reyes con mi hermana y, mientras vemos tejidos, analizamos bocetos y me toma medidas, le hablo de Víctor, de lo que sucedió hace unos meses y de lo que sucedió ayer; le hablo de mis sueños, esos que él conoce tan bien sin que haya tenido necesidad de contárselos, y le hablo de ese futuro que espero vivir algún día a su lado.

—Tenías que habérmelo explicado entonces —me recrimina, sentada a la mesa de su pequeño despacho, que se encuentra atiborrado de telas, revistas de moda y bocetos.

—Cuando algo te duele tanto, no puedes hablar de ello porque temes desmoronarte; ni siquiera podía pronunciar su nombre sin ponerme a llorar —le confieso finalmente, encogiéndome de hombros—. Creo que Nick se convirtió en algo así como mi paño de lágrimas.

—Qué fuerte, estás viviendo con Nick Klain; ese tío es muy bueno en su trabajo.

—Pues si vieras la exposición que está preparando, alucinarías. ¿Sabes?, a veces me sorprendo de lo fácil que está siendo todo, como si la vida lo tuviera reservado para mí.

—Puede que sea así y que incluso haya variables que cambien en función de nuestras decisiones, pero creo que, si estás destinada a vivir algo, tarde o temprano terminarás viviéndolo... si no, mírate a ti... Anda que no te ha costado decidirte en muchas cosas y, aun así, has acabado viviendo lo que tenías destinado o reservado, llámalo como quieras.

—¿Crees que Víctor estaba destinado para mí? —le pregunto, pensando en él y no en la moda, mi presente actual.

—Desde que llegó al viñedo o puede que incluso antes... Me parece que no te das cuenta, pero entre vosotros siempre ha habido algo especial que ha ido cambiando a medida que lo hacíais ambos.

—¿Por eso le has estado contando lo que yo te contaba? —suelto, sorprendiéndola.

—¿Te lo ha dicho? —inquiere, sonriendo.

—Entre papá, Casi y tú, lo habéis tenido al corriente de todo.

—Bueno, no sé los demás, pero yo no se lo contaba todo, que conste; solo lo que creía que debía saber.

—Me lo podrías haber dicho, ¿no te parece? A lo mejor no quería que lo supiera —la riño, intentando hacerme la ofendida sin llegar a conseguirlo.

—¡Bah! Por supuesto que querías; además, estabas pasándolo tan mal que no quise liarte más —me confiesa, mirándome con cariño—, y él también lo estaba pasando mal... Tíaaaa, que me daba lástima y, al final, cedí como cedió Casi. Creo que nos embaucó a ambas y ya sabes que no puedo resistirme a esa mirada, ¡y eso que estoy a punto de casarme! De hecho, continúo pensando que, si me dijera *nenaaa*, con esa voz grave que tiene y mirándome fijamente, me quitaría las bragas para entregárselas como ofrenda —me indica, carcajeándose y consiguiendo que lo haga yo también—, y encima te ha prometido esperarte, ¡qué suerte tienes, cacho perra!

—Pero mira que eres fina —le recrimino sin dejar de reír.

—Ya sabes que esta finura la tengo reservada exclusivamente para mi hermanita.

—Ya veo. Cuando te conviertas en una diseñadora superfamosa y camines como si fueras a romperte, te llamaré así delante de todos —le advierto mientras ella me mira con una resplandeciente sonrisa.

—Voy a convertirme en una diseñadora superfamosa, estoy segura, pero dudo mucho que llegue el día en que camine así. Por cierto, quiero que me lo cuentes todo sobre Carolina Herrera; nena, que esa mujer es mi ídolo.

—Y el mío, solo me faltó besarle los pies cuando la conocí.

—Estás viviendo un sueño, ¿te das cuenta?

—Sí, ya lo sé, y es un sueño que me he propuesto disfrutar a partir de ahora.

Más tarde y junto a mi familia, celebro el día de Reyes, imaginándolo a mi lado, viendo su sonrisa y dedicándole la mía aunque no pueda verla y, antes de irme de nuevo, regreso a su casa, esa en la que, otra vez, he tocado el cielo con mis manos y a la que espero regresar algún día para seguir haciéndolo, para no dejar de hacerlo nunca y para vivir todas esas cosas que me ha prometido vivir, para escuchar su historia y contarle la mía, esa que no le contarán mi padre, Casi o mi hermana, y, sobre todo, para vivir ese sueño que es tan poderoso o más que el otro, solo que ahora no es su momento, pero lo será, estoy segura, como en su día estuve segura, y sin tener certeza alguna, de que estaba esperándome.

* * *

—Cat, ya he llegado y soy toda tuya —le anuncio en cuanto pongo un pie en casa, viendo mi reflejo en el enorme ventanal del salón, pues ya son las ocho de la noche—. ¿Te han llamado los de Carolina Herrera? —le pregunto yendo hacia mi habitación para dejar la maleta, sintiendo cómo el latido de mi corazón se une al de la ciudad, rápido y trepidante.

—Sí, me han llamado esta mañana —me confirma con voz neutra mientras regreso al salón.

—¿Y? —inquiero con un hilo de voz, sintiendo cómo el mundo se detiene a la espera de esa respuesta.

—Debería hacerte sufrir un poco por haberte cogido esos días —me indica mientras casi contengo la respiración—, pero no voy a hacerlo —prosigue, para luego guardar silencio durante unos segundos que a mí se me hacen eternos—. Enhorabuena, Valentina, lo has conseguido.

—¿En serio? —susurro—. Dime que no me estás tomando el pelo —le pido, necesitando cerciorarme de sus palabras.

—Te aseguro que no. Escúchame, esto es una oportunidad que no se te va a presentar todos los días, porque no es solo rodar el anuncio, es ser su imagen para esa fragancia y es que tu rostro esté por todas partes; aquí es donde está el dinero, no haciendo portadas o desfiles, y van a pagarte una cifra muy muy considerable —me comenta, mientras yo veo el Klimt empezar a moverse... Bueno, en realidad creo que se está moviendo todo, «¿O soy yo?», me pregunto, sentándome en el sofá para no perder el equilibrio—. ¿Te das cuenta de la importancia que tiene eso en tu carrera?

—Por supuesto que me doy cuenta —contesto, todavía asimilando sus palabras.

—En una semana volarás a Los Ángeles para rodar parte del anuncio y, de allí, a París, donde ya te quedarás para asistir a los *castings* de la *Fashion Week*. Me han confirmado que, para el *casting* de Yves Saint Laurent, se han convocado a tres mil modelos de las que solo se quedarán veinticinco, así que esmérate, porque te quiero en el máximo número de desfiles. Puede que la *Fashion* no os reporte ganancias, pero os hace visibles, y eso es lo que busco contigo, que te vean bien vista y desde todos los ángulos posibles.

—Vale —musito, recordando las dos veces que me presenté en el pasado a ese *casting* sin llegar a pasar de la primera selección.

—Si llegas al *casting* final, deberás asistir con una falda, una blusa y unos zapatos de la firma. Ve a la agencia y que allí te los faciliten. ¿En qué talla estás ahora? ¿Has perdido los cinco kilos que te pedí? —indaga, haciéndome recordar lo que hablamos sobre Yves Saint Laurent el primer día que llegué a la agencia.

—Casi —murmuro, pues no sé si habré ganado algo de peso en casa.

—Necesito que estés en una treinta y cuatro —me recuerda con seriedad—, y ya no solo para la *Fashion*, sino porque los *castings* para ser un ángel comienzan en agosto y, si no estás en esa talla, dudo que te cojan.

—Tranquila que lo estaré —le aseguro, pues, aunque tenga que matarme en el gimnasio y pasar a base de aire, voy a llegar a la treinta y cuatro como que me llamo Valentina.

—Espero que hayas venido con las pilas bien cargadas, porque no te voy a dejar respirar un instante, lo tienes claro, ¿verdad?

Y, con sus palabras, entiendo las de Víctor, pues esto es solo el principio de todo lo que tengo que vivir, pienso en cuanto cuelgo.

«Me encantaría poder llamarlo por teléfono para contárselo», me digo accediendo a mi galería de imágenes para ver una de los cientos de fotografías que tengo suyas y nuestras, sintiendo ese dolor, al que estoy tan familiarizada, instalarse en mi garganta. «Me encantaría poder celebrarlo con él, colgarme de su cuello antes de unir mis labios a los suyos y sentir sus manos rodeando mi cintura;

me encantaría ver las arruguillas que se forman en torno a sus ojos y oír su voz dándome la enhorabuena... y me encantaría tenerlo a mi lado día y noche», pienso, sintiendo ese dolor de garganta acentuarse sin necesidad de estar enferma, «pero eso no es una opción para mí», afirmo mentalmente, cerrando la galería de imágenes con tristeza.

Bajo al estudio de Nick necesitando verlo y compartir esta gran noticia con alguien, pues no puedo llamar a mi familia por la diferencia horaria y Víctor no es una opción, asumo buscando la alegría en mi interior para rescatarla de las fauces de la tristeza que ha llegado con su recuerdo.

«Voy a ser la imagen de Infinity», me animo, bajando por la escalera interior que conecta la vivienda de Nick con su estudio, «voy a rodar mi primer anuncio y mi rostro estará por todas partes», me digo, sintiendo la felicidad empezar a aletear de forma tenue dentro de mí, en ese jardín donde revolotean cientos de mariposas de colores discretos en el que me encuentro de nuevo.

—Hola —saludo a Ada, acercándome a ella—. ¿Sabes si le queda mucho? —le pregunto en un susurro mientras él, absorto en el *shooting*, no se percata de mi presencia.

—Creo que no, o al menos eso espero —me murmura, consultando la hora en su reloj.

—Te invito a un café —le propongo de repente, deseando, no sé por qué, hacerme amiga suya; bueno, en realidad sí que lo sé: Nick está loco por ella y quiero saber si es algo recíproco.

—Nick puede necesitarme —me contesta, dándome largas.

—Ada, la cocina está a dos pasos; si te llama, vas a oírlo —replico divertida, sintiendo cómo la felicidad regresa lentamente.

—Está bien, vamos. La verdad es que estoy que me caigo de cansancio; llevamos todo el día sin parar —me explica, sorprendiéndome, pues normalmente es bastante tímida conmigo.

—Yo he perdido la cuenta de las horas que llevo en pie; estoy hasta mareada de lo cansada que estoy —le confieso, sonriendo, mientras nos dirigimos hacia la pequeña cocina.

—Nick me ha comentado que estabas en España —me cuenta mientras me dirijo a la cafetera para empezar a prepararle el café.

—Sí, he ido unos días a visitar a mi familia. ¿Tú eres de aquí?

—No, de Napa.

—¿Napa Valley, California? —le pregunto, volviéndome para mirarla, tendiéndoselo.

—¿Hay más Napas? —plantea, sonriendo.

—No, creo que no —le respondo riendo y yendo hacia la nevera a por una Coca-Cola para mí—. No me hagas mucho caso, estoy tan agotada que ni siquiera coordino bien. Allí hay muchos viñedos, ¿verdad?

—Así es, y es un lugar increíble para vivir —declara, recordándome a mí cuando hablo de La Rioja, mi pequeño paraíso en el mundo.

—¿Y cómo terminaste aquí? —me intereso, viendo cómo se tensa de pronto en cuanto Nick entra en la cocina—. ¿Ya has acabado? —le pregunto, feliz, yendo hacia él para darle un abrazo—. Te he echado mucho de menos, grandullón —le dedico, sintiendo su cuerpo tenso.

—Si ya no me necesitas más, Nick, me marcho; es tarde y estoy cansada.

—¡Pero si ni siquiera te has acabado el café! ¡Venga, quédate! Nick no muerde, te lo aseguro; puede ser un poco gruñón cuando está trabajando, pero luego es un amor —bromeo mientras intuyo que él me ahogaría en mi bebida si pudiera.

—Te ha dicho que está cansada, Valentina, déjala que

haga lo que quiera —sisea entre dientes mientras siento la tensión sexual ocupar un espacio más que considerable en esta estancia... «Madre mía, ¿cómo pueden trabajar así?», me pregunto, observándolos.

—Gracias por el café, Valentina —me dice, incómoda—. Nos vemos mañana, Nick —se despide casi echando a correr mientras lo miro enarcando una ceja.

—Te daría una torta detrás de otra. ¿Qué puñetas te pasa? —inquiero, cruzándome de brazos.

—¿Qué puñetas te pasa a ti? Estábamos currando, no puedes llevártela así como así.

—Venga ya, Nick, ni que me la hubiera llevado a la otra punta de la ciudad. Además, estabas a punto de finalizar; de hecho, no ha tenido tiempo ni de acabarse el café.

—No vuelvas a invitarla y, te lo advierto, no te hagas amiguita suya; paso de tenerla rondando por casa —gruñe entre dientes.

—Vaya, no lo había pensado, pero, ahora que lo mencionas, me parece muy buena idea. Creo que voy a invitarla a nuestra próxima cena —replico, guiñándole un ojo.

—Ni se te ocurra —sisea yendo hacia la nevera a por una cerveza—. ¡Puto día!

—¿Qué te ha pasado? —indago, dándole un sorbo a mi Coca-Cola, a la vez que oigo la puerta cerrarse cuando Ada se marcha.

—Que es una puta mierda trabajar así —me confiesa finalmente.

—Así, ¿cómo? ¿Queriendo tirártela todo el rato? —lo pincho, divertida, mientras él le da un largo trago a su bebida.

—¿Y cómo ha ido ese viaje?, ¿lo has visto? —me formula, pasando de mí.

—¿Cambiando de tema, Nick Klain?

—No sé de qué tema me hablas —mascolla, empezando a sonreír.

—Qué imbéciles sois los tíos cuando queréis —suelto mientras él me mira sin dejar de sonreír.

—¿Sabes que te he echado mucho de menos? —me regala, consiguiendo que olvide cómo me saca de quicio cuando se pone en ese plan con Ada.

—Yo también, y tengo mil cosas que contarte —contesto, deseando explicárselo todo cuanto antes.

—Empieza por decirme por cuál apuestas.

—Voy a ser la imagen de la fragancia Infinity, ¿te da eso una pista?

—¿Lo has conseguido? —me pregunta, sonriendo feliz, llegando hasta donde estoy para cogerme por la cintura y alzarme.

—Eso parece —exclamo al fin, dichosa, rodeando su cuello con mis manos.

Y, aunque no son los brazos que me gustaría que rodearan mi cintura ni es la voz que me gustaría escuchar, son los brazos y la voz de mi amigo, ese que me imponía tanto al principio y en el que he encontrado una familia, ahora que la mía está tan lejos.

Y, mientras Nick cena un solomillo más grande que él y yo mareo mi ensalada de pepino, le hablo de Víctor, de mi corta estancia en casa y del anuncio que voy a rodar mientras él me escucha con atención.

—Entonces, ¿te marchas de nuevo?

—Eso parece, y me temo que tardarás en tenerme otra vez por aquí, porque ya enlazaré con el circuito y va a ser muy de locos todo —respondo, valorando si seguir y optando finalmente por hacerlo—. Oye, Nick, tú me das consejos continuamente; de hecho, si fui a casa, en parte, fue gracias a uno de esos consejitos tuyos —le indico, guiñándole un ojo—, pero tú, en cambio, no permites que yo te los dé a ti.

—Si vas a volver a machacarme con Ada, ahórrate el esfuerzo; la respuesta sigue siendo la misma —me contesta con sequedad.

—¿Cómo puedes trabajar así? Si hasta yo siento las descargas eléctricas cuando entro en tu estudio y estáis los dos.

—No me hagas contestarte —suelta, socarrón.

—Estoy hablándote en serio.

—Y yo también. Oye, yo no soy como Bella o como tú. Bella..., ella no tardará en dejar todo esto; la conozco, lleva años subida a esta puta locura, viajando por todo el planeta, yendo de fiesta en fiesta y trabajando sin parar, cuando lo único que desea es estar en Londres con su principito.

—No es un principito —recalco, sonriendo.

—Como si lo fuera, tú ya me entiendes —replica, sonriéndome—, y a ti, cielo, te sucederá igual... No ahora, que eres una recién llegada, pero sí con el tiempo, sobre todo si continúas tan colada por ese tío, pero yo no soy como vosotras. Yo no quiero que nada me distraiga, no quiero líos amorosos que me desconcentren ni quiero numeritos de celos cuando en un *shooting* suba la temperatura de forma alarmante; me gusta estar solo y me gusta hacer lo que me dé la puta gana sin tener que darle explicaciones a nadie. Créeme, no es lo mismo follar con una tía que apenas conozco y que ni siquiera tiene mi número de teléfono que hacerlo con una a la que por cojones voy a tener que ver a diario.

—Aunque con un discurso diferente, te escucho a ti y oigo a Víctor. ¿Sabes?, él tiene la misma maldita costumbre que tienes tú.

—¿De qué maldita costumbre hablas?

—La de dar las cosas por hecho sin que hayan sucedido. Puede que te sorprendas y seas tú el que quiera repetir continuamente; puede que te guste que te distraigan y puede que deje de gustarte el estar solo... Ya sabes lo graciosa que es la vida a veces y cómo le gusta restregarnos nuestras palabras.

—Prefiero no arriesgarme y continuar dando las cosas por hecho a tener que lamentarlas.

—A veces vale la pena lamentar las cosas si las has disfrutado mucho y si han sido muy especiales para ti. Yo no sé qué sucederá con mi vida ni con la de Víctor, no sé el tiempo que estaré luchando por esto, ni siquiera sé qué sucederá mañana, pero lo que sí sé es que lo que he vivido con él no lo cambiaría por nada, y que prefiero mil veces haber llorado a no haber sentido. Tú te mantienes al margen, temiendo vivir algo que podría hacerte feliz, y lo haces por miedo.

—Qué tontería, yo no tengo miedo —me rebate, poniéndose a la defensiva.

—¿Y tú eres el que está fotografiando las dos caras de las emociones? ¿Puedes decirme cuál es el sentimiento contrario al amor?

—El miedo, pero no es mi caso; yo no estoy enamorado de Ada, solo quiero follármela sin parar —me dice, y lo miro enarcando una ceja.

—Lo que tú digas, Nick, pero la realidad es que estás cagado con todo lo que Ada está haciéndote sentir sin que ni siquiera la hayas rozado. Piénsalo y no te niegues algo que podría hacerte feliz. Voy a acostarme, estoy muerta —concluyo, levantándome y dejándolo con la palabra en la boca.

Capítulo 11

Llego a Los Ángeles acompañada por un pequeño séquito de personas, entre las que se encuentran el actor Jason Davis, que dará vida a mi pareja en el anuncio, junto con los responsables de la campaña tanto de Carolina Herrera como de la empresa de publicidad contratada, y, en cuanto pongo un pie en uno de los exteriores seleccionados, tengo la sensación de adentrarme en el rodaje de una superproducción de Hollywood, pues, mire hacia donde mire, solo puedo ver caravanas enormes destinadas a maquillaje, estilismo, cocina, *catering*... Tantas que llegan a ocupar toda la calle.

Siguiendo un impulso, accedo a mi Instagram, donde subo un pequeño vídeo con todo lo que estoy viviendo, decidida a ser yo la que se lo cuente esta vez para que no tenga que ir mendigando información sobre mí a unos y a otros.

—Te colocarás allí y empezarás a caminar hasta llegar aquí, donde estamos ahora —me explica uno de los responsables de la campaña mientras yo, con el pelo suelto, ataviada con un vestido rosa palo palabra de honor y unas gafas de sol a juego, atiendo a sus indicaciones.

—Vale, lo tengo claro —musito, memorizando sus órdenes.

Repetimos la escena un par de veces hasta que la dan por válida y, una vez satisfechos con el resultado, nos dirigirnos a la playa que tenemos frente a nosotros, donde, con otros vestidos, rodamos varias escenas más hasta que se pone el sol; unas escenas en las que mojan mi pelo; corro a través de la orilla seguida por Jason; cubro mi cuerpo, aparentemente desnudo, con una toalla y con sus brazos... y en las que las horas pasan con la misma rapidez que los segundos, decididas a hacerles la competencia.

Rodamos durante varios días seguidos, a un ritmo vertiginoso, cambiando de escenario con la misma facilidad con la que me cambian de vestido, y, antes de que pueda darme cuenta, estamos rodando en París, frente a la torre Eiffel.

—Y ahora es cuando tú le dirás que la quieres y ella te responderá que lo demuestres —nos indica Freda, una de las responsables de la campaña, mientras observo de reojo a la gente que, a una distancia considerable, rodea el cerco que los de seguridad han hecho—, ¿lo tenéis claro?

—Sí —musito, intentando olvidarme de todo este gentío que está haciéndonos fotos y grabándonos con sus móviles para buscar el sentimiento de desgarro que late en mi interior, pues, a pesar de que nuestra situación ya no es la misma, no puedo evitar sentirme de nuevo con un miembro amputado, como tampoco puedo evitar sentir que, a veces, pierdo el equilibrio con su ausencia.

—Muy bien, ¡¡¡silencio!!! —oigo mientras bajo la mirada al suelo y recuerdo el día que se fue y la sensación de pérdida que sentí—. Sonido graba —prosigue el ayudante de dirección mientras me aferro a esa presión, en el centro de mi pecho, que estoy comenzando a sentir.

—Grabando —contestan mientras me marcho a ese día y a los posteriores y mis ojos comienzan a llenarse de lágrimas, las que siempre estarán ahí presentes, cada vez que los rememore, dispuestas a recordarme lo que no quiero vivir jamás.

—Cámaras graban —oigo mientras me evado a mi mundo y este, en el que me encuentro, enmudece.

—Grabando.

—¡¡¡Acción!!!

—¡Te quiero! —me grita Jason con la voz cargada de sentimiento mientras yo alzo la mirada, liberando al fin esas lágrimas que empiezan en mi garganta, presionando, y acaban en mis ojos.

—¡Pues demuéstralo! —le grito, soltando un sollozo desgarrador.

—¡¡¡Corten!!!

Dan por válida la escena en cuanto la visualizan mientras me seco las lágrimas e intento regresar a mi presente, en el que ese dolor desgarrador ya no tiene cabida, y, mientras me cambian de vestido, me peinan, esta vez con un moño bajo, y retocan mi maquillaje, recupero la calma que había perdido con mis recuerdos.

Rodamos durante todo el día y durante los siguientes, creando una pequeña historia de amor de apenas un minuto de duración en la que los dedos de Jason y los míos se enlazan por debajo de la sábana de la misma forma en que se enlazaron los nuestros, en la que nos sonreímos y nos abrazamos tal y como hicimos nosotros ocultos de miradas indiscretas y en la que dibujamos la palabra *amor* en la arena de la playa de la misma forma en que la dibujaron nuestros labios sobre nuestra piel.

Y, durante esos días, creo un nuevo sistema de comunicación entre ambos, valiéndome de mis redes sociales, para hablarle de mí y de lo que estoy sintiendo.

Enlazo el final del rodaje con el inicio de los *castings* para la *Fashion Week* de París; Yves Saint Laurent, Nina Ricci, Chanel, Louis Vuitton, Miu Miu, Givenchy, Hermès, Balenciaga, Valentino, Elie Saab, Celine y una larga lista que llena mi día desde que abro los ojos hasta que los cierro, pues puedo llegar a tener hasta dieciocho *castings* diarios, que nada tienen que ver con los de Nueva York y en los que, en ocasiones, la cola puede llegar hasta la calle y ser de horas, y donde tienes que estar con cien ojos para saber a quién tienes delante y a quién detrás para que nadie se te cuele.

—¿Dónde estás? —me pregunta Cat mientras, apoyada en la pared, espero mi turno para el *casting* de Celine.

—En la cola, ¿por?

—Me ha llamado Amélie, de la agencia, para confirmarme que tienes *callback* con Yves Saint Laurent en dos días.

—¿En serio?

—¿Siempre tienes que preguntarme si hablo en serio? ¡Por supuesto que es en serio! —replica, exasperada.

—Ya... Es que nunca había pasado de la primera selección.

—Pues eso es algo que ya no vas a poder volver a decir; estás entre las cien seleccionadas y de ahí salen las elegidas para el desfile, ni se te ocurra darte un atracón ahora.

—Déjame que me ría, Cat. Creo que no he tenido más hambre en toda mi vida, fíjate que hasta sueño con hamburguesas.

—Mejor sueña con hervidos. Oye, Valentina, esto no deja de ser un pequeño sacrificio para todo lo que puedes conseguir a cambio.

—Ya lo sé, por eso lo hago —le digo, viendo en mi imaginación una hamburguesa doble acompañada de una pizza y un helado y sintiendo mi boca empezar a salivar con esa visión.

—Has logrado colarte en los últimos *castings* de Dior, Altuzarra, Yves, Balenciaga, Valentino y Miu Miu, y no está mal, pero te han faltado muchos diseñadores importantes —me reprende con seriedad, y pongo los ojos en blanco, resignada a escucharla, preguntándome por qué narices me llama ella y no Amélie, mi *booker* de Top on Top París... aunque no sé ni por qué me lo pregunto; Cat es implacable, seguro que tiene acojonados a todos los *bookers* de la agencia, sean del país que sean.

—Somos muchas, Cat; créeme, estoy que ni me lo creo.

—Pues baja un poquito de las nubes, porque hasta el mismo día del desfile pueden largarte, así que tranquilita y pisando firme —me ordena con seriedad.

—Ya lo sé, pero esto, para mí, ya es un logro; permíteme saborearlo.

—Que no te descarten en ninguno, ¿entendido?

—Entendido —contesto, poniendo los ojos en blanco de nuevo.

Llego al *casting* de Yves Saint Laurent vestida según las indicaciones: falda entallada negra y camisa blanca, moño bailarín, labios rojos y zapatos de salón, y, en cuanto veo acceder a la sala donde estamos esperando al actual diseñador de la firma, Anthony Vaccarello, acompañado de un pequeño séquito de colaboradores, contengo la respiración y enderezo la espalda, tan impresionada de verme aquí, viviendo esto, que en estos momentos no cabe nada más en mi cabeza que no sea conseguirlo.

Una a una vamos pasando la *inspección*, si es que puede llamarse de esa manera, quedándome más claro que nunca que somos meras perchas, cuya única finalidad es mostrar la colección de ropa sin sobresalir de ella.

—Tiene demasiado pecho, no acaba de encajarme —le dice uno de los colaboradores a Anthony, sin importarle que yo esté delante.

—No me gusta, descartada —le responde este sin

contemplaciones, pasando a la siguiente chica y dejándome con la boca y el rostro desencajados.

«¿Demasiado pecho? —me pregunto, sintiendo la decepción y la tristeza estrangularme la garganta—. He llegado hasta aquí... ¿para quedarme fuera por culpa de mis pechos?», me formulo, empezando a verlo todo borroso mientras ellos van revisándonos una a una, eliminándonos y escogiéndonos como quien elige un bolso y descarta otro.

«Está claro que no soy el tipo de modelo que busca Yves Saint Laurent y, ¡mierda!, daría todo lo que fuera por poder desfilar para esta firma», me digo sintiendo el dolor subir por mi garganta hasta llegar a mis ojos, donde lo libero en forma de lágrimas mientras salgo a la calle. Ya ha anochecido y París es tan bonita de noche que es hasta injusto que me sienta así de mal en una de las ciudades más maravillosas que he visto.

Tras una larga e intensa semana de *castings*, de decepciones y de alegrías, finalmente quedo seleccionada para formar parte de los desfiles de Chanel, Miu Miu, Balenciaga y Valentino, y, aunque Cat todavía está mosqueada, sobre todo por lo de Yves Saint Laurent, yo estoy feliz, pues nunca hasta ahora había conseguido colarme en tantos desfiles de diseñadores importantes en París.

Llego al *fitting* de Chanel a las once y media de la noche, un día antes del desfile, casi al borde de mis fuerzas, pues en el *fitting* de Miu Miu he estado casi tres horas en tanga esperando a que el estilista se decidiera a probarme los modelos que luciré en el evento. Mientras una de las personas del equipo de Karl Lagerfeld me prueba una de las faldas, me mantengo en silencio, sonriendo y mostrando mi mejor cara, a pesar de lo cansada, cansadísima, que estoy, mientras sueño con llegar cuanto antes al piso que me ha facilitado la agencia para, ya que apenas puedo comer, al menos poder dormir de una vez.

—Karl, esta chica es demasiado alta y la falda no llega al largo del diseño —le indica una de las mujeres de su equipo mientras veo, casi paralizada, cómo Karl se acerca a mí, y lo miro sin poder creer que esté sucediendo esto.

«Perdí el desfile de Yves por culpa de mis pechos y ahora puedo perder el de Chanel por mi altura, ¡venga ya!», pienso mientras él se agacha y yo siento cómo mi rostro comienza a desencajarse por momentos, y puede que sea porque estoy excesivamente cansada o porque tengo hambre o porque... ¡Qué mierdas! ¡Quiero formar parte de este desfile!, pero estoy a punto de ponerme a llorar como si fuera una cría.

Aprieto los labios, intentando contener un sollozo, mientras él alza la mirada hasta enlazarla con la mía para dedicarme una sonrisa que soy incapaz de devolverle, sumida como estoy en mi pequeño drama personal, mientras él lleva sus manos al bajo de mi falda para, de un tirón, descoserlo.

—Listo —le comunica a la mujer mientras se levanta—. Ahora le cogéis el borde de nuevo, ya le queda perfecto —añade al tiempo que una de las modistas se acerca con celeridad para hacerlo.

—Gracias —consigo articular finalmente mientras lo miro con todo el agradecimiento reflejado en los ojos—. Gracias, de verdad.

El desfile de Chanel es el encargado de darme el pistoletazo de salida en la *Fashion Week*, un desfile que se celebra en el palacio de Versalles y al que asisten cientos de fotógrafos, invitados de menor rango que pasan desapercibidos para los *paparazzi* e invitados vips, entre los que hay actrices y modelos, las cuales acceden por una puerta lateral, repleta de medidas de seguridad, donde espera un selecto grupo de fotógrafos.

Y, mientras los invitados van llegando y dando entrevistas a los fotógrafos que cubren el evento, el *backstage* se convierte en ese caos controlado al que estoy acostumbrada; maquillaje, peluquería, estilistas, fotógrafos, cámaras, personal autorizado, organizadores y modelos, todos vibrando con la misma música, la de la moda.

—Hola —me saluda Bella, llegando hasta donde estoy sentada, con el pelo sujetado con pinzas para marcarle las ondas.

—¡Hola! —la saludo, sonriendo, cuando me da un beso en la mejilla, y cojo su mano para darle un cariñoso apretón—. Al fin te veo, ¿dónde te habías metido? ¿Y por qué no te he visto en ningún *casting*? —le pregunto, cayendo en la cuenta de inmediato—. ¡Ah, claro, es verdad! Tú no los haces... Qué suerte tienes, si no me caigo de cansancio y de hambre en mitad de la pasarela, ya puedo considerarme una tía con suerte.

—¿Sabes que eso le ha sucedido a una chica a una hora del desfile de Guy Laroche? Han tenido que buscar a otra con sus medidas para poder sacar los vestidos; la que se ha liado, tía —me cuenta mientras la peluquera se esmera en dejarme calva.

—¿Has participado también en ese?

—Y casi tengo que volar para llegar hasta aquí. Ayer tuvieron que enviarme un taxi y un maquillador al desfile de Balmain, porque ni volando llegaba a tiempo al de Chloé —me explica mientras miro a la peluquera, queriendo meterle el peine por donde amargan los pepinos. ¡Dios, qué bruta es!

—Yo, de mayor, quiero ser como tú —suelto bromeando, pero hablando muy en serio.

—Serás mejor que yo, ya lo verás —me dice con cariño.

—¡Lista! —me indica la chica, y casi salto de la silla.

—Qué bestia era; tengo la mitad de pelo ahora gracias a ella —le cuento mientras nos dirigimos hacia la sección donde está colgada la ropa que luciremos.

—Pues ya somos dos, entonces. Sueño con ir sin maquillar y con el pelo suelto, sin lacas, ni gominas y, sobre todo, sin tacones.

—Yo sueño con comerme una vaca entera —le cuento, provocando sus risas—. Te odio... Comes todo lo que quieres y estás flaca como una caña —añado, recordando a Casi y sintiendo la añoranza presionar mi pecho—. Yo tengo que matarme de hambre para estar en la treinta y cuatro.

—Estás estupenda —me halaga mientras nos desnudamos para que las estilistas empiecen a vestirnos.

Una vez listas, nos dirigimos a la fila donde varias chicas ya están esperando mientras siento los nervios empezar a morderme por dentro, e inspiro y espiro profundamente cuando veo a mis compañeras empezar a moverse.

—¿Todo bien? —me pregunta Bella, sonriéndome.

—Yo qué sé, estoy muerta de miedo —le confieso con un hilo de voz.

—Relájate, lo vas a hacer fenomenal —me asegura, y, cuando llego al principio de la fila, siento cómo mis piernas comienzan a temblarme.

Accedo a la galería de los espejos acompañada por la música de Debussy y, tal y como me ha sucedido anteriormente durante los ensayos previos, siento cómo la majestuosidad de la sala me envuelve, llevándose con ella esos nervios que siempre estarán ahí, al principio de cada desfile, transportándome con sus innumerables lámparas de cristal a esos años en los que posiblemente reyes y reinas celebraron, en esta misma sala, bailes, recepciones y festejos de diversa índole, y, mientras desfilo con estas creaciones que son como pequeñas obras de arte, debo hacer un esfuerzo titánico para no dirigir mi mirada hacia otra gran obra de arte, la impresionante bóveda de cañón decorada con pinturas de Charles Le Brun representando el reinado de Luis XIV y que, desde lo alto, observa el paso del tiempo y su evolución.

Saco el siguiente vestido poniendo toda mi atención en mis pies, pues llevo unos zapatos de tacón que son una talla más grande que la mía y, sinceramente, temo perderlos o, lo que es peor, caerme de bruces y ver mi caída reflejada en todos los espejos de esta enorme sala, por lo que aminoro el ritmo de mis pasos, recordando la conversación que hace tiempo mantuve con Casi en la cocina, en la que me decía que las modelos de su época se deslizaban sutilmente por la pasarela en lugar de caminar como cabras y con cara de indio cabreado, e, inconscientemente, relajo los músculos del rostro.

Con el desfile finalizado y siendo los nervios un mero recuerdo, aplaudo feliz junto a mis compañeras cuando Karl, con su inconfundible *look* compuesto por un traje negro, una camisa blanca de cuello alzado, una corbata negra a juego con los guantes, su pelo cano sujeto con una goma elástica y ocultando la mirada tras unas oscuras gafas de sol, accede al *backstage*.

Cuando se vuelve y me dedica una casi imperceptible sonrisa, le dedico una mía, una que es radiante y que lleva implícita un «gracias» enorme, pues, por muchos años que pasen, nunca podré olvidar la oportunidad que me dio este hombre al descoser el bajo de mi falda y que, con sus diseños, es capaz de convertir la moda en puro arte.

Capítulo 12

—Hola —lo saludo en cuanto salta su contestador y, sin importarme estar hablando sola, prosigo mientras espero en la cola del aeropuerto—. Ya sé que no quieres que hablemos porque crees que es lo mejor, pero tengo tantas cosas que contarte que, si no lo hago ahora, temo olvidarlas con el tiempo —comienzo a explicarle, entusiasmada—. Me han sucedido tantas cosas alucinantes que no sé ni por dónde empezar... Voy a ser la imagen de la nueva fragancia de Carolina Herrera y he ido a Los Ángeles para rodar el anuncio; he desfilado en París, en Nueva York, en Londres y en Milán para diseñadores que eran como un sueño inalcanzable para mí, y lo he hecho en lugares que eran otro sueño, como el palacio de Versalles, el Palazzo Turati, en una carpa de circo o en el mismo aeropuerto... He asistido a fiestas en las que he coincidido con actrices y cantantes que hablaban conmigo como si nos conociéramos de toda la vida, y por fin la prensa comienza a reconocerme; no toda, pero al menos ya estoy unos minutos más en el *photocall* y no me hacen cruzarlo rapidito —le cuento riendo, con esa mezcla de felicidad y añoranza que es el cóctel de mi vida ahora—, y aunque todo esto es una pasada, te echo de menos... Y ya sé que no es posible, pero me encantaría que vivieras todo esto a mi lado... Me hubiera encantado subir a la torre Eiffel contigo y pasear por Milán cogida de tu mano... Víctor, añoro tu voz, nuestros días juntos y que me pongas una tirita... Te echo tanto de menos que a veces siento como si me faltara lo más importante, como si esto, en realidad, no tuviera importancia... —le confieso mientras la cola avanza—, porque, para mí, lo más importante eres tú —añado bajando el tono de voz, escuchando el silencio proveniente del otro lado—. Tengo que colgar. Contéstame, ¿vale? —le pido antes de hacerlo.

En Nueva York me dejo arrastrar de nuevo por el ritmo vertiginoso de la ciudad, consiguiendo, a base de mucho esfuerzo, que mi rostro sea cada vez más conocido mientras continúo dejándole mensajes en su contestador, en los que le cuento mi vida, que hago visual a través de mis redes sociales y que a diario van ganando más adeptos, mientras que él, por el contrario, se mantiene en silencio; un silencio que me agobia y que, con el tiempo, provoca que la sombra de la duda comience a echar raíces dentro de mí, unas raíces que se vuelven más profundas con la ayuda de los kilómetros que nos separan.

—Es que no lo entiendo, Alana, ¿por qué no me devuelve las llamadas o me envía un simple mensaje? No sé... un «Yo también te echo de menos» o «Me alegra saber que estás feliz» tampoco cuesta tanto... Ni siquiera sé si continúa sintiendo lo mismo que yo... —me quejo a mi hermana, tirada en la cama, con la vista clavada en el techo—. Creo que está arrepintiéndose y me está dando largas —musito en voz alta lo que no deja de agobiarme.

—En realidad está haciendo lo que te dijo que haría, solo que entonces estabas tan feliz que no lo pensaste —me contesta, prudente.

—¿Qué quieres decir? —inquiero, sentándome en la cama.

—Te dijo que hicieras tu vida y que, cuando lo hubieras hecho todo, regresaras. Has sido tú quien ha roto un poco ese pacto al llamarlo y enviarle mensajes.

—Venga ya, tía... Una cosa es mantener una relación a distancia y otra bien distinta es hablar ocasionalmente. Contigo lo hago, y con papá, y con Casi —me defiendo, intentando hacer valer mi postura.

—No es lo mismo. Conmigo hablas cuando hablas y muchas veces porque te llamo yo, al igual que haces con papá o con Casi, pero, si él te cogiera el teléfono, te pasarías el día llamándolo, y me parece que está evitando justo eso.

—¿Me estás llamando pesada? —le pregunto, empezando a mosquearme con ella, oyendo al otro lado de la línea su carcajada.

—Más o menos —me indica, divertida—. Ahora en serio: creo que no quiere inmiscuirse en tu vida para que tengas libertad de elección.

—Ya tengo libertad de elección; hago lo que me da la gana y cuando me da la gana.

—Dime una cosa: si te cogiera el teléfono, si te llamara, si os empezarais a mensajear, ¿no crees que llegaría el día en que lo que sientes por él coartaría tu libertad de elección?

—El amor no es eso —le rebato, enfadada, muy harta de que siempre elija por mí.

—No, no lo es, pero, cuando nada te ata, vuelas más alto, no lo olvides —replica mi hermana.

—Yo a ti te estoy viendo empezar a volar y no lo estás haciendo sola, tienes a José a tu lado.

—Porque volamos en la misma dirección, no como vosotros, que lo hacéis en direcciones opuestas y con el viento en contra.

—¿Qué quieres decir?

—José y yo tenemos un plan de futuro en común, vivimos juntos y queremos lo mismo... Volamos en la misma dirección y a favor del viento. Tú vives en el mundo, porque igual estás en Nueva York que vete tú a saber, y él vive en La Rioja; tú todavía tienes que conseguirlo todo y él ya tiene su vida hecha; tú no sabes ni lo que quieres y él lo tiene muy claro... En realidad, está siendo supergeneroso contigo, aunque no lo veas.

—Menuda sarta de estupideces acabas de soltar.

—¿Qué forma tiene la tierra, hermanita? —me plantea, sorprendiéndome.

—Redonda. ¿Qué pregunta es esa?

—Pues tú la estás viendo plana ahora; no estás viendo más allá y solo ves lo que tienes frente a ti. Eres como ese pez que cree que no hay más vida fuera del agua, cuando hay un universo entero por descubrir.

—Qué filosófica estás hoy, ¿no? ¿Qué mosca te ha picado?

—No estoy filosófica, simplemente veo lo que tú no, porque estoy fuera del meollo, algo que tú no puedes hacer, porque estás dentro y encima con los ojos medio cerrados.

—Te aseguro que tengo los ojos bien abiertos y que no comparto nada de lo que has dicho.

—Eso es porque ves la tierra plana. Oye, olvídate de Víctor, deja de llamarlo y de enviarle mensajes y céntrate en la vida que has elegido; te aseguro que, lo que tenga que venir, ya vendrá, lo quieras tú o no.

—Menudo consejo, ¿no? Casi mejor si te lo hubieras ahorrado.

—Eres mi hermana y siempre voy a querer lo mejor para ti; deja de agobiarte con el tema de Víctor y vive tu vida.

—¿No sabrás algo que yo no sepa? —inquiero con desconfianza.

—Te aseguro que todo lo que sé lo sabes tú también, solo que veo las cosas desde otra perspectiva.

—¿Cuál? ¿La de la tierra redonda?

—Exacto. Oye, tengo que dejarte. Ya hablamos, ¿vale?

—Vale... —me despido con desgana antes de colgar.

Salgo de mi habitación con el pijama puesto y descalza, localizando al segundo a Nick en la cocina y, dejándome arrastrar por el olor del café recién hecho, me dirijo a ella para sentarme en uno de los taburetes y, ¡mierda!... «¿Por qué todos los taburetes han de recordarme a él?», pienso dirigiendo mi mirada hacia la enorme ventana desde donde se divisa el despertar de la ciudad... «Que veo la tierra plana, menuda estupidez», refunfuño mentalmente, apoyando la mejilla en mi mano, con la vista perdida en la ventana...

—¡Buenos días! ¿Estoy aquí, sabes? —escucho que me dice y me vuelvo para mirarlo.

—Quiero hacer un desnudo —le suelto de repente, decidida a llamar su atención de una vez por todas.

—¿Cómo? —inquiere, y lo observo medio sonriendo.

Lleva una camiseta de punto blanca de manga corta y los pantalones del pijama, e incluso así está impresionante.

—¿Alguna vez te he dicho que eres guapísimo?

—Oye, ¿estás bien?

—¿Por qué no tendría que estarlo? ¿Me haces un té? —le pido mientras me mira sin dar crédito—, ¡¿por favorrrr?!

—Espera, deja el té ahora... ¿En serio me has dicho que quieres posar desnuda?

—Sí, y que eres guapísimo y que quiero un té... De verdad, Nick, presta un poquito más de atención, que no tengo ganas de repetirme tanto ya de buena mañana —respondo, sonriendo, mientras él me mira enarcando una ceja.

—Explícame lo del desnudo, ¿quieres?

—La exposición «Las dos caras de las emociones» está siendo todo un éxito... estás concediendo entrevistas sin parar, dejándote querer por las principales galerías de arte y, además, te has convertido en el fotógrafo revelación del momento.

—Ya era el fotógrafo del momento —me rebate, bravucón.

—Nick, soy tu tristeza —prosigo, pasando de él—, una de las emociones que está siendo muy aplaudida; de hecho, la más aplaudida —apostillo, guiñándole un ojo—. ¿Te imaginas la repercusión que tendría una fotografía mía desnuda? Por supuesto, sin que se viera nada, solo insinuando... La sensualidad y el erotismo frente a la frialdad —le indico mientras él me mira con seriedad.

—Podría hacer una especie de montaje... Una mujer fría, cerebral, cubierta de la cabeza a los pies, mirándose en un espejo de cuerpo entero y viéndose reflejada en él, pero desnuda. Joder... es una puta pasada —exclama, entusiasmándose—. «El reflejo», la titularía, ese que muestra lo que tenemos dentro cuando nadie nos ve y nos desprendemos de las capas con las que vamos cubriéndonos para protegernos... La hostia, Valentina, has tenido la mejor idea de toda tu vida y vas a ser mi musa en este reportaje —me asegura, rotundo.

—Quiero que dé mucho que hablar —le pido con decisión, sosteniéndole la mirada—, y quiero que esté en boca de todos.

—¿Por qué? —indaga con curiosidad.

—Porque sí —le respondo, sin querer ahondar en el tema.

—La tristeza va a posar desnuda, solo eso ya va a dar mucho que hablar, y tú vas a tener que hacerlo con Cat.

—Lo sé —le contesto, muy decidida a hacer ese reportaje a pesar de que me arriesgo a que mi padre me lleve de los pelos a La Rioja.

* * *

—¿Desnuda? —inquiere Cat, poniendo el grito en el cielo, y juraría que he oído hasta el eco de su voz resonando en las paredes de su despacho.

—Sí, desnuda —me reafirmo—, pero tranquila, que Nick utilizará las sombras para cubrir mi sexo y no se verá nada... Cat, es una idea buenísima y lo sabes, mira la repercusión que está teniendo la exposición «Las dos caras de las emociones». He ganado muchísimos clientes gracias a esas fotografías y esta es ir un paso más allá.

—Porque la imagen de la tristeza haya tocado la fibra de medio mundo no necesitas salir desnuda; además, tu nombre ya está en boca de todos —me rebate con seriedad.

«Menos en la boca de la persona que quiero que esté», pienso de repente.

—Tienes clientes muy conservadores, a los que puede no gustarles esa fotografía.

—Cat, es arte, y a todo el mundo le gusta el arte, y te aseguro que no será ni obscena ni vulgar; no es el estilo de Nick ni tampoco el mío.

—Quiero ser la primera en verla y, si considero que no es apropiada y puede perjudicarte, no la publicaréis.

—No puedo prometerte eso, Cat —sentencio, sosteniéndole la mirada.

—Por si lo has olvidado, soy yo la que dirige tu carrera; por supuesto que puedes hacerlo si no quieres que me desentienda —me replica con dureza—. Mira, Valentina, tienes un futuro prometedor en el mundo de la moda si das los pasos correctos; déjate aconsejar y no tomes decisiones de las que puedas arrepentirte.

—Solo puedo prometerte que serás la primera en verla.

—Tú verás lo que haces —responde con dureza, recostándose en el respaldo de su silla mientras yo me anclo a la mía—. Vamos al tema que nos interesa ahora: quedan solo tres meses para que abran el *casting* de Victoria's Secret, ¿cómo vas?

—Matándome en el gimnasio y en una treinta y cuatro, ¿te vale?

—Me valdrá cuando te vea con las alas puestas.

—Me verás —le digo, levantándome, dando la reunión con concluida—, y también me verás desnuda —añado, sosteniéndole la mirada, mientras ella niega con la cabeza, como dándome por perdida.

—Recuerda que quiero ser la primera en ver esa fotografía. Si considero que no es adecuada y te empeñas en seguir adelante con ese proyecto, dejaré de representarte —me advierte con seriedad.

Y, sin contestarle, salgo de su despacho.

Camino con rapidez, mezclándome entre la gente que, como siempre, abarrota la acera, sintiendo, dentro de mí, esa necesidad acuciante que nunca desaparece y que me insta a llamarlo; a querer oír su voz; a querer y necesitar sentir, de alguna forma, que todavía hay algo que nos une, y, cuando voy a coger mi teléfono para enviarle un mensaje, me freno... «Se acabó —decido de pronto, deteniendo mis pasos—. Se terminó llamarlo, se terminó enviarle mensajes y se terminó todo... Llevo varios meses manteniendo una relación amor-odio con la voz de su contestador y ya estoy harta.»

—Se acabó —musito solo para mí, sintiendo cómo el dolor regresa para instalarse en esa parte indefinida de mi pecho donde latió durante un tiempo y donde, me temo, latirá a partir de ahora, pero, a diferencia de entonces, ese dolor no me frenará, no me hará sentir incompleta, sino que me impulsará a seguir adelante con mi vida.

Y una tarde, de finales de junio, poso desnuda para Nick. Solo él y yo, acompañados por el clic de su cámara, una sesión en la que me siento cómoda y relajada y en la que la determinación guía mis pasos asentada en mi mirada, la mirada de una mujer dura y fría carente de todo sentimiento que observa impasible a la mujer que le devuelve su reflejo, un reflejo que muestra lo que en realidad late dentro de ella... el calor, el anhelo, el deseo, la necesidad de tocar y de ser tocada, de besar y ser besada; un cuerpo que no se avergüenza de sentir y reclamar frente a otro que se cubre bajo capas y capas de tela y de indiferencia, como hacemos todos... como hago yo...

Yo, que he cubierto mis ilusiones y mis sentimientos con la capa de las dudas y del resquemor. Yo, que he permitido que los miles de emociones que llenaban mi pecho con su nombre murieran con el veneno del olvido, ese que me he impuesto, permitiendo que borrara sus palabras y sus besos, convirtiéndome en la mujer que se mira ahora en el espejo, esa que ha decidido no luchar y seguir viviendo su vida como si él nunca hubiera formado parte de ella.

Siendo «La tristeza» y la imagen de Infinity, doy entrevistas, asisto a eventos, a fiestas y a glamurosas cenas en las que me colman de lujos y atenciones y en las que, poco a poco, voy olvidando a la Valentina que fui y de la que cada vez queda menos para aferrarme a la que soy en la actualidad, una que sonríe con frialdad, que se mantiene distante con todos y que no muestra su interior, una que cada vez se asemeja más a la mujer que mira su reflejo sin reconocerse en él, cubierta como está bajo capas y capas de indiferencia.

—Tengo la fotografía —me anuncia una noche Nick cuando regreso a casa tras un largo *shooting*.

—¿Puedo verla? —le pido, sintiendo mi corazón empezar a acelerarse.

—No lo sé —me responde, sosteniéndome la mirada, sorprendiéndome.

—¿No lo sabes? ¡Venga ya, Nick! —exclamo mientras él se mantiene en silencio, uno que se ha vuelto de pronto demasiado denso y pesado—. Nick, ¿qué coño pasa? —le pregunto, tensándome mientras él suelta todo el aire de golpe.

—Acompáñame —claudica finalmente, pasando por mi lado en dirección al ascensor.

Envueltos en ese agónico silencio, llegamos a su estudio y, cuando enciende la luz y veo la fotografía a tamaño real, contengo la respiración, sintiendo cómo los miles de emociones que he ido congelando día a día dentro de mí abren los ojos de nuevo al mundo mientras yo, titubeante, me acerco a ella, sintiendo ese dolor de garganta, que hacía meses que no sentía, subir hasta llegar a mis ojos y bajar hasta llegar a mi pecho, como si de una onda expansiva se tratara.

—Di algo —oigo de fondo la voz de Nick, pero no puedo hacerlo, no puedo hablar, ni siquiera puedo respirar viendo a mis dos yos.

La mujer fría en la que me estoy convirtiendo, la que sonríe sin llegar a hacerlo, la que no recuerda lo que es reír con ganas y la que solo tiene un objetivo, que el mundo se rinda a sus pies; la mujer que ha dejado de sentir y la que es capaz de trabajar tras un largo vuelo o incluso con fiebre, la que no tiene tiempo que perder y la que no deja que nada la detenga... Yo, la mujer que no ha vuelvo a vibrar con una mirada o con un roce lento y que, inconscientemente, los desprecia, diciéndose a sí misma que no los necesita, que no necesita a nadie, frente a la otra, la que fui, la que gemía cuando sus manos tocaban su piel, la que sonreía de verdad y la que lloró su alma entera cuando él se fue, la Valentina que montaba a Trueno con él siguiéndola, la que describió a la perfección lo que era hacer el amor frente a una mujer que no sabe o no recuerda lo que es hacerlo.

No me gusta lo que veo, no me gusta estar convirtiéndome en ese tipo de mujer, y lo peor de todo es que no sé cómo regresar, no sé cómo recuperar a esa chica que fui, la que dudaba de este sueño porque había otro que era mucho mayor..., uno que ahora ni siquiera se plantea, uno que se ha enfriado tanto que dudo mucho que vuelva a quemarme...

—Joder, Nick —musito finalmente.

—No se ve nada, las sombras te cubren —me indica a mis espaldas.

—No me preocupa que se vea mi cuerpo.

—Ya lo sé, sé lo que estás viendo, porque yo también lo he visto. Valentina, esta fotografía es mi *David*, es mi Capilla Sixtina y es mi *Mona Lisa*... Joder, es mi mejor trabajo, y, si lo es, es gracias a ti, porque cada vez que te pones frente a mi cámara me permites ver lo que hay en tu interior —me explica mientras seco las lágrimas que han empezado a fluir, las que pensé que se habían secado—. Por eso lo dejo en tu mano; tú eliges si quieres que la exponga o no.

«Odio las elecciones», me digo, dándome la vuelta para mirarlo. Él eligió por mí y, más tarde, elegí yo también, quizá arrastrada por su decisión, y luego me la cuestioné incluso sabiendo que era lo mío... Elegí llamarlo, elegí dejarle mensajes y, cansada, elegí olvidarlo, y ahora tengo que elegir si quiero que el mundo entero me vea de verdad, desprovista de esas capas de indiferencia y de frialdad con las que me cubro para protegerme; tengo que decidir si quiero exponerme hasta el punto de permitir que todos vean lo que continúo anhelando, deseando y soñando, y que lo vean en mi mirada, en la postura de mi cuerpo y en el gesto de mis manos... Odio las elecciones y alguna vez me gustaría no tener que hacerlo, que fluyera solo, con naturalidad, como el agua de un río que llega al mar, donde descansa y se deja mecer por las olas.

—¿Por qué lloras? —me pregunta Nick, prudente, mientras me vuelvo de nuevo hacia la fotografía.

Mis dos yos y mis dos verdades, una frente a la otra; la Valentina que fui mientras creía en nosotros y la Valentina en la que me estoy convirtiendo ahora que no creo en nada; la que era cuando soñaba y la que apareció cuando dejé de hacerlo; la Valentina a la que le brillaba la mirada frente a la Valentina fría, que no permite que nadie se le acerque y que ha creado un cerco en torno a ella que solo está abierto para Nick y Bella y, en ocasiones, para Cat y Ada; bueno, y también para Marco, aunque haya regresado a Italia.

—Cielo, ¿estás bien? —se interesa Nick, colocándose a mi lado, rodeando mi cintura con su brazo, y apoyo la cabeza en su hombro, ese que no es mi lugar maravilloso que parece hecho a mi medida, pero que es mi casa actualmente—. Lo que tú ves, lo que yo veo, en realidad solo lo vemos nosotros; el resto del mundo solo verá lo que quiera ver, puede que ni siquiera entiendan el significado... y, si lo hacen, posiblemente creerán que estás posando, que es lo que hacéis las modelos.

«Pero, si la ve él, me verá de verdad», pienso, sintiendo el dolor latir con rapidez dentro de mí.

—Te pedí un desnudo que diera que hablar y que estuviera en boca de todos, y me lo has dado. Publícalo, Nick. Lo que yo sienta o lo que yo piense es cosa mía, pero muéstraselo antes a Cat —le pido, alejándome de él, directa a la puerta.

—¿Cat tiene poder de decisión? ¿Puede echarlo atrás? —me pregunta, y me detengo antes de responderle con firmeza.

—No, no puede, pero hazle creer que sí, al menos al principio —le respondo, volviéndome para mirarlo.

Puede que no me guste lo que he visto, puede que no quiera volver a mirar esta fotografía nunca más, pero voy a defenderla a muerte, aunque Top on Top deje de representarme y me arriesgue a perder clientes.

—Nos vemos luego, Nick.

—¿Te marchas? —me plantea, siguiéndome hasta la puerta.

—Necesito estar sola, voy a dar un paseo.

—Es de noche... —me recuerda, sacando a la palestra esa parte protectora tan suya.

—¿Y? Nueva York no duerme, Nick. Tranquilo, ¿vale? —le pido, viendo la preocupación reflejada en su mirada.

Camino por la acera, sin pensar, sin cuestionarme nada, sin imaginar nada, solo paseando, con mi mente en estado de *pause*, pues temo ponerla en *play* y empezar a juzgarme y hacerlo erróneamente. Si soy quien soy ahora es porque las circunstancias de la vida me han llevado a ser así, o porque quizá, arrastrada por ellas, no he luchado lo suficiente por ser de otra forma.

Llego a casa casi dos horas después y, cuando enciendo la luz del salón, me sorprendo al ver a Nick sentado en el sofá, esperándome.

—He estado a punto de llamar a la policía —me confiesa alzando la cabeza y permitiéndome ver la preocupación que domina su mirada.

—Estaba dando una vuelta, te lo he dicho —le respondo prudente, sin atreverme a acercarme a él.

—Sin el móvil, en plena noche y sintiéndome responsable de ti.

—Tú no eres el responsable de nada, solo has hecho lo que te he pedido. Lo que yo sienta es cosa mía, te lo he dicho antes —le recuerdo, inspirando profundamente y soltando todo el aire de golpe—. Oye, sabía a lo que me exponía cuando te pedí esa fotografía, ya me lo demostraste con la de «La tristeza»; ya me expuse ahí y ya mostré lo que había dentro de mí —le digo, acercándome finalmente a él—. ¿Sabes? Podría haberle pedido la fotografía a Fontaine, pero, si lo hubiera hecho, hubiera sido un retrato muy sexual, y no era eso lo que buscaba, aunque puede que en ese momento ni lo supiera, pero lo que sí sabía era a quién se la pedía, solo que no imaginaba que podías llegar a ser tan bueno —matizo, consiguiendo que sonría—. Publícala, ve a saco con ella y haz que el mundo se rinda a mis pies —le ordeno, esta vez con seriedad.

—Será un placer. Va a arrasar, cielo.

—Ya lo sé —le indico con la misma firmeza que está guiando mis pasos ahora que los sueños inalcanzables no se cruzan en mi camino.

Ese verano, con la excusa de estar hasta arriba de curro, no regreso a casa, a pesar de las súplicas de mi hermana y de mi padre, que no me ven desde Navidad. Me vuelco en mi trabajo que me absorbe desde que abro los ojos hasta que los cierro y que me sirve también de excusa para aparcar mis estudios de enología, pues no voy a permitir que nada me desconcentre, posiblemente porque necesito de esa concentración para no recordar lo que viví el otoño pasado y para no desear lo que no forma parte de mi vida ahora, convirtiéndome, en menos de un año, en una máquina de facturar miles y miles de dólares, cumpliendo así la promesa que me hice a mí misma en aquel piso de modelos cuando llegué a esta ciudad, una que latía a un ritmo distinto del mío y que ahora va tan en consonancia con mi latido y mis deseos, al menos, aparentemente.

—Tienes el *casting* de Victoria's Secret la semana que viene —me confirma Cat mientras pierdo la mirada en las vistas que me ofrece el enorme ventanal que tiene tras de sí y oigo de fondo el repiquetear de sus dedos sobre la mesa de su despacho—. Creo que esto está hecho, porque han sido ellos los que han llamado —me informa mientras sigo con la mirada perdida en la ventana—. Si «La tristeza» impactó, «El reflejo» va camino a convertirse en la mejor fotografía de este siglo. Estás en boca de todos, incluso ha llamado el director de *casting* de Yves Saint Laurent porque te quiere para la próxima *Fashion*. ¿Te das cuenta de lo que eso significa? Tienes un *booking* directo, cuando hace unos meses te descartaron —me recalca, entusiasmada—. Todos quieren trabajar con «El reflejo»... Esa indiferencia que transmites, esa frialdad que se ha convertido en tu marca, vende, como vende la tristeza que viene envuelta en ella, y quiero que te mantengas en esa línea. No quiero que sonrías cuando te fotografíe la prensa, porque, ¿sabes cómo te han apodado?, la reina del hielo; me lo contó Jackie el otro día, y no puedo estar más de acuerdo —me cuenta, sorprendiéndome.

—¿La reina del hielo? Venga ya —musito, sin reconocerme en esa descripción.

Yo, la que ardí entre sus manos, la que gimió sintiendo el fuego quemarme por dentro y la que deseó fundirse en su cuerpo, convertida en la reina del hielo... «Qué ironía —pienso dibujando una triste sonrisa en mi rostro—. Jamás me reconoceré en esa descripción, a pesar de que sea lo que transmito inconscientemente, posiblemente para protegerme», me digo, sintiendo cómo mi interior se revela ante ella y, aun así, callando y aceptando.

—Naomi Campbell era la diosa de ébano —me rebate Cat, devolviéndome a la realidad—. De hecho, aún hoy en día, cuando alguien utiliza ese término, todo el mundo piensa en ella sin necesidad de pronunciar su nombre, y quiero que eso mismo suceda contigo.

—No me habías contado lo de Yves Saint Laurent —le recrimino, volviendo al tema que me interesa.

«Que me llamen como quieran, a mí qué más me da

mientras esté en boca de todos —me digo a mí misma—. Yo sé cómo soy, sé lo que siento, y eso queda para mí.»

—Llamaron ayer, como no dejan de hacer todos. De hecho, estamos empezando a descartar a clientes de menor relevancia en pro de los grandes y frenando a Fontaine, que no deja de proponerte para todos sus reportajes.

Y con sus palabras recuerdo las de Bella, con la certeza de que ese día acaba de llegar para mí... «El día que Nueva York se rinda a tus pies será cuando se rendirá el mundo entero, créeme. Ese día no importará que estés en tu país, en Francia, en el Reino Unido o donde sea que te encuentres, porque todos sabrán quién eres, pero para conseguirlo debes triunfar aquí», me dijo hace tanto que me parece una eternidad.

Capítulo 13

Doy un sorbo a mi Pimm's Cup, saboreando mi nuevo descubrimiento en cuanto a bebidas alcohólicas se refiere, mientras siento cómo el calor agobiante de finales de agosto nos da, al fin, un respiro.

Como está siendo habitual, Nick y yo nos hemos reunido con Bella en Just Perfect, el bar *rooftop* más de moda de la ciudad, situado en la terraza del hotel Ampros, en el Lower East Side, desde el cual se puede admirar el Downtown y el Midtown, todo iluminado ahora, y desde donde se pueden ver todos los edificios más altos de Manhattan, incluidos el Empire State Building y el One World Trade Center.

—He renunciado a Victoria's Secret —nos cuenta Bella, sorprendiéndonos a ambos, y vuelvo mi mirada, hasta este instante puesta en las increíbles vistas que nos rodean, para posarla sobre su rostro.

—Estás de coña, ¿no? —le pregunto viendo cómo Nick se reclina en el sofá, repantigándose y mirándome con cara de «te lo dije».

—No, os lo estoy diciendo muy serio. Tenía que firmar para cinco años y no he podido; no quiero hipotecar mi vida cinco años más.

—¿Hipotecar? Perdona, pero hipotecarse es otra cosa. ¿Te das cuenta de a lo que has renunciado?

—Sí, he renunciado a estar atada a un contrato y a todo lo que ello implica —me responde, convencida—. Oye, sé que tú ahora no puedes entenderlo, porque estás empezando a saborear las mieles del éxito, pero yo ya lo he hecho, y muchas veces, y ya no me llena como antes; de hecho, siento que mi vida ya no es esto o, al menos, ya no lo es tanto.

—Bella está deseando tomar el té con la realeza —me dice Nick con guasa, provocando la sonrisa de mi amiga.

—¿Has renunciado a esto por Patrick?

—No, he renunciado a esto por mí, porque firmar significaba cinco años más de mi vida y no sé si voy a querer esperar tanto. Hice dos papeles, en uno escribí «sí» y en el otro «no»... Sí era firmar, y no, mi libertad, y dejé que el universo decidiera por mí y salió no.

—No me lo puedo creer, no me puedo creer que hayas dejado tu carrera en manos del azar.

—Del azar no, del universo —me rebate, haciéndome recordar a esa Valentina que leía libros de crecimiento personal y que creía en teorías en las que ahora ni pienso, demasiado alejada como estoy de todo eso.

—Y, aunque en este momento no lo creas, algún día a ti te sucederá lo mismo y me dejaréis solo en esta ciudad —me asegura Nick, devolviéndome a la realidad.

—Si eso llega a sucederte, te estará bien empleado —replico, sosteniéndole la mirada.

—¿Ya empezamos? —me plantea, frunciendo el ceño.

—Eres un estúpido, Nick —se alía conmigo Bella—. Cualquier día te la van a quitar.

—No te quitan lo que no es tuyo; además, estáis dando por hecho que Ada está disponible.

—Está disponible, créeme —le garantizo, convencida.

—¿Te lo ha dicho ella? —inquiere, apoyando los antebrazos en sus piernas.

—No pienso hacerte partícipe de lo que me cuenta —le indico, sonriendo.

—Ahora se han hecho amigas —le cuenta Nick a Bella con fastidio—. No la quiero por casa, recuérdalo —me advierte, y desde donde estoy sentada percibo su incomodidad.

—No la tendrás por casa, pero la tendrás por aquí... Mira quién acaba de llegar —le comunico, sonriendo, viéndola reír con unos amigos—, y va con chicos. Ándate con cuidado, Nick, no sea que te la quiten antes de lo que imaginas —añado, levantando un brazo para que me vea.

Y, cuando lo hace y su mirada se desliza hasta posarse sobre la de Nick, siento cómo la electricidad hace acto de presencia, incluso juraría que soy capaz de oír sus chisporroteos y palpar el deseo contenido entrelazado con la tensión sexual que parecen cargar el ambiente, y, ¡mierda!, lo echo de menos... Echo de menos esa sensación, echo de menos que mi cuerpo vibre de deseo y echo de menos gritar su nombre entre gemidos mientras sus labios se pierden entre los míos, pienso, tragándome mis anhelos y mis deseos y sonriendo abiertamente cuando Ada llega hasta donde estamos nosotros sentados.

—¡Qué sorpresa! —exclamo, haciendo a un lado esa añoranza que se niega a desaparecer, ahora que tengo frente a mí todo lo que desearía vivir de nuevo.

—Me habías hablado tanto de este lugar que he querido comprobar por mí misma si era tan increíble como decías —me explica con esa dulzura que va tanto con ella y que el día que la conocí fui incapaz de detectar.

—Esto está hasta los topes; si queréis, podéis sentaros con nosotros —la invita Bella mientras, de reojo, veo el gesto de fastidio de Nick.

—No hace falta, tranquila, no quiero molestar... y,

además, mis amigos son más de estar de pie —le contesta, y juro por lo más sagrado que estoy a punto de tirar a Nick por el balcón... ¡Será zopenco!

—Como quieras —le responde Bella mientras nuestro amigo se repantiga otra vez en el sofá, pasando de ella.

—Bueno, hasta luego —se despide de nosotros, y Nick le dedica un amago de sonrisa.

—Ni siquiera la has saludado, eres un borde —le recrimino una vez estamos a solas de nuevo.

—Sí que lo he hecho —me rebate, frunciendo el ceño.

—Una sonrisa que era más una mueca no es un saludo ni tampoco una despedida; ya te vale, tío —lo riñe Bella.

—Dejadme en paz, ¿queréis? —nos pide antes de darle un trago a su cerveza.

—Tienes razón, ya tienes suficiente con lo tuyo. No debe de ser fácil verla con ese minivestido ajustado que le marca todas las curvas, tonteando con sus amigos delante de tus narices... Tú verás lo que haces, Nick Klain, pero estás poniéndosela en bandeja a esos tipos —le indico, sosteniéndole la mirada.

—Son unos niñatos —masculla, mirándolos de reojo.

—Cierto, pero esos niñatos están tocando lo que tú no —replico antes de mirar a Bella—. Sigamos con lo que estábamos antes... ¿Estás segura de querer renunciar?

—Segurísima, y no sabes lo bien que me he sentido cuando lo he rechazado.

—Pero no irás a dejar la moda, ¿verdad?

—No de momento, pero he hablado con mi *booker* y no voy a participar en el próximo circuito; a partir de ahora, vamos a seleccionar más mis trabajos, para que pueda pasar más tiempo en Londres.

—¿En serio? Yo te quiero aquí, conmigo y con el zopenco de Nick —lloriqueo, como si él no estuviera justo delante de mí.

—Y yo os quiero en mi vida y en mi boda —afirma, sorprendiéndonos a ambos.

—¿Cómo? ¿Has dicho tu boda? —le pregunto, sin poder creerlo.

—Patrick me ha pedido que me case con él y le he dicho que sí.

—¿Y el anillo?

—No lo llevo puesto porque no quiero hacerlo público tan pronto y, como la prensa me vea con el pedazo de brillante que me ha regalado, va a sumar dos más dos demasiado rápido.

—Te veo tomando el té con la realeza antes de lo que imaginaba —interviene nuestro amigo, sonriendo finalmente—. Enhorabuena, cielo; me alegro mucho por ti —prosigue, dándole un abrazo.

—Y yo, aunque te echaré mucho de menos —le digo, abrazándola también.

—Bueno, esto tampoco es un adiós. Voy a seguir trabajando, pero reduciendo el ritmo.

—Y nuestras despedidas se alargarán más, porque vendrás menos por aquí —vaticino con tristeza—. Voy a extrañarte mucho.

—Siempre podéis venir a Londres a tomar el té conmigo —contesta feliz mientras veo cómo Nick no le quita los ojos de encima a Ada.

—Ya te vale, tío —mascullo, sin poder callarme—. Cuenta conmigo para ese té —le digo a Bella, pasando de Nick, que está fulminándome con la mirada.

—Y, tú, ¿cuándo tienes el *casting*? —se interesa Bella, prácticamente resplandeciendo de felicidad.

—En dos días; de hecho, esta bebida es mi último capricho —comento, cogiéndola y brindando con ella—. Deseo que seas muy muy feliz y que bebas mucho té —le dedico, bromeando.

—Y yo deseo bajarme de lo más alto para que puedas

subirte tú; no me defraudes —me pide, esta vez con seriedad.

—No lo haré —le aseguro, convencida.

* * *

Cubierta con la capa de la indiferencia y de la frialdad con la que alimento día a día a esa Valentina en la que me estoy convirtiendo, llego al *casting* de Victoria's Secret, uno para el que hay convocadas modelos de todo el mundo y para el que llevo preparándome desde que decidí apostar por esto en serio.

Con tacones, braguita brasileña y sujetador de color negro, accedo a esta sala en la que lo primero que veo son dos maniquís vestidos con lencería y con esas alas que yo tanto anhelo portar y, al fondo, en torno a una mesa, al equipo encargado de la prueba.

Camino hacia ellos con seguridad, pasando frente al fondo blanco en el que más tarde me fotografiarán, y, una vez los tengo delante, les sonrío con esa mezcla de frialdad teñida de elegancia que comienza a ser mi sello de identidad, manteniendo muy presente que soy la imagen de «La tristeza» y de «El reflejo» y diciéndome a mí misma que no soy yo quien quiere formar parte de todo esto, sino que son ellos los que desean que lo haga, eliminando de esa manera los nervios que habían entrado de mi mano.

—Buenos días, soy Valentina Domínguez; encantada —los saludo con educación, pero como si esto no me importara demasiado.

—Buenos días, Valentina; es un honor tenerte aquí —me responde el hombre que está sentado en uno de los extremos de la mesa.

—Lo mismo digo —le respondo, alzando levemente el mentón, sin sonreír en exceso y marcando claramente las distancias, negándome en redondo a decirles cuánto deseo formar parte de este *show*... Algo que, sin duda, han hecho todas mis compañeras, convirtiéndome de nuevo y, sin pretenderlo, en la mujer fría que mira su reflejo.

—Camina hacia el fondo y regresa aquí. Danos lo que esperamos ver de ti —me pide uno de los jueces.

«Sé lo que esperan de mí, como sé lo que esperan todos: esperan a la reina del hielo y esa es a la que van a encontrar», me digo, empezando a desfilar mientras me graban y me fotografían.

«Qué curioso», reflexiono, llegando de nuevo hasta donde están ellos, evitando alzar los brazos o hacer cualquiera de las posturitas que suelen hacer mis compañeras en este espectáculo cuando llegan al final de la pasarela, pero, cuando te sacudes los sentimientos, te lo sacudes todo, de igual forma que, cuando el calor desaparece, solo puede quedar el frío, ese en el que yo tan bien me manejo ahora.

—¿Puedes decirme qué tienes pensado hacer el 9 y 10 de noviembre? —me pregunta amablemente el mismo hombre que antes me ha dado la bienvenida.

—No lo sé todavía —contesto con aplomo, sosteniéndole la mirada.

—Bueno, pues, si quieres unirte a nosotros, te diré que esos días estarás portando nuestras alas. ¿Qué dices? ¿Te apetece?

Y, aunque estoy tentada de decirles que me lo pensaré, tampoco es cuestión de pasarse, por lo que finalmente opto por mirarlos con indiferencia antes de responderles.

—Nos vemos en los *fittings* —declaro antes de girar sobre mis talones para marcharme, casi perdonándoles la vida.

Y, aunque lo que deseo realmente es ponerme a dar saltos de alegría y gritar como si se me fuera la pinza un «¡Lo he conseguido!» que resuene en todos los rincones de esta ciudad, me limito a dirigirme, con el rostro completamente inexpresivo, a la habitación donde están mis compañeras, muertas de nervios, divagando sobre si las volverán a llamar o no, para vestirme sabiendo que yo ya tengo la respuesta.

—Dime que lo has logrado —me ordena Cat en cuanto descuelga el teléfono.

—¿Acaso lo dudabas? —replico, sonriendo finalmente, frenándome para no volverme loca todavía, mezclándome entre la gente que abarrota la acera.

—¡Lo sabía! ¡Lo sabíaaaa! ¡No iban a rechazar a «La tristeza» y a «El reflejo»! Hubiera sido de estúpidos hacerlo y ellos no lo son —afirma, exultante de alegría—. ¿Te das cuenta de lo que esto significa? —prosigue, a voz en grito.

—Sí. Significa que lo he logrado, y no me refiero a ser un ángel —sentencio, sin dejar de caminar.

—Con este trabajo, tus tarifas van a duplicarse.

—Lo sé... Exprímelos, Cat, que paguen por lo que quieren —le pido con frialdad.

—Pagarán, te lo aseguro.

Y, puesto que no son horas todavía, me freno para no llamar a casa, acelerando mis pasos para llegar a la mía cuanto antes para poder contárselo a Nick y, ya puestos, volverme todo lo loca que estoy deseando volverme.

* * *

—Estoy nerviosa —le confieso a Bella, sentándome en la cama, donde ella está repantigada, mientras Nick continúa currando—. Tengo como un nudo aquí —añado, llevando mi mano a la boca del estómago—, y tengo ansiedad y me cuesta respirar. Si no fuera por Alana y porque mi padre está muy mosqueado conmigo, te aseguro que no iría.

—Es la boda de tu hermana... No puedes no ir, eso no es una opción.

—Ya lo sé —farfullo, inspirando profundamente y soltando todo el aire de golpe.

—Tranquila, porque casi no te va a dar tiempo a verlo. Vas a estar solo unas horas, que ya te vale. Como en la mía me hagas eso, dejo de hablarte.

—Bueno, eso de que solo voy a estar unas horas es muy relativo. Llego por la noche y me voy al día siguiente también por la noche, así que, básicamente, estaré todo el día con ella, que es lo único que me importa.

—Te irás cuando todavía no habrá finalizado la boda.

—La boda es a las doce del mediodía, por supuesto que habrá terminado, y, si no lo ha hecho, ya le quedará poco.

—No entiendo por qué lo has hecho así... Ya que haces un viaje tan largo, ¿por qué no te quedas unos días más con tu familia? Y no me digas que es por tu curro, porque esto lo sabías desde hacía tiempo, se lo podrías haber comentado a Cat.

—¿Quieres la versión oficial o la extraoficial?

—Ambas, pero empecemos por la extraoficial.

—Porque estoy asustada, porque no sé cómo voy a reaccionar cuando lo tenga delante y porque tengo miedo de lo que pueda sentir y no saber manejarlo; temo ese momento en el que el corazón me saldrá disparado a la garganta y cuando todo esto que tengo dormido aquí dentro despierte. Estoy acojonada por estar tan asustada sin ni siquiera estar allí.

—A veces las cosas mejoran cuando nos enfrentamos a ellas, y tú eres una de las mujeres más valientes que conozco... Mira lo que has conseguido en poco tiempo, y eso solo lo logran las supervivientes, las que son capaces de mantenerse en la cresta de la ola sin caer. No te infravalores y, cuando lo tengas enfrente, escucha a tu corazón.

—No puedo escucharlo, porque tengo tantos contratos firmados que por narices he de regresar.

—¿Y si tu corazón no te pide quedarte? ¿Y si, cuando lo ves, no sientes ni ocurre nada de lo que imaginas? ¿Cuánto hace que no estáis cara a cara?

—Nueve meses —le respondo sin tener que contarlo.

—En nueve meses se forma una vida, en nueve meses cambia el cuerpo de la mujer y en nueve meses cambian sus prioridades. Puede que tú no hayas pasado por un embarazo, pero has cambiado tanto como si lo hubieras hecho. Valentina, ya no queda nada de la chica que conocí esa noche. A esa chica le agobiaba todo y, en cambio, a quien tengo frente a mí ahora es a una mujer de éxito que sabe perfectamente lo que quiere. No adelantes acontecimientos, porque incluso tú misma puedes sorprenderte.

—Vaya, en ningún momento lo había visto así.

—Porque está hablando el reflejo, no la mujer que se mira en el espejo —suelta convencida—. ¿Puedes contarme cuál es la versión oficial?

—Y la verdad también: mi hermana se casa doce días antes del desfile de Victoria's Secret y ya sabes cómo son los días previos a un desfile, y más si genera la expectación que genera este. Tengo a Cat y a todos de los nervios porque me largo esos días.

—Lo imagino, y más siendo la estrella indiscutible.

—Si vieras la que están montando, alucinarías. Van a hacerlo superdramático y el desfile girará en torno al hielo; básicamente van a congelarlo todo.

—Muy apropiado, teniendo en cuenta que lo abrirá la reina del hielo; podríamos llamarte Elsa, como la protagonista de *Frozen*.

—Ja, ¡muy graciosa! —le digo, sonriendo y consultando la hora—. Anda, vamos a rescatar a Nick y a comer.

—Menudo atracón vas a darte, ¿no? —me dice burlándose de mí, siguiéndome hasta la puerta.

—Qué imbécil, cómo se nota que tú ya no vas a participar.

—¿Sabes? Durante bastantes años mi vida fue esto —me indica mientras bajamos en el ascensor—, y no concebía el retirarme, pero ahora cada vez lo pienso más; de hecho, ha sido un alivio no firmar el contrato.

—A este paso te veo dentro de poco trabajando en un museo en Londres.

—Lo estoy deseando, aunque me da pena dejaros a Nick y a ti; sois como mi familia y os extrañaré mucho.

—Ay, calla, no lo digas —le pido, echándola ya de menos, mientras accedemos al estudio—. Además, todavía no te vas, así que no vamos a ponernos en plan dramático tan pronto.

—Tienes razón... Joder, todavía no ha terminado —me comenta en voz baja mientras sonrío a Ada, que está maquillando a una chica.

—Qué atrasados vais, ¿no? —inquiero en un susurro, acercándome a ella.

—Esto está siendo muy de locos hoy.

—Dile a Nick que estamos en el New Orleans, que acuda cuando acabe... y tú también si quieres —le propongo, guiñándole un ojo.

—No, gracias —rechaza mi ofrecimiento, como si le hubiera dicho un disparate—. Ya estás lista —le comunica a la chica que estaba maquillando.

—¿Por qué? —le pregunto cuando estamos a solas.

—Porque Nick no quiere y yo no voy a estar donde mi presencia no es bienvenida.

—Tu presencia es muy bienvenida, créeme.

—Por tu parte y por la de Bella, sí, pero no por la de Nick. Paso, tía... Él es mi jefe y no voy a arriesgarme a perder el curro.

—No vas a perder el curro, menuda estupidez —mascullo, poniendo los ojos en blanco, decidida a intervenir de una vez—. Vamos a ser sinceras tú y yo —le indico, ya sin poder callarme—. A ti te gusta, ¿verdad?

—Como se lo digas, te mato —suelta, sonrojándose y haciéndome sonreír con ternura, ¡qué mona es!

—Tranquila, que no pienso decírselo, pero ahora dime una cosa... Si te gusta, ¿por qué no intentas algo?

—Porque Nick me impone mucho y porque, cuando me mira, solo deseo salir corriendo. Además, es mi jefe y paso de líos; te lo he dicho, necesito este curro y no voy a perderlo por una estupidez.

—Ada, ven aquí, quiero que le retoques estas sombras —le pide Nick, completamente ajeno a la conversación que estamos manteniendo.

—Qué oportuno —me quejo mientras ella me mira sonriendo—. Nick, te esperamos en el Orleans, y a ti también, Ada... —les digo, acercándome a Bella y enmudeciendo en el acto cuando mi amigo se vuelve hacia mí para, prácticamente, asesinarme con la mirada.

—Te acaba de perdonar la vida, tía —susurra Bella entre risas, sacándome del estudio.

—Es que Ada es tan dulce y Nick es tan Nick que harían la pareja perfecta. ¿Cómo pueden no darse cuenta de ello?

—Al final, lo harán. Están prácticamente todo el día juntos y eso tiene que explotar en algún momento —comenta mientras salimos a la calle.

—El día que explote, prefiero no estar cerca para no morir ahogada por la envidia, ¿sabes el tiempo que hace que no estoy con un tío?

—Nueve meses —me responde con aplomo mientras caminamos hacia el restaurante.

—Exacto, y voy a meterme de lleno en la cuarentena sin haber parido... Tía, necesito estar con un hombre de una vez, estoy harta de los juguetitos —me quejo, haciéndole una mueca.

—Si no estás es porque no quieres, porque pretendientes no te faltan —me rebate antes de entrar en el restaurante.

—Ya lo sé, pero es que ningún hombre remueve nada dentro de mí —le digo inspirando el olor a comida, y de la buena, que llena cada uno de los rincones de este local, sintiendo mi estómago rugir por el hambre y mentalizándome de pedir una ensalada.

—Y en breve vas a verlo —matiza Bella mientras nos acompañan a nuestra mesa.

—Sí, en breve voy a verlo —musito, silenciando con mis palabras al león del hambre ahora que otro, el de los nervios desatados, se ha adueñado por completo de mi interior.

Capítulo 14

Llego a La Rioja el 27 de octubre a las veinte treinta, agotada física y, sobre todo, mentalmente, sintiendo que, en algún momento del día, que me ha pasado desapercibido, la Valentina fría ha ido dejando paso a la Valentina que fui, la mujer del reflejo y la que no tiene cabida en la actualidad, pienso cuando el coche se detiene frente a la enorme casona que se encuentra envuelta entre las sombras y protegida por los altos cipreses que, a ambos lados de la entrada, se mantienen inalterables año tras año.

—Pues nada... aquí estamos —musito, soltando todo el aire de golpe, bajando del vehículo—, ya estoy aquí —me digo, inspirando luego profundamente, sintiendo cómo me duele el pecho al hacerlo, como si me hubiera dado un golpe y con cada inspiración me resintiera.

—Son veinte euros —me indica el taxista, devolviéndome a la realidad.

—Sí, claro... aquí tiene —farfullo, sintiendo cómo los nervios descontrolados arrasan con la poca serenidad que queda dentro de mí.

Casi aterrorizada, observo cómo el taxi se aleja por el largo camino mientras soy incapaz de moverme. Sé que dentro están dando una cena, una en la que él estará presente, y, Dios mío, no puedo entrar. «No puedo moverme, no puedo hacerle frente», me digo aterrorizada, sentándome en uno de los escalones. Sé que mi hermana me está esperando, y también mi padre y Casi, pero no sé si él lo estará haciendo... «Maldita sea, tendría que haber llegado mañana», me lamento, hundiendo la cabeza entre mis piernas y sintiendo cómo el corazón me late descontrolado en la garganta sin necesidad de haberlo visto, haciendo mis miedos reales, pues no sé manejar la situación y eso que todavía no estoy frente a él.

—Tranquila —me animo, imaginando que estoy en el *backstage*, a punto de salir a desfilar—, tranquila —insisto, respirando profundamente y visualizando el color azul, uno que siempre me ha ayudado a sosegarme—. Eres la reina del hielo, recuérdalo. —Y, a pesar de que interiormente siempre me he burlado, si es que puede definirse así, de esa definición, hoy me aferro a ella decidida a serlo más que nunca.

Me levanto con la intención de hacerle frente a lo que tenga que ser, aceptando que el corazón no va a latirme con normalidad hasta que me marche de aquí y que no va a ser fácil... «Pero lo que no te destruye te hace más fuerte, y yo puedo con esto y con mucho más», me digo, abriendo la puerta y captando las voces provenientes del salón.

Camino hacia esas voces obligándome a cubrirme con ese manto de indiferencia que, gracias a Dios, voy recuperando, diciéndome que estoy en mi casa, rodeada de las personas que más quiero y que esto lo hago por ellas y, solo por ellas, debo dar lo mejor de mí misma.

—¡Al fin llegas, hermanita! —oigo la alegre voz de Alana cuando accedo al salón.

Nunca dejará de sorprenderme cómo la mente, ante situaciones de *shock*, se bloquea, como protegiéndote de ellas, porque así es como me siento, en *shock*, incapaz de reaccionar, incapaz de correr hacia mi hermana o de alzar la mirada siquiera. Yo, la mujer de hielo, estoy completamente paralizada.

El abrazo de Alana me reconforta y me aferro a él mientras a mis oídos llega la voz de Casi, la de mi padre, la de José y la de gente a la que no reconozco pero que, en el fondo, me da igual, pues mis sentidos solo buscan una entre todas ellas..., una que no encuentran.

—No está aquí, tranquila —me susurra mi hermana al oído y, con esa frase, siento que todo mi cuerpo, hasta ahora en tensión, se relaja hasta el punto de dejarme medio atontada.

—Gracias a Dios —consigo expresar antes de alzar la mirada y encontrar la de mi padre, que está llegando hasta mí.

—Al fin van llegando —me dice mientras me zafo de los brazos de Alana para echarme en los suyos, en los del hombre que más quiero en el mundo.

—Papá, qué alegría verte —declaro mientras él me aprieta contra su cuerpo con fuerza.

—Pues no se nota, hija. ¿Cómo has tardado tanto en venir? —me pregunta con esa voz que siempre me recordará una copa de vino tinto, ese vino con cuerpo que saboreas y cuyos taninos se quedan pegados a tus encías.

—Lo siento, supongo que el tiempo vuela cuando estás ocupada —me excuso, inspirando luego profundamente y sintiendo cómo la paz llena mi pecho.

—Anda, Pedro, suelta a la niña y no acapares tanto, que yo también quiero achucharla —oigo la voz de mi querida Casi, y sonrío feliz.

—Casilda Martínez de la Nuez, qué ganas tenía de verte —comento, pasando de los brazos de mi padre a los suyos.

—Qué sopapo voy a darte más tarde. Anda, ven aquí,

sinvergüenza... No llega a casarse tu hermana y ya me veía subida a un trasto de esos para ir a verte.

—Pero si tú nunca has salido de La Rioja —le digo, sonriendo feliz.

—Pues esta vez me ha faltado bien poco, que a tu padre no había quien lo frenara. Si no llegas a venir, nos hubieses tenido a todos metidos en tu casa en menos que canta un gallo —replica, haciéndome reír.

—Sabéis que podéis venir siempre que queráis.

—Te lo dice en serio, esta vez ha faltado bien poco —interviene mi hermana—. La cosa estaba que echaba humo.

—Anda, hija, ven a sentarte a mi lado y cuéntanoslo todo —me pide mi padre, tirando suavemente de mi brazo.

«Ups, mierda», pienso de repente. Con el agobio de Víctor, había olvidado la foto «El reflejo».

—Papá, dime que no estás enfadado por lo de la foto —susurro, a pesar de que sé que se mosqueó muchísimo conmigo cuando la vio y que mi hermana tuvo que entrarle de todas las formas posibles para que se le pasara.

—Ya hablaremos tú y yo sobre esa foto, pero ahora no, ahora es el momento de disfrutar de la familia y de mi hija —me contesta, dándome un cariñoso apretón en la mano.

Con mi familia y con la de José, brindo con nuestro vino por este momento tan feliz para ellos, uno que más de una vez estuve tentada de perderme por culpa de mis miedos, y, aunque no dejo de preguntarme dónde estará, agradezco que no esté presente.

—¿Quieres que nos acostemos juntas esta noche, como cuando éramos pequeñas? —le pregunto a Alana, bien entrada ya la noche, cuando todos se marchan.

—¿Sabes que estaba pensando lo mismo? —me responde, feliz—. Anda, vamos, que tengo muchas cosas que contarte —me indica mientras le doy un beso a mi padre, como hacía cuando era una niña.

—Buenas noches, papá.

—Buenas noches, hija; descansa.

—Estos viajes de tantas horas me matan —me quejo, sintiendo cómo el cansancio se apodera de mi cuerpo.

—Por eso no vienes mucho a vernos, ¿verdad? —me plantea Casi con puñetería.

—¿Ya empezamos, Casilda?

—Pero ¿qué he dicho?

—Como si no lo supieras —le respondo, sonriendo.

—Anda, tira a acostarte... Ya hablaremos tú y yo, si me da tiempo, claro, porque mañana ya te vas, ¿no? —me pregunta, y pongo los ojos en blanco.

—Pero volveré en cuanto pueda —contesto, armándome de paciencia.

—Dentro de un año, Pedro; no la esperes antes —declara mientras bufo.

—Qué ganitas tienes de pinchar, ¿eh? ¿Qué pasa?, ¿no estás cansada?

—Cansada, ¿yo? Para nada, queda Casilda para rato —replica con esa sonrisa puñetera que es tan suya.

—Suerte para ti, porque yo estoy muerta. Buenas noches.

—Buenas noches, hija.

—Estabas cagadita de miedo cuando has llegado, ¿verdad? —indaga mi hermana cuando llegamos a mi habitación.

—Creo que nunca lo he estado tanto; me parece que hasta he tenido un ataque de pánico antes de entrar en casa.

—Ya te he visto. Mañana no puedes ponerte así —comenta, preocupada, mientras nos ponemos el pijama.

—Vale, se lo diré a mis nervios —le indico, sintiéndolos de nuevo presentes con tan solo imaginar lo que me espera—. ¿Y dónde está? —añado, sin poder frenar más mi curiosidad.

—No lo sé. Me dijo que no podría asistir esta noche por un tema personal.

—¿Y soy yo su tema personal o lo es otra persona?

—Ni idea; nunca he tenido esa confianza que tenías tú con él como para preguntarle sobre esos temas —me aclara, acostándose, y la imito tras cerrar la luz de la habitación.

—¿Papá lo sabrá? ¿O Casi? —murmuro, tapada con la colcha hasta la barbilla.

—No lo sé. Lo que sí sé es que casi te has perdido mi boda por su culpa —me recrimina Alana, y observo su rostro serio, ahora que mis ojos se han adaptado a la oscuridad.

—No es verdad..., el tema es que me ha pillado a escasas dos semanas del desfile de Victoria's Secret y tengo a mi *booker* deseando matarme.

—Pues que le den a tu *booker* y a ese desfile, porque se casa tu hermana y eso debería ser lo más importante para ti.

—Es lo más importante.

—Después de él.

—Estáis empatados —matizo.

—¿Qué sientes por él, Valentina? Esas fotos han dado lugar a muchos chismorreos; mucha gente decía que simplemente estabas posando y otra, que no se puede fingir ese sentimiento. ¿Hasta qué punto son de verdad? Y que conste que no te lo he preguntado hasta ahora porque no me atrevía a hacerlo por miedo a que te echaras a llorar y no poder consolarte, pero en este instante estás a mi lado y puedo secarte las lágrimas. A mí no van a venderme lo de la reina del hielo; conozco a mi hermana y sé lo que hay en cada mirada.

—Son de verdad —le confieso en un susurro—. Nick

buscaba la tristeza y la encontró en mi mirada, así como luego encontró la alegría, pero esto es algo que nadie tiene por qué saber ni yo voy a ir contándolo tampoco; es demasiado íntimo, como la fotografía «El reflejo».

—Esa foto dio mucho que hablar por aquí también.

—Es lo que buscaba... Él no contestaba mis mensajes y, cuando lo llamaba, siempre saltaba el contestador... Estaba enfadada y... no sé, quería que me viera —musito, recordando cómo me sentí esos días.

—Pues te aseguro que te vio y bien vista. ¡Nena, saliste hasta en las noticias!, y durante semanas el tema estuvo muy calentito por aquí.

—Lo imagino. Ese retrato es el mejor trabajo de Nick hasta el momento y, aunque no conseguí lo que buscaba, esa fotografía me ha abierto las puertas para ser un ángel; supongo que, al final, ha valido la pena exponerme de esa manera.

—¿Y cómo estás ahora? ¿Qué hay de verdad en toda esa mentira de la reina del hielo?

—Allí lo soy, es fácil serlo, lo complicado es serlo aquí... Hoy lo he gestionado bastante mal hasta que me has dicho que no estaba en casa, así que no quiero ni imaginar cómo lo gestionaré mañana.

—Es mi boda, quiero que estés feliz y no quiero verte tan perdida como te he visto cuando has entrado en el salón. ¿Es así como quieres que te vea?

—No, por supuesto que no, pero tampoco sé cómo controlar todo esto; es como intentar detener un tornado que avanza hacia mí a gran velocidad, como si los nervios se enredasen entre sí y arrasaran con todo mi autocontrol, y eso que antes de entrar en casa me he tomado mi tiempo, pero ni así lo he conseguido.

—Pues no lo mires, evítalo todo el tiempo que puedas o habla con él si así vas a sentirte mejor, pero no quiero que te sientas así.

—Yo tampoco, no te creas. Allí es todo tan fácil... Creo que por eso busco excusas para no venir; me cargo de curro a propósito para no tener la opción, porque regresar a casa es verlo a él, y no puedo.

—En realidad todo está en tu cabeza; tú te has creado una verdad que te has creído y es la que está controlándote y dominando tus nervios. ¿Y si él estuviera deseando verte? Piensa en lo que sucedió estas Navidades, ¿por qué no puede repetirse?

—Porque era diferente. Él me había hecho daño y creo que quería redimirse o resolverlo, y lo hicimos como nos pidió el cuerpo, pero ahora no es lo mismo; de hecho, ni siquiera sé cómo es.

—¿Qué quieres decir? —me pregunta, conteniendo un bostezo.

—Estás cansada. Anda, duerme; no quiero que mañana tengas ojeras por mi culpa —le digo con cariño.

—No quiero dormir, te he echado mucho de menos. Venga, di, ¿qué quieres decir con que no sabes cómo es? —insiste, arrastrando la voz y haciéndome sonreír.

—No voy a contestarte, a dormir —le ordeno, viendo de inmediato cómo cierra los ojos mientras los míos se mantienen abiertos de par en par.

Solo cuando oigo su respiración acompasada y suave, me levanto de la cama para dirigirme hacia la ventana, desde donde se divisa su casa. Tiene la luz encendida y eso es suficiente motivo como para que ese tornado que enreda mis nervios tome fuerza dentro de mí.

Capítulo 15

—Despierta, Valentina. Venga, arriba, dormilona. ¡Tíaaaaaaa, que hoy me caso! —oigo la voz alegre de mi hermana, y abro los ojos con la sensación de que acabo de dormirme.

—Enhorabuena. Déjame dormir, anda, que anoche me costó mucho conciliar el sueño —le pido, cubriéndome la cabeza con la colcha.

—¡Que nooooo! ¡Que no te da tiempo a dormir más! ¡Venga, levanta! —me ordena, retirándola con ímpetu.

—Ostras, qué frío. ¡Tía, que no puedo resfriarme! —suelto, incorporándome para cogerla y taparme de nuevo con ella.

—Hoy vas a ver a Víctor —afirma puñetera, provocando que mi corazón salga disparado hasta llegar a mi garganta.

—Gracias —mascullo entre dientes.

—De nada; ya sabía yo que así te quitaba todo el sueño de golpe. ¡Tíaaaa, que ha salido el sol! ¡Yupiiiii!

—¿Yupi? No me imagino a Carolina Herrera diciendo yupi —farfullo de mal humor.

—Pero a Alana Domínguez, sí —replica, tirándose

encima de mí y llenándome de besos—. Tengo la dama de honor más refunfuñona del mundo mundial.

—Eso es por tu culpa, por no dejarme dormir más y por nombrarlo.

—Dormir está sobrevalorado, sobre todo cuando se casa tu hermana, y con lo otro he encontrado la forma de ayudarte. Venga, vamos a la ducha —me manda, tirando de mi mano y arrastrándome hasta conseguir que casi me dé de morros contra el suelo.

—¡Tía, pero, a ti, ¿qué te pasa?! ¡Que quiero llegar con dientes al desfile!

—¡No has dicho a la boda, nooooooo! ¡Al desfile! ¡Ahora sí que me han quedado claras tus prioridades! —exclama, intentando hacerse la ofendida y sin conseguirlo, mientras me levanto del suelo—. Venga, reina de las nieves, vamos a la ducha.

—Es del hielo, no de las nieves, pava —la corrijo, siguiéndola hasta el baño mientras ella suelta una carcajada—. Estás tan feliz que me da hasta rabia —mascullo, desnudándome y metiéndome bajo el chorro de agua.

—¡No querrás que esté llorando el día de mi boda! Y no es por nada, pero podrías hacer un esfuerzo, ¿no te parece? Necesito que estés feliz para estarlo yo también.

—Tú ya estás feliz por las dos, no necesitas que yo lo esté —le rebato, cerrando los ojos y dejando que el agua se deslice por mi rostro, como en su día lo hicieron las lágrimas, esas que espero no volver a derramar.

Tras vestirme con unos vaqueros y un suéter de cuello de pico, bajo a la cocina, seguida por Alana, que casi va levitando, para beberme dos teteras enteras si hace falta si con ello consigo despejarme.

—Buenos díasssss, Casildaaaaa —la saluda mi hermana en cuanto llegamos a ella y, de reojo, miro el taburete en el que él solía sentarse, sintiendo cómo ese tornado toma fuerza dentro de mí—. ¡Víctor va a entrar! —me anuncia de repente Alana, fisgando por la ventana, y siento como si me dieran una puñalada en todo el pecho, cortándome la respiración, y cómo una parte de mí solo desea echar a correr mientras que la otra no responde a mis órdenes, paralizada como está—. ¡Ah, no! No era él; puedes relajarte, hermanita.

—¡Serás idiota! ¿Pretendes matarme de un susto? —le pregunto sintiendo cómo, poco a poco, voy recuperando la calma.

—Guapa, que lo había confundido, tampoco es para tanto —replica, sentándose en *su* taburete mientras yo la miro mal.

—¿Y con quién lo habías confundido, si no entra nadie?

—Pues no sé, con alguien que pasaba. Casi, necesito un café —le dice, sonriendo hipermegafeliz.

—Menudo día me espera —mascullo dramáticamente, acunándome el rostro con ambas manos.

—¿A qué hora vienen a peinarnos? —le plantea Casi a mi hermana, sirviéndoselo.

—En una hora. ¡Ayyyy, Casi, qué nerviosa estoy!

—Vas a casarte, hija, ¿cómo quieres estar? La lástima es que no estén aquí tu madre y tus abuelos —expresa mientras cierro los ojos, dejándome mecer por el sonido de su voz.

—¡Hola, Víctor, ¿qué tal estás?! Ayer te echamos mucho de menos —oigo que lo saluda mi hermana.

«Está aquí», me digo con los ojos completamente abiertos. «Está detrás de mí», prosigo, sintiendo cómo mi cabeza se bloquea.

—Pero ¿qué dices, niña? —oigo que le pregunta Casi, y me vuelvo lentamente, casi temiendo hacerlo, para no ver a nadie.

—¡¿Otra vez?! Tía, ¿qué pretendes? —planteo, enfadada, mientras ella me mira sonriendo.

—Voy a quitarte esos estúpidos miedos y nervios a

base de sustos. Te juro que, cuando lo veas, vas a estar tan harta de ponerte nerviosa que no vas a hacerlo y vas a saber controlarte —me suelta con aplomo mientras Casi y yo la miramos como si se le hubiera ido la chaveta.

—¿Ese es tu plan? ¿Qué muera infartada antes de verlo? —farfullo, provocando las risas de Casi.

—Eres la reina de las nieves, por supuesto que no vas a morir infartada —me replica, consiguiendo que Casi se ría con más ganas.

—Casi, deja de troncharte, ¿quieres?, no tiene gracia, y tú deja de hacer eso, estoy harta de llevarme sustos innecesarios.

—Susto es lo que me llevo yo con cada una de tus caritas. Créeme, hermanita, sí que es necesario. Necesito que, cuando lo veas, estés tan acostumbrada a esa situación que te comportes como la reina del hielo que eres —afirma, esta vez con seriedad.

—Yo te ayudo. ¡Víctor! ¡Hola, ¿qué tal?! —se suma Casi, entre risas.

—Estás que te lo crees. Venga, hazme un té —le pido con aplomo, a pesar de que ese tornado formado de nervios está barriéndome por dentro.

—Casi, así no se lo va a creer; tienes que dejar que pase un poco más de tiempo —le explica mi hermana y, con su explicación, respiro... Vale, era broma.

—Menudo día me espera con vosotras.

—No lo sabes tú bien —declara Casi, con esa sonrisita que aborrezco.

* * *

Al final Alana consigue contagiarme su entusiasmo y, mientras nos peinan y nos maquillan, acabo riéndome, relajada, con ella y con Casi, a pesar de sus intentos por matarme infartada una vez tras otra.

—Esta vez no ha puesto la cara tan rara, ¿verdad, Casi? —le pregunta mi hermana mientras suelto todo el aire de golpe.

—Esto es una estupidez, continúo poniéndome igual de nerviosa, a pesar de que sé que es mentira —protesto, frustrada.

—Menuda reina de las nieves estás hecha; más bien eres la reina de los flanes —se mofa mi hermana, riéndose ella sola con su broma.

—Pero mira que eres idiota. A ti querría verte en mi situación.

—Lo tengo difícil, mi vida es mucho más sencilla —me rebate, guiñándome un ojo.

—¡Anda que la mía! Como no me ponga nerviosa con una cepa, no sé con quién voy a hacerlo —secunda Casi, provocando mis carcajadas—. ¡Hombre, Víctor! ¿Cómo tú por aquí? —añade, y pongo los ojos en blanco.

—Qué pesaditas sois, de verdad. Oye, hermanita, ¿me das permiso para poder ir a vestirme? —le digo viendo la cara de Casi y de mi hermana—. Dejadlo, ¿queréis? —les pido bufando.

—Hola, Víctor —suelta mi hermana con seriedad, y niego con la cabeza.

—Hola, Víctor —digo yo también, decidida a seguirles la broma, volviéndome hacia la nada y encontrándome con él.

—Hola, Valentina. Me alegra verte —me responde con esa voz grave que vibra dentro de mí como las cuerdas de una guitarra mientras siento cómo el tornado que tengo en mi interior se multiplica por mil, llevándose mi capacidad de raciocinio.

—Gracias por venir, Víctor —oigo la voz de mi padre a lo lejos mientras mi mirada se encuentra sostenida por la suya.

«No... no voy a volver a pasar por esto —me reafirmo,

endureciendo la mía—. No voy a caer otra vez, no sabiendo que tengo que irme. No voy a nadar entre dos aguas de nuevo ni voy a ser la mujer del reflejo. No... Ya no soy esa Valentina... No puedo permitirme serlo, al menos no ahora, a doce días del desfile y cuando mi vida está más que nunca allí.»

—Lo mismo digo —contesto, fulminando con mi voz esos miles de tornados que giraban sin control dentro de mí—. Me visto y te visto, ¿vale? —le propongo a mi hermana antes de dirigirme hacia mi padre para darle un beso en la mejilla.

—Buenos días, papá.

—Buenos días, hija. Haces cara de cansada.

—El *jet lag* me mata. Me he dormido unos minutos antes de que tu querida hija me despertara al grito de «¡Me caso hoy!» —le explico con una serenidad que me asombra, teniendo en cuenta el ataque de pánico que sufrí ayer y los microinfartos que he sufrido hoy, oyendo de fondo las risas escandalosas de mi hermana—. Parece que te hayas fumado un par de porros. Casi, hazle una tila, anda —le pido, volviéndome para mirarla.

—¡Qué imbécil eres! —me replica Alana, sin dejar de reír, mientras la miro sonriendo.

—Me parece que ha funcionado —le comenta Casi a mi hermana, mirándome a mí, mientras no sé si estar feliz o triste con esto que estoy viviendo.

—Voy a vestirme —les anuncio antes de girar sobre mis talones y salir del salón.

—¡Espera! —oigo la voz de Víctor a mis espaldas cuando estoy empezando a subir la escalera y me giro hacia él, sintiendo esos miles de tornados empezar a formarse de nuevo en mi interior, y me aferro a la barandilla como me aferro más que nunca a la mujer que se mira en el espejo.

Durante unos escasos segundos, no hablamos, no nos

movemos, casi diría que ni respiramos, demasiado ocupados en mirarnos y en intentar buscar en el otro algo que nos diga si podemos avanzar o no.

—Se me hace tarde, Víctor; dime qué quieres —planteo finalmente con frialdad, demasiado asustada con lo que mi cuerpo y mi alma están recordando y reclamando.

—¿Qué quiero...? ¿Tengo que querer algo? —me pregunta, sosteniéndome la mirada y guardando las manos en los bolsillos de sus pantalones.

Durante unos segundos, me permito demorarme en su pelo ondulado, recordando su tacto y cómo mis dedos se hundían en él; en las arruguitas que se forman en torno a sus ojos, incluso ahora que no sonríe; en su ceño fruncido, ese que tantas veces alisé, y en sus labios, esos labios que, ocurra lo que ocurra, siempre serán mi casa.

—Tú me has llamado... —le recalco finalmente, acallando mis deseos.

—Como hiciste tú, ¿verdad? —me recuerda, y con su pregunta endurezco el gesto, alzando el mentón y convirtiéndome en esa Valentina fría que en realidad nada tiene que ver conmigo.

—Eso ya da igual. Dime qué quieres —lo apremio, sintiendo cómo esos miles de emociones que dormitaban congeladas en mi pecho despiertan con su mirada, de la que no puedo soltarme.

—Encontrarte, pero me parece que no será hoy —me responde con seriedad, consiguiendo que me sienta tan pequeña y perdida como me sentí el día que lo conocí. Y hace tanto de ese día que parece que fue en otra vida.

«¿Cómo va a encontrarme si ni siquiera yo soy capaz de hacerlo, cuando a veces no sé ni quién soy en realidad?», me pregunto sin poder articular palabra y, al final, tras negar con la cabeza, me doy la vuelta para empezar a subir la escalera con su mirada fija en mi cuerpo, y el silencio, las dudas y la tristeza siguiendo mis pasos.

Me visto intentando acallar todo lo que sus palabras, su mirada y su presencia me han hecho sentir, frenando mis deseos de correr hacia él para fundirme entre sus brazos, mis ansias de besar sus labios y de sentir su piel rozando la mía, acallando esa voz que me insta a ir a buscarlo para decirle que continúo queriéndolo y que, por supuesto, puede encontrarme porque no me he ido a ninguna parte, pero... ¿para qué voy a hacer eso?, ¿para qué?, si mi vida no está aquí ni puede estarlo aunque lo desee... «al menos, no durante los próximos dos años», me digo con tristeza, recordando los muchísimos contratos que tengo firmados mientras me dirijo hacia el espejo de cuerpo entero.

«¿De qué me serviría recordar lo que perdí sabiendo que no voy a poder recuperarlo?», me planteo mirando mi reflejo, pero, a diferencia de la fotografía de Nick, a quien veo es a la mujer que se mira en él, una que se siente perdida y, de nuevo, entre dos aguas, pues esto es lo que siempre querré y Nueva York y el mundo de la moda lo que tendré, por elección o por imposición, pero qué más dará ahora, cuando lo he hecho mi mundo y mi vida ahora.

—¿Puedo pasar? —oigo la voz de mi hermana, y me vuelvo hacia la puerta, que está entornada.

—Claro —musito, obligándome a sonreír y a fingir una felicidad que no siento ni de lejos.

—¿Estás bien? —se interesa, preocupada, cerrando la puerta tras de sí.

—¿Te gusta cómo me sienta? —inquiero sonriendo, girando sobre mí misma para que pueda verme bien.

—Estás muy bonita, pero no me has contestado —me indica, prudente, llegando hasta mí.

—No lo sé. Lo que sí sé es que he sido capaz de manejar la situación mejor de lo que pensaba, y eso ya es mucho para mí.

—¿Y?

—Y nada... Mi vida no está aquí, Alana, y no voy a alimentar algo que no puedo mantener con vida. Me temo que se ha terminado lo que fuera que tuvimos —le confieso con el dolor instalado en mi pecho—. Terminó hace mucho, solo que no nos dimos cuenta o yo no quise hacerlo.

—No es eso lo que he visto en su mirada cuando ha llegado y te ha visto —me rebate mientras siento ese dedo presionando mi pecho, hasta traspasar el hueso y hundirse en mi interior—. Puede que no haya sufrido los mismos microinfartos que tú, pero su mirada y sus gestos han sido más que significativos... y creo que para Víctor no ha terminado. Habla con él y no te vayas sin solucionarlo.

—No hay nada de que hablar y, aunque me duela, y mucho, prefiero que sea así —sentencio, sintiendo mi pecho resentirse con cada inspiración—. Lo quiero, lo quise siendo una niña, lo quise siendo una adolescente y lo quiero siendo una mujer, pero tú lo dijiste: volamos en direcciones opuestas llevando el viento en contra y, aunque es una mierda decir esto, no quiero que me espere —musito mirando al techo, secando con mi dedo índice esa lágrima furtiva que acaba de escapar de la prisión de mis ojos—. Quiero que continúe viviendo su vida y, si algún día volamos en la misma dirección y a favor del viento, entonces, y solo entonces, veremos qué sucede... ¿Sabes?, una vez me dijo que íbamos a destiempo y, aunque ese día se lo rebatí, no podía tener más razón.

—Lo siento, Valentina —expresa mi hermana, secándome las lágrimas con un pañuelo.

—Ya, yo también, pero esto, aunque a veces lo olvide, es mi decisión. Nadie me obligó a ir a Nueva York, a ser la tristeza o el reflejo, y, por supuesto, nadie me obligó a firmar los contratos que firmé. Lo hice yo, y lo hice ganando mucho, muchísimo, dinero, y esto es el precio que he de pagar —concluyo, recordando las palabras y la decisión de Bella de no firmar.

—¿Quieres que hable con él?

—¿Para qué? Mi vida no está aquí y, llegados a este punto, no sé si llegará a estarlo algún día, así que mejor déjalo como está —le pido, soltando todo el aire de golpe—. Y, ahora, se terminaron los dramas. Es tu boda y quiero que seas superfeliz y que no te calientes la cabeza con mis historias, porque yo mañana estaré volando a Nueva York y todo esto pasará a un segundo plano —le miento, sonriendo—, y no quiero que el recuerdo de tu día quede empañado por culpa de mis líos amorosos, así que, venga, vamos a vestirte —le propongo, dándole un beso antes de arrastrarla a su habitación, donde está todo listo.

Entre Casi y yo la ayudamos a vestirse, con esa complicidad de quien quiere de verdad y de quien conoce y sabe sin necesidad de que le cuenten, y, entre risas y emoción, veo cómo mi hermana se prepara para vivir el día más feliz de su vida, ese que no sé si llegará para mí, pienso con tristeza, saliendo de la estancia para dirigirme en busca de su ramo de novia.

—Tengo una sorpresa para ti —le digo entrando de nuevo en la habitación, ocultando el ramo detrás de mi espalda mientras me dirijo hacia ella, que me mira sonriendo, sabiendo lo que oculto.

—Mi ramo de novia —adivina con la emoción llenando su mirada.

—Apenas recuerdo a mamá —le confieso, mostrándoselo, mientras Casi guarda silencio y Alana rompe a llorar— y, a veces, cuando su recuerdo se me escapa, tengo que recurrir a las fotografías para traerlo de vuelta, pero si hay algo que no he olvidado es cuánto le gustaban las flores y que estas, los crisantemos, eran sus preferidas, y ni siquiera sé por qué tengo claro este detalle cuando soy incapaz de rememorar su mirada o su sonrisa si no es gracias a las fotos... —añado con tristeza, pues me siento incompleta ante esa falta de recuerdos que, para mí, son tan necesarios—. Cuando imaginaba mi boda, siempre lo hacía llevando un ramo como este, supongo que porque era una manera de tenerla conmigo, a mi lado, y, aunque no es mi día, quería que estuviera presente en el tuyo del único modo en que yo puedo traerla de vuelta, que es a través de estas flores —declaro, sintiendo el nudo que tengo instalado en la garganta subir por ella hasta llegar a mis ojos, desbordándose en forma de lágrimas y bajando hasta llegar a mi pecho, presionando y doliéndome de ese modo que ya me resulta tan familiar, como lo son estas flores.

—Valentina, me encanta —susurra, abrazándome, al tiempo que las dos rompemos a llorar—. Muchísimas gracias, hermanita. Te quiero mucho, muchísimo.

—Yaaaa... Dejad de llorar de una vez, que os vais a estropear el maquillaje —nos pide Casi, tendiéndonos un pañuelo a cada una y con la emoción copando sus palabras—. Venga, que ya es tarde y ya habrán llegado todos —nos apremia, dirigiéndose a la puerta, por la que está accediendo mi padre.

—Hombreeeee, pero si es el padre de la novia —exclamo, sonriendo entre lágrimas.

—Tengo las hijas más guapas del mundo —suelta con orgullo—. Alana, hija, eres una copia exacta de tu madre —añade, acercándose a ella, y me vuelvo hacia mi hermana para demorarme en sus rasgos; su pelo rubio, sus ojos claros, su piel de porcelana... tan distinta a mí.

—Vamos, tú ven conmigo —me ordena Casi tirando de mí y, cuando salgo de la habitación, cierro la puerta suavemente, dejándolos unos minutos a solas, que serán solo suyos, y en los que mi padre, casi seguro, le soltará uno de esos discursitos que tanto le gustan y con el que mi hermana, casi seguro, terminará llorando a mares, y la envidio..., envidio todo lo que está viviendo, pues, por mucho que yo viva, por mucho que yo consiga, una parte de mí siempre deseará esto, volver a ese jardín donde habitan esas mariposas de colores brillantes y donde todas las emociones que llenaban mi pecho portaban su nombre; esto, mi otro deseo, el que consigue que nade entre dos aguas y cuya corriente es tan potente que podría cargarse al otro con la misma facilidad con la que una mariposa bate sus alas.

Accedo al exterior seguida por Casi, observando a los invitados ya sentados, las flores y el pequeño altar lleno de velas y, entonces, sin necesidad de verlo, lo siento, como lo sienten los miles de emociones que se agolpan en mi pecho, revoloteando con fuerza, esas que, en mi día a día, son incapaces de batir sus alas, congeladas como están, y lo evito, evito su mirada y evito acercarme a él, manteniéndome a una distancia prudencial para que la burbuja elástica no pueda alcanzarme.

—Hola, cuñado —saludo a José, acercándome a él para darle un beso—. ¿Cómo van esos nervios?

—De pena... Dime que no se ha echado atrás —me pide, medio en broma y medio en serio.

—Tranquilo, la culpa es de papá, que está soltándole uno de sus discursitos en los que la hará llorar y, por supuesto, tendrá que retocarse el maquillaje —le aclaro, intentando bromear a pesar de que siento que me falta el aire.

—Gracias a Dios, ya estaba empezando a temerme lo peor.

—Yo creo que lo peor ya ha pasado. ¿Te das cuenta de que vas a dejar de ser *ese chico* para ser oficialmente el yerno? —le planteo, obligándome a sonreír—. Menuda cruz has llevado estos años —le recuerdo, consiguiendo que se relaje—. Voy a sentarme, que creo que ya viene —le comunico cuando empiezo a oír la música.

«Ennio Morricone, *Cinema paradiso*, qué canción más bonita», pienso colocándome en mi sitio y volviéndome hacia la casa, por donde está saliendo mi hermana, tan guapa, tan resplandeciente y feliz, y, cuando siento una lágrima surcar mi rostro, la seco con cuidado, dirigiendo mi vista al frente, cerrándoles la puerta a mis deseos, que me gritan lo que no quiero oír.

Inspirando profundamente y evitando continuamente su mirada, me levanto para leer mi discurso y, aunque tengo uno escrito, lo hago a un lado, permitiendo que hable mi corazón, al que no suelo escuchar y que aquí, en mi casa y rodeado de las tierras que me vieron crecer, late como debe latir...

—Cuando vemos películas o leemos novelas románticas, siempre hay una parte, durante la trama, en la que uno de los protagonistas o ambos acaban llorando, supongo que para hacerla más interesante a ojos del espectador o del lector, pero yo no creo que una historia de amor, para que sea intensa, tenga que portar lágrimas consigo y, si no me creéis, solo tenéis que mirar a mi hermana y a José, pues en ellos tenéis un claro ejemplo —musito, cada vez con voz más firme y, sonriéndole a Alana, prosigo—. Vuestra historia ha sido tan bonita, tan de verdad, tan llena de amor desde el minuto uno, que merece la pena ser escrita, y sería una novela dulce y sencilla, de esas que te dejan un buen sabor de boca y un sentimiento de paz que te dura días —les digo a ambos, para dirigirme a continuación a mi hermana—. Nunca te he visto llorar por José y sí sonreír, y mucho; nunca te he visto sufrir o sentirte sola... al contrario, siempre has encontrado en él tu punto de apoyo... —prosigo, guardando unos segundos de silencio, comparando su historia con la nuestra y sintiendo el dolor presionar mi pecho de nuevo—. Siempre habéis volado en la misma dirección y a favor del viento, y eso, hermanita, no es fácil de encontrar. Seguid volando, apostando por ese vuelo, y seguid sonriendo mientras lo hacéis, aunque no sea fácil en ocasiones, pero ya os digo que, si habéis superado a papá y su *ese chico*, lo superaréis todo —concluyo, arrancando una carcajada generalizada, mientras siento el dolor palpitarme en la garganta, pues una parte de este discurso, inconscientemente, se lo he dirigido a él.

—Tú también vivirás algún día esto, y no te dolerá ni te hará llorar —me dice mi hermana solo para mí cuando me acerco para abrazarla, mientras siento que me ahogo con todo lo que estoy sintiendo.

Sin contestarle, pues temo hacerlo y derrumbarme, regreso a mi sitio, dándole la espalda a él, a todo lo que siento y a todo lo que podría tener si mi vida fuera otra, si yo fuera otra.

Durante el almuerzo, de nuevo, evito encontrarme con su mirada; de hecho, ni siquiera sé cómo va vestido ni con quién está sentado, si está sonriendo o si tiene el ceño fruncido, pues no lo miro en ningún instante, acumulando tal tensión en mi cuerpo que, cuando sale la tarta, siento cómo todos mis músculos se resienten de la misma forma en que lo hace mi alma.

—¿Bailas conmigo, hija? —me pregunta mi padre en el mismo instante en que yo estaba pensando en alguna excusa para largarme.

—Claro, papá —acepto, obligándome a sonreír, sintiendo verdaderos remordimientos por no estar disfrutando de la boda de mi hermana y de este día que está siendo tan especial para todos excepto para mí y, quizá, para él.

Apoyo la mejilla en el pecho del hombre que más quiero en este mundo mientras nos mecemos sobre la pista de baile. «No he tenido tiempo de sacar a pasear a Trueno —me recrimino—; no he tenido tiempo de ir a los viñedos para ver mis pies hundidos en la tierra que me vio crecer; no he tenido tiempo de compartir el mío con mi familia y no he tenido tiempo de respirar profundamente sin que me duela —prosigo mi machaque—, y no lo he hecho por miedo, porque no he querido darme la oportunidad de sentir y de echar más de menos, y, para ello, me he puesto cientos de impedimentos que en realidad solo eran excusas.»

—A veces me pregunto si eres feliz —me dice mi padre, trayéndome de vuelta—. Cuando te veo así, como si no estuvieras, dudo acerca de si lo he hecho bien contigo, si te he prestado toda la atención que necesitabas y si te he dicho suficientes veces cuánto te quiero —declara con voz profunda mientras guardo silencio, aferrándome a su voz y a su cuerpo—. Los hijos, aunque crezcáis, sois para siempre responsabilidad nuestra; nosotros os traemos a este mundo y, hasta que lo abandonamos, velamos por vosotros, sufrimos con vuestras pataletas cuando sois pequeños y, más tarde, con vuestros silencios cuando crecéis. Tú tienes muchos silencios, Valentina, y tomas decisiones que no comparto pero que intentaría no juzgar si te viera feliz, pero no es el caso —concluye, deteniéndose y haciendo que lo mire.

—Claro que soy feliz, papá —le rebato, aislándome de todo y de todos para ver solo su mirada preocupada—. Es solo que hoy echo de menos a demasiada gente a mi lado —le indico con dolor, evitando decir nombres, pues hay alguien que, a pesar de estar aquí, a escasos metros de mí, es tan inalcanzable como el recuerdo de mi madre.

—Yo también los echo de menos, pero es ley de vida y lo que nos ha tocado vivir —replica, y apoyo de nuevo mi mejilla en su pecho, rodeando su cuerpo con mis brazos, reconfortándome con su presencia—. La vida nos plantea desafíos, nos quita a gente que queremos y, en compensación, nos entrega a otra, y hay que aprender a vivir echando de menos lo que perdemos y abrazando lo que encontramos. Yo solo espero, hija, que algún día encuentres a alguien que te haga sonreír de verdad y que haga que desaparezcan las dudas de tu mirada.

—¿De qué dudas hablas? —inquiero mientras él me aferra del brazo con suavidad para sacarme de la pista de baile.

—De las que hoy no dejo de ver. Soy tu padre y, aunque no me cuentes las cosas, no me gusta lo que ven mis ojos. Plantéate tu vida, y escucha a esa parte de tu corazón que sabe lo que quiere y no permitas que tu cabeza te confunda. Piensa en un árbol, hija... Un árbol necesita unas raíces profundas, arraigadas a la tierra, para poder crecer y unas ramas bien fuertes para poder tocar el cielo; tus raíces y tus ramas quieren cosas distintas, y por eso dudas —me dice, sorprendiéndome—, por eso no puedes sonreír de verdad, porque no sabes qué decisión tomar, si la de las raíces o la de las ramas.

—Joder, papá, y yo que creía que me había librado de uno de tus discursitos —le digo intentando bromear, sintiendo mi garganta cerrada.

—La mente y el corazón deben ir de la mano, siempre juntos, porque, si no lo hacen, entran en una disputa de la que tú ni siquiera eres consciente.

—Ya lo sé —musito finalmente—, pero a veces la vida te lleva por caminos que no hubieras elegido.

—No me vendas tus excusas, porque no te las compro. Eres libre de vivir tu vida como desees vivirla y si no lo haces es solo responsabilidad tuya, no de las circunstancias. Piénsalo, hija, y cuando vivas algo que sea por elección propia y sabiendo que no hay otra opción mejor para ti, porque, si la hay y eres consciente de ello, te estarás equivocando y malgastando tu vida —me indica, mirándome con seriedad, mientras siento cómo ese dedo que está presionando mi pecho lo hace un poco más.

—Lo tendré en cuenta —le respondo finalmente, inspirando y soltando todo el aire de golpe, dejando mi mirada vagar, durante unos instantes, por la pista de baile, donde mi hermana y José lo están dando todo, rodeados de amigos y familia—. Papá, me sabe fatal, pero tengo que irme ya, mi vuelo sale en unas horas —le comento, sintiendo que, de nuevo, lo decepciono, aunque, en realidad, puede que no sea así, puede que esté todo en mi cabeza y quizá sea yo la que esté decepcionada conmigo misma por no haber querido encontrar la forma de alargar mi estancia un poco más.

—Qué corto lo has hecho.

—Ya lo sé, pero espero luego compensarlos cuando vengan a Nueva York.

—Y, a mí, ¿cómo vas a compensarme? Porque yo no voy a ir —me rebate mientras a nuestro alrededor la gente brinda, baila y disfruta del día más feliz en la vida de mi hermana, mientras que para mí ha sido uno de los más complicados.

—Sabes que puedes hacerlo si quieres —replico, sonriéndole con tristeza.

—No creo que a Alana y a José les hiciera mucha gracia que me sumara a su luna de miel.

—Pero puedes venir en otra ocasión. Me gustaría que conocieras a mis amigos y la ciudad en la que vivo —le digo, acariciando su mejilla.

—Y a mí me gustaría... —empieza a objetar, con voz firme, antes de guardar silencio durante unos segundos—. Nada, déjalo estar... Si yendo a esa ciudad voy a pasar más de un día a tu lado, tendré que planteármelo muy seriamente.

—¿Qué hacéis aquí apartados? —nos pregunta Alana, con la felicidad copando cada una de las células de su cuerpo.

—Estaba despidiéndome de papá; tengo que irme ya o perderé el vuelo.

—¿Yaaaaa? Todavía es pronto —se queja, haciendo un puchero.

—Ya lo sé, pero tengo que llegar todavía a Logroño, y ya sabes que hay que estar dos horas antes en el aeropuerto... —le recuerdo, intentando justificar mi marcha—. Lo siento, hermanita, pero prometo compensaros cuando vengáis. De hecho, os tengo reservadas dos sillas en el *front row* en el desfile de Victoria's Secret —le cuento, viendo cómo el entusiasmo se dibuja en su sonrisa.

—¿En serio? —me pregunta, sin poder creerlo—. ¿Me estás diciendo que voy a ir a ese desfile?; ¿de verdad? —me pregunta de nuevo, recordándome a mí misma las veces que pregunto si es en serio cuando algo me entusiasma o no puedo creerlo.

—Quería que fuera una sorpresa, pero me siento tan culpable por tener que marcharme cuando esto todavía no ha terminado que necesito recompensarte de alguna forma, y creo que esto es una buena sorpresa.

—¡Y tanto que es una buena sorpresa! ¡José, ven! —lo llama, y alzo la mirada para encontrarme con la de mi cuñado y... con la suya, tan verde como un mar de viñedos y tan brava como un mar enfurecido.

Durante un instante que no dura más que el latido de un corazón, siento cómo mi alma corre hacia la suya, cómo mis deseos se rinden a él y cómo todas estas emociones que llenan mi pecho alzan el vuelo gritando su nombre, desesperadas por revivir lo que vivieron, por sentir lo que sintieron y por brillar como lo hicieron cada vez que él encendía esa luz en mi interior, con una mirada, con un roce o con una tirita, batiendo sus alas con fuerza, aferrándose a lo que desean, hasta llegar a mi garganta, donde les cierro la puerta, manteniéndolas presas, cautivas en esa jaula que es mi pecho y donde su único destino es dormir congeladas.

—Mi hermana se marcha ya —le comunica a José mientras nuestras miradas quedan enlazadas durante unos segundos más—. Y nos ha conseguido una invitación para ver el desfile de Victoria's Secret en primera fila, ¿te lo puedes creer? Ese desfile es todo un espectáculo, ¡y nosotros vamos a estar ahí! —exclama, entusiasmada, mientras debo hacer verdaderos esfuerzos para despegar mi mirada de la suya.

—Muchas gracias, cuñada. Ya sabes que a mí esas cosas no me van, pero haré un esfuerzo por veros en ropa interior —bromea.

—Menudo esfuerzo, cuñado —le digo, obligándome a sonreír—. Me marcho, se me hace tarde. Recuerda que iré a buscaros al aeropuerto cuando lleguéis —le comento a mi hermana, fundiéndome en un abrazo con ella.

—Lo haré. Ve con cuidado y envíanos un mensaje cuando llegues —me pide, sonriendo, mientras abrazo a mi padre y a José, viendo, de reojo, cómo él se aleja, dándome la espalda.

—No veo a Casi. Despedidme de ella, ¿vale? —les ruego, deseando echar a correr de una vez para dejar de sentir esta presión en el pecho y esta necesidad de ir a buscarlo.

—Tranquila, lo haremos —interviene José, rodeando la cintura de mi hermana con un brazo y, de nuevo, siento que, por muchas cosas que viva, ninguna será comparable con esto, con la sencillez del amor tranquilo que solo te da paz y no lleva las dudas consigo.

—¿Te llevo al aeropuerto? —me pregunta mi padre con esa voz llena de matices que siempre, no importa dónde esté, me traerá de vuelta a casa.

—No, papá. Quédate y disfruta por los dos. Voy a pedir un taxi, no quiero que le faltemos todos a Alana.

—Está bien... Te echaré de menos —se despide, abrazándome de nuevo, mientras me trago las lágrimas.

—Y yo, papá, mucho... —musito, aferrándome a sus brazos.

Capítulo 16

Entro en casa y siento cómo el silencio me envuelve de la misma forma en que lo hace la tristeza y la añoranza, mientras que fuera las risas y la música impregnan el ambiente como lo hacen esas gotas de humedad que, con la caída de la tarde, comienzan a bajar del cielo. Abrazando este silencio y esta tristeza, me desprendo del vestido que con tanto cariño diseñó mi hermana para sustituirlo por unos vaqueros, una camiseta y una americana, haciendo a un lado mis tacones para calzarme unas deportivas. «Cómo pasa el tiempo —reflexiono de repente, permitiendo que mis pensamientos tomen el control de mi mente—, tan rápido que ni somos conscientes de ello... Tenía tanto miedo a este día y ya ha pasado, ya lo he vivido y también lo he sobrevivido; ya lo he visto y ya me he enfrentado a él. Tanto miedo para nada», me digo, sin saber cómo sentirme, cogiendo la maleta y echando un último vistazo a mi habitación, deteniendo mi mirada en la fotografía que descansa sobre el tocador en la que mi madre me lleva en brazos... «Puede que todo hubiera sido distinto si, en lugar de haber subido la escalera, la hubiera bajado —divago cerrando la puerta y bajando los escalones—; si en lugar de huir, hubiera permitido que me encontrara y si, en lugar de encerrar todo lo que siento, lo hubiera dejado libre... pero no lo he hecho... he tomado una decisión sin ni siquiera ser consciente de que estaba haciéndolo, siendo ese árbol del que me ha hablado antes mi padre y que describe a la perfección mi vida», medito, abriendo la puerta de casa y encontrándome de frente con él.

—¿Ibas a marcharte sin despedirte? —me pregunta, conteniendo su enfado y con miles de sentimientos reflejados en su mirada.

—A pesar de lo que digas, sabes que a mí no me van las despedidas. Además, tampoco tenía nada que decirte —le contesto con sequedad, aferrando mi maleta con fuerza, necesitando aferrarme a algo, viendo su vehículo aparcado frente a la entrada y deseando con todas mis fuerzas que el taxi no tarde en llegar.

—Pues qué pena, porque yo sí que tengo cosas que decirte. Vamos, te llevo al aeropuerto —me indica con autoridad.

—No, gracias; he pedido un taxi —le respondo de nuevo con sequedad, sintiendo esos miles de emociones que llevan su nombre empezar a despertar, a pesar de mis intentos de mantenerlas dormidas.

—Ese taxi acaba de marcharse. Voy a llevarte yo y no hay discusión posible sobre este tema —replica con firmeza, sosteniéndome la mirada y eliminando la poca distancia que nos separa con dos zancadas para coger mi maleta y hacerse con ella.

—¿Le has dicho tú al taxista que se fuera? Pero ¿quién te crees que eres, Víctor? —le espeto, sintiendo cómo los nervios, mis temores, mis anhelos y mis deseos más íntimos se entremezclan entre ellos hasta llevarse la firmeza de mi voz.

—Sube al coche —me ordena con aspereza.

«Que suba, dice... pero ¿cómo voy a subir y ser capaz de contener todo esto que siento? ¿Cómo voy a mantener preso todo esto que se empeña en alzar el vuelo continuamente con él tan cerca?», me pregunto, quedándome paralizada delante de la puerta de mi casa.

—Que subas al coche —sisea con la ventanilla bajada y la mirada puesta al frente, arrancando el motor.

Y, aunque sé que debería pedir otro taxi, no quiero volver a sentirme como me he sentido antes mientras bajaba la escalera..., no quiero tener que preguntarme qué hubiera sucedido ni qué nos hubiésemos dicho si hubiera subido a su todoterreno, así que vuelvo a sentarme en este asiento que tantas veces ocupé, vuelvo a inspirar su fragancia a jabón y a colonia, vuelvo a tener su cuerpo demasiado cerca del mío y vuelvo a oír esa canción que empezamos a escribir juntos y que, ahora, mientras se aleja de mi casa, está llena de silencios que llenan el pentagrama indicando que en esa parte no hay música, pero que, en cambio, hay recuerdos, los recuerdos de las letras que sonaron y de la música que vibró..., los recuerdos de lo que fue y lo que ya no es, ahora que el silencio llena el pentagrama de nuestras vidas.

—No he sido yo quien ha cambiado su discurso, Valentina —me recrimina con acritud, cogiendo el camino que nos alejará del pueblo.

—No te estoy echando nada en cara, Víctor —le contesto, mirando por la ventana y despidiéndome mentalmente de estas cepas que estaban desnudas cuando vine en Navidad y que ahora, meses más tarde, se han vestido de otoño sin que yo las haya visto vestidas de verano.

—Pero yo, a ti, sí —replica con firmeza, consiguiendo que me vuelva para mirarlo.

—¿Qué quieres decir? —le pregunto, frunciendo el ceño.

—¿De verdad tengo que explicártelo? Creo que lo sabes de sobra.

—No fui yo quien no contestó a tus llamadas ni a tus mensajes durante meses —lo reprendo con dureza.

—En ningún momento te dije que iba a hacerlo; creo que fui suficientemente claro contigo estas Navidades, y si no lo hice no fue pensando en mí, sino en ti, como he hecho siempre —manifiesta con seriedad, aferrando el volante con fuerza y apretando la mandíbula.

—Pues ya lo tienes, ya tienes lo que querías —le respondo con sequedad—. ¿Qué esperabas, Víctor? —lo interpelo, sintiendo cómo la frustración llega para sentarse a nuestro lado—. ¿Que fuera a tu casa y que terminásemos acostándonos? Tú no quieres estar conmigo, no quieres que mantengamos una relación a distancia, no quieres contestar a mis mensajes ni que hablemos... y te cabreas cuando te hago caso.

—Te equivocas, me cabreo cuando no te reconozco y cuando no te encuentro por ningún sitio a pesar de tenerte a mi lado. ¡Hostia! Te has creído esa puta mierda de la reina del hielo y tú no eres eso, ¡no lo eres, joder!, y actúas como si lo fueras —me riñe, alzando la voz—. Y por supuesto que no esperaba acostarme contigo ni que vinieras a mi casa, pero sí esperaba encontrarte cuando te viera, y no lo he hecho... Solo espero que no te pierdas tanto que llegue el día en que ni tú misma te reconozcas.

—Eres un cínico, Víctor —suelto con desprecio—. Tú me apartaste de tu lado, no le des la vuelta ahora.

—¿Un cínico? Venga ya, no me jodas —me rebate, bullendo de rabia—. ¿Qué mierda de favor te hubiera hecho si te hubiese devuelto las llamadas? Joder, llevas meses sin saber lo que quieres en realidad, un día apostando por eso y otro llena de dudas, ¿crees que lo mejor para ti hubiera sido que te contestara?, ¿que te dijera que yo también te echaba de menos cuando tú lo hacías? Te equivocas de tío, Valentina, si esperas que haga eso, porque, si alguna vez regresas a casa, esa vuelta no será incentivada por mis palabras, sino por tus deseos, y hazte un favor y aclárate de una vez, llevas un año allí y tienes tantas dudas como el primer día —me pide con voz acerada mientras me imagino siendo un árbol, sin saber si Nueva York son mis raíces o mis ramas, pero con la certeza de que mi cabeza y mi corazón se encuentran cada uno en el extremo de una cuerda y que ambos tiran de ella con la misma fuerza mientras que yo me mantengo en el centro.

—Qué sabrás tú de mi vida y de mis dudas —le respondo finalmente, dirigiendo la mirada hacia la ventana, hacia este paisaje que forma parte de mí y en el que mi alma y mi corazón encuentran la calma.

—¿Quieres que te diga lo que sé? —inquiere, y me vuelvo hacia él—. Sé que las cosas importantes a menudo no son las fáciles; sé que una historia de amor puede ser sencilla, pero también puede ser complicada, y que una no es más valida que otra; sé que las lágrimas a veces son necesarias para darles más valor a los momentos en los que no están presentes, y sé que, aunque me joda y aunque tú todavía no te hayas enterado, tu vida no está aquí, al menos no ahora.

—Sí, eso lo has tenido muy claro desde el primer momento —le espeto con desdén.

—¿Y te molesta?

—Sí, me molesta, me molesta mucho. ¿Sabes?, tengo una vida increíble en Nueva York; estoy viviendo el que era mi sueño, conociendo a gente que nunca imaginé conocer y desfilando para los más grandes; me pagan millonadas incluso por ir a una fiesta... y todo eso es gracias a ti, a esa decisión que tomaste sin que yo te lo pidiera, y sé que posiblemente debería darte las gracias por haberlo hecho, por irte y por facilitar que yo me fuera y viviera todo esto. De hecho, creo que estas Navidades lo hice, pero hay una parte de mí que no puede agradecértelo, porque mi sueño también eras tú, también era esto, lo que conocía y quería.

Si tú hubieras apostado por nosotros, aceptando mis deseos, lo otro, Nueva York, hubiera sido como ese sueño inalcanzable en el que se ha convertido lo que tuvimos. Claro que tengo dudas, porque, cuando has tocado el cielo, es difícil caminar por la tierra, aunque sean las aceras de Nueva York, pero tienes razón, no puedo vivir así; de hecho, estoy cansada de vivir así —le digo, sintiendo que el mundo se detiene durante unos segundos para escuchar lo que tengo que decir—. Se acabó, Víctor; quiero terminar con esto y que salgas de mi vida para poder vivirla sin que las dudas me persigan, sin tener que preguntarme continuamente qué extremo de la cuerda tirará con más fuerza y sin tener que desear lo que no va a llegar —prosigo, con la mirada fija en su perfil, que se mantiene completamente inexpresivo—. No solo vamos a destiempo, es que además volamos en direcciones contrarias con el viento en contra. Mi vida no está aquí y ni siquiera sé si volverá a estarlo algún día, así que mejor sigue con la tuya sin tener que hacerme flacos favores. Estoy segura de que me aclararé en el momento en que no tenga nada que me ate aquí —concluyo con dureza, cargando el ambiente, con mis palabras, de una tensión que nos ahoga a ambos.

—Y yo creyendo que no me guardabas rencor y estás llena de él —me contesta finalmente, recordando lo que le dije estas Navidades—. Hay cuerdas que, aunque lo desees, no pueden romperse y siempre tirarán de ti, lo quieras tú o no. Tu vida también está aquí, y no por mí, sino por quien eres, pero, por la parte que me toca, puedes estar tranquila, porque se terminó para mí también, pero no te equivoques: no se ha terminado ahora, se terminó cuando tú te montaste una verdad en tu cabeza que tuvo más peso que la que era en realidad.

—Venga ya —mascullo recordando las palabras de mi hermana, sintiendo cómo el frío recorre mis venas, helando la sangre que, hasta ahora caliente, corría por ellas.

—Sí, venga ya... y, el día que abras los ojos y veas cómo son las cosas en realidad, entenderás cuán equivocada estás ahora —me indica con sequedad, estacionando en el parking del aeropuerto.

—Ese discurso puedes aplicártelo a ti también, gracias por traerme —replico, saliendo de su coche con el dolor anclado en el centro de mi pecho.

Saco mi pequeña maleta del maletero mientras él no baja del todoterreno y, sin volverme y sin decirle nada más, me encamino hacia el interior del aeropuerto, sintiendo que me dirijo hacia mi nueva vida, donde las dudas ya no van a tener más cabida y donde los miles de emociones que habitan en mi pecho y que habían despertado agitadas por la esperanza vuelven a dormir, mecidas por el frío, sin saber si volverán a despertar algún día.

* * *

En Nueva York me dejo arrastrar por su latido que gira en torno a mi trabajo como gira la Tierra en torno al Sol, y, mientras asisto a los *fittings* y a los ensayos previos al desfile, voy intercalando trabajos e incluso cogiendo algún que otro vuelo, pues no concibo la idea de perder el tiempo ni de tomarme un descanso, para regocijo de Cat, que ve en mí a una auténtica máquina de facturar miles y miles de dólares.

—Quedan dos días para el desfile, te quiero disponible —me exige mientras poso la mirada en el panel de llegadas, comprobando que el vuelo procedente de Madrid acaba de aterrizar y armándome de paciencia, pues, por mucho que me diga, no voy a cambiar de opinión. Hoy llegan mi hermana y José para pasar parte de su luna de miel aquí, y voy a estar con ellos, aunque Cat se tire de los pelos, porque lo necesito, necesito estar con mi familia y, sobre todo, compensar a Alana de mis muchas ausencias.

—Y voy a estarlo, pero solo para los de Victoria's Secret. Recuérdalo, esta semana es para mí; viene mi familia a verme y quiero estar con ellos todo lo que pueda —le espeto con esa frialdad que ahora forma parte de mí.

—Ya lo sé, pero para los de Victoria's Secret te quiero disponible, no importa la hora que sea —me advierte.

—Ni que fuera nueva. Ya lo sé, Cat, puedes estar tranquila. Además, no tengo intención de moverme de la ciudad.

—Vamos hablando —me dice antes de colgar, y respiro profundamente, dispuesta a disfrutar todo lo que pueda de mi hermana y mi cuñado.

—¡Valentina! —oigo su voz alegre, y la busco entre el gentío que abarrota el aeropuerto, sonriendo abiertamente cuando la veo casi correr hacia mí, y lo hago yo también hacia ella, sorteando a las personas que llegan o esperan, para terminar fundiéndonos en un abrazo que me reconforta y que me hace sentir como en casa, a pesar de estar tan lejos de ella—. ¡Pero si es la reina de las nieves en persona! —se cachondea, llenándome de besos.

—Eres idiota —le suelto sin poder dejar de sonreír—. ¿¡Cómo estás, cuñado!? —le pregunto, yendo hacia él para darle otro abrazo—. Tienes que contarme la fantástica experiencia de dejar de ser *ese chico*, al que papá miraba mal, para convertirte en *¡¡el yerno!!* —le pido, bromeando.

—Calla, que ahora quiere que le demos nietos. No salimos de una y ya nos estamos metiendo en otra —interviene mi hermana—. Dentro de poco ya lo veo preguntándonos si es que no valemos —prosigue, haciéndome reír, mientras José la mira con todo el amor reflejado en sus ojos.

—Sabes que, por mí, no hay problema, y que los tendría ya si quisieras —le dice, sonriendo.

—Ni se te ocurra. Practicar, practicamos lo que quieras, pero con protección... Con el trabajo que tengo yo ahora, como para ponerme a criar —replica, estremeciéndose solo de pensarlo.

—Pues a mí me gustaría tener sobrinos para poder malcriarlos mucho —intervengo, echando más leña al fuego.

—¡Pues tenlos tú! ¡A mí no me miréis! —exclama entre risas mientras nos dirigimos hacia la salida—. ¡Qué ganas tenía de verte, hermanita! —me dice, cogiéndome del brazo mientras José lleva las maletas en el carrito.

—Y yo, y os prometo que voy a compensaros todo lo que pueda por no haber estado hasta el final el día de vuestra boda.

Tal y como les he prometido, hago lo posible e imposible por compensarlos y, a dos días del desfile, cuando más nerviosa se supone que debería estar, es cuando sorprendentemente más tranquila estoy. Con mi hermana y con José piso por primera vez las calles de mi ciudad permitiéndome admirarla con calma, sin prisas, sin ir corriendo de un lado para otro, y con ellos la descubro de verdad, oyendo un latido completamente distinto al que me llega a diario y que lleva consigo nuevas sensaciones y nuevas emociones, pues, cuando te permites detenerte, todo se ve de manera distinta, al igual que, cuando te permites escuchar, todo suena con otra melodía... y yo lo hago, me detengo y escucho y me convierto en esa turista que nunca me he permitido ser, demasiado ocupada como estaba en no perder el tiempo cuando, en cambio, ahora, no deseo otra cosa que hacerlo, reconozco mientras subimos al Empire State, paseamos por Chinatown, por Central Park, por Times Square... y hacemos planes para ver musicales y obras de teatro, y aunque es verdad que no me como ni un perrito caliente, sí que me prometo que, en cuanto pase el desfile, voy a comerme uno o dos... quién sabe.

—Están buenísimos —comenta Alana, llevándose uno con todos los extras a la boca.

—Lo imagino —le respondo, sonriendo y salivando con tan solo imaginarlo.

—Cuñada, no seas exagerada. Con lo delgada que estás, si te comieras uno, no se te notaría —me tienta José, antes de darle un buen mordisco al suyo.

—Estoy a base de líquidos, así que callaos, ya me estáis dando suficientemente envidia —les digo, consultando el móvil—. Tengo que marcharme, me reclaman los del desfile y ya no sé si me soltarán —les anuncio con fastidio, leyendo el mensaje de Cat. ¡Maldita sea!—. Si mañana no nos vemos, tenéis todas las indicaciones en el sobre que os he dejado junto con las entradas.

—No puedo creer que vayas a formar parte de ese desfile y que nosotros vayamos a estar en primera fila; eso, para mí, es como asistir a la gala de los Oscar —declara mi hermana, completamente entusiasmada.

—Pues créetelo. ¡Ay, qué rabia me da tener que irme! —protesto, dándole un abrazo.

—Tranquila, no pasa nada. Además, hemos estado casi todo el día juntas y eso ya es más de lo que imaginaba. Venga, vete... Te veo en la pasarela, reina de las nieves.

—Os veo en el *front row* —me despido, sonriendo, antes de alejarme de ellos y sumergirme en la locura previa a un desfile, y más si ese desfile genera la máxima expectación.

Capítulo 17

—Recuerda, no puedes sonreír. Este desfile gira en torno a ti y al hielo, y queremos el dramatismo de «La tristeza» y de «El reflejo», así que nada de sonrisitas, de lanzar besos a las cámaras o de hacer cualquier gesto. Camina con firmeza, rompiendo el hielo, y, cuando llegues al final de la pasarela, míralos con esa frialdad con la que acostumbras a mirar, dales lo que esperan ver —me explica una de las organizadoras.

«No quiere que sonría, pero... ¿cuándo lo he hecho? —me pregunto mirándola con esa frialdad, que es justo la que reclama—. No quiere que lance besos ni haga posturitas, pero... ¿cuándo he hecho yo algo así?», me pregunto de nuevo... Tengo tan claro qué es lo que esperan ver que ni esforzándome podría sonreír sobre una pasarela. Y mientras ella continúa repitiéndome lo que no han dejado de repetirme hasta la saciedad durante estos días, recuerdo esas palabras que me dijo el día que yo permití que un extremo de la cuerda venciera al otro..., el día que permití que el árbol se partiera en dos, separando las raíces de sus ramas...

«Te has creído esa puta mierda de la reina del hielo y tú no eres eso, ¡no lo eres, joder!, y actúas como si lo fueras.»

«¿De verdad no lo soy?», reflexiono, buscando en mi pecho esas emociones que latían con su nombre y que ahora soy incapaz de sentir, como si ya no estuvieran, como si el frío glacial las hubiera congelado tanto que hubiesen terminado muriendo con la ayuda del olvido y de la indiferencia.

—¿Me estás escuchando? —inquiere la organizadora, consiguiendo que reaccione y, durante un segundo, detengo la mirada en mis compañeras, que parece que se hayan vuelto medio locas, soltando gritos con los que liberan su adrenalina cuando las cámaras que pululan por aquí las enfocan, mientras que yo me mantengo fría a todo esto, como si no fuera conmigo, cuando esto era lo que más deseaba cuando llegué a esta ciudad, cuando esto era mi sueño inalcanzable cuando pesaba «mis cinco kilos de más» y cuando vivía en ese piso de modelos que ahora ya ni recuerdo.

—¿Alguna vez me has visto hacer algo de eso? —le espeto con esa frialdad que me sale de forma innata cuando estoy trabajando—. Sé lo que la gente espera ver y no va a encontrar otra cosa —sentencio mientras la estilista me ajusta las alas.

Y, como en la fotografía de Nick, me vuelvo hacia el espejo que tengo tras de mí para estudiar mi reflejo... Las enormes alas, aparentemente congeladas y que brillarán con la luz de la pasarela, tal y como brillaron esas emociones que ahora están tan congeladas que ni siquiera soy capaz de sentirlas; mi sujetador joya, que resplandecerá con los focos, como mi vida vista por los ojos ajenos, y mi maquillaje, que es tan dramático como, a veces, han sido los acontecimientos que han guiado mis pasos.

—¿Ya está lista? —apremia otra de las organizadoras a la estilista encargada de vestirme, y me pregunto en qué momento me lo he creído y he permitido que muera la emoción, ese sentimiento que siempre debería latir en mi interior, porque es el encargado de batir las alas de la vida.

Joder, Tom Pecheux, uno de los grandes del mundo de la belleza y uno de los profesionales más creativos de este mundillo, ha venido expresamente desde Los Ángeles para maquillarme y, además, este desfile gira en torno a mí... y en lugar de estar enloqueciendo por la emoción, como mis compañeras, lo estoy viviendo con esa frialdad con la que estoy empezando a vivirlo todo y, de nuevo, oigo sus palabras rebotando en las paredes de mi alma, como lo haría el eco en la montaña, y, mientras mi estilista y las organizadoras hablan entre sí, me pregunto en qué momento he pasado de fingir que era la reina del hielo a comenzar a serlo.

—Ven conmigo —me indica una de las organizadoras, sacándome de mis pensamientos.

La sigo en silencio, observando todo lo que acontece a mi alrededor; veo a algunas de mis compañeras tomarse fotos juntas, bromear entre ellas e incluso dar saltitos por la emoción, mientras que otras, en silencio, se colocan frente a la enorme pantalla que muestra lo que, desde aquí dentro, no podemos ver y en la que pronto estaré yo, y, mientras las cámaras me graban y Kesha, al principio de la pasarela, comienza a cantar *This is me*, me percato de que ninguna de mis compañeras se ha acercado a mí en ningún momento ni tampoco lo he esperado..., pero ¿cómo van a hacerlo si he construido un muro de hielo tan alto a mi alrededor que ni el fuego sería capaz de fundirlo?

—Ahora —me ordena la organizadora, en el momento justo de la canción que han seleccionado para que haga mi aparición, mientras las cámaras continúan grabándome.

Salgo a la pasarela pasando junto a Kesha para, sin molestarme en mirarla ni hacerle ningún gesto de complicidad, algo que sí que harán mis compañeras, abrir este desfile que me transporta, con la decoración, a un reino congelado, el mío aparentemente, pues incluso han convertido la pasarela en un camino gélido que se agrieta con cada uno de mis pasos..., unos que, a la par que agrietan, también van iluminando con una luz azulada y rosada, que me recuerda a la aurora boreal, las paredes de este recinto, permitiendo ver los muchos espejos que las cubren y que muestran mi reflejo congelado por todas partes, dándole más dramatismo a ese halo que me envuelve desde que Nick «me descubrió» al mundo con «La tristeza» y más tarde con «El reflejo», ese que en este momento veo multiplicado por todas partes, pero que, a diferencia de la fotografía de Nick, solo muestra a la mujer cubierta con capas y capas de frío.

Camino con decisión y con seriedad, mirando con altivez, a pesar de verme solo a mí reflejada por todas partes, mientras busco en mi interior esta emoción que debería estar ahí, aleteando con fuerza en mi pecho, o intento sentir, al menos, el batir de las alas de esas mariposas de colores discretos y sin llegar a encontrar ni siquiera el jardín. Darme cuenta de ese hecho contrae mi pecho, pues solo han pasado doce días desde que decidí cortar la cuerda.

Llego al final de la pasarela, donde los *flashes* de las cámaras parecen enloquecer y, durante unos instantes, poso la mirada en uno de mis reflejos, evadiéndome de todo esto para detenerme y verme en realidad, mostrándome tal y como me mostré a Nick, sacudiéndome las capas de hielo e indiferencia con las que me cubro más veces de las que debería.

«Esta soy yo —pienso, escuchando por encima de la música, que está diciendo justo lo mismo, el latido acompasado de mi corazón—. Esta soy yo, esta es la mujer en la que me he convertido, una que está llena de contrastes, que fue "La tristeza", pero que también fue "La alegría", a pesar de que nadie lo recuerde, posiblemente porque no fue tan de verdad ni tan auténtica, o porque lo malo vende más que lo bueno, o, quizá, porque, cuando la lava se enfrenta a un bloque enorme de hielo, este es capaz de solidificarla antes de llegar a convertirse en vapor de agua. Esta soy yo, ese bloque de hielo que ha solidificado sus emociones y ha congelado la sangre que corría por sus venas. Esta soy yo, la mujer que no encuentra el camino para llegar al jardín donde habitan las mariposas de colores discretos y que ni se plantea encontrar las de colores brillantes...», y, como dice la canción, esta soy yo, una que vive, que desfila y que anda al ritmo que marcan sus pasos, unos que ha empezado a no cuestionarse.

—¡Apoteósica! ¡Has estado apoteósica, brillante, espectacular! ¡Los has enamorado a todos con esa frialdad llena de algo que te pellizcaba por dentro! —me dice Cat cuando finaliza el desfile, mientras la estilista me quita las alas—. Cuando has abierto el desfile y te has detenido al final de la pasarela, te has comido al mundo entero... Esa forma de mirar llena de tantas cosas... ¿Qué estabas pensando? ¡No sabía si ibas a ponerte a llorar o a mandarnos a todos a la mierda! ¡Ha sido tan trágico y bonito a la vez! ¡Como tú! ¡Tú eres trágica, eres dulce, eres fría, eres como ese niño que deseas abrazar, pero al que no puedes llegar!

—¿Puedo quedármelas? —le pregunto a Cat, pasando del discurso que está soltándome.

—¿Cómo? —me responde, sin entender nada.

—Las alas, las primeras que he llevado puestas, las que estaban congeladas —le aclaro mientras el *backstage* enloquece con esa emoción que aparece siempre cuando finaliza un desfile.

—Pues no lo sé, pero supongo que no habrá problema. ¿Te das cuenta?, estás creando un mito y ni siquiera eres consciente de ello... Tengo el móvil a rebosar de mensajes, y todos tienen que ver contigo —prosigue, entusiasmada, viendo dólares por todas partes, mientras que yo solo pienso en irme cuanto antes para poder estar con mi hermana, con José, con Nick y con Bella para poder sonreír de una vez y saber qué piensan, si les ha gustado, si lo han disfrutado... necesitando rodearme de verdad y de autenticidad, esa que viene de la mano de las personas que me conocen y que no esperan ver o hablar con la reina del hielo, o de las nieves, como dice mi hermana, sino que solo esperan encontrarse con Valentina.

—Quiero esas alas; consíguemelas, Cat —le pido, empezando a vestirme.

—¿Dónde vas con esos vaqueros? ¿No pretenderás ir vestida así a la fiesta? —inquiere mientras observo su vestido de lentejuelas... Dios, parece un árbol de Navidad.

—No voy a ir —sentencio con un tono que no acepta réplica.

—¿Cómo que no vas a ir? Tu asistencia está confirmada, no puedes no ir, ¡no es posible! ¡Todos están deseando verte!

—Creo que ya me han visto suficiente —le indico, yendo hacia una de las mesas de maquillaje, deseando librarme de él y dejar mi rostro completamente limpio—. Quítamelo todo —le pido a una de las maquilladoras, que me mira a mí y luego a Cat, sin saber qué hacer—. Ahora, quítamelo.

—Claro, quítaselo, pero para maquillarla de nuevo —interviene Cat, siendo todo lo tozuda que puede llegar a ser.

—No voy a ir, Cat, quítatelo de la cabeza y ahórranos la discusión.

—A ver, te han pagado una millonada, han montado todo este tinglado por ti y les debes ir, les debes que te vean... Son tus clientes, no puedes darles plantón —me advierte en un susurro cerca de la oreja, y me vuelvo hacia ella con toda la frialdad que hay dentro de mí.

—A ver si te enteras, Cat: si han montado todo este tinglado no ha sido por mí, sino por ellos, porque les beneficiaba darle protagonismo a todo lo que represento. Yo no les debo nada, no te equivoques; de hecho, les he dado mucho más de lo que han pagado y de lo que esperaban ver, y, si no les gusta, pueden rescindir mi contrato cuando quieran, pero no voy a ir a esa fiesta, hoy no, así que invéntate lo que quieras —le digo, decidida a ser más tozuda que ella.

—Déjanos a solas, por favor —le pide a la maquilladora, acercándose de nuevo a mí para no hacer partícipe a nadie de nuestra conversación—. Tú quieres que me dé un infarto, ¿verdad? Quieres que muera de ansiedad y no sabes cómo. Por el amor de Dios, ¡no seas caprichosa! Ve, media hora, solo media hora, sonríe, posa para las cámaras, contesta unas cuantas preguntas y te vas. No tienes por qué quedarte a la cena... Solo te pido eso, media hora; hazlo por mí, por favor, y mira que nunca te pido nada por favor, pero esta vez sí, Valentina, que este contrato lleva muchos ceros detrás como para romperlo. Tú querías esto, querías ser un ángel... y has sido más que eso, has sido la reina de los ángeles; de hecho, no quería decírtelo hoy, pero quieren que firmes para cinco años. Por el amor de Dios, por lo que más quieras, ve al *photocall* aunque sea, por favor... —me suplica con fervor... Maldita Cat.

—Está bien —mascullo con fastidio—, pero solo media hora. Avisa a los responsables del evento para decirles que iré, que posaré en el *photocall*, contestaré unas cuantas preguntas y luego me largaré; solo eso, no esperes más.

—Vale, suficiente, con eso tengo bastante —acepta, respirando con alivio—. Y cámbiate... Te he traído un Elie Saab que es divino. Maquíllala y péinala con un recogido bajo —le dice, satisfecha, a la chica, quien, obediente, esperaba órdenes ligeramente alejada de nosotras.

Y, aunque me molesta muchísimo haber cedido ante la petición de Cat, tengo que reconocer que, en el fondo, tiene razón, pues yo deseaba esto, yo quería ser un ángel y hubiese muerto de emoción si me hubieran contado lo que iba a vivir cuando llegué aquí y, de nuevo, sus palabras..., esas en las que me pedía que no me creyera toda esta mierda de la reina del hielo y que no dejan de rebotar en mi alma.

* * *

Llego al *photocall* y, mientras uno de los responsables me acompaña, observo la cantidad desorbitada de prensa que hay congregada para cubrir el evento y, durante unos instantes, recuerdo cuando llegué a la ciudad, cuando me hacían pasarlo rapidito, cuando nadie me reconocía y cuando deseaba fervientemente quc lo hicieran... Ya lo tengo, ya me reconocen, ya desean saber de mí y, en cambio, ahora, solo deseo pasarlo rapidito y que no me pregunten demasiado; es más, no deseaba ni estar aquí.

—¿Qué se siente cuando todo el mundo habla de usted? —me plantea uno de los periodistas en el momento en que, tras posar para ellos de todas las maneras posibles, empieza la ronda de preguntas.

—El mundo tiene demasiadas preocupaciones como para estar hablando de mí —le respondo con esa mezcla de frialdad y elegancia que van de forma innata conmigo.

—¿Ha dejado la tristeza a un lado o todavía sigue sintiéndose así?

—¿Cuándo he dicho que me sintiera así en realidad? —le rebato.

—¿Por qué se mantiene alejada de la gente? ¿Es por timidez o quizá para protegerse?

—Ni lo uno ni lo otro.

—¿Es cierto que Victoria's Secret le ha ofrecido un contrato de cinco años? —suelta otro, y lo miro con indiferencia, a pesar de estar sorprendida. ¿Cómo lo saben si yo acabo de enterarme?

—No hablo de esas cosas.

—Está aquí, pero en el fondo no está; realmente solo la veo cuando posa frente a la cámara o, como hoy, durante el desfile. ¿Le resulta más fácil mostrarse como es cuando trabaja? —inquiere otro periodista, sorprendiéndome de nuevo.

—Es su percepción, pero no tiene por qué ser la realidad.

—¿Se da cuenta de que no está contestando a ninguna cuestión? —me lanza una chica, y tengo que hacer un esfuerzo para no sonreír... ¡Chica lista!

—¿No estoy haciéndolo? Pensaba que sí —replico, frunciendo levemente el ceño.

—¿Por qué no va a quedarse a la cena y a la fiesta posterior?

—Por temas personales.

—¿Qué se siente siendo usted?

—Es un secreto.

—Nick Klain fue su descubridor y vive con él. ¿Es cierto que ahora también son pareja?

«¿En serio?», alucino, sin dar crédito.

—Nick es parte de mi familia —contesto, enlazando mi mirada con la de Cat y advirtiéndole con ella que estoy llegando al límite de mi paciencia.

—¿A quién descubriría si la desprendiera de esas capas de elegancia y frialdad con las que se cubre?

—Se terminó, chicos. La señorita Domínguez tiene un compromiso personal al que ya llega tarde —intercede Cat, y menos mal que lo hace.

—Tienes el coche esperando en la puerta; él te escoltará —me indica mientras nos alejamos de la prensa y dirijo la mirada hacia el hombre, tamaño armario, que ha empezado a seguirnos—. Gracias por hacer esto por mí —me agradece en un susurro.

—No te comprometas a nada con los de Victoria's Secret hasta que hablemos —le digo cerca de su oreja, intentando vocalizar lo mínimo para que nadie pueda leer mis labios.

—¿Cómoooooo? Vamos al coche —me exige con impaciencia, casi arrastrándome, mientras el escolta mantiene a raya a la prensa, que ha empezado a seguirnos.

—No arranque —le ordena con sequedad al conductor cuando accede al vehículo, alzando el cristal que nos separará de él—. ¿Qué estupidez es esa? —me espeta con sequedad.

—Cat, no voy a firmar para cinco años —afirmo con seguridad, recordando a Bella y su decisión.

—Sabes que eso se lo ofrecen a muy pocas modelos, ¿verdad?

—Cat, no sé dónde voy a estar dentro de cinco años y no voy a permitir que un contrato me ate a nada que no desee vivir en ese momento.

—Un contrato de cinco años es lo que desea todo el mundo, ¿qué mierdas te pasa hoy?

—Que no quiero volver a sentir que estoy en el centro de la cuerda y quiero ser yo quien tire del extremo que desea —le aclaro mientras ella me mira como si se me hubiera ido la pinza—. Oye, no te estoy diciendo que no vaya a desfilar más para ellos, claro que quiero hacerlo, pero quiero decidirlo cada año.

—Ahora es cuando más dinero vales —me rebate con acritud.

—Solo piensas en la pasta, Cat —le recrimino, sosteniéndole la mirada.

—Y tú, ¿no? —me pregunta mientras pienso con rapidez la mejor manera de hacerla entrar en razón, pues estoy deseando terminar con esto y largarme en busca de mi hermana y José para cenar con mis amigos.

—Oye, ¿no se te ha ocurrido que a lo mejor luego valgo mucho más?

—¿Más que ahora?

—Parece mentira que seas mi agente... La inseguridad de no tenerme me da el poder a mí, poder para negociar nuevas tarifas que, si firmo, no voy a poder convenir. Piénsalo y no seas obtusa —le digo mientras ella guarda silencio y yo empiezo a respirar... Vale, está funcionando.

—Está bien, tienes razón, lo admito. Es una buena estrategia, pero nos arriesgamos a perder dinero si tu carrera empieza a decaer.

—Cat, eso no va a suceder —sentencio con seguridad.

—Eso espero —musita reflexiva, viendo sus amados miles de dólares duplicarse o empezar a menguar.

—Cat, créeme, no voy a dejar que eso suceda —insisto, deseando acabar cuanto antes con este tema—. ¿Puedo irme ya?

—Sí, claro; vete y pásalo bien —acepta, haciendo a un lado sus pensamientos repletos de dinero para salir del vehículo y dejarme sola de una vez, momento que aprovecho para llamar a mi hermana.

—Hermanita, dime dónde estáis, que paso a buscaros —le pido, sonriendo al fin, y bajando el cristal del coche—. Arranque, por favor —le requiero al conductor.

Y con mi familia, tanto la que es mía como la que he elegido, celebro en casa el éxito del desfile, y lo celebro con vaqueros y con una sudadera, alejada de las cámaras, de los focos y de las preguntas indiscretas, alejada de la falsedad que envuelve este mundo y abrazando la autenticidad que solo encuentro cuando estoy con los míos. Con mi hermana, con José, con Nick y con Bella sonrío al fin, mostrándome como soy en realidad, pues con ellos soy simplemente Valentina, esa niña que se escondía en los viñedos cuando no quería que la encontraran y que ahora se esconde bajo capas de indiferencia cuando no quiere mostrarse; esa joven que era capaz de volar a lomos de Trueno por las tierras que la vieron crecer y que ahora vuela por el mundo en clase *business*; esa mujer que sabe que, bajo el denso hielo, hay unas emociones que siempre latirán, a pesar de que ahora no pueda oír su latido.

—¿En serio te han preguntado si somos pareja? —suelta Nick, y empieza a descojonarse.

—Entre otras cosas... Joder, son muy indiscretos —le respondo, negando con la cabeza.

—Porque tú eres todo un misterio; la gente se pregunta continuamente qué hay de verdad en torno a ti —me indica Bella antes de llevarse la copa a los labios.

—Mi hermana, ¿un misterio? ¡Dios mío, lo que hay que oír! ¡Verás cuando se lo cuente a Casi! —me dice, carcajeándose con ganas.

—Eso es porque la ves como tu hermana y no como Valentina Domínguez, la imagen de «La tristeza» y «El reflejo». ¿Te das cuenta de lo que has creado, Nick?

—Créeme, te aseguro que lo ha creado ella sola —me garantiza, mirándome con orgullo.

—¡Suficiente! Necesito que dejemos de hablar de mí, aunque sea solo por un rato, porque, no es por nada, pero, como sigáis así, al final me lo creeré y acabaré volviéndome una diva endiosada que necesitará que le decoren la habitación del hotel en el que se alojará cada vez que viaja por motivos laborales —intervengo, bromeando.

—Estás empezando a ser una diva endiosada —me rebate Nick, y le lanzo mi servilleta a la cara.

—¡Qué idiota! —le espeto, haciéndome la ofendida.

—¿Idiota? Espera a ver las noticias de mañana —prosigue, guiñándome un ojo.

—Paso de ti y de las noticias de mañana —farfullo, volviéndome hacia Bella—. ¿No has echado de menos formar parte del desfile? Llevas años interviniendo en ese *show*, ¿en serio no te ha dado pena? —indago mientras Nick y José comienzan a charlar entre ellos y mi hermana no da abasto entre ambas conversaciones.

—Supongo que un poco sí, pero es normal cuando haces a un lado una parte importante de tu vida que te ha hecho muy feliz; sin embargo, luego veo a Patrick y la vida que podría tener junto a él en Londres y eso tira más de mí que esto. De hecho, a veces me pregunto por qué sigo aquí si esto ya no me llena tanto como antes y, entonces, siento ganas de romper con todo para vivir esa vida que es la que deseo en realidad —me confiesa mientras Alana me dedica una más que significativa mirada en la que prefiero no pensar, ocupada como estoy recordando cosas que no debería recordar.

Paso el resto de la semana con ella y con José, aparcando el trabajo, exprimiendo cada segundo y atreviéndome incluso a comerme un perrito caliente de uno de esos puestos callejeros, permitiéndome «perder el tiempo» para disfrutar con ellos de estos días que son como un regalo que no sé cuándo volveré a desenvolver.

—Qué semana más perfecta. Me da mucha pena tener que irme, y eso que nos vamos a México lindo y querido —me confiesa Alana, dándole la entonación, mientras estamos sentadas en la parte superior del *ferry* que nos llevará a la isla de Ellis, donde se encuentra la famosa estatua de la Libertad—. Oye, quería hablar contigo —añade, tanteándome.

—¿Por eso José no ha querido sentarse con nosotras? ¿Porque vas a soltarme un discursito? —le pregunto, arrebujándome en la chaqueta.

—Los discursitos son muy de nuestra familia —me dice, sonriendo—, lo llevamos en la sangre y es inevitable que nos los soltemos de vez en cuando.

—Vaya tela... Venga, dime, ¿qué está pasando por esa cabecita tuya?

—El otro día, cuando te vi en el desfile y más tarde en la entrevista que diste, fue como si no te viera, como si, en lugar de ver a mi hermana, estuviera viendo a otra mujer a la que no conozco, y eso me preocupa —me explica, prudente, mientras poso la mirada en los rascacielos que vamos dejando atrás.

—¿Por qué? —inquiero, volviéndome hacia ella para encararla—. ¿Puedes decirme a quién estás viendo ahora?

—A ti, porque estás conmigo... y también te veo cuando estás con Nick, con Ada o con Bella, pero no siempre estás con ellos. Por cierto, antes de que se me olvide, luego vamos a cotillear mucho sobre Ada y Nick —me propone, haciendo un inciso.

—Sobre ellos hay poco que cotillear; están muy pillados el uno por el otro y la tensión sexual podría cortarse con un cuchillo, pero ninguno va a hacer nada al respecto, fin del cotilleo —comento, sonriendo.

—Luego, luego... Luego me cuentas, ahora vamos al tema —reconduce la conversación mientras me pregunto por qué todos tienen que soltarme charlitas, hasta mi hermana, y bufo suavemente—. A lo que iba: tu vida está por todas partes, hoy estás aquí y mañana a saber dónde, y no quiero que te sientas sola. No sé, me gustaría que te abrieras un poco y permitieras que la gente te conociera de verdad... Ese rollo de la reina de las nieves puede comerte. Lo sabes, ¿verdad?

Y, de nuevo, sus palabras retumbando en mi alma.

—Lo sé, pero me siento bien así, marcando las distancias. Es como si hubiera dos Valentinas con las que me manejo a la perfección: la que muestro a la gente y la que soy en realidad. No puedo comportarme con la prensa o con la gente de mi trabajo como me comporto contigo o con mis amigos, porque no me saldría, aunque quisiera.

—¿Y Víctor? ¿Qué Valentina eres cuando estás con él? —me replica, y guardo silencio durante unos minutos, cerrando los ojos, sintiendo el tenue calor de los rayos del sol acariciar mi rostro, escuchando el sonido del *ferry* entremezclarse con el griterío de los niños.

—Sobre eso quería hablarte —le digo, abriéndolos finalmente—. No quiero volver a coincidir con él —suelto mientras siento cómo una ráfaga de viento helado rasga mi rostro, hasta ahora tibio gracias a los rayos del sol.

—¿Volvemos a los orígenes? —me plantea mi hermana con hartura.

—Eso me temo —musito, observando el bajo Manhattan cada vez más lejos de nosotras—. Lo dejé el día de tu boda —le confieso, ante su mirada sorprendida—, era lo mejor —me digo, porque en realidad me lo estoy diciendo a mí, como si necesitara recordármelo—. Si lo viera, sería complicado —susurro, sintiendo cómo mi pecho se contrae.

—No me lo habías dicho y llevo una semana contigo —me recrimina con seriedad.

—Hay cosas de las que prefiero no hablar, sobre todo cuando no pueden cambiar, y esta es una de ellas. Mi vida es esto ahora y lo otro está fuera, él está fuera —me repito.

—Vaya, pues sí que lo tienes claro —me indica, callándose lo que realmente piensa... y se lo agradezco, pues no quiero escuchar lo que en el fondo pienso yo también.

—Muy claro —murmuro con el dolor estrangulándome la garganta, aceptando que ese dolor, de una forma más discreta o latente, siempre estará ahí.

Estará ahí cada vez que vaya a mi casa cuando él esté de viaje; cada vez que oiga música que escuché con él; cada vez que lo eche de menos, que serán muchas veces; cada vez que un recuerdo se cruce en mi camino; cada vez que el silencio me envuelva y rememore esa canción que empezamos a escribir juntos y que llevaba muchos de ellos; cada vez que coma fruta o me ponga una tirita; cada vez que acepte una cita con otro hombre, si es que eso llega algún día...; cada vez que esas emociones con su latido me recuerden que llevaban su nombre y no otro...; cada vez que sucedan miles de cosas..., un álbum de fotos, una sonrisa parecida a la suya, el color verde y tantas y tantas cosas que llegarán cuando menos me lo espere para recordarme eso que pudimos tener y no conseguimos retener.

Capítulo 18

Cuatro años después. Marzo de 2019, Londres

—No sé cómo puedes vivir así, con la prensa siempre detrás de ti. Joder, qué coñazo —sisea Nick, sentándose de malos modos a mi lado.

—Tampoco es para tanto —le rebato, apoyando la cabeza en el reposacabezas del taxi, mientras el taxista se incorpora a la circulación.

«Ya han pasado cuatro años desde que corté la cuerda —pienso sintiendo ese dolor llegar para sentarse a mi lado, junto a mi Hermès Birkin personalizado con mi nombre—. Ya han pasado cuatro años desde que hice mi primer desfile para Victoria's Secret —rememoro con añoranza, mirando el pequeño tatuaje que decora la parte interior de mi muñeca y que reza "alas para volar, raíces para crecer", y, como siempre, me pregunto dónde están mis raíces—, cuatro años en los que ya no queda ni rastro de esa Valentina que llegó a Nueva York siendo una cría llena de dudas —prosigo, admirando el paisaje que pasa veloz por la ventana—. Cuatro años en los que María Eugenia se ha convertido en la diseñadora de Dior y yo en su musa, y en los que he conseguido todo lo que me había propuesto o incluso un poco más, pues mi rostro es uno de los más cotizados en el mundo de la moda —pienso con orgullo, dibujando una discreta sonrisa en mis labios—. Ya han pasado dos años desde que Bella se casó y ahora se ha convertido en mamá... Cómo ha pasado el tiempo, tan rápido que ni siquiera me he dado cuenta de ello y, a la vez, he sido plenamente consciente de cada segundo, de cada minuto, de cada hora, pues ha habido una ausencia, la suya, que, como un tatuaje, ha marcado a fuego cada avance del reloj.»

Cuatro años sin verlo, sin oír el sonido de su voz, sin ver sus increíbles ojos verdes, y durante los cuales no he querido saber nada de él, aunque, en realidad, no había otra cosa que deseara más. Cuatro años en los que nadie ha logrado que vuelva a sentir lo que sentí... o lo que siento, porque, maldita sea, a pesar de mis esfuerzos, no he sido capaz de hacer a un lado ese sentimiento —reflexiono, percatándome de que mi sonrisa se ha borrado en algún momento durante mis pensamientos y, en su lugar, se ha instalado el dolor lacerante que estrangula mi garganta—. Cuatro años viviendo sin extender mis brazos, sin poder respirar profundamente sin que me duela en el centro del pecho y sin sentir la felicidad plena darles alas a mis pies. Cuatro años en los que lo he conseguido todo a nivel profesional y, en cambio, siento que no he conseguido nada en el ámbito personal.

—Qué callada estás... Joder, no puedo creerme que Bella haya tenido ya a la niña —comenta Nick, repantigándose en el asiento y devolviéndome a este momento con su voz.

—Es verdad, se ha adelantado casi un mes —musito, centrándome en los edificios de esta ciudad que se ha convertido un poco en la mía y en la de Nick, pues, desde que Bella se mudó, hemos venido mucho por aquí.

—¿Puedo saber qué te pasa y a qué viene este mutismo? ¿Es porque vamos al campo en lugar de ir a tomar el té con la realeza? —me pregunta, bromeando.

—Nunca hemos tomado el té con la realeza —respondo, sonriendo.

—Bueno, el día que se casó estuvimos rodeados por ella. ¡Coño con Patrick!, un poco más y tenemos que hacerle una reverencia —prosigue, sonriéndome y logrando que lo haga yo también—. ¿Qué pasa, cielo?

—Llevo unas semanas en las que me siento incómoda; incómoda conmigo, con mi piel. No sé cómo explicarlo... Hay algo que falla dentro de mí y no lo encuentro por mucho que lo busco —le confieso—. Es como cuando te pones unos zapatos que no son de tu talla y caminas de forma insegura y molesta, pero no te das cuenta de que es por culpa de los zapatos y continúas haciéndolo mientras te hacen llagas en la piel. ¿Alguna vez te has sentido así, como si algo fallara? —le planteo, sacando eso que lleva días corroyéndome.

—¿Sabes lo que creo?

—¿Qué crees? —le pregunto, divertida de repente, sabiendo que, como siempre, va a sorprenderme.

—Que ese día está cada vez más cerca —afirma con seriedad.

—¿Qué día? —indago, frunciendo el ceño.

—El día que me dejes solo —sentencia, haciéndome recordar esa noche en el Just Perfect, el bar *rooftop* del que no salíamos ese verano.

—Qué tontería, por supuesto que no voy a dejarte solo, ¿a qué viene eso? —le rebato, sintiendo como si me hubieran dado un puñetazo en pleno pecho.

—A que te conozco y, en el fondo, siempre has estado nadando entre dos aguas, aunque no fueras consciente de ello; por eso nunca has firmado un contrato para más de un año —me asegura, convencido.

—Pero porque no quiero sentirme atada; no me va

eso y tú deberías ser el primero en entenderlo —le explico, poniéndome a la defensiva sin saber por qué.

—¡Eso sí que no! ¡Te prohíbo que metas a Ada en esto! ¡Estamos hablando de ti!

—Te la van a quitar delante de tus narices —insisto, sintiendo cómo mi pecho se resiente cada vez que lleno mis pulmones de aire.

—Pues que lo hagan, un problema menos del que ocuparme —me rebate con sequedad.

—Eres idiota.

—Pero tengo razón en lo que digo —insiste mientras dirijo la mirada de nuevo hacia la ventana, sin ganas de discutir con él sobre ese tema que siempre ha estado ahí, latiendo dentro de mí.

—Ya hemos llegado a Bibury —nos comunica el taxista y, con su voz, me percato de que llevo un buen rato sin decir nada.

—Qué bonito, ¿verdad? —musito, admirando las casitas de campo con sus fachadas de piedra, sus tejados de cuento y el verde como color predominante..., el verde, el color de sus ojos, el color de los viñedos en verano y el color de mis recuerdos—. Su casa no debe de estar lejos —añado, obligándome a dejar de entristecerme, como hago cada vez que me asaltan los recuerdos o los anhelos.

—Visto un pueblo, vistos todos. No me jodas, Valentina, ¿qué hace Bella en un lugar así?

—Venga ya, Nick, este pueblo es precioso... En realidad, todos lo son, y, simplemente, está pasando unos días de vacaciones con su marido y su hija recién nacida, no te creas que está ordeñando vacas.

—No voy a decirte lo que acabo de pensar —me indica, sonriendo con socarronería, mientras veo cómo el taxista sale del pueblo.

—Sí, mejor déjalo estar —le contesto, imaginando por dónde irán los tiros.

—Aquí es, Bella's Cottage —nos informa el taxista, deteniendo el vehículo frente a una bonita cabaña de dos pisos con el tejado inclinado y la fachada de piedra.

—Vaaaya —musito con admiración, bajando del coche.

—No me jodas que le ha puesto su nombre a la casa. La puta madre, tengo el culo dormido.

—¿Quieres dejar de decir palabrotas y comportarte? —le pido, alejando la mirada de las flores que parecen estar por todas partes para mirarlo mal.

—Patrick ya me conoce y sabe que soy un malhablado.

—Pero ahora hay una niña de por medio y tú eres el tío Nick y tienes que dar ejemplo —insisto, evitando sonreír ante su cara.

—Hay un bebé que no se entera de nada, no una niña, y el tío Nick, de momento, puede seguir diciendo todas las palabrotas que quiera.

—¡Por fin llegáis! —La alegre voz de Bella evita que le conteste y, sonriendo feliz, acelero mis pasos para llegar hasta ella.

—¡Estás guapísima! —le dedico mientras nos fundimos en un cariñoso abrazo—. ¡Y delgada! ¿Dónde tienes el pedazo de tripa que tenías?

—Se la ha llevado mi falta de sueño; prácticamente no duermo nada, porque Kristi me pide pecho cada tres horas y estoy que me duermo de pie —nos confiesa mientras Nick chasquea la lengua, dedicándome una más que significativa mirada.

—Bonita casa... y ya no hace falta que pregunte dónde están las vacas —me dice, guiñándome un ojo.

—¿De qué vacas hablas? —le plantea Bella sin entender nada mientras me freno para no darle un tortazo.

—De nada, no le hagas caso —le contesto a la vez que cruzamos la verja de madera blanca para dirigirnos al interior de la cabaña.

¡Y vaya cabaña! Vamos, que la llamo *cabaña* por llamarla de alguna manera, porque parece salida de un cuento.

—Venga, pasad, que hace frío —nos pide mientras, y ahora sí, somos nosotros los que entramos dentro del cuento.

La chimenea encendida, la cuna con dosel cerca de ella, con el perro dormitando en el suelo, como si estuviera velando el sueño de la niña..., los sofás blancos, las mantitas de cuadros a ambos lados para cubrirte en caso de tener frío, una cesta de mimbre con troncos para nutrir el fuego y las flores recién cortadas, posiblemente provenientes del jardín, llenando de color esta estancia que ya de por sí no lo necesita.

—Yo quiero quedarme a vivir aquí —exclamo, recordando cómo Pilar me dijo lo mismo cuando vino a la bodega.

—Para hacer eso, tienes que parar —me replica con cariño Bella, yendo hacia la cuna seguida por Nick y por mí, que estamos deseando ver a Kristi.

—¡Ohhhhhhhhh! ¡Qué pequeñita es y qué bonita! ¡Se parece a ti! —le digo, sintiendo cómo mi pecho se llena de una emoción nueva para mí—. Hola, Kristi, soy tu tía Valentina.

—Si los de la prensa te vieran ahora, se caerían de culo... La reina del hielo a punto de derretirse con un minibebé —suelta Nick, burlón, observando con cariño a la cría—. Enhorabuena, Bella; tienes una hija preciosa.

—Bienvenidos a vuestra casa —nos saluda Patrick entrando en la habitación, y me vuelvo para mirarlo, tan inglés, tan educado, tan culto y magnético que no me extraña que mi amiga cayera rendida a sus pies.

—Gracias, tío. Tienes una cría guapísima —le responde Nick, acercándose a él para tenderle la mano.

—Como la madre —le contesta mientras veo dibujarse dos corazones en la mirada de Bella.

—¿Puedo cogerla? —le pregunto a mi amiga, al comprobar que la pequeña está empezando a despertarse.

—Claro —me responde, sacando a mini-Kristi de su cuna para ponerla entre mis brazos.

Y, con esta pequeña vida a cobijo de mis brazos, siento que encuentro ese fallo que hay en mi interior, ese que me hace sentir incómoda conmigo misma, porque por supuesto que sé dónde están mis raíces, ¿cómo he podido no saberlo?, ¿cómo he podido siquiera preguntármelo? Mis raíces han sido siempre él... él, mi punto de equilibrio; él, el que daba alas a todo esto que llenaba mi pecho..., raíces para crecer y alas para volar...; por eso mi árbol se partió en dos, se partió el día que rompí la cuerda, el día que lo aparté de mi vida para apostar por el que creía que era mi sueño, cuando mi sueño siempre fue él.

Él me instó a volar, a vivir, con él siendo mis raíces; unas raíces profundas que iban a esperarme sin importar lo que tardara en regresar. Si no contestó a mis mensajes no fue porque yo no le importara, sino porque quería que creciera hacia arriba, como las ramas de los árboles, y no lo entendí, no lo supe ver, no vi lo que pretendía y me creí mi verdad...

«... y, el día que abras los ojos y veas cómo son las cosas en realidad, entenderás cuán equivocada estás ahora».

Y, con ese recuerdo, siento cómo mi mirada se emborrona y cómo las lágrimas comienzan a fluir, tan silenciosas como lo está mi pecho, pues puede que sea demasiado tarde y ese árbol ahora ya esté muerto.

—¿Estás bien, Valentina? —me pregunta Bella, preocupada, llegando hasta mí.

—Coge a la niña —musito, sintiendo el dolor latiendo en mi garganta mientras todos me miran sin entender nada.

—Cielo... —susurra Nick, acercándose a mí.

—Tenías razón, él tenía razón y mi hermana tenía razón —declaro, permitiendo que fluyan libremente mientras Nick me abraza y Patrick, discretamente, abandona la estancia con su hija en brazos.

—¿Qué ha pasado? —inquiere Bella mientras me siento en el sofá, secándome las lágrimas, un poco avergonzada por lo que pueda estar pensando Patrick.

—Acabo de darme cuenta de que la he jodido, y mucho —murmuro, inspirando profundamente para intentar calmarme, sin llegar a conseguirlo.

—Me parece que estamos hablando de Víctor —le aclara Nick a Bella, que lo mira asintiendo con la cabeza.

—Ese hombre siempre ha estado ahí y, aunque salieras con otros, siempre terminaba apareciendo su nombre en algún momento —me recuerda Bella—. ¿Por qué dices que la has jodido? —me plantea en un susurro, como si temiera que fuera a romperme con el sonido de su voz, cuando, en realidad, ya estoy rompiéndome con todo lo que estoy sintiendo.

—Porque acabo de darme de frente con lo que pude tener y no tengo, y con la que hubiera podido ser, siendo la que no quise ser —le digo a Nick, recordándole sus palabras.

—¿Seguimos hablando de Víctor? —indaga, sin llegar a entenderme.

—Siempre he tenido dudas, eso está claro, tú mismo me has dicho hace nada que nado entre dos aguas, ¿y sabes por qué lo hago?, porque hay una parte de mí, una muy profunda y que yo misma he silenciado, que sabe que no está viviendo su sueño, porque un sueño, para que lo sea, no tiene por qué tener aires de grandeza ni ser inalcanzable, aunque, para mí, ahora sí lo sea —les cuento, levantándome y yendo hacia el fuego, necesitando serenarme para poder explicarme correctamente—. Yo nunca quise ser modelo, pero esa idea surgió en un momento de mi vida en el que necesitaba demostrar mi valía y, sobre todo, que no era ninguna cría... y empecé a ganar dinero, a conseguir metas y a ser un rostro conocido en mi país y, entonces, surgió la oportunidad de ir a Nueva York y lo acepté —les cuento, volviéndome para mirarlos mientras ellos me observan expectantes—. Ese otoño estuve por primera vez con Víctor, de manera íntima, me refiero, y, ese otoño, me di cuenta de cuál era mi sueño en realidad, ese que llena tu pecho y alimenta tu alma, y decidí apostar por él, por nosotros, pero Víctor pensaba que, si rechazaba Nueva York, terminaría arrepintiéndome y me dejó.

—Y, entonces, decidiste cruzar el charco y, con esa decisión, llegó primero «La tristeza» y luego «El reflejo» —prosigue Nick por mí.

—Y más tarde la reina del hielo. Pasaste del dolor más profundo a la indiferencia, al menos, aparentemente, porque siempre te ha dolido y ese hombre nunca ha dejado de estar en tu vida —añade Bella mientras las lágrimas escapan, furtivas, de mis ojos.

—Aposté por la moda cuando tenía que haber apostado por nosotros. Me dejé llevar por lo que se esperaba de mí o por lo que yo esperaba de mí, silenciando ese latido que me recordaba que la moda era solo una vía de escape, como siempre lo fue, y hoy, con tu pequeña entre mis brazos, me he dado cuenta de que solo deseo vivir en su casa rodeada de viñedos, en las tierras de mi familia, con un perro como este y un bebé que sea de los dos. Deseo trabajar en la bodega y deseo el sueño que siempre tuve y que me obligué a olvidar cuando otro se cruzó en mi camino... —declaro, rompiendo a llorar de nuevo.

—Pues ve a por tu sueño —me recomienda Nick con seguridad, llegando hasta mí para envolverme entre sus brazos—. Ahora que lo has visto, ve a por él.

—Si hago eso, tengo que cortar con todo —remarco, con el miedo empezando a trepar por mis piernas.

—No puedes estar en dos sitios a la vez. Si quieres esto, no puedes tener lo otro, no al menos de la forma en que tú entiendes tu trabajo, sin vacaciones y sin parar un solo minuto —me indica Bella mientras Nick me tiende otro pañuelo desechable—. Oye, sé que da miedo, pero, si quieres a Víctor, no deberías dudar.

—Han pasado cuatro años —me justifico, secando mis lágrimas.

—Te estás poniendo excusas —me rebate Nick, guardando sus manos en los bolsillos de sus vaqueros.

—Es que no sé cómo... —musito, sintiendo la vergüenza instalarse en mi rostro, sonrojándolo—. ¿Qué voy a decirle ahora?, ¿lo siento, me equivoqué, te quiero?

—Por lo que nos has contado, Víctor es un tío listo; no creo que necesite muchas explicaciones.

—¿Y si está con otra o ya no siente lo mismo que yo?

—Si empiezas a barajar posibilidades, más te vale encerrarte en una habitación y no salir nunca de ella, porque no sabes lo que puede sucederte cuando cruces la puerta o incluso sin tener que cruzarla. Vive, arriésgate y lucha por lo que quieres —me aconseja Nick.

—La moda, de la manera en la que la vivimos nosotras, nos absorbe de tal forma que en nuestra vida no puede haber casi nada más, y tiene que apasionarnos mucho para poder seguirle el ritmo sin que nos importe renunciar a otras cosas. Si te importa hacerlo, si ya no quieres seguir renunciando, tienes que plantearte bajar el ritmo o dejarlo.

—Sabes que en el nivel en el que estamos nosotras bajar el ritmo significa que otra lo coja, y más cuando no dejan de llegar *new faces* a la ciudad deseando comerse el mundo —le recuerdo, sintiendo que acabo de llegar a un punto decisivo en mi vida.

—Es fácil vivir con los ojos cerrados, dejarse llevar sin ver; lo difícil es abrirlos y, una vez que lo has hecho, darte cuenta de lo que estás dejando atrás con cada paso que das. Tú acabas de abrir los ojos, no los cierres ahora —me aconseja Nick.

—Tú caminas con los ojos cerrados —le replica Bella, con una media sonrisa.

—No estamos hablando de mí —le espeta, fulminándola con la mirada.

—Nick, esas miraditas, en mí, no surten ningún efecto —le rebate acariciando la cabeza del perro, que acaba de sentarse sobre sus pies—. Valentina, tienes varios días por delante para pensar, sin agobios, lo que deseas hacer con tu vida, en un lugar que no va a traerte ningún recuerdo si tú no eliges hacerlo y en el que Cat no va a llamarte para enviarte a ningún trabajo... Aprovéchalo, empápate del silencio y de la paz que aquí se respira y medita en lo que deseas realmente. Es cierto que han pasado cuatro años y que ambos habréis cambiado, pero, ahora que has abierto los ojos como dice Nick, es el momento de no cerrarlos.

—Tienes razón —musito, soltando luego todo el aire de golpe—. Gracias, chicos, por aguantar mis desvaríos —les digo, inspirando profundamente, sintiendo que por primera vez en años esas emociones que creía muertas empiezan a revivir con esa tenue luz que yo termino de encender.

Capítulo 19

Durante los siguientes días, me dedico simplemente a respirar, a coger aire profundamente y a soltarlo despacio, a pasear, seguida por Rudolf, el perro de Patrick y Bella, envuelta en el silencio de esta campiña, del color de sus ojos, y a vivir el ahora del que mi mente caprichosa me aleja continuamente para llevarme de vuelta a mi pasado o a mi futuro..., ese futuro incierto en el que recreo un millón de posibilidades que me producen ansiedad y, cuando eso ocurre y me percato de ello, regreso a mi presente, «que me tranquiliza de la misma forma en la que lo hace Kristi sin ser ella consciente», pienso acariciando su cabecita mientras duerme plácidamente entre mis brazos y el fuego crepita en la chimenea.

Debería tomar una decisión que me mantuviera en el presente y que no me hiciera anhelar el pasado o cuestionar continuamente mi futuro; una decisión que me hiciera sentir segura y en paz conmigo misma y que no trajera las dudas constantemente a mi vida porque estoy harta de dudar y necesito que mis ramas y mis raíces vayan al unísono, creciendo en vertical y no en direcciones opuestas.

Mis raíces son él, eso lo sé, y esas raíces crecen en la tierra de mi familia, en ese terruño que me vio crecer y en el que me siento tan en paz cada vez que lo piso. Yo quería trabajar en la bodega, iba a estudiar la carrera de enología y, de hecho, le prometí a mi padre que crearía su vino, y de eso ya han pasado cinco años... y luego está la moda, ese mundo que me ha dado tanto y en el que, a pesar de haber sido feliz, siempre me he sentido incompleta, como si, por mucho que consiguiera, nunca fuera suficiente, reflexiono y sonrío cuando veo que Kristi lo hace entre sueños.

—¿Qué estarás soñando, princesa? —le pregunto en un susurro, acunándola con amor y acariciando su manita.

Nunca tuve sueños de grandeza, a pesar de haberlos logrado, y mi sueño siempre fue él... fue esto... una casa, el fuego crepitando en la chimenea, un perro e hijos, tan sencillo y a la vez tan inalcanzable... Mis emociones siempre llevaron su nombre, a pesar de que fui silenciándolas hasta dejar de escucharlas y me conformé en el jardín donde las mariposas de colores discretos revoloteaban cuando tendría que haber luchado por estar en ese jardín donde las mariposas tenían colores brillantes y dejaban una estela cada vez que alzaban el vuelo, que era muy a menudo... Me conformé y me convencí de que ese jardín era mi sueño, cuando mi sueño siempre fue otro, y ha llegado el momento de luchar por él, de luchar por lo que siempre quise y de sanar ese árbol que yo me encargué de partir por la mitad.

—Siempre está muy tranquila cuando está entre tus brazos —me comenta Bella en un susurro, sentándose a mi lado, contemplando con amor a su hija y sacándome de mis pensamientos.

—¿Has descansado bien? —le pregunto, consciente de que acabo de tomar una decisión.

—Estas dos horas me han sabido a gloria. Gracias por cuidar a Kristi.

—Soy yo la que tiene que darte las gracias por permitir que la cuide; me produce tanta ternura, verla tan chiquitina e indefensa... Tienes mucha suerte por tenerla.

—Lo sé, es lo mejor que he hecho. Ningún desfile, ningún *shooting*, ninguna fiesta o trabajo podrá nunca igualar esto. Cuando abre los ojos y me mira es como si mi mundo se detuviera con su mirada —me confiesa mientras la cría sonríe de nuevo, entre sueños.

—¿Qué estará soñando? Antes también lo ha hecho —le cuento mientras ambas la miramos como si fuera lo más grande e inmenso del universo.

—No lo sé, solo sé que está tranquila y feliz —me dice, acariciando su mejilla—. Y tú, ¿cómo estás?

—Como tu hija, tranquila y feliz —afirmo, sonriendo.

—¿Has tomado una decisión?

—Sí, lo he hecho, y me parece que no va a gustarle a Cat.

—No tiene que gustarle a Cat, tiene que gustarte a ti —me replica mientras oigo el motor del coche de Patrick, acercándose.

—Me parece que tu maridín y Nick están llegando.

—¿Dónde habían ido?

—Me da la sensación de que tanta tranquilidad saca un poco a Nick de sus casillas.

—Y, en cambio, a mí me parece que es Ada la que lo hace y que la tranquilidad que hay aquí es solo la excusa que se ha buscado.

—Está deseando regresar, te juro que nunca lo había visto así —le confieso mientras capto sus voces, provenientes del exterior.

—Es un maldito cabezota.

—Y ella también, no te creas. Son tal para cual, obtusos como ellos solos.

—Al final, caerán —sentencia, convencida.

—¿Tú crees? —le planteo, callando cuando los oigo entrar en la casa.

—Hombre, ya te has despertado. Eres una anfitriona espantosa —le suelta Nick a Bella, con esa sonrisa canalla tan suya, cuando accede al salón seguido por Patrick.

—Suerte que tienes a mi marido para que te entretenga. Eres peor que un crío, Nick —le rebate mi amiga, sonriéndole con afecto.

—Hola, cariño. ¿Cómo has descansado? —le pregunta Patrick a Bella, dándole un dulce beso, mientras Rudolf se acerca a Patrick en busca de su atención.

—Tanto silencio y tanta paz me tienen de los nervios —masculla Nick, sentándose en el sofá, realmente incómodo consigo mismo.

—Me parece que te duelen los pies y no sabes que es por los zapatos que llevas —le indico, guiñándole un ojo.

—Ni se te ocurra —me advierte, entendiéndome en el acto—. ¿Piensas soltar a la pequeña en algún momento? Se supone que soy su tío y apenas he podido cogerla; eres una acaparadora de niñas indefensas —añade, haciéndome sonreír.

—Anda, toma, cógela con cuidado —le digo, depositando a Kristi entre sus brazos.

—Es tan pequeña y tú tan grande que casi no se ve —musita, divertida, Bella.

—Joder, me da miedo que se rompa —nos confiesa, dibujando una sonrisa en nuestros rostros y haciendo este momento perfecto.

Y con Kristi en brazos de Nick, con el fuego caldeando la estancia y con Patrick acariciando la cabeza de Rudolf, me prometo a mí misma que algún día esta estampa se repetirá, pero en La Rioja, en ese pequeño trocito de mundo que a mis ojos es tan inmenso.

—Creo que tengo que hacer una llamada —susurro, levantándome.

—¿Estás segura? —me pregunta Bella mientras Nick y Patrick me miran sin entender nada.

—Segurísima.

—Un momento, ¿a quién vas a llamar? —quiere saber Nick, poniéndose tenso.

—A Cat, voy a dejarlo —le comunico, sintiendo las llamas del fuego caldear mi espalda.

—¿Y cuándo lo has decidido que no me he enterado?

—Ahora mismo... Bueno, creo que, en realidad, lo decidí el primer día que llegué aquí, solo que no fui consciente de ello.

—Joder, la que va a liarse —musita Nick meciendo a Kristi con sus brazos y produciéndome una ternura increíble.

—Lo sé... pero, ahora que he abierto los ojos, no voy a cerrarlos —afirmo, recordándole sus palabras mientras la niña comienza a gimotear.

—Oye, no quiero ser yo el que te maree cuando por fin lo tienes claro, pero ¿no prefieres tantear el terreno antes de lanzarte de cabeza?

—¿Qué quieres decir?

—Mierda, está despertándose —murmura Nick, y todos posamos nuestra mirada en Kristi, que está empezando a abrir los ojos y a refunfuñar.

—Tiene hambre —comenta Bella, cogiéndola en brazos para darle el pecho.

—Oye, vamos a dejar a la cría comer tranquila y tú y yo nos vamos a dar un paseo. Vamos, Rudolf —le dice Nick al perro, que, entendiendo a la primera sus palabras, se levanta del suelo para colocarse a su lado moviendo la cola—. Coge la chaqueta, que hace frío —me recomienda, y veo cómo se dirige a la puerta del salón seguido del animal.

—Que no te maree —me comenta Bella mientras cojo una de las mantas que hay en el sofá para envolverme, pues tengo la chaqueta arriba y no me apetece en absoluto tener que subir a por ella.

—Nick, no hay nada de que hablar, lo tengo decidido —le explico, saliendo de la casa mientras él echa a andar hacia el pueblo, y lo sigo.

—No quiero que te precipites, solo eso. Sé lo que has llorado por ese tío, lo he visto yo y lo ha visto el mundo entero, y no quiero que llores más.

—No voy a hacerlo.

—Pero quieres romper con todo sin saber qué va a ocurrir —me rebate con seriedad.

—No soy adivina, pero puedo vivir el presente y dibujar mi futuro.

—Todo eso suena muy de libro. Escúchame, hay que ser prácticos... y serlo no significa que no tengas que luchar por tus sueños, significa que debes tener claro que estás pisando tierra firme para no hundirte.

—¿Como haces tú?

—Sí, como hago yo. Hazme caso, no le digas a Cat que quieres dejarlo, cuéntale que te ha surgido un asunto personal y necesitas tomarte un par de semanas... Dile que tu padre se ha puesto enfermo o lo que tú quieras, pero que sea tan importante que no pueda negarse.

—Pero ¿por qué he de hacer eso?

—Porque sí, tú hazme caso y punto —suelta con seriedad mientras nos acercamos a Bibury—. Oye, no sabes lo que vas a encontrarte cuando regreses. Hace cuatro años que no lo ves, tú misma lo dijiste... Puede que él ya no sienta lo mismo que tú, puede que esté con otra o sencillamente no desee estar con nadie, y antes de romper con todo debes tener claro si podrás vivir así, trabajando con él sin poder tener lo que deseas.

—¿Como haces tú con Ada?

—¿Por qué siempre tienes que meter a Ada en todas las conversaciones? —me pregunta con seriedad.

—¿Lo hago?

—Lo haces.

—Bueno, da igual, porque tú nunca contestas —replico bajando la mirada y sonriendo mientras guardamos un cómodo silencio.

—Estoy loco por ella —me confiesa, sorprendiéndome—. Me paso el día deseando tocarla, pero también deseando compartir algo tan sencillo como este paseo, y todos los días tengo que enfrentarme a eso y no resulta fácil, te lo aseguro. No quiero que tú pases por eso sin estar preparada.

—¿Estás enamorado de ella? —le planteo, prudente.

—No lo sé; solo sé que no me la quito de la cabeza.

—¿Y por qué no te lanzas, entonces?

—Estábamos hablando de ti, no de mí.

—Luego seguimos hablando de mí si quieres —contesto, aferrando la manta y sintiendo la calidez de la lana acariciar las palmas de mis manos—. Nick, si te gusta, deberías intentarlo.

—Ada tiene una sensibilidad especial. Sé que con ella no sería solo sexo, porque haría que fuera más, y esas cosas me acojonan, porque yo no quiero más.

—Acabas de decirme que quieres compartir un paseo con ella, por supuesto que quieres más.

—A la larga no lo querría. Sé que puede sonar mal, pero no creo que me gustara compartir mi cama siempre con la misma mujer, así que, aunque sea una puta mierda, prefiero mantenerla alejada de mi vida.

—Si no lo has vivido antes, no puedes saber si te gustará o no, si lo querrás o no —musito, retrocediendo con mis palabras hacia esas que Víctor me dijo...

«... disfruta, exprime cada segundo, ve a fiestas, corre de aquí para allá, coge vuelos, conoce otras culturas y visita todas las partes del mundo que puedas y, solo cuando sientas que ya lo has hecho todo, que ya no te queda nada por experimentar, regresa a mi lado, y solo si lo deseas».

—¿Sabes? —le planteo en voz baja, pues nos rodea tal silencio que parece que las paredes de estas casas estén escuchándonos—. He tenido que vivir miles de cosas y he tenido que exprimir mi vida para saber qué deseo hacer con ella —prosigo, evadiéndome—. He tenido que ir a cientos de fiestas para darme cuenta de que solo deseo la tranquilidad de su cuerpo; he tenido que recorrer medio mundo para saber que mi mundo entero está a su lado, y he tenido que hacerlo todo para saber que no deseo nada que no sea estar junto a él. No puedes decir que algo no te gustará o no lo querrás si no lo has vivido y sentido previamente; él me instó a hacerlo, me instó a volar fuera del nido y a crecer, y fue lo mejor que pudo hacer, aunque haya tardado años en darme cuenta... No lo hagas tú, Nick, no tardes años en darte cuenta o puede sucederte como a mí y que sea demasiado tarde.

—No sabes si es tarde —me rebate, también en voz baja.

—Supongo que me enteraré dentro de poco.

—Oye, escúchame, no regreses a Nueva York y vete a casa, solo estás a un par de horas. Ve, enfréntate a lo que podría ser tu vida y, solo entonces, decide. Tú misma acabas de decirlo: hasta que no lo vives, no puedes saber si va a gustarte o no, si es eso lo que quieres o no. No te precipites y vive esa vida que deseas vivir antes de renunciar a la que estás viviendo, porque para eso siempre va a haber tiempo, pero, para retractarte, no —me aconseja con sobriedad.

—Está bien, le pediré a Cat un mes y entonces decidiré —acepto mientras nos adentramos en el pueblo, e inspiro la humedad entremezclada con el olor a chimenea proveniente de las casas.

—Te echaré de menos —declara con seriedad.

—Yo también, y echaré de menos todo lo que hemos vivido juntos. Conocerte ha sido una de las mejores cosas que me han sucedido en la vida —le digo, deteniéndome—. Si soy quien soy, es gracias a ti.

—Te equivocas: si eres quien eres, es gracias a ti. Nunca he visto a nadie trabajar tanto y tan duro como has hecho tú, y he tenido la grandísima suerte de formar parte de todo eso. Ven —me pide, abrazándome—. Ojalá encuentres todo lo que buscas y vivas todo lo que deseas.

—Eso será si Cat no me mata antes —bromeo, aferrándome a su abrazo y reconfortándome con él.

—Ahora es el momento de saberlo. Venga, llámala, en Nueva York es la una y media y es el momento perfecto para que le dé una indigestión —suelta, haciéndome sonreír a pesar de que siento los nervios ahogándome—. ¡Venga! Si te lo piensas, no lo harás... Llámala.

—Tienes razón... Vale, voy a llamarla —musito y, tras un par de respiraciones profundas, busco su contacto y le doy al botón de llamada.

—¿Ya has regresado? ¿Qué tal ese viaje? —me pregunta con despreocupación en cuanto descuelga.

—No, todavía no lo he hecho, y no voy a hacerlo de momento —le comunico con esa frialdad que utilizo cuando trato temas laborales.

—¿Qué quieres decir? —inquiere, poniéndose en alerta.

—Cat, me ha surgido un tema personal importante y debo regresar a casa. Sé que tengo la agenda repleta de compromisos, así que cancela lo que puedas y, lo que no, aplázalo hasta dentro de un mes —le indico con seguridad mientras la imagino poniéndose verde, roja y morada antes de explotar... «como las uvas en mi boca... y la cata de la uva», pienso mientras la oigo gritar de fondo.

—¿Cómooooooooo? ¿Un messsss? ¿Qué estás diciendo? ¡No puedes cogerte un mes!

«Ya ha explotado», me digo, inspirando profundamente.

—Cat, cálmate, ¿quieres?

—¿Que me calme? ¿Cómo quieres que me calme? ¡No puedo anularte ningún trabajo! ¿Cuál anulo? ¿Cuál? ¡Di! ¡Si son todos igual de jodidamente importantes!

—No lo sé, Cat. Eso forma parte de tu trabajo, no del mío. Escúchame: estaré fuera un mes, te llamo entonces, ¿vale?, pero, hasta que lo haga, no me comprometas con nadie, sea quien sea.

—¿Por qué? Oye, Valentina, ¿puedes explicarme qué está pasando?

—Te lo he dicho, tengo un tema personal urgente al que no puedo dar la espalda. Perdona, pero debo colgar —concluyo antes de apretar el botón de finalizar la llamada—. Hecho —musito, soltando todo el aire de golpe.

—Estoy orgulloso de ti —me regala Nick, sonriéndome.

—Y yo lo estaré de ti —replico mientras él pone los ojos en blanco—. Anda, volvamos a casa; estoy empezando a quedarme helada.

—Te había dicho que cogieras la chaqueta —me recuerda mientras desandamos nuestros pasos.

—No me apetecía tener que subir —me quejo, colgándome de su brazo mientras me percato de que voy a hacerlo, de que por primera vez en cuatro años voy a regresar a casa sin saber si él estará o no, «y que este viaje va a cambiarlo todo», asumo sintiendo cómo esas emociones que yo creía muertas comienzan a revivir.

* * *

—Sabía que ibais a dejarme solo, joder —masculla Nick mientras miramos la información de los vuelos en el panel de salidas.

—Vas a tener que incluir La Rioja en tu hoja de ruta y, cuando vengas a Londres, enlazar con España —le comento, sintiendo las lágrimas empezar a empañar mi mirada—. Mierda, Nick, voy a extrañarte mucho —musito con voz rota, poniéndome a llorar.

—Y yo a ti —me dice, abrazándome con fuerza—. Pórtate bien y no hagas ninguna tontería.

—En cambio, yo quiero que tú hagas muchas.

—No voy a hacer la tontería que esperas que haga —me asegura, divertido.

—Eso no lo sabes —replico, sonriendo y secando mis lágrimas.

—Créeme, sí que lo sé. Llámame, ¿vale?

—Vale —murmuro, sabiendo que voy a echarlo terriblemente de menos—, y tú también puedes llamarme siempre que quieras. Tengo que irme. Adiós, Nick —susurro llorando de nuevo.

—Vas a hacerme llorar, vete ya —me pide mientras me cuelgo de su cuello.

—Adiós —le repito entre lloros.

—Menuda reina del hielo derretido, vete —me dice antes de que me dé la vuelta para caminar, esta vez de regreso a casa.

Capítulo 20

Llego a casa, y esta vez para quedarme, a las once de la mañana, y lo hago sin anunciar mi llegada y cargada con una simple maleta con lo indispensable en cuanto a ropa se refiere, pero rebosante de ilusiones, de temores, de nervios, de esperanza y de tantos sentimientos que Nick no podría fotografiarlos todos aunque quisiera, pues muchos de ellos no tienen ni siquiera nombre y simplemente están ahí para potenciar otros.

—*Buongiorno!* —saludo a Casi entrando en la cocina y, no sé por qué, se lo digo en italiano; puede que sea por culpa de estos nervios desatados que están mordiéndome por dentro o porque es lo primero que se me ha pasado por la mente.

—¡Sí que hace bochorno, sí! ¡Y eso que estamos a principios de abril! El tiempo está loco —me responde sin volverse mientras busca algo en la alacena, confundiendo mi voz con la de Alana.

—Eso parece —respondo, divertida, sentándome en el taburete y demorando mi mirada en el otro... donde él solía sentarse.

—¿Valentina? —me pregunta, dándose la vuelta—. ¡Ay, Señor! ¡Pero si te había confundido con tu hermana!

—me comenta, con la sorpresa reflejada en el rostro—. ¡Ay, hija, qué ilusión más grande tenerte en casa! —me dice llegando hasta mí con premura para darme un fuerte abrazo—. Pero ¿cómo no has avisado de que venías? ¡Ay, ay, ay! —prosigue, haciendo aspavientos, como si acabara de recordar algo—. ¡Que está aquí! ¿No te lo ha dicho tu hermana? —me plantea, refiriéndose a Víctor, y llevando mi corazón disparado a la garganta.

—Ya lo sé, Casi. Tengo que contarte una cosa y no puedes decírselo a nadie —le susurro mientras ella se sienta en el mismo taburete en el que solía sentarse él.

—Tú tranquila, que la Casi es una tumba. Anda, habla —me anima, haciéndome sonreír.

—He venido para quedarme... —le cuento, viendo cómo abre la boca desmesuradamente, y, antes de que empiece a acribillarme a preguntas, soy yo la que se anticipa para empezar a explicárselo todo ante su sepulcral silencio, algo bastante raro en mi querida Casilda—, pero de momento no puedo aclarar qué hago aquí, porque ni siquiera mi agente lo sabe —le señalo cuando finalizo mi relato—. Por eso no puedes decir nada a nadie, porque, si esto se filtrara, siempre habría alguien que se lo diría a alguien, y puede que ese alguien lo colgara en Internet, que otro lo compartiera y, al final, la noticia terminaría corriendo como la pólvora y quizá llegando hasta Nueva York.

—Pero quieres trabajar en la bodega... ¿Qué vas a decir?

—Que estoy de vacaciones. No es la primera vez que lo hago; de hecho, preparé la presentación de mi vino en una de ellas, ¿por qué no voy a poder hacerlo ahora?

—Porque eres Valentina Domínguez, la modelo más importante de este país y creo que del mundo entero y, como te pongas a trabajar en la bodega, por mucho que digas, va a haber corrillos y la gente va a hablar.

—Pues que hablen, pero sin que nadie les confirme nada.

—Pero, si lo tienes tan claro, ¿por qué no se lo has dicho a tu agente?

—Porque estoy siguiendo el consejo de un gran amigo —le aclaro, sintiendo cómo la emoción contrae mi pecho y la añoranza aprieta mi garganta a pesar de que solo hace unas horas que no lo veo.

—Lo que tú veas, hija. La Casi, con tenerte aquí, se muerde la lengua todo lo que haga falta —afirma, haciendo que sonría de nuevo—. Al fin vamos a tenerte en casa —declara emocionada, cogiendo mis manos con cariño.

—Eso parece... Oye, Casi, ya sé que durante estos años no he querido saber nada de él, pero ahora las cosas han cambiado —musito, sintiendo mis nervios robarme la respiración— y necesito saber si está con alguien.

—¡Ay, hija, qué preguntas haces! ¡Y yo qué sé! Ya sabes lo reservado que es para sus cosas.

—Sí, ya lo sé, pero, cuando ha venido a comer o a cenar a casa, ¿siempre ha venido solo?

—Siempre, y nunca lo he oído hablar de ninguna mujer. De todas maneras, desde hace unos años ya no viene tanto por aquí, solo en ocasiones especiales o cuando tu padre insiste mucho.

—Y, eso, ¿por qué? —indago, frunciendo el ceño sin percatarme de ello.

—¿Por qué va a ser? ¿Tú qué crees? —replica, como si la respuesta fuera algo obvio.

—Yo ya no creo nada —le indico, levantándome, pues necesito moverme—. Me voy a dar un paseo, ¿puedes subir mi maleta?

—Y esconderla también, para que no se te ocurra volver a hacerla —parlotea con ese brío tan suyo, haciendo que sonría de nuevo, como llevo haciendo desde que he pisado esta cocina.

En cuanto pongo un pie fuera de ella, sonrío un poquito más mientras deslizo la mirada por la cordillera, que, imponente, domina todo el paisaje, los viñedos rodeando la casa y los cipreses que se mecen con la suave brisa de la primavera que lleva consigo la fragancia de la tierra y de los recuerdos y que me susurra al oído que he tomado la decisión correcta.

Con el sol acariciando mi rostro, llego a la tienda de la bodega, donde mi corazón, hasta ahora tranquilo, comienza a agitarse y a latir casi con violencia, llevándose mi aliento con él.

—Buenos días —musito sin dirigirme a nadie en especial, pues no veo a Marta por ninguna parte y mi amiga Adriana está viviendo en Madrid desde hace unos años.

—Buenos días —me responde una de las chicas que está trabajando en la tienda y que no conozco de nada, pero que está claro que ella a mí sí, por la forma que tiene de mirarme. Sintiéndome incómoda de repente, y sin decir nada más, enfilo hacia el despacho de mi padre.

Por el camino paso frente al suyo, y lo hago sin detenerme, recordando las muchísimas veces que empezamos de nuevo al cobijo de esas cuatro paredes y las muchas veces que me puso una tirita, que nos tocamos y nos besamos hambrientos el uno del otro, y, con mis recuerdos, siento ese dedo presionar de nuevo el centro de mi pecho hasta llegar a ese punto indefinido donde tanto me dolía.

Tras llamar a la puerta y no obtener respuesta alguna, la abro finalmente, para comprobar que mi padre no está aquí. «Mierda, tendría que haberlo llamado al móvil», me recrimino, recordando que he olvidado el mío en casa, dirigiéndome hasta su mesa para llamarlo desde el fijo de la bodega.

—¿Busca algo?

Él.

Con su voz, siento cómo me bloqueo a todos los niveles posibles, pues no puedo pensar, no puedo hablar y ni siquiera puedo moverme o respirar con normalidad.

—Le he preguntado que si busca algo —insiste, y cierro los ojos al percibir sus pasos acercarse a mí, percatándome de una cosa: no me ha reconocido—. ¿Me está oyendo? —insiste, cogiendo mi brazo y haciendo que me dé la vuelta.

Y, entonces, dejo que la situación me lleve, como el agua de una corriente que te arrastra cuando no opones resistencia, y me pierdo en esa mirada verde que no he logrado olvidar y en la que ahora no consigo encontrarlo, posiblemente como le ocurrió a él conmigo el día de la boda de Alana.

Capto las arrugas en torno a sus ojos, su ceño más fruncido que nunca y su mirada, dura e impenetrable, en la que tampoco consigo reconocerme... «Es verte y reconocerme», recuerdo con dolor esa descripción que hice hace años de hacer el amor. Apenas ha cambiado; bueno, sí... sí que lo ha hecho: ahora está mejor, más cabreado, pero mejor.

—¿Valentina? —exclama sorprendido, soltando mi brazo al reconocerme.

—Buscaba a mi padre —le respondo finalmente, cubriéndome con ese halo de frialdad que utilizo cuando trabajo, sin saber por qué lo hago.

—Está en el *calao* —me responde con la misma frialdad con la que yo estoy hablándole, erizando mi piel con ella—. ¿Qué haces aquí?

—Es mi casa, Víctor —le contesto, observando, durante un instante fugaz, su ceño fruncido.

—Pero estoy yo... ¿Ya te has cansado de jugar al gato y al ratón? —me replica, sosteniéndome la mirada y permitiéndome ver la dureza que emana de la suya.

—No sé de qué me hablas.

—Por supuesto que lo sabes, no es la primera vez

que juegas a eso; de hecho, eres casi una experta —me indica, guardándose las manos en los bolsillos de sus pantalones.

—¿Quieres algo? —le pregunto, sosteniéndole la mirada.

—Que respondas.

—No tengo nada que responderte —sentencio, sintiendo cómo las emociones que dormitaban congeladas en mi pecho se ponen en alerta.

—Por supuesto que sí, empieza por decirme qué haces aquí.

Podría contárselo, podría decirle que me he dado cuenta de lo equivocada que estaba y de que fui yo quien cambio su discurso sin saber que estaba haciéndolo; podría decirle que sigo enamorada de él y que he estado completamente ciega; podría decirle que quiero apostar por esto y podría empezar a luchar por él sin que nada me importara, pero no lo hago... porque, mientras me busco sin encontrarme en su mirada, me percato de que por quien debo luchar primero es por mí, y no importa si él está o no con alguien, no importa si volveremos a estar juntos alguna vez ni importa lo que sintamos el uno por el otro, porque lo único que importa es si esto es lo que quiero estando sola y, si lo es, lo será aún más si algún día estamos juntos de nuevo, si todo eso que deseo vivir se hace realidad.

—Ya te lo he dicho, estoy en mi casa; cógelo como quieras —declaro pasando por su lado, necesitando alejarme de él y de todos estos sentimientos contradictorios que están comenzando a ahogarme.

—Llevas cuatro años evitándome, no me jodas —me rebate, cogiéndome del brazo y frenando mi avance, sosteniéndome la mirada y haciendo que me congele con ella.

—No tengo que darte explicaciones, Víctor. Suéltame

—musito, sintiendo la presión que está ejerciendo su mano sobre mi piel.

—Será un placer —masculla entre dientes, liberándome de su agarre—. Es cierto que estás en tu casa, pero esto también es un negocio del que tú no formas parte y no quiero verte por aquí si no es estrictamente necesario.

—Te olvidas de con quién estás hablando. Puede que tú tengas el cuarenta por ciento, pero mi familia tiene el sesenta; por supuesto que vas a verme por aquí —mascullo, enfadada, fulminándolo con la mirada.

—Aquí se viene a trabajar, Valentina, no a presumir de porcentajes.

—¿Estoy haciéndolo? —replico, enarcando una ceja.

—No solo estás haciéndolo, sino que te estás creyendo que estás hablando con la prensa... Puede que a ellos no les contestes, pero a mí vas a hacerlo. Dime qué haces aquí.

Lo miro negando con la cabeza, preguntándome dónde está esa burbuja elástica que nos envolvía cuando estábamos juntos, dónde ha quedado ese sueño que sentía flotando en la palma de mi mano y dónde está todo eso que sentía cuando estaba cerca de él... cuando ahora lo único que siento es el frío que él dejó cuando se marchó aquel otoño.

—Ya te enterarás —farfullo, pasando por su lado para marcharme.

—No te quiero por aquí —gruñe entre dientes, y me vuelvo para enfrentarlo.

—Lo que tú quieras me tiene sin cuidado —le espeto con esa frialdad que utilizaba en Nueva York y que creía que no tendría que utilizar aquí, antes de salir finalmente del despacho.

Me dirijo a la sala de crianza con miles de sentimientos hirviendo dentro de mí, burbujeando con efervescencia. Maldita sea, ya sé que han pasado cuatro años, ya sé que la jodí y que, durante todo este tiempo, he hecho mi vida sin que me importara la suya; sé que fui yo quien cambió su discurso y, mierda, sé que no va a ponérmelo fácil, puede incluso que esta vez sea él quien no quiera ni oír mi nombre, y voy a tener que aceptarlo, porque fui yo quien partió la cuerda.

—¿Papá? —lo llamo en cuanto llego al *calao*, inspirando el olor a madera de las barricas entremezclado con el de humedad—. ¿Papá? —insisto mientras veo a varios operarios trasegar el vino.

Me detengo para observarlos, sintiendo cómo los recuerdos llegan fulgurantes para latir en mi garganta, y, durante unos instantes, me veo de pequeña junto a mi abuelo, escondida entre las barricas, y a su lado, sentada en el suelo, contemplando cómo trasegaban el vino.

—Hola —musito finalmente.

—Hola —me responde uno de los chicos, reconociéndome.

—Busco a mi padre, ¿lo habéis visto?

—Acaba de marcharse —me contesta mientras demoro este momento que huele a vino, a vela encendida y a tradiciones y que trae consigo tantos y tantos recuerdos que están impregnados en mi alma de la misma forma en que lo hacen los taninos cuando el vino llena tu boca.

—Gracias —murmuro, sintiendo cómo los recuerdos aprisionan mi garganta, provocando que trague con dificultad.

«No va a ser fácil encontrarlo —me digo, evadiéndome—, no va a ser fácil recuperar lo que perdí ni romper una vida para empezar otra...»

«Sé que las cosas importantes a menudo no son las fáciles; sé que una historia de amor puede ser sencilla, pero también puede ser complicada, y que una no es más valida que otra; sé que las lágrimas a veces son necesarias para darles más valor a los momentos en los que no están presentes, y sé que, aunque me joda y aunque tú todavía no te hayas enterado, tu vida no está aquí, al menos no ahora», rememoro con dolor.

«Mi vida ya está aquí ahora, y me temo que no ha empezado con buen pie», me digo, desandando mis pasos para ir en su busca.

Lo encuentro en su despacho, en ese despacho que también fue el mío, y, haciendo a un lado los miles de recuerdos que esperan pacientes el momento idóneo para llenar mi pecho, accedo a él.

—¿Puedo pasar? —le pregunto, viéndonos a través de mis recuerdos, recordando la primera vez que estuve aquí con él aquel otoño, recordando cómo me abrazó y cómo mojé su camisa con mis lágrimas.

—Tu pregunta llega tarde, ya lo has hecho —suelta con sequedad, alzando su mirada de uno de sus ordenadores para posarla sobre la mía, dura, impenetrable y tan fría como un bloque de hielo que es capaz de solidificar la lava de un volcán... y, entonces, recuerdo a Nick y sus contrapuntos, porque, si yo fui «La tristeza» y «La alegría», él es el hielo y el fuego, y, aunque ambos pueden quemarte, no tienen nada que ver.

—¿Quieres que salga? —replico sin darle ningún tipo de emoción a mi voz, haciendo a un lado mis pensamientos y mis recuerdos, sintiendo en alerta, de nuevo, estas emociones que todavía no se atreven a empezar a despertar.

—No hace falta —me indica, recostándose en su silla, en esa silla en la que tantas veces me senté a horcajadas sobre su cuerpo, cuando ahora es algo que ni me planteo siquiera.

«Cuántas veces empezamos aquí de nuevo, cuántas cosas vivimos en este despacho y cuántas tiritas me puso», me digo, sintiendo cómo esos recuerdos que esperaban pacientes comienzan a llenar mi pecho hasta coparlo de los besos, de las caricias y de los gemidos con los que vibramos hace tiempo y que retumban en las paredes de mi alma a modo de eco del pasado.

—Siento lo de antes —me disculpo, deseando volver a sentir lo que sentí entre sus brazos y obligándome a regresar a mi ahora, percatándome de que voy a irme más veces de las que me gustaría a ese pasado que, aquí, en la bodega, está por todas partes—. Supongo que es normal que quieras saber qué hago aquí —añado mientras él guarda silencio y, aunque no me lo ha ofrecido, me siento en una de las sillas que hay frente a su mesa—. Me he cogido un mes de vacaciones; llevo cuatro años sin tomarme un respiro y necesitaba regresar a casa para estar con mi familia.

—Eso es cosa tuya, Valentina, y no necesito saberlo, pero sí quiero saber si voy a tenerte por aquí —me espeta con la misma frialdad con la que está mirándome, y analizo al Víctor que tengo frente a mí, al que ya no reconozco y que no se parece en nada al Víctor que enlazó su meñique con el mío... Pero ¿qué esperaba?

—Sí, vas a tenerme por aquí, porque tampoco sé estar quieta y esto me gusta tanto como mi trabajo, así que durante un mes me parece que vamos a coincidir de vez en cuando... pero, tranquilo, tampoco será mucho. Esto es grande y, si no nos buscamos, no tenemos por qué encontrarnos —le indico, sosteniéndole la mirada y percatándome de que mis palabras, sin pretenderlo, tienen un doble sentido para ambos.

—No tengo la menor intención de buscarte —afirma sin alejar su mirada de la mía, entendiendo, como yo, el doble sentido de mis palabras.

—Eso es cosa tuya, Víctor —replico, de nuevo con voz neutra, empezando a levantarme—. Ya sabes qué hago aquí. Si ves a mi padre, dile que estoy buscándolo.

Dicho lo cual, salgo de su despacho.

Puesto que no encuentro a mi padre por ningún sitio, finalmente me rindo para dirigirme hacia las caballerizas, necesitando volar sobre mi querido caballo y dejar en tierra todo esto que, de antemano, sé que no va a ser nada fácil.

—Hola, bonito —musito, acariciando su cabeza y frotando suavemente mi mejilla contra la suya—. Te he echado mucho de menos —digo mientras Trueno relincha, dándome la bienvenida.

«Está mayor —pienso, sintiendo cómo una lágrima se desliza por mi mejilla—, y apenas he disfrutado de él estos últimos años», me recrimino, abrazándome a su cuello, sintiendo su crin hacerme cosquillas en la nariz.

—Te he echado mucho de menos, tendría que haber venido más por aquí —susurro solo para nosotros—. ¿Quieres que salgamos a correr o ya no estás para esos trotes? —le pregunto como si fuera a contestarme—. Qué bonito eres, Trueno —añado mirándolo a los ojos y, cuando relincha, sonrío a pesar de las lágrimas que surcan mi rostro—. ¿Eso es un «sí, vamos a salir a correr» o es un «sí, soy bonito»? —le pregunto bromeando, empezando a ensillarlo—. Como no te entiendo, voy a decidir por ti —murmuro sonriendo.

«No me había dado cuenta de lo cansada que estoy del tráfico, de las prisas y del estrés hasta que he llegado aquí —reflexiono mientras monto al caballo para dirigirme al largo camino que me alejará de las caballerizas—. No me había dado cuenta, llevada por el latido de Nueva York, de cuánto anhelaba oír otro latido, el suyo junto al mío —prosigo, evadiéndome para dejarme mecer por mis pensamientos—. No me había dado cuenta de cuánto necesitaba respirar el silencio, la calma y la paz que llena tus pulmones y tu alma, y que solo aquí encuentro —continúo, realizando una profunda inspiración—, y no me había dado cuenta de la falta que me hacía echar el freno para poder extender mis brazos y sentir que abarco la felicidad con ellos», me digo, sintiendo cómo mi pecho se llena de miles de sentimientos, no de felicidad, pero sí de otros que me hacen sentir bien y que no traen consigo ningún tipo de duda y, aunque el jardín donde habitan las mariposas de colores brillantes todavía está lejos, al menos espero haber encontrado el camino para llegar a él.

Con ese amago de felicidad empezando a aletear discretamente en mi pecho, inicio el galope al amparo de la cordillera que, «como un vigía de mi vida o como una madre amorosa que nunca desfallece, siempre está ahí, custodiando mis pasos», pienso mientras comienzo a volar a lomos de Trueno y lo que deseo se hace más palpable... Quiero pisar todos los días la tierra de mi familia, empaparme de estas vistas y aprender el arte de hacer vino; anhelo pasar mi tiempo con la gente que quiero y deseo cosas que posiblemente no debería atreverme a desear, «no después de tanto tiempo —me digo, espoleando al caballo para correr un poco más—, y también quiero mi ahora, quiero el viento azotando mi rostro, quiero todo esto que estoy sintiendo y quiero reconocerme de nuevo en su mirada, pero, si no ocurre, si no lo encuentro, seguiré queriendo esto, porque esto, el legado de mi familia, lo que corre por mis venas, es tan fuerte como lo que siento por él».

Y, como siempre ocurre cuando permito que mis emociones me guíen, acabo frente a su casa, esa en la que vivimos tantas cosas... Su casa, esa en la que, en mi imaginación y en mis sueños, me he visto cientos de veces viviendo... «incluso he oído el ladrido de un perro», rememoro, percatándome de que las guirnaldas que decoraban la parra ya no están. «Vaya, las ha quitado», pienso, sintiendo cómo mi pecho se contrae mientras, a lomos del caballo, me acerco un poco más para comprobarlo, deseando haberme equivocado... No, no lo he hecho, ya no están... Esas guirnaldas que colgó cuando yo era una cría ya no están, «como posiblemente tampoco estarán otras cosas —me advierto con dolor...—, pero es normal —me digo, sintiendo cómo la tristeza late en mi garganta—, han pasado cuatro años, cuatro años en los que ese Vic y esa Val que empezamos a ser han desaparecido, tanto que ya no queda ni rastro de ellos, perdidos como están en el camino del olvido... y ha llegado el momento de retroceder para buscarnos o, al menos, intentarlo».

—¿Estás cansado, Trueno? —le pregunto, sintiendo su respiración trabajosa—. Venga, regresemos, bonito. Necesitas descansar —musito, sabiendo que voy a tener que empezar de cero, y no solo en la bodega.

Tras dejar atendido al animal en las caballerizas, me dirijo a casa, esperando encontrar esta vez a mi padre, y, en cuanto pongo un pie en ella, oigo su voz proveniente de la cocina, y no solo su voz, también la de mi hermana y la de José. «Esto es cosa de mi Casi», me digo, corriendo hacia esas voces que son parte de la música de mi vida.

—¡Vayaaaaa! Menuda sorpresa —exclamo, sonriendo abiertamente, viéndolos charlando en torno a la barra.

—¿Valentina? —suelta mi padre, sin dar crédito, mientras Alana, cual loca, corre hacia mí para tirarse en mis brazos.

—¡Pavaaaaa! ¡No sabía que venías! ¿Qué haces aquí, reina de las nieves? —me pregunta, haciéndome reír mientras me zafo de sus brazos para fundirme en los de mi padre.

—¡Papá! ¡Qué alegría verte!

—Casi nos ha hecho venir a todos porque decía que tenía una sorpresa, pero nunca imaginé que tú fueras la sorpresa. ¿Qué haces aquí, hija? No sabía que tenías pensado visitarnos —me dice mientras me aferro a sus brazos, permitiendo que la emoción me ahogue.

—Tengo muchas cosas que contaros y que no pueden

salir de aquí —les comunico, separándome de mi padre ante la mirada sorprendida de todos.

—¡Pero eso lo cuentas mientras almorzamos!, que se me enfría la comida —interviene Casi, con ese brío que la acompaña siempre—. Venga, todos a la mesa, que la niña tiene muchas cosas que explicaros y yo he echado la vida entera por la boca para tener esta comida lista para todos.

—¿Qué sucede? —me plantea mi hermana a la vez que nos acomodamos en torno a la mesa.

Y, llenando mis pulmones de aire, les cuento qué hago aquí, ante la mirada emocionada de mi padre.

—Ya había perdido la esperanza de que llegara este momento —declara con esa voz llena de matices que es mi casa y mi mundo entero.

—Si te digo la verdad, hubo momentos en los que yo también lo hice —le confieso, sonriendo—. Papá, quiero empezar de cero en la bodega y quiero que seas tú el que me lo explique todo, como hizo el abuelo contigo, y, cuando se abra el período de matriculación, voy a empezar a estudiar enología, y esta vez no va a haber excusas —le indico, completamente segura de mis palabras, mientras él me mira con los ojos empañados por las lágrimas.

—Pero, si ya lo tienes claro, ¿por qué no se lo dices a tu agente? —inquiere Alana.

—Porque un amigo me aconsejó que no rompiera con todo antes de saber si podría vivir sin lo que deseo —le contesto, consciente de que no estoy siendo muy clara—. Me he puesto un período de prueba de un mes. Si dentro de un mes continúo estando tan segura de esto como lo estoy ahora, anunciaré mi retirada para no volver.

—¿Qué es lo que deseas y no puedes tener? —me plantea mi padre, silenciando al mundo con su pregunta.

—Lo que tuve y perdí —respondo con tristeza—. Algún día te lo contaré, papá —añado mientras todos guardan silencio, pues todos, excepto él, saben a lo que me refiero.

—Bienvenida a casa, hermanita. Si me permites decirlo, estás haciendo lo correcto; esto siempre tiró de ti tanto o más que lo otro y, si lo hizo, fue por algo —afirma Alana, y le sonrío, sabiendo que tiene razón.

—Opino como tu hermana y, si vas a apostar por esto, vas a hacerlo a partir de ahora —me dice mi padre con esa voz cargada de miles de matices que siempre me han recordado una copa de vino tinto gran reserva, ese que, posiblemente, algún día crearé para él.

Capítulo 21

Cuando terminamos de comer, y tras despedirnos de mi hermana y de José, que regresan a Logroño, nos dirigimos hacia los viñedos, donde, mientras vamos dejando nuestras huellas marcadas en la tierra, me dedico a escuchar las explicaciones de mi padre sobre el arte de hacer vino, ese arte que ha marcado su vida entera y que, en cierto modo, también ha marcado la mía, pues, a pesar de haber llegado a lo más alto en el sector de la moda, nunca fui capaz de olvidar este pequeño trocito del mundo que a mis ojos siempre fue un mundo entero.

—Fíjate, hija... Con la llegada de la primavera, la savia que había bajado por el tronco comienza a ascender de nuevo y, con ella, empiezan a brotar los pámpanos sobre los sarmientos —me cuenta, señalándome estos últimos, esos brotes largos, delgados y nudosos que crecen a partir de las yemas—. A ti te gusta el otoño y la vendimia y, en cambio, a mí me gusta la primavera, pues es símbolo de nacimiento y de vida, te da otra oportunidad año tras año y te permite subsanar los errores del pasado —me dice, mirándome de una manera que no entiendo.

—¿A qué te refieres? —le planteo, frunciendo el ceño.

—Ya lo entenderás a su debido tiempo. Vas a tener

que aprender a ser paciente, porque las uvas, como todo en la vida, requieren de grandes dosis de paciencia y de tiempos, esos que no siempre son los mismos; requieren amor y constancia y, sobre todo, esperanza, porque estamos expuestos a demasiados factores que pueden echarlo todo por tierra, a pesar de haber hecho un buen trabajo.

—¿Seguimos hablando de las uvas? —inquiero a la vez que oigo el motor de un vehículo acercarse, uno que me es demasiado familiar y, cuando me vuelvo, siento cómo mi mundo se detiene—. ¿Qué hace aquí, papá? —le pregunto finalmente, con la mirada fija en él, que está empezando a acercarse a nosotros.

—Yo le he pedido que viniera —me aclara con ese tono cargado de miles de matices que en estos momentos son capaces de mantener mi mundo detenido.

—¿Para qué? —musito, notando cómo el corazón comienza a latirme de un modo distinto.

—¿Qué acabo de decirte? —me formula, mientras siento que, de nuevo y como me ha sucedido antes, me paralizo con su presencia.

—Demasiadas cosas —consigo articular finalmente.

—Pues piensa en ellas —me señala, volviéndose hacia él, y lo hago yo también para darme de frente con todo lo que pude tener y no tengo—. Hola, Víctor, gracias por venir —lo saluda, tendiéndole la mano.

—¿Qué ocurre? —indaga, correspondiendo a su saludo, sin tomarse la molestia de mirarme ni de saludarme, mientras que yo, por el contrario, debo hacer verdaderos esfuerzos para no demorarme en su ceño fruncido, en sus ojos entrecerrados, en su barba recortada y en todo su cuerpo.

—Hola, Víctor —lo saludo finalmente, sin darle ni un ápice de emoción a mi voz, sin tenderle la mano ni darle un par de besos, simplemente manteniéndome en mi sitio.

—Valentina —me responde, dedicándome una fugaz mirada que apenas dura una milésima de segundo y trayendo el frío con ella.

—Os preguntaréis qué hacéis aquí, ¿verdad? —interviene mi padre mientras lo miro sin saber qué se trae entre manos, pues yo sí sé qué hago aquí o, al menos, eso creo—. Víctor, no sé si estás al corriente, pero mi hija Valentina va a estar un mes aquí de vacaciones y le gustaría conocer un poco más el negocio. Me ha pedido que sea yo quien se lo muestre y, aunque en un principio iba a ser así, he decidido que seas tú quien lo haga...

—¿Quéééééé? —suelto, cortándolo.

—Déjame hablar, ¿quieres? —me pide con seriedad mientras no puedo creer que vayamos a repetir nuestro pasado. Maldita sea, a esto se refería mi padre con el discursito de antes.

—¿Esto es la primavera para ti? No me fastidies, papá —le espeto de malos modos.

—Oye, Pedro, sabes que siempre acato tus peticio...

—Callaos —nos exige, con ese tono autoritario que solo emplea en contadas ocasiones, pero que, cuando lo hace, no acepta réplica alguna—. Víctor, tú tienes una visión más actual del negocio y lo conoces tan bien como yo; no se me ocurre nadie mejor que tú para hacerlo. Yo estoy viejo, hombre, y, para mi hija, mis explicaciones son «discursitos», ya lo sabes —le dice, como si yo no estuviera delante.

—Pedro, no es que no quiera, es que no puedo. Joder, si estoy hasta arriba —le contesta Víctor con seriedad, intentando hacerlo razonar cuando debería saber que, cuando a mi padre se le mete algo en la cabeza, es casi imposible hacerlo cambiar de opinión.

—Perfecto, así es como tienes que estar para explicárselo todo bien. Si estuvieras ocioso, no me servirías, y ahora, pareja, os dejo, que tengo cosas que hacer —nos anuncia, empezando a alejarse de nosotros.

—No me lo puedo creer —farfullo, todavía asimilando lo que termina de hacer y sonriendo finalmente.

Y yo creyendo que mi padre no se enteraba de nada... Viejo zorro.

—¿Puedes decirme qué es lo que te hace tanta gracia? —me plantea con fastidio, una vez que nos quedamos a solas, y sonrío un poquito más.

—No lo entenderías —le respondo, sonriendo abiertamente, ¡qué grande es mi padre!

—Lo que no entiendo es por qué no haces como todos los millonarios y te largas a pasar tus vacaciones a una isla paradisíaca en lugar de venir aquí a tocarme las pelotas —masculla entre dientes mientras siento cómo el mundo comienza a girar de nuevo y dejo de sentir esa sensación paralizante.

—Porque no soy una millonaria al uso —le contesto arrugándole la nariz y quebrando, durante el breve instante que dura un latido, la barrera con la que se mantiene alejado de mí.

—Pues ya podrías serlo, joder —sisea, echando a andar—. Oye —masculla volviéndose, anclándome a su mirada, que ahora, con la luz del sol, me recuerda a las esmeraldas—, no sé qué es lo que pretendes ni lo que pretende tu padre, como tampoco sé a qué viene este interés repentino por el negocio cuando vas a volver a largarte, pero lo que sí sé es que las cosas han cambiado para mí y, ahora, ni siquiera deseo que seamos amigos, así que, por todo lo que le debo a tu padre, acataré su petición, pero solo eso; no esperes nada más por mi parte.

—¿Y quién te ha dicho que espero algo? —le rebato con seriedad, obligándome a mantener la mente fría—. Ni siquiera sabía que iba a hacer esto —le confieso, indagando en su mirada, que es tan fría que con ella consigue anular la calidez del sol—. Entiendo que no desees que seamos amigos; si te soy sincera, yo tampoco lo deseo, pero, al menos durante estas semanas, espero que seamos capaces de tolerarnos —concluyo mientras me dedica una última mirada antes de echar a andar hacia su vehículo.

«Tolerarse podría considerarse el último escalón antes de proseguir el descenso hacia la falta de respeto, el desprecio y el odio, unos escalones que espero no tener que bajar nunca», medito con tristeza mientras lo sigo en silencio.

Tras cuatro años alejada de él, me veo de nuevo sentada en el asiento de su todoterreno, ese que fue testigo mudo de tantas cosas; tras cuatro años, vuelvo a sentir la fragancia de su jabón y de su colonia llenando mis fosas nasales, y, tras cuatro años, vuelvo a tener su cuerpo demasiado cerca del mío, con la excepción de que ahora su frialdad choca con mis anhelos cuando antes éramos puro fuego.

«*Take on me*, de A-ha —me digo a mí misma cuando empieza a sonar ese tema, jugando en silencio a nuestro juego de adivinar las canciones—. Vaya... todavía recuerdo el grupo», pienso mientras él toma el desvío que nos llevará de vuelta a la bodega, preguntándome si él también estará jugando como estoy haciendo yo, si estará preguntándose si recuerdo la canción y el grupo o...

El sonido de mi móvil me saca de mis pensamientos y, cuando veo el nombre de Cat en la pantalla, niego con la cabeza, resoplando suavemente. Mierda.

—Me pillas en un mal momento —le digo con sequedad, pues sé que Víctor habla el inglés a la perfección y no me apetece hacerlo partícipe de nada de mi vida, al menos no por ahora.

—Vaya, pues lo siento mucho, yo tengo un mal momento desde que me dijiste que no volvías, así que aún te queda un largo trecho hasta igualarlo al mío.

—Venga ya, no es para tanto —musito, dirigiendo mi mirada hacia la ventana.

—¿Que no es para tanto? —me pregunta, alzando la voz—. Valentina, hay contratos que ya han finalizado y que deben renegociarse, eso por no hablar de cómo tienes la agenda. ¡No puedo anulártelo todo! —suelta, exasperada.

—Pues aplázalo. Oye, tengo que colgar, ya te llamo yo luego —le indico, sintiendo que, otra vez, me muevo entre dos aguas, pero con la excepción de que en esta ocasión sí sé qué corriente va a arrastrarme.

Hacemos el trayecto de regreso en un incomodísimo silencio, roto únicamente por la música que, si de mí dependiera, quitaría de inmediato, pues no deja de traerme recuerdos con cada una de sus letras que en estos momentos prefiero no recordar.

—Joder... —masculla entre dientes cuando estaciona en el parking y lo veo descender del vehículo, tan tan cabreado que, durante unos segundos, valoro dar media vuelta y largarme, pero eso sería lo fácil y, si no recuerdo mal, fue precisamente él quien me dijo que las cosas importantes eran las que más costaban, así que, decidida a luchar, esta vez sí por lo que es más importante para mí, lo sigo hasta llegar a «nuestro despacho», sintiendo cómo «el frío» me da de lleno en el rostro en cuanto accedo a él.

»¿Y qué se supone que he de hacer ahora contigo? —me pregunta, emanando rabia por todos los poros de su piel.

—No soy un perrito faldero con el que tengas que hacer algo y, por supuesto, tampoco tienes que entretenerme —declaro con fingida calma, sentándome en la silla que hay frente a su mesa mientras él posa una mano en su cadera y con la otra se atusa el cabello, en un gesto de frustración que no me pasa desapercibido—. Conozco este negocio, no tan bien como tú o por supuesto como mi padre, pero he crecido en él y, en términos generales, sé de qué va el asunto... y ahora quiero ampliar mis conocimientos —le explico con frialdad mientras él posa su mirada acerada sobre la mía.

—Y, como la señorita ahora quiere, todos debemos doblegarnos ante sus deseos y estar disponibles para ella. Eres una caprichosa, Valentina —me dedica con acritud, sentándose en su silla, frente a mí.

«Valentina... no Val, no ha vuelto a llamarme así, como yo tampoco he vuelto a llamarlo Vic», me percato, sintiendo que mi pecho se contrae.

—Esa es tu percepción, pero, que lo sea, no significa que sea la correcta.

—Ese es el recurso fácil —me rebate entre dientes.

—Te equivocas, simplemente es lo que es, y ahora, como no somos amigos ni queremos serlo, vamos a trabajar. Dime qué estás haciendo y en qué puedo ayudarte —replico, con esa frialdad con la que me he manejado tan bien durante estos últimos años.

—¿Ayudarme? Venga ya, no tienes ni idea de ventas, de contabilidad o de marketing, y, por supuesto, de enología ya ni hablamos... porque no llegaste ni a empezar a estudiar, ¿verdad? —me suelta, intentando intimidarme con la mirada y sin llegar a conseguirlo.

—Para no querer que seamos amigos, estás muy hablador. No des las cosas por hecho, porque vas a equivocarte. Fuiste tú quien me dijo eso, ¿no es cierto?, pues aplícatelo —siseo entre dientes—, y, ahora, deja tus prejuicios y tus juicios a un lado y dime qué he de hacer —prosigo, sosteniéndole la mirada y retándolo con ella.

—Como quieras —me dice, recostándose en su silla y, durante un fugaz instante, veo un brillo distinto en su mirada y, de antemano, sé que va a retarme con algo—. Tu padre y yo estamos valorando la posibilidad de ampliar la bodega —empieza a contarme mientras pongo toda mi atención en cada una de sus palabras—. Como sabes, las tinas con las que se hacen las fermentaciones son todas de madera y queremos seguir apostando por ese material, pero, a la vez, también nos gustaría comenzar a trabajar con depósitos de acero; con ellos se controla mejor la temperatura y, además, el mantenimiento y la limpieza son mucho más sencillos, así que estamos pensando en crear una segunda sala de fermentaciones adyacente a la que ya existe.

—Los matices que le da la madera al vino no se lo dará el acero, y apostar por el acero equivaldría a disminuir la cantidad de vino que fermentaría en madera —matizo, recordando que tenemos un tope de producción por hectárea.

—No si producimos más —me rebate, seguro de sus palabras.

—No podemos producir más, sabes que el Consejo Regulador no nos lo permite —replico mientras él me mira enarcando una ceja.

—¿Por qué no iba a hacerlo si adquirimos más terrenos?

—¿Vais a hacerlo?

—En eso estamos, fíjate —me señala, mostrándome un plano—: Empezaríamos con ocho depósitos de dieciocho mil kilos cada uno, con la posibilidad de ampliarlos a dieciséis. Estos depósitos estarían conectados entre sí y, a su vez, estarían reflejados en este panel, desde el cual podríamos controlar la temperatura de cada depósito y saber qué ocurre en cada uno de ellos sin necesidad de estar presentes en la bodega. Joaquín podría estar en los viñedos o de viaje y, desde allí, controlar la fermentación sin estar aquí —me cuenta, refiriéndose al enólogo de la bodega—. Sin embargo, la inversión es importante y hay que estar seguros de poder hacerle frente —añade, deteniéndose en sus explicaciones cuando su teléfono comienza a sonar—. Dame un segundo —me pide, y asiento mientras dirijo la mirada hacia la ventana—. Estoy reunido... ¿Esta noche? Claro, estoy libre... —conversa con su interlocutor, y me centro en cada detalle de su voz. Sé que ha sonreído, sin necesidad de haberlo visto, y que se ha recostado de nuevo en su silla, adivino mientras mi corazón comienza a latir a un ritmo distinto—. Yo también.

¿Yo también? Yo también te quiero, yo también tengo ganas de verte, yo también estoy deseando besarte, tocarte, hacerte mía... «Yo también» abarca tantas cosas, me fustigo, con la certeza de que está hablando con una mujer, sintiendo cómo me roba el aliento con cada una de sus palabras.

—A las nueve está bien... Sí, genial, nos vemos en mi casa, entonces... ¿Seguimos? —me pregunta, sacándome de mis pensamientos, cuando cuelga.

—Por supuesto —contesto con voz neutra, decidida a que no sepa lo que siento.

—Ya tenemos dos presupuestos muy ajustados, pero quiero otro; encárgate tú —me ordena, sorprendiéndome y consiguiendo que me olvide de la conversación que acaba de mantener.

—Perfecto —respondo con decisión, como si buscar depósitos de acero y hacer instalaciones de ese tipo formara parte de mi día a día—. Dame todo lo que tengas —añado, sosteniéndole la mirada, decidida a mejorar estos precios mientras cojo el dosier que me tiende de inmediato—. ¿Quién ha negociado estos precios? —inquiero, frunciendo el ceño, cuando llego al final del primer presupuesto y veo la cifra a la que tendríamos que hacer frente.

—Yo —me informa con dureza—, y cuando digo «mejorar estos precios» no me refiero a bajar el presupuesto mil o dos mil euros, me refiero a bajarlo considerablemente.

—Lo tengo claro —le indico, levantándome—. ¿Sigue siendo esta mi mesa o esta vez voy a tener el honor de tener un despacho para mí sola? —le planteo con desdén, deseando que no haya un metro libre en toda esta bodega en la que pueda poner una mesa.

—El día que trabajes en esta bodega, si es que ese día llega, será cuando tendrás un despacho propio. Mientras tanto, confórmate con esta mesa —suelta con sequedad mientras sonrío por dentro, encantada de la vida.

—Genial —mascullo, fingiendo fastidio—. Necesito un ordenador, un teléfono y, ya sabes, papel, boli y esas chorradas que suelen utilizarse cuando tienes que mejorar unos precios bastante desorbitados —escupo con altivez, y, sin molestarse en mirarme, se levanta para tenderme un portátil y todo lo que le he pedido.

—Aquí tienes, reina del hielo. Vamos a ver si eres capaz de hacer algo más que no sea mirar a la cámara como si el mundo te debiera algo —me dice, sorprendiéndome.

—¿Hago eso? Vaya, no tenía ni idea —le rebato con frialdad, mientras oigo cómo llaman a la puerta y, al segundo, y sin esperar invitación, alguien la abre.

Alguien que es una mujer, vestida con el uniforme que utilizan las chicas que están en la tienda, pero con una talla menos de la que le corresponde.

—Lo siento, no sabía que estabas ocupado —se disculpa, y compruebo que no lleva carpetas ni nada que justifique su presencia.

—No lo estoy —le contesta con una sonrisa, saliendo del despacho seguido por ella.

«Venga ya, acaba de quedar con una tía, porque estoy segura de que era una tía, ¿y también se tira a esta? No me jodas —pienso, alucinada y sorprendentemente aliviada—, porque, seamos realistas... si se tira a dos mujeres a la vez es porque no le importa ninguna —me digo, sentándome en mi silla despreocupadamente—. Un momento, ¿y si esta es la mujer del teléfono?», me planteo, sintiendo cómo me paralizo con esa pregunta mientras él abre la puerta, accediendo de nuevo al despacho, y una idea comienza a materializarse en mi cabeza.

—¿Necesitas algo más para mejorar esos precios desorbitados? —inquiere con sequedad, y me vuelvo hacia él para mirarlo con altivez.

—¿Necesitas algo más para ponerte a trabajar?

—No he dejado de hacerlo en ningún momento —me rebate con voz acerada, fulminándome con la mirada.

—Pues no lo parece. Por cierto, quiero estar presente en todas las reuniones a las que asistas —suelto con frialdad.

—Mientras tenga ese presupuesto encima de mi mesa antes de que te largues, por mí puedes asistir a cuantas reuniones quieras —masculla entre dientes, y lo miro sintiendo cómo, con nuestra forma de hablarnos, algo se resquebraja dentro de mí.

—Perfecto, y, ahora, deja de entretenerme —le indico, volviéndome hacia la pantalla de mi portátil, incapaz de ver con claridad las letras que hay en ella, cegada como estoy por el dolor.

Un dolor que ha llegado para anular por completo los celos y la rabia que había sentido antes, pues, al fin y al cabo, verlo tontear con una mujer o quedando con otra no es algo nuevo para mí, ya lo viví con la señorita López Zapatos de tacón de muchos centímetros, y, aunque no me guste presenciarlo, lo conozco y sé lo que significa el sexo para él, pero esto... que me ignore de este modo y percibir que no le cuesta hacerlo, esto sí que es algo nuevo y que nunca había vivido con él, y duele, duele mucho, aunque me diga que es normal y que todo tiene un proceso, aunque me repita hasta la saciedad que han pasado cuatro años y que no puedo regresar y pretender que lo deje todo por mí cuando ni siquiera le he dado motivos para hacerlo... pero que lo sepa y que lo entienda de manera racional no es suficiente para que deje de dolerme de manera irracional.

Me obligo a centrarme, repitiéndome lo que no dejo de repetirme continuamente, y, mientras lo oigo hablar por teléfono, mi alma se quiebra con su voz, esa voz que meció mis anhelos y los impulsó hacia arriba mientras que ahora se mantienen anclados al suelo, presos con unos grilletes que les impiden moverse.

—Son las ocho, ¿te queda mucho? —me pregunta, y llevo la mirada hacia el reloj de mi ordenador, sorprendiéndome por la velocidad con la que ha pasado el tiempo mientras buscaba empresas que tuvieran depósitos de acero e hicieran instalaciones como la que tienen en mente.

—Puedes irte si quieres —le respondo sin molestarme en mirarlo, centrándome de nuevo en lo que tengo entre manos.

—No queda nadie —me dice como si eso fuera impedimento alguno para que me quedara, y me vuelvo finalmente hacia él para darme de frente, como cada vez que lo miro, con mis deseos, mis anhelos y con lo que pude tener y no tengo.

Dicen que hay un cielo y un infierno, como si fueran lugares a los que poder dirigirte cuando tu alma abandona tu cuerpo, pero yo creo que el cielo y el infierno son un estado mental; un estado de bienestar, de amor, plenitud y de paz en el caso del cielo, y de malestar, de carencia, de pérdida y de desasosiego, en el del infierno, y creo que no necesitas morir para estar en uno o en otro. Yo estuve en el cielo, lo toqué con la yema de mis dedos, me sentí plena, dichosa, rebosante de amor y feliz y, cuando mi alma corrió en su busca, conocí el infierno y me quemé en él hasta que me acomodé en el limbo, en ese lugar cómodo donde no sientes, donde no duele, donde no es ni lo uno ni lo otro, pero que es el peor lugar al que puedes ir, porque dejar de sentir es como morir un poco más y, ahora, cuando lo miro, como estoy haciendo, cuando mis deseos gritan tan fuerte que es imposible no oírlos, siento que estoy a un paso del infierno, de ese infierno en el que ya estuve y en el que me quemaré de nuevo si no hago nada por volver al cielo de su cuerpo.

—Perfecto, ¿quieres algo más o puedo seguir? —le pregunto finalmente, sin saber cómo volver a ese cielo, sintiendo que he dejado de ver el camino que me llevará al jardín donde las mariposas de colores brillantes alzaban el vuelo, pues una niebla repentina lo ha borrado hasta desdibujarlo.

—Activa la alarma cuando te largues —me contesta, con voz acerada, antes de darse media vuelta y salir del despacho.

—Maldita sea —mascullo para mí, recostándome en la silla, sintiendo el dolor palpitarme en la garganta mientras vuelvo mi mirada hacia el reflejo que me devuelve el cristal de la ventana... «El reflejo», ese que captó Nick y que me llevó a saborear las mieles del éxito, rememoro, apoyando la cabeza en el respaldo de la silla, sin dejar de observarme—. ¿Qué verá él cuando me mira? ¿Verá a la mujer que ven todos o será capaz de ir un paso más allá y verme a mí? —me pregunto, alejando la mirada de mi reflejo. Puede que ni siquiera me vea; de hecho, no ha vuelto a llamarme Val ni yo he vuelto a llamarlo Vic, y ya sé que acabo de llegar y sé todo lo que tengo que saber, pero saberlo, a veces, no es suficiente.

Capítulo 22

Doy por finalizada mi jornada a las nueve y media, completamente agotada, sorprendentemente hambrienta, satisfecha con todo lo que he conseguido en apenas unas pocas horas, pues he localizado ya a tres empresas que hacen ese tipo de instalaciones, y también tremendamente decepcionada, sintiendo el calor del infierno empezar a caldear mis pies y, mentalmente, retrocedo un paso.

—Genial, estoy sin coche —mascullo para mí, cuando piso el parking y recuerdo que he llegado con el suyo.

«Mañana sin falta voy a pedirle las llaves del Jeep a mi padre», me digo al echar a andar, más que dispuesta a llevar a cabo la idea que he tenido en el despacho y consciente de que tengo un largo camino por delante hasta llegar a su casa. Mientras me dirijo a ella y el frío, poco a poco, va calando en mi cuerpo, permito que mi mente tome el control de mis pensamientos. Ayer estaba en Londres y hoy en mi casa; ayer era todavía modelo y hoy siento que he dejado de serlo; ayer era todavía la reina del hielo y, hoy, soy simplemente yo, Valentina.

Paso por delante de la piscina, sintiendo cómo los recuerdos caminan a mi lado, mostrándome de nuevo lo que pude tener y no tengo, y, cuando llego frente a su casa, siento cómo mi corazón comienza a latir más rápido, más acelerado, más fuerte, tanto que casi no puedo ni respirar, mientras me acerco a la puerta trasera de su vivienda. Tiene las luces del porche encendidas y también las del interior, descubro mientras la bordeo, amparándome en las sombras. «Si me pilla, voy a morirme de vergüenza», me digo, siendo todo lo precavida que puedo y dirigiéndome sigilosamente hacia la ventana que da al salón.

Apoyo la espalda en la pared, notando cómo me sudan las palmas de las manos y cómo mi corazón golpea mi garganta con cada latido, mientras agudizo el oído intentando captar algo, pero sin llegar a conseguirlo, percatándome de repente de que no he puesto mi móvil en silencio. «Mierda, soy una espía espantosa —me riño, buscándolo en el bolso y deseando que nadie me llame en estos momentos—. Mierda, mierda, mierda, suerte que lo he recordado», me digo a la vez que lo pongo en silencio, y respiro aliviada. «Venga, vamos, mira de una vez», me apremio, moviéndome lentamente, siendo consciente de que no va a gustarme ni un pelo lo que voy a ver y, aun así, decidida a verlo, pero no hay nadie en el salón... «Estarán en la habitación, y allí siempre tiene las cortinas corridas», recuerdo con fastidio.

«Pues nada, voy a tener que esperar... —pienso, resignada, notando cómo el frío sube por mis pies—, y no es un frío imaginario, es tan real que está helándome... mientras que él estará todo sudoroso, joder.»

Pasan diez minutos, quince, veinte... «¿Es que no tienen intención de salir nunca de su dormitorio?», farfullo mentalmente, empezando a impacientarme, medio congelada ya... Media hora, tres cuartos de hora, una hora... «Joder, ¿es que ni siquiera tienen sed?», me pregunto, haciendo polvo el salón con la mirada, pues no sé en qué momento me he vuelto tan confiada, cuando la primera vez me ha costado la vida entera echar un fugaz vistazo. Cuando estoy a punto de rendirme y lárgame a mi casa, oigo su voz proveniente del interior y, con ella, muero. Ha abierto la puerta del porche. «Ay, mierda, que se está despidiendo y no he visto a la mujer», maldigo mentalmente, moviéndome con sigilo y dando gracias al universo porque ese perro que yo imagino continuamente sea solo eso, fruto de mi imaginación, pues, si fuera real, estaría hincando sus dientes en mis ateridas piernas.

—Me lo he pasado muy bien —oigo la voz melosa de una chica, y hago una mueca mientras me acerco todo lo que puedo al borde, moviéndome tan despacio que temo que se vaya antes de que pueda comprobar si es la mujer que ha entrado en su despacho.

—Yo también —me llega su voz, esa voz sexy que es capaz de fundir mis huesos y, también, de llevarme de cabeza al infierno como no vuelva a hablarme así.

«Que no me vea, Dios mío, que no me vea... Te prometo que, si no me pilla, voy a ser mejor persona que la madre Teresa de Calcuta», le digo a ese ser supremo que espero que exista y que se apiade de mí. «Suerte que no me dedico a esto», pienso, apoyando mis manos sudorosas en la pared y sacando un poco la cabeza... «Vale, es rubia y la de la ropa ajustada era morena», observo con alivio, regresando a mi posición inicial y pegándome tanto a la pared que voy a fundirme en ella en cualquier momento. «Mierda, soy penosa. ¿Qué hago aquí?», me riño mientras no oigo nada y doy por hecho que están besándose.

—¿Nos vemos mañana? —capto de nuevo la voz de la mujer.

—Mejor no, voy a estar unas semanas muy ocupado y no creo que pueda —oigo que le responde, y agudizo el oído. ¿Le está dando largas?

—¿Quieres que vaya a tu despacho?

«Sí, hombre, ¡y una mierda!», farfullo mentalmente, poniendo todos mis sentidos en su contestación.

—No estoy solo ahora, tengo... compañía —le contesta.

—Víctor, quiero verte. No me importa a qué hora sea ni qué día.

«Sí, claro, tú rebájate más... —estoy tentada de soltarle—, pero, vamos a ver, y yo, ¿qué estoy haciendo? Llevo una hora de pie aquí fuera, con este frío de narices, y me atrevo a juzgar a la otra. Muy bien, Valentina.»

—Ya te llamo yo.

«Vale, definitivamente le está dando largas.»

—Como quieras —acepta, resignada.

Más silencio, supongo que más besos y, finalmente, el sonido de la puerta de un coche al cerrarse. Cuando oigo cómo se aleja y se cierra la puerta de su casa, suelto todo el aire de golpe. «Debería irme ya —me digo posando mi mirada en mis pies, que parecen no querer obedecer mi orden muda—. Ya he comprobado que no es la misma mujer —insisto, sin moverme un centímetro—. Vale, no voy a irme», asumo dirigiéndome de nuevo, con el mayor sigilo posible, hacia la ventana que da al salón, sintiendo cómo mi corazón modifica su latido, más tranquilo y a la vez incómodo e impaciente, como si esperara algo que no llega..., y ese algo es él, y mi corazón y yo vamos a tener que esperar a que esté listo, esperar a que madure todo esto que ni siquiera ha empezado a crecer cuando en el campo ya ha empezado a hacerlo, «y vamos a tener que ser pacientes y a aprender a tener esperanza», reflexiono, suspirando bajito, sin saber cómo voy a conseguir que vuelva a sentir lo que sintió por mí cuando nos hablamos con más frialdad que la que siento ahora reptar por mis piernas.

Lentamente y dejándome llevar por la curiosidad, vuelvo a posar mi mirada en el salón. Se ha sentado en el sofá y ha encendido el fuego... «Ha recreado parte de mi sueño sin que yo esté presente en él», me digo con tristeza, admirando su perfecto perfil, casi hipnotizada, mientras él enciende la televisión y... «¿Cómo?», alucino, olvidando cualquier precaución, cuando me doy cuenta de que va a ver el último desfile de Victoria's Secret. Congela la imagen justo en el mismo instante en el que llego al final de la pasarela y me fijo en lo que él está viendo: a mí con las alas y la corona de hielo; a mí mirando a las cámaras, como si formar parte de ese *show* me importara bien poco y a la vez fuera lo que más deseara en el mundo, mostrando esa frialdad que siempre iba conmigo y, a la vez, proyectando una ternura casi imperceptible, siendo «El reflejo» sin ser consciente de que lo era. «Claro que conseguí lo que quise, era imposible no hacerlo», me digo contemplando a la mujer que permanece congelada en la pantalla.

Así viví durante cuatro años, en el limbo, congelada a los sentimientos y a las emociones, en ese jardín donde las mariposas eran de colores discretos cuando yo sabía que había otro donde las mariposas brillaban tan intensamente que eran capaces de cegarme con su luz... la suya.

Vuelvo a la realidad cuando lo veo levantarse y acercarse a la pantalla, detectando la tensión y la frustración que emana de su cuerpo, incluso desde la distancia, y siento cómo el calor de la esperanza, y no del infierno, caldea ligeramente el mío, completamente entumecido por el frío, enfriándose de nuevo cuando apaga la televisión, para quedarse de pie frente a la chimenea, sumido en sus pensamientos, unos en los que posiblemente estaré yo presente, aunque no sé si para bien o para mal.

Cuando ya no me siento el cuerpo, y con el mismo sigilo con el que he llegado, me alejo de su casa, sabiendo que posiblemente no soy la única que está a un paso del infierno.

* * *

El resto de la semana lo paso destilando frustración a todos los niveles posibles, pues los presupuestos que me están llegando son considerable y preocupantemente muy superiores a los suyos y, si con eso no tuviera suficiente, debo negociar los precios estando él presente, algo que me repatea, y mucho, pues continuamente sabe que no lo estoy consiguiendo, lo que me hace saber con sus gestos, que, aunque son prácticamente imperceptibles, yo soy capaz de detectar al igual que detecto, de forma clara, la indiferencia con la que me trata, pues solo habla conmigo cuando estamos reunidos o cuando necesita comunicarme algo concerniente a la bodega, y parece que mi presencia, fuera de las paredes de los despachos, lo incomoda hasta el punto de rehuirla.

Ya no comemos juntos, ya no jugamos al juego de las canciones, a pesar de que la música no deja de sonar cuando vamos en su todoterreno, ya no hablamos, ya no hay miradas cómplices... solo hay indiferencia y, con ella, ese camino cada vez se borra más.

—Mierda —musito solo para mí cuando me llega el último presupuesto que estaba esperando.

«¿Cómo ha podido sacar esos precios? Mis presupuestos casi doblan los suyos —observo frustrada, mientras oigo cómo habla con *Gonsado* sobre temas de bolsa que a mí me importan cuatro bledos—. No me lo puedo creer, si es el mismo depósito y a mí me lo quieren cobrar muy por encima de su precio.»

El sonido de mi móvil me saca de mi estado de cabreo monumental y sonrío, relajándome en el acto cuando descubro quién me llama: Nick.

—Hola —lo saludo, recostándome en el respaldo de mi silla.

—Hola, cielo. —Y, con su voz, siento que mis ojos se humedecen. «Venga ya, ni se te ocurra ponerte a llorar ahora», me ordeno.

—Te echo de menos —musito mirando al techo para impedir que las lágrimas se deslicen por mis mejillas, percatándome de la cantidad de tensión que llevo acumulada estos días.

—Y yo... ¿Cómo te va todo?

—Bien, muy bien, ¿y tú? —le miento.

—Mentirosa. No está yendo como imaginabas, ¿verdad? —me pregunta mientras deslizo la mirada hacia la ventana.

—No —le respondo de manera escueta.

—¿Está delante?

—Muy listo.

—¿Quieres que lo pongamos celoso? —me propone, haciéndome sonreír a pesar de la lágrima que se ha salido con la suya y está empezando a rodar por mi mejilla—. Dime que me quieres, anda.

—Sabes que te quiero —le respondo con sinceridad— y que te echo muchísimo de menos. Creo que tú eres lo único que echo de menos —le confieso en un susurro apenas perceptible—. Ojalá estuvieras aquí.

—O tú aquí, porque yo también te echo de menos. Mierda, odio vivir solo —me confiesa.

—Yo podría darte una solución a tu problema —aprovecho, sonriendo.

—Ni se te ocurra mencionarlo siquiera —me indica, rotundo.

—Qué guantazo te daría —suelto, percatándome del silencio que hay en el despacho, y me vuelvo hacia él.

Tiene toda su atención puesta en uno de sus ordenadores y el ceño más fruncido de lo que se lo he visto estos días, y eso es mucho.

—Vas a tener que coger un avión si quieres hacerlo —me replica Nick, devolviéndome a la realidad, mientras el teléfono de nuestro despacho comienza a sonar y mantengo la mirada fija en él, que está atendiendo la llamada.

Cuando alza la mirada y observo su rostro, sé que ha sucedido algo.

—Cuelga —me ordena con seriedad.

—Tengo que dejarte, te llamo luego. Creo que ha ocurrido algo —musito antes de colgar, sintiendo que mi corazón deja de latir durante un instante—. ¿Qué pasa?

—Han llamado de las cuadras, no localizan a tu padre y Trueno... no está bien —me explica, prudente, mientras siento cómo todo se distorsiona.

—¿Cómo que no está bien? —inquiero, levantándome casi a cámara lenta.

—Vamos, yo te llevo —me propone, cogiendo su chaqueta, y lo sigo dos pasos por detrás, cuando debería estar corriendo dos pasos por delante de él, pero me da miedo llegar a las cuadras, me da miedo que hayan buscado a mi padre y luego me hayan buscado a mí...

Hacemos el trayecto hasta las caballerizas en un silencio pesado y agónico, y, cuando llegamos a ellas, casi siento que me ahogo.

—¿Qué sucede? —le pregunto al veterinario, accediendo al *box* de Trueno mientras él mira a Víctor, preocupado—. Bonito, ¿qué te ocurre? —le formulo al animal, que está acostado en el suelo, respirando trabajosamente, mientras observo ese cruce de miradas que no me gusta un pelo.

—Lo siento, Valentina. Creo que no le queda mucho —me confiesa, apesadumbrado, el veterinario, y lo miro viéndolo todo borroso.

¿Qué idiotez está diciendo este hombre?

—¿Cómo? —atino a decir mientras mi mirada se encuentra con la mirada cerrada de Víctor.

—Lo siento, creía que sabías que estaba enfermo —se excusa, sosteniéndomela mientras yo siento que la tierra se mueve... ¿Ha dicho «enfermo»?

—¿Trueno está enfermo? —les planteo sin entender

nada—. Pero si hace unos días salí a correr con él... —farfullo, recordando cómo se fatigó con nuestra carrera—. No puede ser, seguro que estáis equivocados —musito, sintiendo cómo el dolor me traspasa como un rayo, cerrando mi garganta y llevándome directa al infierno.

—Hemos estado tratándolo para el dolor, pero me temo que no le queda mucho —me indica el hombre mientras mi visión se emborrona y yo intento entender algo.

—¿Cómo va a estar enfermo si el otro día salí a correr con él? —insisto, alzando la voz, apoyando la cabeza del animal en mi regazo, necesitando tocarlo y tenerlo lo más cerca posible de mí.

—Creo que fue un regalo que te hizo —comenta mi padre entrando en el *box*, y lo miro sintiendo cómo las lágrimas comienzan a rodar sin control por mis mejillas—. Has sido un buen caballo —oigo su voz, pero no reacciono.

«¿Trueno va a morir?... Claro que no, seguro que están equivocados. Si estaba bien, ¿cómo va a morir?», me pregunto, observando sus ojos entrecerrados y su respiración trabajosa.

—No cierres los ojos, no lo hagas. Mírame, Trueno —le ruego, olvidándome de todos—. Tienes que ponerte bien... He venido para quedarme y no puedes irte tú ahora, ¿me oyes? No puedes irte, todavía tenemos que salir a correr muchas veces... Trueno, mírame —le pido, llorando, mientras siento la mano de mi padre secar mis lágrimas y el silencio que se ha apoderado del *box*.

—Hija, lo siento mucho. Cuando nos dijeron que estaba enfermo, tú no estabas aquí.

—Papá, llevo una semana aquí —le recrimino entre lágrimas—. ¿Cómo no me lo has contado?

—Porque no sabía cómo hacerlo —me confiesa con voz queda—, porque sé cuánto lo quieres y acababas de llegar... No quería hacerte sufrir.

—Papá, no puedes ocultarme las cosas —lo reprendo, enfadada, mientras veo cómo el veterinario atiende a Trueno, que respira cada vez peor, y le dedica una mirada preocupada a mi padre.

—Creo que deberías despedirte de él.

—No, claro que no... No va a morirse, eso es una tontería, papá. Deja de decirlas —le pido entre lágrimas, recordando las pocas veces que he disfrutado de él estos últimos años.

—Lo siento mucho, cariño —me dice mientras noto cómo mi garganta me estrangula y cómo mi pecho sube y baja sin control, a la vez que las lágrimas empañan mi rostro y mi visión.

—¡Os estáis equivocando! —les grito, enfadada, mientras mi padre se levanta y me mira con tristeza.

—Le quedan unas pocas horas —nos informa el veterinario, y siento toda la rabia y toda la impotencia concentrarse en cada una de las células de mi cuerpo.

—Esto debe de ser una broma, os repito que el otro día salí a correr con él, ¿me estáis escuchando? Un caballo enfermo no corre como corrió él ese día, ¡os estáis equivocando, joder! —les grito, cabreada, mojando la cabeza de Trueno con mis lágrimas—. Mírame, bonito, mírame —le ruego con dulzura y, cuando abre los ojos y posa su mirada cansada sobre la mía, sé que tienen razón, pues la vida que brotaba de sus ojos ya no está; el ímpetu de mi caballo se está durmiendo como él y yo no puedo hacer nada para evitarlo.

Abrazada a su cuello, lloro durante tanto rato que pierdo la noción de las horas, de los minutos y de los segundos... Ni siquiera sé cuándo me dejan sola mientras yo pierdo una parte de mí misma. Mi abuelo me regaló a Trueno y este caballo era el único nexo que me quedaba con él, pues, mientras lo montaba, era como si mi abuelo estuviera a mi lado, como si fuera capaz de verlo y de oír su voz de nuevo, y, entre lágrimas, recuerdo el día que aprendí a montarlo, la paciencia de mi abuelo y del animal... Recuerdo nuestros momentos juntos y esas carreras que sacaban de quicio a todos, incluido a Víctor, pero, sobre todo, recuerdo lo libre que me sentía cabalgándolo.

—Valentina... ha dejado de respirar. —La voz de Víctor me confirma lo que yo ya había percibido y me aferro más al animal, rompiéndome más, cayendo más, ahogándome más.

—¿Tú lo sabías? ¿Sabías que estaba enfermo hasta este punto? —le pregunto finalmente, empezando a incorporarme mientras él continúa sentado en un extremo del *box*, lejos de mí—. ¿Lo sabías? —insisto, sacando fuera toda la impotencia y la rabia que está sacudiéndome por dentro mientras él me mira con compasión.

—Sí, lo sabía —me confiesa, y lo miro con todo el odio que soy capaz de proyectar.

—Lo sabías y no me lo dijiste —le espeto con frialdad mientras las lágrimas ruedan por mis mejillas.

—Tu padre me lo pidió —me confiesa, levantándose y acercándose a mí, y retrocedo unos pasos.

—Y tú, como siempre, acatas sus órdenes —musito a la vez que las lágrimas comienzan a secarse en mi rostro y él guarda silencio, frenando su avance—. No puedo creer que no me lo contarais; era mi caballo y tenía derecho a saberlo.

—Que lo hubieses sabido no hubiera cambiado nada —me indica con voz neutra.

—¿Y a ti qué más te da que hubieran o no cambiado las cosas? Si lo hubiese sabido, no lo hubiera sacado a correr ese día y, por supuesto, hubiera venido todos los días a verlo en lugar de terminar hasta las tantas en la bodega —le recrimino con frialdad.

—No se va a ver a las personas o a los animales cuando sabes que tienen las horas contadas, se les va a ver cuando crees que tienen su reloj lleno de minutos y de horas, y lo haces porque los quieres y porque deseas pasar tu tiempo con ellos —me recrimina con dureza, acercándose mientras yo no puedo moverme ni articular palabra—. Es muy egoísta por tu parte vivir como lo haces, sin mirar atrás, y luego echar en cara a las personas que cuidan lo que tu descuidas que te hayan negado el tiempo, uno que tú tenías a tu alcance si hubieras querido. Llevas una semana aquí, Valentina, ¿cuántas veces has venido a verlo? ¿Una?, ¿dos? —me pregunta, secando mis lágrimas y mi alma con sus palabras—. Porque, si hubieras venido todos los días como he hecho yo, te habrías dado cuenta de que su reloj se estaba quedando sin horas y sin minutos, y sé que lo querías, pero tienes una forma de querer muy egoísta y que no entiendo.

—Te odio —musito, sintiendo cómo sus palabras cavan un hoyo profundo en mi alma—, te odio —repito, mirándolo fijamente—, te odio —susurro, sintiendo que el infierno me abre la puerta y yo accedo a él.

—Eso es problema tuyo; como siempre, eres tú la que cambia su discurso, no yo —replica mientras soy incapaz de escucharlo y me doy la vuelta, empezando a moverme, lentamente, casi a cámara lenta, hasta salir de las caballerizas.

Camino a través de los viñedos, subiendo laderas y bajándolas, sumida en el silencio más absoluto, ese que resuena por encima de cualquier sonido, viéndome en mis recuerdos, viendo a la niña que fui y más tarde a la mujer en la que me he convertido, viendo a mi abuelo, a mi padre, a mi hermana y a él, viendo mi vida, esa que tuve, esa que decidí tener y la que he decidido tener ahora, esa vida que me ha mantenido tan ocupada y alejada de las personas que más quiero y, en el peor momento de mi vida, cuando no tengo nada más que perder, tomo la decisión que la cambiará para siempre.

—Dime que vas a regresar ya —me ordena Cat en cuanto descuelga.

—Voy a retirarme —afirmo, contemplando el paisaje que me rodea.

—¿Quéééé? ¿Qué mierdas estás diciendo? ¡No puedes retirarte! —me grita mientras mis silencios se oyen por encima de su voz.

—Cat, quiero que canceles todos los trabajos que tengo pendientes, excepto los de Carolina, los de María Eugenia y los de Karl; esos, por la amistad que me une a ellos, los llevaré a cabo, del resto no quiero ni oír hablar —le indico con voz neutra—, y luego emitirás un comunicado anunciando mi retirada.

—Espera, vamos a hablarlo con calma... o, no, mejor cógete unos días para pensarlo —me pide más calmada, viendo sus adorados miles de dólares empezar a peligrar.

—Ya me he cogido unos días y ya lo he pensado: está decidido, Cat. Por supuesto, asumo las penalizaciones que puedan derivarse de las cancelaciones de los contratos.

—Por el amor de Dios, medítalo bien; no puedes estar hablando en serio —me ruega, intentando hacerme entrar en razón.

—Por supuesto que estoy hablando en serio.

—Si te vas, otra te sustituirá; hay cientos de caras nuevas deseando llegar al punto en el que estás tú —replica con sequedad, cambiando de táctica, y sonrío con tristeza.

—Es lo que tienen que hacer, llegar al punto en el que estoy yo.

—Te estás equivocando —me espeta, cabreada.

—No creo —le rebato, abrazando este mundo que siempre ha sido el mío, sabiendo que tengo muchas horas que compensarle a mucha gente—. Cat, gracias por todo. Aunque ahora estés enfadada conmigo, yo siempre voy a recordarte con cariño —le digo antes de colgar.

«Sé que Víctor tiene razón en algunas cosas —reflexiono, guardando mi teléfono de nuevo—. Sé que llevo años sin prestarle atención a mi familia, escudándome en excusas que me justificaban mi ausencia. Sé que me dejé arrastrar por los viajes, por mi trabajo y por las luces de la moda, y que esas luces apagaron estas, las de mi vida entera. Sé que he vivido con los ojos cerrados sin ser consciente de ello y, ahora que los he abierto, no voy a cerrarlos de nuevo, aunque esté en el mismo infierno», me digo, sintiendo el dolor latiendo en mi piel y en mi alma mientras emprendo el camino de regreso, con el recuerdo de Trueno y de mi abuelo caminando a mi lado.

Paso por delante de las caballerizas sin mirar... «De hecho, no sé si seré capaz de regresar algún día ni de volver a montar», pienso, sintiendo cómo las lágrimas ruedan de nuevo por mis mejillas, viendo el coche de mi padre estacionado frente a ellas. Sin detener mis pasos, prosigo mi camino, dejando que mis pensamientos fluyan libremente, sin que haya ninguna resistencia emocional que los retenga.

Me he pasado la semana buscando propuestas de depósitos de acero e instalaciones que mejoraran la suya; me he pasado la semana mirándolo de reojo, cavilando sobre su vida y dejando pasar la mía; he dejado de prestarles atención a las personas que me importan y en toda la semana no he encontrado un solo minuto para llamar a mi hermana y ha tenido que ser ella la que lo hiciera. Ha tenido que ser mi padre quien buscara mi compañía, mientras que yo estaba tan ocupada que ni siquiera era consciente de que estaba haciéndolo, y ha tenido que ser Nick quien me llamara, a pesar de cuánto lo echaba de menos, volcada como estaba en esas prioridades que no deberían serlo.

Llego a la bodega sintiendo que algo ha cambiado dentro de mí, algo que no me permitirá volver a ser quien he sido hasta ahora, y, aceptando a esa nueva Valentina, que está quemándose en el infierno de sus pérdidas, accedo a nuestro despacho.

Lo primero que veo es a él, de pie, frente a la ventana, con las manos metidas en los bolsillos de sus pantalones, manteniéndose de espaldas a mí, a pesar de que ha oído abrirse la puerta y mis pasos acercándose a mi mesa.

—Voy a cogerme el resto de la tarde libre —le informo, con la voz carente de todo sentimiento, mientras cierro mi ordenador y recojo la mesa.

«Qué curioso —pienso con tristeza—, hace nada esto era primordial para mí y, ahora, ocupa el último lugar en mi lista. Cómo cambian las prioridades cuando la vida te da una bofetada y te quita algo que quieres.»

—Lo siento —me dice, volviéndose mientras alzo la mirada hasta posarla sobre la suya—. He sido demasiado duro contigo y lo que te he dicho antes en las caballerizas estaba fuera de lugar —añade mientras me incorporo, sin alejar mi mirada de la suya—. Discúlpame.

Podría decirle mil cosas; decirle que está disculpado o no; decirle que sí, que tiene razón y que tengo una forma de querer egoísta, pero que no por ello quiero menos; podría decirle que se equivoca y que querer de forma distinta a como el otro espera que lo hagas no te hace menos merecedor de saber las cosas; podría decirle que sí, que cambié mi discurso, pero porque sentí que él había cambiado el suyo; podría decirle mil cosas y rebatirle mil cosas más... pero no lo hago, porque, en ocasiones, el silencio es nuestra mejor respuesta.

Salgo del despacho envuelta en este mutismo que no me apetece romper, porque tampoco puedo mejorarlo, y, tras conducir durante horas, llego al castillo de San Vicente de Sonsierra, este lugar al que siempre regreso cuando me siento tan perdida que no encuentro el camino de regreso.

Capítulo 23

Llego a mi casa, bien entrada la noche, encontrándome con mi padre, con Víctor y con Casi, que me miran alarmados.

—¿Sucede algo? —le pregunto a mi padre, temiéndome que, de nuevo, haya ocurrido algo grave.

—Te hemos llamado cientos de veces. ¡Claro que ha sucedido algo! ¡No te encontrábamos! —me suelta, y detecto el enfado y el miedo entremezclados entre sí.

—Qué curioso, porque yo tampoco os encuentro a vosotros —le rebato, decepcionada—. ¿Qué haces aquí? —le pregunto a Víctor, mirándolo con altivez, con sus palabras todavía resonando en mi interior.

—Yo lo he llamado, no sabía dónde buscarte ya —me aclara mi padre, y enarco una ceja.

—Cuando no me encuentres, no te molestes en llamarlo, porque no vas a encontrarme ni en su casa ni a su lado —le indico, con toda la dureza que soy capaz de hallar en mi interior, de repente demasiado enfadada como para poder medir mis palabras—. Puedes irte, Víctor; esto es un asunto familiar que no te incumbe —prosigo, deseando excluirlo de todo.

—Víctor es de la familia —me rebate mi padre con autoridad, saliendo en su defensa.

—No de la mía —musito negando con la cabeza—. Tú también lo sabías, ¿verdad Casi? —inquiero, centrando toda mi atención en ella, que me mira en silencio—. Nunca os he cuestionado nada —me dirijo a mi padre y a Casi, ignorando a Víctor, como si no estuviera presente—, pero no entiendo que me hayáis ocultado algo así. Me mantenéis al margen de todo, como si no perteneciera a esta familia, amparándoos en que vivo fuera. Me enteré de la venta de las acciones cuando hacía años que se había hecho y me he enterado de lo de Trueno cuando casi estaba muerto. Era mi caballo, papá, y tenía derecho a saberlo, estando o no estando aquí.

—Lo sé, sé que tienes razón, hija, y sé que me he equivocado muchas veces al ocultarte las cosas —me dice, ya más tranquilo, acercándose a mí—, pero hace años que no estás aquí y que haces tu vida alejada de esta casa, y tu continua ausencia ha conseguido que, al final, nos acostumbremos a ella y tomemos decisiones, acertadas en ocasiones y equivocadas en otras. Dime una cosa, Valentina, ¿habrías venido si te hubiese dicho que Trueno estaba enfermo o hubieras puesto alguna excusa que te hubiese impedido regresar? Un desfile importante, un viaje, una fiesta, un... ¿cómo lo llamas? *¿chotin?*, da igual, siempre ha habido algo por delante de todo esto —me recuerda con tristeza mientras lo miro sin verlo y sin poder creer que esté diciéndome esto—. Sé que tenía que habértelo contado en cuanto llegaste, pero tú estabas aquí, por primera vez en años lo estabas de verdad, no ibas a coger un vuelo al día siguiente ni tenías esa prisa que siempre te acompañaba cuando regresabas... Por primera vez en muchos años tenía a mi hija conmigo y no quería que nada lo estropeara.

«Tenía prisa porque no quería encontrarme con él —pienso con tristeza, bajando la mirada al suelo—; tenía prisa porque temía dudar si me quedaba más tiempo del necesario —rememoro, evadiéndome de todo esto, simplemente recordando—; tenía prisa porque esto siempre tiraba más de mí que aquello y porque esta vida dejó de ser una opción para mí hasta que lo fue de nuevo», me digo, sin poder expresarlo en voz alta, sintiéndome de nuevo cuestionada... como siempre.

—Tú lo has estropeado, papá, acabas de estropearlo ahora —replico finalmente, sintiendo las lágrimas empezar a rodar por mis mejillas—. Me marcho fuera unos días —les comunico, sintiendo que estoy en *shock* con sus palabras.

—Hija, por favor —me pide Casi mientras subo la escalera que me llevará a mi habitación, con las palabras de mi padre resonando en mi cabeza y en mi alma y entretejiéndose con las que Víctor me ha dicho en el despacho.

—Casi, déjame —le suelto con sequedad, necesitando cubrirme con cientos de capas para poder protegerme.

Llego a mi cuarto sintiendo que no inspiro suficiente oxígeno y con esa sensación tan familiar que me asalta siempre cuando regreso a casa, la de sentir la decepción de los que más quiero, y, maldita sea, no es justo.

—Vete a la mierda, Valentina —me espeta Víctor con desprecio, entrando en mi habitación de malas maneras y cerrando la puerta con un sonoro portazo.

—¿Perdona? —le pregunto, volviéndome para verlo, pero sin reaccionar. ¿Acaba de mandarme a la mierda?—. Vete.

—Solo cuando te diga lo que tengo que decirte —masculla entre dientes, tan cabreado que durante unos segundos lo miro sin poder articular palabra.

—Tu cupo de palabras ya está sobrepasado, vete —insisto cuando consigo hacerme con las mías.

—Pues vas a tener que ampliar ese cupo, porque no he terminado —me rebate, y capto la dureza de su mirada, sin poder recordar cuando me miraba del otro modo.

—Mira, Víctor, mi padre puede considerarte de la familia, pero yo no, y no te he pedido tu opinión, así que guárdatela para quien quiera escucharla —replico con frialdad, haciendo a un lado mis sentimientos.

—Me importa bien poco que quieras escucharme o no, porque vas a hacerlo de todas maneras —afirma, con voz acerada, acercándose a mí hasta quedar a escasos centímetros de mi cuerpo—. No sé si lo sabes, pero eres tremendamente injusta.

—Sí, lo sé, soy lo peor, lo tengo claro —le rebato con acritud, alejándome de él para dirigirme hacia la ventana, esa que, de nuevo, me devuelve mi reflejo y lo que él está viendo, y alejo la mirada de esa mujer que, aparentemente, muestra una frialdad que no siente.

—No te reconozco, Valentina. Me gustaría saber dónde está la mujer que yo conocía, porque no la encuentro por ninguna parte.

—Ni falta que te hace, vete —insisto, sintiendo mi garganta cerrarse por el dolor.

—Yo no necesito encontrarla, pero tu padre, sí; tu padre necesita a su hija y tampoco la encuentra desde hace años —me contesta con la misma dureza que brilla en su mirada.

—Menudo golpe bajo, Víctor. ¿Esto es lo mejor que sabes hacerlo? Porque menuda decepción me estoy llevando contigo —declaro, tragándome el dolor y escondiéndolo en un rincón de mi alma al que solo yo tengo acceso.

—Decepción la mía, pero eso no importa ahora. Mírame y escúchame —me ordena con voz acerada—: Llevas cuatro años fuera y sí, sé que estás harta de oírlo, pero vas a tener que hacerlo una vez más. Cuatro años en los que no solo ha enfermado tu caballo, también lo ha hecho tu padre —me confiesa, quitándome con esa confesión todas las capas con las que estoy cubriéndome—. ¿Sabes dónde estábamos el año pasado mientras tú desfilabas para Victoria's Secret? En el hospital, porque habían ingresado a tu padre por una neumonía —prosigue y, cuando voy a interrumpirlo, me corta él a mí—. Nos prohibió tajantemente decirte nada, su niña iba a desfilar para esa firma importante y nada podía arruinarle el momento. Ese es tu padre, el que no quiere preocuparte; el que te oculta las cosas, sí, pero no para excluirte, sino para protegerte, y porque te quiere tanto que solo desea que seas feliz por encima de todo.

—¿Mi padre estuvo ingresado en el hospital y no me lo contasteis? —le pregunto, sintiendo ganas de abofetearlo.

—Lo ingresaron un día antes del desfile. Dime una cosa, de haberlo sabido, ¿hubieras venido? —me plantea, mientras aprieto los puños a ambos lados del cuerpo, consciente de que no me lo hubieran permitido.

—Puede que no hubiese regresado ese día, pero sí después —replico entre dientes, fulminándolo con la mirada y odiándolo, sí, odiándolo, porque sabe de sobra que no hubiera podido venir, aunque lo hubiese deseado.

—Después, ¿después, cuándo? ¿Cuándo ya estaba mejor? —inquiere, tensando la cuerda—. No hubieras venido, no te mientas ni me mientas —continúa con dureza—, y, ¿sabes una cosa?, que nunca nadie te ha juzgado y todos han entendido tus ausencias, pero entiende tú también que hayan tomado decisiones excluyéndote, por el simple hecho de que no estabas, y, ahora, no puedes venir en plan justiciera echando las cosas en cara. Has dejado a tu padre hecho polvo y no se lo merece —me asegura, sosteniéndome la mirada—. Eres una malcriada que huye cuando las cosas le van mal, ¿eso es lo que has aprendido a hacer?, ¿huir?, ¿a darles de nuevo la espalda a las personas que te quieren?, ¿a hacerlas sentir culpables? Vete si quieres, pero, por mucho que huyas, por mucho que te alejes, por muchas cuerdas que rompas, no va a servirte de nada, porque lo que te persigue siempre irá contigo, vayas donde vayas —asevera con acritud—, y esto te lo digo por experiencia —matiza, guardándose las manos en los bolsillos—. No culpes a tu padre por quererte demasiado y por querer protegerte, y siéntete afortunada por tenerlo, aunque se equivoque en ocasiones en su forma de ver las cosas. Te garantizo que, si hay algo que envidio, es un padre como el que tú tienes.

—Vete —insisto, sintiendo cómo el dolor escapa de ese lugar en el que lo había encerrado para empezar a correr por mis venas hasta llegar a todas las partes de mi cuerpo.

—¿Sabes? Podrías haberlo tenido todo y te conformaste solo con la mitad, creyendo, erróneamente, que lo tenías todo —me suelta con seriedad, enlazando su mirada con la mía—. Baja y discúlpate con tu padre —me ordena antes de encaminarse hacia la puerta.

—Nunca en tu vida vuelvas a dirigirme la palabra si no es estrictamente necesario —le exijo, consiguiendo que se dé media vuelta.

Cuando su mirada se encuentra con la mía, no soy capaz de ver ninguna emoción en ella.

—Tranquila, te aseguro que no me costará ningún esfuerzo —sentencia con frialdad antes de salir de mi habitación y de mi vida.

Abrazo mi cuerpo en cuanto me quedo a solas, dejando salir finalmente este dolor que tengo agolpado en los ojos, en la piel y en el alma, deseando correr en busca de todo lo que he perdido durante estos años de la misma forma en la que las lágrimas corren por mis mejillas; mi padre estuvo enfermo y ni me enteré... Me perdí coger su mano, darle un beso y cuidarlo durante esos días; me perdí los cumpleaños de la gente que me importaba para asistir a otros que no me importaban apenas; me perdí celebraciones familiares para asistir a otras y me perdí en el camino de mi vida, perdiéndolo a él, «porque, si algo tengo claro es que lo que tuvimos no vamos a poder recuperarlo y que la muerte de Trueno ha abierto demasiadas puertas que no pueden cerrarse ahora», me digo, secando mis lágrimas.

Encuentro a mi padre en su despacho, sentado frente a la chimenea, y me acerco a él sintiéndome pequeña de repente.

—Lo siento, papá, no tenía que haberte dicho todo eso —me disculpo, sentándome a su lado, mientras él mantiene la mirada fija en el fuego.

—Si lo sentías de verdad, has hecho bien diciéndolo —me responde con seriedad, volviéndose para mirarme—. No quiero que te vayas ni que sientas que te excluimos de la familia, porque no es así; tú siempre estás presente en mi vida y en mis pensamientos, y si te oculto las cosas es porque te quiero y porque no quiero ponerte en situaciones difíciles. Sé que querías a tu caballo, pero también sé que no hubieras venido aunque te lo hubiese dicho, no porque no lo quisieras, sino porque la vida es así. Yo mismo te falté muchas veces durante tu infancia, no porque no te quisiera, sino porque mi trabajo me impidió estar a tu lado y, en lugar de estar yo, estuvieron tu abuelo, Casi o Víctor, y te acostumbraste a vivir así, sin tenerme a tu lado. Fuiste mucho más generosa de lo que soy yo, porque lo aceptaste y nunca me echaste nada en cara —añade con tristeza, dirigiendo su mirada de nuevo al fuego—. No permitas que nadie te haga sentir mal, ni siquiera yo —me pide mientras yo solo puedo llorar—. Antes he sido muy injusto contigo y lo siento mucho —añade con la voz cargada de emoción, mirándome de nuevo—. Perdóname y perdona que no te contara lo de Trueno cuando viniste; te aseguro que quise explicártelo, pero, en lugar de hacerlo, fui posponiéndolo... Tú estabas adaptándote a esta vida que es tan diferente a la tuya y no quería que nada te hiciera dudar o te entristeciera.

—Papá, nada va a hacerme dudar —afirmo cogiendo sus manos y envolviéndolas con las mías, necesitando consolarlo y dejar de ver esa pena en su rostro y en su mirada—. He venido para quedarme, y no quiero que te sientas mal, porque siempre has sido el mejor padre que podría tener. Sé que yo también lo he hecho mal y que tengo que recompensaros muchas cosas, entre ellas, el no haber estado a tu lado cuando estuviste enfermo.

—Te lo ha contado Víctor, ¿verdad? —me pregunta, y asiento con la cabeza—. Tienes muchas cosas que arreglar con él —me indica con seriedad.

—No tengo nada que arreglar, papá. Mi familia sois tú, Alana, José y Casi; él está fuera y tienes que entenderlo —sentencio, deseando que le quede claro.

—Él no va a estar nunca fuera, aunque quieras. No puedes separar las raíces de un árbol de sus ramas, porque, aunque estén en extremos opuestos, están unidos entre sí por cientos de cosas, y Víctor forma parte del árbol de tu vida, aunque ahora no quieras darte cuenta. Repara lo roto, porque, si no lo haces, ese roto siempre estará ahí, impidiéndote ser feliz de verdad —me aconseja con seriedad, y miro hacia el fuego que crepita en la chimenea—. Ven, hija —me pide mientras me descalzo para acurrucarme a su lado, con su brazo envolviendo mi cuerpo y mi cabeza apoyada en su hombro—. Víctor fue, cuando eras pequeña, el hermano mayor que nunca tuviste; a él le contabas las cosas que no le contabas a nadie, ni siquiera a mí o a tu hermana... y te enamoraste de él cuando creciste —declara, prudente, mientras yo dejo de respirar—. ¿Creías que no me había dado cuenta? Podré ser mayor, pero no estoy ciego —me dice mientras continúo sin respirar, jugándome la vida—, y él se enamoró de ti, de eso también me di cuenta, como me di cuenta de que no le fue fácil aceptarlo. ¿Quieres respirar de una vez? —me pide, y lleno mis pulmones de aire, sin poder moverme ni mirarlo—. Hija, los sentimientos son así, van por libre, como ahora. En este momento estáis enfadados y él está inaguantable desde que has regresado —me confiesa mientras sigo sin poder moverme, paralizada como estoy con su confesión—. Me ha preguntado si has venido para quedarte... Te ha oído decírselo a Trueno —me aclara mientras mantengo la mirada fija en las llamas y el recuerdo de mi caballo contrae mi pecho, liberando mis lágrimas—, y lo tienes desquiciado desde entonces. Nadie se desquicia así si el otro no le importa, así que no le hagas caso a nada de lo que te haya dicho, porque Víctor tiene también muchos rotos que reparar, aunque crea que los ha reparado.

—¿Por eso me has hecho trabajar otra vez con él? —le pregunto finalmente, secando mis lágrimas y separándome de él para apoyar mi espalda en el sofá.

—Sí, porque no imagino a nadie mejor para ti; él te complementa, te entiende como nadie y te quiere, siempre lo ha hecho, aunque de formas distintas, como tú a él, y no quiero que vuestro orgullo os prive de poder queros.

—Creo que te equivocas. Puede que me quisiera, pero ya no. Yo también lo conozco, papá, y sé que el Víctor que yo... que yo quería... ya no está —musito al fin.

—Por supuesto que está. Aunque no te lo demuestre, te aseguro que está, pero también está asustado, y esto no me lo ha dicho él, pero lo conozco de sobra y sé cómo actúa cuando se siente así.

—¿Por qué iba a estar asustado? —le pregunto, volviéndome para mirarlo, mientras él hace lo propio con una sonrisa dibujada en el rostro.

—Porque no esperaba tu regreso y ahora estás aquí, dándole un vuelco a su vida. Víctor vive cerrado al amor y a lo que las relaciones duraderas pueden aportarle; endurece la mirada y aprieta los puños, diciéndose a sí mismo que eso no va con él, como cuando llegó aquí siendo un adolescente —me explica, captando toda mi atención—. Fuiste tú la que consiguió que sus puños se abrieran para tenderte la mano, pero también fuiste tú la que hizo que volviera a cerrarlos y a endurecer su mirada.

»Él creía que estaba cómodo con su vida hasta que llegaste y le mostraste que, cuando mantienes los puños cerrados demasiado tiempo, tus dedos comienzan a dolerte... y a él le están doliendo, pero teme abrirlos y que te marches de nuevo —me confiesa mientras me mantengo callada, dejando que sus palabras choquen con mis resistencias, tal y como harían las gotas de lluvia contra el cristal de una ventana, impactando, resbalando y sin llegar a penetrar en él—. Pero, cuando el amor va por delante, no hay miedo que pueda vencer. Ve con tu corazón y, si es cierto que vas a quedarte, díselo para que no tema abrir sus puños. Repara tus rotos para que él pueda reparar los suyos.

—Lo siento, papá, pero no opino como tú. No creo que esté ni asustado ni desquiciado por mi regreso —le rebato, posando mi mirada en la chimenea—, simplemente es que ya no está para mí —musito con tristeza, oyendo el crepitar de las llamas, guardando silencio durante unos instantes—. Sé que es culpa mía y que fui yo quien lo apartó de mi lado cuando aposté por Nueva York, por eso no voy a intentar nada ni voy a ir a decirle nada mientras no sienta que él lo espera. ¿Sabes?, eso que has dicho de los puños es muy cierto, porque así está él conmigo, cerrado; antes podía leer en su mirada, saber qué pensaba sin necesidad de que me hablara, y ahora soy incapaz de ver nada en ella que no sea dureza y rabia —le cuento, recordando la forma en que me ha mirado antes en mi habitación—. Se ha roto tanto lo que teníamos que no sé cómo repararlo —susurro con tristeza, incapaz de imaginarnos ahora sonriéndonos o simplemente estando cómodos el uno con el otro.

—¿Recuerdas el otoño que viniste y te propuse preparar la presentación de tu vino con él?

—No me lo propusiste, me obligaste —apostillo con una sonrisa que no me llega a los ojos.

—Y te recordé también cómo utilizar un calientaplatos —me indica, señalándome con el dedo.

—Entonces era distinto, porque él estaba esperando que lo utilizara, pero ahora no. De verdad, papá, no intentes forzar las cosas ni hacer de celestino, porque no es el momento.

—Estáis equivocándoos.

—Posiblemente, pero, como en los viñedos, los tiempos son necesarios y nosotros ahora necesitamos los nuestros. Nos hemos hablado con demasiado desprecio estos días, casi desde que he regresado, como para pasar a sonreírnos como si no hubiera sucedido nada —le indico, percatándome de que, sin darme cuenta, he continuado el descenso por esa escalera imaginaria de los sentimientos, pasando del escalón del «tolerarnos» al del «desprecio», ese en el que esperaba no estar—. Buenas noches, papá; te quiero —le digo, levantándome y acercándome a él para darle un beso en la frente.

—Yo también te quiero, hija. Piensa en lo que te he dicho —me pide antes de que abandone la estancia.

Paso la noche en un duermevela constante, con demasiadas cosas en las que pensar, y, al final, cansada de mirar al techo, me levanto para dirigirme hacia la ventana y admirar el amanecer, tan envuelto en brumas como lo está mi vida ahora. «Dice mi padre que está asustado y desquiciado —rememoro, perdiendo la mirada en el paisaje que rodea la casa y que la niebla va engullendo lentamente con su avance—, pero yo creo que solo me ha hecho a un lado, me ha apartado de su vida como yo lo aparté de la mía, y hemos olvidado cómo incluirnos de nuevo, hemos olvidado cómo sonaba nuestra canción... Es más, somos incapaces de recordar cómo se escribía», pienso con tristeza, dirigiéndome hacia la ducha.

Nosotros, que nos entendíamos con una mirada, que vibrábamos con un roce y que éramos uno siendo dos, nos hemos quedado a ciegas, nos hemos vuelto insensibles al tacto y nos hemos desvinculado tanto del otro que somos incapaces de encontrar el camino de regreso. Hemos anulado tanto nuestros sentidos que ni siquiera recordamos que los tuvimos.

Llego a la bodega acompañada por la tristeza que se siente cuando te das cuenta de que eso que tanto añorabas empieza a desdibujarse, a desaparecer, como el paisaje cuando la niebla lo engulle; ese paisaje que, aunque sabes que está ahí, eres incapaz de ver por mucho que te esfuerces en hacerlo. Yo no puedo verlo ni tampoco encontrarlo, y, en mi ceguera y en mi pérdida, evito que él haga lo mismo conmigo.

Accedo al despacho envuelta en el mismo silencio que ayer me acompañaba cuando me marché y, mientras dejo mis cosas, no lo miro ni le dirijo la palabra, y él hace lo propio conmigo... y no me gusta, no me gusta mantenerme en ese escalón, pues, si lo hago, solo hay una opción posible, y es la de seguir descendiendo y, por Dios, eso es lo último que deseo con él.

—No sé por dónde empezar —me arranco a hablar, captando su atención al instante, mientras me mantengo de pie frente a su mesa—, y es curioso, porque es en este despacho donde siempre empezábamos —prosigo, permitiendo que mi corazón y los recuerdos hablen por mí—. Siento lo de ayer; te dije que te odiaba y no es cierto, pero te miro y es como si viera a un desconocido —le confieso, uniendo mi mirada a la suya—. No te odio, Víctor, pero tampoco te encuentro —prosigo mientras él guarda silencio, sosteniéndome la mirada, impidiendo que me suelte de ella—, y ya sé que no quieres que seamos amigos, pero hay escalones que no deberíamos descender, no después de todo lo que hemos vivido juntos... Por mi parte, espero no volver a hacerlo; tú, por supuesto, eres libre de hacer lo que quieras —le digo, encogiéndome de hombros, sintiendo el dolor contraer mi pecho ante su falta de respuesta y la dureza de su mirada—. Dices que estás decepcionado conmigo, pero no eres el único, porque yo también lo estoy contigo... y me gustaría saber qué hago aquí, en este despacho; me gustaría saber por qué te empeñas en que compartamos espacio si está claro que no deseas verme —añado, sintiendo que vuelvo a ser la imagen del reflejo; rota por dentro y recompuesta por fuera... «Como él», pienso de repente, «con sus puños apretados y su mirada dura e impenetrable... Él también es el reflejo, al menos desde fuera».

—Estás en este despacho porque no voy a habilitar otro para cuatro días que vas a estar aquí y porque no tienes ni idea de la instalación, a pesar de que tienes los planos. No vas a mejorar mis presupuestos como no te enteres bien de cómo funciona y las normas de seguridad que debe cumplir —me responde, con una dureza que me sorprende, y, en mi imaginación, lo veo con los puños apretados.

—Y tú eres el único que puede responder a mis dudas, ¿verdad? —replico, hurgando en su mirada, buscando algo que me indique que esos puños no están tan apretados como creo, algo que me haga saber que no vamos a continuar bajando por esa escalera, pero sin llegar a encontrarlo.

—Así es —me contesta mientras le sostengo la mirada, de nuevo, sin reconocerlo.

—El día que te vea y lo haga de verdad, te preguntaré todas las dudas que pueda tener. Mientras tanto, quiero que te mantengas alejado de mí y que me busques otro despacho. Puedo estar un día, dos o los que sean, pero no quiero compartir espacio contigo —le indico, sintiendo cómo mi garganta se cierra, sin poder creer que estemos en este punto—. ¿Sabes?, creo que, por primera vez en todos estos años, tengo al Víctor jodido frente a mí —añado, recordando sus palabras y sorprendiéndome al ver cómo la frialdad de su mirada y ese rictus severo que parece acompañarlo cada vez que habla conmigo desaparece para permitirme vislumbrar, durante unos escasos segundos, al Víctor que recuerdo.

Ante su falta de respuesta y sintiendo que todo está dicho entre nosotros, me sumerjo en este trabajo que me frustra tanto como él, pues tiene razón y tengo miles de dudas, pero me niego a pedirle ayuda, por lo que, mientras su voz es la banda sonora de mi frustración, me obligo a entender los dichosos planos y a centrarme en ellos y en cómo debe ir la instalación.

«No puede ser tan difícil», me digo, quemándome la vista en ellos, pero, aunque lo intento, no consigo centrarme ni entenderlos y, al final, cansada, desisto, cogiendo mi chaqueta para largarme en busca de aire y, ya puestos, de mi padre, con la esperanza de que él pueda ayudarme.

«No puedo creer lo que estoy viviendo —pienso saliendo al exterior y llenando mis pulmones de aire—. Maldita sea, ya sabía que no iba a ser fácil y que no iba a recibirme con los brazos abiertos, y sé que en cuatro años la gente cambia, pero nunca imaginé que iba a cambiar tanto... Dice mi padre que me quiere y que está asustado, ¡y una mierda! —mascullo mentalmente, enfadada, dirigiendo mis pasos hacia las caballerizas—. Le he tendido la mano para que abriera la suya y se ha mantenido en su sitio, sin ceder un milímetro y sin abrir sus puños», rememoro con dolor y rabia.

«¿Y si él ya no está? ¿Y si estoy buscando algo que ya no existe? —me pregunto, sintiendo cómo el dolor me ahoga—. Estoy aferrándome a los recuerdos cuando debería ver lo que hay frente a mí... y lo que hay, diga mi padre lo que diga, es un hombre que ya no conozco, y, lo peor de todo, es que no puedo culparlo. Yo elegí irme, elegí dejarlo y elegí mi vida, y, ahora, cuatro años después, no puedo regresar y esperar encontrarlo todo tal cual lo dejé, paralizado en el tiempo», me digo llegando a las caballerizas y deteniéndome en seco, como si una pared imaginaria impidiera mi paso.

Me quedo de pie frente a ellas, viendo a Trueno a través de mis recuerdos, viéndonos volar sobre esta tierra, oyendo mis risas y cómo me gritaba para que no corriera, recordando aquel día cuando me dio alcance y mi definición de hacer el amor... recordando ese día que parece que viví en otra vida...

* * *

—Tú eres la que va a tener el problema cuando lleguemos a casa —me rebatió con la voz cargada de miles de matices, contrayendo mi vientre y mi pecho.

«A casa», me repito, sintiendo que no puedo moverme mientras mis recuerdos me arrastran con ellos a esa vida que para mí siempre fue perfecta.

—... ¿Recuerdas cuando te dije lo que era para mí hacer el amor contigo?, ¿lo recuerdas? —susurré, sintiendo cómo esa burbuja nos envolvía, esa burbuja que no he vuelto a sentir.

—Es ser nosotros —declaró y, con ese recuerdo, siento cómo una lágrima escapa de mis ojos.

—Es estar mojada todo el tiempo —musité, mientras

otra lágrima se libera de la férrea prisión en la que intento mantenerlas presas.

—Es que tu piel y tu cuerpo reaccionen a una mirada mía —prosiguió, y recuerdo que el mundo dejó de existir para mí.

—Es sentirte y querer más todo el tiempo —murmuré, creyendo que siempre sería así.

—Es verte y reconocerme —me indicó, y con ese recuerdo sonrío con tristeza...

Idiotas, qué idiotas fuimos o qué idiotas somos ahora.

—Y es ponerles tu nombre a todas estas emociones que llenan mi pecho —finalicé mi definición... Mi pecho, ese que ahora está tan vacío que siento el eco de mis recuerdos retumbando en él.

* * *

Pierdo la noción del tiempo frente a las caballerizas, en este lugar que tantas veces pisé con mi abuelo, con mi padre, sola o con él; este lugar que era una parte fundamental de mi vida y que en este momento parece ser territorio prohibido... como lo es Víctor ahora.

—Lo siento —oigo su voz, y me vuelvo sorprendida—. Siento lo que está pasando —se disculpa, mientras dirijo mi mirada al frente, manteniéndome en silencio y dando las gracias al cielo por haber dejado de llorar—, y no estar facilitándote las cosas.

—No, no lo estás haciendo —musito, sin despegar mi mirada de las caballerizas, como si ese edificio fuera mi punto de anclaje y el que me impidiera perder el equilibrio cuando mi equilibrio siempre fue él.

—¿Por qué has regresado? —me pregunta, colocándose a mi lado, y me vuelvo para mirarlo.

Tiene la vista puesta en las caballerizas y observo su perfil y su ceño fruncido, ese que ni me planteo alisar.

—Porque es mi casa —le respondo con seriedad.

—También ha sido tu casa durante cuatro años —me rebate sin necesidad de decir nada más.

—Lo sé —musito, volviendo mi mirada de nuevo al frente, sintiendo que la incomodidad nos envuelve de la misma forma en que lo hacía antes la burbuja elástica.

—¿Vas a quedarte? —me plantea y, con su pregunta, recuerdo el consejo de mi padre.

—¿Qué más te da lo que vaya a hacer si ni siquiera eres capaz de mirarme sin hacerme sentir que estás haciéndome un favor? —inquiero con tristeza, deslizando mi mirada por su perfil que podría dibujar con los ojos cerrados.

—¿Hago eso? —me pregunta con una media sonrisa que me sorprende.

—Lo haces —contesto con seriedad.

—Bueno, tú miras a todos por encima de tu hombro, una cosa por la otra.

—¿Hago eso? —inquiero, sorprendida, consiguiendo que se vuelva para mirarme.

—Lo haces —me parafrasea, y sonrío esta vez yo.

—Supongo que cuesta desprenderse de las costumbres —susurro, recordando la mía de alisarle el ceño—. ¿Qué nos ha pasado, Víctor? —le pregunto, sintiéndolo a mi lado de verdad.

—Demasiadas cosas —sentencia con seriedad, y, por primera vez desde que he regresado, no veo esa frialdad en su mirada—. No quiero ser tu amigo ni te quiero en mi vida, pero tampoco quiero que sientas que te hago un favor si te miro —añade, dirigiendo su mirada al frente y, con sus palabras, siento que mi interior se resquebraja.

—¿Por eso estás aquí? —le formulo, sintiendo cómo la tristeza llena cada uno de los espacios que ocupaban los miles de emociones que llevaban su nombre.

—No, estoy aquí porque venía a las caballerizas; no

sabía que iba a encontrarte —me contesta con voz neutra—. ¿Por qué no entras?

—Porque no —contesto escueta, evitando su mirada, sintiendo el dolor palpitar con fuerza en mi interior.

—Sé cómo te sientes, como si te hubieran arrancado una parte de ti misma, una extensión de tu cuerpo —musita con voz cavernosa, como si estuviera reviviendo algo, y lo miro sintiendo cómo el dolor y la añoranza me estrangulan un poco más—, pero aprenderás a vivir así y el día que menos te lo esperes estarás cabalgando de nuevo a lomos de otro caballo y Trueno solo será un recuerdo —afirma con la voz acerada, y siento cómo sus palabras son un puñetazo en pleno pecho.

—¿Eso es lo que tú has hecho? —le pregunto con seriedad, con la certeza de que está refiriéndose a nosotros.

—No tiene sentido aferrarse a las cosas que ya no están —me responde con frialdad.

—Tienes razón, el problema es cuando sí están y eres incapaz de verlas o cuando eliges perderlas cuando podrías elegir recuperarlas —replico, consiguiendo que se vuelva para mirarme—. ¿Sabes una cosa? Yo ya conozco esa sensación de la que me hablas, la sentí cada vez que me dejaste y, cada una de esas veces, aprendí a caminar con una pierna ortopédica... incluso a correr con ella; es más, aprendí a funcionar sin corazón —le confieso en un susurro, viendo cómo el brillo de sus ojos cambia ligeramente, como si mis palabras estuvieran haciendo mella en él—. No me hables de cómo me sentiré en un futuro, porque te aseguro que lo sé. Búscame otro despacho —le pido con acritud, antes de dar media vuelta para regresar a la bodega.

Capítulo 24

Con el dolor de nuestras palabras acompañándome y la añoranza estrangulándome, llego a la sala de fermentaciones, apretando los puños y cerrando mi corazón sin ser consciente de ello, decidida a hacer a un lado lo que nos está ocurriendo para centrarme de una vez en la dichosa instalación sin tener que pedirle ayuda.

—¡Eyyyy! —me dice Joaquín cuando casi me doy de bruces contra él.

—¡Perdona!, no te había visto —me disculpo atropelladamente.

—¿Qué estabas mirando? —me pregunta, sonriéndome con afabilidad.

—Las tinas y esta instalación. Necesito entender los planos de la ampliación que me ha pasado Víctor para seguir buscando presupuestos que mejoren los que tiene.

—¿No los entiendes?

—Sí en líneas generales, pero hay muchos detalles que se me escapan —le confieso, haciendo una mueca.

—Bueno, pero eso Víctor podrá aclarártelo sin problemas; es él quien está llevando a cabo el proyecto de la ampliación.

—Sí, ya lo sé, pero está muy liado ahora y no quiero

molestarlo. Iba a buscar a mi padre para que me los explicara, pero igual tú también puedes hacerlo —le propongo, viendo la luz de repente—. Muchas de las empresas a las que llamo me hacen preguntas que no sé ni cómo responder, y creo que más de una está intentando meterme un gol. ¿Tú no podrías explicármelo todo como si fuera una cría de diez años? En serio, me vendría de coña saber de lo que hablo —le pido mientras él me mira con simpatía.

—Ven, vamos, futura enóloga, verás qué fácil lo entiendes —me indica sonriendo, y lo miro sorprendida.

—¿Cómo sabes que voy a estudiar enología?

—Porque me lo ha contado tu padre, está más orgulloso que un pavo real —me aclara, guiñándome un ojo, mientras nos dirigimos a la sala donde irá la nueva instalación—. Mira, en líneas generales y para que lo entiendas, esta sala seguiría el mismo patrón que la anterior, por eso son contiguas... y tenemos suerte de que sea así, porque de ese modo no hay que mover ni la despalilladora ni la mesa de selección. Como ya sabes, con los OVI subiríamos las uvas seleccionadas hasta los depósitos, que se colocarían cuatro frente a cuatro —comienza su exposición, y en mi cabeza todo va cobrando sentido.

Escuchándolo, entiendo al fin lo que estoy buscando, pues de una manera clara y sencilla va contándome cómo deberá ir la instalación, los requisitos y las normas de seguridad que tendrán que cumplir, además de facilitarme nuevos contactos.

—Gracias, Joaquín; no te haces una idea de cuánto me has ayudado.

—Cuando necesites un respiro de Víctor, búscame en el laboratorio o en la sala de experimentación. Tengo un vino nuevo en mente y me gustaría conocer tu opinión —me propone mientras lo miro preguntándome hasta dónde sabrá.

—Te tomo la palabra —le respondo finalmente, sonriendo—. Te aseguro que necesito muchos respiros.

—Pues, entonces, ya sabes —contesta, y sonrío un poquito más sabiendo que acabo de encontrar mi vía de escape.

Como en casa con Casi, pues no me apetece nada tener que hacerlo sola en la cafetería, viéndolo con la chica esa de ropa ajustada o con quien sea que tenga pechos, y, mientras doy un paseo, regresando a la bodega, me percato de cuánto echo de menos a mi amiga Adriana; nuestras confesiones en el baño, nuestra complicidad y nuestras conversaciones rápidas porque su teléfono no dejaba de sonar. Echo de menos tener un punto de apoyo aquí, tener a alguien con quien poder tomarme un respiro y con quien poder charlar sin sentir que está viendo a la reina del hielo o a la dueña de todo esto. Echo de menos a Bella, a Nick y vivir con él, y también echo de menos a Ada, pero lo más curioso de todo es que, a pesar de que esto está siendo peor de lo que en su día vaticinó Nick, no deseo regresar; no echo de menos el latido de Nueva York, pero sí el de mis amigos.

Me había propuesto recuperar momentos, me digo mientras diviso la bodega a lo lejos, y la distancia no debería ser impedimento alguno para poder hacerlo, por lo que, tras consultar la hora, cojo mi móvil para llamar a Ada.

—¿Cómo está mi peluquera y mi maquilladora preferida? —le pregunto en cuanto descuelga.

—¿Valentina? ¡Qué alegría oír tu voz! ¿Cuándo regresas? —me pregunta, y detengo mis pasos.

Vaya... no lo sabe; Nick no se lo ha dicho.

—No voy a regresar, Ada. Bueno, iré a por mis cosas y también porque tengo unos cuantos trabajos firmados que no puedo anular, pero luego voy a anunciar mi retirada —le comunico a la vez que contemplo el ancho camino bordeado de viñedos.

—¿Cómo? ¿Qué dices? —me plantea, sorprendida.

—Creía que Nick te lo habría contado.

—Nick no habla conmigo si no es para pedirme algo relacionado con el trabajo —me cuenta, y detecto el fastidio en su voz.

—¿Y tú hablas con él? —replico, sonriendo.

—Sabes que no —me responde como si no hubiera otra opción posible.

—¿Y puedes decirme por qué?

—Ya lo sabes, porque me impone mucho —suelta, y bufo suavemente.

—Y te gusta mucho —matizo.

—Y es mi jefe —me rebate como si eso fuera un impedimento.

—Un jefe que ahora estoy segura de que se siente muy solo en ese apartamento tan grande. Créeme, es el momento perfecto para que te aproveches y un día te cueles en su casa con cualquier excusa —le aconsejo, reanudando mi avance.

—Sabes que yo no hago esas cosas, no sé hacerlas; es más, me muero de vergüenza, y más con Nick —se justifica, y, sin verla, sé que está acalorándose.

—Ada... tía, por el amor de Dios.

—Que no, Valentina, que yo no sé hacer eso, que me pongo roja como un tomate solo de pensarlo. Paso, tía, y que me despida. Además, está muy insoportable estos días; debe de echarte de menos.

—Y yo a él, en realidad a todos vosotros.

—No puedo creer que vayas a retirarte... ¿Estás segura de querer hacerlo? —inquiere mientras deslizo la mirada por el paisaje que me envuelve, sintiendo la paz llenar cada uno de los rincones de mi alma.

—Completamente, y te aseguro que estar aquí está resultando ser una mierda, pero, sí, estoy muy segura.

—¿Y eso?

—Porque nada está siendo como pensaba. Víctor pasa de mí y no quiere ni que seamos amigos, más o menos como tú y Nick, y encima me ha puesto a hacer un trabajo que... Un momento, tu familia tiene viñedos, ¿verdad? —le pregunto, deteniéndome en seco.

—Sí, en Napa. Te lo conté, ¿te acuerdas?

—Oh, Dios, mío, ¿cómo no lo he pensado antes? —exclamo, sintiendo que el entusiasmo arrasa con todo.

—¿De qué hablas?

—De que tengo un mundo de posibilidades o de presupuestos ahí fuera esperando —le digo, sonriendo feliz—. Otra cosa, si Nick está insoportable puede que sea por culpa de una mujer morena y menuda cuyo nombre comienza por la letra a —la pincho, sonriendo abiertamente—. Déjate de chorradas y tírate a su cuello, hazme caso.

—¡Ay, calla! Ni loca hago yo eso.

—Estás tonta. Recuérdame que te dé un tortazo cuando regrese —bromeo, sintiendo la urgencia tirar de mí—. Hablamos pronto, tengo mucho curro por delante —me despido de ella mientras accedo a la bodega.

Llego al despacho donde él ya está trabajando, concentrado frente a sus ordenadores, y lo miro deseando empezar a subir escalones.

—Buenas tardes —musito colocándome frente a su mesa, captando su atención.

—Buenas tardes —me responde con voz neutra, alzando los ojos.

—¿Me has encontrado otro despacho? —le demando, sosteniéndole la mirada.

Y sí, sé que con esta pregunta lo tengo crudo para empezar a subirlos, pero necesito estar sola para hacer lo que tengo en mente. Quiero sorprenderlo y, para conseguirlo, no puede saber lo que me traigo entre manos.

—Ahí tienes tu despacho —me indica con sequedad, señalándome mi mesa con la mirada.

—Hablo en serio, Víctor —replico enarcando una ceja, sintiendo que ya nada vibra entre nosotros.

—Y yo. No hay más despachos vacíos, y este es el único que tiene una mesa adicional, así que vas a tener que conformarte con lo que hay.

—Genial —mascullo con fastidio, yendo hacia mi mesa.

Paso el resto de la tarde buscando empresas norteamericanas que tengan depósitos de acero y hagan este tipo de instalaciones, pidiéndoles presupuestos por correo electrónico y deseando que le surja algo importante que lo haga salir del despacho para poder empezar a llamarlas, pero, para frustración mía, no se mueve de su silla en ningún momento.

Por fin, a las siete y media de la tarde, veo de reojo cómo empieza a cerrar sus ordenadores... ¡Dios, ya era hora!

—¿Te quedas? —me pregunta, recostándose en su silla, y tengo que hacer acopio de toda mi fuerza de voluntad para no deslizar mi mirada por su cuerpo.

—¿Te marchas? —le rebato, imitándolo y recostándome yo también.

—Sí —me contesta son sequedad—. Por cierto, llevas más de una semana buscando presupuestos, ¿todavía no tienes nada que mostrarme? —añade, y, no sé por qué, imagino mis dedos colándose a través de esos primeros botones de su camisa abiertos.

—¿Cuánto tiempo tardaste tú en tener los tuyos? —le rebato, percibiendo el tacto de su piel en las yemas de mis dedos sin ni siquiera haberlo tocado.

Dios mío, creo que voy a ir a suicidarme un rato y ya, si acaso, regreso luego.

—Has tenido tiempo más que suficiente —afirma con acritud, consiguiendo que me centre y deje de pensar en cómo me sentiría si su boca recorriera mi cuerpo.

—Hasta luego, Víctor. Cierra la puerta cuando te marches —le respondo finalmente, volviéndome hacia mi ordenador.

Y puede que sea por supervivencia, porque necesito más respiros de los que pensaba o porque la idea del suicidio momentáneo pasa más veces de las que debería por mi cabeza cuando él está cerca, pero los siguientes días los paso modificando mis horarios. Durante la jornada laboral, estoy con Joaquín en los laboratorios o en la sala de experimentación y, cuando todos terminan, yo empiezo de nuevo, regresando a «nuestro despacho», aprovechando la diferencia horaria que tenemos con Estados Unidos, para proseguir con mi búsqueda, una que está aportándome muchas satisfacciones.

—¿No te marchas? —inquiero, sorprendida, viendo que son las ocho y continúa en el despacho. ¡Mierda, necesito hacer una llamada urgente!

—No, hoy no —contesta, sosteniéndome la mirada.

—Creía que ya habías terminado.

—¿Qué interés tienes en que me largue? —replica, levantándose, y veo cómo la ropa se ajusta a su cuerpo mientras él bordea su mesa hasta llegar a la mía, donde se apoya.

«¡Ay, mierda! Señor, ten compasión de mí, anda, y haz que se marche de una vez para que pueda seguir con lo mío sin pensar en tirarme a su cuello a cada milésima de segundo.»

—¿Sabes?, estoy deseando saber qué haces aquí hasta tan tarde —me responde, bajando la mirada hasta posarla sobre la mía.

—No te importa —le contesto con menos firmeza de la que me gustaría mientras su fragancia empieza a hacerme cosquillas en la nariz.

«¿Es necesario que esté tan cerca?», me pregunto, consciente de que, si me muevo un poco, rozaré su pierna con la mía.

—Todo lo concerniente a esta bodega me importa —sentencia con voz ronca, sin permitir que aleje mi mirada de la suya.

—Te dije que quería un despacho para mí sola —atino a decir—. Tú lo utilizas durante la jornada laboral y yo, cuando termina. ¿Algo más?

—Sí, quiero saber con quién hablas, porque a estas horas dudo mucho que encuentres alguna empresa abierta —me responde, cruzándose de brazos, y me obligo a seguir anclada a su mirada para no deslizar la vista por su cuerpo.

—Eso es cosa mía, Víctor —declaro, sintiendo cómo mi vientre se contrae con su proximidad—. Deberías irte, seguro que se te está haciendo tarde.

—Te equivocas, no tengo ninguna prisa —me rebate, y siento cómo su cuerpo atrae el mío, a pesar de la sequedad de sus palabras.

—Genial, entonces me marcho yo —le indico, levantándome, necesitando espacio para poder suicidarme con ganas.

—Val, ya está bien —masculla entre dientes, y lo miro sorprendida al detectar la frustración de su voz y porque me haya llamado de esa forma.

—¿Me has llamado Val? —musito, comiéndome con mis palabras estos últimos cuatro años de la misma forma en que los engullo por la noche, en la soledad de mi habitación, cuando flaqueo y su recuerdo se apodera de mis manos y mi piel arde con ellas, cuando su indiferencia y su frialdad quedan fuera de las paredes de mi habitación y es su voz rasposa y oscura la que resuena en mi cabeza.

Veo cómo se incorpora y elimina la escasa distancia que nos separa al tiempo que capto el brillo de su mirada que está cambiando de la misma manera en que está cambiando todo a nuestro alrededor. «Dios, por supuesto que vibra —pienso, sintiendo esa vibración que yo creía ausente—; por supuesto que mi pecho todavía está lleno de esos miles de emociones —me percato, empezando a sentirlas—. No nos hemos vuelto insensibles a los sentidos —me digo, sosteniéndole la mirada—, sino que les hemos cerrado la puerta.»

—Dime qué haces aquí hasta tan tarde —me exige con voz ronca, y, por primera vez desde que he vuelto, oigo de fondo nuestra canción, de una forma casi imperceptible, como la vibración, como la emoción, como todo lo que nos envolvía entonces.

—Mi trabajo —le respondo finalmente, dejándome arrastrar por esos miles de emociones que están reptando por mi cuerpo.

—Tu trabajo está en Nueva York, no aquí —replica con frialdad, retrocediendo un paso y silenciando todo lo que yo estaba empezando a escuchar, frenando el avance lento de esas emociones.

—Y, eso, ¿quién lo ha dicho? —musito, sintiendo la decepción comenzar a colarse en mi interior, como hace el frío invernal por cualquier rendija, y que te hiela como te pille cerca—. Voy a estar trabajando en el despacho de mi padre —le anuncio, recogiendo todas mis cosas con celeridad—. Hasta mañana, Víctor —me despido antes de salir de la estancia.

—¡Espera! ¿Qué has querido decir? —me pregunta, siguiéndome hasta el pasillo.

—Que voy a estar trabajando en el despacho de mi padre —le repito, a pesar de saber de sobra que no se refiere a eso.

—Lo otro —sisea entre dientes—. Dime qué has querido decir —insiste mientras aferro el portátil y mis cosas con fuerza, como si mi vida dependiera de ello.

Lo miro manteniéndome en silencio, echando de menos todo lo que había empezado a sentir, echando de menos el sonido de nuestra canción, echándolo de menos a él... Tanto, que me duele, porque la ausencia duele, echar de menos duele, ver lo que podrías tener y no tienes duele, y duele mucho, tanto como si la punta afilada de un cuchillo se deslizara por tu alma, dejando un surco de dolor y añoranza a su paso y, en medio de este silencio abrumador, en medio de mi dolor, recuerdo las palabras de mi padre... Mi padre, ese que siempre ha ido dos pasos por delante de los míos, como debería ir mi corazón en lugar de mi razón.

—Voy a quedarme —le confieso finalmente en un susurro—. Voy a anunciar mi retirada.

Capítulo 25

Víctor

La miro sin verla realmente, sintiendo cómo sus palabras retumban en mi cabeza, y las imagino chocando con las paredes de mi cráneo mientras las mías se me escapan de la misma forma en que lo está haciendo mi capacidad de pensar.

—Conecta la alarma cuando te vayas —mascullo entre dientes, dándome la vuelta y echando a andar, necesitando largarme de aquí cuanto antes.

«Lo sabía, sabía que iba a quedarse, joder», maldigo mentalmente, recordando el día que murió Trueno y, con ese recuerdo, siento cómo mi corazón se contrae, como si una mano lo estrujara con fuerza. Ese día se tensaron todas las cuerdas de mi cordura, sobre todo cuando la oí decirle al animal que iba a quedarse. Hostia, no podía creerlo; de hecho, incluso dudé luego de que hubiera sido una broma pesada de mi imaginación. Puto día, creo que nunca me he sentido más hecho mierda que cuando la vi acostada junto al caballo, tan rota, llorando abrazada a su cuello, y, en lugar de ir a consolarla, me mantuve sentado en el suelo, en un extremo del *box*, incapaz de acercarme a ella, pero incapaz también de irme y dejarla sola. Recuerdo cómo su llanto era un golpe continuo en mi pecho; recuerdo la presión, esa que te ahoga y que te aprieta a no ser que hagas algo para librarte de ella..., algo como abrazarla, como consolarla, como besar su frente o sus labios... y, en lugar de hacerlo, le solté una estupidez detrás de otra, y en lugar de liberar esa presión, la incrementé, vomitando toda la rabia y toda la frustración que llevaba acumulada desde que la vi en el despacho de su padre... y lo hice en el peor momento de todos.

«Puto día y putas semanas que llevo», farfullo mentalmente, subiendo a mi coche, necesitando largarme cuanto antes de aquí para no entrar en la bodega de nuevo y abrazarla, besarla y follármela como llevo deseando hacer desde que se dio la vuelta y nuestras miradas se encontraron. «Joder, no podía creerlo... No podía creer que no la hubiera reconocido de espaldas cuando en el pasado podía reconocer hasta su sombra o cualquiera de sus gestos, y estaba frente a mí, después de cuatro jodidos años la tenía otra vez frente a mí», rememoro, apretando el acelerador con fuerza para llegar cuanto antes a mi casa mientras los recuerdos van conmigo para llevarme al infierno, un infierno en el que llevo metido desde que ha regresado, porque llevo dos putas semanas en el infierno de tenerla a pocos metros de mí, de oír su voz, de imaginar mis manos acunando sus pechos o de ir mucho más allá; dos putas semanas de idioteces, de obligarme a mantenerme lejos de ella por pura supervivencia, por temor a coger lo que deseaba y volver a perderlo, por temor a revivir su ausencia, me digo frenando en seco frente a mi casa y entrando en ella como una exhalación, pues necesito librarme de todo esto que parece perseguirme.

Accedo a mi habitación, donde me quito la ropa con rapidez para sustituirla por ropa deportiva, y, una vez listo, salgo al exterior, dispuesto a correr hasta que no pueda más. «Le pedí que buscara más presupuestos a sabiendas de que no iba a encontrar mejores precios —rememoro echando a correr a través de la noche, pasando por delante de la piscina en la que no he vuelto a bañarme—, y le mentí cuando le dije que no había otro despacho libre, porque soy un capullo que disfruta contemplando lo que no puede tener... o sí, porque va a quedarse y eso lo cambia todo», me digo, incrementando el ritmo.

Joder, llevo años convenciéndome de que estoy mejor solo, cuatro años para ser exactos. Cuatro años obligándome a olvidar lo que deseé cuando me reconcilié conmigo mismo, cuatro años maldiciendo esa puta decisión que tomé y cuatro años diciéndome que era lo que tenía que hacer; cuatro años de contradicciones, de grabar desfiles para luego no verlos, de congelar su imagen en la televisión para memorizarla hasta lo enfermizo y luego obligarme a no recordarla; cuatro años en los que he visto tantas veces las fotografías «La tristeza» y «El reflejo» que las tengo impresas en cada célula de mi cuerpo; cuatro años de no querer saber nada y de querer saberlo todo; cuatro años en los que las palabras de mi amigo el Sombra me han machacado sin piedad... «Si quieres estar, estás, y lo demás son todo excusas.» «Cuatro putos años que han sido una jodida tortura cada vez que aparecía una noticia sobre ella con otro tío», rememoro, incrementando el ritmo, corriendo a través de los viñedos que, a veces, siento que están tan impregnados en mi piel como lo está ella.

Ella, la única mujer a la que he querido de todas las formas posibles, la que era mi todo y la que me lo quitó todo. Joder... y todo porque no contesté a sus mensajes.

—*Cagondena* —mascullo entre dientes, corriendo todavía más rápido mientras mi corazón late con la misma rapidez que mis pasos y mi mente retrocede a esos días.

Escuchaba su voz durante horas y, a través de ella, sus dudas, esas putas dudas que siempre estaban ahí como lo estaban las mías, y, durante esas horas, solo pensaba en decirle que yo también la echaba de menos y que solo deseaba tenerla a mi lado, pero sabía que, si lo hacía, regresaría y... mierda, tendría que haberlo hecho, tendría que haber dejado a un lado esas jodidas creencias que tengo arraigadas dentro de mí, como las raíces de una cepa y que son herencia de mi querida madre, y tendría que haberle contestado; podría haber hecho tantas cosas, incluso ese día, cuando se marchó, podría haber corrido tras ella y, antes de que entrara en el aeropuerto, haberle dicho que la quería más que a mi puta vida..., pero no lo hice y la dejé ir; dejé que hiciera lo correcto, dejé que viviera lo que mi madre no pudo vivir y resolví mi problema, restauré lo que rompí cuando nací, pero en otra persona, y me equivoqué, como me he equivocado tantas veces en mi vida.

Y ahora está aquí... Ya ha vivido todo lo que tenía que vivir, ya ha exprimido su vida tanto como quería exprimirla, y está aquí para quedarse... y, en lugar de ir hacia ella, cuando me lo ha dicho, me he largado, como un jodido cobarde, me recrimino, corriendo más, llevando mi cuerpo al límite y llegando a la bodega, donde la luz continúa encendida. «Sigue en el despacho, ¿qué estará haciendo? —me planteo, deteniéndome y oyendo el retumbar de mi corazón en medio del silencio—. Joder, es imposible que mejore mis precios —me digo, apretando los puños y frenándome para no entrar de nuevo—. ¿Qué hace todas las noches allí metida?», me pregunto de nuevo, echando a correr hasta llegar a la piscina, donde me detengo en seco.

«Cuántas cosas hemos vivido aquí —medito accediendo a ella, viéndonos a través de mis recuerdos mientras me siento en uno de los bancos—. Joder, y yo era el que iba a correr hasta que no pudiera pensar, y no he dejado de hacerlo», me riño, frustrado, hundiendo mis dedos en mi pelo.

«¿Qué voy a hacer ahora? Sé que la quiero, siempre la he querido —afirmo mentalmente, clavando mi mirada en el agua, que fue testigo de tantos momentos—. Pero los dos hemos cambiado y han pasado demasiadas cosas entre nosotros como para poder retomarlo donde lo dejamos», me digo, poniéndome en alerta cuando oigo el sonido del Jeep acercándose.

Veo cómo estaciona frente a la piscina y baja del vehículo mientras me mantengo oculto entre las sombras de la noche, «como ese lobo de mi pasado que avanzaba oculto amparándose en ellas», recuerdo de repente, sintiendo el vello de mi piel erizarse.

—Buenas noches, Valentina —la saludo sin moverme de mi sitio, comprobando cómo, con el sonido de mi voz, se detiene.

—¿Víctor? —me pregunta, buscándome con la mirada.

—Eso parece —mascullo, y no sé por qué cojones utilizo este tono. Mierda, soy un imbécil.

—¿Qué haces aquí? —inquiere, acercándose a mí, bordeando la piscina, y contemplo sus largas piernas recortadas por la luz de la luna.

—Yo podría preguntarte lo mismo, ¿no te parece? —le formulo, sin perder de vista su silueta.

—Cierto, ¿puedo sentarme? —me pregunta con voz pausada, y me doy una hostia, y luego otra, por imbécil.

—Es tu casa —farfullo finalmente, soltando todo el aire de golpe.

«Vale ya, macho. Para de una vez; así no vas a llegar a ningún sitio, capullo», me advierto a mí mismo.

—También es la tuya —me rebate, y adivino una tímida sonrisa.

—No realmente; la mía no está aquí —le indico, molesto conmigo mismo por estar tan tenso. Joder, parezco un crío.

—¿Sabes una cosa que aprendí en Nueva York? Que un hogar no es un lugar, sino las personas que están en él.

—¿Y tú encontraste tu hogar en Nueva York? —mascullo, tensando más mi cuerpo, recordando esa llamada en la que le decía a alguien que lo quería.

—Sí, así es —me responde, sin aclararme nada más.

—Siempre puedes volver —sentencio con frialdad, poniéndome a la defensiva.

—Lo sé, y sé que lo haré más pronto que tarde, pero mi hogar ahora está aquí... Tú fuiste mi hogar durante años —susurra.

—Creo que eso ha cambiado —siseo entre dientes, clavando la mirada en el agua y frunciendo el ceño todo lo que puedo.

—Es verdad, porque ahora no somos ni siquiera amigos, pero las cosas no suceden por casualidad y ahora estamos aquí —replica, y, de nuevo, adivino una sonrisa colándose en su voz.

—¿Y tiene que significar algo en especial? —inquiero, volviéndome para mirarla, maldiciendo la noche por impedirme ver su rostro con claridad.

Amigos, nunca vamos a ser amigos; lo quiero todo o nada, soy así de gilipollas.

—Sí, por supuesto que significa algo —me asegura, convencida—. Significa que vamos a empezar de cero. Ya está bien, Víctor... Ya sabes que voy a quedarme, ya sabes que no estoy aquí de paso, y no tiene sentido que nos tratemos como si fuéramos unos desconocidos que no se soportan, porque, aunque ahora seamos esos desconocidos, no sabemos si nos soportamos o no, así que ha llegado el momento de descubrirlo. Permíteme que me presente, soy Valentina y soy la hija de Pedro... y, aunque muchos me conocen como la reina del hielo, te garantizo que no pueden estar más equivocados, porque eso es solo lo que yo he querido mostrar, pero hay mucho más y me gustaría poder mostrártelo si me dejas. ¿Qué me dices?

Joder, y yo sin saber lo que iba a hacer cuando ella lo tiene tan claro.

—Creo que tengo pocas elecciones. Encantado, Valentina, soy Víctor —le digo tendiéndole la mano, que acepta; una mano que sostengo como sostuve la de esa niña que me miró a través de las lágrimas; una mano que ya no es la de una cría, sino la de una adulta, y tan suave como la recordaba.

—¿Y cómo te defines? —me plantea, y siento cómo su mirada se enlaza con la mía, venciendo las sombras.

—¿Cómo? —le pregunto, más centrado en su piel y en sus ojos que en sus palabras.

—¿Que cómo eres? Acabamos de conocernos; vas a tener que hacer una pequeña descripción de ti mismo.

—Soy un capullo, ¿te vale como definición? —inquiero sin soltar su mano y sin permitir que se suelte de mi mirada... Y tanto que lo soy; joder, llevo dos semanas sin dejar de serlo.

—Me vale de momento —me responde, y, por fin, siento cómo toda esta incomodidad que ha ido conmigo desde que ha regresado desaparece de mi interior para dejarme respirar profundamente sin encontrar impedimentos—. Por cierto, mañana quiero una reunión contigo a primera hora si puede ser —me dice, soltándose, y siento cómo mi piel ruge con la ausencia de su tacto, al igual que lo hace mi cuerpo.

—Ah, ¿sí? ¿Y puedo saber para qué? —indago, sintiendo mis manos reclamándola.

—Creo que estás esperando unos presupuestos, ¿estoy en lo cierto? —me suelta y, resplandeciendo entre las sombras, veo su sonrisa, esa que ahora es solo para mí, y, ocultando la mía, me repantigo en el banco, adoptando una postura chulesca... y, joder, disfrutando como un verdadero capullo del momento.

—Llevas dos semanas con ellos; no te creas que has hecho nada del otro mundo —le indico, esperando su réplica.

—Eso lo sabrás mañana; incluso puede que te sorprendas —afirma, levantándose, y me vuelvo para mirarla, deseando alargar mi mano para aferrar su cintura y sentarla a horcajadas sobre mis piernas, donde mi cuerpo exige tenerla.

«Por supuesto que sé lo que voy a hacer —me digo de repente—: Voy a encontrarla de nuevo, voy a borrar estos años que han sido un puto suplicio y voy a emplearme tan a fondo que solo haya una opción posible para nosotros... y ha tenido que ser ella, como siempre, la que lo viera antes que yo.»

—Ya veo —musito finalmente, permitiendo que una sonrisa aparezca en mi rostro—. ¿Y no puedes adelantármelos ahora?

—Prefiero tenerte intrigado hasta entonces —replica, dándose la vuelta—. Buenas noches, Víctor —se despide, y sonrío abiertamente ahora que no puede verme. Joder, por supuesto que va a tenerme intrigado.

—Deja la ventana de tu habitación abierta para que pueda oír tus ronquidos —le pido en un susurro, permitiendo que los recuerdos barran mi mente, llenándola de ellos, consciente de que no voy a poder dormir en toda la puta noche, tan ansioso por verla como pueda estar un crío la noche de Reyes, y lo peor de todo es que, cuando despierte, no podré jugar, solo podré imaginar mil formas posibles de hacerlo..., pero jugaré, joder si lo haré, me prometo mientras su risa cantarina llega hasta mis oídos.

—Cogeré un altavoz para que me oigas mejor —suelta, bromeando, antes de subir a su coche, recordando, tal y como estoy haciendo yo, esa noche tan lejana ahora.

Sentado en el banco y sin poder borrar esta sonrisa estúpida que, en algún momento, se ha instalado en mi cara, la observo alejarse y, con reticencia, me levanto yo también para dirigirme a mi casa, sintiendo que, por primera vez en años, es posible que esa oportunidad que creía perdida vuelva a estar ahí, lista para mí.

En cuanto llego a mi casa, me doy una ducha rápida sin poder quitármela de la cabeza y, aunque sé que debería acostarme, estoy demasiado nervioso y ansioso como para poder hacerlo y, al final, cansado de deambular por casa, salgo al porche, donde me siento en los escalones, recordando las muchas noches, incluso de invierno, en las que me senté aquí mismo; noches en las que solo podía pensar en ella y en las que su recuerdo era una jodida tortura continua; noches en las que tomé decisiones que posiblemente no debería de haber tomado, como la de quitar las guirnaldas que iluminaban este espacio como lo hacía su sonrisa conmigo.

«Ella no estaba y no iba a estar —rememoro levantándome, incómodo con mis recuerdos—, y esas guirnaldas que colgué siendo ella una cría no tenían cabida aquí, me dije quitándolas, como si estuviera castigándola por salir con ese tío que no le duró ni un par de meses o, al menos, eso es lo que publicó la prensa», recuerdo, endureciendo el gesto antes de entrar en mi casa.

Me levanto a las seis, tras una noche pésima en la que creo que he visto pasar todas las horas. «Hostia, voy a rejuvenecer diez años de golpe cuando duerma una noche entera», me digo dirigiéndome al baño, deteniendo la mirada en mi ceño fruncido que solo se alisa cuando estoy con el Sombra y con su familia... «Qué bien definió anoche la palabra *hogar*», pienso de repente, dejando de verme para perderme en mis pensamientos. «Yo encontré el mío con Pedro, con Alana y con Casi, y más tarde con la familia del Sombra, y, a pesar de que en todos esos hogares me sentí querido, en ninguno me sentí una parte fundamental del mismo», reflexiono, observando de nuevo mi ceño, viendo en mi imaginación su dedo deslizándose por él para alisarlo. «Siempre me sentí agregado, excepto cuando estaba con ella, porque Val era mi hogar; lo fue siendo una cría y, más tarde, siendo una mujer, una que siempre vio lo que yo era incapaz de ver, como cuando tenía dieciséis años y me mostró sin sutilezas lo que llevaba noches quitándome el sueño... o como hizo aquel otoño, cuando todo comenzó, o como anoche, cuando fue capaz de encontrar la manera de encontrarnos de nuevo», rememoro, alejando la mirada de mis endurecidas facciones para empezar a asearme.

«Ella ha encontrado el camino y ahora yo quiero que disfrute recorriéndolo», me digo ya vestido, mientras me tomo un café, para luego coger mi chaqueta y salir de mi casa para empezar a contar mentalmente los segundos, los minutos y las horas que me faltan para verla de nuevo, algo que llevo haciendo desde que la vi hace dos semanas, con la salvedad de que ahora todo ha cambiado para nosotros.

Llego a la bodega el primero de todos, pero eso no es que sea ninguna novedad, y, mientras espero su llegada, me entretengo leyendo la prensa nacional y, más tarde, la internacional, además de acabar de cerrar algunos temas que tenía pendientes, desquiciándome con el lento avance de las agujas del reloj. A las nueve en punto, como siempre, suena mi teléfono. Gonzalo.

—Buenos días, señor Álvarez.

—Buenos días, Gon —lo saludo en el mismo instante en el que ella abre la puerta, y me vuelvo justo a tiempo para ver su gesto de fastidio. ¿Cómo lo llamaba? *«Gonsado»*, recuerdo, y tengo que darme media vuelta para que no capte mi sonrisa—. ¿Qué me cuentas? —le pregunto, oyendo de fondo su resoplido, y algo en mi interior me dice que está tan impaciente como yo.

—¿Ha visto la noticia que... —empieza a preguntarme mientras me vuelvo para mirarla y siento cómo la capacidad de pensar, de escuchar y de razonar me abandonan cuando se quita el abrigo.

«Esto es apostar fuerte, joder», pienso, deslizando la mirada por su cuerpo mientras ella se dirige a su mesa para encender el portátil sin molestarse en sentarse, ofreciéndome una perspectiva demasiado tentadora de su cuerpo, que me la pone dura al instante. «La puta madre», exclamo mentalmente, reacomodándome en mi silla, sintiendo mi polla presionando la cremallera de mis pantalones y dirigiendo la mirada hacia uno de los ordenadores, sin ser capaz de ver nada que no sea su cuerpo enfundado en ese ceñido vestido.

—¿Me está escuchando? —me pregunta Gon, y me percato de que no tengo ni la más remota idea de lo que me ha dicho.

—Sigue —mascullo frunciendo el ceño, obligándome a centrarme de una vez.

«Joder, macho, no te despistes», me advierto, poniendo toda mi atención en la pantalla mientras de reojo la veo sentarse frente a mí y me imagino subiéndola a la mesa y abriendo sus piernas, mientras Gonzalo continúa diciendo algo que en estos momentos me importa una mierda.

—... creo que es lo mejor —finaliza, y recuesto mi tensa espalda en el respaldo de la silla. «Manda cojones, así es como se toman las decisiones, con la polla dura», me recrimino, recordando la evolución de los mercados de ayer.

—Vamos a esperar —suelto finalmente, sin saber si coincidimos o no.

—Me parece lo más acertado, señor —me indica mientras me vuelvo para mirarla.

Está concentrada estudiando sus papeles, como quien relee sus apuntes por última vez antes de presentarse a un examen, y, durante unos segundos, valoro seriamente enviar mis buenos propósitos a la mierda para follármela encima de esta mesa.

El «pip, pip, pip» del teléfono me señala que Gonzalo ha colgado mientras me imaginaba encajándome entre sus piernas. «Joder, suerte que no sabe lo que estoy pensando», me digo, recostándome en la silla en el mismo instante en el que ella alza la cabeza de los documentos.

—Buenos días —la saludo sin darle un ápice de emoción a mi voz, tendiéndole la mano para ver esos presupuestos que me tienen tan ansioso como ella.

—Buenos días —me devuelve el saludo sin dármelos, y enarco una ceja, sin retirar la mano—. ¿Tienes prisa? —me plantea, frunciendo ligeramente el ceño, haciéndose de rogar, mientras poso la mirada en él e imagino mi dedo recorriendo su piel para alisarlo.

—Curiosidad, más bien; dámelos —le ordeno mientras ella se recuesta en su silla, cruzando las piernas y poniendo muy seriamente esos buenos propósitos, que ahora me parecen un total despropósito, en peligro.

—No parecía que tuvieras mucha prisa. Hablabas con *Gonsado*, ¿verdad? —indaga, sosteniéndome la mirada, y me levanto de la silla para sentarme a su lado y tenerla más a mi alcance.

—Gonzalo —matizo con seriedad, rozando mi rodilla con la suya a propósito.

—Si me lo permites... *Gonsado*, para mí —insiste, alejando su pierna de la mía, y siento cómo algo ruge en mi interior.

—Los presupuestos —insisto, sosteniéndole la mirada.

—En realidad, siempre habíamos hablado de un presupuesto, solo que he ido más allá y tengo dos, pero estoy segura de que este es el que más va a gustarte, así que he descartado el otro —me explica, con una sonrisa de sobrada que dibuja otra en mi rostro—. Aquí tiene, señor Álvarez; espero que sea de su agrado —añade, tendiéndome finalmente la carpeta, que cojo sin demora.

«¿Thierry Johnson Corporation? No me jodas, ¿ha

buscado los precios fuera? —me sorprendo, leyendo con rapidez—. ¡La leche!, ha mejorado notablemente el precio y encima ha duplicado el número de depósitos; en lugar de ocho serán dieciséis.»

—Antes de que pongas algún impedimento, te diré que esta empresa acaba de abrir una delegación aquí en España y, en el caso de que aceptemos su precio, tendremos un delegado de zona y un técnico para cualquier problema relacionado con la instalación que pueda surgirnos —me aclara, y alzo la mirada de los papeles para posarlos sobre la suya.

—¿Por eso te quedabas hasta tarde? ¿Porque estabas hablando con compañías norteamericanas? —inquiero, dejando los documentos sobre la mesa y sin poder ocultar la admiración que siento por ella.

—He intentado gestionarlo todo por *e-mail* para evitar costes elevados en cuanto a telefonía —me aclara con seriedad—. Por supuesto, Iker, el delegado de zona, quiere venir a visitarnos y, si quieres, puedes asistir a la reunión, pero, evidentemente, no podrás intervenir salvo que sea necesario —afirma, y la miro enarcando ambas cejas.

—¿Si quiero? Venga ya, no me jodas, está claro que quiero asistir. Este presupuesto está muy ajustado y quiero comprobar que van a ceñirse a lo solicitado —mascullo, sin poder creer lo que termina de decirme.

—Por supuesto que van a ceñirse a lo solicitado, y las calidades, por si no te has dado cuenta, son muy superiores a las que tú habías puesto —me remarca finalmente—. Víctor, estás quedándote rezagado; vas a tener que ponerte las pilas o voy a tener que ponértelas yo —me dice con arrogancia, levantándose de la silla y dejando su cuerpo frente a mi rostro pasmado.

Me cago en la hostia puta.

—Rezagado es justo lo que no estoy —atino a replicar

mientras ella se dirige a la puerta. Un momento, ¿se marcha?—. ¿Te vas?

—Ya tienes lo que me habías pedido y trabajar contigo es un coñazo —sentencia cogiendo su abrigo—. Voy a estudiar enología, así que, a partir de ahora, si quieres algo, búscame en el laboratorio o en la sala de experimentación. Hasta luego, Víctor... ya puedes cerrar la boca —me indica, arrancándome una carcajada que me sale del alma.

—Almuerza conmigo —le pido sin dejar de sonreír, recostándome en la silla y comiéndomela con los ojos.

—No puedo, he quedado con mi hermana —me responde, abriendo la puerta, y me levanto a toda prisa para cerrarla.

—Pues *desquedas* —mascullo, sintiendo cómo mi cuerpo ruge por ella.

«Joder, esto ya lo he vivido», pienso mientras pongo mi mano sobre la suya, que descansa en el pomo de la puerta, sintiendo mi piel abrazando la suya mientras cierro la puerta.

—¿No corres mucho? Acabamos de conocernos... ¿y ya me vienes con exigencias? —contesta, frunciendo el ceño y retirando su mano de la mía.

«Esto va a ser una puta tortura», pienso aferrando el pomo con fuerza, bajando la mirada al suelo para subirla de nuevo hasta sus ojos, haciendo acopio de todo mi autocontrol para no estampar mi boca contra la suya y silenciarla de una vez.

—Tienes razón, empecemos por un café. ¿A las once en la cafetería te va bien? Tenemos que seguir hablando de este presupuesto y concretar cuándo vendrá el tal Iker y, por supuesto, lo que podré o no podré decir —le indico, esbozando una media sonrisa, porque ni de coña voy a medir mis palabras.

—Te lo estás tomando a broma y no va por ahí; no vas a intervenir, Víctor. Es mi presupuesto; he sido yo quien lo ha peleado, duplicando el número de depósitos y bajando ese precio que estaba por las nubes, así que no vas a venir tú ahora y marcarte el tanto —me rebate, cruzándose de brazos.

—El tanto ya te lo has marcado tú sola, créeme; has obtenido unos precios cojonudos —afirmo, dirigiendo la mirada hasta sus labios.

—Lo sé. ¿Me dejas pasar o piensas quedarte ahí todo el día? —me pregunta con una sonrisa.

—Pues, ahora que lo dices, aquí no se está tan mal —replico, apoyándome en la puerta, cruzándome de brazos y asombrándome de cómo han cambiado las cosas entre nosotros en apenas unas horas, pues ayer era un infierno estar cerca de ella y hoy solo deseo quemarme con su cuerpo.

—Apártate —me pide, acercándose ligeramente a mí y posando su mirada en mis labios.

—Come conmigo —insisto, sintiendo que mis manos me arden por tocarla.

—Te he dicho que no puedo —me responde, y siento cómo el deseo baja por mi vientre hasta instalarse en mi polla palpitante.

—Cena conmigo, entonces —persevero, esta vez con seriedad, decidido a no rendirme hasta que consiga algo más que un puto café.

—Está bien. ¿Puedes apartarte ahora? —inquiere en un susurro, alzando su mirada hasta posarla en mis ojos, que estoy seguro de que están ardiendo tanto como mi entrepierna.

—Nos vemos a las once en la cafetería, no te retrases —le recuerdo, notando todo mi cuerpo en tensión, abriendo la puerta finalmente.

—Lo intentaré —me indica, arrugando la nariz y consiguiendo que libere toda esa puta tensión con una carcajada.

¡Joder, cómo la echaba de menos!

Capítulo 26

Valentina

Solo cuando oigo el sonido de la puerta al cerrarse sonrío abiertamente, sintiendo las mariposas de colores brillantes batiendo sus alas con fuerza en mi pecho. «Por fin las siento, por fin estoy en su jardín», pienso exultante, percibiendo la felicidad entremezclarse con la excitación que baja por mi vientre hasta llegar a mi centro cada vez que recuerdo lo que acaba de suceder ahí dentro... Dios, todavía puedo oír el sonido de su voz ronca o sentir su mirada acariciando mi cuerpo... Por fin he encontrado al Víctor que buscaba y he permitido que él me encontrara a mí, me digo, sintiendo el nerviosismo instalarse en la boca de mi estómago de tan solo pensar que voy a verlo en un par de horas y, más tarde, a cenar con él.

Suelto todo el aire de golpe sin frenar mis pasos mientras cojo el móvil para llamar a mi hermana, pero, antes de hacerlo, releo el último mensaje de Cat.

—Maldita sea, qué insistente es —mascullo con disgusto, tal y como hice ayer cuando lo vi.

Lleva varios días llamándome y enviándome mensajes para que reconsidere mi retirada, sin saber que está perdiendo el tiempo... y más ahora.

Apartando a un lado el malestar que siento cada vez que recuerdo que debo regresar en apenas una semana para llevar a cabo los trabajos que tengo firmados, cojo mi teléfono para llamar a Alana.

—¡Holaaaaaa! —me saluda, haciéndome sonreír, llevándose con su voz ese malestar que no había conseguido alejar yo.

—Hola, hermanita. ¿Estás muy ocupada?

—Siempre estoy muy ocupada —contesta, haciéndome sonreír un poco más.

—Pues vas a tener que dejar de estarlo para almorzar conmigo —declaro, saliendo un momento al exterior para hablar con ella sin hacer a nadie partícipe de nuestra conversación.

—¿Hoy? Imposible.

«Mierda.»

—Necesito que sea hoy. Además, ¿recuerdas que quedamos hace unos días para comer juntas? Pues hoy es el día perfecto.

—Vale, suéltalo. ¿A qué vienen esas prisas?

—A que Víctor me había invitado a comer. —Y, con mis palabras, noto cómo todos los nervios que siento aleteando por todo mi interior llegan a mi garganta, para ahogarme con ellos.

—¿Y quieres comer conmigo en lugar de con él? Espera... ¡pero si estabais fatal! ¿Cómo es eso de que te ha invitado a comer? —me pregunta atropelladamente, atando cabos a la velocidad de la luz.

—Vas a tener que almorzar conmigo si quieres que te lo cuente —replico, sabiendo que la tengo al borde de un ataque de nervios.

—¡A ver cómo te digo que no ahora! Pero que conste que solo lo hago porque me muero de curiosidad.

—Vale, gracias; ya veo las ganas que tienes de verme.

—Te vi hace nada.

—Hay hermanas que están a todas horas juntas —le rebato, divertida.

—¡Bah! Nosotras somos más desapegadas, pero nos queremos igual o más —me replica, y sé que tiene toda la razón—. Y, mira... Esta vez vamos a buscar un punto intermedio entre Logroño y Páganos; paso de ser yo siempre la que tenga que comerse todo el trayecto.

—Qué exagerada eres, ni que estuvieras a ocho horas de vuelo de aquí.

—No, pero, ya que soy tu excusa, conduce tú un poquito, anda.

—Está bien... Santa paciencia que debo tener contigo. Por cierto... esta noche voy a cenar con él —le confieso en un susurro, tan nerviosa como si fuera nueva en esto de tener citas.

—¡¿Quééééééééééé?! ¡Oh, Dios míooooo! Tú sabes lo que implica una cena, ¿verdad? —me pregunta de repente, tan histérica como yo.

—Chist... Tía, no grites tanto, ¿quieres? Y, sí, ya lo sé, pero no tiene por qué terminar en sexo —murmuro, sin tener ni idea de lo que ocurrirá.

—Venga ya, me estás tomando el pelo, ¿no? Por supuesto que va a terminar en sexo, y más vosotros, que estáis muertos de hambre el uno del otro —me dice mientras recuerdo cómo he sentido esa hambre morderme por dentro cuando estaba en el despacho, cómo he sentido su cuerpo tirar del mío y cómo mi vientre se ha contraído con cada mirada suya.

—Ya lo sé, pero creo que esta vez los dos queremos ir un poco más despacio —musito, sintiendo mi corazón latirme acelerado—, o al menos yo lo prefiero. Oye, hablamos durante el almuerzo, ¿vale?

—Vale. Envíame un mensaje para decirme dónde comemos y a qué hora —me pide mientras dirijo la mirada hacia la bodega.

«En apenas dos horas estaré de nuevo con él», me digo, recordando el brillo de su mirada y el tono ronco de su voz, deseando que las horas vuelen.

—¿Estás ahí? —me pregunta Alana, devolviéndome a la realidad.

—Sí... lo estoy. Luego te mando el mensaje —le contesto antes de colgar.

Guardando mi móvil, me encamino al interior de la bodega, donde Joaquín está esperándome en el laboratorio, y, junto a él, me adentro en este mundo que siempre ha sido el mío.

—El Valentina lleva un proceso de creación distinto —me explica Joaquín mientras entramos en la sala de experimentación y siento que mi pecho se expande de pura felicidad mientras observo las paredes pintadas de azul y los techos sustentados por vigas de madera.

—¿A qué te refieres? —indago, dirigiendo mi mirada hacia él, centrando toda mi atención en sus palabras, pues, por alguna razón que escapa a mi comprensión, necesito saber todo lo concerniente a la creación del vino que lleva mi nombre.

Puede que sea porque no estaba presente en ese momento y porque ese período no fue uno cualquiera de mi vida, pues fue ahí, con su rechazo, cuando empezó mi carrera como modelo, rememoro yéndome a esos días. El Valentina comenzó a caminar en el mismo instante en el que lo hice yo como modelo y, aunque ahora mis pasos se han detenido, a este vino todavía le queda mucho camino que recorrer y quiero que lo haga de mi mano.

—Este vino no hace la fermentación maloláctica en los depósitos, como hacen el resto de los vinos, sino que, tras la alcohólica, pasa directamente a barrica nueva de roble francés. El Valentina es el primero en estrenarlas, y eso nos permite concentrar mucho los aromas del vino.

—Y, cuando los posos comienzan a decantar, ¿es cuando hacéis el *batonnage*? —le pregunto, recordando cuando mi padre me lo contó.

—Exacto; con un bastón metálico, volvemos a mezclarlos con el vino durante dos o tres semanas y, de ese modo, recuperamos muchísimo cuerpo y sabor.

—Por eso es tan cremoso, ¿verdad?

—Así es, y luego el tiempo de crianza también es distinto. Voy haciendo la cata en barrica y, cuando tengo el vino como deseo, es cuando corto la crianza —me cuenta mientras siento que quiero estar en cada paso del proceso; quiero hacer la cata en barrica, quiero elegir junto a él cuándo cortar la crianza y quiero empaparme de todo esto, porque acabo de descubrir que también quiero ser comercial.

»Este vino es un auténtico vino de autor con el que, cada año, disfruto muchísimo —me cuenta orgulloso, mientras miro la hora en mi reloj y, ¡ay, mierda!, ¡las once y diez!

—Joaquín, tengo que salir un momento. Vengo en... veinte minutos, ¿vale? —le indico, sintiendo mi interior completamente revolucionado. «¡Maldita sea!, ¿cómo me ha pasado tan rápido el tiempo?», me pregunto, dirigiéndome a la salida sin molestarme en quitarme la bata blanca.

En cuanto abro la puerta de la cafetería, lo diviso sentado en la barra, hablando por teléfono, y, fingiendo una tranquilidad que no siento ni de lejos, me dirijo hacia él contoneando discretamente mis caderas, dejando que la bata se abra sutilmente y casi desfilando en lugar de ir caminando como la gente de a pie, pero, para frustración mía, de poco me sirve, pues ni se da la vuelta ni se percata de mi presencia, concentrado como está hablando por teléfono. «Seguro que está hablando con *Gonsado*», me digo, sentándome en el taburete que hay a su lado, cruzando las piernas y permitiendo que mi falda se suba ligeramente.

—Si llega a los dos cuarenta, te sales cagando leches —le ordena, removiendo su café, tan concentrado que podría ponerme a bailar encima de la barra y ni se enteraría—. Sí, lo sé... está claro, Gon... No, a ese valor todavía le queda mucho recorrido...

—Un té verde, por favor —le pido al camarero mientras miro la hora; las once y veinte, maldita sea.

—Sí, ya lo sé... pero los norteamericanos ayer cerraron al alza... Sí, hay que seguirlo... Vale, vamos hablando —le indica antes de colgar, y juro que no puedo con *Gonsado*, lo juro; ese hombre me podía y me puede, y eso que no lo conozco de nada—. Al fin llegas —me dice con voz rasposa, volviéndose hacia mí y acelerando suavemente mi respiración.

—Al fin cuelgas —le replico, sintiendo que todo comienza a vibrar de forma distinta a nuestro alrededor, llevándonos, con esa vibración, a un lugar en el que solo estamos nosotros y nuestra hambre.

—No me gusta estar sin hacer nada —me rebate con una media sonrisa—. Ya sabes, no quiero quedarme rezagado —remarca burlón, llevando su mirada de mis labios a mis ojos.

—Haces bien —musito, sintiendo mi cabeza vacía de palabras ante el tono ronco de las suyas.

«Venga ya, ni que tuviera quince años.»

—¿Has hablado con Iker? —inquiere, haciendo a un lado este tonteo que me tiene completamente hormonada.

—Todavía no, ya sabes que he estado con Joaquín.

—¿Estás quedándote rezagada? —me pregunta, de nuevo con esa media sonrisa que hace que todo esto que llena mi pecho vuele a mi garganta.

—Ya quisieras —le contesto, sonriendo finalmente y perdiéndome en su mirada en la que ahora puedo reconocerme tan fácilmente.

—Puedo llamarlo yo —se ofrece, anclándome a ella,

rozando su rodilla con la mía y prendiendo un fuego incombustible con ese simple roce.

—Ya me encargo yo esta tarde. Por cierto, he decidido que también quiero ser comercial, al menos con el Valentina.

—¿Enóloga y comercial?, ¿no pretendes abarcar demasiado? —me plantea, impidiéndome liberarme de su mirada, y me muevo instintivamente para pegar mi rodilla a la suya.

—¿Cuántas cosas llevas tú, Víctor? —inquiero, sintiendo mi sexo humedecerse y mi cuerpo exigir más.

—Tantas que ni podría contestar a tu pregunta —me contesta, y me pregunto por qué no nos comemos aquí y nos dejamos de historias.

—Ahí lo tienes —musito, observando cómo el brillo de su mirada crece hasta desbordarse.

—Si vas a ser comercial, tendrás que estar a mi lado —sentencia con seriedad.

—Eso parece —le respondo, esbozando una sonrisa que encierra demasiados anhelos.

—No voy a darte otro despacho —me asegura con voz ronca.

—No te lo he pedido —musito, deseando levantarme y encajarme entre sus piernas.

Y, durante unos segundos, siento que estamos dándole más fuerza a esa definición que hice yo, hace años, de hacer el amor... «Es ser nosotros, es estar mojada todo el tiempo, es que tu piel y tu cuerpo reaccionen a una mirada mía y es sentirte y querer más todo el tiempo.»

—Esto puede ser muy jodido, lo sabes, ¿verdad? —me pregunta, acercándose ligeramente a mí, e, instintivamente, inspiro la fragancia de su colonia que se cuela en mi nariz de la misma forma en que lo hace el deseo, el hambre, el ansia y la necesidad.

—Ya lo sé —susurro, frenándome para no alargar mis

brazos y rodear su cuello con mis manos, para no acercar mis labios a los suyos y para no pegarme a su cuerpo.

—No tiene por qué serlo —me indica, acercándose más a mí, y me muevo yo también, sintiendo su aliento hacerme cosquillas en los labios.

—También lo sé —murmuro, olvidando dónde estamos.

—Val... —El sonido de su teléfono rompe este momento electrizante que había soñado durante años y bufo suavemente.

Me ha llamado *Val* y, maldita sea, estamos en la cafetería, vamos a ser la comidilla de toda la empresa si es que no estamos siéndolo ya, me digo, levantándome y abonando nuestras consumiciones, necesitando poner distancia entre ambos.

Su mano sujetando mi muñeca con fuerza impide mi huida y me vuelvo hacia él negando con la cabeza, sintiendo que no puedo controlar todo esto que está mordiéndome por dentro.

—Luego te llamo, tengo algo urgente que resolver —le dice a su interlocutor, y siento cómo esas mariposas baten sus alas con fuerza en mi garganta, llenas de vida y de color—. Vamos —me pide, levantándose y cogiendo mi mano con fuerza ante la mirada de todos.

«¡Venga ya! ¿Me está cogiendo la mano aquí, a la vista de todo el mundo?», me pregunto, procurando soltarme, sin conseguirlo.

—Ni se te ocurra soltarte —sisea entre dientes, incrementando sus pasos, cruzando la tienda como un rayo y pasando del ascensor para dirigirse a toda prisa hacia las escaleras aferrando mi mano mientras yo solo puedo seguirlo boqueando como un pez, ardiendo con su contacto y rezando para que nadie vea lo que es tan evidente como un día soleado—. Vamos a ver —añade con sequedad, cerrando la puerta de su despacho, haciendo que apoye mi espalda en ella... y gracias a Dios, porque necesito apuntalar mi cuerpo en alguna superficie para no caer—, ya sé que estamos empezando de nuevo y ya sé que tenemos que ir despacio, pero ¡joder, Val!, me estás llevando al límite y ni siquiera eres consciente de ello —musita, apoyando su frente en la mía, anclando sus manos en mi cintura y consiguiendo que esas mariposas llenen todo mi interior de su resplandeciente brillo—. Sé demasiadas cosas, como que he sido muy capullo, pero no puedo recordarlas cuando te tengo delante —me confiesa, dándoles voz a mis pensamientos.

Y, mierda, yo me siento igual que él.

—Ya lo sé —susurro, rindiéndome a mis deseos y posando tímidamente mis manos en su cuello, percibiendo su calor fundirse con el mío y sintiendo que es algo nuevo para mí, a pesar de las muchas veces que recorrí su cuerpo con mis labios—. Solo pienso en besarte y en tocarte, pero no quiero correr —le confieso, notando la dureza de su sexo rozar el mío, y me alejo de la puerta para sentirla un poco más, haciendo todo lo contrario a lo que le estoy diciendo, como si mi cuerpo no me escuchara y simplemente se dejara llevar por esos miles de emociones que han estado dormidas durante demasiados años.

—Val, por favor, apártate si no quieres que corramos —me pide, tensándose, mientras siento mi respiración convertirse en un caos y mi cuerpo se carga mis palabras al pegarse más a su dureza.

«Dios mío», pienso suspirando bajito y cerrando los ojos mientras mi sexo tiembla de anhelo.

—Val, por favor, apártate —insiste con voz acerada.

—Voy, dame un segundo —murmuro rozando sus labios, sabiendo lo que ocurrirá si sigo, si dejo que esta hambre venza.

—Estás yendo muy lejos; apártate o no voy a hacerte caso —me advierte entre dientes, presionando mi piel con sus manos, adueñándose de ella, y me muevo un poquito más para sentir su sexo junto al mío.

Tan nuevo todo, tan distinto y, a la vez, tan conocido como el regreso al hogar tras una reforma completa en la que crees o intuyes dónde están las cosas y las habitaciones, pero que en nada se asemeja a tus recuerdos, pues es mejor, más brillante, más apabullante, como todo esto que estoy sintiendo.

—Vic —musito subiendo las manos por su cuello hasta enterrar mis dedos en su pelo—, Viccccc... bésame, por favor —susurro, mandándolo finalmente todo a la mierda.

Me despego de su cuerpo antes de que llegue a obedecer mi orden en cuanto oigo la voz de mi padre junto a la de Joaquín al otro lado de la puerta y, con todas las células de mi cuerpo gritando su nombre, me vuelvo para verlos entrar.

—Perdonad, no hemos llamado —se disculpa mi padre, captando al vuelo lo que estaba sucediendo.

—Muy oportuno, Pedro —masculla Víctor atusándose el pelo, emanando la misma frustración que yo.

—¿Queréis que nos vayamos? —nos pregunta sonriendo, y juro solemnemente que ahora es cuando voy a suicidarme un rato.

—Estaría bien que lo hicierais —le responde con seriedad, yendo hasta su silla, y lo miro sorprendida, ¡venga ya!

—¿Me estoy perdiendo algo? —nos pregunta Joaquín, sentándose despreocupadamente en la silla que hay frente a la mesa de Víctor.

—Que sois muy oportunos, joder —masculla con fastidio, haciéndome sonreír, pues me recuerda a un niño al que le acaban de quitar su juguete preferido.

—Vamos a ver, macho, teníamos una reunión, ¿sí o no? —le plantea Joaquín sin entender nada.

—Que sí, joder. Venga, sentaos —farfulla Víctor, haciéndome sonreír un poco más.

—Por cierto, Joaquín, por las mañanas estaré contigo, pero por las tardes voy a estar con Víctor, también quiero ser comercial —le cuento a mi padre, que no puede sonreír más feliz—. Cuando comience las clases ya veré cómo me organizo, pero, hasta entonces, ya sabéis dónde encontrarme —añado, sentándome también, uniendo mi mirada a la de Víctor en la que ahora solo veo orgullo.

—Tu hija está apostando fuerte —le dice a mi padre, sin permitir que me suelte de ella.

—Sí que lo está haciendo, y ya era hora —le contesta, y noto cómo todo mi interior se llena de esa satisfacción y ese bienestar que solo sientes cuando sabes que estás haciendo lo que realmente deseas.

Durante la reunión, me mantengo en silencio, aprendiendo de estos tres hombres que han dedicado y dedican su vida entera al maravilloso arte de hacer vino y, en mitad del encuentro, me percato de que no he reservado mesa ni tampoco le he dicho nada a mi hermana, por lo que, discretamente, y sonriendo por ese olvido, le mando un mensaje pidiéndole que se encargue ella y, al segundo, me llega su respuesta, llena de palabras malsonantes que me hacen sonreír más.

—¿Comes en casa? —me pregunta mi padre cuando dan por finalizada la reunión.

—He quedado con Alana —le respondo, sintiendo la mirada y la atención de Víctor puesta en cada uno de mis movimientos y de mis palabras mientras maldigo en silencio mi idea de hacerme de rogar—, ¿te vienes?

—¿Y dejar a Casi tirada con la comida? No, gracias, todavía le tengo un poco de estima a mi vida —me responde divertido.

—Es verdad, la que te montaría si la dejaras con la mesa puesta —le contesto sonriendo—. Te veo luego, Víctor —me despido de él casi sin atreverme a mirarlo, sin saber por qué ahora me siento tímida cuando mi cuerpo todavía se revoluciona cada vez que recuerda el roce de su sexo contra el mío.

El camino hasta el restaurante lo hago con una sonrisa resplandeciente en el rostro, pues no puedo dejar de recordar lo que estamos viviendo, y, junto a ese recuerdo, llega el hambre; hambre de su tacto, hambre de sus besos, de su mirada, de su voz, de su lengua enredada con la mía; hambre de nosotros y hambre de todo lo que nos hemos perdido durante estos cuatro años.

—¡A buenas horas! —me dice mi hermana en cuanto entro en el local, señalándome su reloj para indicarme que llego un poco tarde—. Menuda sonrisa de atontada pones. Anda, siéntate y empieza a contármelo todo, reina de las nieves derretida —me indica, metiéndose conmigo y consiguiendo que suelte una carcajada.

—¿Sabes que eres una malhablada? Si le enseño a papá el mensaje que me has enviado antes, te castiga sin salir todo el fin de semana —suelto bromeando, sonriendo mucho más.

—Si le cuento a papá lo que tienes en mente, te encierra en tu habitación este y todos los fines de semana —me rebate, sonriendo conmigo.

—Papá ya está al corriente y ha dado su consentimiento —le confieso, arrugándole la nariz y cogiendo la carta—. Vamos a pedir rapidito, que tengo prisa —la apremio, deseando tragarme la comida para regresar cuanto antes a su lado.

—¿Y por qué será que tienes prisa? ¿Y por qué has dicho lo de papá? ¿Y por qué dices que tienes su consentimiento? Tía, que no vas a moverte de aquí hasta que me lo cuentes todo —me advierte, y, de antemano, sé que voy a hablar más que comer.

—¿Sabías que sabía que Víctor y yo habíamos estado juntos? —le pregunto, haciéndome un lío con los *sabías*.

—¿Lo sabía? —me pregunta, sorprendida.

—Vamos a pedir un *sabía* para comer, por favor —replico en broma, negando con la cabeza.

—Al grano —me apremia, haciéndome reír.

Tal y como me temía, durante el almuerzo hablo más que ingiero, pues tengo demasiadas cosas que contar para el poco tiempo del que disponemos, y, entre bocado y bocado, la pongo al corriente de mi situación con Víctor, de las charlitas que he mantenido con mi padre y de lo que espero que suceda entre nosotros a partir de ahora mientras ella me bombardea a preguntas continuamente.

—Uf, qué tarde se está haciendo —le digo, pidiendo a continuación la cuenta.

—O sea, que casi os pilla papá comiéndoos la boca —prosigue, tan entusiasmada como si estuviera contándole el desenlace de su serie preferida.

—Y Joaquín... Sí, nos hemos librado por poco, aunque papá lo sabe.

—Me vas a perdonar, pero hay una ligera diferencia entre que lo sepa y que os vea en plena faena. Lo que hubiera dado por ver su cara —exclama, haciéndome reír.

—Me muero de vergüenza —declaro, imaginando la situación y sintiendo el rubor cubrir mi rostro.

—Quién lo hubiera dicho, papá haciendo de casamentero.

—Y dos veces; ya lo intentó hace años, cuando me hizo preparar la presentación del vino, y ahora lo ha hecho de nuevo —le recalco, pagando la cuenta—. La próxima te toca a ti.

—Estoy segura de que no te apetece nada ir a trabajar —me comenta sin moverse de la silla, haciéndome reír.

—Nada de nada —le respondo, haciéndole una mueca.

—Menudo polvo tienes por delante —prosigue mientras me pongo el abrigo, sintiendo mi vientre contraerse con sus palabras.

—Tía, estoy nerviosa, como si nunca lo hubiera hecho

—le susurro sintiendo mi interior completamente revolucionado mientras ella se mantiene sentada, con un codo apoyado en la mesa y su rostro descansando sobre la palma de la mano, mirándome y sonriendo como si fuera un gran entretenimiento y ella tuviera todo el tiempo del mundo—. ¿Vas a quedarte hasta la hora de la merienda? —inquiero al ver que no tiene intención de moverse—. ¡Yo me voy!

—Yo también me iría, no te creas —me dice, haciéndome reír.

—Tú estás casada —matizo, viendo que al fin se levanta.

—Sí, pero continúo pensando que, si me dijera «nenaaaa» y me mirara como te mira a ti, me quitaría las bragas y se las entregaría como ofrenda, y más ahora, que está impresionante. En serio, Víctor es como el vino, gana con los años —me suelta, divertida, mientras le tiendo su chaqueta.

—¡Lo séééééé! Venga, vámonos, que ya sabes lo que me espera —la apremio sonriendo, dirigiéndome a la puerta.

—Quiero saberlo todo —me responde, siguiéndome.

—Que sííííí. Venga, dame un beso —le pido, despidiéndome de ella feliz porque voy a verlo de nuevo.

Llego a la bodega con los nervios cercando mi garganta y, cuando accedo al despacho, lo encuentro reunido.

—Buenas tardes —musito, topándome con su mirada.

—Buenas tardes, Valentina. Te presento a Julio Alcázar, dueño de la cadena de restaurantes New Orleans. Julio, ella es Valentina, mi socia. Por favor, Valentina, siéntate y ayúdame a convencerlo para que incluya nuestros vinos en su carta.

—Yo era una asidua del New Orleans que hay en el barrio de Chelsea —le cuento, rememorando las muchas veces que cené allí con Nick y Bella... Qué buenos recuerdos.

—¿Puedo hacerle una pregunta? —me formula, sacándome de mis recuerdos, y lo miro sonriendo.

—Claro, dígame.

—¿Es usted Valentina Domínguez? ¿La reina del hielo?

—Creo que me he derretido un poco —le confieso, echando mano a las palabras de mi hermana—, pero sí, lo soy.

—No puedo creer que la tenga delante, soy un gran admirador suyo —me dice con fervor.

—Pues, entonces, debería hacerme caso e incluir nuestros vinos en su carta. Entre nosotros, siempre que iba a cenar al New Orleans, echaba de menos unos vinos como los nuestros —le indico, sintiendo la mirada de Víctor puesta sobre mi cuerpo, prendiendo una llama que ya no va a dejar de arder.

—Menudo as tenías guardado en la manga, Víctor —exclama, sonriendo con afabilidad.

—Ya sabes que no suelo mostrar todas mis cartas en la primera ronda.

—Hijo puta —le responde, recostándose en su silla—. Vamos a tener que hablar de las condiciones.

—Vamos con ellas —le contesta él, imitándolo y recostándose en la suya, mientras siento que estoy frente a dos titanes de los cuales tengo mucho que aprender.

La reunión con Julio nos emplea casi toda la tarde, pero, cuando la damos por finalizada, hemos conseguido colar el Valentina y dos vinos más en la carta de vinos de una de las cadenas de restaurantes más importantes de Norteamérica.

—Ven a visitarnos cuando estés por aquí —le dice Víctor a Julio, ya en la puerta de la bodega, mientras nos despedimos de él.

—No lo dudes, amigo —responde, volviéndose hacia mí para mirarme—. Espero verla por nuestros restaurantes muy a menudo.

—Me verá, estoy deseando comer un plato de gumbo marinado con el Valentina.

—¿Qué es el gumbo? —interviene Víctor.

—Es nuestro plato estrella —le contesta Julio con orgullo—. Se trata de un guiso que lleva camarones, pollo, carne de cangrejo, ostras, pato y *andouille* junto con arroz blanco.

—Está buenísimo —opino, recordando las pocas veces que me di el capricho de comerlo.

—Me alegra saber que le gusta. Me despido ya, está haciéndose muy tarde —nos dice, y observo el lento descenso del sol en el horizonte, que traerá consigo la noche y todo lo que deseo vivir.

—Hasta luego, venga a visitarnos siempre que quiera —le indico, colocándome al lado de Víctor mientras Julio se dirige hacia su coche—. He ido cientos de veces a esos restaurantes y, en cambio, nos hemos conocido aquí —le comento, asombrada.

—Pocas veces lo verás por los restaurantes. Julio es un viajero empedernido que disfruta recorriendo el mundo buscando los mejores ingredientes para sus platos y los mejores emplazamientos para sus restaurantes —me explica, posando su increíble mirada verde sobre la mía.

—Y supongo que buscando también las mejores bebidas, ¿no?, porque ahora tiene el mejor vino en su carta —apostillo con orgullo, siendo testigo de cómo se forma su sonrisa en su rostro y sintiendo el roce de su mano en la mía.

—¿Cómo ha ido ese almuerzo? —me pregunta, trayendo de vuelta, con su voz ronca, esa burbuja elástica que solía envolvernos, y, dejándome llevar, enlazo mi meñique con el suyo, como tantas veces hicimos en el pasado.

—Bien —musito, sintiendo que el mundo desaparece de nuestro alrededor mientras mi pecho sube y baja y su mirada, oscurecida ahora, sostiene la mía—. ¿Y el tuyo?

—También bien —me dice, apretando su dedo en torno al mío y moviéndose hasta quedar frente a mí—, aunque hubiera ido mejor si hubieras comido conmigo —matiza, y siento su aliento acariciar mis labios.

—Voy a cenar contigo —susurro con un hilo de voz—. ¿Dónde nos vemos? —le pregunto, intentando aligerar el ambiente al ver cómo los trabajadores empiezan a abandonar la bodega.

—En tu casa a las nueve —me dice al tiempo que hago mención de marcharme, pero su dedo aferrando el mío me lo impide.

—¿Me lo devuelves? —le pregunto divertida, sintiendo que esa electricidad que nos envuelve se modifica pero no desaparece.

—He echado demasiado de menos este meñique para devolvértelo tan fácilmente —me contesta, comiéndose la poca distancia que nos separa.

—Para —le pido, posando mi otra mano en su pecho, en un intento de frenar su avance.

—Parar no se me da bien cuando llevo horas imaginándome demasiadas cosas —me confiesa en un susurro sin soltar mi meñique, envolviendo mi cintura con su otra mano y acercándose peligrosamente a mí, rozando mi oreja con sus labios, y soy yo la que se pega a su cuerpo, necesitando fundirme en él.

—Vamos a ser la comidilla de la bodega y de todo Páganos —murmuro viendo cómo los coches de los trabajadores empiezan a abandonar el parking.

—Me importa una puta mierda lo que diga la gente —afirma, pegándome más a su cuerpo y haciéndome sentir su dureza—. Podemos saltarnos la cena e ir directos a mi casa —me propone mientras cierro los ojos, sabiendo que solo tendría que volver ligeramente mi rostro para tener sus labios a escasos centímetros de los míos—, ¿qué me dices?

—Que quiero cenar contigo —musito volviéndome para mirarlo, dejando nuestros labios a un aliento de distancia—. Siempre vamos con prisas —susurro acunando su rostro con mis manos mientras las suyas aprisionan mi piel por encima de la ropa—, y las palabras nos las comemos con nuestros besos —añado, rozando suavemente sus labios y conteniéndome para no adentrarme en su boca mientras él me pega tanto a su cuerpo que siento el latir acelerado de su corazón junto al mío—, y son importantes, Víctor. Quiero cenar contigo, quiero que me cuentes qué ha pasado en tu vida durante estos años y quiero hacerlo yo también —añado, sintiendo su respiración agitada entremezclarse con la mía y su hambre adueñarse de sus manos, que están subiendo por mi espalda mientras nuestros labios se exigen a gritos.

—Eso podemos hacerlo luego —replica con voz cavernosa, mordiendo suavemente mi labio inferior y arrancándome un gemido que solo oímos nosotros mientras mis manos se enredan en su pelo.

—Esta vez no —susurro, sintiendo su urgencia por adueñarse de mis labios mientras los míos rememoran los suyos, sin adentrarse en ellos, solo recordando, imaginando y deseando.

—Tienes un segundo para apartarte si no quieres que te bese —me indica con voz acerada, y siento la tensión que emana de su cuerpo y el pálpito de su sexo a través de nuestra ropa.

—¿Quién ha dicho que no quiera que me beses? —musito con voz entrecortada, anclándome a su mirada que echa fuego como lo haría la boca de un dragón y que aviva esa llama que ya arde dentro de mí.

Y, cuando lo hace, cuando sus labios se adueñan de los míos y su lengua encuentra lo que busca, siento como si me estuviera inyectando fuego en las venas... Uno que me quema desde dentro y que solo encuentra la salida en mis gemidos y en mi piel que reclama la suya a gritos, y gimo besándolo con exigencia, con hambre, esa que te muerde y que no se calma, esa que pide más y que te insta a sentir, a coger y a dar, y, envuelta en mis exigencias y las suyas, me pego más a su sexo, duro como una piedra, palpitante como un corazón y tan exigente y anhelante como el mío, que, húmedo, late al ritmo del suyo con la misma exigencia, y me froto discretamente con su dureza, ansiando tenerlo dentro de mí.

—Val, joder —masculla, enredando sus dedos en mi pelo, pegándome más a su boca, como estoy haciendo yo con él, y sé que, si pudiéramos, elegiríamos fundirnos el uno en el otro y dejar de ser dos para ser uno solo.

—Dame un momento —farfullo a duras penas, sintiendo su fuerza y su necesidad gritar junto a la mía, reclamando más mientras su lengua busca y encuentra y yo vuelvo a frotar discretamente mi sexo contra el suyo, sintiendo que la capacidad de pensar me abandona y los anhelos de mi cuerpo se cargan todas mis palabras, sustituidas ahora por gemidos.

—Joder, no puedo, necesito follarte ahora —ruge contra mis labios mientras enloquecemos por completo y sus manos llegan a mis pechos.

—Espera, no, espera... Apártate —musito, alejándome de su cuerpo, sintiendo que mis pulmones reclaman un aire que no llega—. No quiero que sea como siempre —le indico como puedo.

—Ya es como siempre; joder, no me pidas que hablemos ahora —masculla, respirando con la misma dificultad que yo.

—Quiero que esta vez sea distinto, por favor —susurro, evitando acercarme a él por miedo a caer—. Sé cómo va a terminar, pero quiero ver cómo empieza... y no quiero que sea como siempre —le explico mientras mi respiración se normaliza—. Siempre nos comemos primero y hablamos después, incluso la primera vez que estuvimos juntos, y en esta ocasión quiero que sea especial —le pido sosteniéndole la mirada, una que todavía arde.

—Siempre ha sido especial —me rebate, molesto.

—Más especial —le aclaro, acercándome finalmente a él, deseando que lo entienda—. Víctor, acabamos de encontrarnos después de cuatro años; de hecho, ayer ni siquiera podías mirarme —le recuerdo, buscando su mirada.

—Eso no es cierto, siempre te he mirado —me indica con seriedad—, siempre, Val, incluso cuando no debía hacerlo —admite sin acercarse a mí, sin rodear mi cintura con sus manos, y siento cómo mi piel anhela ese contacto.

—Ya lo sé, pero estas semanas hemos bajado escalones que nunca habíamos bajado antes —musito, deseando encontrarme de nuevo con él.

—Y terminamos de subirlos de dos en dos —me señala, con una media sonrisa que llena de calidez mi pecho—. Sé lo que quieres decir y te aseguro que mi intención inicial era subirlos poco a poco; de hecho, esta cena no estaba ni siquiera contemplada en mis planes, pero continúas teniendo esa capacidad innata de marearme —me confiesa acariciando mi mejilla, provocando que mi piel se calme con su roce— y también de volverme loco.

—¿Tenías planes? —le pregunto en un susurro, enroscando mis brazos en torno a su cuello, incapaz de mantener alejado mi cuerpo del suyo.

—Por supuesto, pero no voy a contártelos ahora —replica con voz ronca, guiñándome un ojo y llevándome al cielo de mis sueños.

—Ya me he dado cuenta de que siempre tienes un as en la manga —le indico arrugándole la nariz, provocando que sonría y sus manos vuelvan al lugar que exige mi piel, mi cintura.

—Eso por descontado —me contesta con la mirada ardiendo de nuevo.

—¿Y cuándo podré saber esos planes? —le pregunto sonriendo, sintiendo su cuerpo acoger al mío, dándole la bienvenida al hogar—. Si formo parte de ellos, debería saberlo.

—Lo sabrás cuando te tenga debajo de mí —suelta con voz rasposa, contrayendo mi vientre y humedeciendo mi sexo con sus palabras.

—Estoy deseando escuchar esos planes —musito, apoyando mi frente contra la suya, evitando rozar sus labios por miedo a que nos volvamos locos de nuevo.

—Vete o voy a dejar de frenarme para follarte sobre el capó de mi coche —me advierte, deslizando sus manos desde mi cintura hasta mi espalda, subiendo ligeramente mi vestido con su ascenso.

—¿Lo harías? —inquiero, encontrándome con su mirada oscurecida y desbordada por el deseo.

—Ponme a prueba —me reta con seriedad, y algo en mi interior me dice que está hablando muy en serio.

—Entonces casi mejor si me marcho; te veo a las nueve —me despido, mordiéndome el labio inferior, sin poder despegarme de su mirada y de su cuerpo.

—Vete —me ordena, alejándome con sus manos de su cuerpo, y, finalmente, obedezco con reticencia.

Capítulo 27

Víctor

Quiere ver cómo comienza esta vez —rememoro mientras me doy una ducha rápida y mi polla reclama su piel con exigencia y a gritos—, quiere que sea más especial —recuerdo, frenándome para no hacerme una paja y aliviarme de una puta vez—, y por supuesto que va a serlo —me digo, saliendo de la ducha, obligándome a no prestar atención a mis necesidades más básicas para empezar a vestirme, deseando llegar a su casa cuanto antes.

Yo también quiero que empiece de otra forma y que sea más especial, y no imagino una mejor manera de hacerlo que la que tengo en mente.

Llego a su casa a las ocho y media, accediendo a la vivienda por la puerta trasera de la cocina, que siempre está abierta, y, en cuanto lo hago, me encuentro con Casi. La leche, esta mujer parece estar siempre en todas partes y en los momentos más cruciales de mi vida.

—Buenas noches, Casi —la saludo mientras ella me mira de arriba abajo.

—Me preguntaba cuándo te vería de nuevo por aquí

—me dice secándose las manos con el paño de la cocina, con esa sonrisita que aborrezco tanto como Val.

—Venía a hablar con Pedro, ¿sabes si está en casa? —le pregunto mientras ella sonríe más, ¡joder con esta mujer!

—Y la niña también —recalca, apoyando una mano en el mármol de la cocina y la otra en su cintura—. Me parece que tú y yo vamos a tener que hablar, ¿no te parece?

—No, no me parece —le contesto, guardando las manos en los bolsillos de mis pantalones, recordando el rapapolvo que me soltó cuando la dejé.

—Pues te equivocas, majo. Vas a tener que escuchar a la Casi, que tiene muchas cosas que decirte. Hala, siéntate —me ordena, señalándome el taburete con la mirada.

—Casi, tengo prisa, así que mejor vamos a dejar las charlitas para otro momento —replico con fastidio, intentando escabullirme.

—De eso nada, tú siéntate, que la Casi acaba pronto —insiste, con ese tono autoritario que me recuerda al de una madre, a pesar de que la mía nunca lo empleó conmigo, y, al final, y posiblemente porque siempre quise que alguien lo hiciera, me doy por vencido—. Como la fastidies, te corto los huevos —me suelta con seriedad, yendo al grano y arrancándome una carcajada—. No quiero verla llorar de nuevo, ¿estamos? Ni quiero ver esa cara de duelo que llevaste durante meses... y en tu mano está, majo, así que céntrate y mira lo que haces, pero recuerda que tengo un cuchillo que corta incluso los huesos —añade con esa media sonrisa y ese brillo en la mirada de quien sabe lo que otro no, y seguro, pues a esta mujer no se le escapa nada.

—Tranquila, que esta vez voy a hacerlo bien —le aseguro, poniéndome serio.

—Más te vale, que tú a la Casi cabreada todavía no la has visto.

—Hostia, y ni ganas. ¿Puedo irme ya? —le pregunto, impaciente por hacer lo que tengo en mente.

—Hala, tira. ¿Ves como nos hemos entendido rapidito? —inquiere mientras me levanto del taburete con la lección bien aprendida. ¡Joder con esta mujer!

—Como para no hacerlo, teniendo un cuchillo que corta incluso los huesos —le recuerdo, divertido, antes de salir de la cocina.

Localizo a Pedro en su despacho, sentado en el sofá frente a la chimenea, y observo la copa de vino que descansa en la pequeña mesa.

—Buenas noches, Pedro, ¿puedo pasar? —pido permiso, sintiendo que tengo frente a mí al padre que nunca tuve.

—Por supuesto, hijo. ¿Te apetece una copa de vino?

—Claro —acepto, nervioso de repente. «Coño, tranquilízate, macho.»

—¿Vas a salir? —me pregunta, dedicándome una mirada fugaz antes de ir hacia la pequeña vitrina donde hay guardado un juego de seis copas.

—Sí, con tu hija —le informo con voz firme, guardando de nuevo las manos en los bolsillos de mis pantalones, sin atreverme a sentarme todavía, pues no sé si va a tirarme la copa a la cabeza o a servir el vino en ella.

—¿Con Valentina? —inquiere empezando a servir el vino y, no sé por qué, me da la impresión de que está evitando sonreír.

—Que yo sepa, solo te queda una hija soltera —le aclaro mientras él me tiende la copa. «Vale, vamos bien», me digo con alivio.

—Y que sea soltera, ¿es importante?

—Lo es en el momento en que dejo de verla como a una amiga —prosigo, tanteando el terreno, observando sus reacciones, unas que, mierda, está guardándose muy para sí.

—Siéntate, hijo —me pide, haciéndolo él primero,

mirándome con seriedad e intimidándome por primera vez en años—. ¿Y puedes decirme cómo la ves?

—Como una mujer. Estoy enamorado de ella, Pedro, lo estoy desde hace años —le confieso, tirándome de cabeza al precipicio. Joder, que sea lo que tenga que ser.

—Ya veo... —musita, llevándose la copa a los labios—. ¿Y qué intenciones tienes?

—Las de no ser *ese chico* —le advierto con seriedad, recordando los años que José tuvo que sufrir ese apelativo.

—José fue *ese chico* porque convivía con Alana siendo solo *amigos* —me recuerda, dándole especial énfasis a esa última palabra.

—Te aseguro que no es eso lo que tengo en mente —le indico con toda la seriedad que me es posible—. Quiero casarme con tu hija, Pedro, y quiero lo que nunca quise —admito, tirándome de nuevo al precipicio, recordando esos días, de hace muchos años, cuando acepté que quería lo que siempre me había negado.

—Ya veo... ¿Y ya se lo has pedido? —me pregunta, sosteniéndome la mirada mientras mantengo todo mi cuerpo en tensión.

—No, quería que fueras el primero en saberlo, porque esta vez no quiero esconderme —le confieso, sabiendo que estoy abriéndole la puerta al pasado.

—Cuando dices «esta vez» es porque ya habéis estado juntos, ¿cierto? —me plantea sin permitirme adivinar qué derroteros están tomando sus pensamientos.

—Cierto —afirmo.

—Y ella ha estado fuera cinco años, así que doy por hecho que estuvisteis juntos cuando ella...

—Tenía diecinueve años —lo corto sin alejar mi mirada de la suya, sintiendo que estoy en un momento crucial de mi vida, pues Pedro es uno de mis pilares fundamentales y por nada del mundo querría decepcionarlo.

—El otoño que se presentó su vino —me señala, atando cabos con rapidez— y en el que se marchó a Nueva York —prosigue, agitando el vino dentro de la copa—, y, si no es querer saber mucho..., ¿puedo preguntar por qué lo dejasteis?

—La dejé yo —le cuento mientras él alza la mirada de la copa para posarla sobre la mía—; no quise atarla a esto ni tampoco a mí —le indico, sosteniéndosela.

—Y no lo hiciste porque no te creías merecedor de ella, ¿verdad? —me pregunta con dureza, y siento cómo me da un puñetazo en pleno pecho con sus palabras, pues, en el fondo, siempre estuvo ahí el problema—. ¿Cuándo vas a darte cuenta de que eres una de las mejores cosas que le han sucedido a esta familia y a mi hija? —inquiere, sorprendiéndome—. ¿Crees que te hubiera abierto las puertas de mi casa y te hubiera permitido acercarte a Valentina si no hubieses sido merecedor de ello? —me formula, y siento cómo el lobo gris llega para sentarse a mis pies—. Tú me robaste, y si no te denuncié fue porque vi lo que otros no vieron. Vi a un niño asustado y muy falto de amor escondido en el cuerpo de un adolescente enfadado con el mundo que necesitaba todo lo que yo podía darle, y tú me lo has recompensado con creces año tras año. ¿Crees que no sabía que estabais juntos? —añade, mientras siento el calor del animal traspasar mi piel y, sin percatarme, alargo la mano para tocarlo, como si fuera tan de verdad como esta conversación que estoy manteniendo ahora con Pedro—. ¿Por qué crees que la puse a preparar la presentación contigo? Porque sabía lo que sentíais el uno por el otro, como lo he sabido esta vez. Déjate de historias que no son ciertas y mira lo que yo veo, a un hombre hecho a sí mismo a base de mucho esfuerzo y fuerza de voluntad y que tiene todo el derecho del mundo a tener todo lo que desee —me asegura, y, aunque sea una locura, siento el pelaje del lobo gris acariciar mi mano, y en mi mente y en mi alma veo con claridad cómo las hebras grises van transformándose, poco a poco, con mi tacto, en un color blanco inmaculado, ese que aparece cuando te reconcilias del todo contigo mismo.

—¿Lo sabías? —atino a decir, sintiendo mi garganta cerrada y el tacto y la respiración pausada del animal en la palma de mi mano.

—Soy un lobo viejo, hijo, no hay nada que estos ojos no sepan, otra cosa es que prefiera guardar silencio —me indica, y, sorprendentemente, oigo ese aullido largo y sostenido retumbar en las paredes de mi alma mientras siento el deslizar del pelaje del animal en mi piel, alejándose de mí, y, en silencio, me despido de este lobo, que hacía años que no regresaba y que hoy lo ha hecho por última vez para mostrarme que ya no hay hebras grises que tiñan mi vida y que el color blanco será el que la domine a partir de ahora.

—Gracias por ese silencio y por ser mi padre sin serlo —le agradezco, con la garganta completamente cerrada por la emoción—. Te aseguro que no hay nada que me importe más que la felicidad de tu hija.

—De eso no tengo la menor duda —me contesta con una sonrisa—. Por mi hijo y mi futuro yerno —me dice alzando su copa, emocionándome con sus palabras, mientras oigo todavía el eco de ese aullido retumbando en las paredes de mi interior, haciéndome sentir por primera vez en mi vida completamente en paz y en calma.

—Todavía tiene que decirme que sí —le recuerdo sonriendo, chocando suavemente mi copa con la suya.

—Lo hará; mi hija es una chica lista y, además, siempre te ha querido, aunque de formas distintas —me asegura mientras ese aullido desaparece finalmente para ser sustituido por el repiquetear de sus tacones al acercarse.

—Guárdame el secreto —le pido unos segundos antes de que abra la puerta y su mirada se encuentre con la mía.

«Joder, si creía que el vestido de esta mañana era apostar fuerte era porque no había visto este», pienso mientras recorro discretamente su cuerpo con la mirada y mi polla despierta en el acto.

—¿Víctor? —me pregunta extrañada y nerviosa, y tengo que hacer acopio de toda mi fuerza de voluntad para no sonreír, como posiblemente estará haciendo Pedro—. Yo... papá, ehhh... que me marcho... que he quedado para ir a cenar —le dice casi a trompicones.

—Ah, ¿sí? ¿Y con quién has quedado si puede saberse? —le plantea Pedro, consiguiendo que suelte una carcajada. Joder, me cago en la puta.

—Pues... pues...

—Conmigo, Pedro —le confieso levantándome, viendo la sorpresa en mayúscula reflejada en el rostro de Val—. Ha quedado conmigo, como espero que quede muchas veces más —añado, acercándome a ella, para aferrar su mano con fuerza—. Estoy enamorado de tu hija —le confieso de nuevo, esta vez frente a ella—, y voy a llevarla a cenar y más tarde a mi casa —prosigo con una media sonrisa—, así que mejor no la esperes despierto —concluyo, volviéndome hacia Val, que me mira como si de repente me hubieran salido dos cabezas mientras su piel está teñida de un rojo fluorescente.

—¿Os venís a comer mañana? —nos propone Pedro como si nada, sorprendiéndola todavía más, mientras siento que, de verdad, estoy en casa.

—¿Qué dices?, ¿te apetece? —le pregunto como si esto que estamos viviendo fuera lo más normal del mundo mientras ella continúa mirándome como si se me hubiera ido la cabeza, que, puestos a ser sinceros, sí, un poco sí que se me ha ido.

Joder, he sentido el tacto de un lobo imaginario en la palma de mi mano, he percibido su calor y su suavidad, he visto teñirse su pelaje y he oído su aullido, ese que siempre retumbará en mis recuerdos, y, ahora, quiero casarme y tener hijos. Hostia, por supuesto que se me ha ido la cabeza y, al mismo tiempo, nunca he estado más cuerdo de lo que estoy ahora.

—¿Sí? —me pregunta, completamente perdida.

—Pues sí, entonces, espéranos para comer —le indico a Pedro con una resplandeciente sonrisa.

—Perfecto. Divertíos, pareja —nos dice alzando su copa—. Valentina... bien hecho, hija —le dice, sorprendiéndome esta vez a mí. «Joder, y tanto que es un lobo viejo», me digo negando con la cabeza, llevándola de mi mano hasta la puerta.

—Buenas noches, Pedro —me despido antes de salir del despacho—. ¿Y tu chaqueta? —le pregunto una vez que estamos fuera, sintiendo la calidez de su mano traspasar mi piel, tal y como he sentido hace unos minutos la del lobo, tan de verdad como lo es en este momento.

—¿Te has vuelto loco? Creía que estarías esperándome fuera —me susurra al oído, y detengo mis pasos, sin soltarle la mano.

—No eres la única que quiere que esta vez sea distinto. No voy a esconderme, Val, y no voy a esperarte fuera en mi coche ni a fingir que eres solo una amiga, porque no lo eres. Estoy enamorado de ti y no vamos a ocultarnos más —le digo con seriedad, viendo su mirada llenarse de esas emociones que durante estas semanas he sido incapaz de detectar.

—¿Eres consciente de que te arriesgas a ser *ese chico*? —me pregunta, divertida, mientras noto que todo lo que siento por ella llena mi pecho hasta desbordarse.

—Te aseguro que no voy a serlo —sentencio convencido, manteniendo a raya todo esto que tengo dentro—. Tu chaqueta —le recuerdo, zanjando el tema.

—Está en la cocina —me comenta frunciendo levemente el ceño, sin llegar a entender el alcance de mis palabras, y, por primera vez en cuatro años, alargo mi mano para alisárselo, pasando mi dedo lentamente por él y dibujando una sonrisa en su bonito rostro.

—Vamos, entonces —propongo con voz ronca, sintiendo cómo todo mi cuerpo reacciona ante su cercanía.

De la mano, llegamos a la cocina, testigo de tantos momentos, y sonrío cuando Casi detiene su mirada en nuestras manos.

—Por lo que veo no voy a tener que utilizar ese cuchillo —me indica con esa sonrisilla que normalmente aborrezco y que ahora libera una carcajada de mi pecho.

—¿De qué cuchillo hablas, Casi? —le pregunta Val, de nuevo sin entender nada, soltándose de mi mano para ponerse la chaqueta, y siento cómo mi piel ruge ante la falta de su contacto.

—De nada, hija, de nada —le responde, cruzándose de brazos—. ¿Y a dónde vais, pareja? —añade, sin borrar esa sonrisa puñetera de su cara.

—A ti te lo contaremos, Casi —le digo buscando su mano de nuevo—. Hasta mañana —me despido antes de salir de casa.

—Creo que me he perdido muchas cosas —me comenta Val mientras me dirijo hacia mi coche, sin soltar su mano.

—Sí, yo también creo que lo has hecho.

—Pero vas a contármelas, ¿verdad? —me pregunta con curiosidad mientras la suelto con reticencia para encaminarme hacia mi asiento.

—Cuando te tenga debajo de mí —le recuerdo, guiñándole un ojo, cuando cierra la puerta.

—Venga ya, ¿vas a tenerme así toda la cena? —suelta con fastidio.

—Tú me tienes así desde esta mañana —le recuerdo, sintiendo mi polla crecer.

—No es lo mismo —me rebate.

—Tienes razón, lo mío es mucho peor —le confieso mientras recorro el largo camino que nos alejará de la bodega y de Páganos.

—Déjame que lo dude —me replica frunciendo de nuevo el ceño, y alargo mi mano, pero no para alisárselo, sino para posarla sobre su pierna, esa que recorreré más tarde con mis labios hasta llegar al lugar donde deseo perderme... y, con ese pensamiento, siento el pálpito de mi polla.

—Esta cena va a ser una jodida tortura —mascullo entre dientes, conduciendo a través de la oscuridad y, sin saber por qué y de una forma rápida y fulgurante, recuerdo esa noche, cuando pedaleé a través de otra oscuridad, sintiéndome completamente solo y desamparado, y es tan real que hasta siento el sabor salado de mis lágrimas atascado en mi garganta.

—¿Estás bien? —me pregunta, preocupada, captando en el acto que algo me sucede, rodeando mi mano con la suya y calmándome con su voz y con el tacto de su piel, trayéndome de vuelta a mi presente con una certeza, la de que todo ha sido perfecto dentro de la imperfección y que todo lo que viví debía vivirlo para poder vivir esto.

—Estoy bien —le aseguro, abrazando esa certeza—, estoy más que bien, Val —añado, volviéndome durante unos segundos para perderme en esa mirada que siempre fue mi casa y en la que yo sí fui un pilar fundamental, sin saberlo.

—Y le has dicho a mi padre que estás enamorado de mí —me recuerda con una sonrisa, y vuelvo mi mirada al frente para intentar silenciar todas las palabras que, impacientes, amenazan por liberarse de mi pecho.

—¿Canción? —le pregunto encendiendo la radio, retomando ese juego al que llevo jugando en silencio desde que regresó, cada vez que la he tenido sentada a mi lado en el coche.

—*Beds are burning* —me responde sin dudarlo.

—¿Grupo? —indago, estacionando el vehículo en la entrada de Laguardia.

—Midnight Oil —afirma con seguridad—. Sabes que me encanta esta canción —musita, haciéndome recordar cientos de momentos con ella.

—Y, a mí, me encantas tú —declaro, volviéndome para mirarla—. Vamos —la apremio, apeándome del todoterreno, deseando acortar la distancia que nos separa, saliendo a su encuentro.

Aferrando su mano con fuerza, traspasamos la puerta de San Juan para adentrarnos en este pueblo de calles empedradas y edificios señoriales, ubicado en lo alto de una colina, donde todo empezó, pues fue aquí donde le robé a Pedro mientras él comía, aparentemente ajeno a todo, y aquí quiero que sea donde ella me encuentre, donde conozca al Víctor que fui y donde pueda abrirle las puertas de mi pasado antes de abrirle las de mi presente y las de mi futuro.

—Estás muy callado —comenta con voz suave mientras diviso el restaurante donde he hecho la reserva, el mismo en el que Pedro estaba comiendo ese día, tan lejano ya.

—Supongo que estoy dándote la oportunidad de hablar antes de que lo haga yo —le indico, deteniéndome para observarla—. Siempre has querido conocerme, saber qué había ocurrido en mi vida antes de que tú llegaras a ella, y, créeme, no había planeado que fuera aquí y, en cambio, no imagino un lugar mejor para contártelo. Vamos, ha llegado el momento de que conozcas al Víctor que fui durante años —le explico con seriedad, tirando de su mano para dirigirnos al interior del restaurante.

—Buenas noches. Señor Álvarez, señorita Domínguez, bienvenidos —nos saluda el *maître* en cuanto nos ve.

—Buenas noches —le devuelvo el saludo mientras

capto la sorpresa de Val al comprobar que estamos solos en el local.

—No hay nadie —me comenta al oído, sin poder ocultar su asombro, mientras seguimos al *maître* hasta la mesa que le he pedido—. ¿Tú sabes algo de esto? —me pregunta mientras la miro sonriendo.

—Algo sé —le respondo, guiñándole un ojo, divertido con su reacción, mientras tomamos asiento—. Muchas gracias —me dirijo al *maître*, antes de que nos deje a solas—. Si esta tarde no hubieras insistido en que viviéramos esto, te hubiera llevado a casa —y digo *a casa* y no *a mi casa* porque mi casa es ya la suya, me percato de esa matización de mi inconsciente— y te hubiera follado sin parar con todas las ganas que llevo acumuladas desde hace años —le confieso, viendo cómo el brillo de su mirada cambia y el deseo sacude su cuerpo—. Y sé que luego te lo hubiera contado todo, pero me hubiese perdido lo distinto y lo especial que será cuando te bese y esté dentro de ti sabiendo que conoces todas mis mierdas —le indico mientras ella me mira expectante—. Por eso estamos solos, porque no quiero hacer partícipe a nadie de quién fui antes de ser quien soy —añado, guardando silencio cuando el camarero trae el vino.

Veo la impaciencia instalada en su mirada mientras este descorcha la botella y sirve un poco del caldo en nuestras copas y la insto a probarlo, a beberse esa impaciencia con su vino.

—Perfecto —le comenta, dejándola sobre la mesa y centrando de nuevo toda su atención en mí, mientras el camarero va rellenándolas.

»Habla —me pide con impaciencia una vez a solas, y sonrío antes de ensombrecer mi mirada.

—Yo llegué a este mundo por error, sin ser esperado por nadie, pero, al contrario de muchos niños que no lo son, pero que luego son bien recibidos y queridos, yo no lo fui —empiezo mi relato, sintiendo el dolor llegar para asentarse en mi interior, a pesar de lo asumido que lo tengo—. No fui querido ni estando en el vientre de mi madre ni tampoco después, y me crie como se crían las plantas silvestres, a mi aire, con lo básico, comida y un techo —recuerdo, endureciendo mi voz—. Aprendí a levantarme cuando me caía, a no llorar aunque me doliera y a valerme por mí mismo cuando tenía edad de estar todavía jugando con los cochecitos o con lo que fuera —mascullo, cubriendo mi voz con dureza, apoyando la espalda en la silla y necesitando tomar distancia con la compasión que estoy viendo en su mirada—. Mi madre quería ser modelo e ir a Madrid para convertirse en una maniquí reconocida, pero entonces conoció a mi padre, al que yo no tuve la suerte o la desgracia de conocer, y se quedó embarazada de mí y, con ese embarazo, tuvo que renunciar a sus sueños y a su vida... y durante toda la mía se esforzó en recordarme que mi presencia no era esperada ni deseada.

—Víctor... —musita con un hilo de voz mientras las lágrimas ruedan por sus mejillas, y me obligo a seguir mi relato, ahora que he empezado.

—Cogí el camino torcido junto con mis amigos... Aprendí a conseguir dinero fácil robando y me esforcé en darle toda la mala vida que ella me había dado y que continuaba dándome; supongo que era mi forma de castigarla —rememoro entre dientes—, mi forma de devolverle el daño que me hacía con su rechazo. Creo que llegué a un punto en el que pasé más noches en el calabozo que en ese lugar al que ella llamaba *casa*, y un día decidí largarme de allí —le cuento mientras ella se mantiene en silencio, permitiendo que diga todo lo que deseo decir, sin dejar de llorar—. No llores, ¿vale? Todo eso está pasado y asumido, y solo te lo cuento porque quiero que me conozcas, pero no que me compadezcas, porque si soy quien soy, si te conocí, fue gracias a mi madre y a su rechazo —le cuento, guardando silencio cuando llega el camarero con el primer plato y ella se seca, disimuladamente, las lágrimas—. En este restaurante le robé a tu padre la cartera —le confieso, sintiendo mi estómago cerrado y, aun así, me obligo a comer para que lo haga ella también—, y ese día cambió todo para mí, porque, a diferencia de la gente que no me veía, él lo hizo, me vio y me reconoció. Le devolví hasta el último céntimo que le robé trabajando en la bodega y nunca más salí de ella. En la bodega y en tu casa encontré lo que no había tenido nunca, un hogar y gente que me veía y que de alguna forma me quería; te encontré a ti, Val, y solo por eso debo estarle agradecido a mi madre.

—¿Por eso querías que me hiciera modelo? ¿Porque tu madre no pudo serlo? —me recrimina, sin probar bocado.

—No, ser modelo lo elegiste tú. Yo solo quise que vivieras todo lo que hubieras vivido si yo no hubiese llegado a tu vida, lo que ella no tuvo la oportunidad de hacer. No quise ser el impedimento que fui en su vida.

—Maldita sea, nunca fuiste un impedimento, porque yo solo quería estar contigo, mi vida entera eras tú —masculla, enfadada, empezando a llorar de nuevo.

—Y, aun así, elegiste la moda —le recuerdo, prudente—. Val, claro que querías ser modelo y claro que también me querías, eso lo sé de sobra; lo que tú no sabías es que siempre me tuviste, nunca me aparté de tu lado, nunca, ni siquiera durante estos últimos cuatro años, en los que he vivido una contradicción continua —le confieso—. Cariño, necesitaba que salieras de aquí, que fueras todo lo que habías venido a ser y que triunfaras como lo has hecho —le explico en un susurro, aferrando su mano con fuerza por encima de la mesa—. Tu padre me dio la vida que yo siempre deseé y yo quise darte la vida que soñabas antes de que empezara lo nuestro. Dime la verdad, ¿te arrepientes de estos años que has pasado en Nueva York?

¿Te arrepientes de haber sido un ángel y de haber desfilado para los más grandes? Y sé tan sincera como lo estoy siendo yo contigo, por favor.

—¿Recuerdas cuando te dejé? —me pregunta, con la tristeza colándose a través de sus palabras—. Te dejé porque pensaba que, si lo hacía, dejaría de dudar de una vez. Yo quería ser un ángel, quería desfilar para Carolina Herrera, Yves Saint Laurent, Armani, Dior... y todos los grandes diseñadores, pero nunca pude dejar de dudar; incluso cuando lo conseguí, continué haciéndolo. Sí que eras esperado, Víctor, y sí que eras querido, solo que yo todavía no había nacido para decírtelo —declara, llevando mis lágrimas al borde de mis ojos—. Toda mi vida te he querido; de hecho, y si es posible que esa opción exista, creo que nací queriéndote, aun sin conocerte, por eso nunca pude dejar de dudar, porque mi verdadero sueño eras tú y no ser modelo —me confiesa, enlazando sus dedos con los míos y consiguiendo que todo mi mundo tiemble con su confesión.

—Cásate conmigo —le pido con la emoción atascada en mi garganta, y, de nuevo, no era así como lo tenía planeado. «Joder, ni siquiera tengo todavía el anillo», me recrimino.

—¿Qué? —me pregunta con un hilo de voz.

—Que te cases conmigo, Val —le repito, sintiendo que todo esto que tengo desbordado en mi pecho amenaza con ahogarme—. ¿Sabes? No te mentí cuando hace años te dije que no me iban las relaciones largas y que no quería tener hijos, pero eso cambió cuando te dejé y regresé a mi casa. Ese viaje fue una liberación para mí; allí me reencontré con el niño que fui y me perdoné y perdoné, en la medida de lo posible, a mi madre... Después de años sin ir a verla, fui a su casa y, cuando salí de allí, me di cuenta de que no deseaba nada más en la vida que no fuera un futuro contigo.

—Pero... yo, yo me fui y tú... tú no me dijiste nada —me dice a trompicones, como cuando se pone nerviosa o como cuando su cabeza va más rápido que sus palabras.

—Cuando te llamé a casa, tú ya te habías ido y no quise modificar tus planes —le revelo con una triste sonrisa, recordando esos días que ahora me parecen tan lejanos.

—¿Y por qué no me lo dijiste en Navidades cuando regresé?

—Creo que acabo de contestar a tu pregunta. Habías elegido, Val. ¿Quién era yo para modificar tus planes? —le planteo mientras ella suelta todo el aire de golpe con frustración—. Te dije que te esperaría, te pedí que cumplieras todos tus sueños y que exprimieras tu vida al máximo para que, cuando volvieras, pudieras hacer otras cosas conmigo... y, para hacerlas, necesito que respondas —le digo, captando su atención de nuevo.

—No me lo has pedido —me indica con una sonrisa que dibuja otra en mi rostro.

—Tienes razón, lo siento, creo que más bien te lo he exigido —musito, divertido, recostándome en la silla y viendo cómo se levanta y se acerca lentamente a mí, a mi vida y a quien soy ahora.

«Siempre fue ella la que se acercó a mí, a pesar de que fui yo quien la encontró escondida en los viñedos —me percato, alzando mi brazo para rodear su cintura con él, ayudándola a acomodarse en mi regazo—. Siempre fue ella la que sujetó mi mano, a pesar de que fui yo quien se la tendió inicialmente», rememoro, perdiéndome en su mirada que alberga todas las emociones que me desbordan por dentro y, sosteniéndosela, formulo esa pregunta que nos abrirá las puertas de nuestra casa y de nuestra vida.

—¿Quieres casarte conmigo y ser la madre de mis hijos? —susurro, sintiendo ese aullido resonar claramente en mi pecho.

—No hay nada que desee más que eso —murmura, rozando mis labios con los suyos y llevándome directo a ese hogar que vamos a formar—, pero tengo una condición —añade, sorprendiéndome.

—¿Cuál? —le pregunto, frunciendo el ceño—. Espero que no sea un anillo, porque todavía no lo tengo —le confieso, observando su sonrisa.

—No, quiero un perro —me anuncia apoyando su frente contra la mía, asombrándome con su petición mientras yo rodeo su cintura con mis manos, pegándola más a mi cuerpo.

—Entonces yo tengo dos condiciones —le indico, posando mi mirada en sus labios, esos que acaba de entreabrir—; tiene que ser de acogida y quiero que te mudes a nuestra casa; no voy a esperar a que nos casemos para tenerte conmigo.

—Acepto —susurra, acercando sus labios a los míos y entregándome la llave de mi felicidad.

—Te quiero —murmuro antes de perderme en ella.

—Y yo, más que a mi vida, Víctor, y necesito decírtelo antes de que nos volvamos locos —me declara, separándose ligeramente de mí antes de permitirme profundizar en el beso—. Te quiero, te quise siendo una niña y te quiero ahora —me repite, emocionándome— y quiero estar ya en casa.

—Apenas has cenado y no me has contado nada de tu vida, solo he hablado yo —replico con una sonrisa que espero que se lleve esta presión que siento en la garganta y que no me deja respirar.

—Mi vida puedo contártela después, y el hambre que tengo no se sacia con comida —sentencia, mordiendo mi labio, acelerando mi respiración.

—Ni la mía —musito, sintiendo mi sexo reaccionar ante sus labios.

—Pues vámonos —me pide, levantándose y alejándose de mi cuerpo al tiempo que pido la cuenta al camarero.

—¿No van a tomar postre? —nos pregunta tras llegar hasta nosotros mientras la veo sonreír y me obligo a mantener la seriedad instalada en mi rostro.

—No —respondo escueto mientras el *maître* se acerca a la mesa.

—Le enviaré la factura por *e-mail*, no se preocupe ahora —me indica, haciendo gala de la discreción de este lugar.

—Perfecto, muchas gracias por todo —me despido, con la urgencia tirando de mí, observando de reojo a Val y cómo se ciñe el vestido a su cuerpo. «Joder, estoy deseando quitárselo», pienso, anhelando llegar cuanto antes a casa—. Vamos —mascullo, cogiendo su mano y sacándola del restaurante.

«Maldita sea, no puedo esperar», maldigo para mis adentros, sintiendo cómo el hambre por ella me consume y, cegado por ella, la llevo hasta un portal, donde la oscuridad nos ampara de las miradas indiscretas, para besarla como llevo deseando hacer desde hace horas.

—Dame dos minutos —musito, pegando su espalda contra la pared y mi cuerpo al suyo—, solo dos minutos —repito antes de meterle la lengua y adueñarme de su boca.

«Joder», atino a pensar, mientras ella corresponde a mi beso con la misma urgencia que siento yo y, cuando un gemido escapa de su garganta y frota su sexo contra mi polla, soy yo el que gime contra sus labios, impulsando mis caderas hacia delante y arrancándole otro a ella que se entremezcla con el mío mientras mis manos suben por su cuerpo hasta uno de sus pechos, que rodeo mientras sus caderas buscan las mías y mi otra mano se ancla a su trasero, necesitando comérmela entera.

—Vic... no puedo esperar —me pide, llevando su

mano a mi bragueta. «Joder, así no», me reprendo sin poder dejar de besarla mientras acuno su pecho, sintiendo su pezón tan duro como lo está mi polla—. Ahora —añade, tan desesperada como lo estoy yo, empezando a abrir la cremallera de mis pantalones.

—Val, no, te quiero en mi cama; no voy a follarte en un puto portal como si fuéramos unos críos —mascullo, alejando su mano de mi sexo palpitante.

—No me hagas esperar —me ruega, con la mirada ardiendo.

—Recuerda, tiene que ser especial, cariño; querías que lo fuera. Por favor, ayúdame a que lo sea —le pido, subiéndome a duras penas la cremallera, con mi respiración completamente desordenada—. Vamos —farfullo, abandonando la oscuridad que nos ampara para llevarla de una vez a casa.

El camino de vuelta lo hacemos en silencio, evitando volver a rozarnos por miedo a perder la cabeza, y, cuando estaciono en el parking de casa, sé lo que ha visto y la miro sonriendo, deseando que sea tan especial como merece.

—Las has vuelto a poner... —musita, bajando del vehículo, sin perder de vista las guirnaldas encendidas que alumbran el porche.

—Nunca debí quitarlas —murmuro llegando hasta ella, envolviendo su mano con la mía—. Bienvenida a casa —declaro, dándole un suave apretón a su mano.

—Te quiero —me responde, correspondiendo a mi apretón, y, sin poder articular palabra, la llevo al interior de nuestro hogar, para vivir de una vez lo que ambos estamos deseando vivir.

«Cuatro jodidos años sin tenerla aquí —pienso en cuanto entramos en casa—, cuatro jodidos años sin poder olvidar cómo me mareaba en el sofá, en la cama o donde fuera, y en los que no he podido dejar de verla por todas partes vestida únicamente con mi camisa de cuadros; cuatro largos y jodidos años en los que no he podido comer fruta sin recordar cómo la comíamos... y ahora está aquí y vamos a casarnos», me digo, llevándola hasta la habitación que ya no va a volver a ser mía, sino nuestra.

—Siempre has sido como un caramelo para mí —musito con voz ronca, empezando a desabrochar la cremallera de su vestido—; uno que, al principio, no me estaba permitido probar, a pesar de las ganas que tenía de hacerlo —le confieso, empezando a bajar la prenda, oyendo su respiración acelerada— y, cuando lo probé, ya no pude dejar de desear chuparlo continuamente, como ahora, que no deseo otra cosa que comerte entera y a la vez follarte con fuerza, y no sé qué deseo más, si una cosa o la otra —expreso, llevando mi dedo a su húmeda abertura, consiguiendo que suelte un gemido que retumba en el silencio de esta estancia—. Joder, Val, me duele la polla por tenerte así.

—Déjame que te saque de dudas, Vic: fóllame, tan fuerte como puedas —me pide mientras mi dedo se adentra en su interior y un segundo dedo lo sigue, instándome a meterlos de golpe—. No quiero preliminares, te quiero dentro de mí ahora —me exige y, hostia, «sus deseos son órdenes para mí», pienso liberándola de su ropa interior mientras ella empieza a desnudarme.

—Lo que tú digas —mascullo, tumbándola sobre la cama, llevando mi miembro hasta su sexo y metiéndolo de un empellón hasta encajarme por completo dentro de ella—. Joder, cómo deseaba estar así —le confieso, soltando todo el aire de golpe, sin poder moverme, abrazando este momento.

«Caliente, húmeda y mi sueño hecho realidad», me digo cerrando los ojos.

—Ohhhhh, Vic... sí... muévete —me insta con la voz rasgada por el deseo, moviéndose ella—; métemela todo lo dentro que puedas —gime, echando la cabeza hacia atrás.

—Nena, no vas a tener que repetírmelo —mascullo, delirando con su petición, sintiendo que no llego tan profundo como deseo, pues, si pudiera, le metería hasta los huevos.

—Sí, Vic, sí, así, más, más, más, por favor... —gime, alzando las caderas para permitirme que adquiera más profundidad.

—Val, joder, joder, sí, nena, muévete conmigo —rujo cerca de su oreja, completamente enardecido, mientras entro y salgo de su interior con una fuerza demoledora, sintiendo mi polla deslizarse con facilidad dentro de ella... y yo era el que quería hacerle el amor con calma, y una puta mierda.

Dos, tres, cuatro, cinco... diez, enloquezco mientras la penetro, deseando no terminar nunca, anhelando que se derrita con mi cuerpo y comiéndome sus gemidos, sus labios y sus ganas con mis besos, consiguiendo que pierda la cabeza tanto como la he perdido yo. Envueltos en nuestro delirio, rodamos por la cama, con nuestros sexos encajados, incapaces de alejarse el uno del otro.

—Eres mi perdición —rujo con ella encima de mí, con mis manos adueñándose de sus pechos—. Val, no sé si voy a poder aguantar más —gimo alzando las caderas mientras sus pechos se balancean entre mis manos y ella echa la cabeza hacia atrás, siendo ahora más que nunca mi sueño hecho realidad.

—Espera, espera... —grita, incrementando el ritmo, y siento que enloquezco más si es que eso es posible y, cuando su sexo se contrae y su gemido retumba entre estas cuatro paredes, me uno a él, corriéndome en su interior.

Capítulo 28

Valentina

—Durante unos momentos he creído que iba a darme algo —admito, respirando todavía con dificultad, recostada sobre su cuerpo y sintiendo cómo el latido de su corazón conecta con el mío, buscándolo, encontrándolo, vibrando...

—Ya somos dos, entonces. Joder, Val, ¿nos hemos vuelto locos?

—Yo creo que más bien nos moríamos de hambre —le indico, divertida, alzando la cabeza de su pecho para morirme en la mirada de mi futuro marido.

«Madre mía, vamos a casarnos», pienso, sonriendo tontamente, sin poder creerlo, y hemos follado como nunca lo habíamos hecho, rememoro, ensanchando un poquito más mi sonrisa.

—¿Por qué sonríes así? —me pregunta, sonriendo él también.

—Por esto, por lo que acaba de pasar. Vic, no voy a dejar que bajes el ritmo —le advierto, guasona, reptando por su cuerpo.

—Y yo pensando que sonreías porque íbamos a casarnos y, en cambio, estabas pensando en sexo —replica con una sonrisa socarrona—. Por lo que veo, aquí, el único romántico soy yo —prosigue, haciéndome reír.

—¿Te confieso una cosa? —le planteo, sintiendo cómo sus manos llegan a mi trasero mientras empiezo a besar su cuello.

—Soy todo oídos —me contesta mientras trazo un reguero húmedo con la lengua por su cuello.

—Me gustaba mucho tu cuello cuando era jovencita y me imaginaba haciendo justo lo que estoy haciendo ahora —le revelo, besándolo como si besara sus labios—. Me imaginaba quitándote la camisa y tirando de tu vello... —musito, tirando suavemente de él—. Fantaseaba con sentarme a horcajadas sobre tus piernas, sintiendo tu sexo cerca del mío, y me tocaba imaginándolo —le cuento, buscando su mirada y viendo el fuego arder en ella.

—¿De verdad? —inquiere, moviéndose hasta dejarme debajo de él.

—Sí —susurro con un gemido colándose a través de mi garganta.

—¿Y te tocabas muchas veces? —me plantea, mordiendo mi labio inferior para empezar a bajar por mi cuerpo y, cuando veo lo que va a hacer, me aparto.

—Espera, no me he lavado.

—Contéstame, ¿te tocabas mucho? —me pregunta, pasando de mí y deslizando su dedo por mi centro empapado a la vez que asiento con la cabeza, llevando mis dedos a mi sexo mientras él retira los suyos.

—¿Quieres verlo? —le propongo, sosteniéndole la mirada.

—Sí —me responde con voz rasposa.

—Espera —le pido, corriendo al baño para limpiarme y eliminar el resto del esperma de mi vagina, regresando con premura a la habitación, donde su mirada me espera para recordarme la hoguera que tengo prendida en mi interior.

—Tócate para mí —me susurra mientras siento mis fluidos mojarme de nuevo.

—Imaginaba que eras tú quien lo hacía —le confieso, acostándome de nuevo, abriendo las piernas y dejando mi sexo frente a él para luego llevar mis dedos hasta mi clítoris y empezar a frotarlo mientras masajeo uno de mis pechos con la otra mano—; imaginaba que mi mano era tu boca y que tu lengua recorría mis pliegues así... —le indico, moviendo mi dedo de arriba abajo— y me mojaba enseguida mientras te imaginaba desnudo —musito, cerrando los ojos, sintiendo mis fluidos empapar mis dedos y mi piel—. Imaginaba que me penetrabas como has hecho antes... —continúo, metiéndome dos dedos y alzando las caderas, gimiendo suavemente— y me corría imaginando que era tu polla y no mis dedos los que me embestían —le digo, sintiendo cómo el orgasmo comienza a formarse en mi interior y, antes de llegar a correrme, aleja mis manos de mi sexo para hundir su lengua en él, como tantas veces imaginé en el pasado—. Estos días he vuelto a tocarme pensando en ti —jadeo, alzando las caderas mientras su boca me come entera—. He vuelto a mirar tu cuello y a fantasear con chuparlo —gimo, consiguiendo que enloquezca con mis palabras como yo estoy enloqueciendo con su lengua—. Diosssssss, sí... —grito, abriendo más las piernas, sintiendo cómo dejo de pensar e incluso de respirar con todo lo que está haciéndome con su boca.

—Joder, ven aquí... Voy a mostrarte cómo deseaba follarte yo y cómo lo he deseado estos días —me declara, cogiendo mis piernas y arrastrando mi cuerpo hasta pegarlo al suyo y a su sexo, que inserta en mi interior hasta conseguir que ponga los ojos en blanco—. Haces que pierda la cabeza, hostia —masculla, sujetándome por las caderas e iniciando un ritmo delirante que solo me permite gemir con cada embestida—. Me pasaría el día chupándote y follándote —me confiesa, provocando que todo me dé vueltas.

—Pues hazlo, sigue follándome así, no pares —gimo entre gritos, notando cómo el orgasmo estalla dentro de mí con una fuerza descomunal, pegando un grito al que él se suma, derramando su esencia de nuevo dentro de mí.

—Lo hemos hecho dos veces sin condón —le indico cuando consigo recobrar la voz.

—Llevas el diu puesto todavía, ¿no? —me pregunta, envolviendo mi cuerpo con sus brazos, y cierro los ojos sintiendo que estoy flotando sobre esa nube blanca y esponjosa que tantas veces visualicé en el pasado suspendida en la palma de mi mano.

—A buenas horas lo preguntas —suelto divertida, sintiendo el vello de su pecho hacerme cosquillas en la punta de la nariz.

—Supongo que ese tema ya no me preocupa tanto como antes —admite, y alzo la mirada para encontrarme con la suya, convertida ahora en un mar en calma tras una tormenta de fuego.

—Ya veo —musito, sonriendo y recostándome de nuevo sobre su pecho, escuchando su latido, ese que ni el de Nueva York logró igualar.

—¿Lo llevas? —insiste con un murmullo, acariciando mi espalda con la yema de sus dedos de la misma forma en que su voz acaricia mi alma.

—Lo llevo —susurro cerrando los ojos, deseando atesorar este instante para siempre y, en mi imaginación, abro las páginas de ese álbum de fotografías que empecé a crear hace años y que cerré para no volver a abrir cuando mi vida comenzó a girar en torno a otro sueño.

—No me importaría que te lo quitaras —me comenta, prudente, sorprendiéndome, y abro despacio los ojos, posando la mirada sobre la piel de su pecho para añadir la primera fotografía a ese álbum de recuerdos que no voy a volver a cerrar.

Su piel junto a la mía y sus brazos envolviendo mi cuerpo, de la misma forma en que los planes de futuro nos envuelven a nosotros.

—¿Lo dices en serio? —indago, alzando la mirada para buscar la suya y entrar en casa.

—Sí —me responde, bajando la suya para abrirme la puerta.

—No hemos hablado de la fecha de la boda y, en cambio, estamos hablando de tener hijos —le indico, sintiendo las mariposas aletear más brillantes que nunca dentro de mí, multiplicándose por mil—. A mí tampoco me importaría —le confieso en un susurro.

—¿Cuándo te gustaría que nos casáramos? —me pregunta, sonriendo, y apoyo de nuevo la cabeza sobre su torso, recordando esas mañanas de hace demasiados años, cuando venía a buscarme para ir juntos a la bodega.

—Mañana mismo —contesto sonriendo, cerrando los ojos y sintiendo la calidez de su piel caldear la mía—, pero dudo que a mi hermana le diera tiempo a diseñar un vestido con tan poco tiempo —añado bromeando, haciendo círculos perezosos con mi dedo sobre su pecho—. A principios de otoño, antes de la vendimia, en la época que más me gusta del año y cuando todo comenzó de verdad para nosotros —musito con seriedad, buscando otra vez su mirada, viendo su rostro bañado por la suave luz de la lámpara—. Quiero que sea en el jardín...

—Con la cordillera frente a nosotros y rodeados por los viñedos que te vieron crecer —prosigue por mí, consiguiendo que enmudezca—; será al atardecer y, bajo la encina, harás un enorme corazón en el suelo con pétalos de rosa blancos y, dentro de ese corazón, me entregarás el tuyo —declara, emocionándome al recordar una a una las palabras que le dije.

—Vaya..., lo recuerdas.

—Nunca olvido nada que tenga que ver contigo. Ese día maldije al tío que se casara contigo —me confiesa con dureza.

—Pues vas a ser tú —musito, sonriendo, buscando sus labios para besarlo suavemente.

—Quién hubiera dicho que iba a terminar loco perdido por la enana que me seguía a todas partes —bromea, correspondiendo a mi beso.

—¿Recuerdas cuando hace años te dije que, para abrazar el futuro, había que sanar el pasado? Tú lo has hecho, has sanado tu pasado y te has reconciliado con el Víctor que fuiste, y por eso estamos aquí ahora, por eso quieres casarte y tener hijos —afirmo con seriedad, encontrándome con su mirada mientras sus brazos son mi dulce prisión—. Tenías razón antes, cuando has dicho que la indiferencia de tu madre te llevó aquí, pero lo que te retuvo fue tu corazón. Nunca hubo un Víctor jodido, porque podrías haberle robado de nuevo a mi padre o podrías no haberme hecho caso cuando me viste llorando... o incluso podrías haberte largado cuando saldaste tu deuda, pero elegiste quedarte, elegiste seguir trabajando aquí y empezar a estudiar; elegiste quererme, primero como un hermano y luego como un hombre, y aguantaste chorradas mías que ni Casi, ni mi padre, ni siquiera mi abuelo, aguantaron, y luego me pusiste por delante, a pesar de tus deseos —le indico, sintiendo el millón de emociones que llenan mi pecho subir hasta mi garganta, doliéndome con su ascenso y quedándose atascadas en ella—. Nunca hubo un Víctor jodido, solo hubo un niño que buscó la atención de su madre y que lo hizo de la única forma que supo. No podías elegir el camino correcto porque nunca te lo mostraron; no podías elegir el camino del amor porque no sabías dónde estaba, y, aun así, lo encontraste cuando me viste llorando —susurro, sintiendo cómo esas emociones siguen el ascenso hasta mis ojos, donde se liberan en forma de lágrimas—. Puede que tu madre o las circunstancias te trajeran aquí, pero fuiste tú quien escogió quedarse para ser el gran hombre en el que te has convertido..., mi futuro marido, el hombre por el que hice la mejor definición posible de hacer el amor y también el futuro padre de mis hijos —añado, secando con mis dedos la lágrima que ha escapado de sus ojos mientras las mías ruedan por mi piel—. Te quiero, Vic, y, para lo que siento, no hay definición posible —musito mientras su mirada, empañada por las lágrimas, habla por él y su abrazo me grita todo lo que su voz no puede decirme, desbordado como está.

* * *

Despierto sintiendo la suave caricia del sol sobre mi rostro y, todavía envuelta en sueños, alargo una mano en busca de su cuerpo..., pero estoy sola, me percato, abriendo finalmente los ojos y viendo los rayos del sol traspasar la cortina hasta llegar a mi cuerpo mientras los recuerdos me llevan con ellos y, con una sonrisa, rememoro la ilusión con la que me desperté ayer porque la noche anterior había dado con la forma de encontrarnos de nuevo... y ahora vamos a casarnos. «Dios, tan rápido todo y tan sencillo que es como si estuviera escrito que fuera así», me digo, levantándome, yendo hacia el baño para asearme y, más tarde, hacia su armario, en busca de algo que ponerme, buscando esa camisa de cuadros que solía utilizar.

«Ayer me abrió las puertas de su pasado, ese que mi padre se guardó tanto de compartir conmigo, a pesar de mis suplicas y, ayer, al fin entendí que lo hiciera y también lo entendí a él, entendí sus silencios, sus decisiones y entendí que me dejara... Entendí todo lo que no podía entender y que me frustraba de tal manera que terminé contándome cientos de mentiras», me recrimino, hurgando entre su ropa sin conseguir localizar esa camisa que hice mía aquel otoño, optando, al final, por una camiseta.

—Buenos días, futuro marido —le digo, feliz, cuando lo localizo sentado en la barra de la cocina.

Va vestido con unos vaqueros y un suéter gris, y es lo más sexy que he visto nunca... como siempre, pues nunca nadie me ha parecido más atractivo que él, ni siquiera los modelos con los que he trabajado.

—Buenos días, futura esposa —me responde con una sonrisa que dibuja otra en mi rostro.

—No he encontrado mi camisa —le comento haciendo una mueca, llegando hasta sus brazos, que me acogen con cariño y posesión.

—No te recuerdo ayer con camisa, más bien te recuerdo con dos vestidos que fueron una jodida tortura hasta que te liberé de uno de ellos —me indica, empezando a morder mi cuello—. Todavía tengo que preguntarte qué es hacer el amor —prosigue, con sus manos subiendo por debajo de mi camiseta, acariciando mi piel, sin darle tregua a mi cuello— y todavía tenemos que comer mucha fruta —añade mientras me encajo entre sus piernas, sintiendo mi centro empezar a humedecerse.

—¿Qué es hacer el amor, Víctor? —susurro con voz entrecortada, buscando el roce de su sexo con el mío.

—Es estar dentro de ti —me contesta con voz rasposa, liberándome de la camiseta mientras lo libero de su suéter y encuentro su piel, como él ha encontrado la mía.

—Es ser nosotros —musito, instándolo a levantarse para liberarlo de los pantalones—, es estar mojada todo el tiempo —gimo cuando su dedo se pasea por mi abertura.

—¿Qué más? —me pregunta con la mirada ardiendo, sentándome sobre la mesa y abriendo mis piernas, llevando la punta de su sexo a la entrada del mío, que lo espera anhelante.

—Es que mi piel y mi cuerpo reaccionen a una mirada tuya —susurro con voz entrecortada mientras noto el lento deslizar de su miembro por mi interior, abriéndose camino y erizando mi piel con la intensidad que desprende su mirada.

—Es oír tus gemidos y sentir tu calor —prosigue, añadiendo a mi definición la que él hizo en su momento, empezando a moverse lentamente dentro de mí, despacio, tortuoso y agónico, y apoyo la espalda en la mesa, sintiéndolo llegar a mi alma y a mi pecho, donde esos miles de emociones que llevan su nombre brillan más que nunca.

—Es sentirte y querer más todo el tiempo —murmuro mientras enrosco mis piernas en torno a su cintura y, siendo solo uno, me lleva hasta el sofá, donde me sienta a horcajadas sobre él.

Y en este sofá, en el que tantas cosas vivimos, oigo de nuevo nuestra canción, esa cuya letra son nuestros besos, nuestros suspiros y nuestros gemidos, y donde añadimos otra fotografía a mi álbum particular de recuerdos... y no es la de nuestros cuerpos encajados o la de nuestros dedos enlazados, no es la de nuestros labios pegados ni la de nuestras lenguas unidas, sino la de un árbol que, sanado ya, y con unas raíces profundas que lo mantienen unido a la tierra, crece con fuerza hacia arriba, tocando con sus ramas el cielo, tal y como estoy haciendo yo, tocando el cielo de mis sueños, anclada a la tierra por las raíces de su cuerpo, e incremento el ritmo, necesitando llegar tan alto como pueda.

—Es que te corras entre mis brazos y hacerlo yo contigo —ruge cerca de mi oreja, llevándome más alto, hasta donde el cielo deja de serlo para ser universo, y gimo sintiendo mi cuerpo estremecerse y vibrar con el orgasmo que está asolando nuestro cuerpo.

—Es verte y reconocerme y ponerles tu nombre a todas estas emociones que llenan mi pecho —musito, apoyándome en su torso, necesitando que mi corazón se calme.

—Tengo que hacer una pequeña matización a esa última parte —me indica mientras cierro los ojos, sin poder moverme y sin querer hacerlo.

—¿Cuál? —murmuro, sintiendo esa canción todavía resonar en mi alma.

—Cámbiala al plural —me indica, y abro los ojos para encontrarme con su mirada—. Es ponerle nuestro nombre a todo esto que llena nuestro pecho.

—Miles de emociones con nuestro nombre —musito, sintiéndolas copar el mío para llegar a mis ojos, donde, como viene siendo habitual ya, se transforman en forma de lágrimas.

—Así es, porque todas ellas son nuestras; no son tuyas ni mías, y cada una de ellas lleva nuestro nombre impreso —afirma, secando mis lágrimas con sus besos.

—Te quiero, ¿te lo había dicho hoy? —le pregunto, notando el suave roce de sus labios en mis mejillas.

—Creo que hoy no te he dejado hablar mucho —replica, divertido—, ni ayer tampoco —continúa, haciéndome sonreír, y, entonces, es cuando me percato de mi maleta que está junto a la puerta.

—¿Esa es mi maleta? —le pregunto a pesar de que sé que lo es.

—He ido a por ella a tu casa mientras dormías —me contesta con una media sonrisa—. Ya sabes que no soy de dormir mucho.

—Ya veo que te lo has cogido en serio —susurro sin poder creerlo—. ¿Y la has preparado tú? —le pregunto, enarcando una ceja... Venga ya.

—Más bien Casi. Creo que esta vez la tengo de mi parte —suelta, socarrón, instándome a levantarme y haciéndolo él también, cogiendo mi mano y tirando de ella—. Vamos a ducharnos; todavía tenemos mucho que hacer hoy.

—Espero que sea en tu cama —le indico mientras él, carcajeándose, se mete en la ducha.

—Por descontado.

Pasamos el resto de la mañana en su dormitorio, recuperando miles de momentos, miles de besos, de dibujos en la piel, de suspiros y gemidos, y llenando nuestro pecho de los miles de emociones que llevan nuestro nombre.

—Vamos a tener que vestirnos —le comento perezosa, sabiendo que todavía tengo que contarle que me marcho, algo que llevo aplazando toda la mañana.

—Sí, será lo mejor. No creo que sea muy conveniente ir desnudos a tu casa —me dice burlón, saliendo de la cama y del dormitorio para regresar a los pocos minutos con mi maleta—. Por cierto, me parece que buscabas esto —añade, guiñándome un ojo y sacando de la cómoda esa camisa de cuadros que hice mía aquel otoño.

—He revuelto todo el armario buscándola —le confieso, cogiéndola y aspirando el olor a su jabón, para luego empezar a desabrochar los botones para ponérmela.

—¿Vas a ir sin sujetador? —me pregunta, posando su mirada en mis pezones erectos.

—Ya quisieras —le respondo, sonriendo y cogiendo aire para centrarme en lo que tengo que decirle—. Vic, tenemos que hablar —musito, viendo cómo, casi de forma instantánea, frunce su ceño.

—¿Qué ocurre? —me plantea poniéndose los *slips* y, durante unos segundos, vuelvo mi mirada hacia la ventana, abrazando mis piernas y valorando por dónde empezar.

—Tengo que regresar a Nueva York —le confieso de sopetón, volviéndome hacia él e indagando en su mirada, percibiendo la dureza llegar a ella.

—Creía que habías dicho que ibas a retirarte —me recrimina con voz acerada, sin permitir que me suelte de su mirada.

—¡Y voy a hacerlo! —me afano en aclararle mientras él se sienta en el borde de la cama, dándome la espalda—.

Oye, que yo esté aquí ahora, en La Rioja, no estaba planeado; esa maleta que me has traído es la que me preparé para ir a ver a una amiga. Allí me di cuenta de que no había dejado de quererte y entendí por qué continuaba dudando a pesar de haberlo conseguido todo —le explico acercándome a él, necesitando que se dé la vuelta—. Mírame, por favor —le pido, temiendo que mi sueño se desvanezca antes de haberlo siquiera vivido—. Vic... mírame —insisto, consiguiendo que se gire y que nuestras miradas se encuentren—. Iba a anunciar mi retirada en el mismo instante en el que me di cuenta de ello, pero Nick me instó a venir y a probar durante un mes lo que sería vivir sin ti, a saber cómo sería mi vida en el peor de los casos... y, si aun así optaba por esto, entonces que anunciara mi retirada.

—¿Y por qué ibas a estar sin mí? —masculla, cabreado, evitando tocarme.

—Porque ya estaba sin ti —musito, alisando su ceño y sentándome sobre su regazo—, y porque habían pasado cuatro años. Cabía la posibilidad de llegar aquí y encontrarte con pareja, incluso casado y con críos, o podías estar solo pero no querer saber nada de mí, que fue más o menos lo que sucedió... o que ya no sintieras nada por mí —musito bajando el tono de mi voz, sin poder alejar mis ojos de los suyos.

—Qué estupidez, Val. ¿Cómo no voy a sentir algo por ti si fuiste mi todo desde el momento en que te conocí? —replica, suavizando sus facciones.

—Eso lo sabes tú y lo sé yo ahora, pero, cuando estás tan lejos y cortas tanto con todo, al final te creas una verdad afín a tus circunstancias —admito, recordando todas las cosas que me conté a mí misma durante estos años—, y, aun así, elegí quedarme... creo que en uno de los peores momentos de mi vida, cuando tú no me hablabas y Trueno había muerto, elegí esto. Llamé a Cat, mi *booker*, y le dije que me retiraba.

—Pero, entonces, si te has retirado, ¿para qué regresas? —me pregunta, rodeando mi cintura con sus brazos y consiguiendo que todo mi interior se calme.

—Porque no es tan fácil cortar con cuatro años de tu vida. Tengo unos cuantos contratos que están firmados y que, por mi amistad con los diseñadores, me gustaría llevar a cabo, pero solo serán dos semanas, y luego sí que haré público algo que para mí ya es una evidencia —le confirmo, pegándome a su cuerpo, necesitando sentir su contacto y su cercanía—. Oye, ¿por qué no te vienes conmigo? Me encantaría presentarte a Nick y a Ada, y llevarte a todos esos lugares que han formado parte de mi vida cuando tú no estabas en ella —le propongo, moviéndome, sentándome a horcajadas sobre sus piernas y apoyando mi frente contra la suya.

—Solo si me prometes que luego iremos a un lugar —me dice enigmático, con esa voz rasposa que es capaz de prender el fuego en mi interior.

—¿A qué lugar? —indago, rozando sus labios con los míos y provocando que nuestra respiración se acelere.

—A uno muy especial al que me prometí llevarte si alguna vez volvíamos a estar juntos —me cuenta, consiguiendo que estos miles de emociones que llevan nuestro nombren aleteen con fuerza en mi pecho.

—Me encantaría ir —musito, sin despegar mis labios de los suyos.

—Y a mí me encantaría acompañarte a Nueva York y adondequiera que vayas —concluye, empezando a desabrochar mi camisa, llevándome con su voz y sus labios al centro de ese fuego que arde incombustible dentro de mí.

Capítulo 29

Valentina

—¿Vamos? —le pregunto, sonriendo, una vez estamos frente a la puerta de mi casa, aferrando su mano con fuerza.

—Vamos —me responde, adelantándose a mí y entrando con seguridad en la vivienda mientras que yo no puedo borrar la resplandeciente sonrisa de mi rostro. Dios mío... ¡Vamos a casarnos!

—¿Perdona? —plantea mi hermana cuando llegamos al salón, donde ya están todos esperando, al ver nuestras manos enlazadas.

—¿Disculpa? —replico sonriendo un poquito más, sin soltarme de su mano.

—Sentimos el retraso —se disculpa Víctor por los dos mientras Alana no deja de hacer caras raras mirando nuestras manos unidas y provocando mis risas.

—No te preocupes, hijo. ¿Os apetece una copa de vino? —interviene mi padre, dándole normalidad a un momento que, de «normal», tiene bien poco.

—¿Qué me estoy perdiendo? ¡Papá! ¡Que van de la mano! —exclama mi hermana como si no fuera algo obvio.

—Así sonreía yo al principio de estar con mi Tomás; luego sonreía cuando no lo tenía por casa —comenta Casi, provocando que suelte una carcajada.

—¡Pobre Tomás! —le digo, cogiendo la copa que me tiende mi padre, pero sin desprenderme de su mano.

—Va a beberse el vino con la zurda para no soltarlo, ¡esto sí que es ya lo que me faltaba por ver! ¡Vamos, vamos! —prosigue, machacona.

—Vete callando, que tú te lo bebes con gaseosa —le rebato, mirándola mal.

—Pero con la diestra, rica, con la diestra —continúa, sin poder callarse, mientras Víctor la mira con esa sonrisa de perdonavidas que tanto me gusta.

—Casi, si te callas, te lo contamos —le indica, y siento cómo me pongo nerviosa de repente—. ¿Quieres contarlo tú, cariño?

—¡Cariño! ¡Ni más ni menos! —exclama Casi, burlándose, interrumpiéndolo y ganándose que esta vez la miremos los dos mal ante las risas de mi padre.

—Santa paciencia tuvo tu Tomás —le digo, negando con la cabeza—; el cielo, se ganó.

—¿Mi Tomás? No, rica, no, ¡la que se ganó el cielo fui yo! —replica con aplomo—. Si es que no hay nada como cada uno en su casa y Dios en la de todos... y, luego, cuando te entra el picor, ya buscas quien te rasque.

—¿Y a ti te rascan mucho? —la pincho, sin poder callarme, ante las carcajadas de Víctor.

—¡Mira el otro cómo se ríe! ¡No me refería a mí, sinvergüenza!

—¿Queréis dejarlo? —nos pide mi hermana—. ¡Venga, va! ¡Contadlo de una vez! ¡Ayyyyy, que me muero de ilusión si es lo que pienso!

—Vamos a casarnos —les anuncio feliz, volviéndome para mirarlo y encontrándome con su mirada rebosante de demasiadas cosas, como posiblemente estará la mía, y, durante unos segundos, dejo de oír los gritos de mi hermana, los comentarios de mi querida Casilda o las voces entremezcladas de José y de mi padre para verlo solo a él... mi raíz más profunda.

—¡Ay, hija! ¡Soltaos un poquito y déjame que te abrace! —grita Alana, quitándome la copa de las manos y tirándose literalmente a mi cuello—. Menudo polvaco pegaríais ayer para querer casaros hoy. La madre que os parió, quiero saberlo todo —me susurra al oído mientras yo solo puedo reír.

—¿Polvaco? Ya te vale —la regaño entre risas—. Una diseñadora tan famosa como tú no debería emplear ese término.

—¡Bah! Aquí soy tu hermana. Venga, dime si al menos le entregaste las bragas como ofrenda —me pide pegada a la oreja, haciendo que me carcajee con ganas mientras veo cómo mi padre abraza a Víctor.

—Cuñada, felicidades. Me alegro mucho por los dos —interviene José, llegando hasta mí para darme otro abrazo.

—Gracias, cuñado —respondo, irradiando felicidad.

—Anda, ven aquí, tontina. Ya te decía yo que, si era para ti, iba a serlo pasara lo que pasase —me dice Casi, dándome otro abrazo.

—Gracias, Casilda. Aunque algunas veces te ahogaría, hay otras en las que te quiero un montón. Gracias por lo de ese día —le recuerdo, emocionada.

—No se merecen. Eres mi niña, aunque muchas veces desee darte un sopapo tras otro —me contesta con esa sonrisita tan suya, y es que... ¿qué haría yo sin mi Casilda Martínez de la Nuez?

—Enhorabuena, hija —declara mi padre llegando hasta mí, acunando mi rostro con sus manos y posando su mirada sobre la mía—. Ahora sí, ahora sí que veo lo que quiero ver.

—¿Y qué ves? —le pregunto, sintiendo la emoción empañar mi mirada.

—La felicidad que no he vislumbrado durante estos años. Me parece que, al fin y por primera vez, tu mente y tu corazón van de la mano —añade con esa voz llena de matices que casi puedo desgranar; esa voz que siempre me traerá de vuelta a casa y que es como una copa de vino tinto que tiene todo lo que debe tener un buen vino de reserva.

—Oye, vamos a brindar, ¿no? —propone mi hermana, entusiasmada, cogiendo su copa, y todos la imitamos mientras percibo su meñique rozar el mío, buscándolo y encontrándolo.

—Quiero brindar por vosotros, por mis hijos y por mi familia —expresa mi padre, con la emoción cargando sus palabras, sin alzar todavía su copa, y me vuelvo para mirarlo, enlazando mi mirada con la suya de la misma forma en que están enlazados nuestros meñiques—. Quiero brindar por las cosas que suceden cuando menos las esperas y que te llenan de felicidad. Quiero brindar por la continuidad, por el apego, por el cariño y por el amor que nos une a todos los que estamos aquí presentes. Quiero brindar por las raíces que nos mantienen aferrados a lo que más queremos, como las de nuestras cepas, profundas y arraigadas a la tierra, y quiero brindar por mi hija y también por mi hijo, porque eso es lo que siempre has sido para mí, Víctor —le confiesa, y siento cómo mi pecho se llena de mil cosas más, porque ahora sé lo que las palabras de mi padre significan para él, y me pego un poquito más a su cuerpo, necesitando que sepa cuánto lo quiero—. Por Valentina, por Víctor y por los nietos que van a darme —prosigue mi padre, alzando su copa y haciéndome reír, mientras choco suavemente la mía con la de Víctor, deseando que esos nietos no tarden mucho en llegar.

—¡Y por la diseñadora del vestido de la novia! —apostilla Alana, eufórica, consiguiendo que sonría—. Que no va a ser María Eugenia, por supuesto —matiza, haciéndome reír, pues para los eventos importantes siempre suelo confiar en Dior.

—¡Pero si ya se lo había encargado! —le miento, sin dejar de reír.

—¡Y una mierda! ¿Me oyes? Vas a ir vestida de Alana Domínguez y van a ser dos vestidos, ¿queda claro?

—¡Que era broma, tonta! ¿Quién mejor que mi hermana para vestirme ese día? —le pregunto soltándome de Víctor para besuquearla y borrarle la contrariedad del rostro—. Y, si encima son dos vestidos, mejor que mejor —añado sin dejar de achucharla.

—¡Idiota, que me lo había creído! —me riñe, dándome una palmada.

—¡Hala, ya está bien! ¡Venga, todos a la mesa, que se me enfría la comida! Si es que yo no sé para qué me esmero tanto... Total, para coméroslo frío no hace falta echar toda la mañana en la cocina —oigo cómo refunfuña Casi, cogiendo carrerilla y haciéndome sonreír.

—¿Os marcháis a Nueva York? ¿Los dos? —nos plantea mi padre cuando les contamos nuestros planes más inmediatos.

—La cadena norteamericana New Orleans va a incluir alguno de nuestros vinos en su carta y, aprovechando que Val tiene que ir, voy a acompañarla para visitarlos e intentar captar nuevos clientes.

—Y yo pensando que ibas por mí y, en realidad, vas a trabajar —me quejo, haciendo un mohín.

—¡Mírala qué malcriada! —se burla mi hermana, soltando una carcajada.

—Val, voy por todo —me dice conciliador, pasando su mano por mi espalda y buscando mi mirada con la suya.

—En serio, se me hace superraro veros así —oigo que dice mi hermana de fondo, mientras que yo solo puedo ver sus ojos y escuchar su voz rasposa.

—Mientras tú trabajas, lo haré yo también, pero luego estaremos juntos, ¿vale? —me pregunta, alisando mi ceño.

—Vale —musito, posando la mirada sobre sus labios, frenándome para no besarlo, pues a mí también se me hace un poco rara esta situación.

—Venga, dale un beso. ¡No te cortes, tía, que estás deseándolo! —suelta Alana, y la miro de reojo, fulminándola con la mirada.

—¿Lo estás deseando? —me pregunta Vic, medio sonriendo, acercando su rostro un poco más al mío mientras siento que me sonrojo ante el silencio en el que se ha sumido la mesa.

—¡Ay, la leche! ¡Que nos ha salido vergonzosa! —apunta Casi, y me vuelvo hacia ella con el rostro ardiendo.

—Cállate, Casi —mascullo, abochornada.

—Cariño, vas a tener que pasar el trago alguna vez, así que... mejor que sea cuanto antes —interviene Víctor con voz ronca, llevando su mano a mi cuello y, antes de que pueda decir o hacer nada, tengo sus labios acariciando los míos... y siento la piel de mi rostro quemarme de dentro hacia fuera.

—¡Uauuuuuuuuu! ¡Así, cuñado! ¿Hace falta que empecemos a contar? —oigo cómo le pregunta Alana, ante las carcajadas de José, y... «¡a la mierda!, ¡que les den!», pienso de repente, empezando a corresponder a su beso y frenándome para no pasarme.

—¡Halaaaaa... ya, ya, que no queremos verlo todo! —oigo a Casi, y sonrío con sus labios todavía pegados a los míos.

—Acostumbraos a esto, porque vais a verlo muchas

veces —les advierte Víctor, con esa media sonrisa con la que es capaz de doblar mis piernas por la mitad tal y como las tengo ahora con ese beso que solo ha sido una promesa de lo que nos espera luego—. Por cierto, Pedro, cuando regresemos de Nueva York, voy a llevarme a Val a un sitio durante unos días.

—¿Y puedo saber cuál es ese sitio? —le pregunta mi padre mientras evito mirarlo después del beso que nos hemos dado. ¡Ay, Señor! ¡Si es que parezco una cría!

—Luego te lo cuento, quiero que sea una sorpresa para ella —le responde Víctor como si no acabáramos de darnos un pedazo de beso delante de él.

—¡Si te la llevas a las Maldivas, recuerda que tienes una cuñada que en un futuro puede ser una gran aliada!

—¡Tú te quedas conmigo! ¡Ya nos iremos de viaje nosotros por ahí! —suelta José, guiñándole un ojo.

—Ah, ¿sí? ¿Vas a llevarme a las Maldivas? —le plantea mi hermana, sonriéndole tontamente.

—Estás haciendo cara de pánfila —le digo sonriendo, dejándome llevar y apoyando mi cabeza en el brazo de Víctor, y, en cuanto lo nota, rodea mi cuerpo con él, haciendo que la apoye en su pecho, en mi lugar favorito del mundo, pues cada parte del suyo lo es.

—Eso es porque no has visto la tuya. Anda que siempre habla la que más tiene que callar —me replica Alana mientras no puedo dejar de sonreír; además, tampoco quiero hacerlo.

Si hace años lloré mi alma entera por él, ahora ha llegado el momento de sonreír tontamente y de poner todas las caras de pánfila que me apetezca poner, pero, sobre todo, ha llegado el momento de abrazar lo que creí perdido de la misma forma en que él está abrazando mi cuerpo ahora.

Tras una sobremesa considerablemente larga en la que la conversación prácticamente ha girado en torno a nosotros, damos por finalizada la comida y, de la mano, salimos de mi casa para dirigirnos a la nuestra, recorriendo este camino que tantas veces y de tantas formas distintas recorrimos en el pasado.

—Ha sido raro, ¿no? Al menos al principio —le confieso cuando pasamos por delante de la piscina.

—Tenías la cara ardiendo —comenta, divertido.

—¡Porque ibas a besarme!

—Voy a besarte muchas veces —me advierte, deteniéndose y mirándome con esa intensidad que contrae mi vientre.

—Eso espero, porque voy a tener que practicar mucho para no ponerme roja delante de nuestra familia —musito, pegándome un poquito más a su cuerpo, necesitando besarlo sin tener que frenarme.

—Me gusta que digas *nuestra* —susurra con voz sexy, mordiendo suavemente mi labio inferior.

—Vic —gimo, enterrando mis dedos en su pelo antes de que su lengua se adentre en mi boca para poseerla y hacerla suya.

Y, por primera vez sin que haya unas paredes que nos oculten de miradas ajenas, nos besamos con toda el hambre que nos muerde por dentro; un hambre que parece no saciarse nunca.

—Val, para o terminaré follándote contra un árbol —gime cuando me froto contra su dureza.

—Me encanta besarte sin tener que ocultarme —musito sin poder parar, sintiendo los rayos del sol envolver mi cuerpo.

—¿Ya no te da vergüenza?

—Supongo que, que mi padre no esté presente, es un factor bastante importante que tener en cuenta —murmuro, sonriendo contra sus labios—. Vamos a casa, Vic.

A casa... qué bien suena y qué bien se está en ella.

Cierra de un portazo en cuanto llegamos y, al segundo, lo tengo encima de mí, besándome con toda el hambre que siento yo, y correspondo a su beso haciendo lo que tantas veces deseé hacer en el pasado: quitarle la ropa, besar su cuello, su piel y sus labios.

—No veía el momento de hacer esto —me dice, haciendo a un lado la tela de mis braguitas para pasear su dedo por mi húmeda abertura.

—Ni yo el momento de que lo hicieras —gimo, apoyada en la pared del salón, notando mis piernas comenzar a flaquearme mientras admiro su pecho desnudo y el botón de sus vaqueros desabrochado, invitándome a tomar lo que deseo.

—Me he quedado con ganas de más postre —suelto con voz entrecortada mientras su dedo accede tortuosamente a mi interior y, por una parte, quiero quedarme quieta para que haga conmigo lo que desee, pero, por la otra, solo pienso en llevarme su polla a la boca... y no sé con cuál de las dos opciones quedarme.

—Yo también —me responde con voz ronca, pegando su cuerpo un poquito más al mío y metiéndome un segundo dedo.

—Déjame que empiece yo —gimo, llevando mis manos a la cremallera de sus vaqueros y empezando a bajársela mientras su mirada se convierte en un mar en llamas.

Antes de que pueda decir nada, bajo sus pantalones y sus *slips* para meterme todo su sexo en la boca y, ¡Dios!, «esto también es estar en casa —pienso mientras lo chupo de la raíz a la punta—, esto también es abrazar lo que perdí y esto también es otra forma de querer, porque se quiere con una mirada, se quiere con un beso, con una palabra o con un silencio, pero también se quiere con esta hambre, con esta lascivia, con esta necesidad que te araña por dentro y que hace que pierdas la cabeza de todas las formas posibles», me digo llenándome la boca de él, lamiéndolo, chupándolo, relamiéndome e incrementando el ritmo cuando siento que estoy llevándolo al límite.

—Joder, Val, sí, así... —gime, impulsando las caderas hacia delante, y clavo mis uñas en la piel de su trasero mientras él entierra sus dedos en mi pelo.

Me folla la boca como folla mi cuerpo y de nuevo prende cientos de fuegos en mi interior, un fuego que me quema de dentro hacia fuera y que provoca que mi cabeza se nuble... y así, sin poder pensar, lo chupo con más ansia, con más avaricia, como si fuera a terminarse, y lo llevo todo al límite que puedo para tragar su esencia cuando se derrama en mi boca.

—Esto es poner el listón muy alto —me comenta, cogiéndome en volandas para llevarme a la habitación, donde me deposita sobre la cama con cuidado—. Me parece que voy a tener que esmerarme si quiero igualarlo —musita con voz rasposa, consiguiendo que mi centro palpite.

—Te estás quedando rezagado en demasiadas cosas, Vic —replico con voz entrecortada mientras él se deshace de mi ropa interior y abre mis piernas.

—¿Estás segura? Porque yo no lo tengo tan claro —me indica antes de hundir su cabeza entre mis piernas para perderse entre ellas, arrancándome un gemido que siento que nace de mis entrañas.

Y, si antes he perdido la cabeza con su sexo en mi boca, es ahora, cuando la situación es a la inversa, cuando siento que mi mente se vacía por completo de cualquier pensamiento para sentir de nuevo que estoy en casa, en la nuestra; porque esto es lo que somos, somos gemidos y necesidad, somos avariciosos con el cuerpo del otro y tomamos con exigencia de la misma manera en que damos con generosidad.

—Me duele la polla —gime, subiendo por mi cuerpo para, de un empellón, penetrarme con fuerza, provocando que ponga los ojos en blanco—. Joder —ruge empezando a moverse mientras siento la garganta completamente seca por mis gemidos.

Me penetra con fuerza, intentando llegar tan profundo como puede y, antes de que pueda correrme, sale de mi interior con la misma rapidez con la que ha entrado para llevar de nuevo mi sexo a su boca. «¿Cómo?», atino a pensar mientras otro gemido se cuela por la mía.

—Oh, Dios mío... —jadeo mientras sus labios succionan los míos y noto su lengua por todo mi sexo—. Víctor —susurro abriendo las piernas tanto como puedo, deseando que esto nunca acabe, mientras él enloquece tanto como yo—. Vicccccc, voy a correrme —gimo alzando las caderas mientras sus manos se posan en ellas, pegando mi sexo más a sus labios y llevándome al cielo con ellos, un cielo que no tiene techo ni tampoco fin, y grito mientras sigo volando más alto, como impulsada por un cohete que me lleva hasta las estrellas.

—No he terminado —masculla entre dientes, dándome la vuelta para insertarse de nuevo con fuerza.

Me aferro a las sábanas, sintiendo mi cuerpo empezar a arder de nuevo, empezar a exigir otra vez, y gimo cuando sus acometidas se vuelven tan exigentes como deseo que sean.

—Mássss, másssssss... —logro decir mientras él alza más mi trasero y yo pierdo la cabeza por completo ante sus movimientos secos y certeros—. Te quiero siempre dentro —jadeo, sintiendo el orgasmo formarse de nuevo, arremolinándose en mi interior y arrasando con cualquier pensamiento coherente que pudiera tener.

—Y yo te quiero siempre así, joder; empapada y caliente, como estás ahora —ruge mientras intento frenarlo y alargar este momento delirante—. Val, solo pienso en follarte, incluso cuando estoy haciéndolo.

Y, con su confesión, todo estalla en mi interior, arrastrándolo a él también en el viaje de mi locura, y gimo y gime y grito y grita mientras alarga el momento todo lo que puede.

—Yo también pienso en follarte y en que me folles todo el tiempo, por eso estoy siempre mojada —le confieso un poco más tarde, con un hilo de voz, sintiendo su respiración acompasada en mi oreja y el latido de su corazón intentando acariciar la piel de mi espalda.

—¿De verdad? —me pregunta, y sé que está sonriendo.

—Desde que empecé a verte como un hombre, he tenido cientos de fantasías contigo —añado, sintiendo cómo sale de mi interior para darme la vuelta, haciendo que nuestros pechos queden pegados.

—Cuéntamelas y las haré realidad —me pide, mordiendo mis labios y arrancándome un gemido.

—Estás haciéndolas sin que te las cuente; cada vez que estamos juntos me sorprendes, porque nunca es igual —afirmo mientras continúa besándome y siento cómo de nuevo mi cuerpo despierta—. Siempre quiero más, incluso cuando estás llevándome al límite deseo volver a empezar, y no sé si es enfermizo o no, pero nunca tengo suficiente.

—Entonces estamos los dos enfermos, porque yo tampoco tengo nunca suficiente. Cualquier cosa que haces me la pone dura y ni siquiera te das cuenta de ello —me confiesa, encajándose entre mis piernas otra vez—. Cuando vas con vaqueros, no puedo dejar de mirar tu culo y, cuando llevas vestidos, solo pienso en subírtelos para metértela hasta el fondo. Siempre hay algo que hace que te mire y quiera encajarme entre tus piernas, incluso cuando estoy entre ellas, y eso, cuando estamos trabajando, es un coñazo, porque las tiritas no son suficiente —admite, empezando a moverse de nuevo dentro de mí, llevándome con sus palabras y su sexo a un lugar donde arder no es bastante y donde no hay palabras que definan lo que está haciéndome sentir.

Me muevo con él siendo consciente de que esta vez está siendo distinto; más nosotros, si es que esa opción existe, más ardiente, más lascivo, más morboso, como cuando te dejas ir y no hay límites de ningún tipo que pueden frenarte y donde todo, absolutamente, está permitido.

* * *

—Estás muy callada —me dice al oído mientras noto el agua caliente y el aroma del jabón acariciar mi cuerpo, con mi espalda apoyada en su pecho.

—Nunca lo habíamos hecho así —musito mientras una tímida sonrisa se dibuja en mi rostro.

—No, nunca —me responde, y siento el roce de sus labios en mi oreja—. Creo que nos hemos vuelto un poco locos —me confiesa, y sé que él también está sonriendo.

—Pues espero que nos volvamos así de locos muchas veces —musito mientras sus brazos me envuelven de la misma forma en que está haciendo el agua.

—Y yo... —contesta antes de guardar silencio mientras suena *Do you really want me back* y, aunque en otras circunstancias le diría el título y el nombre del grupo, esta vez callo para escuchar su letra—. A mí también me dejó sin fuerzas estar sin ti —me confiesa, haciendo referencia a una frase de la canción.

—Y, a mí, hubo un punto en el que me costó pensar en ti —le confieso esta vez yo, haciendo referencia a otra.

—¿Por qué?

—Porque era más fácil no hacerlo. Yo construí mi vida allí y temía recordarte y que mi castillo de naipes cayera; temía darme cuenta de que había renunciado a mi verdadero sueño por uno que ya no lo era tanto, por eso intenté olvidarte.

—¿Y lo conseguiste?

—¿Alguna vez has tenido jaquecas? —le pregunto con voz queda, dejándome llevar por mis recuerdos, que llegan para mecerme con ellos—. Sientes que va a explotarte la cabeza y necesitas silencio y oscuridad; necesitas acostarte y que nadie te hable y, cuando despiertas al día siguiente, tienes como un dolor sordo que solo es un mero recordatorio de ese dolor insoportable que sentiste y, aunque ya no te duele tanto, no te apetece sonreír y menos todavía reír, simplemente funcionas como un robot. Así me sentí yo y así nació la reina del hielo.

—Eso fue una simple campaña de marketing... cojonuda, pero que nunca te definió —me rebate con dureza.

—Claro que me definió, aunque al principio no me viera así, pero te aseguro que no fue solo una campaña de marketing, sino lo que yo proyectaba. Nunca pude olvidarte —admito finalmente—, porque ese dolor sordo, ese recordatorio, siempre estaba ahí, y no importaba lo que estuviera viviendo, porque nunca desaparecía. Incluso intenté salir con otros hombres y sentir algo por ellos, pero nunca lo logré.

—¿Estuviste de nuevo con Marco? —inquiere con sequedad, y siento cómo tensa su cuerpo.

—No, nos encontramos un día por casualidad corriendo por Central Park y retomamos nuestra amistad, pero nunca hubo nada más... No sé, supongo que me dolía demasiado y era imposible que estuviera receptiva. Luego él regresó a Italia y solo hemos vuelto a vernos cuando yo iba allí por cuestiones de trabajo o coincidíamos de nuevo en Nueva York. ¿Y tú? ¿Has tenido alguna relación?

—No.

—Pero sí que has estado con otras mujeres —sentencio, recordando esa noche y esa mujer.

—Sí, sí que he estado —me responde de forma escueta.

—¿Y han significado algo para ti?

—Sí, pero nunca tanto como para querer ir más allá —me dice, guardando luego silencio mientras *Diamonds* comienza a sonar—. Tú no estuviste receptiva porque te dolía, y yo no lo estuve porque no estaba bien; además, sabes que esto solo lo intentaría contigo... con nadie más, te lo dije hace años.

—¿Qué quieres decir con que no estabas bien? —le pregunto, volviéndome para mirarlo mientras sus brazos se mantienen en torno a mi cuerpo.

—A pesar de lo que digas, para mí nunca existió la reina del hielo; nunca te definió, pero sí lo hizo «La tristeza» y «El reflejo» —me explica con seriedad.

—Esas fotografías captaron mi yo más íntimo, eso que solo tú sabes que tienes dentro, pero que no muestras y te guardas para ti... Supongo que con ellas hice público lo que tenía dentro.

—¿Por qué lo hiciste?

—¿Y por qué no? —le rebato, recostándome de nuevo sobre su pecho para irme a esos días—. La fotografía de «La tristeza» me la propuso Nick y, de toda la exposición, fue la que más éxito tuvo y continúa teniendo —matizo con orgullo—, pero la de «El reflejo» se la propuse yo y hoy, años después, sigue siendo un referente y exponiéndose en las principales galerías de arte.

—No has contestado a mi pregunta... algo que, si me permites decirlo, se te da cojonudo.

—Las tuyas las respondo todas y tú tampoco me has contestado.

—No es cierto y sigo esperando —me replica sin hacerlo—. ¿Por qué le propusiste a Nick la fotografía del reflejo?

—Porque quería que me vieras. Tú no contestabas a mis mensajes y supongo que quise llamar tu atención de alguna manera —le confieso finalmente.

—Ya tenías mi atención. Oí tantas veces esos putos mensajes que todavía los recuerdo.

—Ya, pero eso es algo que yo no sabía... Quería que me vieras y que quisieras volver a hablar conmigo, solo que Nick fue más allá y captó demasiadas cosas, como hizo con «La tristeza». Dime por qué has dicho antes eso.

—¿El qué?

—Has dicho que no estabas receptivo porque no estabas bien. ¿Por qué?

—¿Cómo te sentirías tú si me vieras llorando? —me pregunta con la voz llena de demasiadas cosas—, ¿si supieras a ciencia cierta que esas lágrimas eran por tu culpa?

—No lo sé —musito sin atreverme a mirarlo.

—Yo te lo diré: te sientes como si alguien estuviera dándote puñetazos en el centro del pecho continuamente, uno tras otro... No puedes respirar sin que te duela y quieres huir de ti mismo, pero es bastante jodido porque, donde tú vas, van tus mierdas detrás —manifiesta con dureza—. Perdí la cuenta de las veces que estuve a punto de llamarte para decirte que te quería y de las muchas veces que quise pedirte que regresaras a mi lado, pero nunca lo hice porque no me lo permití..., ya sabes por qué. Puede que tú fueras la imagen de «La tristeza» o de «El reflejo», pero yo fui la de la desesperación, sin que nadie lo supiera.

—No sabía que te sentías así —susurro, sintiendo el dolor latirme en la garganta.

—Joder, Val, no soy de piedra y ver la fotografía de «La tristeza» fue como un mazazo, y luego llegó la otra para acabar de joderme, y no por la fotografía en sí, sino porque intuía lo que iba a pasar.

—Pues podrías haber hecho algo para que no pasara, nos hubieras ahorrado mucho sufrimiento a ambos, si me permites decirlo —le digo esta vez yo con dureza.

—Y me dices esto cuando ya lo sabes todo —me recrimina esta vez él, haciéndome sentir mal. «Mierda.»

—Tienes razón, lo siento —musito, volviéndome

para mirarlo—, pero, aunque lo sepa y aunque lo sienta, no puedo evitar sentirme así. Sé que tuviste tus motivos para dejarme y para aceptar que yo lo hiciera más tarde, pero ha sido una putada, Víctor, porque siento que he estado funcionando al cincuenta por ciento y teniendo solo la mitad de lo que podría haber tenido, sin poder disfrutar realmente de lo que estaba viviendo porque me faltaba lo más importante, algo que me negaba a recordar por miedo a echarlo demasiado de menos y a que me doliera —le digo, levantándome y saliendo de la bañera—. Sé que estoy siendo injusta y no sé por qué estoy enfadada de repente, pero lo estoy —mascullo, envolviendo mi cuerpo con una toalla—. Y ya sé que tenías tus motivos y tu verdad, como yo tuve la mía, pero que lo sepa no cambia nada, porque podríamos haberlo tenido todo y no tuvimos nada —añado viendo cómo sale de la bañera, con la mirada cargada de miles dc emociones, las mismas que están vibrando y resonando también en mi interior.

—Joder, Val, ya lo sé. Sé que todo podría haber sido distinto y más fácil —coincide conmigo, cubriendo su cintura con una toalla—, pero no es tan sencillo romper con algo que tienes dentro, que domina tu vida y tus decisiones sin que ni siquiera seas consciente de ello —declara con el dolor colándose a través de sus palabras, sin rozarme, sin acercarse a mí, manteniendo las distancias de pronto, como estoy haciendo yo—. Es como si tuvieras un muro frente a ti impidiéndote el paso, solo que tú no lo ves, simplemente sabes que por ahí no puedes tirar, y en tu ceguera, te das la vuelta o tomas otra dirección, perdiéndote lo que oculta tras de sí —me explica, sosteniéndome la mirada y haciéndome sentir mal de repente—. Entiendo que estés enfadada y sé que tienes razón en muchas cosas, pero tú también tuviste ese muro frente a ti y no fuiste capaz de ver más allá.

—Cuando te dejé, ¿verdad? —le pregunto mientras él guarda silencio.

—Val, para abrazar el futuro hay que sanar el pasado y no...

—Esa frase me suena —le digo, cortándolo y bajando la mirada al suelo.

—Ya sabes que, en ocasiones, el alumno supera al maestro —me recuerda con cariño, llevándome a esos días con su voz y alzando mi barbilla para hacer que lo mire.

—También me suena esa frase —musito, sintiendo cómo mi enfado se diluye poco a poco.

—Val, no podemos cambiar el pasado ni modificar las decisiones que tomamos en su día, pero podemos sanar todo lo que nos dolió para eliminar todos los muros que tenemos dentro —me dice acariciando mi mejilla, e inclino mi cabeza para sentir que la acuna, cerrando los ojos, necesitando el consuelo de su piel junto a la mía.

—Lo siento, sé que he sido injusta —susurro, abriendo los ojos y permitiendo que sus brazos me den ese consuelo que reclamo.

—No lo has sido, solo has dicho lo que sentías y quiero que continúes haciéndolo; no te guardes las cosas dentro, ¿vale?, y, cuando algo te duela, dímelo, para que no se encalle. ¿Prometido?

—Prometido.

Y con esa promesa asentándose en nuestro interior, y tras ponernos ropa cómoda, nos dirigimos al salón, donde, frente a la chimenea y recostados en el sofá, empezamos a darle forma a ese sueño, viendo una película primero y luego protagonizando nosotros la nuestra para terminar cenando una pizza en la barra de la cocina.

—No debería cenar esto y debería empezar a hacer deporte de nuevo —le comento, haciéndola a un lado mientras él guarda silencio—. ¿Qué estás pensando? —inquiero viendo su ceño, de repente, fruncido.

—¿Tengo que estar pensando algo? —me formula sumido en sus cavilaciones.

—Tú siempre estás pensando algo —replico con una sonrisa—. ¿Qué es Vic? Oye, hace apenas unas horas me has pedido que no me guarde las cosas para que no se encallen, así que no lo hagas tú —le pido, deseando que no se cierre como tantas veces hizo en el pasado.

—Me preocupa que regreses a Nueva York —me confiesa con seriedad tras unos segundos de silencio—, por eso voy contigo.

—No es cierto, vienes conmigo porque quieres captar nuevos clientes —le recuerdo con una sonrisa.

—Te equivocas. Si tú no fueras, yo no iría —me rebate mientras le aliso el ceño con cariño.

—¿Por qué te preocupa que regrese?

—Porque ya me tienes y temo que, cuando vuelvas, te des cuenta de que también quieres lo otro —masculla levantándose del taburete, incómodo consigo mismo, y, aunque parezca una locura, casi puedo ver sus «mierdas» levantándose para seguirlo.

—Víctor, te he dicho que voy a anunciar mi retirada; de hecho, mi *booker* ya lo sabe.

—Val, ¿puedes decirme qué sucederá cuando estés de nuevo frente a una cámara? Eso es innato en ti, te sale de dentro... y, cuando algo es tan natural, cuando no se fuerza y durante años ha sido tu vida entera, no desaparece tan fácilmente.

—¿Puedes decirme tú qué sucederá si decido quedarme en Nueva York?

—Que será una puta mierda, pero que lo aceptaré. No voy a permitir que esto se rompa, aunque estemos separados por miles de kilómetros, pero, si me preguntas qué quiero, es a ti y es a ti a mi lado.

—Vale, pues entonces ya sabes lo que va a suceder. Víctor, sé que no voy a querer quedarme y te estás agobiando tú solo —le digo, acercándome a él—. Oye, nunca he estado más segura de algo. No renuncio a la moda por ti, sino por mí; de hecho, sabes que cuando lo hice no estábamos juntos y estas semanas que he estado alejada de todo eso han sido como un bálsamo. Estoy cansada de correr, de estar disponible, de levantarme en una ciudad y acostarme en otra; estoy cansada de machacarme en el gimnasio y de contar las calorías que tiene cada cosa. Estoy cansada de sentirme una percha, pero, sobre todo, estoy cansada de echar de menos —musito, guardando luego silencio durante unos segundos, permitiendo que todas las emociones que llenan mi pecho salgan en forma de palabras—. Ya he conseguido lo que quería y he llegado donde quería llegar, y no es a lo más alto en el mundo de la moda, sino a casa... y, ¿sabes qué?, que sienta muy bien estar en ella —le confieso con dulzura, rodeando su cuello con ambas manos—. Puede que la moda esté dentro de mí, pero tú y todo esto estáis más adentro, tanto que no sé qué profundidad tiene porque forma parte de mi ser, así que deja esos miedos fuera, porque te aseguro que estoy deseando ir, pero para poder regresar y empezar a vivir mi verdadero sueño —afirmo, sonriendo—. Mil veces te quiero, mil veces voy a querer esto y mil veces mil, porque siempre voy a querer miles de cosas más estando a tu lado, y eso no me sucedió estando allí —musito antes de besarlo.

—Mil veces mil —susurra antes de corresponder a mi beso, y sé que esa frase será, a partir de ahora, como nuestro *hashtag*, porque encierra las mil cosas que somos y las mil cosas que sentimos cuando estamos juntos.

Pasamos el resto de la semana viviendo el que se ha convertido en nuestro sueño más preciado, nuestro #MilVecesMil. Juntos nos reunimos con Iker para hablar sobre la instalación y, juntos, retomamos costumbres que nunca deberíamos haber perdido, como la de ponernos tiritas en cinco minutos y la de quitárnoslas después con muchos minutos más; como la de enlazar nuestros meñiques, pero sin escondernos esta vez, y como la de comer fruta, comiéndonos a nosotros después con esa hambre que nunca parece saciarse, y, a la vez, creando otras costumbres que llegan solas y de manera natural, como la de ducharnos juntos por las mañanas o como la de salir a correr por las tardes, y en cada una de ellas vamos añadiendo fotografías a ese álbum de los recuerdos que retomé cuando volvimos a estar juntos.

Capítulo 30

Valentina

Llegamos a Nueva York la última semana de abril y, en cuanto el avión aterriza, siento cómo mi corazón comienza a palpitar de forma distinta, adaptándose al latido de la ciudad, ese que es más apresurado, más impaciente y frenético. De forma inconsciente, me llevo la mano al corazón, necesitando que mi latido se normalice y vuelva a adquirir el ritmo que me gusta y al que me he acostumbrado.

—¿Estás bien? —me pregunta Víctor mientras siento que mi respiración también se acelera.

—En cuanto las ruedas del avión han tocado el suelo, me he puesto nerviosa —le confieso con un hilo de voz.

—¿Por qué? —inquiere, cogiendo mi mano y cubriéndola con la suya.

—No lo sé —musito, dirigiendo la mirada hacia la ventana y huyendo de la suya.

«Claro que lo sé —pienso para mí—: Temo esto, temo no encontrar a la Valentina que fui y a la que mis clientes esperan ver, y temo estos nervios que siento palpitando en mi garganta.»

—Val —insiste, consiguiendo que me vuelva, al tiempo que todos los pasajeros comienzan a levantarse para salir del aparato.

Mientras inspiro y espiro, compruebo cómo algunos me reconocen y me toman fotos, y veo que otros, en cambio, a quien fotografían es a Víctor mientras yo cada vez oigo con mayor claridad el latido de este mundo que tan poco tiene que ver con el que oigo estando en casa, y, sin ser consciente de ello, endurezco mis rasgos dirigiendo la mirada hacia todos esos que están fotografiándome, apropiándose sin mi consentimiento de un momento que es solo nuestro.

—Joder, ¿nos están haciendo fotos? —suelta Víctor, sorprendido.

—Bienvenido al mundo del hielo —le digo con sarcasmo—. Vamos.

—De puta madre —masculla.

Tras recoger nuestras maletas y localizar un taxi, nos dirigimos al hotel donde nos alojaremos, pues, aunque Nick ha insistido por activa y por pasiva en que vayamos a casa, estando con Víctor prefiero no hacerlo.

—¿Y qué se siente cuando se regresa al mundo del hielo? —me plantea, recostado en el taxi, sin molestarse en mirar por la ventana mientras yo, en cambio, no puedo dejar de hacerlo, como si la que viniera por primera vez fuera yo en lugar de él.

—Te estás perdiendo lo que hay fuera.

—Porque lo único que me importa es lo que hay dentro. Contéstame, ¿qué sientes estando aquí?

—Es raro, es como estar en casa, pero percibiendo que ya no lo es —musito, sintiendo mi corazón latir con ansiedad, observando a través de la ventana los altos rascacielos que intentan tocar el cielo mientras él guarda silencio.

Y puede que sea porque en lugar de ir a casa vamos a alojarnos en un hotel, pero, cuando llego a la *suite*, noto que algo cambia dentro de mí y que este latido que sentía, hasta ahora acelerado, se ralentiza hasta hacerlo de forma pausada.

—¿Cuántos metros tiene esta *suite*? —me pregunta Víctor, recorriéndola mientras me dirijo al salón, desde donde se divisan unas vistas espectaculares del río Hudson y los recuerdos llegan de forma lenta para llevarme con ellos.

Me recuerdo allí con Nick, intentando captar la alegría; recuerdo su frustración y mis intentos por darle lo que buscaba, sin llegar a conseguirlo; me recuerdo regresando a menudo a partir de ese día para, simplemente, dejar vagar mis pensamientos mientras observaba el agua mecerse con calma o para ver cómo los *ferries* y los barcos llegaban o se iban... cuántas veces subí a uno de esos *ferries*, cuántas veces me imaginé marchándome y cuántas veces descarté ese pensamiento, rememoro contemplando cómo los últimos rayos del sol inciden suavemente en los cristales de los rascacielos.

«Qué distinto es esto a La Rioja —pienso retrocediendo de nuevo en el tiempo a esos primeros años para verme corriendo a toda prisa por estas calles que ahora tengo a mis pies, loca por conseguir algún trabajo... y ahora...—. Ahora todo ha cambiado, porque no soy yo la que busca, sino a la que buscan», medito, sintiendo cientos de sentimientos contradictorios luchando dentro de mí, entre ellos la añoranza.

«¿Para qué voy a negar algo que es obvio? —me pregunto sin poder alejar mi mirada de las vistas que se extienden frente a mí—. Aquí fui feliz, de manera distinta a como lo soy en la actualidad, pero lo fui, y aquí viví sueños que posiblemente otra gente nunca vivirá..., pero aquí también sufrí como posiblemente esa gente nunca sufra, o sí, porque... ¿qué sé yo del sufrimiento ajeno? Claro que echaré de menos esto, porque esto, Nueva York, también es mi casa. Nick es mi casa, y los lugares que hicimos nuestros también lo son, incluso ese latido con el que al principio mantuve una relación amor-odio y que mi corazón ha reconocido en cuanto hemos aterrizado, pero esa etapa de mi vida está cerrada y ahora quiero oír el otro latido, el nuestro; quiero estar en casa, pero sabiendo que aquí tengo otra.»

—¿Estás bien? —se preocupa Víctor, rodeando mi cintura con sus brazos, y apoyo la cabeza en su pecho.

—Sí.

—Estabas muy pensativa.

—Sí, lo sé.

—Y muy callada desde que hemos llegado.

—Sí, también lo sé. Tenías razón y echo de menos esto —susurro, volviéndome para mirarlo, viendo su mirada empezar a cerrarse, como si un día soleado se nublara de repente, trayendo la oscuridad consigo—. Víctor, esto también es mi casa y acabo de darme cuenta de que necesito regresar muchas veces; necesito seguir manteniendo el contacto con Nick y con la gente que formó parte de mi vida, y quiero que me acompañes cada vez que venga y que hagas tuyos todos esos lugares que hice míos. Necesito que venir a Nueva York sea algo normal en nuestra vida, porque no quiero renunciar a este latido que siento dentro de mí.

—Y yo no quiero que renuncies a nada si no quieres hacerlo, Val. Las relaciones no tienen que implicar ningún tipo de renuncia y, si tú quieres que vengamos, pues vendremos y haremos nuestros esos lugares que fueron tuyos —me asegura mientras vuelvo a ver la luz en su mirada, ahora que han desaparecido las nubes.

—Gracias —murmuro, rozando suavemente sus labios con los míos, sintiendo todas estas emociones que llevan nuestro nombre aletear con fuerza en mi pecho.

—Cariño, haría lo que fuera por ti —me responde sin alejar sus manos de mi cintura.

—Pues, entonces, ha llegado el momento de hacer la primera. Vas a conocer a Nick —le anuncio, guiñándole un ojo y cogiendo su mano para tirar de ella.

De su mano recorro estas calles que tienen mis huellas impresas en ellas y, mientras voy mostrándoselo todo, siento cómo el entusiasmo comienza a colarse lentamente dentro de mí. «¿Por qué no quería regresar?», me planteo mientras inspiro la fragancia de esta ciudad que lleva consigo cientos de recuerdos que tengo entretejidos en mi alma.

—No puedes irte de Nueva York sin probar un perrito caliente —le comento cuando pasamos frente a un puesto callejero, captando de reojo el vapor colarse por las alcantarillas— y tenemos que ir al New Orleans para que pruebes el gumbo y, por supuesto, ir a correr por Central Park...; me encantaba esa costumbre. ¡Ah!, ¡hay un musical al que quiero ir! —prosigo, entusiasmándome, mientras él se para en seco y tira de mi mano para que me pegue a su cuerpo.

—Te quiero y quiero hacerlo todo contigo —me regala antes de besarme—. Mil veces mil, Val.

—Mil veces mil, Vic —musito, enterrando mis dedos en su pelo.

Y, con esa frase todavía flotando en torno a nosotros, me percato de que fue justo en esta acera donde hace años decidí no enviarle más mensajes.

—Y mil veces mil voy a enviarte mensajes en los que te diga que te quiero y mil veces mil todo esto que llena mi pecho llevará nuestro nombre.

—Y mil veces mil recorreremos estas calles hasta hacerlas nuestras —me responde, pegando su frente a la mía y provocando que todo lo que siento vibre por mil, como siempre, mil veces mil.

Y, con esa vibración llenando nuestro pecho, llegamos a la que fue mi casa y donde el Klimt continúa impactándome como el primer día que puse un pie en ella.

—¿Te gusta? —inquiero, recordando el sinfín de veces que pensé en él en cualquier rincón de este apartamento y, ahora, está aquí.

—Menudo pisito, Val —me contesta, yendo hacia el enorme ventanal desde donde se divisa una panorámica espectacular de esta metrópoli.

—Sí, ya sabes que no me conformo con cualquier cosa —suelto socarrona, yendo hacia él.

—Estás conmigo, es evidente que no lo haces —replica fanfarrón, guardando las manos en los bolsillos de sus pantalones.

—Evidentemente —musito, rodeando su cuello con mis manos, incapaz de mantenerme alejada de él.

—¡Hombre, pero si la prófuga ha vuelto! —oigo la voz de Nick a mis espaldas, y me vuelvo hacia él con una enorme sonrisa dibujada en el rostro.

—¡Nick! —grito entusiasmada, soltándome de los brazos de Víctor para correr hacia los suyos.

—¡Joder, qué ganas tenía de verte! —exclama, alzándome y haciéndome girar, consiguiendo que me ría con ganas—. Vivir solo es una puta mierda —añade cuando me suelta.

—Yo tengo la solución a tus problemas —le indico, guiñándole un ojo.

—Ya sabes que tu solución no me vale —me rebate con fastidio, haciéndome sonreír un poco más.

—Pues no te quejes —replico, arrugándole la nariz—. Nick, te presento a Víctor, mi futuro marido.

—¡No me jodas! ¿En serio? —me pregunta, sonriéndome, mientras asiento feliz, para, casi al segundo, dirigirse a Víctor—. Enhorabuena, tío, te llevas a una de las mejores mujeres que conozco, y enhorabuena a ti también, cielo. Por lo que veo, este mes ha ido mucho mejor de lo que imaginaba —me dice, abrazándome con fuerza—. Te mereces ser muy feliz, Valentina, aunque voy a echarte mucho de menos... En el fondo, tenía la esperanza de que regresaras.

—Lo haré, pero de visita, como hace Bella.

—Mierda, sabía que ibais a dejarme solo —me recuerda mientras veo cómo Víctor se acerca a nosotros.

—Encantado de conocerte. Val me ha hablado mucho de ti —lo saluda Vic, tendiéndole la mano.

—Y a mí de ti; llevo tantos años oyéndola hablar de vuestra historia que siento que hasta formo parte de ella —le indica, correspondiendo a su saludo y guiñándome un ojo.

—Formas parte de ella, Nick, te lo aseguro —afirmo, viendo mi pasado y mi presente unidos por sus manos.

—Y ahora te largas para casarte —suelta sin poder creerlo—. Joder, dentro de nada te veo como está Bella ahora. Por cierto, ¿se lo has contado?

—Sí, la llamé por teléfono para decírselo —le respondo feliz—. Oye, cenamos juntos, ¿verdad?

—Por supuesto, hoy tenía la agenda menos cargada para poder estar con vosotros.

—Genial, porque tenemos que enseñarle Nueva York a Víctor. Vamos —les propongo, sintiendo mi pecho llenarse de miles de emociones que, agolpadas una junta a la otra, llenan mi interior de luz.

Cenamos en uno de nuestros restaurantes preferidos, hablando más que comiendo, y, cuando terminamos, nos dirigimos a The Great Temple, el pub donde solíamos despedirnos cada vez que alguno de nosotros debía salir de viaje, y, mientras Nick y Víctor charlan entre ellos, permito que los recuerdos lleguen para sentarse a mi lado. Con ellos regreso aquí de nuevo, pero siendo la Valentina que fui hace cinco años, la Valentina que solo quería una oportunidad y la que las tuvo todas.

—En este bar fue donde vi por primera vez «La tristeza» —oigo que le cuenta y, con su voz, vuelvo a mi presente cargado de pasado—. Estábamos sentados aquí mismo, en estos taburetes, y, estando hablando con ella, se fue contigo... Fue muy brutal, tío, porque su rostro cambió en cuestión de segundos, llenándose de una tristeza que me dejó sin habla —le cuenta Nick.

—Y la fotografiaste —prosigue Víctor, y, con su voz, recuerdo sus palabras y lo que sintió cuando vio esa fotografía.

—Valentina ha sido mi modelo más generosa. Dudo mucho que encuentre a otra que transmita tanto como ella; de hecho, dudo mucho que el mundo de la moda encuentre a otra reina del hielo —me dice, volviéndose para mirarme—. ¿Estás segura de querer dejarlo? —me plantea, y, de antemano, sé que voy a tener que contestar más veces de las que me gustaría a esta pregunta mientras esté aquí.

—Completamente segura —le respondo, uniendo mi mirada a la de Víctor.

—¿Y Cat va a anunciarlo ahora o cuando te marches? —me formula, captando mi atención de nuevo.

—Cuando me marche, por supuesto —le explico, sin apenas dudarlo.

—Cobarde —me dedica, sonriendo, mientras siento el roce de la pierna de Víctor en la mía y busco su mano para enlazarla con la mía.

—Ya sabes que nunca me ha gustado contestar a las preguntas de la prensa —le indico, guiñándole un ojo.

—Nunca lo has hecho. No he conocido a nadie con esa facilidad para no responder a ninguna cuestión —apostilla, sonriendo, antes de dirigirse a Víctor—. ¿Alguna vez has visto una entrevista suya? Joder, macho, te juro que terminaba la entrevista y no había contestado nada —le comenta mientras hago una fotografía mental a este momento, una que guardaré siempre con especial cariño en ese álbum de recuerdos que estoy creando.

* * *

—¿Qué te ha parecido Nick? —le pregunto a Víctor cuando, tras despedirnos de él, nos dirigimos a nuestro hotel.

—Que es un tío cojonudo.

—Lo es. Cuando llegué aquí vivía en un piso de modelos que era una auténtica pocilga —rememoro, observando a través de la ventana del taxi las calles ya casi desiertas—, pero todavía no facturaba y no podía largarme de allí, a pesar de que estaba deseándolo, y entonces él me propuso vivir en su casa y lo hice sin pagarle un céntimo... incluso luego, cuando empecé a ganar dinero. Junto a Bella, se convirtió en mi familia, esa familia que eliges y que es tan de verdad como la otra —le cuento, recordando cada uno de esos momentos.

—Pues elegiste muy bien —afirma, sonriéndome.

—Lo sé, y me hace muy feliz saber que te gusta el tío Nick —musito, divertida.

—¿El tío Nick? —inquiere, devolviéndome la sonrisa.

—Por supuesto, ¿somos familia, recuerdas? Él me cuidó y se preocupó por mí tanto como lo haría un hermano, por eso quiero regresar muchas veces aquí, Víctor, porque no quiero romper estos lazos. El tiempo pasa tan rápido que, si no te fijas y estás atenta, llega un momento en el que las semanas se han convertido en meses y los meses en años y ya no recuerdas cuándo fue la última vez que estuviste con esa persona que fue tan importante para ti. No quiero que eso me ocurra con Nick, y lo quiero en nuestra vida y en la de nuestros hijos; quiero que sea el tío Nick.

—Sé a lo que te refieres —me indica, dirigiendo su mirada hacia la ventana y guardando silencio durante unos segundos—. Cuando vayamos a ese lugar al que quiero llevarte —prosigue, volviéndose para mirarme, y observo su rostro envuelto en las sombras de la noche—, te presentaré a mi otra familia, la que yo elegí hace años y la que quiero que esté presente en nuestra vida y en la de nuestros hijos.

—Estoy deseando conocerlos y también ir a ese sitio. ¿No vas a decirme, al menos, dónde es?

—No, es una sorpresa —me responde enigmático, sonriéndome.

Y, en realidad, no importa dónde sea, no importa que esté lejos o esté cerca, porque lo único que importa es nuestro deseo de estar, de querer, de abrazar y de formar parte de la vida de esas personas que son nuestra otra familia... porque, cuando quieres, puedes, y coges todos los vuelos que haga falta o recorres todos los kilómetros que sean necesarios para estar en esos lugares que son familia y que son hogar.

Los siguientes días, para frustración de ambos, los vivimos arañándole horas al reloj para poder estar juntos, pues Cat me tenía preparada una sorpresa con la que no contaba: una agenda repleta.

—Perfecto... Mírame así, muy bien, muy bien, nena... Alza la barbilla un poco y entreabre los labios, sedúceme, haz que quiera besar esos labios... espectacular —me dice Jack, el fotógrafo, mientras cuento los minutos y los segundos que faltan para terminar con este reportaje que, al fin, puedo decir que será el último—. Recógele el pelo, lo quiero retirado de la cara —le pide al peluquero, dejando de prestarme atención para dirigirse al ordenador, donde están almacenándose los cientos de fotografías que está sacándome.

Me siento de nuevo frente al espejo, notando el gel frío sobre mi cabello y, casi al segundo, el peine deslizarse por él, y cierro los ojos preguntándome dónde estará y qué estará haciendo, maldiciendo a Cat y sus trabajos imposibles de cancelar y deseando, con todas mis fuerzas, acabar de una vez con este reportaje para poder cerrar este capítulo de mi vida y poder abrir otros de par en par.

—Lista —me dice y, sin mediar palabra, me levanto para proseguir con este reportaje que parece no acabar nunca y en el que la reina del hielo ha llegado con el primer clic de la cámara, tal y como me ha sucedido con el resto de los trabajos.

Salgo disparada del estudio en cuanto Jack lo da por finalizado, y lo hago con una idea en mente: ir al despacho de Cat, algo que he ido postergando desde que he llegado aquí, comprándome yo sola cientos de excusas con tal de no hacerle frente.

Llego a la Quinta Avenida, donde está la agencia, sintiendo esas emociones que llenan mi pecho completamente revolucionadas. Sí, estoy nerviosa, lo asumo. Cat no es fácil y esto que voy a hacer tampoco lo es, pues una cosa es decirlo por teléfono sin ver su furia helada y otra bien distinta es hacerlo frente a frente. «Mierda, soy una cobarde», me fustigo mientras el ascensor sube hasta la planta veinticinco, donde está la agencia.

Mi fotografía con las alas congeladas es lo primero que veo en cuanto pongo un pie en la recepción y, durante unos segundos, me limito a observar a esa mujer que, desde lo alto de la pasarela, me mira como si estuviera haciéndolo de verdad. La reina del hielo..., fría, elegante y con un halo de tristeza envolviéndola imposible de no ver. «Puede que fuera justo eso lo que gustara de mí», pienso sin poder alejar mi mirada de este retrato que he visto cientos de veces sin hacerlo realmente.

—Buenos días, señorita Domínguez —me saluda Rachel, la recepcionista.

—Buenos días. Vengo a ver a Cat, ¿puedes decirle que estoy aquí? —le indico, acercándome a ella con esa frialdad que he recuperado desde que estoy de vuelta y de la que solo me desprendo cuando estoy con Víctor, con Nick o con Ada.

—Un momento —me pide mientras anuncia mi llegada, y dejo vagar mi mirada por esta recepción, donde mis huellas, como en las calles de la ciudad, también están impresas y donde queda un poso de cada uno de los sentimientos que, en su día, se asentaron en mi pecho—. Puede pasar, la está esperando en su despacho —me anuncia con profesionalidad.

Recorro este largo pasillo sabiendo que es la última vez que voy a hacerlo, al menos como modelo, y, mientras lo hago, siento cómo esos miles de sentimientos que formaron parte de mí, en el pasado, llegan para colocarse al lado de los que siento ahora, entre ellos la tristeza, esa que me es tan familiar, pues, aunque estoy segura de lo que voy a hacer y de lo que siento, ha sido aquí, en esta agencia y en mi carrera como modelo, donde he vivido grandes momentos que siempre permanecerán en mi corazón para hacer que sonría, que me emocione o que, por qué no, en ocasiones lo eche de menos.

—Al final te dignas a pasarte por aquí —me suelta, molesta, en cuanto pongo un pie en su despacho.

—Buenas tardes, Cat —la saludo conciliadora, sentándome frente a ella—. Menudo regalito me tenías reservado; creía que te había dicho claramente que, exceptuando los trabajos que tenía firmados con Carolina, Karl y María Eugenia, me lo cancelaras todo —le recrimino, intentando buscar el enfado dentro de mí sin llegar a encontrarlo, a pesar de que, durante estas semanas, he sentido deseos de estrangularla.

—Ya te dije que te había cancelado todo lo que podía, que fue mucho, por cierto —me replica hostil, recostándose en su silla—. ¿Por qué no has venido antes?

—Porque Margot me mantenía debidamente informada de cada trabajo y evento al que debía ir, que han sido muchos —insisto—. Digamos que, básicamente, no he tenido tiempo ni de respirar —añado con seriedad, recordando estos últimos días.

—¿Y ahora? —me pregunta, sosteniéndome la mirada.

—Ahora la renuncia —sentencio, segura de mis palabras—. Se terminó, Cat, y, antes de que me lo preguntes, estoy completamente segura de ello. Esto ya no me llena como antes; de hecho, hace tiempo que no lo hace, solo que no quería darme cuenta —musito, sincerándome con ella y conmigo—, y estos días han sido justo lo que necesitaba para estar completamente convencida de esta decisión —le confieso, rememorando cómo me he sentido—. Ha habido momentos en los que he pensado: «¿Qué hago aquí?». Ahora mismo acaba de sucederme. Ahí estaba Jack, fotografiándome para el comercial de Chloé, y solo deseaba que lo diera por finalizado para poder irme. Cat, la vida son ciclos, unos más largos que otros, y el mío como modelo ha finalizado y necesito que lo entiendas y no te molestes conmigo.

—Eres la musa de Dior, ¿cómo crees que se lo tomará María Eugenia? —me pregunta con dureza, haciendo caso omiso a mis palabras.

—María Eugenia es amiga mía, ya hablaré yo con ella.

—Tu contrato como imagen del perfume Infinity finaliza en unos meses, ¿de verdad no quieres renovarlo? Escúchame y razona; ese contrato vale una millonada y apenas es trabajo... Un rodaje, unos cuantos *shootings* para comerciales, editoriales y portadas, alguna entrevista y alguna que otra fiesta o cena de vez en cuando —me explica, restándole importancia a algo que yo sé que implica mucho curro—. ¿Lo has pensado bien? Tú eres el rostro de ese perfume desde el mismo instante en que salió al mercado, la gente lo asocia a ti, y quieres renunciar. No lo entiendo, por mucho que lo intente, no lo entiendo. Tú querías esto, justo lo que tienes ahora, y decides echarlo todo por la borda para irte a hacer vino —me dice con desprecio mientras niego con la cabeza, contando mentalmente muchas veces para mantenerme tranquila.

—Cat, esto no es un capricho, aunque tú lo veas así, y, de verdad, no siento que esté echando nada por la borda, solo estoy cambiando el rumbo de mi vida... y, si me permites decirlo, para mejor —le rebato, cansada de discutir con ella sobre este tema, pues, desde que le dije que iba a renunciar, los mensajes y las llamadas se han sucedido unas a otras—. Ya te diré cuándo quiero que anuncies mi retirada —concluyo, levantándome y dando por zanjado el tema.

—Te arrepentirás de esto, Valentina. Puede que no ahora, pero sí con el tiempo, cuando se te pase la fiebre por ese hombre... Entonces querrás volver y tu silla estará ocupada por otro trasero más prieto y más joven —me suelta con dureza.

—¿Cómo sabes que tengo pareja? —le pregunto, frunciendo el ceño.

—Querida, yo lo sé todo.

—Te equivocas, Cat, porque, si fuera así, sabrías que lo que siento por ese hombre va más allá de una simple fiebre. Siento que estés molesta conmigo, per...

—Molesta es ser muy condescendiente —me corta con frialdad.

—¿Cabreada? —le pregunto enarcando una ceja, segura de que *cabreada* tampoco es la palabra exacta que defina cómo se siente.

—Muy cabreada —matiza, y asiento con la cabeza, viendo la ciudad a sus espaldas y recordando las muchísimas veces que la vi en este despacho, sentada, de pie o deambulando por él mientras iba evolucionando como modelo, pero también como mujer.

—Pues no sabes cómo me apena oír eso, porque has sido una parte fundamental de mi vida durante estos últimos años —le indico, captando que la acritud de su mirada desaparece lentamente—. Voy a regresar muchas veces a Nueva York, pero no para trabajar, sino para estar con esas personas que son importantes para mí, y tú eres una de ellas, así que espero que se te pase pronto ese cabreo monumental que llevas encima para que podamos tomarnos algo o, ya puestos, comer juntas mientras me cuentas a quién pertenece el trasero prieto y respingón que ha ocupado mi silla —declaro, sonriendo y viendo cómo, al fin, otra se dibuja en su rostro.

—Espero que tardes mucho en regresar, porque este cabreo no va a pasárseme fácilmente, pero, cuando lo hagas, llámame; estaré encantada de contarte quién es tu sustituta —me contesta sonriendo ampliamente.

—Lo haré. Hasta luego, Cat —me despido de ella guiñándole un ojo, evitando abrazarla o darle un beso, porque, si yo soy la reina del hielo, Cat es un glaciar de enormes dimensiones a la hora de expresar sus sentimientos.

Sin borrar la sonrisa de mi rostro, esa que nunca mostré siendo modelo, abandono Top on Top Management Inc., la agencia donde vi cumplirse todos mis sueños, al menos los relacionados con mi carrera, y mientras me dirijo hacia la salida, dejando mi retrato a mis espaldas, cuelgo mis alas para volar con otras... las nuestras, las alas del querer, las alas del mil veces mil y las que me llevan directa al cielo con una mirada, con un roce o con un beso; las alas que espero no quitarme nunca y con las que voy a vivir ese sueño que casi olvidé siendo esa mujer que dejo aquí congelada en el retrato para ser, a partir de ahora, solo Val.

Capítulo 31

Víctor

La veo en cuanto entra en la cafetería. Lleva el pelo recogido y los labios pintados de rojo y siento cómo todo mi interior ruge. Joder, llevamos dos semanas aquí y apenas hemos podido estar juntos. «¿Cómo ha podido soportar este ritmo durante estos años?», me pregunto mientras observo cómo una sonrisa aparece en su bonito rostro cuando me divisa sentado a la barra, consiguiendo que otra aparezca en el mío mientras se acerca a mí.

—Estás preciosa —le digo en cuanto llega a mi lado, y alargo un brazo para rodear su cintura y aliviar esta necesidad que me come por dentro, dejando incluso sus dientes marcados con cada uno de sus mordiscos.

—Tenía tantas ganas de irme que ni siquiera les he pedido que me desmaquillaran cuando he terminado el *shooting*; me temo que voy un poco excesiva —me comenta sonriendo, acercando sus labios a los míos para besarlos suavemente, y tengo que hacer acopio de todo mi autocontrol para no engullirla entera—. Vengo de ver a Cat —me confiesa, alejándose de mí para sentarse en uno de los taburetes, y siento cómo todo mi interior ruge con más fuerza. Puta ansia.

—¿Y? —le planteo, centrándome al fin.

—Ya está hecho, anunciará mi retirada en cuanto se lo indique —me cuenta en un susurro, y siento el alivio asolar cada una de las células de mi cuerpo.

Y esto queda solo para mí, pero llevo dos putas semanas de mierda viéndola irse por la mañana y regresando por la noche, muchas veces para tener que volver a largarse para asistir a una fiesta o una cena, temiendo que, en cada una de esas veces, lo echara de menos o se replanteara esa decisión que tomó cuando estaba alejada de todo esto.

—¿Y cómo te sientes?

—Aliviada y feliz —«Hostia, aliviado estoy yo», pienso—, y deseando pasar estos días contigo para poder mostrarte de una vez la ciudad —añade, levantándose para acercarse a mí, y la encajo entre mis piernas, rodeando su cintura con ambos brazos. Sí, definitivamente estos días han sido una puta mierda—. Siento que apenas hayamos podido estar juntos.

—Vamos a tener toda la vida para estarlo —le indico, sintiendo que, con mis palabras, la calma llega para anular esos temores con los que llevo conviviendo estos días—. ¿Has terminado todos los trabajos que tenías programados?

—Sí, ¿y tú has hecho muchos clientes?

—Digamos que me ha ido bien —suelto medio sonriendo—, pero no tanto como en Wall Street —admito, pegándola más a mi cuerpo, mientras ella hunde su rostro en mi cuello y mis manos suben por su espalda—. Ahí sí que me ha ido cojonudamente cojonudo —prosigo, sintiendo sus dedos enredarse en mi pelo. Joder, me vuelvo loco cuando hace eso.

—Entonces tenemos muchas cosas que celebrar —musita, buscando mis labios, y noto cómo mi polla reacciona ante su cercanía.

—Eso parece. ¿Dónde quieres que empecemos a hacerlo? ¿En la cama o yendo a cenar? —le pregunto, deseando que elija la primera opción. Coño, me pueden las ganas.

—No creo que hacerlo en un restaurante sea muy apropiado, me temo que llamaríamos demasiado la atención —replica, arrugándome la nariz y arrancándome una carcajada.

—Tienes razón, mejor vamos a ser discretos —contesto bromeando, cogiendo su mano para sacarla de aquí y empezar a celebrar el comienzo de todo.

El resto de los días los vivimos como deberíamos haberlos vivido todos si no hubiera tenido la agenda hasta los topes y, aferrando su mano, que solté hace años para que volara hasta aquí, descubro su historia, esa que resuena en cada uno de los lugares que fueron importantes para ella, como la que me cuenta frente a la sede de Carolina Herrera mientras yo me mantengo en silencio, casi percibiendo la fragancia del jazmín y de los nardos que según me explica olería si accediera a ese lugar donde vivió parte de su sueño.

—Llegué a esta ciudad creyendo que lo sabía todo cuando, en realidad, no sabía nada; creyéndome todo, sin ser nada —murmura más para ella que para mí—. Aquí empecé de nuevo, en todos los aspectos, y la señora Herrera y su equipo fueron los primeros en darme una oportunidad, una oportunidad de verdad, de esas que te abren cientos de puertas y ventanas, cuando me eligieron para ser imagen del perfume Infinity —me indica, retomando el paso, volviéndose un instante para ver de nuevo la fachada, supongo que despidiéndose en silencio, y, cuando poso mi mirada sobre la suya, veo la emoción que anida en ella.

—¿No quieres entrar para despedirte?

—No, no puedo ir despidiéndome de todos, porque no haría otra cosa y me temo que ya te he tenido suficientemente abandonado —responde sonriéndome y, a pesar de su sonrisa, percibo su tristeza—. Ya se encargarán Cat o Margot de hacerlo por mí y, a los diseñadores a los que les tengo cariño, como la señora Herrera, María Eugenia o Karl, los llamaré en otro momento, cuando me sienta preparada para hacerlo —concluye mientras rodeo su cuerpo con mi brazo para pegarla al mío.

—Ahí a tu derecha hay un tío haciéndonos fotos —le señalo, pegándola más a mí, necesitando protegerla de algo que ella, en realidad, no percibe como una amenaza.

—Lo he visto —afirma como si nada—. La prensa forma parte de mi vida, al menos cuando no estoy en casa, y ahora, contigo a mi lado, estoy dándoles mucho trabajo. Imagínate, la reina del hielo sonriendo y paseándose acaramelada por las calles de Nueva York con un hombre apuesto de mirada intensa —dice, sonriéndome y guiñándome un ojo, mientras yo no la suelto.

—¿Apuesto? —formulo, enarcando una ceja.

—Como mínimo... Va a ser divertido ver cómo te definen; te aseguro que en estos momentos la noticia eres tú. Estarán volviéndose locos preguntándose quién eres —me confirma riendo, mientras que a mí no me hace ni puta gracia.

—De puta madre —mascullo entre dientes—. ¿Y vamos a llevarlo mucho tiempo detrás? Porque está tocándome mucho los cojones y, como continúe haciéndolo, voy a ir a romperle la maldita cámara en la cabeza —sentencio, mientras ella se separa de mí para detener un taxi.

—Creo que tengo la solución a tus problemas —me dice cuando, casi al segundo, uno se detiene—. Venga, sube —me pide sonriendo, accediendo a él—. Esta opción siempre funciona, o también puedes entrar en un centro comercial abarrotado y darles esquinazo —añade, divertida, mientras el vehículo arranca.

—Val, es un coñazo vivir así.

—Eso mismo dice Nick. Supongo que es un pequeño precio que tengo que pagar por ser quien soy —declara mientras me vuelvo para comprobar que no nos sigue nadie, pero como para saberlo, con la cantidad de coches que circulan—. Al principio lo llevé mal porque, de repente, alguien me estaba siguiendo y no sabía si se trataba de un periodista, de una persona que estaba obsesionada conmigo o vete tú a saber, y recuerdo que lo vivía con tensión, incluso con cierto temor; luego aprendí a escabullirme y, con el tiempo, a relajarme —me indica cuando el taxi se detiene—. Ven, vamos a hacer un breve crucero por el Hudson.

—¿Y si nos ha seguido?

—Pues, entonces, le rompes la cámara en la cabeza —bromea—. No va a poder huir del barco y vamos a ser dos contra uno —prosigue, sonriendo.

Sentados en la cubierta, con mi brazo de nuevo rodeando su cuerpo y con las vistas de Manhattan pasando lentamente frente a nosotros, sigo escuchando su historia y, otra vez, veo a la Val que fue dibujada con sus palabras y, con ellas, recuerdo mi vida y las decisiones que tomé haciendo que ella tomara otras.

—Esto que estamos haciendo ahora lo hice cientos de veces yo sola; cuando me agobiaba y necesitaba alejarme de todo, subía a este *ferry* y me imaginaba yéndome... Imaginaba cómo sería mi vida si lo hiciera, y luego lo descartaba y regresaba —me explica, encogiéndose de hombros—. Otras veces me limitaba a bajarles el volumen a mis pensamientos, para no oírlos, y solo me dedicaba a observar a la gente que tenía al lado mientras íbamos alejándonos de la ciudad. Supongo que este *ferry* era como mi vía de escape cuando todo sonaba demasiado alto y me molestaba —me confiesa en un susurro y, de nuevo, como me ha sucedido frente a la sede de Carolina Herrera, la veo a través de su voz y de su historia—. Cuando tu ausencia de repente era un grito dentro de mí, o cuando las dudas me asaltaban, venía aquí y me sentaba donde estamos nosotros ahora... Creía que nunca más estarías en mi vida y, en cambio, ahora estás aquí, sentado a mi lado —añade, emocionada, volviéndose para mirarme.

—Yo también llegué a pensar que esto no sería posible; de hecho, creo que todavía estoy asimilando que vas a volver y a renunciar a todo esto —le confieso, esbozando una media sonrisa.

—Hay quien hace de esto su vida y hay modelos que tienen carreras relativamente largas, pero te aseguro que yo, en cinco años, he vivido lo que otras no vivirán nunca y, ¿sabes qué?, que me siento bien, realmente me siento muy bien.

—¿Y no lo echarás de menos?

—Sí, claro que lo echaré de menos, como echas de menos tus años de estudiante o los de tu infancia, esos años que te hacen sonreír, pero a los que ya no deseas regresar porque estás bien donde estás —me aclara mientras contemplo los rascacielos, que, ahora que nos hemos alejado, parecen más pequeños, recordándome esas piezas de construcción que de niño siempre quise tener... Los Playmobil y piezas de construcción... Era lo que pedía de crío una y otra vez, hasta que dejé de hacerlo, rememoro mientras con sus palabras viajo a esos años que a mí, personalmente, no me hacen sonreír, sino todo lo contrario.

—¿Por qué te has quedado callado? —inquiere Val, y con su voz y su pregunta hago a un lado esos sentimientos de carencia que con más o menos dolor me temo que siempre van a estar ahí.

—Estaba recordando mi infancia —le revelo finalmente—. No sé por qué, pero esos rascacielos me han recordado unas piezas de construcción que pedía de niño.

—¿Y que no tuviste? —musita, prudente, mientras endurezco el gesto.

—No, no las tuve —farfullo con sequedad.

—¿Qué relación tienes con tu madre ahora?

—Cuando me largué, lo hice con el convencimiento de no regresar; solo quería irme bien lejos para no tener que volver a verla, y así fue durante muchos años —le explico, retrocediendo con mis palabras a mi pasado—. Pero, cuando tú tenías dieciséis años y te marchaste, necesité hacerlo yo también. Joder, te veía por todas partes y los remordimientos me mataban, así que adelanté un viaje que tenía programado creyendo, erróneamente, que, si me largaba y ponía distancia con todo lo que me recordaba a ti, dejaría de sentirme tan jodidamente mal —murmuro, recordando cómo me sentí y cómo esos remordimientos me siguieron a pesar de los muchos kilómetros que recorrí—. No tenía en mente cruzar la frontera, pero me pillaba cerca...y, al final, terminé comprándome una casa y dándole una vida mejor, a pesar de no querer verla. Le alquilé una casa donde sabía que a ella le hubiera gustado vivir y con todas las comodidades que yo no tuve de niño —musito con la vista fija en el agua—. La historia se repitió cuando te dejé, solo que entonces fue mucho más jodido porque ya sabía lo que era estar contigo —le digo, apretándola más a mi cuerpo mientras su cabeza descansa en mi hombro y su brazo rodea mi cintura—. Necesitaba estar solo con mis mierdas, con mis dudas, con mis putos remordimientos y con todo lo que sentía que me ahogaba. Esos días cambiaste tu vida, y yo también cambié la mía... —le indico, sin querer explicarle nada más.

—No lo entiendo, Víctor —me plantea, incorporándose, y veo la dureza que desprende su mirada.

—¿Qué es lo que no entiendes?

—Todo. Si no te quiso ni te trató bien de crío, ¿por qué le alquilaste una casa con tantas comodidades? No se lo merece, Víctor. Comprendo que te ocupes de ella, pero no más de lo que ella se ocupó de ti.

—Es mi madre, Val. Yo crecí sin familia, sin abuelos, sin tíos, sin primos, sin hermanos y sin padre, sin nada, solo la tenía a ella y ella era mi mundo, lo único que tenía, y, aunque luego, cuando crecí, la odié, con el paso del tiempo he aceptado que la quiero, a pesar de todo y aunque ella no sienta lo mismo por mí —musito, sintiendo mi garganta cerrada—. Es difícil de expresar lo que siento... Es como esas piezas de construcción de las que te hablaba antes... Siempre quise tenerlas y siempre envidié a los niños que las tenían y, aunque sea una estupidez, porque no voy a jugar con ellas, continúo queriéndolas. Supongo que ese sentimiento de añoranza, de haber querido algo y no haberlo tenido, siempre estará ahí, como lo que yo siento por mi madre; siempre deseé que me quisiera, incluso ahora, cuando tengo asumido que no va a hacerlo, y es algo que me ha costado aceptar, porque he crecido convenciéndome de lo contrario.

»Ella es como mi punto negro, esa mancha que tienes en el objetivo de la cámara que estropea todas tus fotografías y que, por mucho que intentes eliminar, siempre está ahí —le digo con la mirada empañada—. Joder, Val, estas cosas solo te las cuento a ti —mascullo, sintiendo al niño que fui todavía viviendo dentro de mí y sintiendo muchísima compasión por él—. Una vez leí que los fetos tienen telepatía con la madre mientras están en su vientre —le indico con dolor, posando mi mirada en los edificios que cada vez están más cerca— y, si esa teoría es cierta, desde el minuto uno supe que no era querido ni bien recibido, y esa información está dentro de mí, como el programa de un ordenador que viene de serie cuando lo adquieres y que te hace tomar decisiones como las que yo tomé contigo.

—Pues desinstálalo, Víctor —me pide con un hilo de voz, y atisbo, a través de ella, el dolor y la impotencia que está sintiendo—. Oye, no conozco a tu madre, pero creo que no se merece que te sientas así; en realidad, no creo que se merezca nada.

—Puede que tengas razón, pero los sentimientos no atienden a razones, simplemente están ahí, y te aseguro que, a lo que te resistes, persiste; fíjate si no en nosotros —argumento, viendo su mirada vidriosa—. Yo me resistí a ti todo lo que pude... hasta que dejé de hacerlo —añado mientras una lágrima rueda por su mejilla—. Cariño, no llores, ¿vale? Mi vida es cojonuda si tengo en cuenta cómo empezó. Val, si soy quien soy en parte es gracias a ella y a todas las carencias que tuve a su lado y que tengo todavía; se trata de aceptarlo y vivir con ello, esperando algún día el cambio. Por eso voy a verla de vez en cuando; no lo hago por ella, lo hago por mí —le explico, sintiendo ese dolor que me es tan familiar arañándome por dentro mientras veo cómo los pocos pasajeros que había en la cubierta comienzan a abandonarla una vez que el *ferry* se detiene.

—Te prometo que, si alguna vez me quedo embarazada, voy a querer muchísimo a nuestro hijo para que nunca se sienta como te sientes tú.

—Lo sé; si de algo estoy completamente seguro es de que va a sentirse muy querido. Venga, solo quedamos nosotros y todavía tenemos que comernos un perrito con todo —le propongo, tirando de su mano, necesitando hacerla sonreír.

—Ahora puedo hacerlo; en realidad, puedo comer todo lo que quiera —me contesta percatándose de ello y haciéndome sonreír con su revelación.

—Pues vamos a ello.

No nos comemos un perrito, nos comemos dos, y, mientras lo hacemos, la veo degustarlo como quien degusta un plato de alta cocina, además de oír sus «mmmmm» y observar cómo se relame con algo tan mundano como esto y, cuando se chupa un dedo, me acerco a ella, rozando con mis labios su oreja.

—Para de hacer eso o voy a dejar de contenerme —le indico, pegándome a su cuerpo.

—¿Qué quieres que deje de hacer? ¿Mmmmm? ¿Es eso? ¿O te refieres a que me chupe los dedos?

—Si hay alguien que puede chuparlos, soy yo —musito, cogiendo su mano y llevándome uno de ellos a la boca.

—Tú ya chupas otras cosas —me rebate en un susurro, dándome un suave mordisco en la oreja y pegándose a mi cuerpo.

—Joder, Val, para o no llegaremos a casa de Nick —mascullo entre dientes, sintiendo la polla crecer dentro de mis pantalones.

—Mi equipaje —masculla con fastidio, alejándose de mí—, lo había olvidado. Venga, vamos, creo que tenemos una larga tarde por delante.

* * *

«Mierda, y tanto que tenemos una larga tarde por delante», pienso mientras descubro la cantidad de ropa y zapatos que tiene.

—¿De verdad es necesario tener tanta ropa? —le pregunto mientras miro la que tenemos liada.

—Son cinco años, ¿qué esperabas? Dios, ¿dónde voy a meterlo? Me faltan al menos tres maletas —suelta frustrada, sentándose sobre la alfombra, sin saber por dónde empezar.

—Voy a comprarlas. Venga, dime dónde —intervengo, deseando terminar con esto cuanto antes.

Le compro las maletas y la ayudo con el equipaje y,

tras casi tres horas, podemos decir que lo tenemos todo guardado.

—Vaya... Ahora sí que cierro una etapa.

—Para abrir otra. Nena, vamos a tener que ampliar la casa para meter todo esto —bromeo, guardando mis manos en los bolsillos de mis pantalones para no ponerlas encima de su cuerpo.

—Vas a tener que pagar una fortuna por exceso de equipaje —oigo la voz de Nick a mis espaldas, y me vuelvo.

—Hola, macho —lo saludo, tendiéndole la mano—. Y vamos a necesitar un camión que nos lo lleve al aeropuerto —le sigo la broma, viendo cómo Val pone los ojos en blanco.

—¡Anda ya! ¡Qué exagerados sois! —replica, acercándose a Nick para darle un abrazo—. Voy a echarte mucho de menos —declara mientras él corresponde a ese abrazo.

—Y yo a ti.

«La familia que se elige... la familia a la que quieres a pesar de no compartir lazos de sangre y la familia que es tan o más de verdad que la otra. Ellos son familia —prosigo mentalmente mientras continúan abrazados, diciéndose cómo se van a extrañar—. Ellos se quieren y se entienden con una mirada —me digo, dirigiéndome hacia la ventana, desde donde se ve la ciudad iluminada por cientos de luces ahora que la noche le ha tomado el relevo al día. Nick ha estado a su lado durante todos estos años, los que yo no estuve, y continuará estándolo, porque es su familia y ahora la mía.

—Víctor, ¡vamos! —me llama Val, sacándome de mis pensamientos—. Vendremos mañana a por las maletas, y, por cierto, no te enfades, Nick, pero no vamos a cenar solos —le suelta como si nada, saliendo de la habitación seguida por los dos mientras yo oculto la sonrisa que amenaza con aparecer.

«Menuda casamentera está hecha. Joder, debe de ser algo que se lleva en la sangre», pienso recordando a Pedro y cómo intercedió entre nosotros.

—¿Y por qué iba a enfadarme? —le pregunta Nick, deteniéndose en medio del salón, metiendo sus pulgares en las trabillas de los pantalones.

—Porque mañana Vic y yo nos vamos y esta cena es algo así como mi despedida y quería compartirla con la gente que ha sido importante para mí.

—Bella no está... No me jodas, Valentina —masculla de malas maneras, entendiéndola en el acto.

—No, sin joder. Ella es tan amiga mía como tú... Bueno, no tanto, pero es amiga mía y quería cenar con ella.

—¿Y por qué no has comido con ella? —le rebate, molesto.

—Quizá porque estaba currando con el tirano de su jefe.

—No soy ningún tirano.

—Eso es lo que tú te crees —le replica, arrugándole la nariz, para dirigirse hacia ese cuadro que parece gustarle tanto—. A ti también te echaré de menos —le dedica, como si el lienzo tuviera vida propia y pudiera oírla.

—Ven mucho por aquí y no lo extrañarás —contesta Nick, llegando hasta ella.

—Eres el tío Nick, por supuesto que vamos a venir mucho por aquí —le indica, sonriéndole con tristeza—. Vámonos o acabaré llorando.

Hacemos el trayecto hacia el New Orleans con los reproches constantes de Nick por haber invitado a Ada, con la sonrisa condescendiente de mi chica, que, de vez en cuando, viene acompañada de algún comentario que en lugar de calmar el ambiente me temo que lo caldea un poco más, y con mi silencio, pues entiendo perfectamente la postura de Nick, ya que, durante años, fue la mía.

—De puta madre —oigo cómo masculla Nick mientras escaneo el restaurante una vez sentados a nuestra mesa, admirándolo y sintiendo que nos hemos trasladado a Nueva Orleans sin habernos movido de Nueva York.

—Haz el favor de ser simpático —le pide Val, levantando un brazo para que Ada nos localice en cuanto accede al local—. ¡Hola! —la saluda, levantándose para fundirse en un abrazo con ella—. Gracias por venir —le dice mientras observo el minivestido que lleva puesto. Joder, esos vestidos son una puta tortura cuando te gusta la tía que lo lleva puesto.

—Gracias a ti por invitarme. Hola, Víctor —me saluda, y me levanto para darle un par de besos mientras, de reojo, capto cómo Nick ni se molesta en hacerlo y, de nuevo, me veo reflejado en él—. Hola, Nick —se dirige a él con voz neutra, sentándose delante, y veo el fastidio en grado sumo de su mirada.

—Hola —se limita a contestar—. ¿Os conocíais? —nos pregunta, incómodo, y me repantigo en la silla, dispuesto a disfrutar de la velada.

—Cuando conseguí terminar con todos los regalitos que Cat me tenía preparados, me dediqué a mostrarle la ciudad a Vic, y Ada se sumó a nosotros una tarde —le cuenta mi chica mientras veo cómo a Nick se le van los ojos al escote de Ada, para retirarlos casi de inmediato. La hostia, Val tenía razón.

—¿Y puedo saber qué tarde fue? —inquiere con sequedad, frunciendo el ceño.

—La tarde del domingo. ¿Por qué? ¿Te hubieras venido? —le plantea Val mientras detecto la incomodidad de Ada, que se añade a la de Nick.

—Por supuesto que no.

—Ya me lo temía —le responde mientras de nuevo me veo reflejado en Nick. ¡Qué obtusos podemos llegar a ser, coño!—. Por cierto, chicos, el vino lo elegimos nosotros —les indica, guiñándome un ojo.

Y es aquí, en este pequeño restaurante de Nueva York ambientado como si estuviera en Nueva Orleans, y mientras cenamos uno de sus platos estrella, el gumbo, donde degustamos el sabor de los vinos de La Rioja y, más concretamente, el nuestro, el que lleva su nombre, el Valentina.

—Está buenísimo este vino —nos halaga Ada, con esa sonrisa floja que llega cuando llevas más de una copa en el cuerpo.

—¿No te apetece beber agua? —le pregunta Nick, y oculto la sonrisa que lleva toda la noche amenazando con aparecer en mi rostro.

—No, no me apetece —le responde, alzando levemente el mentón.

—Está bueno, ¿verdad? Es un vino de autor y Víctor intervino en su creación —les explica Val con orgullo mientras contemplo cómo Ada se lleva la copa a los labios y los ojos de Nick se van directos al cristal de la copa y, de ahí, a su boca. Joder, menudas ganas le tiene—. Por cierto, estáis invitados los dos a la boda, ¿verdad, Vic? —me pregunta Val, y al fin sonrío ampliamente, viéndola venir—. Podéis alojaros, si queréis, en la casita de invitados —les propone como si nada, y detecto el rubor cubrir las mejillas de Ada—. Así Nick puede subirte la cremallera del vestido si lo necesitas —añade con falsa inocencia mientras Ada casi se atraganta y Nick la fulmina con la mirada.

—Muy graciosa.

—Nick, no estoy siendo graciosa, es la verdad... A veces las mujeres necesitamos que nos bajen la cremallera.

—Y yo creyendo que habías dicho subirla —le rebate entre dientes.

—Para bajarla después —le replica, soltando una carcajada, mientras Ada se bebe todo el vino de un trago.

—Igual quiero que me la baje otro —sentencia, dejando la copa con firmeza sobre la mesa y clavando su mirada en Nick, sorprendiéndonos a todos—. Me paso el día viéndolo y oyendo sus órdenes; os aseguro que, si alguien tiene que bajar mi cremallera, no será él —afirma con convencimiento sin soltarse de su mirada y, de nuevo, me veo reflejado en Nick. Joder, debe de estar hirviendo por dentro.

—Trabajas para mí, por supuesto que oyes mis órdenes —le rebate sin alejar su mirada de la suya, y capto de reojo la media sonrisa de Val.

—Y justo por eso no bajarás mi cremallera —le indica, acercándose un poco más a la mesa, pegando sus pechos a ella y atrayendo la mirada de Nick, que vuela, casi al instante, de nuevo hacia sus ojos.

—No quiero hacerlo.

«Joder, qué puta mentira», pienso, divertido.

—Me alegra que lo tengas claro —replica en un susurro que es un «hazlo ya», y bufo sin percatarme.

—¿Te sucede algo, tío? —me plantea Nick, y suelto una carcajada.

—Vamos a pedir otra botella de vino —le respondo, haciendo que sea Val la que se carcajee ahora.

—A este paso vamos a bebernos todos los Valentina del restaurante —comenta, guiñándome un ojo, y siento cómo su pie roza mi pierna, subiendo por ella y despertando mi sexo con ese simple contacto.

—Qué calor —exclama Ada, recogiendo su melena oscura en un moño bajo.

—Pues no bebas más —sentencia Nick entre dientes.

—Haré lo que quiera —le rebate con sequedad—. Por cierto, es vuestra última noche, ¿por qué no vamos luego al Carpe Diem? Fui el otro día con mis amigos y está genial. ¿Qué me decís? ¿Os apetece?

—Yo me planto aquí —masculla Nick.

—De eso nada, tú te vienes —le ordena Val, frunciendo el ceño—. Nick, es mi última noche en la ciudad, ¿de verdad vas a darme plantón?

—No te estoy dando plantón; simplemente, ya he tenido suficiente.

—Suficiente, ¿de qué? —inquiere Ada, envalentonada por la cantidad de alcohol que corre por sus venas ahora.

—Suficiente de todo —farfulla, sosteniéndole la mirada.

—Si no vienes al Carpe Diem, iremos nosotros a tu casa y montaremos allí la fiesta —suelta Val como si nada.

—Eres peor que una mosca cojonera —sisea Nick entre dientes.

—Gracias, es lo más bonito que me han dicho nunca —le contesta, haciendo que me carcajee de nuevo.

Y si yo creía que nadie podía tenerle más ganas a alguien de las que yo le tenía a Val era porque no había conocido a estos dos, algo que descubro cuando llegamos al pub, donde los roces «sin querer» se suceden con más frecuencia de la que deberían, donde la frase «comerse con la mirada» cobra vida con cada una de las que ellos se dedican y donde doy gracias al cielo por haber pasado ya esa fase frustrante de querer y no poder, de que te duela la polla por culpa de las putas ganas y de tener que ahogarlas con un whisky para aliviarte luego como puedas. Sí, definitivamente me alegra haber pasado esa maldita fase y poder tocarla y besarla todo lo que quiera, me digo, pegándola a mi cuerpo, barriendo su oreja con mis labios y sintiendo su discreto roce sobre mi polla.

—Estoy deseando bajarte la cremallera y follarte muy fuerte —musito solo para ella.

—Estoy deseando que lo hagas —me responde, hundiendo sus dedos en mi pelo y consiguiendo que el deseo nuble mi cabeza.

—¿Y los dejamos aquí?

—Son mayorcitos, que se apañen. Además, creo que les vendrá bien quedarse a solas, y más con lo envalentonada que veo hoy a Ada —me cuenta, divertida, mientras los observo de reojo.

Nick de pie, aferrando su vaso de whisky como si le fuera la vida en ello, y Ada, bailando y contoneándose frente a él. «Sí, definitivamente soy un tío con suerte por haber pasado esa puta etapa de querer y no poder», me repito mentalmente, cogiendo la mano de Val para largarnos de aquí.

—Nos vamos, macho —le digo a Nick—. Mañana por la mañana iremos a recoger las maletas.

—Nos vamos, Nick; pasadlo muy bien —se despide Val, dándole un beso para, seguidamente, ir a decirle adiós a Ada.

—No me gustaría estar en tu piel, colega —le indico, sonriendo, mientras él niega con la cabeza.

—Ni a mí, joder —me responde, vaciando su copa de un trago.

—Si te gusta, déjate de coñas. Dudo que tengas más impedimentos de los que tenía yo —añado, acercándome a él para no hacerlas partícipes de mi comentario.

—Cada uno tiene los suyos —me responde, frustrado.

—Cierto, y cada uno decide cuándo cargárselos. Me alegra haberte conocido, Nick —le digo, tendiéndole la mano, que acepta.

—Cuídala.

—Lo haré —le aseguro con total convencimiento, pues si hay algo que tengo claro es que Val siempre será mi prioridad número uno.

—Nick, ¿te quedas o tú también te largas? —le pregunta Ada mientras aferro la mano de Val para, sin molestarme en oír su respuesta, sacarla del pub.

—Puta noche —mascullo en cuanto llegamos a la *suite*, pegándola contra la puerta y dejando que mis ansias dominen mis manos—. Llevo deseando bajarte la cremallera desde que lo has mencionado —le confieso, sintiendo sus manos volar por mi cuerpo para desprenderme de mi ropa.

—Y yo llevo toda la noche imaginándome sentada a horcajadas encima de ti —gime, llevando su mano a mi bragueta para sacar mi polla, arrodillándose para metérsela entera en la boca y llevarme al cielo con ella.

Me chupa con las mismas ansias que me muerden a mí por dentro e impulso mis caderas hacia delante a la vez que entierro mis dedos en su pelo. «Sí, definitivamente me alegra haber pasado esa puta etapa», pienso mientras mi interior ruge por ella y yo bajo la mirada para posarla sobre Val.

«De rodillas y solo con la ropa interior, es la mejor visión que pueda tener», me digo, sintiendo la humedad de su boca envolviendo mi polla, que reacciona con exigencia ante sus muchas atenciones, y, antes de llegar a correrme, la alzo, necesitando ser yo quien se la coma entera, como llevo deseando hacer toda la noche... y lo hago, me la como de todas las formas posibles; la chupo, la lamo y succiono sus fluidos como si fuera esa droga de la que nunca tienes suficiente mientras sus gemidos resuenan entre estas cuatro paredes y en mi interior.

—Sí, Vic —gime mientras enloquezco y mi miembro palpita con exigencia, deseando hundirse dentro de ella y frenándome para no hacerlo cuando se corre entre mis labios—. Espera, espera —jadea, intentando cerrar las piernas mientras yo se lo impido y llevo de nuevo mis labios a sus pliegues empapados.

—De eso nada, vas a correrte otra vez en mi boca —le ordeno, barriendo sus fluidos con mi lengua y metiéndosela en su abertura para, seguidamente, darle suaves toquecitos a su hinchado clítoris.

—Víctor, para, en serio... no puedo, para —gime mientras le abro más las piernas y me pierdo en esa locura que es para mí su sexo.

—Por supuesto que puedes, córrete otra vez —le pido, empezando a succionar de nuevo, perdiendo la cabeza como me ocurre cada vez que estoy con ella y consiguiendo que la pierda ella.

Gime, alza las caderas y se mueve contra mi boca mientras yo no puedo separar mis labios de los suyos y, cuando se corre de nuevo en un grito, le meto la polla hasta el fondo, uniendo mis rugidos a sus gemidos, sintiendo el alivio recorrerme por dentro, y pego mi frente contra la suya antes de rodar sobre la cama.

—Querías estar sentada encima de mí, ¿verdad? Fóllame tú —le propongo mientras su calidez me envuelve.

Uniendo sus labios a los míos, comienza a moverse, tal como le he pedido, subiendo, bajando y moviendo sus caderas, haciendo pequeños círculos que me llevan directo al puto cielo, donde me pierdo, donde mis rugidos se entrelazan con sus gemidos y donde todo lo que soy se suma a lo que ella es para ser nosotros y nuestro mil...

—Mil veces mil, Vic —jadea, echando la cabeza hacia atrás, dándoles voz a mis pensamientos.

—Mil veces mil, Val —rujo, acunando su rostro con mis manos para buscar sus labios y beberme sus gemidos mientras el placer nos arrastra a ambos, sabiendo que mil veces mil vamos a vivir esto.

Capítulo 32

Víctor

Llegamos a casa tras un viaje dominado por las turbulencias y, cuando el taxi enfila el largo camino que nos llevará a la casona, me apoyo en el respaldo del vehículo sabiendo que por muchos lugares que conozca ninguno será comparable a este; puede que sea porque aquí fue donde mi vida comenzó de verdad, donde encontré lo que había ido buscando, sin saberlo, o porque aquí fue donde la encontré a ella; puede que simplemente sea porque este es mi lugar, pero nada, ni siquiera la apabullante Nueva York, con sus imponentes rascacielos y su ritmo delirante, podrá compararse a esto... al silencio que casi puedes tocar o saborear; a la cordillera Cantábrica, que es tan imponente o más que esos rascacielos, y a los mares y mares de viñedos que se extienden por doquier y que, con el cambio de tono de sus hojas, te recuerdan el lento paso del tiempo.

Sí, por muchos lugares que conozca, ninguno será comparable a este.

—¿Qué estás pensando? —me pregunta, rodeando mi cintura con sus brazos y apoyando su mejilla en mi pecho.

Y nadie podrá querer más de lo que yo la quiero a ella. Ella, mis brazos, mis piernas, mis ojos y mi todo. Ella, la que creí perdida y la que ahora se acurruca a mi lado. Ella, la que siempre ha ido un paso por delante de mí en cuestión de sentimientos y la única mujer por la que han temblado todos mis cimientos.

—Que nada es comparable a esto, ni siquiera un paseo en *ferry* por el río Hudson —le contesto mientras alza la cabeza para mirarme y arrugarme la nariz, haciéndome sonreír y que todo esto que siento agolpado en mi pecho se agolpe un poco más al llegar a mi garganta.

—¿Ni siquiera ese sitio al que quieres llevarme? —inquiere sonriendo, muerta de curiosidad, mientras el taxi pasa frente a la enorme casona para dirigirse a nuestra casa.

No mía, sino nuestra.

—Ni siquiera ese lugar —afirmo, guiñándole un ojo, saboreando en mi mente esa palabra, *nuestra*, y apretándola de nuevo contra mi cuerpo, necesitando sentir su contacto y el roce de su piel en la mía.

—Hemos llegado —me dice, feliz, en cuanto el taxista estaciona el monovolumen frente a nuestro hogar.

Ayudo al taxista a bajar las muchísimas maletas que traemos mientras Val abre la puerta de casa y la veo adentrarse en ella, sonriendo y sin percatarme de que estoy haciéndolo.

—Serán veinte euros, señor —me indica el hombre, consiguiendo que reaccione.

«Joder, me había quedado embobado mirándola», me doy cuenta al ver su sonrisa, que se afana en borrar de su rostro.

—Aquí tiene —le contesto, frunciendo el ceño y cogiendo dos maletas para llevarlas al interior de la vivienda.

Y, cuando las veo todas abiertas en medio del salón, lo tengo claro.

—Oye, Val, nos vemos en un rato, ¿vale? Quiero ir al despacho antes de...

—¿Estás escaqueándote? —me pregunta, divertida, poniendo los brazos en jarras, mientras yo solo soy capaz de ver ropa, bolsos, zapatos, abrigos, chaquetas y libros por todas partes.

—Sí, definitivamente creo que estoy haciendo eso —admito, provocando que se carcajee—. En serio, no sé dónde cojones vas a meter toda esta ropa, ni tampoco me importa demasiado mientras podamos movernos por casa. Pásalo bien, cariño —añado, dándole un beso y casi saliendo disparado antes de que se le ocurra pedirme ayuda.

Llego al despacho sonriendo sin percatarme de que estoy haciéndolo, como antes, cuando la he visto entrar en casa y como me temo que hago muy a menudo y, mientras me reúno con Joaquín y más tarde con el responsable de marketing, solo puedo pensar que ella está en casa, guardando sus muchas pertenencias en los pocos armarios que hay disponibles. La imagino sentada en el suelo, con el ceño fruncido, preguntándose qué puñetas hacer con tantas cosas y con tan poco espacio y, con ese pensamiento, llego a otro. «Vamos a reformar la casa, ampliándola y preparándola para la llegada de nuestros hijos», me digo, sonriendo más ampliamente; hijos, esos que nunca quise tener y a los que ya quiero sin que ni siquiera estén.

—Víctor, bienvenido, hijo. Me ha llamado Valentina para decirme que ya estabais aquí —me saluda Pedro, entrando en el despacho, y me levanto para tenderle la mano con afecto—. ¿Cómo ha ido ese viaje?

—Muy bien, muy distinto a todo esto —le respondo mientras él toma asiento.

—Nada es comparable a nuestro terruño —afirma, haciéndome sonreír, pues opino exactamente igual que él—. Y, ahora, ¿cuándo os marcháis de nuevo?

—Mañana por la mañana. Necesito dormir antes de ponerme al volante. Joder, qué puto vuelo hemos tenido con las turbulencias —le confieso.

—Mañana te vendrán otras turbulencias —replica con seriedad—. ¿Vas a llevarla a conocer a tu madre?

—Voy a dejar que elija ella —le aclaro con la misma seriedad—. No puedo obligarla a ir si no desea hacerlo; yo mismo, si estuviera en su lugar, no sé si querría conocerla.

—Estoy seguro de que mi hija irá, y lo hará porque te quiere.

—¿Crees que me equivoco y debería dejar de ir?

—¿Tú te sientes bien yendo?

—Es difícil sentirte bien cuando sientes el rechazo casi palpable de la otra persona. Sé que mi madre preferiría que no fuera y posiblemente sería lo mejor para los dos, cortar de una vez con un lazo que nunca ha existido entre ambos —le explico, sintiendo ese malestar, que me invade por dentro siempre que pienso en ella, llegar para quedarse, notándolo en la garganta, como el sabor amargo de la bilis—. Pero es como una necesidad de la que no puedo librarme, y, maldita sea, me encantaría poder hacerlo, porque te aseguro que no me hace ningún bien ir.

—No te cuestiones lo que sientes, Víctor, porque los sentimientos no están para cuestionarlos, sino para sentirlos. Ella, si me permites decirlo, no se merece nada; no se merece tu tiempo, tu dinero y mucho menos ese sentimiento que albergas dentro de ti, pero lo tiene, sin merecerlo y sin pedirlo, y algún día se dará cuenta de la suerte que ha tenido teniéndote como hijo. Cuando ese día llegue, los remordimientos se la comerán por dentro, como se la come ahora el resentimiento o el rencor, y no sé qué sentimiento es peor, porque, si el rencor es dañino, los remordimientos, cuando ya no puedes repararlo, son destructivos, así que, mientras quieras o necesites ir, ve, hazlo.

Al final, hay cosas que es mejor no cuestionarse, sobre todo en este caso; puede que, con tu insistencia, finalmente encuentres lo que buscas, o puede que no y un día te canses y desistas... Quién sabe hasta dónde puede llegar el amor de un hijo o el resentimiento de una madre.

—Lo único que sé es que los años que viví odiándola fueron los más dañinos de mi vida —musito, rememorando esa época en la que vivía y respiraba por y para hacerle pagar el daño que su indiferencia me hacía.

—Tú ya no eres esa persona —me rebate con seriedad—; dejaste de serlo hace años.

—Lo sé, pero, cuando se trata de mi madre, tampoco sé muy bien quién soy —admito, apretando la mandíbula.

—¿Volverías a tu casa si tu madre hiciera que Valentina se sintiera mal? —me pregunta, sorprendiéndome.

—No, nunca —le respondo rotundo, sintiendo cómo ese malestar desaparece, asolado por la rabia más virulenta con tan solo imaginar que ella tuviera que sentir apenas un uno por ciento del desprecio que mi madre me hace sentir a mí—. Valentina es lo que más quiero y está por encima de todo.

—Posiblemente acabas de encontrar la respuesta a tus dudas o a tus preguntas. Llévala contigo y observa qué sucede. Puede que este viaje lo cambie todo para bien o para mal —me dice, levantándose—. ¿Cenáis en casa?

—Solo si cenamos pronto; estoy muerto y solo pienso en acostarme.

—Le diré a Casi que tenga la cena lista a las nueve —me informa, dirigiéndose a la puerta y volviéndose antes de llegar a ella—. Ocurra lo que ocurra en ese viaje, siempre tendrás una familia aquí; te lo dije hace años y te lo repito ahora: para mí eres como un hijo y te quiero como quiero a Valentina o Alana —añade, cerrando mi garganta con sus palabras.

—Ya lo sé, Pedro, y sabes que para mí eres como el

padre que nunca tuve —musito, sintiendo mi mirada empañada por la emoción mientras él asiente con la cabeza antes de darse media vuelta y dejarme solo, con cientos de sentimientos ahogándome.

Unos sentimientos que intento hacer a un lado para poder centrarme en todos los asuntos que quiero dejar resueltos antes de que nos marchemos de nuevo. Únicamente cuando la tarde comienza a caer y la noche empieza a adueñarse del día, me dirijo a casa, a esa casa que ya no es la mía, sino la nuestra, y en la que haré un vestidor enorme donde Val podrá guardar todas sus cosas, donde habrá una sala de juegos para que nuestros hijos puedan reunirse con sus amigos, además de un par de habitaciones más, planeo mientras accedo a ella y una sonrisa se adueña de mi rostro al verla sentada en el sofá, con los ojos cerrados.

—¿Estás dormida? —susurro, sentándome a su lado, acariciando su mejilla y reconociendo las facciones de la niña que fue entremezcladas con las de la mujer en la que se convirtió después.

—No, pero estoy tan cansada que no puedo abrir los ojos —me responde sin hacerlo, consiguiendo que sonría.

—¿Y la ropa?, ¿qué has hecho con ella? —inquiero, viendo el salón libre de vestidos y maletas.

—La he llevado a casa de papá, aquí no hay espacio, Vic; no sabía dónde meterla.

—Lo sé, me parece que vamos a tener que hacer unas cuantas reformas —murmuro, sonriendo, mientras ella farfulla un «ajá» o algo así sin abrir los ojos—. He quedado con tu padre para cenar en su casa, pero, si estás muy cansada, lo anulo.

—Estoy muy cansada, pero quiero verlo antes de que nos marchemos otra vez —me contesta, abriendo los ojos—. ¿Qué hora es?

—Hora de irnos —musito, besándola con suavidad y

sabiendo que no permitiré que nada ni nadie, y mucho menos mi madre, le haga daño.

—Cat ha anunciado mi retirada ya; lo he visto en la tele —me cuenta, cerrando los ojos de nuevo, mientras paso mi brazo por encima de su cabeza para hacer que la apoye en mi pecho.

—¿Y? —le planteo mientras ella se acurruca en torno a mi cuerpo y yo maldigo haber aceptado la invitación de cenar en casa de Pedro.

—Mi móvil está que echa humo —me confiesa, poniéndose cómoda, y yo hago lo mismo, cerrando los ojos y sintiendo cómo todo mi cuerpo se queja del cansancio.

—Y tú, ¿cómo estás?

—Acurrucada en el sofá de nuestra casa, abrazando al hombre de mi vida, así es como estoy —responde sonriendo, alzando la mirada para encontrarse con la mía, que ya la estaba esperando—. Te quiero, Víctor, más que mil veces mil.

Y, como siempre cuando estoy con ella, noto cómo esa carencia que siento dentro de mí se mitiga hasta casi desaparecer, porque es difícil que tenga cabida cuando mi pecho está lleno de miles de emociones llevando nuestro nombre.

* * *

Salimos hacia los Pirineos a primera hora de la mañana, tras una noche en la que los mil veces mil han resonado y vibrado en cada uno de nuestros roces, de nuestros besos o de nuestras caricias, y, mientras conduzco hacia ese lugar que forma parte de quien soy, mi mano busca su contacto, posiblemente porque estoy nervioso y necesito el roce de su piel en la mía para poder calmarme, o simplemente porque me he acostumbrado tanto a ella que no concibo estar cerca de su cuerpo sin poder tocarla.

—¿Andorra? —suelta, sonriendo, cuando cruzamos la frontera, y sonrío yo también sin contestarle, empezando a cruzar Sant Julià mientras siento que todo lo que tengo guardado dentro de mí despierta con este paisaje que nos rodea ahora, como siempre sucede cuando vengo por aquí.

Conduzco a través de las montañas, cruzando los pueblos de mi infancia y donde, en forma de eco del pasado, resuena la voz del crío y del adolescente que fui de la misma manera en que resuenan las vivencias, las frustraciones y todo lo vivido, y me pregunto si alguna vez podré regresar aquí sin sentir que los recuerdos me pesan demasiado.

—Qué bonito es esto. Dime que vamos a quedarnos en una de estas casitas —me pide, mirando por la ventana, mientras tomo el camino ascendente que nos llevará a nuestra otra casa, esa que está apartada del resto, como lo estuve yo durante años, y que siempre me ha parecido demasiado grande para mí solo cuando ahora, en cambio, empiezo a pensar que es perfecta.

—Hemos llegado —le anuncio finalmente, aparcando frente a ella, viendo el asombro reflejado en su mirada.

—¿Esta es tu casa? —me pregunta antes de bajar del vehículo, y, cuando lo hace ella, lo hago yo también, intentando ver todo lo que nos rodea a través de sus ojos, los ojos de quien ve algo por primera vez sin estar condicionado por ningún tipo de recuerdo o de expectativa.

Los pinos y los abetos que, unos junto a otros, parecen unir sus ramas en un abrazo perfecto que da cobijo a la humedad, a la tierra esponjosa, al musgo y al frío, y que ese día abrió sus brazos para que los rayos del sol guiaran mis pasos..., rememoro de nuevo, como cada vez que regreso, deseando volver a vivir algo así por muy loco que fuera.

—¿Eso de allí son plantaciones de tabaco? —inquiere, señalándome con el dedo los campos que se ven a lo lejos.

—Menuda vista. Sí, sí que lo son —le contesto, llenando mis pulmones con este aire que parece cargado de frío y de humedad.

—Vaya... Ostras, qué frío hace aquí —se queja, regresando al coche con celeridad para coger su chaqueta mientras yo lo inspiro recordando cómo, durante años, lo sentí dentro de mí, dominando, junto con la oscuridad, mis decisiones y mi vida; recordando cómo reptaba por mis piernas, enroscándose en ellas y dejando un reguero de humedad a su paso hasta asentarse en mi pecho.

Sumido en mis pensamientos, y guardando mis manos en los bolsillos de los pantalones, dirijo la mirada hacia ese camino por el que, hace años, brotó la luz, agudizando el oído y echando de menos demasiadas cosas que posiblemente no vuelva a vivir... El aullido de mi lobo, ese lobo gris que se tornó blanco aquella noche; su suave pelaje acariciando la palma de mi mano y esa luz que me acompañó aquel día cuando el negro todavía vagaba por las frías tierras de mi interior.

—¿Vic? ¿Dónde estabas? —me pregunta Val, sonriéndome con cariño, y le devuelvo la sonrisa, sintiendo nuestros mil veces mil llegar para envolvernos y llevarse consigo esos recuerdos que parecen llegar de forma natural cuando estoy aquí.

—¿Me habías llamado? —le planteo, sacando mis manos de los bolsillos para rodear su cintura y pegarla a mi cuerpo.

«Siempre que había venido a esta casa lo había hecho solo y con la compañía de mis mierdas y ahora y por primera vez creo que vengo sin ellas y junto a ella», pienso mientras uno mi mirada a la suya, y el color pardo de sus ojos trae consigo otros recuerdos que llevan impregnados el sabor de la complicidad y de las risas entremezclado con el de los roces ardientes y el de los besos hambrientos.

—Como dos o tres veces —me responde, hundiendo sus dedos en mi pelo, pegando su frente a la mía.

—Lo siento, creo que me había despistado —le contesto con una media sonrisa.

—Tienes tendencia a hacerlo y también a quedarte rezagado, será la edad —bromea, consiguiendo que suelte una carcajada.

Y es en ese preciso momento, con ella pegada a mi cuerpo y con mi risa retumbando en las paredes de esta montaña, como en el pasado retumbó el aullido del lobo, cuando siento que algo se libera dentro de mí, casi de forma imperceptible, pero lo suficientemente clara como para que me dé cuenta y, sobre todo, para que me sienta bien.

—Bienvenida a tu otra casa, Val —le digo, sintiendo que demasiadas cosas buenas se agolpan en mi garganta. *Buenas*, *casa* y *Pirineos* no parecen casar mucho y, en cambio, en estos momentos, es imposible separar una palabra de la otra.

—¿Así que este es tu escondite? —suelta en un susurro, uniendo su mirada a la mía.

—Y, ahora, el tuyo —le respondo, prefiriendo no entrar en detalles.

—Pues me encanta. Parece que estemos solos en el mundo, ¿verdad?

—Sí que lo parece —le indico mientras ella dirige la mirada hacia el enorme abeto que da cobijo a la casa y donde todavía está colgado el columpio en el que tantas veces se ha columpiado Dídac desde que lo puse ahí.

—¿Eso de ahí es un columpio? —inquiere mientras yo solo sonrío, y se aleja de mí directa a él.

Y, entonces, me doy cuenta de que las pistas de mi pasado están por todas partes a la espera de que ella las descubra, como este columpio, como ese sendero o como tantas cosas que la llevarán a descubrirme a mí.

—¿Quién es Dídac? —me pregunta al leer el nombre que escribí con pintura hace años en la base del columpio.

—Es mi sobrino —le aclaro, guardando de nuevo mis manos en los bolsillos de mis pantalones.

—No sabía que tuvieras sobrinos —musita, sentándose en él y empezando a columpiarse, haciéndome recordar cuando era pequeña... Joder, y ahora vamos a casarnos.

—Hay muchas cosas que no sabes, Val —le indico con voz ronca, volviendo mi mirada hacia el paisaje que nos rodea.

—¿Me las contarás? —me pregunta, dejando de columpiarse para acercarse de nuevo a mí.

—Sí —afirmo rotundo, cogiendo su mano—. Venga, vamos dentro, que hace frío —le propongo, volviendo mi mirada, de nuevo y durante un fugaz instante, hacia ese camino que nos llevará al refugio y que tira tanto de mí, y, aun así, postergándolo para mañana, pues hoy quiero presentarle a mi otra familia, la del Sombra.

—Vaya, por lo que veo, tú tampoco te conformas con cualquier cosa —comenta en cuanto ponemos un pie en el salón, recordándome lo que me dijo en Nueva York cuando me mostró el apartamento donde vivía con Nick.

—Estoy contigo, es evidente que no lo hago —le rebato, sonriendo, recordándole lo que le respondí.

—Ya veo —musita, acercándose a mí y, como siempre cuando su cuerpo se acerca al mío, siento que todo dentro de mí ruge con hambre.

—Estaba pensando que nos vendría bien un baño antes de comernos, perdón, quería decir de ir a comer —le propongo, sonriendo, antes de que sus labios se adueñen de los míos y sus dedos se enreden en mi pelo.

Joder, me vuelve loco cuando hace eso.

—Prefiero comernos que comer —replica, frotándose contra mi polla mientras las ansias llegan para arrastrarnos con su necesidad.

—Pues ya somos dos —mascullo, llevándola hasta la habitación—. Nena, el orden de los factores no altera el producto —gimo, comenzando a desnudarla—. Ya nos ducharemos luego.

—Estoy de acuerdo —me responde, liberándome del suéter—. Vic —susurra buscando mis labios, llevando sus manos al botón de mis vaqueros y consiguiendo que pierda la cabeza con ese simple gesto.

—Val —gimo, acostándola sobre esta enorme cama donde su cuerpo desnudo es mejor que cualquier paisaje que pueda rodearnos—. Nunca tengo suficiente, joder —musito con voz rasposa, llegando hasta su sexo y perdiéndome entre sus pliegues mientras sus gemidos resuenan en este dormitorio de la misma forma en que resuenan dentro de mí.

Y, con su cuerpo arqueándose de placer, vuelvo a sentir que algo se libera dentro de mí, de nuevo de manera imperceptible, pero no tanto como para que no me dé cuenta de ello... y lo dejo ir para dejarme ir yo también, para hundirme en ella como quien se zambulle en el agua, permitiendo que todo lo que siento me arrastre mientras la embisto una, dos, tres y cientos de veces, mientras sus piernas rodean mi cuerpo y yo pierdo la cabeza, como cada vez que estoy con ella, porque ella es mi perdición, es mi lugar, es mi casa y es mi refugio, es mi mil veces mil y, si viviera mil vidas, mil vidas la buscaría.

Capítulo 33

Víctor

Con nuestra hambre saciada, nos dirigimos a un pequeño restaurante, que presume de servir comida casera, para saciar la otra y, mientras degustamos un estofado de jabalí con setas, empezamos a planear nuestra boda y la reforma de nuestra casa, algo que me viene bien para no adentrarme en mi pasado, pues siento que todavía no es el momento de hacerlo.

—¿Y dónde vamos ahora? Oye, este pueblo me encanta, ¿cómo has dicho que se llamaba?, ¿Ordino? —me pregunta, feliz, mientras paseamos de la mano por estas calles que vieron cerrar las mías.

—Vamos a casa del Sombra, un amigo de la infancia y mi otra familia.

—¿Y se llama Sombra? —me plantea, extrañada.

—En realidad, se llama Pol; Sombra es el mote que le puse hace años, porque no dejaba de seguirme a todas partes.

—Yo también fui tu sombra —afirma, sonriéndome y haciéndome recordar miles de cosas y todas son buenas.

—Cierto, y me encantaba que lo fueras —le indico,

guiñándole un ojo—. Tienes que saber que mi colega está deseando conocerte y que tiene su taller forrado con fotografías tuyas, así que, si pone cara de atontado y no reacciona, ya sabes por qué es —añado sonriendo ampliamente, llegando hasta el edificio donde está su casa.

—No tendrías que habérmelo dicho, ahora voy a ponerme nerviosa —me contesta mientras oigo sonar su teléfono y ella pone los ojos en blanco.

—¿No lo coges? —inquiero, viendo el nombre de María Eugenia en la pantalla.

—No. Conocer a tu familia es importante; de hecho, estoy deseando hacerlo, y no quiero que nadie nos moleste, ni siquiera María Eugenia —me aclara, apagando el móvil y emocionándome. Joder, me parece que al final será verdad que soy una puta nenaza—. Ella no solo es la diseñadora de Dior, también es mi amiga, y se merece una explicación larga y ahora no es el momento —prosigue mientras me limito a asentir con la cabeza y a pulsar el timbre

—Venga, vamos —la apremio en cuanto abren.

—¡Tío Víctooooor! —oigo la voz de Dídac a través del hueco de la escalera y sonrío subiendo los escalones de dos en dos.

—Oye, niño, ¿tú quién eres? —le pregunto cuando lo tengo frente a mí.

Hostia, este crío crece como los pinos.

—¡Soy yo! ¡Dídac! ¿Que no me conoces? —exclama mientras veo de reojo sonreír a Val.

—¡No es verdad! ¡A Dídac lo vi hace nada y era más bajo que tú!

—Es que como mucho —replica, provocando que me carcajee— y ya tengo novia —me anuncia, orgulloso como un pavo real.

—¿Novia? Pero ¿tú no tienes once años? Con once años no se tiene novia, chaval, que no te enteras —le rebato, abrazándolo y sintiéndome mayor de repente.

—Me cago en la leche, tengo a la reina del hielo en mi rellano —oigo la voz del Sombra, y me río con ganas.

—Te equivocas, tienes a Valentina. Tú eres el Sombra, ¿verdad? —le pregunta mi chica con aplomo, yendo hacia él para darle dos besos mientras mi amigo se sonroja vergonzosamente y yo deshago el pelo del enano ante sus quejas.

—Puta niñita estás hecha —le susurro al oído al Sombra mientras Dídac me cuenta algo de su novia.

—Hola, yo soy Raquel. Encantada de conocerte; bueno, me temo que mi marido está más encantado que yo —la saluda con una sonrisa, dándole un par de besos a continuación mientras Val ríe feliz.

Y, entonces, me doy cuenta de cuánto nos ha costado a los dos poder hacerlo, poder reír de verdad, sin dobleces y sin fingir una risa que en realidad no sentíamos ni resonaba en nuestro pecho.

—Pasad, por favor —nos invita mi amigo, más sonrojado todavía.

—Qué finolis te estás volviendo —me burlo, ganándome que me dé un puñetazo en el brazo.

—La puta madre, déjame que reaccione... Joder, hostia, qué buena está —me dice mientras la observo de espaldas, con una sonrisa imposible de borrar en mi rostro, yendo hacia el salón acompañada de Raquel, donde duerme el pequeño Víctor en su cuna.

—Coño, macho, sigo sin poder creerme que le hayas puesto mi nombre —le comento, recordando la emoción que sentí cuando fui a verlo al hospital y me dijeron cómo iban a llamarlo.

—No podía ser de otra forma, colega. Mis hijos tenían que llamarse como mis hermanos —me responde el Sombra, rodeando mi cuerpo con su brazo y pegándome a él mientras nos dirigimos al salón.

—¿Quieres un besito también, *macho man*? —le pregunto, arrancándole una carcajada.

—Tengo a La Santísima Trinidad en mi casa —interviene Raquel, mirando con cariño a mi ahijado, que está durmiendo plácidamente en la cuna—. No sé si temerme lo peor.

—¡Qué va, mamá! Ya verás qué divertido va a ser todo cuando este enano haga algo más que no sea dormir todo el día y podamos hacer las cosas que hacía papá con el tío Víctor y con el Rata.

—Nosotros solo hacíamos que estudiar —le dice su padre con seriedad, y tengo que frenarme mucho para no soltar una tremenda risotada... Joder, eso es lo único que no hacíamos.

—Y ser responsables —matizo—; de hecho, yo era quien les llevaba las bolsas del supermercado a las viejecitas a su casa.

—Sí, claro... Eso no te lo crees ni tú, que llevo años escuchando las batallitas de La Santísima Trinidad.

—Teníamos que habernos callado, macho —masculla el Sombra, haciéndole una mueca a su hijo—. Verás la que me espera ahora cuando crezca, que el karma es muy hijo de puta.

—¿Sabéis lo que me contó la abuela de Joaquín el otro día, cuando fuimos a su casa? Que por vuestra culpa se rompió el brazo —nos explica y, de pronto, lo recuerdo a la perfección. Cojones, es que nos lo puso a huevo.

—Seguro que no es verdad —lo corta mi amigo, y toso para camuflar una carcajada.

—Se había roto la pierna y estaba sentada en la puerta de su casa, al sol, y papá le escondió las muletas y el tío Víctor le tiro una serpiente a la cara —le cuenta a su madre mientras guardo las manos en los bolsillos ante la mirada asombrada de Val. Joder, cómo se le va la boca al enano este.

—¿Tú hiciste eso? —me plantea, sin poder creerlo.

—Por supuesto que no —sentencio, a pesar de la sonrisa que me delata.

—¡Anda que no! Me lo contó la abuela de Joaquín. Ahora, cuando vengan, se lo preguntas. Se levantó del susto y echo a correr con la pierna rota y sin muletas... y se dio tal leche que se rompió el brazo.

—La abuela de Joaquín es ya una mujer mayor y la cabeza no le funciona como debería. Haz caso a tu padre, te aseguro que no éramos nosotros.

—Por supuesto que erais vosotros, papá, solo que entonces todavía no erais La Santísima Trinidad —le asegura, convencido, y miro a mi colega alzando ambas cejas.

—Eso nos pasa por no haber sabido callarnos, macho —le digo finalmente.

—Anda que... —suelta Raqui, sonriendo y negando con la cabeza—. Espero que mi karma tenga más fuerza que el tuyo, porque, si no, ya sabes la que nos espera, y encima multiplicado por dos —le dice a su marido, reprendiéndolo.

—¿Qué es La Santísima Trinidad? —nos pregunta Val.

—¿No se lo has contado? —me pregunta el Sombra, como si hubiera cometido un sacrilegio.

—Intentaba mantener mi reputación intacta todo lo que pudiera —replico sonriendo antes de ponerme serio—. Quería hacerlo en el refugio; me gustaría llevarla mañana —le confieso, mirando a Val, que me devuelve la mirada sin saber muy bien qué pasa por mi cabeza.

—El refugio mola, nosotros vamos mucho, ¿verdad, papá? —interviene Dídac mientras guardo silencio.

—Llévala mañana pronto y nosotros iremos después; podemos hacer una comida allí y pasar el día —me propone el Sombra, y asiento con la cabeza, incapaz de imaginar algo mejor que estar todos juntos en el refugio, ese lugar que significó tanto para ambos y donde descansa el recuerdo de mi amigo.

—Perfecto —atino a decir.

—Joder, no soy la única nenaza aquí —me dedica mientras bajo la mirada hacia el pequeño Víctor, que continúa dormido en su cuna—. Puta madre, ya no queda ni rastro de los pillastres que fuimos; nos estamos haciendo mayores, macho —comenta, haciéndome sonreír, pues *pillastres* es una forma bastante condescendiente de llamarnos—. Por cierto, he invitado a Joaquinito y a su familia a cenar con nosotros —me comunica, haciéndome sonreír más, pues, aunque ahora es Joaquín, cuando estamos solos continuamos refiriéndonos a él con ese diminutivo—. Joaquinito fue el blanco de nuestras bromas hasta que nos convertimos en los chicos responsables y estudiosos que llevaban las bolsas del supermercado a las viejecitas —le explica el Sombra a Val, y me carcajeo finalmente ante la mirada de Dídac.

—Papá, déjalo, ¿quieres? En tu vida has cogido un libro —le suelta con ese tono de sobrado que emplean los adolescentes.

—Oye, y tú, ¿por qué has crecido tanto? Por cierto, quiero la revancha —le pido, como hago cada vez que vengo.

—No vas a hacerme jugar esta vez, tío; ya soy mayor.

«Mayor... me cago en la leche», pienso, divertido.

—Y tienes novia. Joder, quiero conocerla —le digo, guiñándole un ojo.

—De eso nada —niega, ruborizándose y enterneciéndome.

—Pues, entonces, quiero la revancha, chaval. Prometo no decirle a nadie que todavía jugamos con los Playmobil.

—¡Me apunto! ¡Yo soy soldado con Víctor! —exclama el Sombra, entusiasmado.

—No tenéis nada que hacer, abueletes.

—¿Perdona? ¿Acaba de llamarnos *abueletes* el mocoso este? —le pregunto al Sombra, sin poder creer lo que he oído.

—Terminas de meterte con dos de los miembros de La Santísima Trinidad y la has cagado, chaval —le responde mi colega, frunciendo el ceño y haciéndole la señal de la cruz, y juro solemnemente que acabo de retroceder muchos años para tener frente a mí al adolescente que fue.

—Y tanto. Tú no sabes lo chungos que podemos llegar a ser. Sombra, ve a por el fuerte, este enano tuyo no sabe lo que ha hecho, ¡esta vez no vamos a tener piedad!

—¡Vamos a ir a saco! —matiza mi amigo, viniéndose arriba y yendo a por él mientras yo me encuentro con la sonrisa de Val, que me mira como ha mirado antes mi casa, descubriéndola por primera vez, y le guiño un ojo, sabiendo que este fin de semana va a descubrirme de muchas formas distintas.

—Mira, se ha despertado. ¿Quieres cogerlo? —oigo que le pregunta Raqui mientras veo cómo mi amigo se acerca a nosotros cargado con el fuerte y yo no puedo alejar mi mirada de ella.

—Sí, claro, me encantaría —contesta mientras contemplo, hipnotizado, el momento.

La veo cogerlo y acunarlo entre sus brazos, observo su sonrisa, los juguetes que hay esparcidos por el suelo, las fotografías que decoran este salón y en las que yo aparezco en muchas de ellas y la imagino cogiendo a nuestro hijo, acunándolo en nuestra casa, con el fuego crepitando en la chimenea y un perro dormitando frente a ella, y es, justo en ese momento, cuando siento de nuevo esa sensación casi imperceptible que he sentido ya varias veces desde que he regresado, la de que algo se libera dentro de mí, como desprendiéndose.

—Nenaza —oigo de fondo la voz del Sombra y las risas de Dídac haciéndole los coros.

—Tú ríete, chaval, no sabes lo que has hecho —le indico, volviéndome para mirarlo.

—Pero si sois unas nenazas los dos —nos dedica con esa mirada de pilluelo que me recuerda tanto a la de su padre cuando tenía su edad. Joder, es su puto calco, pero en mejor.

—Pues estas nenazas van a cargarse a tus indios. Venga, Sombra, no te despistes —le pido, sentándome en el suelo y trazando un plan en mi mente con el que cargarme a los indios de los cojones que siempre acaban ganando, recordándome al joven que fui y los planes que siempre rondaban por mi cabeza, ninguno bueno.

Y, por primera vez en años, los soldados ganan a los indios.

—Dos contra uno no es justo —se queja Dídac—. Quiero la revancha —exige mientras me levanto del suelo para coger a mi ahijado.

«Joder, si al final será verdad que estoy mayor», pienso al percatarme de que me duele el culo.

—Lo siento, chaval, has perdido y lo has hecho frente a dos abueletes —bromeo, sonriéndole a Val, que todavía lo tiene en brazos—. ¿Puedo?

—Claro, toma —me dice mientras me siento a su lado en el sofá para cogerlo en brazos.

Todavía me asombro con lo que este enano me hace sentir cada vez que lo tengo entre mis brazos, tan pequeño, tan frágil y perfecto.

—¿Cuántos meses tiene? —le pregunta Val a Raqui.

—Tres —me anticipo a ella, mientras el pequeño Víctor aferra mi dedo—. Quiero uno igual que este —le pido sin dejar de mirarlo.

—No sabes lo que estás diciendo —masculla mi amigo con fastidio—. Desde que ha nacido, no hay roce —me cuenta, aprovechando que Dídac ha salido del salón, haciéndome sonreír.

—Pol, la cama ahora es para dormir, no me fastidies, para roces estoy yo —protesta Raquel, bufando—.

No duermo —le explica a Valentina—, estoy hecha polvo; solo quiere teta, y hay veces en las que me despierto de repente porque no sé si me he dormido con él al pecho o si está en su cuna. ¡Necesito dormir tres días enteros y ni así me pondría al día!

—Tú sí que tendrás roces, cabrón —me dice mi amigo, consiguiendo que suelte una carcajada mientras Raqui continúa hablando con Val sobre su falta de sueño.

—Mejor no te lo cuento —le respondo mientras mis recuerdos me llevan directos a lo que hemos hecho en cuanto hemos puesto un pie en casa.

—Sí, mejor no lo hagas, capullo —replica, guardando silencio cuando Dídac regresa al salón.

—¿Va a tardar mucho en venir Joaquín? —le planteo a mi amigo mientras bajo la mirada hacia mi ahijado.

«¿Cómo puedes no querer a tu hijo, alguien que viene de ti? —me pregunto acariciando su rostro—, aunque te joda los planes o aunque ponga tu vida del revés, ¿qué mierdas importa?», me digo, yéndome con mis pensamientos a mi infancia y a esa herida que siempre estará ahí, como esa necesidad insana que siento por mi madre.

—¿Estás bien? —inquiere Val, devolviéndome a la realidad.

—Sí —musito, sintiendo la garganta cerrada y de nuevo el sabor amargo de la bilis atascado en ella.

—Han llegado Joaquinito y su familia —me cuenta al oído mientras oigo cómo los saludan Raqui y el Sombra en la puerta—, ¿vamos?

—Sí, vamos.

Sin soltar a mi ahijado y junto a Val, me dirijo a la puerta para saludarlos, viendo cómo Dídac se lleva a su colega, el hijo de Joaquinito, a su habitación entre confidencias y risas y, coño, me siento mayor.

—Te sienta bien, macho —me dedica Joaquín, dándome una palmada en la espalda para mirar casi de inmediato a Val.

—Te presento a Valentina, mi pareja —le digo mientras hace la misma cara de pasmado que ha hecho antes el Sombra.

—Encantado. Si algún día necesitas asistencia médica, soy tu hombre —le indica, acercándose a ella para darle un par de besos.

—Espero no necesitarla —le contesta, divertida, Val.

—Yo soy Sabina, la sufrida esposa —se presenta, negando con la cabeza—. Encantada de conocerte.

—Lo mismo digo —le responde, sonriendo.

—Míralo, menuda cara de atontado hace —oigo que dice el Sombra y me vuelvo hacia él, para verlo sonriendo junto a Joaquín, percatándome de que estaba sonriendo sin darme cuenta de que estaba haciéndolo.

—¿Se puede saber qué os pasa, capullos? —les pregunto, endureciendo el gesto.

—¿A nosotros? A ti, a ti, que menuda cara haces... Estoy por limpiarte las babas con el babero de mi crío —replica negando con la cabeza, para luego dirigirse a Joaquín—. Este es el que no quería casarse ni tener niños, y no suelta al mío y ahora va a casarse con este monumento. Oye, Valentina, ¿tú estás segura de lo que vas a hacer? Mira que este ya no está para nada —añade, yendo a la cocina y regresando con cervezas y zumos.

—Estoy segurísima de lo que voy a hacer —sentencia, guiñándome un ojo, y yo le guiño el mío.

Mientras cenamos, observo a Val; mis brazos, mis piernas y mi todo, como la definí hace años, charlando y riendo con mis amigos, como si los conociera desde siempre; la contemplo mientras coge al pequeño Víctor para hacerle carantoñas, compartiendo confidencias con Raqui y Sabina en la cocina... y entrando por la puerta grande en este mundo que, hasta ahora, guardaba solo para mí.

—Iba a preguntarte qué te parecen mis amigos, pero intuyo la respuesta —le digo cuando, ya bien entrada la noche, damos por finalizada la velada.

—¿Por qué nunca me habías hablado de ellos? —indaga mientras mantengo la vista fija en la calzada.

—Hay muchas cosas de las que no te he hablado, Val —musito, conduciendo a través de la noche.

—¿Por qué? Tú siempre lo has sabido todo sobre mí —me recrimina.

—Porque era demasiado doloroso —farfullo, escueto.

—¿Te hacía daño hablar del Sombra? Pero si os lleváis fenomenal; es más, creo que nunca te había visto así, no sé... tan relajado... tan distinto.

—Mañana lo entenderás, ¿vale? Para mí es importante contártelo con el Rata presente.

—¿Quién es el Rata? Madre mía, menudos sobrenombres tenéis, el Sombra, el Rata... ¿cuál es el tuyo? Venga, sorpréndeme, ¿el Serpiente? —me pregunta, consiguiendo que sonría.

—Siempre he sido Víctor —le aclaro, abriendo la puerta del garaje para guardar el vehículo, omitiendo que el Rata quiso llamarme Lobo y que no se lo permití.

—Y ese tal Rata, ¿vive en el refugio? Dios, qué apodo más horroroso, no pienso llamarlo así. ¿Cómo se llama en realidad? —inquiere, y siento cómo dentro de mí todo se cierra de una manera hermética.

—¿No vas a llamar a María Eugenia? —le recuerdo, deseando cambiar de tema, saliendo del todoterreno.

—Ya es tarde y estoy demasiado cansada para dar explicaciones, más o menos como tú, que acabas de cambiar de tema —replica, molesta, saliendo ella también, y empiezo a subir la escalera, casi de dos en dos.

—Se llamaba Dídac, por eso el Sombra le puso ese nombre a su primer hijo —le confieso, deteniéndome y soltando todo el aire de golpe, clavando mi mirada en el suelo.

—¿Se llamaba...? ¿Eso quiere decir que... ha... muerto? —me plantea, prudente, y detecto la compasión en su voz.

—Sí —mascullo, sabiendo que, si empiezo a hablar ahora, no podré parar—. Mañana, ¿vale? Venga, vamos a acostarnos; es tarde y estoy molido —le propongo, finalmente, entrando en casa y yendo directo a la habitación.

—Estás molido y cabreado —musita siguiéndome, quedándose en el umbral de la puerta.

—No, no estoy cabreado, Val —susurro acercándome a ella y apresándola entre mis brazos mientras los suyos rodean mi cuerpo—. Me ha gustado mucho tenerte a mi lado esta noche; verte con mis amigos ha sido y será lo mejor de este viaje, sin lugar a duda.

—Para mí lo mejor será conocerte de verdad. Formas parte de mi vida desde que era una cría, pero a veces siento que no sé nada sobre la tuya; eres tan reservado y hermético con tu pasado, incluso ahora, cuando estás empezando a mostrármelo... Eres como una puerta que se abre cuando menos te lo esperas, pero que puede cerrarse en todas tus narices cuando llega una corriente de aire... y, cuando siento esa corriente, corro para evitar el portazo, pero siempre llego tarde —me cuenta, buscando mi mirada sin alejarse de mi cuerpo—. Algún día me gustaría no sentir esa corriente, no sentir que esa puerta va a cerrarse, y tener la certeza de que siempre va a permanecer abierta —me dice, endureciendo su mirada—. Vamos a acostarnos, yo también estoy cansada —añade, empezando a desnudarse para seguidamente ponerse el pijama, y, mientras lo hago yo también, siento que, de alguna forma, he estropeado esta noche.

—Lo siento —musito, acostándome a su lado, pegándome a su espalda y rodeando su cintura con uno de mis brazos—. Sé que soy hermético y que me cuesta hablar de mi pasado, pero te aseguro que eres la mujer que mejor me conoce —le confieso, percibiendo la fragancia de su pelo colarse a través de mis fosas nasales para instalarse en mi interior, donde ella está.

—Y, en cambio, yo esta noche he sentido que Raqui y Sabina te conocían mejor que yo —susurra, y siento, de nuevo, el reproche colándose a través de sus palabras—. Ni siquiera sé lo que es La Santísima Trinidad, cuando es algo que sabe hasta Dídac.

—Raqui está casada con mi mejor amigo y fue una de sus psicólogas durante años; te aseguro que conoce tanto su pasado como el mío, al menos durante los años que fuimos colegas.

—¿Una de sus psicólogas?, ¿cuántas tenía?

—El Sombra fue drogadicto y alcohólico... Oye, ya te he dicho que es una larga historia y prometo contártelo todo mañana —le recuerdo mientras ella guarda silencio, permaneciendo inmóvil entre mis brazos, y retomo de nuevo el tema, necesitando que no crea lo que no es—. Raqui, como psicóloga y amiga, me ha aconsejado muchas veces sobre nosotros y sobre mis decisiones, pero te garantizo que no me conoce mejor que tú, aunque no sepas los detalles que sabe ella o lo que es La Santísima Trinidad. Val, tú eres mi todo, lo fuiste desde el primer momento, y eso es lo único que debería importante —añado, dándole la vuelta para que quede frente a mí.

—Y, Sabina, ¿qué sabe de ti? —inquiere con seriedad.

—Las putadas que le hacíamos a Joaquinito de crío —le indico, sonriendo y consiguiendo que lo haga ella también.

—Eras una buena pieza, ¿verdad? —me pregunta, alargando una mano para acariciar mi mejilla.

—No lo sabes tú bien, por mi cabeza solo rondaban malas ideas —musito con voz ronca, yéndome de nuevo, con mis palabras, a esos primeros años de mi vida, con los que ahora soy capaz de bromear con mi colega, incluso reírme, pero que fueron tremendamente dolorosos para mí—. Venga, duérmete, es tarde —murmuro, pegándola más a mi cuerpo, besando su frente y recordando, con ella entre mis brazos, cómo esas canalladas, como la de la serpiente, eran mi vía de escape a esa necesidad que me estrangulaba la garganta.

Capítulo 34

Víctor

Despierto cuando está empezando a amanecer, cuando los rayos del sol todavía se mantienen ocultos entre las montañas, pero la claridad ya se ha adueñado de la noche y, aunque sé que no voy a volver a conciliar el sueño, cierro los ojos de nuevo, disfrutando de este momento de calma, que tantas veces anhelé en el pasado; tenerla así, durmiendo a mi lado, con su cabeza casi pegada a la mía y su respiración serena, acompasada y casi imperceptible entremezclándose con la mía, que comienza a ser ya un puto caos.

«Hoy voy a llevarla al refugio y hoy voy a cargarme, de una vez, esa puerta de la que ella me habló ayer y que tan bien me define, pues nunca, jamás, le he hablado a nadie de mi pasado, solo a Pedro y porque una noche me derrumbé frente a él, y estoy nervioso, joder; me da miedo lo que pueda pensar de mí o vete tú a saber», reconozco, sintiendo cómo mi corazón comienza a bombear con fuerza en mi interior y cómo los nervios se apoderan de mi cuerpo.

«Necesito moverme», pienso dirigiendo la mirada

hacia ella, viendo su melena oscura ocultar parte de su rostro y, con cuidado, se la hago a un lado, sonriendo y sintiendo que mi corazón se calma, como siempre cuando estoy con ella. «Val me tranquiliza, consigue que me centre y que quiera ser mejor; lo consiguió siendo una cría y lo sigue consiguiendo ahora —reflexiono, sintiendo cómo todo lo que siento por ella se desborda en mi interior mientras recuerdo la gran putada que fue para mí sentirme atraído por ella—. No, está claro que entonces no me tranquilizaba —recuerdo con una sonrisa, sin poder dejar de mirarla—. Ahí estaba de los nervios porque no podía dejar de mirarle las tetas o el culo, y era una mierda, porque era Val y eso no estaba nada bien —rememoro—. De repente me sentía incómodo con ella, con sus roces o con sus caricias, que ya no eran tan inocentes, y no sabía qué hacer... y, en ocasiones, era brusco u hosco, como aquella noche, cuando se quitó la ropa... Joder, me llevó al límite y reaccioné de la peor forma posible», me recrimino, alejando mi mirada de su rostro para dejarme arrastrar por esa corriente de imágenes que llega cuando menos te lo esperas para darte un revolcón o dos con las olas de los recuerdos, y, arrastrado por ellas, regreso a ese otoño, tan lejano ahora, en el que volvimos a vernos.

«Me dolía el cuerpo de pura necesidad y fue justo esa necesidad la que se llevó todos los peros o cualquier pensamiento racional que pudiera quedar en mi cabeza. Hostia, me ardía la mano, la piel y el alma cuando la cogió y la puso sobre su pecho; su pezón duro y erecto, como mi polla, fue mi perdición y ahí, justo en ese momento, todo cambió para nosotros», rememoro, acercando mis labios a los suyos para darle un beso, imperceptible para ella, que está dormida, pero que despierta todas las células de mi cuerpo.

Me levanto sintiendo cómo esa necesidad, que en

nada se parece a la que siento pegada en mi alma y que me duele, me muerde por dentro, reclamando su piel, sus gemidos y su calor, ese que me envuelve cuando estoy dentro de ella y que es como el regreso al hogar, que es adictivo y que, a veces, incluso siento que es como una droga para mí.

Llego al baño haciendo a un lado mis deseos, que nunca parecen tener suficiente, y, tras asearme y vestirme con unos pantalones de montaña y un suéter de cuello alto, todo en color negro, me dirijo a la cocina a por un café o, ya puestos, a por dos.

Me tomo el primero frente a mi portátil, leyendo las noticias, recordando lo que viví en el pasado y observando, durante unos segundos, mi móvil, deseando con todas mis fuerzas volver a quedarme sin cobertura porque, si eso sucede, será porque he vuelto a vivir algo tan loco como lo que viví aquellas veces, solo que en esta ocasión lo viviré junto a ella.

«¿Volveré a ver la luz brotar del suelo? —me pregunto, dirigiéndome hacia la ventana con mi segundo café en la mano—. ¿Volveré a oír el aullido del lobo? —me formulo, viendo la niebla reptar por la montaña..., lenta, sinuosa, certera, enredándose entre las ramas de los árboles, que, aunque no lo deseen, no pueden frenar su avance—. ¿Volveré a verlo?», me planteo, cerrando los ojos y sintiendo, en la palma de mi mano y a través de mis recuerdos, su suave pelaje acariciando mi piel.

—Buenos días —me saluda, provocando que dé un respingo y parte de mi café se derrame sobre mi mano—. ¿Te he asustado? Lo siento —me dice, sonriendo, acercándose a mí y llevándose mi mano mojada a los labios—. No me gusta el café, pero sobre tu piel sabe distinto. ¿Puedes echarte un poco más? —bromea, sonriéndome.

Joder, es perfecta.

—¿Has dormido bien? —musito dejando la taza en la mesa para buscar sus labios que saben a café y a mí, en palabras suyas.

—Contigo a mi lado y en ese pedazo de cama es imposible no hacerlo. Víctor, quiero una cama así de grande en casa. ¿Qué mide? ¡Es enorme!

—¿Para qué queremos una cama tan grande si dormimos casi pegados? —replico, sonriendo—. Por cierto, vas a tener que conformarte con un café, porque aquí no hay té.

—¿Estás cambiándome de tema otra vez? —suelta frunciendo el ceño, y se lo aliso, demorándome en la caricia.

—Esta vez no, solo te estoy diciendo que vas a tener que conformarte con un mísero café hasta que vayamos a hacer la compra —le aclaro, acercando mis labios a su piel, por donde mi dedo ha dibujado una línea recta, para depositar un beso que alargo durante unos segundos.

—Pues vaya... ¿Así es como atiendes a tus invitados?

—Tú no eres una invitada —le rebato, empezando a morder su labio inferior—. ¿Qué dices? ¿Quieres un café? —le formulo, sintiendo cómo su respiración se acelera.

—Si lo voy a beber de tu piel... —me responde, pegándose a mi cuerpo, y siento el suyo adaptarse al mío, como si fuera mi mitad del puzle.

—No vas a marearme —le advierto con voz ronca, a pesar de que eso es justo lo que mi polla reclama—. Quiero que salgamos temprano —le explico, llevando mi mano al interior de su camiseta para acariciar su piel, pegando mi frente a la suya.

Tan suave, tan cálida, tan hecha a mi medida.

—Así que me dejas sin té y sin ti. ¿Así es como quieres que comience mi día? —replica, haciéndome una mueca y consiguiendo que sonría.

—Es lo que hay —sentencio, alejándome de ella para dirigirme a la cocina a por su café.

—Oye, ¿y qué hacías tan pensativo frente a la ventana? —indaga, sentándose en el sofá, subiendo sus pies a él y rodeando las piernas con sus brazos.

—Estaba pensando en las reformas que vamos a hacer en casa —le miento, pues no deseo que empiece a hacerme preguntas, al menos no ahora—. Necesitas un vestidor megagigante para poder guardar la cantidad exagerada de ropa, bolsos y zapatos que tienes —comento, acercándome a ella para llevarle su café.

—Son cinco años —se defiende, cogiéndolo mientras me siento a su lado.

—Val, es una burrada. ¿En serio necesitas tantos bolsos? Pero si hay uno en el que pone hasta tu nombre.

—Es un Birkin personalizado —me informa, y enarco una ceja.

—¿Un qué? Déjalo, no importa; además, esa casa se queda pequeña si vamos a tener hijos —añado, guiñándole un ojo y haciendo que sonría.

—Hijos... en plural —me recalca antes de llevarse la taza a los labios.

—Sí, en plural —le respondo, viendo cómo hace una mueca.

—¿Y cuántos tienes en mente? ¡Puaj!, no me gusta —masculla, dejando la taza sobre la mesa.

—¿Dos?, ¿tres? Creo que cuatro sería un poco loco si tenemos en cuenta que también vamos a tener un perro —declaro, divertido, mientras ella se vuelve hacia mí.

—Lo del perro es importante si quieres que me case contigo —me recalca, como si estuviera cerrando un negocio.

—Lo sé, lo tengo muy presente —acepto, con la misma seriedad que está empleando ella.

—Hacer reformas es una putada —me dice, moviéndose para sentarse a horcajadas sobre mí y, sin poder frenarme, llevo mis manos a su trasero, para acercar más su sexo a mi polla.

Joder.

—Una putada grande —farfullo entre dientes cuando se mueve sobre ella, frotándose y cerrando los ojos.

—Entonces... ¿tres hijos y un perro? Me gusta el plan —musita con voz entrecortada, buscando mis labios, que la reciben con ansia—. ¿Te das cuenta? Por tu cabeza ahora solo rondan buenas ideas —comenta, separándose de ellos, levantándose de repente y dejándome sin saber qué decir... ¿Qué coño?—. Voy a cambiarme —anuncia, sonriéndome.

—¿Qué haces? —atino a preguntar.

—No marearte —me responde, sonriendo y dirigiéndose hacia la puerta—. Ya sabes, es lo que hay —me indica, recordándome mis palabras y dejándome con un palmo de narices.

—Joder —mascullo sonriendo, echando la cabeza atrás y percatándome de que tiene razón y que, ahora, por mi cabeza, solo rondan buenas ideas.

* * *

—Estoy lista —me comunica media hora después, accediendo de nuevo al salón.

Lleva unos pantalones negros, como los míos, pero combinados con un suéter blanco, y la miro imaginándome quitándole la ropa.

—Como vuelvas a hacer eso que has hecho antes, atente a las consecuencias —le indico yendo hacia ella, casi oyendo los rugidos de mi polla.

—¿Qué he hecho? —suelta sonriendo, llevando su mano a mi pecho para frenar mi avance.

Veo cómo su mirada se posa en su mano y deslizo la

mía hasta donde está posada la suya para ver y sentir cómo comienza una caricia que se desliza de mi pecho hasta mi vientre, donde se detiene mientras todo comienza a rugir con más intensidad dentro de mí.

—Lo sabes de sobra —susurro, llevando mi mano a su culo para pegarla a mí. «Hostia, me la follaría ahora mismo», me digo soltando todo el aire de golpe, obligándome a centrarme—. ¿Lista para conocer mi montaña? —le pregunto finalmente, atrapando su mirada con la mía.

—Lista —declara, mordiéndose el labio inferior, modificando la expresión de su rostro.

—¿Estás nerviosa? —inquiero, percatándome de ello.

—Entre otras cosas —musita, arrugándome la nariz.

—¿Por qué?

—Porque antes me has dejado ir y ahora no estás quitándome la ropa y eso solo significa que esto es más importante para ti de lo que pensaba —me aclara, consiguiendo que la seriedad se adueñe de mi mirada—, y porque quiero que mantengas la puerta abierta sin que haya corrientes de aire que la cierren —añade, y asiento con la cabeza, decidido a poner todos los topes que hagan falta para que eso no vuelva a suceder.

—Vamos, coge esa mochila —le pido, cargándome yo con la de mayor peso.

—¿Y qué llevamos aquí?

—Menos té, un poco de todo —contesto antes de salir del salón.

Llegamos al principio del sendero en silencio, el mismo que parece brotar ahora del suelo como en su día brotó la luz, y alzo la mirada hacia esa montaña en la que viví algo difícil de olvidar y de explicar.

—Mira dónde pones los pies ¿vale? Toma, te vendrá bien —le digo, tendiéndole un bastón con el que pueda apoyarse.

—¿Tú no llevas?

—A mí no me hace falta —contesto, sonriendo, antes de darme la vuelta para iniciar el ascenso.

Me uno al silencio de la montaña de la misma forma en que lo hace ella, ese silencio que rompemos únicamente con el sonido de nuestras pisadas o de nuestras respiraciones, y, mientras sorteamos raíces que, como siempre, parecen querer escapar de la tierra, hilos de agua que aparecen en mitad del sendero cuando menos te lo esperas o pequeños riachuelos, me percato de la paz que siento a mi alrededor, brotando de la tierra de la misma forma en que brota el silencio..., una paz que se enrosca por mis piernas, como en el pasado hizo el frío, para subir por ellas y asentarse en mi interior, dándome la bienvenida, como haría alguien que lleva mucho tiempo esperándote. Con esa revelación subiendo de mi pecho hasta mi garganta, pienso en mi amigo y en la promesa que le hice, una promesa que hoy, por fin, voy a poder cumplir.

—¿Estás bien o necesitas parar? —le pregunto, volviéndome para mirarla, necesitando hablar con ella para aligerar las emociones que tengo agolpadas en la garganta amenazando con liberarse en forma de lágrimas.

«No me jodas, macho, ni se te ocurra ponerte a llorar como una puta nenaza», me ordeno a mí mismo, viendo cómo alza su mirada del suelo para enlazarla con la mía.

—Estoy bien, tranquilo —musita mientras aparto los helechos que parecen querer adueñarse del camino.

—Pues sigamos, entonces.

Y, aunque intento mantener la mente fría y todo esto que me ahoga a raya, es difícil conseguirlo cuando mis pies van dejando su huella en la tierra húmeda y mi mirada se posa en el musgo del camino, llevándome, con mis recuerdos, a ese día en el que los rayos del sol fueron capaces de traspasar el tupido manto de ramas para proteger mis pasos.

—Hemos llegado —le anuncio cuando accedemos al

pequeño claro donde están enterrados los recuerdos de mi amigo y donde el sol clavó sus rayos en la tierra, como si de espadas se tratara, para protegerme de ese lobo que me vigilaba desde la sombra, ese lobo que siento que solo era un reflejo de lo que yo tenía dentro.

—¡Vaya! ¡Qué bonito! Bueno, en realidad, todo el camino lo ha sido. No sé si lo has notado, pero ha habido momentos en los que... ¡bah!, ¡déjalo! —me dice, negando con la cabeza, descartando ese pensamiento antes de llegar a manifestarlo.

—¿Qué? ¿Qué ibas a decir? —indago, pues hace años que me quedó claro que aquí, en esta montaña y sobre todo en este claro, todo es posible y que, en ocasiones, es mejor no buscar explicación a las cosas que no la tienen.

—Es una chorrada, Vic, olvídalo. Supongo que el aire puro me habrá subido a la cabeza, acostumbrada como estoy a la contaminación de la ciudad —me responde, sonriendo.

—Val, no es ninguna chorrada, te lo aseguro. Dime qué has sentido —insisto, acercándome a ella para posar mis manos en sus brazos, uniendo mi mirada a la suya.

—Te vas a reír y te vas a burlar de mí —comenta mientras la miro con seriedad, negando esta vez yo con la cabeza e instándola a hablar con mi mirada—. Es... como si alguien estuviera esperándonos, como si...

—¿Como si nos diera la bienvenida?

—¡Sí! —exclama, asombrada—. ¡Exacto!, justo eso... Todo el camino ha sido como cuando llegas a una casa donde están esperándote y te reciben con los brazos abiertos... ¿Por qué he sentido eso? ¿Y cómo lo sabías? ¿Es que tú también lo has notado? —me pregunta mientras siento esas emociones estrangularme la garganta.

—Lo has sentido porque nos están dando la bienvenida. Ven, quiero presentarte a alguien —musito, volviéndome hacia la pequeña cruz de madera que está clavada en el suelo, aferrando su mano con fuerza para llevarla hasta ella mientras me percato de que la luz del sol está comenzando a cambiar para volverse más luminosa, más brillante, como aquel día—. Creo que ha sido él quien nos estaba esperando —le indico en un susurro, necesitando aferrarme al tacto de su mano para mantenerme anclado a algo que sea real o, al menos, racional—. Quiero presentarte al Rata, el otro miembro de La Santísima Trinidad. Rata, ella es Val, la mujer de la que tanto te he hablado... —los presento mientras ella se mantiene en silencio y yo elijo las palabras que, amontonadas en mi garganta, se empeñan en salir a borbotones ahora que he abierto la puerta—. ¿Recuerdas cuando te dije que un día nos tendrías aquí a todos?, ¿y que, cuando llegara ese día, me gustaría que ella estuviera a mi lado? Bueno... pues supongo que ese día ha llegado —declaro, soltando todo el aire de golpe para volverme hacia ella, deseando que no crea que se me ha ido la pinza—. Oye Val, querías saberlo todo sobre mí, ¿verdad?, y que la puerta estuviera abierta, ¿cierto? —le pregunto buscando su mirada, y ella asiente en silencio—. Ahora la tienes abierta de par en par y eres libre de irte por ese sendero o sentarte en esta roca para escuchar mi historia. Elijas la opción que elijas, estará bien para mí y lo que siento por ti no va a cambiar, pero, si escoges sentarte, tienes que prometerme que no vas a aferrarte a tu parte lógica, que no vas a intentar buscar una explicación racional a mis palabras y que, simplemente, las aceptarás como has aceptado esa sensación que has sentido cuando hemos subido y hemos llegado a este pequeño claro... porque hay cosas que no tienen explicación y esta es una de ellas —continúo, mientras observo cómo, sin contestarme, se sienta en una de las rocas que el Sombra y yo pusimos hace tiempo frente a la cruz y cómo alarga su mano, para tocar el suelo que, sin tener que hacerlo, sé que está caliente.

—¿Te refieres a esto?, ¿a esta luz que parece brotar del suelo?, ¿o como la de los rayos del sol, que parecen brillar ahora más de lo normal?

—Entre otras cosas —musito, sentándome también y sintiendo el calor subir por mis piernas—. Oye, esto que voy a contarte no lo sabe nadie... Bueno, solo el Rata —rectifico con rapidez, por temor a que pueda manifestarse de alguna forma y nos dé un susto de muerte— y, aunque creas que se me va la cabeza, te juro que nunca estuve más cuerdo que cuando viví eso —le cuento, captando toda su atención y soltando todo el aire de golpe.

Y primero de manera balbuceante, buscando las palabras adecuadas, a trompicones después, cuando consigo encontrarlas, y, finalmente, de forma pausada, cuando cobran un orden, le hablo de mi infancia, y lo hago sin adornos y sin florituras... le hablo de mis amigos y de cómo formamos La Santísima Trinidad y también de esa noche en la que pedaleé entre lágrimas, dejándome guiar por ese aullido largo y sostenido que parecía llamarme o reclamarme. Le hablo del lobo negro, de su mirada cargada de odio y rabia, de cómo lloré esa noche sentado en el suelo del refugio que ahora tenemos a nuestras espaldas y de cómo permití que «ese lobo» guiara mi vida a partir de ese momento, y lo hago de un modo claro, emocionándome en ocasiones o endureciendo mi voz en otras, sin dejarme nada, manteniendo la puerta abierta para permitirle ver todo lo que hay dentro de mí... mis traumas, mis temores, mis anhelos o cualquier sentimiento que esté ahí dentro, latiendo al ritmo de mi corazón. Le permito ver lo que pocas personas o diría que nadie ha visto jamás, porque es difícil mantener esa puerta abierta y dejar que, quien te quiere o a quien tú quieres, vea que no eres tan fuerte como aparentas ser y, con mis palabras, le abro también la puerta de esa habitación donde tengo guardado al niño que fui, ese que endureció el gesto, apretó sus puños y se hizo mayor cuando no tenía edad de hacerlo; ese que, en el fondo, solo buscaba la atención y el cariño de su madre, aunque lo hiciera de la manera errónea.

Y, mientras las lágrimas empañan su mirada y también la mía, le hablo de la enfermedad del Rata y de su posterior muerte, de lo perdido y solo que me sentí, de cómo decidí largarme y alejarme de todo esto y de esos años en los que me perdí todavía más. Le cuento la importancia que tuvieron tanto su padre como ella en mi vida, y de cómo, junto a ellos, descubrí lo que era tener un hogar y una familia. Le hablo de mi regreso, de cómo decidí cuidar de ella y pedirle perdón por los años que le hice pasar guiado por la negrura que había en mi interior, esa que, hoy por hoy, todavía guía la suya.

—Ese día pensé que nunca más volvería a verla y que, con esa visita, cerraba la puerta de mi pasado, pero está claro que no lo hice, quizá porque en el fondo no quiero hacerlo hasta que esté resuelto, de la forma que sea. Mi madre se deja guiar por su lobo negro, ese que campa a sus anchas por su interior, y no se permite escuchar al otro; se aferra a su resentimiento y a su odio, como hice yo en el pasado..., solo que yo tuve la grandísima suerte de encontrarme con tu padre. Él fue quien me alentó a cambiar y a alimentar al otro lobo —musito, yéndome de nuevo con mis recuerdos a ese momento exacto en el que Pedro me preguntó qué lobo ganaría, si el negro o el blanco.

Y, arrastrado por esos recuerdos, continúo mi relato, necesitando ponerles voz a todas esas palabras y a todas esas emociones que, durante años, silencié mientras ella escucha con atención lo que viví en este claro con mis dos lobos, ese día en el que la luz brilló tanto como está brillando ahora.

—Val, sé que suena muy loco, pero esos lobos eran de verdad... Tenía al negro frente a mí, mostrándome sus colmillos y mirándome con todo el odio que sentí durante años dentro de mí, y luego llegó el blanco, para colocarse a mi lado y, por Dios, juro que hundí mi mano en su pelaje y lo sentí como podría sentir la tierra ahora si cogiera un puñado. Recuerdo que deslicé mi mano por su lomo y cómo, con mi tacto, su color blanco se tornó gris, ese tono que me definía tan bien en ese instante, y te aseguro que no fue una alucinación ni ningún sueño.

—¿Volviste a verlos?

—El gris volvió la noche que te pedí que te casaras conmigo; lo hizo mientras estaba en el despacho de tu padre. Lo vi llegar y sentarse a mis pies, incluso percibí el calor de su cuerpo. Recuerdo que alargué una mano y volví a teñir su pelaje, pero esta vez de blanco, de ese tono blanco inmaculado que tenía originalmente, y no, tu padre por supuesto no lo vio, y, en cambio, para mí fue tan real, tan de verdad, como la copa de vino que sostenía en la otra mano.

—Y tan de verdad como esta luz que nos ilumina ahora o que parece salir de la tierra, tan de verdad como lo que he sentido cuando he puesto un pie en el sendero o en este claro o como el hormigueo que noto en mi piel ahora. Creo que tienes razón, Vic, y que hay cosas que no tienen explicación, pero no por ello debemos creer que no son ciertas —interviene, sorprendiéndome, y soy yo el que esta vez la escucha con atención—. Hay mucha gente que piensa que llegamos a este mundo para vivir o, en algunos casos, para sobrevivir, como hace tu madre, pero yo pienso que no puede ser tan sencillo y limitante a simplemente comer, crecer y envejecer; pienso que hay algo más y que, en realidad, estamos aquí para aprender lo que no hemos aprendido en vidas anteriores. Somos meros alumnos del universo y tropezamos con la misma piedra una y otra vez hasta que somos capaces de abrir los ojos y verla; cuando eso ocurre y somos capaces de quitarla de nuestro camino o de sortearla es cuando aprendemos y nunca más volvemos a tropezar, porque la vemos antes de llegar a hacerlo.

»Tu lobo no se volvió blanco porque quisieras casarte conmigo, sino porque ese día te creíste merecedor de algo, de mí o de lo que fuera. Puede que fueran las palabras de mi padre o que algo hizo clic dentro de ti, pero lo hizo, y, cuando te reconciliaste contigo mismo, apareció el lobo blanco, así de fácil y así de complicado.

—Y, tú, ¿cuándo te has vuelto tan lista? —le pregunto, sintiendo la emoción rodear mi garganta hasta dolerme, pues recuerdo que así fue como me sentí, reconciliado conmigo mismo.

Y es en este momento, con la luz brillando de forma distinta en torno a nosotros, con el calor subiendo por mis piernas y con sus palabras calando en mi interior, cuando siento que, de nuevo, y de forma casi imperceptible, como viene sucediendo desde que he regresado, algo se libera dentro de mí, algo que no atino a saber qué es, pero que me proporciona un alivio difícil de explicar, un alivio placentero y que me permite llenar mis pulmones sin encontrar ningún tipo de resistencia o de dolor.

—Supongo que tuve a un buen maestro —me indica, sonriendo—. Mira, la luz está cambiando; ya no brilla tanto como antes, ni el suelo quema.

—Y me parece que ya no volverá a hacerlo ni volveré a ver a mis lobos —susurro con añoranza.

—Puede... porque ya has aprendido lo que tenías que aprender y ya no es necesario, pero siempre tendrás una historia llena de significado que podrás contar a nuestros hijos —me dice, levantándose para sentarse en mi regazo—. Víctor, creo que todos tenemos un niño dentro y, si rascáramos un poco, o quizá mucho, lo encontraríamos y posiblemente nos daría la misma lástima que le tienes tú al tuyo... Yo... —me dice, bajando su mirada—, yo no recuerdo a mi madre, no recuerdo apenas nada de ella, y me da mucha pena que la Valentina niña haya crecido así. Sé que tuve a mi familia y que te tuve a ti, pero no la tuve a ella y, si pudiera pedir un deseo, sería poder retroceder en el tiempo y verme a su lado, verla acunándome, sonriéndome o cogiéndome en brazos; ver su sonrisa, oír su voz o su risa, esas cosas que, por ser tan sencillas, damos por hecho cuando en realidad son un regalo.

»No sé qué pasa por la mente de tu madre, Víctor, ni entiendo ese odio o ese resentimiento hacia su propio hijo, pero lo que sí entiendo es esa carencia o esa necesidad que tú tienes, porque, aunque de manera distinta a ti, yo también la tengo —declara mientras, completamente sobrepasado, me limito a mantenerme en silencio—. ¿Sabes lo que me da miedo de tener hijos? —me plantea, sorprendiéndome.

—¿El qué? —formulo, buscando su mirada con la mía.

—Que vivan lo que yo he vivido; que me suceda algo y que tengan que crecer sin mí —me confiesa mientras siento que mis cimientos tiemblan con esa mera posibilidad.

—Eso ni lo pienses, joder —mascullo, apretándola más contra mi cuerpo con fuerza, aterrado de que eso pudiera llegar a ocurrir.

—Tú tienes tus miedos y yo tengo los míos; eso es lo que yo he vivido y lo que ha condicionado parte de mi vida, así que supongo que es uno de mis aprendizajes, hacer de un momento corriente un regalo... Esto, este día, es un regalo para mí, y, ahora sé que esa puerta no va a volver a cerrarse, porque ni siquiera siento que esté presente.

—Me temo que la he fulminado —suelto, consiguiendo que sonría—. Tú sí que eres mi regalo, Val; lo fuiste siendo una cría y lo eres ahora siendo una mujer —añado antes de buscar su boca, sintiendo cómo los miles de emociones que llevan nuestro nombre vibran con el roce de nuestros labios.

—¡Eh! ¡Vosotros dos! ¡Haced el favor de parar, que hay menores delante! ¡Víctor, joder, deja de meterle la lengua hasta la garganta! ¡Hijo, no mires! —oigo la voz del Sombra y los gritos de mi sobrino, jaleándome para que continúe besándola.

«Mierda, se nos terminó la tranquilidad», pienso, sonriendo contra sus labios.

—Por Dios, ¿queréis dejarlos estar? —los reprende Raqui, y me vuelvo para ver a mi colega llevando al pequeño Víctor dentro de algo que parece una mochila para bebés.

—¡Oye, tú! ¿Mi ahijado va bien ahí dentro con las piernas colgando? —le pregunto sin permitir que Val se mueva de mi regazo.

—Tu ahijado va de puta madre, chaval —replica, sonriendo y acercándose hasta donde estamos nosotros seguido por Dídac mientras Raquel se dirige al refugio para abrirlo y dejar las cosas—. Por cierto, capullo, ¿para qué tienes el móvil? Te he llamado como diez veces y no daba ni tono. ¿Qué pasa?, ¿que se te ha caído por el váter?

—Cosas del Rata; supongo que no quería que nos interrumpieras con tus chorradas —bromeo, pero sabiendo que hay una parte de verdad en ello.

—¿Chorradas? Menuda patada en el culo voy a darte cuando este monumento se levante —le dice, guiñándole un ojo a Val—. ¿Qué pasa, Rata? ¿Este ya te ha dado la brasa un rato? —le pregunta a la cruz, haciéndome sonreír, mientras Val se levanta y, como siempre, siento que mi cuerpo ruge con la ausencia del suyo.

—Déjame cogerlo —le pide, y mi amigo abre esa especie de mochila para tendérselo.

—Anda, hijo, ve con tu tía, que tiene que acostumbrarse a coger bebés para cuando tenga los suyos —le cuenta al niño, y sonrío.

«Los suyos, los nuestros...», pienso mientras ella se dirige al interior del refugio seguida por Dídac.

—Si algún día tengo un hijo, me niego a llamarlo Pol —sentencio, sonriendo, mientras lo veo sentarse en la piedra en la que antes estaba Val.

«La Santísima Trinidad de nuevo junta», medito, guardando unos instantes de silencio, sintiendo de nuevo la emoción intentar estrangular mi garganta.

—¿Y cómo vas a llamarlo? Porque Pol es un nombre cojonudo —me rebate, sacándome de mis pensamientos.

—Pedro —afirmo, totalmente convencido.

—¿Pedro no era el pastor de Heidi? Joder, macho, menudo nombre vas a ponerle al crío. Esa serie era un coñazo, ¿te acuerdas? A Joaquinito le encantaba.

—Y tú le cantabas la canción cuando lo veías, capullo —respondo, riéndome con ganas recordando cómo nos escondíamos en la esquina del colegio para cantársela cuando lo veíamos salir.

—Tú también lo hacías, imbécil. Lo que te perdiste, Rata, qué pena que ahí todavía no nos hubiéramos conocido, tío..., con la voz que tenías, me hubieras hecho unos coros de puta madre —dice, volviéndose hacia la cruz.

—Pobre Joaquinito, solo le hubiese faltado también el Rata. La leche, no sé cómo nos habla, con las putadas que le hicimos.

—Porque es mejor tenernos como colegas, macho —apostilla, carcajeándose—. Qué capullos éramos.

—Y porque supo perdonar —musito más para mí que para él, clavando la mirada en la tierra, que todavía se mantiene tibia.

—Tío, ¿juegas conmigo al fútbol? —me propone Dídac, saliendo del refugio con un balón entre las manos, para soltarlo y chutarlo a continuación.

—Claro. Venga, macho, mueve ese culo gordo que tienes —le ordeno, levantándome para ir hacia su hijo y mi sobrino, mientras que el otro duerme plácido en los brazos de Val, mi todo, a la vez que veo la sonrisa del Rata a través de mis recuerdos y lo siento inexplicablemente cerca, tan cerca como si pudiera alargar una mano y tocarlo—. Vamos, colega, muévete tú también, que falta te hace —le digo en un susurro, oyendo su risa retumbando en las paredes de mi interior.

—¿Has oído eso? —me pregunta el Sombra, deteniéndose en seco y casi palideciendo.

—¿El qué? —inquiero sonriendo, sabiendo a qué se refiere.

—Eh... juraría que he oíd... Nada, mejor vamos a darle al balón.

—Sí, será lo mejor —contesto sin dejar de sonreír, oyendo su risa todavía retumbando en mi alma mientras compruebo cómo el sol, durante unos minutos, brilla de nuevo con más intensidad.

«Te quiero, colega.»

Capítulo 35

Valentina

—No puedes estar hablando en serio. ¿Por qué? —me pregunta de nuevo María Eugenia mientras yo, sentada en la cama, con la espalda apoyada en el cabezal, contemplo las montañas a través del enorme ventanal de nuestra habitación, esas montañas en las que hoy he vivido uno de los días más especiales de mi vida y en el que he hecho cientos de fotografías mentales que he ido guardando en mi álbum de los recuerdos.

Él abriéndome la puerta a su pasado, su emoción, su sonrisa, esos rayos brillando tan fuerte, la tierra quemando, yo sentada en su regazo o viéndolo jugar con Dídac y el Sombra, esa comida en la que he sentido que algo nos envolvía, algo bueno, algo que vibraba de una forma difícil de explicar y que se sumaba a ese sentimiento de quererlos a todos sin apenas conocerlos, de ser familia sin serlo, porque ser familia es quererse sin que nada más importe.

—¿Valentina?, ¿estás ahí? —inquiere María Eugenia, devolviéndome a la realidad, y con su pregunta me percato de las lágrimas que han empezado a rodar por mis mejillas; unas lágrimas que proceden del alma y que llevan todas esas emociones que yo todavía siento latiendo y vibrando en mi interior.

—Sí, perdona. ¿Qué me decías?

—Que por qué quieres retirarte. No lo entiendo, de verdad; ahora que lo tienes todo, vas y renuncias.

—Porque es una etapa que se ha terminado para mí; siento no habértelo dicho antes y que te hayas enterado por la prensa, pero han sido días de mucho ajetreo en todos los sentidos —musito, sonriéndole cuando entra en el dormitorio para coger su móvil—. Por cierto, voy a casarme —le cuento, sonriendo un poquito más cuando él, antes de marcharse, me guiña un ojo.

—¡Oh, *my* Dior! ¡Me estás tomando el pelo, seguro! —exclama, y, conociéndola, juraría que está haciendo algún aspaviento con las manos.

—Te aseguro que te estoy hablando muy en serio. ¿Te acuerdas de Víctor? Lo conociste hace años, cuando viniste a la bodega para la presentación de mi vino.

—No me hables de ese fin de semana o tendré pesadillas —suelta entre dientes.

—Eso es porque no has dejado que Ciro te anille —le indico, sonriendo.

—¡Venga ya! No me fastidies, Valentina. Es un crío y yo estoy demasiado ocupada.

—¿Tan ocupada como para no venir a mi boda?

—¿Él estará?

—Por supuesto que estará, sabes que somos amigos.

—Pues no me esperes, estaré muy liada seguro.

—¡Pero si no te he dicho cuándo es! —replico, soltando una carcajada.

—Soy la diseñadora de Dior, siempre estoy ocupada —me matiza, y juraría que está mirando algo por encima de sus gafas de pasta.

—María Eugenia, ahora eres tú la que está comportándose como una cría —le rebato, recordando que un poco más y no asisto a la boda de mi hermana por miedo a verlo—. Nunca quieres hablarme de Ciro, pero te pones nerviosa y a la defensiva. Oye, ¿ha sucedido algo que no sepa?

—Qué tontería, ¿qué tiene que suceder?

—Tú sabrás. Ciro no te nombra nunca y cambia de tema cuando soy yo quien lo hace... y ahora tú no quieres venir a mi boda porque él estará presente. Hija, qué quieres que te diga, blanco y en botella —suelto, percatándome de repente—, y no me digas que es por ese fin de semana, porque hace tantos años que ni siquiera me acuerdo ya.

—No iré a tu boda porque estoy ocupada —afirma con seriedad.

—María Eugenia, no te he dicho cuándo es y París no está tan lejos de La Rioja como para que no puedas asistir. Oye, déjalo, no quiero saber qué ha pasado entre vosotros, si es que ha sucedido algo —acoto, antes de que pueda rebatírmelo—, pero te quiero a mi lado ese día. Yo he estado en todos tus desfiles, aunque tuviera que coger dos aviones. Este es mi desfile más importante, por favor... —le ruego, percatándome de lo importante que es para mí que ella esté a mi lado.

—¡Oh, *my* Dior! ¡Está bien! Pero voy y vuelvo el mismo día —me informa, y percibo el nerviosismo colarse a través de su voz—. Eso es chantaje emocional, ¿lo sabías? —añade, haciéndome sonreír.

—No, eso es querer a mi amiga a mi lado el día más feliz de mi vida —le aclaro, risueña—. Aunque vengas solo por unas horas, te reservaré una habitación en la casita de invitados para que puedas cambiarte y arreglarte tranquilamente.

—Como quieras —me contesta, y de nuevo percibo el nerviosismo de su voz—. ¿Y cuándo tendrá lugar el feliz día?

—En octubre, en la época más bonita del año —le comunico, sintiendo la felicidad copar todas las células de mi cuerpo.

—¿Y quién diseñará tu vestido? Espero ser yo —me dice, convencida.

—Esta vez no, será Alana quien lo haga; espero que no te moleste.

—Por supuesto que no. Tu hermana tiene muchísimo talento; sigo de cerca sus pasos y me gusta lo que veo.

—Se lo diré —comento, imaginando su reacción cuando lo haga.

—¡Oh, *my* Dior! Vas a retirarte y a casarte, creo que todavía estoy en estado de *shock* —declara dramáticamente.

—¿Sabes? Una vez un amigo me dijo que, para él, no había temor más grande que darse de frente con quien hubiera podido ser siendo quien no quiso ser. Yo siempre quise a Víctor, mi sueño era estar con él, casarme, tener hijos, pero luego ese sueño, por circunstancias, cambió y me hice modelo y, aun así, ese sueño siempre estuvo ahí. Piensa cuál es el tuyo y quién quieres ser para no darte de frente algún día con esa persona siendo otra.

—Muy sabio, tu amigo. Yo quise ser la diseñadora de Dior y lo soy, no hay más, ni tampoco quiero que haya más —me rebate con aplomo—. Oye, tengo que dejarte. Ven a verme a París, anda, te echo de menos —me pide, quejosa.

—Y yo a ti. Te quiero, pelirroja —le digo, utilizando ese apelativo que Ciro utilizó con ella ese fin de semana.

—¡Mira, mejor no te contesto! —masculla, entendiéndome en el acto y provocando que suelte una carcajada—. Ya nos vemos —se despide, frustrada, antes de colgar.

—¿De qué te ríes? —me pregunta Víctor entrando en la habitación, acostándose a mi lado y apoyando su cabeza sobre su mano, y lo observo imitándolo yo también, quedando frente a él.

—De María Eugenia; tiene el mismo miedo por ver a Ciro que tenía yo por verte a ti el día de la boda de mi hermana.

—¿Tenías miedo? —inquiere con seriedad.

—Estaba aterrada... y esto que quede entre tú y yo, pero no guardo un buen recuerdo de ese día y me da pena, porque fue uno de los más felices en la vida de Alana.

—Yo tampoco guardo un buen recuerdo de ese día —me confiesa, y me acerco a él, para acurrucarme en torno a su cuerpo mientras él modifica su postura y sus brazos me envuelven—. Ese día me dejaste —comenta, guardando luego silencio, recordando tal y como estoy haciendo yo— y, cuando desapareciste por la puerta del aeropuerto, sentí como si me vaciara de pronto, como si me quedara sin emociones o sin sentimientos —me confiesa con seriedad mientras me mantengo callada, limitándome a escuchar los latidos acompañados de su corazón.

—Yo creí que me estaba liberando... que, si te dejaba y cortaba con todo lo que me hacía dudar, dejaría de hacerlo, y, en cambio, eso solo lo he conseguido ahora, estando contigo —musito poco después, alzando la cabeza para encontrarme con su mirada cargada de demasiadas cosas—. María Eugenia no entiende que quiera renunciar, justo ahora, cuando he conseguido todo lo que, aparentemente, me había propuesto y no se da cuenta de que, para mí, mi triunfo más importante eres tú —le confieso, mientras los miles de emociones que llevan nuestro nombre empañan su mirada—. Ella asocia la palabra *triunfo* a tener dinero, fama y conseguir logros profesionales, sin entender que no hay logro más importante en la vida que ser feliz. Ella ha hecho de Dior su universo entero, vive por y para la moda y ha apartado a un lado su vida personal.

—Bueno, yo también hice eso durante unos años.

—¿Y fuiste feliz? Completamente, digo —le planteo,

sentándome sobre la cama mientras observo la seriedad que envuelve su rostro en este instante.

—Ahora soy completamente feliz, Val, como nunca antes lo había sido, y, por eso mismo, porque no conocía ese sentimiento de plenitud, creía que lo era teniendo lo que tenía entonces, que era nada. Cuando no hay calor siempre hay frío, y crees que es lo que hay y vives contento en ese estado; es como si vivieras sin ver más allá.

—Sé a lo que te refieres. Una vez mi hermana me dijo que yo era como ese pez que cree que no hay más vida fuera del agua, cuando hay un universo entero por descubrir.

—Exacto. Cuando siempre vives dentro del agua, te pierdes ver lo que hay fuera; nosotros mismos nos lo hemos perdido durante estos años.

—Y creo que María Eugenia se lo está perdiendo ahora con Ciro —musito, dirigiendo la mirada hacia la ventana, donde la noche ya ha engullido el día.

—¿Han estado juntos? Joder, recuerdo ese fin de semana y cómo saltaban las chispas entre ellos, a pesar de que tu amiga lo llamara crío constantemente.

—No lo sé. Ciro nunca comenta nada sobre ella y, cuando se la nombro, se cierra en banda o me suelta alguna canallada de las suyas con la que sé que solo intenta protegerse... y ella es peor: se limita a decir que tiene mucho trabajo y que Ciro es un crío.

—A lo que te resistes, persiste —afirma, posando su mirada en mis labios e, instintivamente, me muerdo el inferior.

—Cierto —musito, viendo cómo su mirada se torna ardiente y me muevo lentamente hasta sentarme a horcajadas encima de él.

«Nunca tendré suficiente de él», pienso, acercando mis labios a los suyos mientras noto su sexo duro debajo de mí.

—Estaba deseando tenerte así —susurra antes de que

mi lengua se encuentre con la suya mientras sus manos buscan mi piel por debajo de la ropa.

—Y yo, Víctor, nunca tengo suficiente de ti —murmuro, hundiendo mis dedos en su pelo—. Puede que sea porque te deseé demasiadas veces en el pasado —añado mientras sus manos me liberan de mi suéter— o porque eres mi mil veces mil —digo entre gemidos cuando sus labios se apoderan de uno de mis pezones.

Me froto suavemente contra su sexo, arqueándome mientras su boca se demora en mi pecho y su mano en el otro, provocando que mis pezones se yergan erectos y un gemido se cuele a través de mi garganta.

—Levántate —me pide con voz ronca, empezando a desnudarme.

Hago lo mismo con él, liberándolo de la ropa que cubre lo que yo deseo lamer, deseando dejar un reguero de besos por todo su cuerpo y que lo haga él también por el mío, deseando marcarlo y que me marque con besos y gemidos.

—Estás empapada —musita, deslizando uno de sus dedos por mi centro antes de penetrarme de una estocada que pone mis ojos en blanco—. Joder —ruge contenido cerca de mi oreja.

—Muévete —le exijo, impulsando mis caderas, buscando esa fricción que me llevará a lo más alto de la montaña, donde él está encendiendo dentro de mí esa luz brillante y cegadora que hoy ha acompañado el relato de su vida.

Y, mientras esa luz me deslumbra, recuerdo los miles de veces que deseé esto, que lo deseé en la oscuridad de mi habitación, que deseé sus besos y su cuerpo... y ahora lo tengo encima, provocándome el placer más delirante que he sentido jamás, y gimo y grito cuando el orgasmo estalla dentro de mí mientras él se derrama en mi interior, acompañando mis gemidos con su rugido.

* * *

El día siguiente lo empleamos en conocer más a fondo Ordino, el pueblo en el que se crio, y, mientras vamos recorriendo sus calles, voy escuchando su historia y conociéndolo un poco más, queriéndolo mucho más.

—Mira, ese es el taller del Sombra; vamos —me indica sonriendo, aferrando mi mano mientras dirigimos nuestros pasos hacia el local que me señala.

«Reparaciones La Santísima Trinidad», leo con una sonrisa.

—Está claro que no reniega de su pasado —suelto antes de entrar.

—No, no lo hace —me responde, sonriendo—. El Sombra ha luchado mucho por tener lo que tiene ahora y hace bien en sentirse orgulloso. Oye, recuerda que vas a verte repetida muchas veces —me advierte de nuevo.

—Venga ya, seguro que no será para tanto —musito antes de acceder al taller.

«Madre mía», atino a pensar en cuanto pongo un pie en él, pues, mire hacia donde mire, veo pósteres míos, vestida o desnuda, por todas partes.

—Vaya... No se ve un trocito de pared —susurro, aferrando su mano con fuerza, sintiendo de pronto la mirada de todos los trabajadores puesta en mí—. Por lo que veo, no exagerabas —añado mientras él me mira con una sonrisa resignada en el rostro.

—¡Hombre!, ¡qué alegría tenerte aquí! —oigo la voz del Sombra y sonrío en el acto, y no para quedar bien o porque deba hacerlo, sino porque me sale de dentro y es tan de verdad como los cientos de sonrisas que he dibujado en mi rostro este fin de semana.

—Y a mí que me den. Vale, macho, está claro por dónde van tus preferencias.

—¿No irás a decirme que estás celoso? ¿Quieres un besito, capullo? —le pregunta a Víctor, rodeando su cuerpo con ambos brazos y dándole un sonoro beso en la mejilla ante mis risas y, de nuevo, experimento esa sensación de familia llegar para envolvernos.

—Quita, mamonazo —le espeta sonriendo, liberándose de su abrazo.

—Ven, Valentina, quiero enseñarte mi taller. Después de mi familia, esto es lo más grande que tengo —declara con el orgullo copando sus palabras.

Y, durante casi una hora, lo escucho hablar de coches, de reparaciones y de lo complicado que lo tuvo para arrancar el negocio en un pueblo en el que su reputación lo precedía, y cómo lo consiguió a pesar de todo.

—Si quieres, puedes. Yo era una pieza peor que este, porque caí en agujeros en los que no tendría que haber caído, pero salí y empecé de cero, haciendo lo que más me gustaba, y, ¿sabes qué?... Cuando consigues estar bien contigo mismo, nada puede contigo. Comencé solo y ahora tengo a seis chavales conmigo, y eso, cuando has estado en el infierno, es muy grande.

—Lo imagino y me alegra que lo hayas logrado —le comento, dejándome ir para abrazar a este grandullón que se ha ganado mi corazón desde el primer día.

—Joder, macho, yo creo que ahora ya puedo morir tranquilo, tengo a la reina del hielo abrazándome. La puta madre, que se pare el tiempo —le suelta a Víctor, provocando nuestras risas.

—Tienes a Valentina, la reina del hielo es esa de los pósteres —replico, riendo.

—Sí, maja, lo que tú digas —comenta entre risas—. Por cierto, ¿venís a cenar a casa?

—Vamos a ir a casa de mi madre —le anuncia Víctor, sin darle un ápice de emoción a su voz.

—Ella no os va a invitar a cenar, no te hagas ilusiones,

macho —le responde con una sonrisa que encierra demasiadas verdades no dichas.

—Ya lo sé... te llamo luego —se despide, cogiendo mi mano, y veo que la mera mención de su madre ha sido suficiente como para que haya tensado su cuerpo.

—Vale, que la fuerza os acompañe —nos dice antes de darse la vuelta para regresar al interior de su taller, y miro a Víctor optando por callarme.

Hacemos el trayecto hasta esa casa en silencio, uno pesado y agónico que me pone de los nervios, y, cuando llegamos a la especie de urbanización en la que vive, abro los ojos, sorprendida por lo bonita que es, como si fuera un pueblo lleno de encanto dentro de otro.

—Vaya... qué urbanización más bonita.

—Es una *pleta* —me dice con sequedad, adentrándose en ella—. Es una reproducción de las casas antiguas de Cataluña y, sinceramente, me ahogo de tan solo pensar en vivir aquí, parece una puta colmena.

—Oye, ¿estás bien? —indago, deteniéndome.

—Sí, perdona —masculla, soltando todo el aire de golpe—. Me pongo tenso cada vez que regreso —me explica, llenando sus pulmones de aire—. Es aquí... Sabes que no tienes que entrar si no quieres —insiste, y esta vez soy yo quien bufo suavemente.

—¿Quieres dejar de repetirme lo mismo? Ya te he dicho que quiero conocerla. Venga, ¿llamo yo o lo haces tú? —le pregunto, y veo cómo es él quien pulsa el timbre mientras detengo la mirada en la leña perfectamente apilada que se encuentra en la fachada y en los maceteros, con forma de tronco, llenos de flores de múltiples colores—. Digas lo que digas, esto me parece superbonito —añado, y él me mira alzando ambas cejas en el mismo instante en el que abren la puerta.

Sé que es su madre sin que tenga que confirmármelo, pues la amargura de su mirada y el rictus severo de su rostro la delatan, y me obligo a sonreír, a pesar del rechazo inmediato que experimento, como si me dieran una bofetada sin necesidad de rozar mi piel.

—Madre —oigo el saludo de Víctor, frío y distante.

—No sabía que ibas a venir ni a traer compañía; podías haberme advertido —lo reprende con acritud y, por la manera que tiene de mirarme, intuyo que me ha reconocido.

—Hola, Carolina. Siento que nos hayamos presentado así, sin avisar, pero es que me apetecía mucho conocerla. ¿Podemos pasar? —le pregunto, intentando mostrarme amable, a pesar de que algo está revolviéndose dentro de mí.

Puede que sea por lo que veo en su mirada cuando la posa sobre Víctor o quizá por todo lo que sé de ella, pero siento cómo la rabia crece dentro de mí sin que pueda o quiera hacer nada por evitarlo. Maldita sea, yo nunca he tenido que notificárselo a mi padre cuando he querido regresar a casa, ni nunca, jamás, me ha recibido con semejante frialdad.

—Claro, pasad —nos invita finalmente, haciéndose a un lado—. Tú eres Valentina Domínguez, la reina del hielo —me dice mientras accedo al interior de la vivienda seguida por Víctor, que se mantiene en silencio.

—Ahora soy solo Valentina, la pareja de su hijo —le indico, escaneando el bonito saloncito y percatándome de la calidez que nos da la bienvenida que no nos ha dado ella.

—¿Sois pareja? —inquiere, dirigiéndole una mirada de desprecio, y aprieto los puños inconscientemente—. Sentaos —nos pide, alzando el mentón, mientras se dirige hacia la mesa que hay junto a la ventana y, cuando ella se sienta, lo hago yo también, frente a ella.

—Sí, madre. Vamos a casarnos —le responde por mí, guardando sus manos en los bolsillos, sin molestarse en sentarse, mientras estudio la mirada de esa mujer, cargada de menosprecio, orgullo y soberbia, y siento cómo la tristeza estrangula mi garganta al imaginar al niño que fue viviendo esto a diario.

—Espero que tardes mucho en tener hijos. Tienes una figura demasiado perfecta como para estropearla con un embarazo —me dice con sequedad, y detecto el resquemor de sus palabras.

Y, aunque mi intención inicial era la de llevarme bien con ella, por él, siento cómo esas buenas intenciones salen por la puerta sin necesidad de que nadie tenga que abrirla y cómo, en su lugar, llegan otras, la de ponerla en su sitio, aunque eso me cueste una discusión con Víctor.

—Pues, en realidad, espero tenerlos bien pronto; de hecho, me encantaría tener un hijo como el suyo al que querer con todas mis fuerzas —replico sonriendo, sosteniéndole la mirada, una en la que solo puedo ver odio.

Madre mía.

—No sabes lo que estás diciendo —me espeta con desprecio mientras siento una furia helada correr por mis venas, quemando mi sangre.

A la mierda las buenas intenciones y a la mierda esta mujer.

—Por supuesto que lo sé —afirmo, obligándome a mantenerme tranquila para medir bien mis palabras—. Le aseguro que la figura es lo de menos cuando tienes la suerte de albergar una vida en tu interior, una vida que proviene de ti y de la persona que quieres y que es tan tuya como el latido de tu corazón. Yo he sido modelo, Carolina, y no una cualquiera; de hecho, usted me ha reconocido sin que ni siquiera haya tenido que presentarme, y le garantizo que, a pesar de haber desfilado para los diseñadores más importantes, no hay nada que desee más que formar una familia y tener un mini-Víctor en mi regazo —sentencio mientras ella me dedica una sonrisa cargada de desprecio.

—Veo que mi hijo te ha puesto al día —me espeta, achinando sus ojos.

—Me ha contado su vida como yo le he contado la mía; bueno, en realidad él siempre estuvo en ella y no necesitó que se la contara. No vengo a atacarla, Carolina, vengo a conocerla, al igual que he conocido a sus amigos. Además, usted es su madre y solo por ello se merece todos mis respetos —le digo, siendo más que nunca la reina del hielo, sabiendo de antemano que aquí nunca sentiré ese sentimiento de unión, de ser familia, que siento en casa de Raqui y el Sombra—. ¿Sabe?, tiene la grandísima suerte de tenerlo como hijo, porque le aseguro que, si usted fuera mi madre, no viviría aquí ni llevaría la ropa que lleva. Déjeme darle un consejo...

—No te lo he pedido —me corta con sequedad y, si las miradas mataran, estaría ya muerta.

—Cierto y, aun así, voy a dárselo. Aprenda a desprenderse de todas esas capas que, sin ser de ropa, la cubren hasta taparle la visión. Tiene un hijo espléndido y no lo ve, y, en su ceguera, se está perdiendo lo más grande de su vida, que es él —le indico mientras ella me dedica una mirada irónica y, de nuevo, aprieto mis manos bajo la mesa.

—Me hablas así porque no conoces mi vida —me rebate con todo el resentimiento que tiene dentro.

—Le hablo así porque conozco la suya, que es la que me importa. ¿Sabe una cosa? Mi madre murió cuando yo era pequeña; nadie vino a preguntarme si quería crecer sin ella o si me parecía bien que muriera, simplemente falleció, y mi vida cambió por completo ese día, como cambió la suya cuando se quedó embarazada, con la única diferencia de que, en la mía, había un hueco imposible de llenar y en la suya había un niño capaz de llenar cientos de ellos si usted se lo hubiera permitido. Es muy fácil culpar al otro y más si es un ser indefenso; es muy fácil vivir en el victimismo y sacudirnos todo tipo de responsabilidad; lo difícil es asumir nuestros fallos y ver que los únicos responsables de nuestra vida somos nosotros mismos. Piénselo, Carolina —le recomiendo, dando por finalizada la visita y percatándome de que Víctor no ha abierto la boca en ningún instante—. No se moleste en acompañarnos, conocemos el camino —prosigo sin atreverme a mirarlo, pues temo que esté enfadado conmigo.

Me dirijo hacia la puerta pasando por su lado, evitando su mirada y maldiciéndome en silencio por no haber sabido callarme a pesar de conocer esa necesidad que siente, y, cuando su mano me detiene para frenar mi avance, me fustigo de nuevo. «Mierda», maldigo en silencio, volviéndome hacia él más que dispuesta a encontrarme con la decepción en su mirada y encontrando solo un orgullo inmenso.

—¿Sabe una cosa, madre? —le pregunta, buscando mi mano y aferrándola con decisión—. Crecí queriéndola, a pesar de sus desplantes, de sus reproches y de su rencor, y, a medida que lo hacía, crecía dentro de mí una necesidad por usted que no entendía... o puede que sí, porque, al final, un hijo solo desea el amor de su madre —le explica mientras ella lo mira con todos esos sentimientos que él ha nombrado reflejados en su mirada, y, de nuevo, siento cómo algo se revuelve dentro de mí—. Pero estos días, sin saber cómo, he ido librándome de ella, quizá porque ahora siento que mi vida está completa o porque he entendido que no la necesito a usted en ella.

»Siento que viva así, madre; siento que no sepa querer ni que permita que la quieran, pero hoy, por fin, va a tener lo que siempre ha querido, que la deje en paz. Continuaré ocupándome de usted porque es mi madre y porque deseo hacerlo, pero nada más. Usted hizo su elección y aquí tiene sus consecuencias, disfrútelas —concluye, sorprendiéndome, porque no detecto rencor en su voz, ni resentimiento ni tampoco odio, simplemente hay una realidad aceptada.

—Siento que haya sido así —le digo cuando salimos de esa casa a la que no espero regresar.

—Siempre ha sido así, Val. Nunca he tenido un hogar normal y lo que tú has vivido hoy ha sido lo mejor que yo he vivido a su lado, porque de una maldita vez me he dado cuenta de que ya no necesito que me sonría ni que me diga que me quiere y, joder, he necesitado tener casi cuarenta años para poder sentirme así, y eso es una putada muy grande —responde con dolor.

—Todavía te faltan unos cuantos años para los cuarenta —matizo, sonriendo y acariciando su rostro—, y, por si no lo sabes, más vale tarde que nunca. ¿Estás bien?

—Sí, estoy bien —afirma, soltando luego todo el aire de golpe.

—Temía que te hubieras enfadado conmigo —le confieso, buscando su mirada.

—Val, me has defendido como nunca nadie antes lo había hecho. ¿Cómo voy a estar enfadado contigo? Sé cómo es mi madre; he crecido a su lado y estoy inmunizado a ella, pero tú no y es normal que hayas reaccionado así.

—¿Cómo pudiste vivir y crecer así? —le pregunto con dolor.

—Porque quizá ese era también mi aprendizaje. No lo sé, Val, solo sé que ya no me duele y eso ya es mucho, créeme... Por cierto, ¿sabes de lo que me he dado cuenta ahí dentro? —me plantea con una sonrisa que dibuja otra en mi rostro.

—¿De qué?

—De que vas a ser una madre muy chunga, de esas que sacan las garras cuando alguien le hace algo a su hijo —suelta, consiguiendo que sonría un poquito más—. Ya te imagino yendo a la casa del niño que le ha pegado al nuestro para poner firmes a los padres y al crío.

—Es verdad, voy a ser una madre chunguísima. Te aseguro que se le quitarán las ganas de mirarlo —le digo, guiñándole un ojo.

—No tengo la menor duda después de verte ahí dentro. Venga, larguémonos de aquí. Ha llegado el momento de vivir nuestro mil veces mil sin que ninguna mancha emborrone nuestra vida —me propone sonriendo, rodeando mi cuerpo con el suyo y sacándome de esta *pleta* a la que espero no tener que volver nunca más.

Epílogo

Seis años después

—Mami, ¿podemos ver otra vez el vídeo de tu boda con papi? —me pregunta Alba, mi pequeñina, y la miro con todo el amor que siento desbordado dentro mí.

Mi hija, la suya, la nuestra, nuestro mil veces mil encarnado en una personita que es una copia exacta de Víctor, con sus ojos verdes y su pelo rizado y oscuro, y durante unos segundos dejo que los recuerdos me lleven con ellos... meciéndome como yo la mecí a ella entre mis brazos cuando era un bebé...

* * *

—Tengo un regalo para ti —le anuncié, sonriendo y haciendo a un lado mis apuntes, en cuanto lo vi entrar en casa.

—¿Para mí? —me preguntó, frunciendo ligeramente el ceño—. ¿Y eso? No me digas que es una fecha especial y lo he olvidado —me pidió, haciéndome sonreír un poco más mientras me levantaba del taburete y me acercaba a él para hundir mis dedos en su pelo y rozar sus labios con los míos.

—Es una fecha especial —susurré mientras él me miraba sin entender nada y yo, ansiosa, me separaba de su cuerpo para ir a por mi regalo—. Toma, ábrelo.

Recuerdo la incredulidad de su mirada, pues no era su cumpleaños y, por supuesto, no era ninguna fecha señalada que tuviera que recordar, al menos, de momento.

—¿Piezas de construcción? ¿Me has comprado piezas de construcción? Vale, voy perdido. ¿Puedes aclarármelo, cariño? Más que nada por si tengo que ir a comprarte una muñeca o vete tú a saber qué —me indicó, sin saber muy bien a qué venía ese regalo.

—Bueno, no estaría de más que lo hicieras, igual no le gusta jugar con esto y prefiere las muñecas... Tú jugabas conmigo a las muñecas, ¿lo recuerdas? —le planteé, sonriendo feliz cuando ese recuerdo llegó a mi memoria.

—¿Qué estás intentando decirme, Val? —me formuló, anclándome a su mirada y dejando sobre la mesa la caja con las piezas de construcción para acercarse a mí.

—Estoy embarazada, Víctor. Hay un puntito nuestro creciendo dentro de mí —le confesé, sintiendo cómo esos miles de emociones que llenaban mi pecho lo llenaban un poco más.

—¿En serio? ¿Estás embarazada? —me preguntó con la mirada cargada de todas ellas mientras su mano se posaba en mi vientre para acariciarlo...

Mi vientre... ese que acarició tantas y tantas veces durante esos meses, ese que besaba como si fuera lo más grande de su mundo hasta que nació nuestra pequeña princesa y esos miles de emociones que llenaban nuestro pecho se multiplicaron por mil cuando la pusieron por primera vez sobre mi piel, cuando vimos su rostro redondito, sonrosado y perfecto, y sus ojitos abiertos ya a la vida. Ese día, ella se convirtió en nuestro universo entero...

* * *

—¿Otra vez? Pero si nos lo sabemos de memoria —le digo, divertida, mientras comienza a llover y el fuego crepita en la chimenea, dándole vida a ese sueño que anhelé en el pasado y que es mi realidad ahora.

—Sí, otra vez, y, ¿sabes qué, mami?, la tía Alana me ha prometido hacerme un vestido como el que te hizo a ti para tu boda. Parecías una de las princesas de mis cuentos —me contesta, entusiasmada, mientras se abre la puerta y entra Víctor, con la camisa y el pelo chorreando, seguido por Kino, nuestro perro.

—¡La que está cayendo! —se queja pasando los dedos por su pelo, y veo cómo la camisa se le pega al cuerpo y cómo las gotitas de agua se deslizan por su rostro y, con esa visión, recuerdo aquel baño en la piscina de hace demasiados años ya.

—Estás empapado —musito, acercándome a él para empezar a desabrocharle los botones mientras oigo a mis espaldas a nuestra hija jugar con el animal.

—¿Qué estabas pensando? —me pregunta con voz ronca, rodeando mi cintura con sus brazos y acelerando mi respiración con ese simple gesto.

—Estaba recordando aquel día en la piscina, cuando nos tiraste al agua vestidos —le confieso, mordiendo mi labio inferior al rememorar cómo me ardía el cuerpo.

—Ese día me volviste loco —admite en un susurro, pegando su frente a la mía—, como siempre —añade mientras lo libero de la prenda mojada para pegarme un poquito más a su cuerpo, buscando sus labios y sintiendo mi centro reclamar sus atenciones.

—¡Venga, mamá, pon el vídeo de la boda! ¡Papá, déjala! —le pide Alba, haciendo que sonriamos los dos.

—¿Que la deje? Pues, entonces, voy a ir a por ti y voy a comerte enterita a besos —suelta, cogiéndola en volandas para empezar a besarla.

—¡Mamá, ayuda a papá, se ha quedado pegado a mí! —exclama mientras corro en su ayuda.

—¿Otra vez? Pero ¿cómo es posible? —le pregunto exageradamente.

—No lo sé, mamá, pero se le han pegado los labios a mi mejilla. Ayúdalo —me pide entre risas mientras Víctor finge no poder despegarse de ella y yo tiro de él.

—¡Ya! ¡Lo hemos conseguido! —anuncio riendo cuando la tengo entre mis brazos de nuevo.

—Papá, no me beses más, porque siempre te quedas pegado —le dice con aplomo frunciendo el ceño, tal y como hace él, y veo cómo Víctor se lo alisa tal y como hacía conmigo y siento que mi corazón se llena de demasiadas cosas bonitas.

—Me temo que eso no va a poder ser posible, porque te quiero demasiado, lo sabes, ¿verdad? —le pregunta, esta vez con seriedad.

—Sí, ya lo sééééé, y yo quiero ver el vídeo de vuestra boda. ¿Tú quieres verlo? —le propone, sin darle importancia a lo que Víctor le está diciendo, posiblemente porque estando en mi vientre ya era algo que oía con asiduidad.

Ella llegó a nuestra vida sabiendo que era esperada y, sobre todo, muy querida, y así está creciendo, oyendo a diario cuánto la queremos, algo que él nunca oyó.

—¿Otra vez? —me pregunta Víctor, haciendo una mueca divertida.

—Otra vez —le respondo, arrugándole la nariz.

—Pues nada, vamos a verlo. ¿Queréis palomitas? —propone, resignado a verlo de nuevo.

—Mejor tápate entero o seré yo la que se quedará pegada a tu piel —le indico, devorándolo con la mirada.

—Alba, me llevo un momento a mami para que me ayude a vestirme, ¿vale?

—Papá, eres muy mayor para que mamá tenga que

ayudarte. ¿A que sí, mami? ¿A que tiene que aprender a hacer las cosas él solo? Tú me dices eso, papá, y ya sé vestirme sola y soy mucho más pequeña que tú —lo reprende mientras contengo una carcajada ante la cara de Víctor. Vaya tela.

—El caso es que no sé qué ponerme —le rebate mientras ella niega con la cabeza.

—Pues ya eres mayor —insiste, cruzando sus bracitos mientras Víctor se rinde y, soltando un taco casi ininteligible, se dirige hacia nuestra habitación.

—Un segundo, cielo, ahora vengo —le digo casi echando a correr tras él.

—Joder con la enana —suelta estrellando sus labios contra los míos en cuanto entro en el dormitorio.

—Vic —gimo contra su boca, enredando mis dedos en su pelo mojado—. No nos da tiempo, en nada la tenemos aquí —le advierto, sintiendo su erección clavándose en mi centro, convirtiendo mi respiración en un caos absoluto, como siempre cuando me toca o cuando me mira como está haciendo ahora.

—Lo sé —masculla antes de hundir su lengua en mi boca, bebiéndose mi gemido.

—¡Mamá! ¡Papá! ¡Dejadme entrar! —nos pide mientras oigo los ladridos de Kino haciéndole los coros detrás de la puerta.

—Mierda.

—Esta noche, te lo prometo —le digo con mis manos subiendo por su espalda desnuda, buscando sus labios aunque sea durante unos segundos más.

—Espero que se duerma pronto —farfulla, pegándose más a mi cuerpo, profundizando en el beso.

—Y yo; últimamente me duermo siempre antes que ella —me quejo, separándome a duras penas de él—. Estoy tan cansada que a veces siento que podría dormirme de pie.

—Llevas demasiadas cosas, cariño, y vas a tener que parar o aprender a delegar —me indica, esta vez con seriedad, antes de abrir la puerta—. ¡Pero bueno! ¿A qué vienen estos gritos?

—Porque no podía entrar. ¿Todavía no sabes qué ponerte? —le pregunta mientras sonrío, cogiendo su manita.

—Venga, vamos a hacer las palomitas. Deja a papá vestirse tranquilo.

Y, mientras fuera llueve, nosotros vemos, frente a la chimenea, el vídeo de nuestra boda, con Kino, nuestro perro, dormitando frente a las llamas, como tantas veces dormitó junto a la cuna de nuestra hija, como en mi sueño.

—¿Cuántas veces lo hemos visto? —me pregunta Víctor mientras sonrío al vernos dentro del corazón de pétalos de rosa.

—No lo sé... ¿mil? —contesto, volviéndome para mirarlo y perdiéndome en su mirada verde y tranquila, como un mar en calma.

—Como mínimo —me responde, y dirijo la mirada hacia la televisión, guardando silencio, como siempre cuando llegamos a este momento en el que leemos nuestros votos, para escucharnos de nuevo...

»Una vez me dijiste que, si era posible esa opción, naciste queriéndome y, si esa opción es posible, tienes que saber que yo también lo hice, porque no es posible querer como te quiero yo si no has nacido con ese sentimiento dentro. Te quise desde el minuto uno y de todas las formas posibles, y siempre voy a hacerlo, Val, porque estás tan dentro de mí que es imposible que no lo haga —oigo cómo me dice y, como ese día y como cada vez que vemos este vídeo, siento que una lágrima se desliza por mi mejilla mientras recuerdo cómo la emoción me ahogaba.

Tenerlo frente a mí, tan imponente, tan perfecto, tan mío siendo yo tan suya.

—Víctor, tú eres mi raíz más profunda, la raíz que,

mientras fui pequeña, me mantuvo en línea recta, ayudándome a crecer, y la que luego me instó a volar tan lejos como quisiera —oigo que le digo, volviéndome para enfrentarlo y encontrándome con su mirada cargada con los miles de emociones que llevan nuestro nombre y que siento vibrando en mi pecho—; raíces para crecer y alas para volar —me llega mi voz, sin poder liberarme de su mirada—. Yo crecí y también volé, y en ese vuelo aprendí que las cosas importantes, a menudo, no son las fáciles; que una historia de amor puede ser sencilla, pero también puede ser complicada, y que las lágrimas a veces son necesarias para darles más valor a los momentos en los que no están presentes, como este que estamos viviendo ahora. Te quiero, Víctor, más que a mi vida.

—Y yo te quiero a ti más que a la mía —me responde, mientras nuestra hija, sentada entre los dos, devora con los ojos ese día en el que ella ya estaba creciendo en mi vientre sin que nosotros lo supiéramos.

—Mira, el tío Nick —nos dice, entusiasmada, cuando la cámara lo enfoca— y el tío Ciro...

—El olor a palomitas me está dando náuseas —la interrumpo, sintiendo mi estómago sacudirse con fuerza—. Mierda —mascullo, corriendo hacia el baño, donde me viene justo llegar para empezar a vomitar.

—Mami, ¿estás bien? —oigo la vocecita de mi hija a mis espaldas mientras Víctor sujeta mi pelo.

—Val... cielo —me dice Víctor mientras me aferro al váter con fuerza.

«Mierda.»

—Llévatela —atino a decir antes de que llegue otra arcada.

—No, mamá, me quedo contigo. ¿Qué le pasa, papá? —le pregunta, preocupada, mientras me aferro al baño queriendo morirme.

—Nada, no te preocupes. Vamos —le dice con seriedad mientras recuerdo las dos rayitas del test de embarazo que me he hecho esta mañana. «Tendría que habérselo dicho entonces», me recrimino mientras siento cómo los ojos se me salen de las órbitas de la fuerza que estoy haciendo—. Val... —oigo la voz de Víctor detrás de mí, unos minutos después, mientras me lavo los dientes como si me fuera la vida en ello, sintiendo mi vello erizado. Maldita sea, qué asco me da vomitar—. Nena... —insiste mientras me enjuago la boca y alzo la mirada hasta posarla en el reflejo que me devuelve el espejo, comprobando que tengo la piel de la cara llena de puntitos rojos por el esfuerzo.

—¿Qué? —le pregunto, enlazando mi mirada con la suya a través del espejo.

—Tienes náuseas y estás que te caes del sueño... —me comenta, prudente, mientras me vuelvo hacia él.

—Queríamos tres hijos, ¿verdad? —le pregunto, y él asiente en silencio, empezando a sonreír—. Pues el segundo viene en camino —le anuncio con una sonrisa—. Me he hecho el test de embarazo esta mañana, pero quería esperar para decírtelo de una manera especial y no aquí en el baño después de haber vomitado —refunfuño, arrugándole la nariz.

—Está claro que el pequeñajo no quería esperar —me dice, pegando su frente a la mía.

—Como me dé por vomitar, va a ser una putada más grande que la reforma que hicimos en casa —musito, sonriendo, mientras él lleva su mano a mi vientre, donde está empezando a crecer nuestro hijo.

—Eso son palabras mayores, porque esa reforma fue una putada muy muy grande.

—Vomitar lo es; créeme, me muero del asco —replico, posando mi mano sobre la suya.

—Lo sé, pero yo estaré a tu lado, ¿vale?

—No, gracias, prefiero estar sola mientras echo las papillas —declino su ofrecimiento, sin poder dejar de sonreír—. Esta vez te toca escoger a ti el nombre, ¿cuál vas a elegir?

—Si es niña, el tuyo —me contesta, rozando sus labios con los míos.

—Qué original. ¿Y si es niño?

—El de tu padre.

—¿De verdad? Nooooo, no me gusta Pedro —protesto.

—Lo siento, esta vez me toca a mí —me recuerda feliz, guiñándome un ojo.

—Entonces espero que sea una niña —suelto entre risas.

—¿Ya estás bien, mami? —oigo la vocecita de mi hija y bajo la mirada para encontrarme con la suya, verde y limpia como la de Víctor.

—Ven aquí, enana. Vamos a contarte un secreto que no puedes contarle a nadie —le dice Víctor, cogiéndola en brazos y yendo hacia el salón seguido por mí.

—¿Ni al abu?

—Ni al abu ni tampoco a Casi —le aclaro, viendo cómo Víctor se sienta en el sofá con ella en brazos, en este sofá en el que vivimos miles de cosas juntos y del que no hemos querido desprendernos, a pesar de que está pidiendo la jubilación a gritos.

—Mami tiene un bebé en la tripita, por eso está cansada a veces y ahora se ha sentido mal —le cuenta mientras me siento a su lado, para coger la manita de mi hija.

—¿Los bebés hacen eso? —nos pregunta, y sonrío cuando la veo fruncir el ceño, como su padre.

—No siempre; contigo también estaba cansada, pero no vomitaba —le respondo mientras algo dentro de mí me dice que esta vez será niño.

—Este no se portará bien, mamá, ya verás; será como mi amigo Jorge, que se porta mal en clase —comenta, haciéndome sonreír.

—Bueno, eso no lo sabemos todavía —interviene Víctor mientras llevo mi mano a mi vientre, donde está creciendo nuestro mil veces mil.

—¿Y cómo se ha metido ahí dentro, papá? —le plantea, preocupada, mientras ahogo una carcajada.

—Eso, papá, ¿cómo se ha metido ahí dentro? —le formulo, intentando frenarla a duras penas.

—Ya te lo explicaremos dentro de unos años —le responde dándole un toquecito en la nariz, como hacía conmigo.

—Yo creo que los niños se meten dentro cuando hacéis el amor —nos suelta como si nada, y veo cómo Víctor palidece.

—¿Qué has dicho? No, déjalo, no hace falta que lo repitas —le pide casi a trompicones mientras libero la carcajada que había estado intentando reprimir—. ¿Dónde has oído eso?

—Lo dice Jorge, pero no sé qué es eso. ¿Qué es hacer el amor, papá? —le pregunta mientras lo miro divertida.

—Es mi hija, lo lleva dentro —le indico, sonriendo y encogiéndome de hombros.

—Val, no es justo que viva esto dos veces —se queja, consiguiendo que me carcajee de nuevo.

—Quieres tener tres, igual lo vives cuatro. ¿Te das cuenta de lo entrenado que estarás con el último? —replico, pinchándolo.

—Venga, papá, contéstame. Mamá, ¿tú lo sabes?

—Algo sé, y tú lo sabrás cuando tengas que saberlo. Venga, vamos a dar un paseo ahora que ha dejado de llover —le propongo, guiñándole un ojo a Víctor, que me mira todavía en estado de *shock*.

—Tiene cinco años, joder. ¿Qué coño hace preguntando eso? —retoma el tema cuando pasamos frente a la piscina mientras veo a nuestra hija correteando con Kino y saltando sobre los charcos, dándome besos mentalmente por haber insistido en que se pusiera las botas de agua.

—Yo creo que es tu sino; has nacido para que te pregunten qué es hacer el amor —bromeo, riendo, rodeando su cintura con mi brazo y apoyando la cabeza en su hombro, mi lugar favorito en el mundo, mientras nos dirigimos hacia las caballerizas.

—Val, no quiero que montes ahora a Azabache —me pide, apretándome a su cuerpo y haciendo que recuerde el día que me lo regaló...

* * *

—¿Por qué me tapas los ojos? —le pregunté, sonriendo.

—Porque es una sorpresa —me respondió de manera enigmática, anudando el lazo detrás de mi cabeza—. ¿Cuántos dedos hay?

—¡Y yo qué sé! ¡Me has tapado los ojos! —le contesté, divertida, mientras él arrancaba el vehículo y se ponía en marcha.

—¿Voy a hacer todo el trayecto así?, ¿con los ojos vendados?

—Así es, cariño —me contestó y, sin verlo, supe que estaba sonriendo.

—Genial —mascullé, procurando parecer contrariada mientras intentaba adivinar hacia dónde nos dirigíamos.

—Hemos llegado —me anunció, y noté cómo detenía el todoterreno, salía de él, abría mi puerta y cogía mi mano.

—Yo te llevo, ¿vale? —me propuso, colocándome unos cascos con música en las orejas.

—Venga ya... ¿en serio? —exclamé, muerta de curiosidad.

—En serio. Vamos —me dijo con seriedad.

Y así, con los ojos vendados y oyendo *Right here waiting*, fue como me centré en los olores que flotaban en el ambiente.

—Creo que sé dónde estamos —le dije, prudente, mientras de su mano me dirigía a ese lugar donde aguardaba mi sorpresa.

Primero me desprendió de los cascos y, casi al segundo, de la venda que cubría mis ojos... y entonces lo vi, un corcel negro tan bonito como lo fue Trueno.

—¿Un caballo? —atiné a preguntar mientras sentía cómo los miles de emociones que llevaban nuestro nombre alzaban el vuelo.

—Sabes que odio que montes a caballo, pero me he dado cuenta de que odio más lo que veo en tu mirada cuando montas a Linda o a Canela. Sé que necesitas velocidad y esos caballos son más bien de paseo.

—¿Me has comprado un caballo para que corra? —le planteé, empezando a sonreír, sintiendo demasiadas cosas dentro de mí.

—Te he comprado un caballo porque sé que echas demasiado de menos a Trueno y porque estoy cansado de verte aquí, de pie, frente a este *box*, y ver cómo luego te largas con los ojos llenos de lágrimas. Oye, sé que este animal no podrá sustituir nunca a Trueno, pero al menos espero que corra tanto como te gusta y que se lleve, con esa carrera que de antemano odio, esa tristeza que veo en tu mirada cuando llegas de las cuadras.

—¿Te he dicho hoy que te quiero?

—Sí, pero puedes decírmelo de nuevo —afirmó, rodeando mi cintura con sus brazos.

—Te quiero, mil veces mil te quiero —declaré antes de unir mis labios con los suyos...

* * *

—Vic, no me pidas eso; sabes que me encanta montarlo —le contesto, regresando a mi presente.

—Val, por favor, al menos mientras estés embarazada —me pide, deteniéndose en mitad del camino.

—Oye, hagamos un trato: si el ginecólogo opina que no debo montarlo, te prometo que no lo haré, pero, si no pasa nada, no veo por qué no voy a hacerlo.

—Hagamos otro trato: si te permite hacerlo, tienes que prometerme que no correrás.

—Prometido, y te prometo lo mismo que te prometí con Alba: que voy a quererlo y a hacer que se sienta querido y protegido, porque es nuestro hijo, tu hijo, y solo por eso, porque es una parte de ti, ya lo quiero.

—Y yo te quiero a ti, tanto que mil veces mil se queda corto —musita antes de besarme mientras oigo de fondo las risas de nuestra hija junto a los ladridos de Kino.

Y, entre sus brazos, siento que he vivido miles de vidas y que en todas ellas ha estado él presente, porque no se puede querer tanto como nosotros nos queremos si no hemos nacido predestinados a hacerlo, pienso, hundiendo mis dedos en su pelo y pegándome más a su cuerpo, sintiendo que todo comienza a vibrar de forma distinta a nuestro alrededor mientras nuestra hija corretea riendo, completamente feliz, y otra vida, creada por ambos, crece en mi interior a salvo de todo.

Cierro los ojos, aspirando la fragancia de la tierra entremezclada con la de la humedad, esa fragancia que lleva un sinfín de recuerdos y vivencias impregnada en ella, sabiendo que no hay mayor éxito que este y que ese sueño que sentía flotando en la palma de mi mano es ahora mi realidad... mi mil veces mil.

—Vic, no me pides eso: sabes que me encanta montarlo —le contestó regresando a mi presencia.

—Vic, por favor, al menos mientras estés embarazada —me pide, acomodándose en mitad del asiento.

—Oye, hagamos un trato: si el ginecólogo opina que no debo montar, te prometo que no lo haré, pero si no pasa nada, no veo por qué no voy a hacerlo.

—Hagamos otro trato: si te permite hacerlo, tienes que prometerme que no correrás.

—Concedido, y te prometo lo mismo que te prometí con Albert: que voy a quererlo y a hacer que se sienta querido y protegido, porque es nuestro hijo, tu hijo, y solo por eso, porque es una parte de ti, ya lo quiero.

—Y yo te quiero a ti tanto que mil veces mil se queda corto —musita antes de besarme mientras oigo de fondo las risas de nuestra hija junto a los ladridos de Kimo.

Y entre sus brazos siento que he vivido miles de vidas y que en todas ellas ha estado él presente, porque no se puede querer tanto como nosotros nos queremos sin haber sido predestinados a hacerlo, pienso, moviendo mis dedos en su pecho y acurrucándome más a su cuerpo, sintiendo que todo comienza a girar de forma distinta a nuestro alrededor mientras nuestra hija corretea riendo completamente feliz, y esta vida, creada por ambos, crece en mi interior a salvo de todo.

Cierro los ojos, aspirando la fragancia de la tierra, mezclada con la de la humedad, esa fragancia que lleva un sinfín de recuerdos y anécdotas impregnada en ella, sabiendo que no hay mayor tesoro que este, que ese sueño que se iba formando en la palma de mi mano es ahora mi realidad… mi mil veces mil.

Miles de emociones a las que no sé poner nombre

Nunca estuve muy conforme con el final de Víctor con su madre, y no por ella, sino por él, porque pienso que las buenas personas se merecen que solo les sucedan cosas bonitas. Sé que en la vida real no tiene por qué ser así, pero esto es ficción y siempre me sentí apenada con ese desenlace que no era el que me gustaba, pero tampoco sabía cómo darle la vuelta para cambiar su rumbo y que fuera creíble.

Sin embargo, ha sido tan sencillo como meterme en la piel de Carolina y entender que no nacemos furiosos con la vida, sino que la ira, la rabia y el odio, que encapsulan el amor, llegan poco a poco; con las lágrimas, con el dolor, con las decepciones y con las experiencias duras que nos pasan por encima. Y, aunque no tiene por qué ser así para todos, hay personas que pueden modificar su carácter cuando su existencia se los lleva por delante.

En cuanto lo he entendido, en cuanto he escuchado la voz de Carolina, he visto el camino a seguir para darle a mi chico ese final redondo que se merece, porque Víctor se lo merece todo; se merece no tener carencias y ser completamente feliz sin que ninguna mancha en el objetivo pueda estropear la fotografía de su vida.

Ahora sí. Ahora sí que tiene ese final soñado para él. Espero que os guste mucho.

Capítulo 1

Carolina

Dicen que cuando envejeces las cosas te afectan menos, como si los sentimientos y las emociones perdieran fuerza al igual que le sucede a nuestro cuerpo, y, aunque siempre he estado en contra de esas afirmaciones que nos engloban y etiquetan a todos por igual, ayer, viendo a Dolors en el entierro de su hijo, pensé que algo de verdad había en esa frase, y no lo digo por mí, porque lo mío me costó mantenerme a raya y no romper a llorar, sino por ella, porque ahí la tenías, mirando al frente, sin derramar una sola lágrima, como si esa muerte no fuera con ella, a pesar del llanto desgarrado de la viuda y los niños.

Pobres; ella tan joven y los niños tan pequeños... pero saldrán adelante, vaya si lo harán. «Salí yo con mi chico y sin un duro, no van a salir ellos con el bolsillo de Dolors», pienso sintiendo ese pinchazo en el centro del pecho que nada tiene que ver con la neumonía, que casi me lleva al otro barrio, y mucho con estos remordimientos que han despertado con ella, como si con esa enfermedad mis sentimientos y mis emociones hubieran abierto los ojos de golpe y tomado carrerilla en mi interior, «justo lo que se supone que no debería sucederme, según esa frase, ahora que soy vieja», me digo recordando a mi hijo y ahogándome momentáneamente con esos recuerdos.

Yo quería ser modelo de alta costura, vivir en Madrid, viajar por el mundo y convertirme en la musa de los grandes diseñadores de la época, desfilar para ellos, asistir a fiestas, salir de este pueblucho... pero entonces conocí a ese indeseable y caí rendida a sus pies, como la más tonta de todas, y ni fui modelo, ni fui a Madrid, ni me convertí en la musa de nadie. Me quedé aquí, preñada como las vacas y viviendo con el desgraciado de mi padre, sirviendo mesas y limpiando culos en el hospital, aguantando comentarios de todo tipo, tal y como ha ocurrido desde entonces, porque la gente es así, siempre tiene algo que decir y que opinar, aunque no sepan de la misa la mitad.

«Qué sabrán ellos de mi vida», pienso endureciendo el rostro. «Qué sabrán ellos de lo que sentía cada vez que mi padre me atizaba con la correa o me daba una paliza por haberlo puesto en boca de todo el pueblo», rememoro apretando los puños sobre mi falda. Qué sabrán ellos de lo mucho que lloré y de los insultos que soporté... Luego, cuando murió y dejó de mentar a Dios, ya no me vi capaz de dar al crío en adopción para largarme bien lejos de aquí, quizá porque terminó contagiándome el temor a ese Dios que purgaba todos mis pecados con la correa o con la mano abierta en lugar de con la oración, o porque, con sus palizas y sus frases hirientes, terminó matando mis ganas de vivir... o porque, en el fondo, llegué a querer a mi hijo, aunque mal, porque mal también se quiere y es una forma de querer que se te pega en el alma y de la que ya no puedes librarte; es dañina, cruel y corrosiva porque te ciega por completo y te corrompe el corazón, se lleva quién eres y en su lugar queda lo peor de ti porque, en cierto modo, te quita la humanidad.

Yo descargué en mi hijo todos mis males y toda mi amargura, lo culpé incluso de su nacimiento y le negué mi afecto, lo desprecié, tanto como despreciaba a su padre, al mío y a los hombres en general, y le di la espalda tantas veces que aprendió a apañárselas él solo mientras yo doblaba turnos o caía rendida en esa cama cochambrosa. Nunca le dije «te quiero». Nunca le di un beso ni mucho menos un abrazo. Nunca lo consolé cuando lloró ni nunca le regalé los juguetes que pidió, porque no tenía afecto para dar ni tampoco dinero que derrochar.

Ahora, echando la vista atrás, con mis remordimientos bien despiertos, me arrepiento muchísimo de esa Carolina que fui; me arrepiento, hasta el desvelo, de no haber sabido quererlo como se merecía, de haber permitido que lo que era mi padre me arrastrara a mí y, sobre todo, me arrepiento muchísimo de haberles dado tanta importancia a mis sueños cuando lo más importante de mi vida lo tenía a mi lado, mirándome con ojos suplicantes.

«Por supuesto que me arrepiento», admito sintiendo mi interior contraerse, solo que han sido tantos años de rencor, de desprecios y de rabia que siento que todo eso ha creado una especie de coraza en torno a mi corazón y, ahora, no sé cómo romperla, no recuerdo cómo se sonríe ni sé decir palabras bonitas.

Y lo peor de todo es que en el fondo entiendo también a esa Carolina que fui; entiendo mis lágrimas, los menosprecios que le hice, mi rabia y mi dolor. Entiendo por qué actué así porque solo yo sé lo que sentí, «pero me arrepiento muchísimo de no haberlo hecho de otra forma con Víctor, de no haber sabido darnos una vida mejor, porque es verdad lo que me dijo una vez y con mi actitud nos negué ese vínculo de madre e hijo que nunca hemos tenido y que dudo mucho que podamos recuperar a estas alturas», reconozco perdiendo la mirada en la ventana, sentada en esta silla en la que me paso la vida mientras la vida es lo que pasa ahí fuera.

Ahora, soy mayor, estoy sola y de nada sirve lo que piense o lo que sienta porque nadie, ni siquiera él, va a venir a verme ni a nadie le importa lo que ronda por mi cabeza. Viví mi vida y la viví mal, no hay más. Y si había otra forma de vivir no supe verlo, cegada como estaba por mi tristeza, porque lo que había encapsulado dentro de esa rabia, de ese rencor, de ese odio y de esa ira, que podías ver a simple vista, era la tristeza más absoluta, el dolor y también el enfadado conmigo misma. Y cuando estás enfadada contigo, el recurso fácil es enfadarte con el otro, culparlo de todos tus males, porque culparte a ti y reconocer la verdad es demasiado complicado, sobre todo si tienes tanto orgullo como tengo yo.

Maldito orgullo que sigue dominando mi voz cada vez que hablo.

Víctor lo ha hecho bien, a pesar del ejemplo que tuvo en casa, y, aunque durante muchos años pensé que estaba criando a un delincuente en potencia, ha terminado convirtiéndose en un hombre de éxito y en un orgulloso padre de familia que, además, se ocupa de mí... y, aunque se lo agradezco, me molesta al mismo tiempo, porque con su compasión me muestra la que yo no tuve con él y con su preocupación me recuerda las muchas veces que yo le di la espalda, tantas que dejó de necesitarme cuando todavía tenía edad de hacerlo.

«Sí, mi hijo lo hizo bien, y ahora tiene una niña, que es una monada, y un niño recién nacido», pienso deteniendo la mirada en la fotografía de la niña morenita que me mira sonriendo desde el mueble del televisor y que posiblemente no sabrá de mi existencia, y casi mejor, porque, para lo que tienen que contarle, mejor que no le cuenten nada.

—Ha llamado su hijo. Quería saber cómo había pasado usted la noche y si necesitaba que el doctor Joaquín se pasara por aquí para echarle un vistazo —me cuenta Izarbe, la chica que me cuida durante el día, mientras deja el vaso de leche con galletas sobre la mesa.

—¿Y qué le has dicho? —le pregunto cogiendo una galleta para luego empezar a mojarla en la leche.

—Que está bien, tan refunfuñona como siempre, pero totalmente repuesta —me cuenta sonriendo mientras la miro con seriedad porque no me gusta que se tome ese tipo de libertades conmigo—. Me ha contado que está en el pueblo y me ha pedido que lo llame si necesito cualquier cosa —prosigue, sentándose frente a mí, acelerando los latidos de este corazón que desde hace demasiados años no se altera por nada... bueno, cuando nació la niña sí que lo hizo y, luego, cuando me enviaron la foto del chavalín, también.

—¿Ha venido con los niños y con su mujer? —le planteo con esa frialdad que me sale de dentro sin que importe el tono que estén empleando conmigo, que me estén sonriendo o que me estén tratando con cariño.

—Sí. ¿Quiere hablar con él? Puedo llamarlo —insiste como hace tantas veces, sobre todo cuando me pilla mirando las fotografías de los pequeños, porque le pedí que me enmarcara las dos, a pesar de que el bebé estaba recién nacido y no había salido muy favorecido.

—No... no... claro que no, es solo que el crío es demasiado pequeño, deberían esperar a que tuviera unos cuantos meses para ponerlo por carretera. Insensato, y que le pase cualquier cosa... —murmuro, preocupada de repente por una criatura a la que no conozco de nada.

—¡Pero, Carolina, si hay quien sube a los bebés casi recién nacidos a los aviones!

—Más insensatos todavía —sentencio apretando los labios, levantándome de esta silla que es como una prolongación de mi cuerpo—. Trae mi abrigo, necesito estirar las piernas —le ordeno, agradeciendo a mi fuero interno el no haberme convertido en una vieja encorvada que necesita andadores y tonterías de esas para caminar, como le ocurre a Dolors, quien, además, hace gala de su nombre, siempre mentando sus enfermedades y quejándose por todo como si los demás pudiéramos solucionárselo.

—Viéndola, nadie diría que ha estado tan enferma —me halaga sonriéndome con afecto, con esa alegría que nunca la abandona.

Por eso me gusta esta muchacha, porque su carácter jovial no se enturbia con el mío, porque mi sequedad no consigue borrar sus sonrisas y porque mi amargura no logra paliar sus ganas de vivir. «Y eso es de admirar, pues no es tan sencillo mantener un carácter como el suyo pasando tantas horas a mi lado», reconozco consultando la hora... «Puede que estén en esa terraza a la que suele ir su amigo con su familia a desayunar», pienso recordando lo que me cuenta la madre de Pol, tan orgullosa de su hijo que, cuando me ve, no puede evitar soltármelo todo.

—¿Dónde quiere que vayamos? —me pregunta Izarbe, dedicándome una sonrisa y ofreciéndome su brazo, que rechazo con altivez, una vez salimos de la casa.

—Ya veremos, tú tira —mascullo echando a andar, sintiendo los latidos apresurados de mi corazón golpear mi pecho a pesar del rictus severo que domina mi rostro.

Si fuera una madre normal, con solo levantar el teléfono lo tendría aquí enseguida, solo que no lo soy; no lo fui de joven, voy a serlo ahora de mayor, así que, en lugar de levantar el teléfono, voy a intentar hacerme la encontradiza con él y con su familia, porque me queda poco, pero no porque siga enferma, sino porque es ley de vida; porque esa niña, sin conocerla, me ha ganado el poco corazón que me queda, y porque necesito arreglarlo con mi hijo... si es que consigo pisotear mi orgullo y encontrar la humildad para pedir su perdón.

—¿Tiene prisa?

—No, ¿por qué? —le suelto apretando los puños dentro de los bolsillos de mi abrigo.

—Porque solo le falta echar a correr.

—Qué tontería, es solo que no me gusta ir arrastrando los pies como si me pesaran toneladas.

—Bueno, de todas formas vaya con cuidado, que no quiero que tropiece y se me caiga —oigo que me dice mientras diviso al final de la calle la plazoleta de la que Archer se ha apropiado para colocar su terraza, privándonos al resto de poder disfrutar de una mañana tranquila al sol sentados en los bancos sin tener que aguantar el griterío de los niños.

—Vamos a sentarnos un poco al sol, que estoy fatigada —le miento caminando decidida hacia ese griterío que me pone mala de verdad.

—Si es que ya le he dicho que iba muy deprisa. Venga, cójase de mi brazo —me indica con simpatía mientras yo me limito a apretar los labios, negando con la cabeza. Todo el camino yendo sola y ahora que puedo encontrarme con mi hijo y con su familia lo haré cogida de su brazo como si fuera Dolors. Ni pensarlo—. Hay que ser cabezona —me dedica mientras siento que mi corazón ha subido hasta mi garganta para latirme en ella, y esto hacía años que no me sucedía; de hecho, creo que mi corazón solo latió así por su padre... «y ahora por él», pienso deteniendo mis pasos cuando mi mirada se encuentra con la suya.

Capítulo 2

Carolina

—¿Madre? —pregunta frunciendo el ceño, tan asombrado que le está costando hasta reaccionar.

—Vivo aquí, no sé por qué te extrañas tanto —respondo con sequedad, maldiciéndome al segundo—. Buenos días a todos —intento suavizarlo, deteniendo la mirada en Valentina, que está acunando a mi nieto, mientras oigo el saludo general.

—¡Qué sorpresa! No sabíamos que estaríais aquí —les dice Izarbe, contenta, mientras yo leo en la mirada de mi nuera las muchas advertencias que están pasando por ella, dejándome claro que no va a consentirme una salida de tono bajo ningún concepto. Y bien por ella por defender así a su familia, yo que lo hubiera hecho.

—¿Cómo está, madre? —inquiere mi hijo con tono neutro, rescatándome de ellas.

—Cansada. Iba a sentarme en uno de esos bancos y aprovechar este sol que estos días no hemos visto con asiduidad —le cuento husmeando en sus ojos, buscando esas mismas advertencias que he visto en los de su mujer, y encontrando solo calma.

—Ya que está aquí, ¿le gustaría conocer a sus nietos? —me propone con cautela mientras observo de reojo cómo Valentina aprieta a su hijo contra su cuerpo, como protegiéndolo de mí.

—¡Papá, papá! Víctor no quiere jugar conmigo, dice que soy demasiado pequeña y que lo deje estar —oigo una vocecita contrariada a mi espalda y me vuelvo para ver a mi nieta, porque no hay duda de que es ella, tan enfadada que me hace hasta gracia.

—¿Eso es verdad? —le pregunta Pol captando la atención de la niña, que se limita a asentir con la cabeza.

—Pues él se lo pierde. No vayas nunca detrás de nadie y menos si es un hombre —me oigo decir para mi estupefacción y la de todos.

—¿Quién eres? —me plantea mirándome con curiosidad y provocando mi sonrisa, o eso creo, porque noto los labios estirados.

—Que te lo diga tu padre —le respondo esta vez con seriedad, alzando la mirada para encontrarme con la de mi hijo, que me mira con la misma seriedad que se ha adueñado de mi voz.

—Es tu abuela, cariño —interviene Valentina, y me vuelvo para encontrarme con su sonrisa, esa que no me ha dedicado inicialmente cuando me ha visto.

—¿Ya no estás de viaje? —me pregunta la niña.

—¿Cómo? —le formulo sorprendida. De viaje estaré yo, que no salgo de este pueblucho ni a pedradas.

—Venga, madre, la acompañaré a un banco —me dice mi hijo, levantándose y ofreciéndome su brazo, que esta vez sí que aferro, y no porque lo necesite para caminar, sino porque lo necesito para respirar y también para romper esta coraza del demonio que me ha mantenido alejada de él todos estos años.

—¡Yo también te acompaño, abu! ¿Puedo llamarte así? —me pregunta contenta agarrando mi mano con naturalidad y me vuelvo hacia ella, hacia esta personita de pelo oscuro y rizado que me mira con los mismos ojos con los que me miró su padre, «solo que los de Víctor estaban llenos de anhelo y tristeza y los suyos brillan de felicidad», reconozco tragando con dificultad.

—Si a tu padre le parece bien, claro que sí —musito, oyendo mi voz desprovista por completo de esa altivez y frialdad que yo creía que me salía de dentro cuando dentro de mí también había otra voz, solo que estaba anulada por la otra.

Y ha tenido que venir esta niña para rescatarla.

—Izarbe, tómate un descanso, ya me quedo yo con mi madre —le indica mi hijo mientras la niña me mira sonriendo y, sin darme cuenta, le devuelvo la sonrisa.

—Eres muy guapa cuando sonríes, te pareces a papá —me dice sacudiéndome por dentro porque hacía años que nadie me dedicaba un cumplido—. Papá, ¿puedo llamarla abu? —le pregunta, sin soltarme.

—Claro que sí, cariño. ¿Este banco le va bien, madre? —inquiere, y me doy cuenta de que esta vez es él quien está husmeando en mi mirada, completamente perdido con esta situación que es nueva para ambos.

—Con tal de poder sentarme... —respondo tomando asiento y percatándome de que me falta la respiración y no porque esté cansada.

—Ha ido demasiado lejos, estoy seguro de que cerca de su casa hay más sitios en los que poder tomar el sol.

—Cierto, pero quería verte —confieso ante su asombro y el mío, porque no pretendía ser tan directa.

—¿Cuántos años has estado de viaje, abu? —nos interrumpe mi nieta sentándose a mi lado, mirándome con un cariño que no merezco.

—Casi toda mi vida —le respondo con seriedad, viendo la sorpresa adueñarse de su bonito rostro, mientras percibo a mi hijo sentarse junto a mí.

—¿Y dónde has estado? —continúa cogiendo de nuevo mi mano y ganándome por completo.

—En muchos sitios; primero estuve en una ciudad llamada tristeza, luego me mudé a rabia, más tarde me instalé en ira, en rencor, en odio y finalmente me quedé en resentimiento.

—Pero eso no son nombres de ciudades —replica frunciendo el ceño, tal y como hace su padre, y sonrío con pesar sin darme cuenta.

—Puede ser, pero es donde he estado —insisto volviéndome hacia mi hijo—. Lo siento, lo siento mucho.

—Alba, cariño, ¿por qué no vas con mamá? Seguro que necesita que la ayudes con el pequeñajo.

—Qué va, si Pedro lo único que hace es dormir.

—Pero seguro que, aunque esté durmiendo, nota que estás a su lado —le digo sorprendiéndome de nuevo, porque nunca he sido dada a hacer este tipo de comentarios, que son más propios de Dolors, al menos cuando era más joven.

—Anda, ve, cariño. Luego estarás más con la abu.

—¿Me estás echando, papá? —le contesta con aplomo, provocando otra vez mi sonrisa. Mírala, qué espabilada.

—No, cielo, es que quiero estar un ratito a solas con tu abuela, solo eso —le dice mi hijo con toda la paciencia del mundo.

«Qué distinta es esta forma de hablar a la que empleaba yo con él, que incluso llegué a culparlo de su nacimiento», pienso recordando esa noche, tan lejana ya, en la que lo hice; cómo me preguntó si estaba bien, mis lágrimas, mi rabia, mi ira, mi furia helada... y luego sus lágrimas y cómo apretó sus puños a ambos lados de su cuerpo mientras yo soltaba todo mi veneno. Esa noche no vino a casa a dormir y esa noche todo cambió para los dos porque el Víctor que regresó a la mañana siguiente no se parecía nada al Víctor que me miraba con los ojos anegados por el llanto.

—Haz caso a tu padre —le pido esta vez con seriedad a la niña, que finalmente obedece.

—¿Me lo explica, madre?

—¿Qué quieres que te explique?

—Todo esto.

—Es difícil de explicar una vida llena de equivocaciones y aquí hay demasiada gente que mañana se convertirá en voces que tergiversarán lo visto y lo oído.

—Pues entonces vayamos a su casa, tengo el coche ahí, no tendrá que caminar —me dice levantándose, y me pongo en pie yo también, deseando hacerlo bien esta vez y que el orgullo, que ha dominado mi vida, se mantenga callado, tal y como está haciendo ahora—. Cariño, voy a llevarla a su casa y estaré un rato allí con ella —le comenta a su mujer, acercándose a Valentina para darle un beso mientras yo los miro sintiéndome de repente perdida ante esta situación que también es nueva para mí, reconozco deteniendo la mirada unos segundos en esa cabecita morenita que el arrullo deja al descubierto.

—Carolina, ¿quiere ver al niño antes de irse? —me propone mi nuera con simpatía, siendo ella la que se levanta para acercarse a mí mientras vuelvo a sentir la manita de mi nieta aferrando la mía y le doy un suave apretoncito, volviéndome hacia ella para sonreírle.

—Estaba sonriendo y eso que está dormido. Mamá dice que es porque está soñando cosas bonitas. ¿Tú también lo crees, abu?

—Seguro que sí. Pol, cierra la boca que te entrarán moscas, hombre —lo reprendo con sequedad ante el gesto pasmado con el que está observándome, provocando la risa cantarina de la que creo que es su mujer.

—Mira, se parece mucho a Alba cuando nació —me cuenta Valentina enseñándome al pequeño y rompiendo esa coraza que ha cubierto mi corazón durante demasiados años para dejarlo completamente expuesto.

—Es como su padre —musito con un hilo de voz, recordando al bebé que sostuve entre mis brazos. Un bebé que no fue buscado ni querido.

—¿Estás bien, abu? —me pregunta la niña tirando de mi brazo y sacándome del recuerdo de esa casa y del bofetón con el que me recibió mi padre cuando llegué a ella cargada con el crío.

Esa fue mi bienvenida; un bofetón y la palabra *puta* que acompañaba cada una de sus palizas.

—Vamos, madre, tengo ahí el coche.

Capítulo 3

Carolina

El camino hasta mi casa lo hacemos en silencio; él pensando en sus cosas y yo... yo de los nervios y avergonzada, eso también, porque cuando el orgullo cierra tus ojos es fácil mantenerte subida en él, en tu verdad y en lo que sientes, lo complicado es cuando se aparta y te permite abrirlos; entonces llegan otras realidades que en nada se parecen a las tuyas, llega el arrepentimiento y el bochorno por lo hecho, porque yo puedo entender a esa Carolina que fui, pero también puedo ver a ese niño que fue y pesa más lo suyo que lo mío.

Solo cuando vuelvo a estar sentada en esta silla, en la que me paso la vida, empiezo a hablar.

—Gracias por pedirle al doctor que estuviera tan pendiente de mí. Ha venido a verme todos los días hasta que ha estado seguro de que me encontraba bien —le digo mientras él toma asiento frente a mí, limitándose a asentir con la cabeza—. Con lo mal que te portaste con él y lo bien que se ha portado conmigo estos días —le recrimino con sequedad, recordando las muchas veces que su madre vino a hablar conmigo para recriminarme las barrabasadas que mi hijo le hacía al suyo.

—Eso pasó, madre. Ya me disculpé con Joaquín en su momento y ahora somos amigos.

—Sí, eso me ha contado —le digo con esta sequedad de la que no sé cómo librarme, para luego guardar silencio, sin saber muy bien cómo encauzar esta conversación ahora que no tengo la mano o la mirada de mi nieta para ablandar este corazón duro como una piedra que tengo—. Tu hija es muy guapa y espabilada, tiene a quién parecerse —prosigo clavando mi mirada en la suya, completamente cerrada, como aprendió a hacer cuando era un crío para no mostrarme lo que sentía o lo que pasaba por su cabeza—. Quiero disculparme contigo, Víctor. Siento la vida que te di y no haber sabido hacerlo bien —hablo finalmente, imaginando esa manita en torno a la mía—. Esos sueños que tanto lloré, a los que tanto me aferré, me impidieron ver que lo más importante que podía darme la vida lo tenía al lado y te desprecié tanto como desprecié a ese hombre al que tú hubieras llamado padre si no se te hubieran adelantado y él hubiera cumplido su palabra.

—¿Qué quiere decir?

—Tu padre estaba casado. Yo no tenía ni idea, por supuesto. Nunca me habría fijado en él ni habría permitido que me cortejara de haberlo sabido —afirmo con frialdad, recrudeciendo el rostro, recordando sus cumplidos o cómo me esperaba en la esquina de mi casa—. Me enteré años después, cuando regresó al pueblo con su familia. Fui yo quien atendió su mesa cuando fueron a comer al restaurante en el que trabaja entonces; su hijo tendría un par de años más que tú... Con lo que les costó esa comida, yo habría calentado la casa un mes entero —añado observando su mirada abrirse para permitirme ver la tristeza instalada en ella.

—¿No le dijo nada?

—¿A quién? ¿A él o a su mujer? —le pregunto esbozando una sonrisa amarga porque a quien me hubiera gustado decirle cuatro cosas hubiera sido a ella, y luego a él, por desgraciado.

—No importa, a cualquiera de los dos.

—Nunca le mendigué nada a tu padre, jamás. Él sabía de tu existencia y no se molestó en preguntar, así que no, nunca le dije nada. Ni a él ni a ella. Les serví la comida y ni me molesté en mirarlo.

—¿Quién era, madre?

—Un desgraciado. Murió hace unos años... Demasiado que vivió, antes se tendría que haber muerto. El infierno lo tenga en su gloria —mascullo, sacando fuera ese odio que me carcomió durante años y que sigue ahí, tan presente como lo están mis recuerdos—. De todas maneras, eso ya ha pasado. Él no estuvo entonces y no va a estar ahora.

—Pero nosotros sí que estuvimos.

—Y bien que lo sufrimos —farfullo estrujando mis manos por debajo de la mesa—. Los tiempos han cambiado mucho... Ahora una mujer se queda embarazada sin estar casada y no pasa nada, incluso es algo que se aplaude; antes te llamaban puta y te señalaban con el dedo. Yo estuve en boca de todos durante años, incluso hoy en día mi historia sigue viva en las bocas de las personas de mi época, sobre todo en la de las mujeres, que parecen disfrutar con las miserias de las demás... Un hombre podía hacer lo que quería y no pasaba nada, pero una mujer... eso era harina de otro costal. Tu abuelo, hoy en día, sería considerado un maltratador, pero por aquel entonces solo era un hombre con mucho carácter, y si un hombre te ponía la mano encima o te daba una paliza era porque te lo merecías —le cuento con la ira tiñendo mi voz—. Recuerdo que una vez salí corriendo a la calle, huyendo de él, y Vicentita, la vecina de enfrente, me mandó derechita para dentro.

—No lo sabía... —musita con la tristeza brillando en sus ojos.

—Tú eras demasiado pequeño cuando murió, antes tendría que haberse muerto, pero eso me cambió... tu padre, tu abuelo, las habladurías de la gente, sentirme juzgada todo el tiempo, no tener un duro y un crío pegado a mis faldas. Con esto no estoy disculpando lo que hice ni la vida que te di, pero las personas no nacemos furiosas, llenas de ira y de rencor, eso viene después con la vida y también con nuestras elecciones. Yo elegí vivir abrazando un sueño que ya no tenía cabida. Elegí culparte de todos mis males, que no tenían nada que ver contigo. Y elegí darte la espalda porque suficiente tenía con lo mío y, al hacerlo, me instalé en esas ciudades que le he dicho antes a tu hija, cuando podría haber hecho otras cosas, como marcharme de este pueblucho contigo y darnos una vida mejor; total, era imposible que nos fuera peor de lo que ya nos iba... pero no supe hacerlo o no me atreví y te negué la infancia que te merecías, convirtiéndome en mi padre, a pesar de que nunca te puse la mano encima —le digo pasando por encima de mi orgullo para sincerarme con él, pero también conmigo—. Tú sí que supiste hacerlo bien: te fuiste, empezaste de cero y lograste tus sueños...

—Usted lo está empezando a hacer muy bien —me corta, levantándose para venir a sentarse a mi lado, y lo miro, sintiendo que las emociones me ahogan—. Siento mucho lo que tuvo que vivir —prosigue aferrando mi mano como antes ha hecho su hija— y también lo que yo viví a su lado, pero vivir eso me llevó a conocer a Val y a convertirme en el hombre que soy ahora y de eso no puedo arrepentirme —me dice con seriedad, y me limito a asentir en silencio—. No podemos cambiar el pasado, madre, y lo hecho, hecho está, pero podemos intentar recuperar esos años que perdimos si usted quiere —añade, facilitándome las cosas, como siempre ha hecho, soltando mi mano para secar esa lágrima que está rodando por mi mejilla, arrastrando mis palabras consigo.

Capítulo 4

Víctor

—Pensé que nunca más volveríamos a estar por aquí —me dice Val en voz baja, arrastrando el cochecito en el que Pedro dormita tranquilo mientras Alba corretea por delante de nosotros.

—Y yo pensé que nunca viviría lo que he vivido, creo que todavía lo estoy asimilando —le confieso temiendo hacerme demasiadas ilusiones y que se joda el tema.

—Ha estado bastante enferma, puede que eso le haya hecho reflexionar y darse cuenta de lo que se ha perdido —comenta mientras observo a mi hija retroceder en sus pasos para venir hacia nosotros y, tal y como hago siempre, la cojo en brazos.

—¡Suéltame, papá! —se queja empezando a reírse cuando pongo mis labios en sus mejillas para quedarme pegado a ellas, como cada vez que la beso—. ¡No, no! ¡Para de hacer eso! —me pide entre risas, liberando mi pecho de este montón de emociones a las que no sé poner nombre y que han llegado hace horas cuando mi mirada ha tropezado con la de mi madre.

Mi madre. La que hoy me ha pedido disculpas, la que

hoy me ha contado su vida y la que hoy me ha hecho un regalo con el que no contaba, porque, a pesar de que gozo de una vida plena y soy tremendamente feliz, esa carencia siempre ha estado ahí, en menor medida, sí, pero nunca ha llegado a desaparecer del todo... hasta hoy.

—¡Por fin he podido soltarme! —le digo entre risas a mi pequeña cuando llegamos frente a la puerta de su casa.

Y me estoy riendo, pero, en el fondo, estoy acojonado porque, tratándose de mi madre, no tengo ni idea de lo que viene ahora.

—Hola, bienvenidos —nos saluda antes de que lleguemos a llamar—. Os he visto desde la ventana —nos aclara, sonriéndole a mi hija.

«Joder, lo que hubiera dado de pequeño, y de no tan pequeño, para que me hubiese sonreído así», admito sintiendo esas emociones apretar mi pecho con fuerza.

—¡Hola, Carolina! —la saluda Val con jovialidad, dándole un par de besos mientras yo dejo a Alba en el suelo, quedándome sin habla cuando esa sonrisa llega hasta mí para ofrecérmela por entero.

—¡Hola, abu! —exclama mi hija, agarrando su mano y tirando de ella para captar su atención mientras mi madre solo parece tener ojos para mí, cogiendo todas esas emociones y estrangulándome con ellas.

—Hijo, por favor, pasa —me pide bajando luego la mirada hasta su nieta—. Izarbe ha preparado chocolate caliente y pan tostado, ¿te gusta?

—¡Mucho!

—Pues venga, entra, que hace frío aquí fuera.

Y durante unos segundos recuerdo el frío que hacía en mi casa y cómo me hubiera gustado que mi madre me hubiera abierto la puerta como ha hecho ahora, encontrar el calor dentro, un chocolate y también su sonrisa, sobre todo su sonrisa.

—Gracias por venir —me dice adelantando un par de pasos de manera titubeante para luego abrazarme mientras yo me quedo sin saber qué hacer.

—Gracias a usted por invitarnos —musito finalmente, sobrepasado por completo con todo esto que estoy sintiendo, tal y como me ha sucedido antes, cuando he hablado con ella.

—Eres mi hijo, Víctor, aunque nunca te haya tratado como tal. No necesitas ninguna invitación —contesta separándose ligeramente de mí para mirarme directamente a los ojos, permitiéndome ver las emociones que brillan en los suyos y donde no hay ni rastro de la rabia, del rencor ni del odio que tantas veces vi en el pasado—. No sé si mi palabra tendrá algún valor para ti, pero me gustaría intentar ser esa madre que te merecías siendo niño y que te mereces más que nunca siendo hombre —susurra, sin alejar su mirada de la mía, permitiéndome ver sus miedos, su arrepentimiento y creo que su afecto y, dejándome llevar por el mío, soy yo el que envuelve esta vez su cuerpo con mis brazos para abrazar por primera vez a mi madre, «a esta mujer que no supo hacerlo mejor y que con sus muchos errores me llevó a abrazar otra vida en la que fui muy feliz a pesar de que, en el fondo, siempre eché de menos esto y, ahora que lo tengo, solo puedo dar gracias», pienso, percibiendo cómo sus brazos me envuelven de nuevo poniendo su nombre a todas esas emociones que, en mayor o menor medida, siempre latieron con dolor en mi pecho y que en este momento alzan el vuelo para volar por fin libres.

* * *

Ahora, sí... FIN.

Agradecimientos

Hay historias que llegan de una manera imprevista, pero que, cuando lo hacen, se meten en tu piel y se funden en tus huesos de tal forma que ya no puedes dejarlas ir.

Esta historia comenzó en Madrid, en un viaje que hice para reunirme con David Guillo y Laura Sánchez, ambos modelos.

Recuerdo que solo pretendía documentarme, confirmar que lo que había escrito era correcto; sin embargo, mientras David hablaba, solo podía pensar «me lo está desmontando todo», ¡y vaya si lo hizo!, porque, con su voz, su mirada y su sonrisa, nació Víctor, y todo, absolutamente todo, cambió para mí y para mis protagonistas.

Mil gracias, David, por ese día, por tus explicaciones y por desmontármelo todo; si esta historia es la que es, en parte es gracias a ti.

Y a ti, Laura, gracias de corazón por tu cercanía, por contarme tu experiencia y por las explicaciones que han llegado después; tú también tuviste mucho que ver en la creación de Valentina, porque en ese momento estaba escribiendo una cosa y terminé redactando otra bien distinta.

Y esta es la magia de la escritura, la de poder volar con

tu imaginación a lugares a los que nunca podrías ir con tu razón; poder crear historias a partir de una mirada, de una sonrisa o de una carcajada.

Como siempre, mil gracias a mi editora, por seguir confiando en mí, y a cada una de vosotras, que dais una oportunidad a mis novelas, un gracias gigante.

Todas las obras de Ana Forner en Booket